MW01673461

Anonyme

Journal Asiatique ou recueil de mémoires

Tome 7

Réimpression inchangée de l'édition originale de 1868.

1ère édition 2023 | ISBN: 978-3-38220-201-9

Anatiposi Verlag est une marque de Outlook Verlagsgesellschaft mbH.

Verlag (Éditeur): Outlook Verlag GmbH, Zeilweg 44, 60439 Frankfurt, Deutschland
Vertretungsberechtigt (Représentant autorisé): E. Roepke, Zeilweg 44, 60439 Frankfurt, Deutschland
Druck (Imprimerie): Books on Demand GmbH, In de Tarpen 42, 22848 Norderstedt, Deutschland

JOURNAL ASIATIQUE

SIXIÈME SÉRIE

TOME XII

THE DIRECTOR GENERAL OF AR...
Library Regr No
INDIA

CENTRAL ARCHAEOLOGICAL
LIBRARY, NEW DELHI.
Acc. No. 26185
Date 29. 3. 57
Call No. 059. 095/ J.A.

« Rechercher dans les autres idiomes sémitiques et dans les anciennes inscriptions, celles du mont Sinaï par exemple, les traces de ce mécanisme. Définir ce qui appartient à l'idiome primitif et ce qui revient aux travaux des *écoles grammaticales arabes*, dans l'emploi de ces désinences.

« On se contente d'indiquer ici comme un exemple des éléments qui devront entrer dans la composition de ce mémoire : 1° une anecdote rapportée par Ibn Khallicân dans la vie de Cha'by (Abou 'amr 'Amir, page 345, lignes 5 et suiv. de l'édition de M. de Slane); 2° un passage du voyageur Al 'Abdéry, publié dans le *Journal asiatique*, avril-mai, 1845, pages 406-407.

« Les mémoires présentés devront être remis au siége de la Société avant le 31 décembre 1869.

« Le prix sera décerné dans la séance publique de 1870. »

Le secrétaire donne lecture du rapport sur les travaux du Conseil pendant l'année 1867.

M. Feer donne lecture d'une notice intitulée : *Une soirée chez le Phra-Klang (Barcalon) à Bangkok. Plans de réforme religieuse du roi de Siam.*

On dépouille les votes de renouvellement du Conseil. Le dépouillement donne les résultats suivants :

Président : M. Mohl.

Vice-présidents : MM. Caussin de Perceval, Ad. Régnier.

Par l'auteur. *A chart of family inheritance according to orthodox Moohummudan Law*, by Almaric RUMSEY. London, 1866, in-8°.

Par l'auteur. *Histoire des orientalistes de l'Europe*, par G. DUGAT. Paris, 1868, in-12.

Par l'auteur. *Storia dei Musulmani di Sicilia*, scritta da Michele AMARI. Firenze, 1868, in-8°.

Par l'auteur. *Indische Studien*, von Albrecht WEBER. Zehnter Band. III Heft. Leipzig, 1868, in-8°.

Par l'auteur. *Value of early Mahometan sources*, by A. SPRENGER. Br. in-8°.

Par l'auteur. *Les auteurs hindoustanis et leurs ouvrages*, par GARCIN DE TASSY. Paris, 1868, in-8°.

Par l'auteur. *La Terre-Sainte, Syrie, Égypte et isthme de Suez*, par l'abbé Laurent de SAINT-AIGNAN. Paris, 1868, in-8°.

Bibliotheca Indica. The *Grihya Sutra* of *Aswalayana*, fasc. II. Calcutta, 1868, in-8°.

The *Ain-i-Akbari*, edited by BLOCHMANN. Fasc. IV. Calcutta, 1868, in-4°.

Par la Société. *Bulletin de la Société de géographie*, avril 1868, in-8°.

Par la Société. *Journal of the Asiatic Society of Bengal*. Part I, n° II, 1867, in-8°.

Par la Société. *Proceedings of the Asiatic Society of Bengal*, n°s VIII, IX, X, XI.

Par les rédacteurs. *Journal des Savants*. Mai, juin 1868, in-4°.

Par l'auteur. *Des nationalités*, par A. VERRIER. VIIe et VIIIe livr. mars, avril 1868.

CENSEURS.

MM. Guigniaut.
Barthélemy Saint-Hilaire.

MEMBRES DU CONSEIL.

MM. Langereau.
Pavet de Courteille.
De Saulcy.
De Slane.
Dulaurier.
Oppert.
Stanislas Julien.
Defrémery.
Dugat.
Foucaux.
Sanguinetti.
Guigniaut.
Barthélemy Saint Hilaire.
Brunet de Presle.
Bréal.
Derenbourg.
Le marquis d'Hervey de Saint-Denys.
Sédillot.
De Khanikof.
Garrez.
Zotenberg.
Victor Langlois.
L'abbé Bargès.

serez d'être incomplet, inexact en certains détails, de souvent remettre d'une année à l'autre la mention de travaux importants. Vous me permettrez surtout de continuer à faire ce que j'ai fait cette année [1], c'est-à-dire de demander à chacun de vous, dans le cercle des travaux dont il s'occupe, des indications et des jugements. Si je réussissais à faire ce que je désire, ce rapport serait votre œuvre commune; je voudrais n'y être bien réellement que votre secrétaire et donner par là aux opinions qui y seront exprimées une autorité qu'elles n'auraient point sans cela.

Votre Société, durant l'année qui vient de s'écouler, n'a pas laissé se ralentir son zèle. Le *Journal asiatique*, malgré quelques retards, dont la commission de rédaction n'est pas coupable, a paru régulièrement, et a présenté dans tous ses numéros un constant intérêt. MM. de Vogüé, Joseph Derenbourg, Hartwig Derenbourg, Devéria, Pauthier, Defrémery, Garrez, François Lenormant, Clément-Mullet, de Kremer, Belin, Zotenberg, y ont inséré des travaux qui tous ont apporté quelque donnée originale à la science de l'Orient. Aucun volume de

[1] MM. de Rougé, Bréal, Defrémery, Mohl, Adolphe Régnier, Joseph Derenbourg, de Slane, Barbier de Meynard, Garcin de Tassy, Feer, Oppert, Garrez, Pauthier, Zotenberg, Guyard, me permettront en particulier de leur offrir ici mes remercîments. Le plus souvent je n'ai fait qu'insérer textuellement les notes que ces excellents confrères m'ont remises. Tout ce qu'il y a de bon dans ce rapport leur appartient; quant aux erreurs qui peuvent s'y être introduites, elles ne sont imputables qu'à moi seul.

peu de place. Les collections d'antiquités, composées autrefois pour l'ornement des palais, ou pour offrir aux artistes les modèles de l'art antique, n'appelaient guère des objets qui n'ont d'intérêt que pour des savants. L'Orient proprement dit, du moins l'Orient qui est resté étranger à la civilisation grecque, n'a pas produit beaucoup de chefs-d'œuvre d'art; un musée d'antiquités orientales ne saurait avoir pour les gens du monde l'attrait qu'ont des salles remplies d'ouvrages grecs ou romains. Les amateurs ne recherchant que médiocrement de tels débris, souvent informes, les Européens établis en Orient s'attachaient rarement à les recueillir. Les indigènes n'y attribuant aucune valeur vénale, guidés d'ailleurs par cette espèce d'antipathie qu'ont les Orientaux pour les représentations figurées des temps païens, les brisaient s'ils étaient en pierre, les fondaient s'ils étaient en métal. De là des pertes irréparables. M. le duc de Luynes peut être considéré comme le principal créateur de l'archéologie orientale. En fondant ce riche cabinet qu'il devait ensuite léguer à l'État, en encourageant l'activité des personnes qui en Orient recueillaient des antiques, en montrant aux indigènes la valeur d'objets auxquels jusque-là ils étaient restés indifférents, il fournit à l'étude critique de l'Orient des documents de la plus grande importance, documents qui ont permis d'élargir considérablement le champ de la paléographie orientale, qui ont apporté de grandes lumières à la philologie comparée des langues sémitiques et ont

cherches coûteuses dont les gouvernements ne sauraient désormais rester uniquement chargés. Pouvons-nous oublier enfin son plus bel ouvrage, la collection incomparable maintenant réunie au département des antiques de la Bibliothèque impériale, et qui suffira aux travaux de plusieurs générations d'érudits? Ces nobles vies, où la science du philologue et de l'archéologue s'unissaient au goût de l'amateur, où la fortune était relevée par la délicatesse et la générosité, deviennent bien rares. Il est glorieux pour notre pays d'en avoir offert un des plus beaux exemples, et pour nos études de compter parmi ceux qui les ont cultivées des hommes qui figureront dans l'histoire de notre siècle entourés d'un respect que les titres et les distinctions officielles n'entraîneront pas toujours.

L'importance des travaux de M. Bopp est depuis longtemps comprise. Jamais savant n'a vu ses découvertes entrer plus complétement dans le courant de la science et produire de plus brillants résultats. Peu d'hommes autant que M. Bopp ont fait école et assuré l'avenir de leur œuvre. Cela tient à la merveilleuse précision de ses procédés, à la rigueur absolue qu'il a su introduire dans la philologie. Qu'on songe à ce qu'était la science des langues au dernier siècle : un chaos sans méthode, une science purement descriptive, une sorte d'histoire naturelle, sans philosophie, sans règle, sans loi, souvent égarée par les plus folles chimères; que l'on compare à cela la grammaire générale des langues indo-européennes,

la date d'une découverte qu'on peut tenir pour la plus belle du XIXe siècle. Cette découverte capitale, qui a changé la face de la science des langues, qui a modifié toute la philosophie de l'histoire, qui a introduit dans l'ethnographie, l'histoire littéraire, la critique, des données qui les ont transformées, cette découverte, qui renferme même des leçons pour les sciences naturelles, et qui a déjà une importance capitale pour la politique, l'auteur la conduisit à sa perfection. L'esprit humain n'a pas construit un plus bel édifice que cette théorie, où le phénomène le plus insignifiant du développement de tout un groupe de langues est pesé, discuté, expliqué avec une rigueur en quelque sorte atomique et avec des instruments de précision qui n'ont rien à envier à ceux des sciences les plus exactes.

La modestie extrême de M. Bopp, la vie retirée des savants allemands ne permettent pas de songer à tracer sa biographie. Né à Mayence en 1791, il étudia les langues orientales à Paris, à Londres, à Gœttingue; en 1821, il fut appelé à l'Université de Berlin. C'est là qu'il a formé cette nombreuse armée de disciples qui s'est répandue dans toute l'Europe et qui continue ses travaux. Du reste, il avait réalisé si complétement l'idéal de sa méthode, qu'on peut dire que sa mort n'a pas été un coup bien grave pour les études qu'il avait créées; le maître avait si parfaitement organisé son laboratoire qu'il y était devenu presque inutile. Une fondation, instituée à Berlin il y a deux ans, lors du cinquantième anni-

cupations politiques qui pèsent depuis plusieurs mois sur l'Europe, et particulièrement sur le pays où nos études sont cultivées avec le plus d'ardeur, l'année qui vient de s'écouler ne le cède en rien aux années qui l'ont précédée pour les progrès accomplis dans les études orientales. Trois branches de ces études, la philologie comparée des langues indo-européennes, l'épigraphie sémitique et les études égyptiennes, ont même vu rarement des années pour elles aussi fécondes.

Comme je vous le disais tout à l'heure, la philologie comparée des langues indo-europénnes, quoique portant le deuil de son fondateur, est plus florissante qu'elle ne l'a jamais été. L'ouvrage qui a servi de pierre angulaire à la construction de cette science, la *Vergleichende Grammatik* de M. Bopp, se traduit en français, grâce à l'initiative bien entendue de M. le Ministre de l'instruction publique. Même quand l'ouvrage de M. Bopp aura été dépassé, il sera indispensable que chaque nation européenne possède à l'origine et, si j'ose le dire, dans les substructions de ses études philologiques, une édition de cet ouvrage fondamental. Deux volumes de la traduction française ont paru[1]. M. Bréal consacre à ce grand travail toutes les ressources de son esprit lucide et sûr, formé par de longues et solides études grammaticales. Dans les préfaces qu'il ajoute à l'œuvre de son maître, dans les excellentes leçons inaugu-

[1] Tome I, 1866; t. II, 1868. Paris, Imprimerie impériale, gr. in-8°.

façon après le nom et après le verbe; il est donc probable qu'il se prononçait de même dans les deux cas. L'exemple des diverses langues sémitiques nous autorise parfaitement à admettre cette identité de prononciation du suffixe verbal et du suffixe nominal. Non-seulement, en effet, l'arabe n'a pour les deux cas que la seule forme هُ; en araméen ־ֵהּ, ـܶܗ est commun au verbe et au nom singulier; ־וֹהִי, ـܘܗܝ est commun au verbe et au nom pluriel; mais l'hébreu lui-même emploie le suffixe verbal ־ֵהוּ parfois après le nom, comme le prouvent les trois exemples connus לְמִינֵהוּ (Gen. I, 12), פִּילַגְשֵׁהוּ (Juges, XIX, 24), אוֹרֵהוּ (Job XXV, 3). (v. Ewald, *Ausführliches Lehrbuch*, § 247 *d*), et le suffixe nominal ־וֹ après le verbe, souvent au parfait, quelquefois au futur (v. Ewald, *l. c.* § 249, *b* 1). Enfin, le phénicien lui-même nous fournit des exemples de l'emploi avec le nom d'un suffixe éminemment verbal, celui avec *noun* épenthétique, que M. Ewald (*l. c.* § 250, *c.* rem.) affirme ne pas pouvoir s'ajouter au nom : « . . . . . . *auf das eigentliche Nomen kann es nicht übergetragen werden.* » M. J. Derenbourg, qui signale l'emploi de ce suffixe dans sa note insérée au *Journal asiatique*, janv. 1868 (p. 99 à 102), cite entre autres les cas suivants empruntés à l'inscription d'Eschmunezer : 𐤁𐤍 (בַּנִי[1]) = בּוֹ, 𐤁𐤍𐤌 (בַּנֵם) = בָּם, 𐤕𐤇𐤕𐤍𐤌 (תַּחְתֵּנֵם) =

[1] J'écris בַּנִי, בַּנֵם avec *pathach* accentué et le *noun* sans *dagesch*, comme plus archaïque que la forme ordinaire en hébreu בְּנוֹ, בְּנָם comme l'écrit M. Derenbourg conformément au texte universel-

sans aucun doute maintenu, en phénicien comme dans les autres dialectes sémitiques, le *hé* qui appartient étymologiquement au dit pronom et qui se retrouve dans sa forme isolée 𐤄𐤀 (הָא) = הוא; on eût donc eu dans ce cas 𐤁𐤓𐤊𐤄𐤀 (בּרכהֹא et mieux בּרכהָא) = ברכוהו. Il est dès lors certain qu'il y a eu contraction en une seule voyelle, indiquée par 𐤀 final; or de *ú+a+ú* pour *ú+ahû*, forme primitive de notre suffixe, il ne peut résulter que *û*, c'est-à-dire que le verbe au pluriel avec suffixe de la 3ᵉ personne se prononçait בֵּרְכֻא, תְּבָרְכֻא, le suffixe devenant dans ce cas *û* pour *ú-hú* au lieu de *ó*=*á*+*hû*.

Il est bien entendu que toute difficulté de ce genre disparaît si l'on admet, avec la plupart des phénicistes, que le verbe ברך (תברך), malgré l'invocation à deux divinités, doit être regardé comme au singulier, c'est-à-dire terminé par une consonne.

Mais il faut bien se garder de confondre ce pronom affixe 𐤀-*ó* avec la terminaison 𐤀, lue également *-ó*, des noms propres tels que 𐤇𐤍𐤀, en latin *Hanno*, 𐤏𐤁𐤓𐤀 et son abrégé 𐤁𐤓𐤀, etc. Dans ces noms propres comme dans l'hébreu שְׁלֹמֹה, la finale *ó* est certainement, comme l'a établi M. Ewald (*Ausführl. Lehrbuch*, § 163 *f* à la fin), une corruption de la finale *-ón*, *-án*, d'adjectifs et de noms d'agents. Au phénicien 𐤏𐤁𐤓𐤀 répond l'hébreu si fréquent עַבְדוֹן; à 𐤉𐤇𐤍𐤀 sans doute synonyme de 𐤇𐤍𐤀, équivaut יוֹחָנָן, pour lequel la transcription grecque Ἰωάννης suppose une forme hébraïque יוֹחָנָה (n'en déplaise

tion de 𐤌𐤋𐤒𐤓𐤕 (qui est lui-même contracté de 𐤌𐤋𐤊𐤒𐤓𐤕), soit enfin une personnalité spéciale, identique au מֹלֶךְ ammonite, dans lequel la *Scola coptica* (v. Gesenius, éd. all.) voit le dieu de la guerre. — D'autre part, 𐤀𐤃𐤓 paraît avoir été très-employé en phénicien comme adjectif; l'inscription d'Eschmun'ezer en fournit plusieurs exemples : 𐤔𐤌𐤌 𐤀𐤃𐤓𐤌 « les cieux élevés », l. 16 et 17; 𐤀𐤓𐤑𐤕 𐤃𐤂𐤍 𐤄𐤀𐤃𐤓𐤕 « des terres à blé excellentes », l. 19. — Comme élément de nom propre, nous le trouvons dans le punique 𐤀𐤃𐤉𐤓𐤈𐤀 (אדירטא) (v. Lévy, *l. c.*), nom d'un chef libyen dans une des inscriptions recueillies par Gesenius. D'après cela, 𐤀𐤃𐤓𐤌𐤋𐤊, qu'on prononcerait אַדִּרְמֹלְךְ, *Addirmolk*, ou אַדִּרְמִלְךְ, *Addirmilk* (voir plus loin au mot 𐤇𐤌𐤋𐤊𐤕), devrait se traduire par « le grand, le noble, le puissant Moloch ». D'autre part, le nom propre Ἀδάρβαλ dans Strabon (v. Lévy, s. v. אדר) suppose אֲדַרְמֹלְךְ, *Ádarmolk* ou אֲדַרְמִלְךְ, *Ádarmilk*, dans lequel la première partie serait le verbe dénominatif neutre, et le nom signifierait « Moloch est grand ». Cette dernière manière de voir est plus conforme à ce que nous connaissons des usages onomatogénésiques des Phéniciens.

𐤀𐤓𐤔 (n° I, l. 3; X, 5). Ce nom paraît avoir été un des plus répandus en Phénicie (v. Lévy, *Phön. Wörtb.*). Il avait un féminin, 𐤀𐤓𐤔𐤕. Suivant toutes probabilités, il faut le prononcer אָרִישׁ, *Arish*, et y voir un adjectif signifiant « desponsatus ».

la foi des noms Ἀβδηλιμος = 𐤏𐤁𐤃𐤀𐤋𐤌, Ἀβδασ[τ]άρτος = 𐤏𐤁𐤃𐤏𐤔𐤕𐤓𐤕, Abdalonimus = (𐤏𐤁𐤃𐤀𐤋𐤍𐤌)[1], et que nous identifions conséquemment à l'hébreu עֶבֶד, à l'arabe عَبْد, à l'araméen עֲבַד, nous proposons pour la forme apocopée 𐤁𐤃 le sens de « opus, factum », et la prononciation בד (ou בַּד) que nous indique, du reste, la transcription grecque Βοδόστωρ = 𐤁𐤃𐤏𐤔𐤕𐤓𐤕 « œuvre de Vénus ».

Et remarquons encore que l'orthographe 𐤏𐤁𐤃, indispensable pour faire prononcer Ἀβδ-, n'empêche nullement la ponctuation עֲבֹד ni la lecture Βοδ-, par suite, le sens de « œuvre »; c'est ce qui permet de s'expliquer pourquoi, dans les inscriptions bilingues d'Athènes, nous trouvons 𐤏𐤁𐤃𐤕𐤍𐤕, 𐤏𐤁𐤃𐤔𐤌𐤔 rendus par Ἀρτεμίδωρος, Ἡλιόδωρος, et non par Ἀρτεμίδουλος, Ἡλιόδουλος (cf. Θεόδουλος), comme on était en droit de s'y attendre en lisant עֶבֶד; c'est qu'il faut dans ce cas lire עֲבַדְתָּנִת, עֲבַדְשָׁמֶשׁ « *œuvre* ou *don* de Diane, du Soleil ».

2° Jusqu'ici les phénicistes, en transcrivant les noms tels que 𐤏𐤔𐤕𐤓𐤕, 𐤔𐤌𐤔, 𐤌𐤋𐤊, etc. ont adopté les prononciations ségolées עַשְׁתֹּרֶת, שֶׁמֶשׁ, מֶלֶךְ. Rien pourtant dans les transcriptions grecques et latines ne peut nous autoriser à admettre que telle ait été la manière de prononcer des Phéniciens. En effet, tandis que les Septante n'ont pas manqué de rendre

[1] Ce nom ne s'est pas encore rencontré dans les inscriptions phéniciennes, mais 𐤀𐤋𐤍 = héb. אֱלֹהַּ est déjà bien connu.

LE DÌWÀN DE NÂBIGA DHOBYÂNÌ,

TEXTE ARABE, PUBLIÉ POUR LA PREMIÈRE FOIS,

SUIVI

D'UNE TRADUCTION FRANÇAISE,

ET PRÉCÉDÉ D'UNE INTRODUCTION HISTORIQUE,

PAR M. HARTWIG DERENBOURG.

NOTES.

POÉSIE XXVIII.

Rencontre belliqueuse de 'Amr ben Ḥârith elaṣgar le Gassanide avec les banoû Mourra ben 'Auf ben Sa'd ben Dhobyân. Cf. *Introduction historique*, p. 232. Nâbiga craint pour ses compatriotes une lutte inégale; mais il ne peut faire agréer ses conseils. Cf. poésie IX et *Appendice*. Division : v. 1-9 : Regrets sur les demeures devenues désertes. — 10-19 : Autres soucis du poëte, sa tribu est en danger. — 20-27 : Description des montures des ennemis et de leur « appareil. » — 28-31 : Éloge de 'Amr, mais composé de façon à justifier les craintes que le poëte conçoit, et à les faire partager aux banoû 'Auf. (Cf. v. 11.)

1. — Yâḳoût, *Geographisches Wörterbuch*, I, p. ٥٨٧; *Mochtarik*, p. ٥٠ et ٢٢٥ : ربع المنازل ببرقة نعمّى فروض الاجاول; ailleurs *Geographisches Wörterbuch*, II, p. ٧٤٠), il donne une très-singulière combinaison de ce vers et de XXVII, 1. Il donne *a* de XXVII, 1, mais en lisant أُعاقك, puis *b* de ce vers, comme il se trouve dans notre texte.

2. — B : قوله أُرِبّت بها اى اقامت ولم تبرح وقوله كانّما

Et moi, lorsque soupirent les colombes cendrées, j'ai beau être consolé de ne plus la retrouver, je suis excité au souvenir d'Oumm ʿAmmâr.

Que de fois un désert éloigné, où hurlent les loups, qui est loin des eaux et que n'ont jamais traversé les bêtes se rendant à l'abreuvoir,

M'a vu passer montant une chamelle élancée, qui appuyait élégamment ses pieds sur le sol rocailleux dans une route impraticable,

Portant d'un pays à l'autre un cavalier qui l'excite en chantant, qui n'est pas abattu par la crainte, que rien ne trouble.

Lorsque les montures sont débarrassées de leurs harnais, elles jouissent d'un repos qu'elles n'ont pas goûté depuis longtemps et elles balancent leurs queues.

Il me semble que ma selle est sur le dos d'un animal rayé, un taureau sauvage qui cherche partout la pâture, qui a les regards fixés sur un mirage,

Repoussé, que ses compagnes ont abandonné, un des habitants de Wadjra ou de Dhoû Ḳâr,

Dompté, solitaire, robuste, qui voit pousser à son gré les plantes dès les premières pluies du printemps.

Son dos, jusqu'à la hauteur de la poitrine, est blanc; sur ses pieds de devant on dirait une ligne marquée avec de la poix liquide.

Il a passé la nuit dans l'humidité, frappé à la fois par les coups de vent et par les brises pleines de fraîcheur et de pluies;

restait sept après la mort des trois premiers. Il se pourrait aussi que l'auteur eût voulu résumer dans ce vers toute la lutte, et que le sens fût : « Et il est revenu contre les sept chiens qui le harcelaient », etc.

45. — *b* se rapporte à l'habitude qu'ont les bêtes féroces de tourner autour de leurs victimes.

46. — تقريب et احضار sont deux espèces de marches.

47. — W : شبة. — I : قلوص. — I et N : وهجير بعد إبكار « et les courses en plein midi après celles du matin ».

48. — IX, 1. — I : إنّي. — I : أسفار, qui ne donne aucun sens. — W : أُفر, une erreur de copie.

49. — IX, 2. — N, H et I : وقلّت et منقبض ; N seul : لعضوة الضار. Cf. la note sur IX, 2. — W : فقلّت et مفترش.

50. — J'ai imprimé لا اعرفن avec IX, 3, et I ; les trois manuscrits portent لَأَعْرِفَنْ ; il ne doit y avoir entre les deux leçons qu'une différence d'orthographe, car un vœu sans négation n'aurait ici aucun sens. — Le texte de *b* se trouve ainsi dans W, N et H ; I reproduit le texte de IX, 3.

51. — IX, 4. — Dans I après 52 ; manque complétement dans W. — N : بأعْيُن « avec des yeux où est peint le mépris de la servitude », etc.

52. — I a les mêmes leçons que IX, 5. — Le texte que nous avons adopté se trouve avec quelques altérations dans les trois manuscrits. Glose de W : عوذى جوار حديثات وعمم قديمات وفى غير هذا الكتاب ان عوذى وعمما (ms. وعمم) قبيلتان. C'est dans ce dernier sens que l'a pris Ibn Doreid qui cite *a* dans *Ichtikâk*, p. ٣١٤ : ساق الرقيدات من عوذى ومن عمم. Cf. v. 54.

53. — I : بنذرفن دمعا على الخدين منحدرا ; le premier mot est évidemment une faute pour ينذرين ; et ainsi nous avons le texte de IX, 6, avec les larmes qui « retombent sur les joues » au lieu de « tomber sur les lèvres ». — Notre texte d'après W, N et H.

54. — IX, 10. — I : حذر ; W : مُحَدَّد ; de même Yâkoût, *Geographisches Wörterbuch*, II, p. ٢٢١. — W : جَوش.

M. le Président informe le Conseil que, pour se conformer aux dispositions de la loi nouvelle, quatre exemplaires, revêtus de sa signature, des numéros du journal sont déposés au parquet.

M. Mohl donne de nouvelles explications sur les difficultés que rencontre à la poste l'envoi du journal en Russie; il espère trouver un moyen de les résoudre par de nouvelles démarches auprès du directeur général des postes, car les difficultés viennent cette fois-ci des règlements de la poste française.

OUVRAGES OFFERTS A LA SOCIÉTÉ.

Par l'Académie. *Journal des Savants*, octobre 1868, in-4°.

Par la Société. *Bulletin de la Société de géographie*, juin 1868, in-8°.

Par la Société. *Le Globe*, organe de la Société de géographie de Genève, mars, juin 1868. Genève, in-8°.

Par les rédacteurs. *Polybiblion*, revue bibliographique universelle. Tome II, 3ᵉ livr. octobre 1868, in-8°.

Par la Société. *Actes de la Société d'ethnographie*. Séance publique annuelle, 1868, in-8°.

Par l'auteur. Henri Mouhot. *Voyage dans les royaumes de Siam, de Cambodge et de Laos*, relation extraite du journal et de la correspondance de l'auteur, par Ferdinand de Lanoye, contenant une carte. Paris, 1868, in-12.

Par l'auteur. W. C. Baldwin. *Du Natal au Zambèse*, 1851-1866. Récits de chasses traduits par Mᵐᵉ Henriette Loreau, abrégés par J. Belin de Launay, contenant 1 carte. Paris, 1868, in-12.

Par l'auteur. *On some remains of the Disk-worshippers*, discovered at Memphis by Sir Charles Nicholson. (From the *Transactions of Royal Society of literature*.)

Par l'auteur. *Specimen des Pourânas*, texte, transcription, traduction et commentaire des principaux passages du Brahmâvævarta Purâna, par L. Leupol. Paris, 1868, in-8°.

arabe est menacée plus dangereusement par cette infusion toujours croissante du sang noir que par le despotisme turc et les empiétements de l'Europe. Nous ne pouvons ici suivre M. d'Avril sur le terrain des considérations morales et politiques qui lui sont inspirées par le vaste mouvement religieux dont la Mecque est le centre; mais reconnaissons qu'il a su apprécier avec finesse le caractère propre du fanatisme musulman et les conséquences du pèlerinage. L'auteur aurait-il toujours marché aussi sûrement? On peut en douter, si l'on préjuge de l'esprit qui l'aurait guidé dans sa synthèse par cette phrase de son introduction. « Le mouvement monothéiste qui s'est produit au VIIe siècle dans la Péninsule, et dont Mahomet a été le plus éclatant, mais non le seul interprète, pouvait aboutir au christianisme, comme il a abouti à l'islamisme. Quelques-uns de ses précurseurs monothéistes ne se sont-ils pas faits chrétiens? Mahomet aurait pu faire de même et christianiser l'Arabie. Si les Arabes eussent pu être arrachés à l'idolâtrie par une doctrine supérieure, on ne peut pas soutenir que la religion de Mahomet ait été un bienfait absolu. Si cette religion a empêché les Arabes et les autres Musulmans de se faire chrétiens, elle a été un mal. » Considéré sous ce point de vue exclusif, un tel problème serait insoluble; ce n'est pas, ce nous semble, en ce sens étroit que de pareilles questions doivent être posées.

Un dernier chapitre, traitant des conditions sanitaires du pèlerinage d'après les rapports de la conférence tenue à Constantinople en 1867, renferme d'utiles matériaux pour l'étude d'une question où l'humanité tout entière est intéressée. L'excellente carte de Kiepert, revue et augmentée, termine l'ouvrage et permet de suivre les itinéraires, selon le besoin des citations. Si M. d'Avril avait écrit pour les gens du métier, nous pourrions lui reprocher de nombreuses erreurs de détail, surtout dans la troisième partie : comme de croire que l'ordre des chapitres du Coran est celui dans lequel ils ont été prononcés; de tirer le mot *Maroc* de *Magrébin*; d'é crite *Muna*; *Muzdéfilé*, au lieu de *Mina*, *Mouzdélifa*, etc. Mais ce sont des misères qui ne peuvent arrêter que la critique myope et ne diminueront pas le succès très-légitime de l'auteur.

Barbier de Meynard.

TABLE DES MATIÈRES

CONTENUES DANS LE TOME XII, VIe SÉRIE.

MÉMOIRES ET TRADUCTIONS.

Pages.

Procès-verbal de la séance annuelle de la Société asiatique, tenue le 9 juillet 1868.......... 5

Tableau du Conseil d'administration, conformément aux nominations faites dans l'assemblée générale du 9 juillet 1868.. 9

Rapport sur les travaux du Conseil de la Société asiatique, pendant l'année 1867-1868, fait à la séance annuelle de la [illegible]............ 11

Rapport sommaire sur les recettes et dépenses de la Société pendant l'année 1867, lu dans la séance du conseil du 13 mars 1868, par M. Pauthier, commissaire rapporteur. 165

Rapport des censeurs sur les comptes de 1867 et le budget de 1868.......... 168

Liste des membres souscripteurs, par ordre alphabétique... 171

Liste des membres associés étrangers, suivant l'ordre des nominations.......... 191

Liste des ouvrages publiés par la Société asiatique........ 192

Collection d'auteurs orientaux.......... 194

JOURNAL ASIATIQUE

OU

RECUEIL DE MÉMOIRES

D'EXTRAITS ET DE NOTICES

RELATIFS A L'HISTOIRE, A LA PHILOSOPHIE, AUX LANGUES
ET A LA LITTÉRATURE DES PEUPLES ORIENTAUX

RÉDIGÉ

PAR MM. BARBIER DE MEYNARD, BÉLIN, BOTTA, CAUSSIN DE PERCEVAL
CHERBONNEAU, DEFRÉMERY, J. DERENBOURG, DUGAT, DULAURIER
FEER, FOUCAUX, GARCIN DE TASSY, STAN. JULIEN
KASEM-BEG, MOHL, OPPERT, PAUTHIER, REGNIER, RENAN
DE ROSNY, DE ROUGÉ, SANGUINETTI, SÉDILLOT
DE SLANE, ETC.

ET PUBLIÉ PAR LA SOCIÉTÉ ASIATIQUE

SIXIÈME SÉRIE

TOME XII

Central Archaeological Library New Delhi
18
059.095
J. A.
Office of the Director General of Archaeology India
A450
Library Regr. No

PARIS

IMPRIMÉ PAR AUTORISATION DE M. LE GARDE DES SCEAUX

A L'IMPRIMERIE IMPÉRIALE

M DCCC LXVIII

JOURNAL ASIATIQUE.

JUILLET-AOÛT 1868.

PROCÈS-VERBAL

DE LA SÉANCE ANNUELLE DU 9 JUILLET 1868.

La séance est ouverte à une heure par M. Mohl, président.

Le procès-verbal de la dernière séance est lu et la rédaction en est adoptée.

Est proposé et élu membre de la Société :

M. Auguste Soromenho, membre de l'Académie royale de Lisbonne.

Le Conseil discute le programme du prix de 300 francs, offert par M. le docteur Desportes, pour être décerné par la Société asiatique à un travail concernant l'histoire de la langue arabe.

Le programme est arrêté ainsi qu'il suit :

« Rassembler dans les ouvrages arabes, tels que chroniques, biographies, relations de voyage, traités grammaticaux, commentaires sur les poëtes, recueils de traditions, les passages qui constatent qu'à des époques plus ou moins anciennes la langue arabe a été parlée avec les désinences qui servent à marquer les inflexions grammaticales.

Secrétaire adjoint et bibliothécaire : M. Barbier de Meynard.

Trésorier : M. de Longpérier.

Commission des fonds : MM. Garcin de Tassy, Pauthier, Barbier de Meynard.

Membres du Conseil : MM. Lancereau, Pavet de Courteille, de Saulcy, de Slane, Dulaurier, Oppert, Stan. Julien, Defrémery.

Censeurs : MM. Guigniaut, Barthélemy Saint-Hilaire.

OUVRAGES OFFERTS À LA SOCIÉTÉ.

Par l'auteur. *An Arabic-English Lexicon*, derived from the best and the most copious sources, by E. W. Lane. Book I. Part 3. ح — خ. London, 1867. 1 fasc. gr. in-4°.

Par le ministère. *Traités de paix et de commerce*, et documents divers concernant les relations des chrétiens avec les Arabes de l'Afrique septentrionale au moyen âge, recueillis par ordre de l'Empereur et publiés avec une introduction historique par M. de Mas-Latrie. Paris, 1868, gr. in-4°.

Par l'auteur. *Dictionnaire japonais-français*, par Léon Pagès. Paris, 1868, 4 livr. gr. in-8°.

Par l'auteur. *Ibn el-Athiri Chronicon*, quod perfectissimum inscribitur. Volumen secundum, edidit C. J. Tornberg. Lugd. Bat. 1868, in-8°.

Par l'auteur. *Miscellaneous papers chiefly on scientific subjects*, by Seymour Burt. London, 1868, in-12.

Par les rédacteurs. Plusieurs numéros du *Journal de Beyrouth.*

Par les rédacteurs. *Revue de l'Orient*, n°s 5 et 6, mars 1868.

Par les rédacteurs. *Revue bibliographique universelle*, 5e livr. juin 1868.

TABLEAU
DU CONSEIL D'ADMINISTRATION

CONFORMÉMENT AUX NOMINATIONS FAITES DANS L'ASSEMBLÉE GÉNÉRALE DU 9 JUILLET 1868.

PRÉSIDENT.

M. Mohl.

VICE-PRÉSIDENTS.

MM. Caussin de Perceval.
Ad. Regnier.

SECRÉTAIRE.

M. Renan.

SECRÉTAIRE ADJOINT ET BIBLIOTHÉCAIRE.

M. Barbier de Meynard.

TRÉSORIER.

M. de Longpérier.

COMMISSION DES FONDS.

MM. Garcin de Tassy.
Pauthier.
Barbier de Meynard.

RAPPORT

SUR

LES TRAVAUX DU CONSEIL DE LA SOCIÉTÉ ASIATIQUE

PENDANT L'ANNÉE 1867-1868,

FAIT À LA SÉANCE ANNUELLE DE LA SOCIÉTÉ,

LE 9 JUILLET 1868,

PAR M. ERNEST RENAN.

Messieurs,

Vous m'avez imposé la plus difficile des tâches, en me chargeant de continuer la série de ces rapports qui, depuis des années, ont été l'honneur de notre Société, grâce aux qualités éminentes de clarté, de doctrine, de judicieuse critique, d'impartialité qu'y avait portées notre cher et illustre président. La collection des rapports de M. Mohl restera l'histoire la plus vraie des efforts tentés depuis trente ans dans le champ des études qui ont pour objet la connaissance de l'Asie. Vous serez indulgents, Messieurs, pour un travail auquel, durant une ou deux années encore, je ne pourrai consacrer que quelques semaines, soustraites avec peine à des travaux depuis longtemps commencés et dont l'achèvement est pour moi un devoir. Vous m'excu-

la *Collection orientale* n'a été livré au public cette année ; mais nous pouvons espérer que le cinquième volume de Masoudi paraîtra dans les premiers mois de 1869. Vos ressources ont continué de s'accroître; vos finances sont dans l'état le plus prospère. Les difficultés de local qui, depuis quelques années, ont pesé assez lourdement sur la Société, semblent en voie de se résoudre de la manière la plus satisfaisante. Dès à présent, et par mesure provisoire, notre confrère si dévoué, M. Barthélemy Saint-Hilaire, pense pouvoir mettre à notre disposition pour la bibliothèque une pièce du local de la Sorbonne affecté à la collection léguée par M. Cousin. Nous pouvons espérer mieux encore. Le jour n'est peut-être pas éloigné où votre Société recevra définitivement dans un des établissements de l'État une hospitalité que certes elle paye largement par les services de toute sorte qu'elle rend à l'État.

Des pertes bien sensibles se sont malheureusement produites dans votre sein. Deux hommes éminents qui appartenaient à la Société asiatique, l'un comme vice-président, l'autre comme membre associé étranger, M. le duc de Luynes et M. Bopp, sont morts cette année. M. le duc de Luynes ne tenait à nos études que par une partie de sa grande et noble activité. Son nom n'en restera pas moins attaché à l'un des changements importants qui se sont faits de nos jours dans les études orientales. Ces études furent, à l'origine, presque uniquement philologiques. L'archéologie, l'épigraphie y tinrent

offert à l'histoire ces données positives qui, au milieu des légendes de l'Orient, ont une valeur sans égale. Rappelez-vous, Messieurs, le sarcophage d'Eschmunazar, cet inappréciable document de l'antiquité phénicienne, acquis à la France et expliqué par notre illustre confrère; ces recherches approfondies sur la numismatique des satrapies au temps des Achéménides, qui ont rectifié tant d'erreurs accréditées; ces essais sur la numismatique et l'épigraphie chypriotes, qui ont posé un si curieux problème; ces travaux sur la numismatique des Nabatéens, nouveaux de tous points et dont la doctrine ne sera pas ébranlée; bien d'autres mémoires qui auraient suffi à fonder la réputation d'un savant, si le patronage que le duc de Luynes exerçait sur tant de branches de la culture intellectuelle ne l'eût avant tout fait envisager comme un promoteur éminent des recherches scientifiques et un Mécène éclairé. C'est en partie à M. le duc de Luynes que nous devons les travaux de M. Amari sur la géographie de la Sicile musulmane, ceux de M. Giuseppe Romano sur certains points de la numismatique siculo-punique, quelques-unes des plus curieuses fouilles de M. Mariette, l'image exacte de l'inscription de Thugga, la détermination de la position de Palmyre, l'exploration géologique, géodésique et archéologique du bassin de la mer Morte et de la vallée d'Arabah. Plus heureux que bien d'autres, le duc de Luynes sut inspirer son zèle à des personnes jeunes et capables comme lui de servir la science par ces re-

telle qu'elle est sortie de l'école nouvelle. Il y a l'infini, je ne dis pas entre Court de Gébelin, mais entre Adelung et M. Bopp. Pour être trouvée, cette méthode exigeait infiniment de tact et de justesse d'esprit; une fois trouvée, elle devait s'imposer à tous; elle restera un modèle pour les études du même genre, car elle n'est autre chose que l'emploi sagace de l'observation et de l'induction. Par M. Bopp, la science des langues est devenue une science comme la chimie et la physiologie; il ne reste plus qu'à étendre à toutes les familles le genre d'étude que l'illustre professeur allemand a fait sur les idiomes indo-européens.

Et dans le champ spécial des langues qu'analysa M. Bopp, quels merveilleux résultats! Sûrement l'unité de la famille indo-européenne avait été plusieurs fois entrevue avant lui; Leibnitz, Fréret, sans rien savoir du sanscrit, avaient aperçu de très-curieux rapprochements. Le Père Cœurdoux, Paulin de Saint-Barthélemy, quelques-uns des membres de la Société anglaise de Calcutta ne purent étudier le sanscrit sans apercevoir quelques-uns de ses rapports avec le grec et le latin. Frédéric Schlegel, dès 1808, traçait avec une sorte d'instinct profond les contours de la grande famille qui allait bientôt se révéler comme une individualité historique. Mais de l'aveu de tous, ce fut M. Bopp qui donna la démonstration complète de ce qu'on n'avait fait jusque-là que soupçonner. L'ouvrage intitulé *Ueber das Conjugationssystem der Sanskritsprache* (Francfort, 1816) marque

versaire de sa grande découverte, et mieux encore les nombreuses chaires où sa méthode est maintenant enseignée, assurent à l'étude qu'il a fondée de longues années de prospérité.

A ces deux grandes illustrations, permettez-moi, Messieurs, d'associer dans nos regrets un savant qui, par sa modestie et le caractère religieux de sa vie, ne fut connu que d'un petit nombre; je veux parler de M. l'abbé Le Hir, directeur au séminaire de Saint-Sulpice, décédé également cette année. J'ai pu, mieux que personne, connaître le mérite de M. l'abbé Le Hir, l'ayant eu pour maître en hébreu et en syriaque. M. Le Hir a peu publié, et quelques-unes de ses publications, ayant un but théologique, sortent du cadre de notre Société. Mais, outre sa profonde connaissance de l'hébreu et de la grammaire comparée des langues sémitiques, M. Le Hir était chez nous la personne qui possédait le mieux le syriaque. L'opuscule qu'il a composé sur la version syriaque de saint Matthieu, imprimée par Cureton, et où il combat l'importance exagérée que ce dernier savant avait attribuée à son texte, a une réelle valeur; il a aussi donné de bons articles à la *Revue critique*. C'était un homme de la plus haute vertu, joignant des dispositions rares pour l'érudition à un savoir grammatical des plus étendus. Il n'avait pas plus de cinquante ans quand une mort subite est venue l'enlever à l'estime de ses confrères et de ses élèves.

Malgré des pertes si sensibles, malgré les préoc-

rales qu'il publie[1], M. Bréal explique à merveille la méthode et l'esprit de l'enseignement qui lui est confié dans le premier de nos établissements scientifiques. Les objections qu'on a faites contre un tel enseignement reposent sur des malentendus. Certainement il importe de ne pas transporter trop vite un résultat philologique sur le terrain de l'histoire[2]. Très-souvent un peuple parle une langue par suite d'accidents historiques et non par suite de son origine ethnographique. La philologie comparée n'en reste pas moins un procédé légitime d'investigation historique. Une famille de langues est un grand facteur qu'il faut étudier comme une force distincte dans l'enchevêtrement des faits qui composent la vie de l'humanité[3].

L'étude comparative des langues indo-européennes se poursuit en Allemagne avec l'ardeur et la discipline d'une armée exécutant une campagne militaire. Après les recherches portant simultanément sur toutes les langues de la famille, sont venus les travaux plus restreints sur des groupes particuliers d'idiomes. Après les études sur la phonétique et les flexions, commencent à paraître des

[1] *De la forme et de la fonction des mots.* Paris, 1866. — *Les progrès de la grammaire comparée*, dans les *Mémoires de la Société de linguistique de Paris*, premier fascicule, 1868.

[2] Oppert, *L'Aryanisme, et de la trop grande part qu'on a faite à son influence* (discours fait à la Bibliothèque impériale le 28 décembre 1865).

[3] Whitney, *Key and Oppert on indo-european philology*, dans le *Journal of the American Oriental Society*, octobre 1867.

essais sur la syntaxe. Enfin, une curiosité légitime porte les esprits vers l'étude de cette langue indo-européenne primitive que nous pouvons seulement connaître par induction, mais dont l'existence est sous-entendue dans tous les rapprochements que nous faisons entre les divers membres de la famille.

M. Pott, qui est depuis la mort de M. Bopp le doyen des linguistes, a fait paraître le commencement d'un dictionnaire des racines des langues indo-germaniques[1]. Ce sont deux gros volumes qui forment la première subdivision de la deuxième partie du second tome de la 2e édition de ses *Recherches étymologiques*. Dans un intervalle de trente ans, les deux petits volumes qui composaient la première édition de cet ouvrage ont grossi à ce point que l'article *dhâ*, qui tenait en une page dans la première édition, en prend quarante dans la seconde; que l'article *div*, qui avait autrefois onze lignes, occupe aujourd'hui cent cinquante pages. L'auteur n'a encore examiné que les racines finissant par *a*, *i*, *u*, *v*. Ce sont là des trésors de science, un peu confusément amassés ou qui du moins ont grand besoin de bons registres et d'index. Le principe scientifique qui préside à ce travail peut même jusqu'à un certain point donner prise à la critique. M. Pott excède parfois les limites de la grammaire comparée, et plusieurs des rapprochements qu'il

[1] *Wurzel-Wörterbuch der indo-germanischen Sprachen*, von Aug. Friedr. Pott. Vol. I. Detmold, 1867, in-8°, 1379 pages.

accumule appartiennent à l'histoire spéciale des différents idiomes. Passer en revue toutes les acceptions qu'ont fait prendre à une racine l'usage, le changement de culture, ou même de purs accidents, dresser en un mot un dictionnaire simultané de toutes les langues indo-européennes, est une tentative qui dépasse de beaucoup les moyens dont la science dispose actuellement. L'histoire des différents idiomes indo-européens a été trop diverse pour qu'on doive étendre les rapprochements au delà de la première période de leur existence. L'ouvrage de M. Pott n'en est pas moins une mine inépuisable de faits, où l'on peut étudier le développement parallèle des langues indo-européennes et les procédés que l'esprit humain emploie instinctivement pour varier les acceptions des mots et multiplier les ressources du langage.

Un autre dictionnaire, beaucoup moins étendu et composé sur un autre plan, est dû à M. Fick. Il porte le titre de « Dictionnaire de la langue indo-germanique primitive, telle qu'elle existait avant la séparation des peuples[1]. » L'auteur, pratiquant une méthode déjà employée par MM. Pictet, Max Müller et d'autres, part de ce principe incontestable que des mots évidemment identiques se retrouvant dans des membres de la famille, séparés depuis un temps immémorial, ont dû se trouver dans la langue

[1] *Wörterbuch der indo-germanischen Grundsprache in ihrem Bestande vor der Völkertrennung*, von Aug. Fick, Göttingen, 1868, in-8° 246 pages.

mère. Il cherche d'après cela à reconstituer autant que possible le vocabulaire du peuple aryen primitif. Le plan adopté par l'auteur l'oblige à une netteté d'affirmations qui n'est sans doute pas toujours dans sa pensée. On peut dire que son dictionnaire est aux études détaillées de philologie ce que la carte géographique d'une région encore peu connue est aux descriptions et aux hypothèses des voyageurs. Le dessinateur qui place sous nos yeux tous les faits acquis ou simplement supposés est obligé à une précision de contours qui n'est pas toujours en accord avec l'état véritable des recherches. Toutes ces tentatives pour retrouver la langue aryenne primitive suggèrent d'ailleurs une réflexion. Elles ont une pleine valeur historique. Le latin serait perdu que l'on pourrait, à l'aide des langues romanes, tracer un tableau sommaire de l'état social, moral, religieux et mythologique du peuple qui imposa sa langue à l'Occident. Mais de telles tentatives n'ont qu'une valeur philologique relative : avec les six ou sept langues romanes, on ne pourrait reconstruire le latin s'il était perdu. Partir de la langue aryenne primitive, hypothétiquement rétablie, pour expliquer la grammaire particulière d'un idiome, c'est adopter une marche parfois commode dans l'exposition, mais scientifiquement dangereuse. A plus forte raison n'est-il permis de songer en pareille matière à aucune application pratique. La philologie comparée est une science spéculative comme la géologie, visant uniquement à reconstituer l'histoire lointaine d'un passé obscur qui excite vivement notre curiosité.

C'est à cette espèce de géologie des époques les plus anciennes du langage humain que se rapporte le remarquable mémoire de M. Georges Curtius, intitulé «la Chronologie dans la science des langues indo-germaniques [1].» L'auteur ne se propose pas seulement de remonter à l'aryen primitif; il veut découvrir, expliquer et classer les faits qui, en se succédant et en confondant leurs conséquences, ont produit la langue aryenne telle qu'elle existait au moment de la séparation des idiomes. Dans ces siècles reculés, M. Curtius, s'aidant des observations les plus fines et les plus sagaces, distingue sept périodes différentes. On se demandera sans doute comment nos instruments d'analyse peuvent atteindre et diviser de la sorte un âge pour lequel tout document positif nous manque; il faut voir les fines remarques par lesquelles M. Curtius essaye, comme le géologue, de tirer des moindres indices des conséquences historiques. Malgré ce qu'il a d'hypothétique, on peut dire que cet écrit marque un pas considérable dans l'histoire des recherches de grammaire comparée. Son importance s'accroîtra encore par les controverses qu'il ne pourra manquer de provoquer. M. Curtius attribue à la déclinaison un âge relativement moderne; sur ce

[1] *Zur Chronologie der indo-germanischen Sprachforschung*, von Georg Curtius. Extrait du tome V des Mémoires de l'Académie de Saxe. Leipzig, 1867, in-4°, 77 pages.

point, il se trouve en contradiction avec beaucoup d'autres linguistes. Il y a désaccord aussi entre plusieurs idées émises par M. Curtius et la théorie que M. Benfey vient de développer dans un mémoire sur les désinences plurielles du verbe indo-germanique [1]. Enfin M. Ludwig a récemment exprimé sur l'origine et la filiation des suffixes [2] quelques vues qui se rapprochent beaucoup moins de celles de M. Curtius que des doctrines de M. Benfey et de son élève M. Léo Meyer.

Les recherches de syntaxe comparative, inaugurées il y a quelque temps par M. Schweizer-Sidler et M. Adolphe Régnier, se sont enrichies cette année d'un intéressant mémoire de M. Delbrück [3], où l'auteur cherche à montrer comment les différentes langues indo-européennes, en perdant certains cas de leurs déclinaisons, ont dû les remplacer par d'autres, de manière qu'un même cas est souvent appelé à des fonctions très-diverses. Ces substitutions d'organes grammaticaux les uns aux autres,

[1] *Ueber einige Pluralbildungen des indo-germanischen Verbum*, von Theodor Benfey. Extrait du tome III des Mémoires de la Société royale des sciences de Göttingue. Göttingue, 1867, in-4°, 48 pages.

[2] *Die Entstehung der A-declination und die Zurückführung ihrer Elemente auf das ihr zu Grunde liegende Pronomen, zugleich mit der Darstellung des Verhältnisses der A-nomina zu den derivirten Verbalformen*, von A. Ludwig. Vienne, 1867, in-8° (Extrait du tome LV des Mémoires de l'Académie de Vienne, pages 131-194).

[3] *Ablativ, Localis, Instrumentalis, im Alt-indischen, Lateinischen, Griechischen und Deutschen. Ein Beitrag zur vergleichenden Syntax der indo-germanischen Sprachen*, von B. Delbrück. Berlin, 1867, in-8°, 80 pages.

par suite de réductions ou d'atrophies de certains organes, sont une des lois les plus importantes de la philologie comparée. La syntaxe de nos idiomes classiques, qui depuis tant de siècles s'enseigne d'une façon toute machinale, ne deviendra claire et sensée que par des études historiques de ce genre.

Le cadre de notre Société, essentiellement asiatique, ne nous permet pas d'embrasser l'immense étendue de ces intéressantes recherches. Le journal de Kuhn, les *Beiträge* de Kuhn et Schleicher continuent à en être les principaux organes. En Italie, la *Rivista orientale*, dirigée par M. Angelo de Gubernatis [1], avait commencé à remplir un rôle analogue; mais au bout d'un an, elle a dû cesser de paraître. En France, nous avons vu, depuis peu de mois, se fonder deux recueils pour les études de grammaire comparée. La Société de linguistique, établie il y a trois ans, et qui reconnaît spécialement M. Bopp pour son maître et son modèle, a publié le premier fascicule de ses Mémoires [2]. L'autre recueil est dirigé par M. Chavée [3], et contient des

[1] Florence. Premier fascicule, avril 1867.

[2] *Mémoires de la Société de linguistique de Paris*, tome Ier, premier fascicule. Paris, A. Franck, 1868, gr. in-8°, 96 pages.

[3] *Revue de linguistique et de philologie comparée.* Paris, Maisonneuve, 1867, in-8°. Un volume complet. On peut y joindre *La langue latine étudiée dans l'unité indo-européenne. Histoire, grammaire, lexique*, par Amédée de Caix de Saint-Aymour. Paris, 1868, in-8°, 452 pages. A une direction d'études analogues appartient *Morphologie oder Formenlehre der griechischen Sprache, zurückgeführt auf die indogermanische Ursprache*, für Gymnasien bearbeitet von Prof. Dr Füisting. Münster, 1867, in-8°, 60 pages.

travaux de MM. Hovelacque, de Caix de Saint-Aymour, Oppert. Ceux mêmes qui pensent que la prétention de remonter à l'unité aryaque et de dépasser les limites de l'étymologie historique est parfois exagérée dans ce recueil, ne peuvent qu'applaudir au zèle qu'y déploie une jeune et ardente école. Les personnes, au contraire, qui tiennent en de pareilles études à ce qu'on ne leur propose que des résultats indubitables, liront avec le plus grand fruit la phonétique indo-européenne de M. Frédéric Baudry [1]. Il est impossible de résumer avec plus d'ordre et de clarté les derniers résultats de la science. Les hommes instruits qui peuvent encore conserver des doutes sur la rigueur des procédés de l'école de M. Bopp, verront certainement tomber toutes leurs objections si elles veulent se livrer à une étude attentive de cet excellent écrit.

L'étude philosophique du langage a pour organe le recueil de MM. Lazarus et Steinthal [2]. Ce dernier, qui a publié récemment une nouvelle édition de son livre sur les principaux types du langage humain, vient de soumettre un idiome de l'Afrique centrale à une analyse à la fois grammaticale et psychologique, d'où il ressort plus d'un enseignement curieux. Des matériaux aussi neufs qu'abondants et variés viennent aussi d'être fournis à la science com-

[1] *Grammaire comparée des langues classiques*, par Fr. Baudry. Première partie : phonétique. Paris, 1866, in-8°, 212 pages.

[2] *Zeitschrift für Völkerpsychologie und Sprachwissenschaft.* Berlin 1867.

parative des langues par l'Académie impériale de Vienne. Cette académie publie, comme on sait, les résultats du voyage autour du monde exécuté par la frégate *la Novara*, dans les années 1857-1859. L'histoire et la géographie remplissent déjà plusieurs volumes. On nous donne aujourd'hui la première partie des matériaux philologiques recueillis pendant cette expédition, mis en œuvre et coordonnés avec les recherches antérieures par M. Frédéric Müller[1], professeur de linguistique orientale à l'université de Vienne. Les langues modernes de l'Inde y occupent une large place à côté des langues de l'Afrique, de l'Australie et de la Polynésie. C'est la grammaire qui a d'abord attiré l'attention de M. Frédéric Müller. Une seconde partie, non encore publiée, sera plus spécialement consacrée aux vocabulaires.

Les écrits philosophiques dont le langage est l'objet ont toujours été reçus avec faveur en France : aussi la traduction de la seconde série des lectures de M. Max Müller[2] est-elle assurée de trouver parmi nous l'accueil qu'a rencontré la première série. Sous le titre de *Copeaux d'un atelier allemand*[3],

[1] *Reise der œsterreichischen Fregatte Novara um die Erde in den Jahren 1857-1858-1859.* Linguistischer Theil, von Dr Friedrich Müller. Publié par l'Académie des Sciences de Vienne. Imprimerie impériale, 1867.

[2] *Nouvelles leçons sur la science du langage*, par M. Max Müller, traduites par MM. Harris et Perrot. Tome I, phonétique et étymologie. Paris, Durand, 1867, in-8°, 386 pages.

[3] *Chips from a german workshop.* 2 vol. Londres, 1867, in-8°. On

le même M. Max Müller a réuni un certain nombre de morceaux, tous ingénieux, tous du plus haut intérêt, même quand l'auteur paraît faire aux goûts et aux besoins du public anglais, auquel il les a destinés, certaines concessions [1].

La mythologie comparée était la conséquence naturelle de la philologie comparée. Les mythes, outre qu'ils résident pour une grande part dans les mots et consistent dans les mots eux-mêmes, sont des mots à leur manière, je veux dire des images fixées, susceptibles de toutes sortes de déformations, selon des lois organiques. M. Bopp entra peu dans cette voie de comparaison. Ce sont ses disciples, surtout MM. Kuhn et Max Müller, qui méritent ici le nom de créateurs. On sait le résultat capital de leurs recherches : savoir, que la race indo-européenne à l'origine n'a eu qu'un système de mythes, comme elle n'a eu qu'un langage; en d'autres termes, que le système de la mythologie aryenne avait sa complète individualité avant la dispersion des membres de la famille. La vraie clef des mythologies grecque, romaine, germanique a été ainsi donnée; les poëmes homériques, Eschyle, ont été mieux compris. La mythologie comparée est certainement une science plus délicate que la philologie comparée, car son objet n'est pas aussi matériel

peut y joindre *On the stratification of language*. London, 44 pages in-8°, 1868.

[1] Nous citerons encore : *Frammenti linguistici* d'Ascoli. Estratto dai *Rendiconti del Reale Istituto Lombardo*. Milano, 1867, in-8°.

que le mot et n'a pas la même fixité; plusieurs des rapprochements qu'elle propose laissent place au doute. Un professeur de Pise, M. Comparetti, trouvant exagérées les tendances de cette science nouvelle, l'a combattue dans un petit écrit[1]. Mais ses savantes objections ne sauraient ébranler la solidité de l'ensemble créé par MM. Kuhn et Max Müller. C'est dans l'écrit de ce dernier que nous citions tout à l'heure qu'on peut se rendre compte de l'intérêt supérieur de pareilles études. L'imagination profonde de M. Max Müller, sa rare connaissance des Védas, son instinct poétique, son talent brillant, qui font de lui un des meilleurs littérateurs de notre temps, se retrouvent là tout entiers.

M. A. de Gubernatis, dans un intéressant écrit sur les sources védiques de l'épopée hindoue, montre les transformations qu'ont subies, par suite des changements survenus dans la civilisation, les croyances naturalistes du premier âge[2]. Le savant éditeur du Samavéda et du Lexique des racines grecques, M. Benfey, a publié un petit mémoire qui se rapporte au même ordre d'études[3]. Il y rapproche la déesse grecque Tritonis Athéné du héros Thraêtâna Athwjana, plusieurs fois mentionné dans les textes zends. Tout d'abord l'identité paraît frap-

[1] *Edipo e la mitologia comparata,* saggio critico, di Domenico Comparetti. Pise, 1867, in-8°, 90 pages.

[2] *Fonti vediche dell' epopea.* Firenza, 1867, 101 pages in-8°.

[3] *Tritonid Athana femininum des zendischen masculinum Thraêtâna Athwyana,* von Th. Benfey. Göttingen, 1868, in-8°, 30 pages.

pante; mais M. Benfey est le premier à nous avertir des difficultés grammaticales qui rendent le rapprochement peu concluant. Ajoutons que ceux qui cherchent pour Athéné une origine phénicienne ou égyptienne ont aussi plus d'une raison à faire valoir.

La science comparée des lois et des coutumes des peuples, envisagée comme un complément de la philologie et de la mythologie comparée, n'a pas encore été ramenée à un cadre régulier. Je ne peux cependant m'empêcher de citer ici un très-intéressant opuscule de M. Giraud-Teulon [1], composé en partie d'après un écrit de M. Bachofen, où les personnes qui aiment à réfléchir sur les antiques civilisations antérieures à l'entrée des races aryennes et sémitiques dans l'histoire, trouveront des faits curieux, rapprochés avec intelligence et jetant beaucoup de jour sur un état très-ancien des sociétés humaines. Il n'est peut-être pas impossible que les mémoires de M. Holmboe [2], de Christiania, qui renferment tant de rapprochements de toute espèce, dont plusieurs assurément ne satisferont personne, ne contiennent aussi plus d'une indication utile et certaines comparaisons ingénieuses. Bien plus solides, en tout cas, sont les recherches de M. Pott

[1] *La mère chez certains peuples de l'antiquité*, par M. A. Giraud-Teulon fils. Paris, 1867, 66 pages, in-8°.

[2] *Om Helleristninger* (2ᵉ partie); — *Om en nordisk og indisk Vægteenhed*; — *Om Eeds Ringe* (2ᵉ partie); — *Om Hesteoffer*; — *Om Civaisme in Europa*; — *Om Tallene 108 og 13*; — *Ezechiels Syner og chaldæernes Astrolab* (Christiania, 1865, 1866, brochures in-8°).

sur ce qu'on peut appeler l'arithmétique comparée[1]. L'arithmétique renfermant un élément de choix, qui est la base de la numération, cet élément peut comme le langage, la mythologie, la législation traditionnelle, être pris pour critérium en ethnographie. M. Pott a porté dans cette étude infiniment de sagacité et d'érudition; antérieurement, du reste, il avait déjà traité savamment le même sujet.

La grande source de toutes ces recherches, si importantes pour l'histoire et la philosophie, ce sont les Védas. Il est permis certainement de regretter que l'étude des Védas, qui, au moment présent, est de beaucoup la plus importante de toutes les branches des sciences orientales, ne soit pas cultivée, au moins chez nous, par un plus grand nombre de travailleurs. L'ignorance du public, la manière peu éclairée dont les gouvernements entendent souvent nos études, le peu de soin qu'ils ont de tenir compte de l'opinion des personnes compétentes, leur façon tout administrative d'envisager les choses scientifiques, et, par-dessus tout, la routine, le petit nombre des chaires consacrées aux études nouvelles, sont cause qu'à l'heure qu'il est, au bout de près de cent années d'études sur l'Inde, et trente ans après que l'importance hors ligne des Védas a été démontrée,

[1] *Die Sprachverschiedenheit in Europa an den Zahlwœrtern nachgewiesen sowie die quinäre und vigesimale Zählmethode*, 100 pages, dans le *Festgabe zur XXV. Versammlung deutscher Philologen, Orientalisten und Schulmänner in Halle*. Halle, 1867.

ces livres, d'un intérêt si capital, sont à peine publiés, que leur interprétation est sur une foule de points tout à fait obscure, que sept ou huit travailleurs seulement dans le monde civilisé essayent de les éclaircir.

On sait que M. Wilson est mort en 1860 ayant achevé l'impression du tome IIIe de sa traduction du Rig-Véda. Le quatrième volume était imprimé jusqu'à la page 144; en outre, M. Wilson laissait le manuscrit complet du reste de son grand travail. M. Cowell a achevé la publication du quatrième volume, conformément aux intentions de l'illustre défunt[1]. Les principes de M. Wilson étaient fort simples. Il croyait que les commentateurs hindous nous ont, sauf un petit nombre de cas, conservé le vrai sens du Rig; chercher au delà de Sâyana lui paraissait chimérique et superflu; si parfois il prenait sur lui de le corriger, c'était avec infiniment de réserve et de timidité. La grande autorité dont jouissait M. Wilson aurait rendu fort difficile la position de celui qui de son vivant aurait voulu donner en Angleterre une nouvelle traduction du Rig. M. Max Müller, d'ailleurs, était occupé à exécuter, aux frais de la Compagnie des Indes, sa grande et magnifique édition du texte du Rig-Véda, accompagnée du commentaire de Sâyana. Cette grande tâche achevée, M. Müller a annoncé l'intention de publier en huit

[1] *Rig-Veda Sanhita*, t. IV, contenant le 5e ashtaka et le commencement du 6e. Londres, 1866, in-8°. Une nouvelle édition du tome I a aussi paru.

volumes la traduction raisonnée d'un choix d'hymnes tirées du Rig. Le premier volume de ce grand travail paraîtra avant la fin de cette année. M. Müller en a publié dernièrement un spécimen qui donne la plus haute idée de l'œuvre elle-même[1]. Ce sera là enfin une traduction critique, je veux dire une traduction où l'on ne mettra que ce que l'on comprend, où ce qui est certain sera donné comme certain, ce qui est douteux comme douteux. Songer pour le moment à une traduction complète du Rig-Véda est, selon M. Müller, chose absolument impossible, une foule de passages ne pouvant être compris que quand des générations de philologues, au courant des méthodes modernes, se seront usées à les éclaircir. Une telle assertion a causé en Angleterre et causera peut-être en France un certain étonnement. N'avons-nous pas, dira-t-on, le *Nirukta*, le commentaire de Sâyana, qui ne supposent et n'admettent rien d'obscur, rien du moins qui de façon ou d'autre ne s'interprète? N'avons-nous pas en français et en anglais des traductions du Rig-Véda, faites d'après Sâyana, par des indianistes renommés? Comment déclarer à refaire un travail exécuté par l'un des fondateurs des études indiennes, M. Wilson? Une vive controverse s'est engagée sur tous ces points. M. Max Müller[2],

[1] *The sixth hymn of the first book of the Rig-Veda*, dans le *Journal of the Royal Asiatic Society*, mars 1868.

[2] *The Hymns of the Gaupâyanas and the Legend of King Asamâti*, dans le *Journal of the Royal Asiatic Society*, nouvelle série, vol. II, partie 2 (déc. 1866). Voir aussi *Chips from a german workshop*, t. I.

M. Muir[1], M. Roth[2], M. Kuhn[3], M. Whitney[4], ont victorieusement soutenu contre M. Cowell[5] et M. Goldstücker[6] que la philologie moderne a le droit et le devoir de soumettre à un rigoureux examen toutes les explications traditionnelles de l'Orient. De telles explications ne doivent jamais être dédaignées, mais évidemment elles ne doivent jamais être suivies d'une manière aveugle. Où en serait l'interprétation des monuments de la littérature hébraïque, si l'on avait tenu Raschi ou Nicolas de Lire pour des interprètes irréformables? La plus grande marque du progrès dans ces études est justement de trouver des obscurités dans des passages où les vieux commentateurs, étrangers à la méthode philologique, ne voyaient rien que de clair. Plusieurs versets des Psaumes et du livre de Job, qui n'arrêtaient pas un moment les scolastiques du moyen

[1] Muir, *Contributions to a knowledge of the vedic theogony and mythology*, dans le *Journal of the R. A. S.* nouv. série, vol. II, part. 1 (1866); — *Miscellaneous hymns from the Rig and Atharva Vedas* (ib.); — *On the interpretation of the Veda* (même journal, vol. II, part. 2, art. 9).

[2] Roth, dans le *Zeitschrift der deutschen morgenländischen Gesellschaft*, 1867, p. 1 et suiv.

[3] Kuhn, dans les *Beiträge zur vergleichenden Sprachforschung*, 5ᵉ vol. (1867), 2ᵉ fascicule.

[4] *The translation of the Veda*, dans le *North American Review*, avril 1868, et *Proceedings of the Amer. Orient. Soc.* 16 et 17 oct. 1867.

[5] Préface du volume précité.

[6] *On the Veda of the Hindus and the Veda of the german school* (lu à la Société asiatique de Londres, janvier 1867). On a peine à croire qu'il n'y ait pas eu sur la pensée de ce dernier indianiste quelque malentendu. Nous croyons savoir qu'il se plaint d'avoir été inexactement compris et qu'il se dispose à répondre.

âge, sont déclarés maintenant des énigmes, qu'on ne résoudra peut-être jamais. Il est bien temps que certains savants anglais renoncent à cette dédaigneuse appellation de « philologues du continent, » devenue pour eux synonyme d'esprits aventureux, de faiseurs d'hypothèses, de gens qui ne s'en tiennent pas aux textes et ne veulent pas suivre la tradition; qu'ils cessent d'envisager l'Angleterre comme une espèce d'île bénie, providentiellement préservée de l'erreur, et qui ne doit pas être souillée par les attentats de la critique germanique; qu'ils se persuadent enfin que, si le détroit qui les sépare du reste du monde leur a créé une situation politique sans égale, il ne leur a conféré aucun privilége en philologie. La mémoire de M. Wilson n'a rien à voir en tout ceci. Les services rendus par ce grand indianiste sont reconnus de tout le monde. Sa traduction du Rig-Véda elle-même reste un livre de pleine valeur. Si l'auteur l'eût intitulée : « Traduction du Rig, selon Sâyana, » il serait irréprochable. Loin de regretter que le travail ait été fait une première fois de cette manière, il faut s'en réjouir. La traduction de Wilson ne deviendrait préjudiciable aux études sanscrites que si elle servait de prétexte pour empêcher de faire autrement.

Le grand recueil institué à Calcutta sous le titre de *Bibliotheca indica* et où de savants pandits publient les ouvrages de leur littérature originale, a donné en 1866 les fascicules 20 et 21 de la Sanhita du Yadjour-Véda noir, avec le commentaire de Mâdhava Âtchârya [1]. La même année, la même *Bibliotheca indica* a publié les deux premiers fascicules du Grihya Sûtra d'Âçvalâyana, avec le commentaire de Gârgya Nârâyana [2]. M. Stenzler avait déjà publié le texte et la traduction allemande de ce Grihya Sûtra [3]. M. Weber a publié sur le rituel védique des sacrifices une étude des plus approfondies [4]. Le même savant et M. Kielhorn ont étudié, en en donnant le texte et en le commentant, un traité important sur l'accent védique [5]. Enfin, M. Siegfried Goldschmidt a consacré au Sama-Véda des heures d'austère et patient travail [6].

Certainement, ce qu'on appelle au sens propre la littérature sanscrite a un peu perdu de l'importance qu'on y attacha d'abord, depuis qu'on a mieux vu les différents plans du vaste ensemble littéraire découvert entre les mains des brahmanes par les savants anglais de Calcutta. Les Védas et la littérature qui s'y rapporte ne sont pas des livres d'un intérêt purement hindou; ils appartiennent à l'histoire de la race indo-européenne tout entière. La littérature sanscrite, au contraire, n'est à beaucoup d'égards que la littérature propre de l'Inde, de la même manière que la littérature persane est la litté-

[1] Publiés par Râma Nârâyana Vidyâratna.

[2] Publiés par le même.

[3] Dans les *Abhandlungen für die Kunde des Morgenlandes*, publiées par la Société Asiatique allemande, t. III et IV (1864-1865).

[4] Dans les *Indische Studien*, X[e] vol. 3e fascic. (1868).

[5] *Ibidem*, p. 397 et suiv.

[6] Dans le *Monatsbericht* de l'Académie de Berlin, avril 1868.

rature propre de la Perse. L'enthousiasme de William Jones ou de Frédéric Schlegel pour le Râmâyana et le code de Manou, considérés comme des restes de la plus haute antiquité, ne serait plus permis de nos jours. Mais tous ces écrits ont tant d'importance pour expliquer les Védas, la langue sanscrite est un monument si capital d'histoire et de philologie, l'histoire propre de l'Inde a d'ailleurs un si haut intérêt philosophique, que toute publication sanscrite conserve encore dans l'état actuel de la philologie une valeur de premier ordre. L'ardeur de l'Allemagne pour ces belles études, quoique un peu ralentie, produit encore de beaux fruits. M. Lassen publie une nouvelle édition considérablement augmentée du premier volume de la grande encyclopédie historique qu'il a intitulée *Indische Alterthumskunde*[1]. L'immense dictionnaire sanscrit que dressent à Saint-Pétersbourg MM. Bœhtlingk et Roth se continue; le cinquième volume, atteignant la fin de la lettre *m*, est achevé[2]. MM. Max Müller et Benfey n'ont pas cru dérober quelque chose à leurs savants travaux en composant, l'un une grammaire, l'autre un dictionnaire, destinés à faciliter l'accès de ces savantes études[3].

[1] Mentionnons aussi une nouvelle édition de son *Anthologia sanscritica*, publiée par Gildemeister (1868).

[2] *Sanskrit-Wærterbuch*, herausgegeben von der kaiserlichen Academie der Wissenschaften. Saint-Pétersbourg, in-4°.

[3] *A sanskrit Grammar for beginners in devanâgari and roman letters*, par M. Max Müller, xxiv-308 p. — *A sanscrit-english Dictionary with references to the best editions of sanskrit authors and etymologies and comparisons of cognate words chiefly in greek, latin, gothic and anglo-saxon*, par M. Benfey (Londres, 1866, in-8°). Ces deux ouvrages

M. Müller a profité de cette occasion pour procéder à un nouvel arrangement des matériaux de Panini et les adapter au système grammatical courant en Europe. La nouvelle édition du glossaire de M. Bopp est achevée depuis un an à peu près[1].

Il se publie à Londres une édition complète des œuvres de M. Wilson. Le Vishnou-Pourâna a reparu par les soins de M. Fitz-Edward Hall[2]; les *Essais* du même savant ont été redonnés par M. Rost[3]. M. Muir publie également une nouvelle édition de ses textes sanscrits originaux sur l'histoire de l'Inde; le premier volume, contenant les données mythiques et légendaires sur l'origine des castes et leur existence dans l'âge védique, a paru avec des additions qui en font presque un ouvrage nouveau[4]. M. Muir prépare un remaniement analogue pour les tomes II et III. Un élégant petit volume, publié dans la nouvelle collection Jannet, offrira aux per-

font partie de la collection des Manuels pour l'étude du sanscrit, publiée par M. Max Müller. De la même collection fait partie l'Hitopadéça, sanscrit seul et sanscrit avec traduction anglaise interlinéaire, 1864 et 1865.

[1] Berlin, petit in-4°, 1867.

[2] Les tomes I, II, III ont paru (1864, 1865, 1866); les tomes IV et V sont sous presse.

[3] *Essays and lectures*, etc. 2 vol. (1861, 1862); *Essays analytical*, etc. 3 vol. (1864, 1865).

[4] *Original sanskrit Texts on the origin and history of the people of India, their religion and institutions*, collected, translated and illustrated by J. Muir. Vol. first. *Mythical and legendary accounts of the origin of caste, with an enquiry into its existence in the vedic age.* 2nd édition, rewritten and greatly enlarged. London, 1868. La première édition était de 1858.

sonnes qui désirent connaître un des chefs-d'œuvre de la littérature hindoue une nouvelle traduction, avec notes, du drame le plus célèbre de Kâlidâsa, traduction due à notre confrère M. Édouard Foucaux[1].

L'infatigable M. Albert Weber, qui travaille à lui seul autant qu'une école entière, a repris dans ces derniers temps ses travaux sur l'astronomie indienne[2]. M. Whitney et M. Burgess sont revenus de leur côté sur le même sujet[3]. M. Weber a encore publié un travail important sur les castes[4]; enfin, il a continué ses études sur la langue et la littérature des Djainas[5]. Cette langue des Djainas, ou *mâgadhî*, a beaucoup d'importance. C'est une espèce de pâli, dont les textes remontent à peu près au premier siècle de notre ère. Les rapports de tout ce développement pendjabien avec le bouddhisme ont été savamment relevés par M. Weber. On est toujours sûr de trouver ce savant à l'endroit de la mine où se font les recherches les plus

[1] *La reconnaissance de Sakountala*, trad. par P. E. Foucaux. Paris, 1867, in-16, xxiv-188 pages.

[2] *Indische Studien*, X, 2e fascic.

[3] *Journal of the American Asiatic Society*, 8e volume (1866), p. 1 et suiv. 382 et suiv.

[4] *Indische Studien*, X, 1er fascic.

[5] *Ueber ein Fragment der Bhagavatî. Ein Beitrag zur Kenntniss der heiligen Sprache und Literatur der Jaina.* 1re partie : *Einleitung und erster Abschnitt : von der Sprache der Bhagavatî.* (Berlin, 1866). — 2e partie : *2er Abschnitt : Inhalt der vorliegenden Bücher der Bhagavatî, und 3er Abschnitt : die Legende von Khamdaka* (Berlin, 1867) Extrait des Mémoires de l'Académie de Berlin.

ardues, les plus neuves, celles qui demandent le plus d'abnégation et de dévouement.

Conformément au plan qu'il avait annoncé, M. Gorresio a commencé la publication de l'Uttaṛakanda[1], complément de sa magnifique édition du Râmâyana. L'Uttarakanda ne fait pas partie du grand poëme de Valmiki; mais il y est joint d'ordinaire comme une suite. Le volume publié par M. Gorresio ne contient que le texte sanskrit; la traduction formera un autre volume. La traduction du Mahâbhârata[2] par M. Fauche a atteint son huitième volume. Les personnes les plus disposées à reconnaître les services de ce laborieux traducteur regrettent que ses travaux soient faits avec trop de hâte et trop peu de scrupule grammatical, que l'auteur ne se soit pas plus soucié d'entrer dans l'esprit de la philologie et de la critique contemporaines. Il est incontestable, d'un autre côté, qu'une traduction médiocre d'un ouvrage comme le Mahâbhârata sera encore un livre utile; elle servira à se retrouver dans cet ouvrage colossal et à donner une idée de l'ensemble, que bien peu de personnes connaîtront s'il faut pour cela lire tout l'original. C'est une utilité du même genre qu'on peut trouver à l'histoire de l'Inde de M. Talboys

[1] *Uttarakanda*, testo con note secondo i codici della recensione Gaudana. Paris, Imprimerie impériale, 1867.

[2] *Le Mahâ Bhârata*, traduit par Hippolyte Fauche, t. VIII, 1868. Voir *Journ. asiat.* février-mars 1867, article de M. Hauvette-Besnault.

Wheeler[1]; l'auteur ayant trouvé une traduction abrégée du Mahâbhârata, qu'il croit être de Wilson, l'a insérée presque tout entière dans son ouvrage. La critique du Mahâbhârata s'élabore lentement. Dans un travail récent, M. Goldstücker[2] a montré qu'il s'y trouve des portions assez considérables antérieures au code de Manou.

La philosophie hindoue n'a pas été négligée. Un compendium de la philosophie Mîmâmsâ par Mâdhavâtchârya a été publié sous la direction de M. Goldstücker[3]. La *Bibliotheca Indica* a donné les fascicules III, IV et V du Mîmâmsâ Darçana avec le commentaire de Çavara Svâmin[4]. M. Roër a donné dans le journal de la société asiatique allemande[5] une traduction des principes de la philosophie Vaiçeshika de Kanâda. Un petit catéchisme moral, commun aux brahmanes et aux bouddhistes, qui paraît jouir de beaucoup de popularité dans l'Inde et au Tibet, a été publié en sanskrit et en tibétain et traduit en français par M. Foucaux[6], qui, dans

[1] *The History of India from the earliest ages.* Vol. I. The vedic period and the Mahâ Bhârata. Londres, 1867, LXX-576 pages.

[2] *On the Mahâbhârata,* extrait de la *Revue de Westminster,* avril 1868.

[3] *Auctores sanscriti, edited for the sanskrit text Society, under the supervision of Th. Goldstücker.* Vol. I, containing the *Jaiminîya-Nyâya-Mâlâ-Vistara.* Part. I-V, à partir de 1865.

[4] Publiés par le pandit Maheçatchandra Nyâyaratna. 1866-67.

[5] Année 1867, p. 309 et suiv.

[6] *La guirlande précieuse des demandes et des réponses,* publiée par Ph. Éd. Foucaux, in-8°, Paris, 1867. Voir *Journal asiatique,* nov.-déc. 1867, février-mars 1868.

une introduction, croit devoir prouver que l'auteur ne saurait être, comme on l'a prétendu, le célèbre philosophe Çankara Âtchârya. M. Albert Weber a repris ce texte et l'a soumis à une critique approfondie[1]. M. Brockhaus a achevé l'édition, depuis longtemps commencée, du recueil de contes de Somadéva, intitulé *Kathâ Sarit Sâgara*[2].

Le Digeste des lois hindoues, publié par MM. Raymond West et Georges Bühler[3], est un utile complément au grand recueil déjà publié par Colebrooke; ce n'est pas seulement un livre de pratique destiné aux magistrats anglais qui rendent la justice aux indigènes de l'Hindoustan, c'est un livre nécessaire pour celui qui voudra faire l'histoire des nombreux codes de l'Inde brahmanique. L'essai de M. Sicé sur la constitution de la propriété du sol et de l'impôt foncier dans l'Inde[4] devra aussi être consulté par ceux qui voudront se former une idée juste de la communauté indienne. L'histoire si obscure des anciens royaumes de l'Inde reçoit quelque

[1] *Monatsbericht* de l'Acad. de Berlin, février 1868, p. 92 et suiv.

[2] Dans les *Abhandlungen für die Kunde des Morgenlandes*, de la Soc. As. allemande, t. IV, n° 5 (1866).

[3] *A Digest of hindu law, from the replies of the Shastris in the several courts of the Bombay presidency, with an introduction, notes and an appendix*, edited by Raymond West, B. A. of H. M. Bombay civil service, acting judge of Canara, and Johann Georg Bühler, Ph. D^r, professor of oriental languages in the Elphinstone college, Bombay. Book I. *Inheritance*. Gr. in-8°, Bombay, 1867, LXX-362 pages.

[4] *Essai sur la constitution de la propriété du sol, de l'impôt foncier et des divers modes de perception de cet impôt dans l'Inde*, par M. E. Sicé. In-8°, Pondichéry, 1861, 175 pages.

lumière de l'opuscule de M. Westergaard[1] sur les anciens pays de Malava et de Kanyakubja.

Si quelque chose pouvait prouver la remarquable activité littéraire qui s'est développée dans l'Inde sous la domination anglaise, ce serait le catalogue publié à Bombay, par ordre du gouvernement, des ouvrages indigènes imprimés à Bombay jusqu'à la fin de l'année 1864[2]. Il y a là une foule d'indications pour ceux qui s'occupent des dialectes et des littératures modernes de l'Inde. Un opuscule de M. Jones Beames[3] fournira aux mêmes personnes un manuel très-commode. Mais je m'arrête dans cette voie; car nous connaissons tous ces intéressants discours que M. Garcin de Tassy[4] a coutume de prononcer chaque année à l'ouverture de son cours, et où il met si bien ses auditeurs au courant du mouvement littéraire de l'Inde et en particulier des curieuses luttes qui se sont élevées depuis quelques années entre la branche hindoue et la branche musulmane de l'hindoustani, l'hindi et l'urdu.

Les *Proceedings* de la Société asiatique du Bengale pour l'année 1837 montrent l'activité de cette

[1] *Bidrag til de indiske Lande Malavas og Kanyakubjas Historie.* Copenhague, 1868.

[2] *Catalogue of native productions in the Bombay presidency, up to 31 déc. 1864*, prepared under orders of government by Sir A. Grant, baronet, director of public Instruction. Bombay, 1867, in-8°.

[3] *Outlines of indian philology*, par John Beames. Calcutta, 1867.

[4] Voir en particulier les discours prononcés le 3 décembre 1866 et le 2 décembre 1867. M. Garcin de Tassy vient de donner une nouvelle édition de son ouvrage intitulé : *Les auteurs hindoustanis et leurs ouvrages, d'après les biographies originales.* Paris, 1868.

société. Ses Mémoires continuent d'offrir le plus grand intérêt. Nous y remarquons une histoire et une topographie de la ville de Dehli, un mémoire sur les pèlerinages au pays de Cachemyr et de nombreuses inscriptions[1]. Deux recueils périodiques, *The Pandit* (depuis juin 1866), en sanscrit et en anglais, et *The Hindu Commentator*, ou *Pratna Kamra Nandinî* (depuis septembre 1867), en sanscrit, contiennent également des articles que les indianistes liront avec fruit.

L'archéologie de l'Inde commence à être sérieusement étudiée, surtout par les soins de M. Fergusson. Nous avons tous pu voir à l'Exposition universelle l'admirable collection de photographies rassemblées par ce savant architecte. Diverses communications de M. Lejean, relatives aux antiquités de la Cophène, promettent aussi des résultats fort intéressants[2]. Rien de tout cela ne remonte au delà du IIIe siècle avant J. C.; mais l'étude de ces monuments singuliers fournira certainement à l'histoire de l'art les plus curieuses observations[3]. L'épi-

[1] *Journal of the Asiatic Society of Bengal*, 1866, n° 4.

[2] Dans les *Comptes rendus de l'Acad. des inscr. et belles-lettres*, séance du 29 mars 1867.

[3] *Architecture of Ahmedabad, the capital of Goozerat*, photographed by colonel Biggs. With an historical and descriptive sketch, by Theodore C. Hope, and architectural notes by James Fergusson. — *Architecture at Beejapoor, an ancient mahometan capital in the Bombay presidency*, photographed from drawings by Capt. P. D. Hart, A. Cumming, and native draftsmen; and on the spot by Col. Biggs, and the late major Loch, with an historical and descriptive Memoir by Capt. Meadows Taylor, and architectural notes by James Fer-

graphie a également profité du zèle qui s'est allumé pour les antiquités dans la province de Bombay, sous le patronage d'indigènes éclairés et généreux[1]. Le savant numismate et paléographe M. Edward Thomas a publié un mémoire sur la numismatique du Bengale[2], et un autre mémoire sur l'origine de l'alphabet arien, auquel on est surpris de voir qu'il attribue une origine dravidienne[3].

Un travail d'un ancien missionnaire danois, B. Ziegenbalg[4], sur la religion indigène du Malabar, pourra offrir des renseignements en vue de l'histoire des cultes dravidiens. Ziegenbalg possédait une connaissance approfondie du tamoul. Un volume char-

gusson. — *Architecture in Dharwar and Mysore.* Photographed by the late Dr Pigou, A. C. B. Neill and Col. Biggs. With an historical and descriptive Memoir by cap. Meadows Taylor, and architectural notes by James Fergusson. Tous ces recueils ont été publiés pour le comité des antiquités architecturales de l'Inde occidentale, sous le patronage de Premchund Raichund et de Kursondas Madhowdas. Londres, 1866, gr. in-fol. Voir aussi *The rock-cut temples of Ajanta, with an account of a trip to Aurangabad and Elora,* by J. Burgess (Bombay, 1868), et surtout le n° 2 de 1867 du *Journal of the Asiatic Society of Bengal.*

[1] *Inscriptions in Dharwar and Mysore.* Photographed by the late Dr Pigou and Col. Biggs. Edited by T. C. Hope. Publiées par le même comité. Londres, 1866, grand in-fol. On trouvera aussi des renseignements curieux dans *Miscellaneous Paper chiefly on scientific subjects,* de T. Seymour Burt, vol. III, part. 3 (Londres, 1868), in-12, 486 pages, 26 planches.

[2] Dans le *Journal of the Asiatic Society of Bengal,* 1867, n° 1.

[3] Dans les *Proceedings of the Asiatic Society of Bengal,* février 1867.

[4] *Genealogie der malabarischen Gœtter, aus eigenen Schriften und Briefen der Heiden,* zusammengetragen und verfasst von B. Ziegenbalg. Publié par Wilhelm Germann (Madras et Erlangen, 1867).

mant de contes populaires du Décan a paru à Londres et donnera lieu aux rapprochements les plus intéressants de littérature comparée[1].

Une rare bonne fortune pour les études bouddhiques a été l'acquisition par la Bibliothèque impériale de la belle collection formée par M. Grimblot, à Ceylan et à Maulmein. Cette littérature bouddhique du sud est maintenant regardée comme nous rapprochant bien plus des origines du bouddhisme que les soutras népalais du nord. La précieuse série de grammaires pâlies rapportées par M. Grimblot sera d'ailleurs d'un très-grand secours pour la philologie. A l'instigation de M. Bigandet, évêque de Rangoun, le roi de Birmanie a envoyé à l'Empereur un riche fonds pâli, contenant le *Tripitaka* complet en trente beaux volumes écrits sur olles. L'Empereur a fait déposer ce précieux cadeau à la Bibliothèque impériale.

Je ne connais que par le titre l'étude que M. Frédéric Müller a publiée sur la langue pâlie[2]. M. Bigandet[3] a donné une deuxième édition fort augmentée de sa Vie de Bouddha, qui contient de nouveaux et précieux documents originaux. Le mémoire de

[1] *Old Deccan days, or Hindoo fairy legends current in southern India*, collected from oral tradition by Miss Frère, with an introduction and notes by Sir Bartle Frère. The illustrations by C. Frère. In-12, XL-31 pages. Londres, 1868.

[2] *Beitræge zur Kenntniss der Pâli-Sprache*. Gr. in-8°, 34 pages. Vienne, 1868.

[3] *The Life or Legend of Gaudama*. Rangoon, american mission press, in-8, 1866, XI-538 pages.

M. Westergaard[1] sur la chronologie de la vie de Bouddha, quoique déjà un peu ancien, mérite d'être signalé à cause de son importance. M. Westergaard place l'année où Bouddha atteignit le nirvâna à une date plus récente qu'on ne le faisait. Il croit pouvoir la fixer à 368-370 avant J. C., en avouant toutefois que l'argumentation au moyen de laquelle il arrive à cette date précise repose en partie sur de simples conjectures.

Tout ouvrage de M. Spence Hardy sur le bouddhisme mérite l'attention, puisque M. Spence Hardy a été durant des années en rapports suivis avec les bouddhistes. Son dernier écrit[2] ne rentre qu'à demi dans le plan de nos études, puisque c'est une réfutation du bouddhisme. Le but principal de l'auteur est de montrer que les théories cosmologiques et historiques de cette religion sont démenties par l'expérience et la science; ce dont assurément personne ici ne doute. La plupart des matières traitées dans ce livre l'ont déjà été d'ailleurs par M. Hardy lui-même dans ses livres antérieurs. Cependant, outre certains détails nouveaux, le dernier ouvrage présente un caractère particulier, c'est le recours direct aux sources palies. Contredisant l'opinion autrefois reçue, M. Hardy pense que le bouddhisme date d'une époque intermédiaire entre

[1] *Ueber Buddha's Todesjahr*, trad. du danois par Stenzler. Breslau, 1862.

[2] *The legends and theories of the Buddhists, compared with history and science*, by Spence Hardy. Londres, LVI et 244 p. 1866, in-8°.

l'âge védique et l'âge brahmanique, qu'il naquit en un temps où le brahmanisme n'était encore qu'en formation, qu'il est par conséquent antérieur aux grandes écoles philosophiques de l'Inde. La critique à laquelle M. Spence Hardy soumet les écritures bouddhiques mérite aussi d'être remarquée. Chez nous, M. Feer[1] continue avec zèle l'étude de la littérature bouddhique du nord dans ses originaux sanskrits et dans les traductions qui en ont été faites au centre de l'Asie.

Un ouvrage qui sera précieux pour la connaissance du bouddhisme, quand il sera terminé, c'est le voyage de M. Bastian[2]. Un volume entier, le cinquième et dernier de l'ouvrage, sera uniquement consacré à l'étude de cette religion. Mais déjà, dans les trois volumes publiés, le bouddhisme, au moins celui de l'Indo-Chine, tient beaucoup de place. M. Bastian donne les détails les plus curieux sur les couvents, sur la vie des moines, sur leur manière de concevoir la religion. Il décrit le mouvement d'idées qui règne chez les bouddhistes éclairés, mouvement à la tête duquel se place le roi de Siam

[1] *Le Sûtra en quarante-deux articles.* Textes chinois, tibétain et mongol, autographiés d'après l'exemplaire polyglotte rapporté par l'abbé Huc. In-8°, IV-40 p. — *Textes tirés du Kandjour* (six livraisons, 1864-1866). — Textes sanskrit, tibétain et mongol du Pradjnâpâramita hridaya Sûtra, Paris, 1866. — La légende du roi Asoka, en tibétain. — *Des Vyâkaranas et de leur place dans la littérature des bouddhistes* (Extr. de la *Revue orientale*, juin 1867, in-8°, 19 pages). Voir aussi *Journal as.* avril-mai 1867.

[2] *Die Vœlker des œstlichen Asiens.* 3 vol. 1866, 1867; Leipzig et Iena. Voir ci-après, p. 160.

lui-même, ainsi que l'un de ses ministres, et qui, s'il continuait, aboutirait à une réforme, peut-être à un schisme, dans le bouddhisme siamois. Je vois aussi que M. Bastian a présenté à la Société asiatique américaine une traduction de l'ouvrage siamois intitulé : *Bre-Temiya-Jatak*, traduit du pali, l'un des dix principaux djatakas ou Vies de Bouddha en ses existences antérieures[1].

M. Spiegel reste toujours à la tête des savants qui s'occupent des anciens écrits iraniens. Cette année, il a publié une grammaire de l'ancien bactrien (c'est le nom scientifique du zend), suivie d'un appendice sur le dialecte des *gâthâs* du Yaçna[2], et une lecture sur la vie de Zoroastre[3], où il essaye de prouver que le personnage réel qui porta ce nom vécut à une époque fort ancienne, qu'il vint des pays du Tigre et de l'Euphrate en Bactriane et qu'il conçut sa réforme sous une influence sémitique. M. Kossowicz[4] a donné une nouvelle édition et une version soignée des Gâthâs du Yaçna. M. Paul de Lagarde a réimprimé une série de ses opuscules philologiques, où l'Iran tient une grande place[5]. Les gloses iraniennes dispersées dans les auteurs anciens, l'in-

[1] *Proceedings* de ladite Société, 16 et 17 octobre 1867.

[2] *Grammatik der altbaktrischen Sprache, nebst einem Anhange über den Gâthâdialect.* Leipzig, 1867.

[3] *Sitzungsberichte* de l'Académie de Munich, 5 janvier 1867.

[4] *Gâta Ahunavaiti saratustrica septem* latine vertit et explicavit Dr Cajetanus Kossowicz. Saint-Pétersbourg, 1867.

[5] *Gesammelte Abhandlungen*, von P. de Lagarde, 1866.

185

fluence extérieure des langues iraniennes, l'extension des peuples iraniens dans l'antiquité y sont minutieusement étudiées. Il a en outre publié des éléments pour la lexicographie de l'ancien bactrien[1], tirés surtout de la comparaison du zend avec l'arménien. Comme supplément de son dictionnaire persan, M. Vullers vient de publier un glossaire des mots persans dont l'étymologie doit être cherchée en sanskrit, en perse ancien, en pehlvi, en parsi. Il insiste principalement sur ce point que, l'alphabet arabe étant mal approprié au persan, il faudrait établir avant tout une correspondance parfaite entre les sons représentés par les caractères arabes et les sons tels qu'ils étaient prononcés avant la conquête musulmane[2].

Les Parsis de Bombay continuent de montrer pour le progrès des études philologiques relatives à leurs anciens livres sacrés l'empressement le plus louable. Nous avons reçu les cinq premiers numéros d'un recueil en guzarati, intitulé : « Études zoroastriennes, » dont l'auteur est Khursedji Rustamdji Kama[3]; il s'y trouve en particulier un travail intéressant sur l'inscription de Nakschi-Rustem. Un ancien dictionnaire zend-pehlvi, déjà publié par

[1] *Beiträge zur baktrischen Lexicographie.* In-8°, 80 p. Leipzig, 1868.

[2] *Verborum linguæ persicæ radices dialectis antiquioribus persicis et lingua sanskrita et aliis linguis maxime cognatis erutæ atque illustratæ.* Supplementum lexici sui persico-latini scripsit J. A. Vullers. Bonn, 1867, 136 pages.

[3] *Zartoçtî Abhjâsa.* Bombay, 1866-67, in-8°.

Anquetil-Duperron, mais dont il était à peu près impossible de faire usage, a été publié de nouveau par le destour Hoshengdji Jamaspdji, et revu par M. Haug [1]. Les éditeurs l'ont accompagné d'une transcription en lettres européennes et d'une traduction anglaise.

Un livre important et depuis bien longtemps attendu vient de paraître par les soins de M. Mohl [2]. C'est le texte du grand ouvrage de M. Lajard sur le culte de Mithra, dont les planches sont depuis longtemps entre les mains du public savant. La question qui donna naissance à ce vaste travail fut posée par l'Académie des inscriptions et belles-lettres en 1823. Il y a sans doute de graves inconvénients à ce que, dans l'état actuel des études, de pareilles recherches soient publiées si longtemps après avoir été conçues. A l'époque où M. Lajard se forma ses idées sur l'histoire des religions orientales, les vrais principes de la critique en cette matière étaient peu compris. La philologie comparée venait de naître; la mythologie comparée n'existait pas. De là, bien des idées qui paraîtront aujourd'hui surannées; mais la parfaite conscience de M. Lajard, la manière exacte dont il reproduit les textes, les ins-

[1] *An old zand-pahlavi Glossary*, edited in the original characters by Destur Hoshengji Jamaspji, high priest of the Parsis in Malwa, India, revised with notes and introduction by M. Haug. Bombay, 1867, in-8, LVI-132 pages.

[2] *Recherches sur le culte public et les mystères de Mithra en Orient et en Occident*, par F. Lajard. Paris, Imprimerie impériale, VIII-692 pages in-4°.

criptions, les monuments figurés, font de son livre un répertoire indispensable pour l'étude des religions de l'Asie. L'ouvrage est loin d'être complet; M. Lajard n'avait pu remplir qu'une petite partie du plan qu'il s'était tracé; l'histoire du culte mithriaque en Occident n'est pas touchée. Les chapitres relatifs aux grades d'initiation sont les plus intéressants et les plus neufs.

Les numismatiques arsacide et sassanide, si importantes pour l'histoire et la paléographie, continuent à occuper les paléographes et les numismates les plus exercés, MM. Mordtmann, Blau, Dorn, Lévy de Breslau, Edward Thomas, de Longpérier [1]. M. Edward Thomas [2] a étudié en particulier les sceaux sassanides et d'antiques monnaies de satrapes d'Arménie. Les coupes sassanides, dont plusieurs se trouvent dans nos musées, ont fourni à M. de Longpérier la matière d'observations intéressantes et de très-curieux rapprochements avec divers passages des polygraphes musulmans [3].

Dans quelle mesure le parsisme a-t-il influé sur le judaïsme, en particulier vers l'époque de notre ère? C'est là un problème fort difficile, que M. Kohut [4] a entrepris d'examiner à nouveau. Par la com-

[1] Voir surtout *Zeitschrift der deutschen morgenländischen Gesellschaft*, 1867, p. 161 et suiv. 421 et suiv.

[2] *Sassanian gems and early armenian coins*, Londres, 1866, broch. in-8°, 8 pages.

[3] Dans les *Mém. de l'Acad. des inscr. et belles-lettres*, t. XXVI, 1re partie, 1867.

[4] *Ueber die jüdische Angelologie und Dæmonologie in ihrer Ab-*

paraison entre un grand nombre de passages du Talmud et de l'Avesta, il montre que sur des points importants, sur les anges et les démons, sur la vie future, sur la rédemption, sur la résurrection et la fin du monde, c'est-à-dire en général sur ce qu'on appelle en style théologique l'angélologie et l'eschatologie, le judaïsme de l'époque moyenne et le parsisme offrent une telle identité qu'il faut nécessairement supposer que l'un a fait des emprunts à l'autre. De quel côté est la priorité? Dans beaucoup de cas, surtout en ce qui concerne les anges, le doute n'est pas possible. Dans d'autres, M. Kohut se prononce avec réserve; cependant, même dans ces cas, il incline vers l'opinion qui accorde au parsisme la priorité.

Le beau mémoire de M. de Khanikof[1] sur l'ethnographie de la Perse montre bien l'extension primitive de la race iranienne et le rôle de cette race dans l'histoire de l'Asie. M. de Khanikof joint la connaissance des textes à l'observation physiologique des races et à l'étude de leurs idiomes. Ces trois sources d'informations, qu'il est rare de voir possédées par le même savant, donnent à son tra-

hängigkeit vom Parsismus (n° 3 du tome IV des *Abhandlungen für die Kunde des Morgenlandes*). Leipzig, 1866, in-8°, 106 pages. — *Was hat die talmudische Eschatologie aus dem Parsismus aufgenommen?* dans la *Zeitschrift der deutschen morgenländ. Gesell.* 1867, p. 552 et suiv. — Voir aussi Schorr, *Hahalouz*, t. IX, p. 1 et suiv. Francfort, 1866.

[1] *Mémoire sur l'ethnographie de la Perse*. Paris, 1866, in-4°, 142 pages et 3 planches. (Extrait du recueil de Voyages et de Mémoires publiés par la Société de géographie.)

vail une grande solidité. La question des rapports des Iraniens avec les Sémites, dans la région du Tigre, est fort bien traitée; l'unité de famille entre les Afghans, les Béloutches, les Baktyaris, les Kurdes, les Arméniens, les Ossètes, etc. n'a jamais été mieux montrée.

S'il fallait un exemple pour prouver combien l'esprit persan est resté fidèle à lui-même et à son origine aryenne, on le trouverait dans ces quatrains de Kheyyâm que vient de publier M. Nicolas, consul de France à Recht[1]. Ce Kheyyâm est l'algébriste célèbre dont le regrettable M. Wœpcke a exposé les théories dans ce journal même. Mathématicien, poëte, mystique en apparence, débauché en réalité, hypocrite consommé, mêlant le blasphème à l'hymne mystique, le rire à l'incrédulité, Kheyyâm est peut-être l'homme le plus curieux à étudier pour comprendre ce qu'a pu devenir le libre génie de la Perse sous l'étreinte du dogmatisme musulman. La traduction des quatrains a obtenu un grand succès en dehors du monde des orientalistes. Des critiques exercés ont tout de suite senti sous cette enveloppe singulière un frère de Gœthe ou de Henri Heine. Certainement, ni Moténabbi, ni même aucun de ces admirables poëtes arabes anté-islamiques, traduits avec le plus grand talent, ne répondraient si bien à notre esprit et à notre goût. Il faut remercier M. Nicolas de sa traduction, que l'Impri-

[1] *Les quatrains de Khèyam*, trad. du persan. Paris, Imp. imp. 1867.

merie impériale a magnifiquement publiée. On eût pu désirer plus de critique dans la préface; le texte est la reproduction d'une édition autographiée, je crois, à Téhéran. Qu'un pareil livre puisse circuler librement dans un pays musulman, c'est là pour nous un sujet de surprise; car, sûrement, aucune littérature européenne ne peut citer un ouvrage où, non-seulement la religion positive, mais toute croyance morale soit niée avec une ironie si fine et si amère. Le manteau hypocrite des explications mystiques couvre toutes ces hardiesses. Il paraît qu'on possède du même Kheyyâm un dictionnaire des termes du soufisme, où d'un bout à l'autre la même équivoque entre l'incrédulité et le mysticisme est soutenue. Il serait bien intéressant d'en connaître au moins des extraits.

L'immense et splendide publication entreprise par M. Mohl avance vers son terme. Les tomes V et VI du *Schah-Nameh*, contenant le récit légendaire de l'histoire de Perse depuis Alexandre jusqu'à Hormisdas IV, ont été livrés au public[1]. Un volume encore, et cette grande publication, qui fait tant d'honneur et au savant éditeur et à l'Imprimerie impériale, sera terminée. Quel dommage que les deux autres grandes publications de la *Collection orientale* semblent destinées à rester inachevées! Quand on pourra lire dans la traduction de notre président l'ensemble de l'œuvre de Firdousi, on en

[1] *Le Livre des Rois*, par Abou'l Kasim Firdousi, publié, traduit et commenté par M. Jules Mohl. Tome V (1866), tome VI (1868), in-fol.

appréciera hautement la beauté, le caractère élevé; on aimera ce haut ton de la narration, où la mélancolie du Persan s'allie d'une façon si originale au fatalisme du musulman; on comprendra surtout quel trésor d'histoire littéraire constituent ces poëmes narratifs de la Perse, combien ils jettent de lumière sur la théorie de l'épopée, sur la formation des vieilles histoires populaires, sur les procédés de l'evhémérisme, qui transforme une mythologie en histoires de rois, de reines et de héros. Les rhapsodies grecques et les chansons de gestes ne s'expliquent complétement que si on les rapproche des chants nationaux que produisit la renaissance de la Perse au XIe siècle; dans ce dernier cas, en effet, l'éclosion de l'épopée se fit au grand jour et d'une manière qui nous est pleinement connue.

En l'absence du texte arabe complet de la chronique de Tabari, la traduction persane de cet ouvrage a beaucoup de valeur. M. Zotenberg[1], continuant le travail commencé par M. Dubeux, a entrepris la traduction de cette traduction. Tabari a une importance toute particulière dans l'historiographie musulmane, puisque sa chronique est la plus ancienne chronique générale qu'il y ait, et a été la source de toutes les autres. Les traductions persane et turque sont loin de remplacer l'original,

[1] *Chronique de Abou-Djafar-Mohammed ben Djarir ben Yezid Tabari*, traduite sur la version persane d'Abou-Ali-Mohammed-Belami, par M. Hermann Zotenberg; t. I. Paris, 1867, in-8° (VIII et 599 pages). Publié par la Société asiatique de Londres.

et s'il était possible, par des recherches attentives faites surtout à Constantinople, de retrouver ce dernier texte, ce serait là sans doute une bonne fortune. En attendant, l'ouvrage publié par M. Zotenberg, qui se composera de quatre volumes, aura pour les historiens un très-grand prix.

Les savants anglais de Calcutta continuent leurs travaux sur les historiens persans des empereurs timourides de Dehli. La *Bibliotheca indica* a donné, sous la direction de M. Nassau Lees, neuf nouveaux fascicules du *Badschah-Nameh* d'Abd al-Hamid Lahawry [1]. C'est l'histoire de l'empereur Schah-Djihan, qui monta sur le trône en 1627, continuée jusqu'à la fin de la trentième année de son règne. La *Bibliotheca indica* a aussi publié les fascicules x et xi de l'*Alamgir-Nameh*, ou vie de l'Empereur Aureng-Zeb Alemguir, depuis l'an 1656, où Schah-Djihan perdit en réalité le pouvoir, jusqu'à la onzième année du règne d'Aureng-Zeb [2]. Ces histoires d'une brillante époque, toutes écrites par des historiographes très-bien informés, sont d'un réel intérêt. Le plan de ce *Corpus* des historiens musulmans de l'Inde avait été conçu par un homme d'un rare mérite, un des derniers survivants de la grande école d'administrateurs et de savants formée

[1] *The Badschah Nameh*, by Abd al-Hamid Lahawry, ed. by Mawlawis Kabir al-Din Ahmad and Abd al-Rahim. Calcutta, 1866, 1867.

[2] *The Alamgir-Nameh*, by Muhammad Kazim ibn Muhammad Amin Munschi, edited by Mawlawis Khadim Husain and Abd al-Hai. Calcutta, 1867.

par l'ancienne compagnie des Indes, le défunt M. Elliot. Le premier volume de l'ouvrage de M. Elliot lui-même sur l'histoire de l'Inde vient de paraître. Il comprend un travail critique approfondi sur les anciens géographes arabes qui ont parlé de l'Inde et sur les historiens de la plus ancienne période de l'Inde musulmane[1]. La *Bibliotheca indica* publie encore, par les soins de M. Blochmann, une édition d'un livre connu depuis bien longtemps par la traduction anglaise, mais dont le texte était resté jusqu'ici inédit, l'*Aïn-Akbéri*[2].

M. de Gobineau[3] a publié, d'après ses observations personnelles, un livre qui contient les détails les plus curieux sur l'état religieux, moral et philosophique de la Perse. L'histoire si intéressante de la secte des Babis est écrite dans ce livre en traits bien frappants et qui répondent parfaitement au récit que Mirza Kasem-beg a publié dans ce journal même, d'après les sources d'information les plus exactes. J'ai pu moi-même reconnaître l'exactitude de ces récits par le témoignage de personnes qui ont été mêlées aux événements dont il s'agit. Rien n'est plus propre que cette histoire à expliquer la manière dont se forment les sectes en Asie. Le moderne

[1] *The History of India as told by its own historians* (The muhammadan Period), edited from the posthumous papers of the late Sir H. M. Elliot, by professor John Dowson. Vol. I (Londres, 1867), in-8°, XXXII-542 pages.

[2] Fascicules I-IV, in-4°. Calcutta, 1867.

[3] *Les religions et les philosophies de l'Asie centrale*, Paris, 1865, 544 pages, in-8°.

théâtre persan, ces curieux mystères, tous relatifs au martyre de la famille d'Ali, et à propos desquels la Perse a su montrer de la manière la plus remarquable sa vive imagination, son romantisme littéraire, la profondeur de son sentiment religieux, les besoins nombreux de son activité politique et sociale, ont été observés de près par M. de Gobineau, qui entre dans les plus curieux détails et complète ce que nous avions déjà appris sur ce sujet par M. Alexandre Chodzko.

M. Pertsch[1] a ajouté un chapitre intéressant à l'histoire des contes en Orient par son étude sur le *Touti-Nameh* de Nachschabi. C'est, de tous les textes aujourd'hui existants de ce livre célèbre, celui qui probablement se rapproche le plus de l'original sanscrit maintenant perdu, dont le Çukasaptati n'est qu'un extrait. L'ouvrage de Nachschabi, écrit vers l'an 1330, a lui-même été rejeté dans l'ombre par la rédaction de Mohammed Kadiri, composée dans l'Inde vers le milieu du XVIIe siècle.

La poésie soufie, devenue commune à toutes les littératures de l'Asie qui ont subi l'influence de l'esprit persan, nous est maintenant bien connue. Arrivera-t-on jamais à voir les origines de ce genre de littérature singulier? En attendant, on lira avec intérêt l'espèce de traité de philosophie soufie publié par M. E. H. Palmer[2], d'après un ouvrage écrit

[1] Dans le *Zeitschrift der deutschen morgenländischen Gesellschaft*, 1867, p. 505 et suiv.

[2] *Oriental mysticism, a treatise on the sufistic and unitarian Theo-*

originairement en turc, puis traduit en persan et intitulé *El-maqsad el-aqsa*. L'essai sur le dervichisme, par M. John P. Brown[1], secrétaire et drogman de la légation des États-Unis à Constantinople, est l'ouvrage d'un homme qui a longtemps étudié sur place le sujet dont il parle. L'importance du dervichisme, comme réaction et protestation contre l'islamisme orthodoxe, est un fait dont l'histoire et la politique ne peuvent tenir trop de compte.

La langue et la littérature du Sindh étaient jusqu'ici peu connues. Le gouvernement de Bombay a rendu un service à la science en faisant publier par le savant missionnaire Ernest Trumpp[2] le divan d'Abd-ul-Latif Schah, poëte né en 1680 et qu'on a surnommé le Hafiz du Sindh. Le capitaine Raverty a donné de nouvelles éditions de son choix de poésies afghanes soufies du XVIe siècle jusqu'à nos jours[3], et de son supplément à la lexicographie de l'Hindoustan[4]. Il est fâcheux que le zèle du capi-

sophy of the Persians, compiled from native sources, by E. H. Palmer. Cambridge, 1867, gr. in-12, XIV et 84 pages.

[1] *The dervishes, or Oriental Spiritualism*, by John P. Brown. Londres, 1868, 415 pages.

[2] *Sindhi-Literatur. The divan of Abd-ul-Latif Schah, known by the name of Schaha jo risalo*, edited by the Reverend Ernest Trumpp. Leipsig, 1866, 739 pages.

[3] *Selections from the poetry of the Afghans from the sixteenth to the nineteenth century*, literally translated from the original authors, and remarks on the mystic doctrine and poetry of the sufis. In-8°. Londres, 1867, nouvelle édition. La première édition était de 1863.

[4] *Thesaurus of English and Hindustani technical terms used in building and other useful arts; and scientific Manual of words and phrases in the higher branches of knowledge*, containing upwards of 5,000 words

taine Raverty ne soit pas servi par les connaissances philologiques et critiques nécessaires en pareilles matières. Dans un travail considérable et inspiré par la meilleure méthode, le révérend Trumpp [1] a soumis à un rigoureux examen la grammaire afghane de M. Raverty, en a prouvé l'insuffisance et a montré surtout ce qu'avait d'insoutenable la prétention de rattacher l'afghan aux langues sémitiques. Avant M. Trumpp, du reste, un savant anglais, le vicomte Strangford, avait présenté des observations analogues. Il semble que M. Raverty a surtout travaillé d'après les munshis indigènes et s'est laissé conduire par leurs fausses idées philologiques. L'opinion de MM. Dorn et Lassen sur le caractère indo-européen de l'afghan doit être pleinement maintenue. Seulement, au lieu de rattacher d'une manière prochaine le dialecte poushtou aux langues iraniennes, comme le faisaient ces deux savants, M. Trumpp le rattache immédiatement à la famille hindoue et particulièrement au prakrit.

M. Dorn [2] poursuit la série de ses savantes études sur ces nombreux dialectes iraniens qui continuent encore de nos jours leur existence en dehors de

not generally to be found in the english and urdu Dictionaries. New edit. in-8°. London, 1867. La première édition était de 1849.

[1] Dans le *Zeitschrift der deutschen morgenländischen Gesellschaft*, 1866, p. 10 et suiv.

[2] *Beiträge zur Kenntniss der iranischen Sprachen*. II[ter] Theil, 1ste und 3te Lieferung. *Masanderanische Sprache. Die Gedichtsammlung des Emir-i-Pasewary*. In Verbindung mit Mirsa Muhammed Schafy herausgegeben von B. Dorn. Saint-Pétersbourg, 1866, gr. in-8°.

la langue classique et officielle que nous appelons le persan. Comme spécimen de la langue du Mazandéran, il a publié la collection des poésies d'Émir-i-Paséwary. M. Grigorief a fait une traduction russe des parties de la géographie de Ritter relatives au Kaboulistan et au Kafiristan, en y joignant des notes critiques et en complétant le travail allemand au moyen des connaissances acquises depuis trente ans [1]. Les remarquables analyses de philologie auxquelles donne lieu la comparaison de l'iranien avec l'ossète et l'arménien ont été poursuivies par MM. Frédéric Müller [2], Ascoli [3], Spiegel [4], de Lagarde [5].

La littérature arménienne continue d'être étudiée avec un zèle auquel les Arméniens instruits savent prendre leur part. M. Brosset a terminé la traduction de l'histoire de Siounie, province de l'Arménie orientale, écrite au XIIIe siècle par un métropolitain de cette province, d'après des sources d'information tout à fait originales [6]. Une collection de traductions des historiens arméniens a commencé de paraître à Paris sous les auspices de Nubar-Pacha et par les soins de M. Victor Langlois [7]. Le plan de

[1] Saint-Pétersbourg, 1867, grand in-8°, 1010 pages.

[2] Dans les *Beiträge zur vergleichenden Sprachforschung* de Kuhn et Schleicher, V^{ter} Band, 1stes Heft (Berlin, 1866), p. 98, 106, 137.

[3] *Ibid.* 2tes Heft (1867), p. 210, et *Studj Irani*, tirage à part des Mémoires de l'Institut lombard, série III, t. X.

[4] *Beiträge* précités, 3tes Heft, 1867.

[5] Ouvrages cités ci-dessus, p. 51-52.

[6] *Histoire de la Siounie, par Stéphanos Orbélian*, traduite de l'arménien, in-4°. Saint-Pétersbourg, 1re partie, 1864, 2e partie, 1866.

[7] *Collection des historiens anciens et modernes de l'Arménie*, publiée

cette collection, imitée des collections d'historiens grecs publiées par M. Charles Müller chez Didot, est très-bien conçu. Les traductions sont en grande partie l'œuvre d'Arméniens mékhitaristes résidant à Paris; quelques-unes sont de M. Émin. Dans certains cas, on a usé des traductions antérieures d'une façon qui a provoqué des réclamations de la part des auteurs de ces traductions. Il est probable que les arménistes de profession auront aussi quelques réserves à faire sur les détails; mais il est certain que cette collection sera extrêmement commode à tous ceux qui s'occupent de critique historique. Les observations qui accompagnent les traductions, quelquefois incomplètes, souvent peut-être attaquables, sont d'un grand intérêt. Le volume publié contient les historiens d'Arménie qui ont écrit en grec ou en syriaque, mais dont on ne possède que la traduction arménienne, Mar Apas Catina, Bardesane, Agathange, Faustus de Byzance, Leroubna d'Édesse, Zénob de Glag, Jean Mamigonien. Faustus de Byzance surtout est un historien très-important, et il a fallu l'antipathie séculaire que les Arméniens ont vouée à cet écrivain pour qu'il soit resté jusqu'à nos jours sans être traduit.

La philologie comparée des langues sémitiques

sous les auspices de S. E. Nubar-Pacha, et avec le concours des membres de l'Académie arménienne de Saint-Lazare de Venise et des principaux arménistes français et étrangers, par Victor Langlois, t. I. Paris, 1867.

n'aura jamais l'intérêt historique de premier ordre qu'offre la philologie comparée des langues indo-européennes. Les langues sémitiques se ressemblent tellement entre elles, la comparaison en ce qui les concerne est tellement à fleur du sol, que l'intervention de la science n'a pas été nécessaire pour découvrir leur unité. Les Juifs ont toujours très-bien su que leur langue sacrée était sœur de l'arabe; le clergé syrien de nos jours apprend l'hébreu avec une facilité extrême et fait sans éducation philologique de très-bons rapprochements entre les trois grands dialectes sémitiques. L'intérêt de la philologie comparée sémitique consiste surtout à montrer la vie intérieure de la famille, l'espèce de végétation qu'ont traversée les procédés ou les atrophies qu'ils ont subies. Une classe de faits offre à cet égard une prise toute particulière : ce sont les faits grammaticaux propres à l'un des dialectes et dont il est difficile ou impossible de trouver le rudiment dans les autres. C'est surtout l'arabe et l'éthiopien qui présente de ces sortes de phénomènes. M. Hartwig Derenbourg a essayé d'en étudier deux, le phénomène de la déclinaison et celui des pluriels brisés, qui, au premier coup d'œil, semblent n'appartenir qu'à l'arabe. Sur le premier point [1], M. Hartwig Derenbourg, réunissant un certain nombre de faits déjà signalés et y ajoutant ses propres observations, n'a pas de peine à montrer que le mécanisme des flexions n'est pas aussi exclusivement propre à l'arabe qu'on pourrait

[1] *Journal asiatique*, novembre-décembre 1867.

le croire. Sur le second point[1], répondant à une question posée par l'université de Gœttingue, le jeune philologue émet plusieurs vues ingénieuses et éclaire la question en publiant pour la première fois quelques chapitres du grammairien Sibawaihi. On sent dans ces travaux un élève de la forte école de M. Fleischer. Depuis M. de Sacy, ces recherches de grammaire arabe, faites au moyen des grammairiens arabes eux-mêmes, ont été un peu négligées. Il est bon de les reprendre en les éclairant par les résultats acquis de la philologie comparée.

M. O. Vogel[2] s'est livré sur le pronom sémitique à une de ces recherches d'analyse préhistorique qui ont toujours leurs dangers, mais qui répondent évidemment à un besoin de la philologie comparée, puisque de toutes parts elle s'engage dans cette voie. Le problème de la parenté primordiale des langues sémitiques et des langues indo-européennes a encore été repris de différents côtés[3], mais je

[1] *De pluralium linguæ arabicæ et æthiopicæ formarum omnis generis origine et indole* scripsit, et Sibavaihi capita de plurali edidit Hartwig Derenbourg. Gœttingue, 1867, et *Journal asiatique*, juin 1867 (tiré à part, 105 pages, sous ce titre : *Essai sur les formes des pluriels arabes*).

[2] *Die Bildung des persœnlichen Fürwortes im Semitischen.* Ein sprachvergleichender Versuch, gr. in-4°, 23 p. Greifswald, 1866.

[3] Rudolf von Raumer, *Fortsetzung der Untersuchungen über die Urverwandtschaft der semitischen und indo-europäischen Sprachen.* Francfort, 1867, in-8°. — Le même, *Zweite Fortsetzung der Untersuchungen*, etc..... Francfort, 1868, in-8°. Je ne connais que par le titre : W. R. Burgess, *An investigation of a common aryan and semitic demonstrative base.* London, in-12. — T. H. A. de Marle, *Ursprung*

doute que ces nouveaux essais aient mieux réussi que ceux qui les ont précédés. Que les ancêtres des peuples sémitiques et les ancêtres des peuples indo-européens fussent séparés lors de la création du système des langues sémitiques et du système des langues indo-européennes, cela est hors de doute ; qu'ils aient vécu ensemble dans cette longue période d'incubation durant laquelle les systèmes de ces deux familles de langues n'existaient qu'à l'état virtuel et non fixé, cela est possible, mais cela n'est pas démontré. On doit reconnaître d'un autre côté qu'on ne saurait tirer de là aucune conséquence d'ethnographie primitive [1], puisque des peuples congénères ont pu, en se séparant quand le langage était encore à l'état mou, se constituer des idiomes différents.

Le premier volume de la grammaire hébraïque de feu M. Frédéric Bœttcher [2] a paru. C'est un immense commentaire, fruit d'une vie entière de patientes observations, qu'il faudra placer à côté des

und Entwickelung der sogenannten indo-europæischen und semitischen Sprachen in Begriff und Laut. Læsung dieses grossen mit Unrecht für unlæsbar gehaltenen Problems, als Grundlage zu einem System der Sprachwissenschaft. 1ster Band, 2te Abtheilung. *Ursprung der primitiven Sprache. Systematische Entwickelung der Lautformen und ihre Bedeutungen*, gr. in-8°.

[1] M. Chavée est d'un autre avis. Voir *Revue de linguistique*, 1re année, p. 432 et suiv.

[2] *Ausführliches Lehrbuch der hebræischen Sprache* von Fried. Böttcher, nach dem Tode des Verfassers herausgegeben und mit ausführlichen Registern versehen von Ferdinand Mühlau. Erster Band. Leipsig, 1866-1867, in-8°, 654 p.

grands ouvrages de Gesenius et d'Ewald, quoiqu'il n'égale ni la lucide méthode du premier, ni la profondeur philosophique du second. Il faut louer surtout M. Bœttcher du soin qu'il prend de discuter l'exactitude de chaque texte et de chaque mot avant de l'examiner grammaticalement, et d'éviter ainsi la peine que se donnent souvent les grammairiens de dresser des théories pour expliquer des fautes. On ne peut signaler ici que d'une manière sommaire les innombrables observations intéressant la philologie sémitique qu'on trouve dans des recueils tels que le « Journal » de Geiger [1], les « Archives » de Merx [2]. Ces recueils, même quand ils contiennent plus d'une conjecture hasardeuse, plus d'un essai de philologue novice, sont, comme le « Journal de la Société asiatique allemande, » d'inappréciables répertoires de faits pour le sujet qui nous occupe. M. Geiger, par exemple, ne laisse pas passer un mois sans communiquer au public quelque idée ingénieuse, fruit de sa riche mémoire et de sa vaste lecture. Si les grandes études hébraïques faiblissent quelque peu dans les universités protestantes de l'Allemagne, il faut se réjouir de voir les savants israélites y porter leur prodigieuse activité et la perspicacité parfois un peu subtile de leur esprit.

Les sources pour l'histoire antique de la race sé-

[1] *Jüdische Zeitschrift*. Breslau, 1868 (6e année).

[2] *Archiv für wissenschaftliche Erforschung des Alten Testaments*, herausgegeben von Dr Adalbert Merx. 1er cahier en 1867. Halle, in-8°.

mitique ont fourni matière à des conjectures infinies; la réflexion scientifique en s'y appliquant peut cependant faire encore bien des découvertes, arriver à bien des combinaisons inattendues et susceptibles d'entraîner l'universel assentiment des critiques[1]. Un point, par exemple, où l'étymologie, la mythologie et la paléographie, consultées avec sagacité et appuyées par les textes historiques, semblent mener à des inductions sûres, est la part qu'il faut faire aux Sémites, c'est-à-dire aux Phéniciens, dans l'histoire antique de toutes les côtes de la Méditerranée, particulièrement de la Grèce et de ses îles[2]. Nul doute que dans les substructions de cette brillante civilisation grecque, il ne faille attribuer une part considérable à l'influence phénicienne. La recherche des mots phéniciens qui peuvent se trouver dans la langue et dans les noms de lieu de la Grèce demande à être conduite avec réserve; elle est légitime cependant[3]. L'alphabet est sûrement le plus considérable des emprunts faits par les anciens Hellènes à l'Orient sémitique. Le fait en lui-même n'avait pas besoin d'être démontré; il n'a jamais été mis en doute; mais il y avait place sur ce terrain à

[1] Nous signalerons, nonobstant bien des rapprochements téméraires, Grünbaum, sur *Kedem, Kadim, Theman*, etc. dans le *Zeitschrift der deutschen morgenländischen Gesellschaft*, 1867, p. 592 et suivantes.

[2] François Lenormant, *La légende de Cadmus et les établissements phéniciens en Grèce* (Extrait du tome XV des *Annales de philosophie chrétienne*), Paris, 1867, in-8°.

[3] M. Oppert est surtout entré dans cette voie.

de curieuses recherches de paléographie et d'histoire. L'ouvrage de M. François Lenormant [1], quand il sera publié d'une manière complète, sera à cet égard des plus instructifs. Tout n'y sera pas neuf, tout n'y sera pas incontestable; mais on y verra exposée avec suite et ensemble l'histoire d'un des faits les plus surprenants, je veux dire de la propagation de l'alphabet sémitique dans le monde entier. Les recherches de M. Lenormant sur les îles de Théra et de Cimolos [2], celles de M. Salzmann sur l'île de Rhodes [3] montrent également le rôle que les Phéniciens jouèrent dès une haute antiquité dans les îles de l'Archipel.

La métrologie, la mesure du temps et de l'espace, est un autre emprunt que tous les peuples de l'antiquité classique ont fait aux Sémites, ou plus particulièrement à Babylone. M. Bœckh l'avait déjà démontré. M. Brandis [4] a donné à la découverte de M. Bœckh une nouvelle précision et a réussi à rétablir en son entier le système métrologique babylonien, système dont nous subissons

[1] Voir *Revue archéologique*, octobre, novembre, décembre 1867, mars et avril 1868. L'introduction a paru séparément. Paris, 1866. Gr. in-8°, 160 pages.

[2] *Comptes rendus de l'Académie des inscriptions et belles-lettres*, 1866, p. 269 et suiv. 358; *Revue archéologique*, juillet, décembre 1866.

[3] *Nécropole de Camiros (île de Rhodes)*. Journal des fouilles exécutées dans cette nécropole pendant les années 1858 à 1865, par Auguste Saltzmann. Livraisons 1 à 4, Paris.

[4] *Das Münz- Mass- und Gewichtswesen in Vorderasien bis auf Alexander den Grossen*, von J. Brandis, in-8°, 620 pages, Berlin, 1866.

encore les conséquences, puisque la division du cercle et de l'heure est encore aujourd'hui celle qu'inventèrent les mathématiciens de Babylone. M. Brandis est même porté à croire que les créateurs du système babylonien firent dériver directement les mesures de surface et de capacité de l'unité de longueur, ce qui supposerait chez eux une pensée identique à celle qui inspira le système métrique français. Dans tous les cas, le système babylonien, tel qu'il ressort des travaux de M. Brandis, donne une haute idée de la civilisation des bords du Tigre et de l'Euphrate à une époque reculée. Dans un autre opuscule consacré à l'étude de ce que les anciens nous racontent sur les sept portes de Thèbes[1], M. Brandis ajoute quelques données de la plus haute importance à ce que nous savions déjà de l'influence orientale en Grèce. Il y prouve que l'usage, assyrien, ce semble, d'origine, de dédier les portes des villes au soleil, à la lune et aux planètes, s'étendit à une grande partie du monde antique. Dans cette voie féconde, M. Brandis arrivera sans doute à bien d'autres solides rapprochements. L'importance de Babylone dans l'histoire du monde ressortira de plus en plus. Reconstruire cette antique civilisation, qui égala au moins celle de l'Égypte et qui exerça au dehors une influence plus considérable, deviendra pour la science un objet capital.

La nature des anciennes religions sémitiques reste

[1] *Die Bedeutung der sieben Thore Thebens* (Berlin, 1867), extrait du *Hermes*.

un sujet de recherches multiples et difficiles. M. de Vogüé [1] a exposé sur la théologie phénicienne des vues conçues d'après ses propres études et selon lesquelles le fond de cette religion aurait été une sorte de monothéisme, la multiplicité des dieux y provenant de la diversité des noms et des épithètes par lesquelles le dieu suprême était désigné.

L'épigraphie est le grand moyen scientifique qui permettra de faire faire à ces études de solides progrès. C'est ce qui a inspiré à un certain nombre de membres de l'Académie des inscriptions et belles-lettres, appartenant tous à votre Société, l'idée de recueillir en un *Corpus*, comme on l'a fait à Berlin pour les inscriptions grecques, et comme on le fait en ce moment pour les inscriptions latines, toutes les inscriptions sémitiques anciennes, c'est-à-dire antérieures à l'universelle prépondérance de l'islamisme [2]. C'est une grande et difficile entreprise, qui demandera beaucoup de temps, les premières parties d'un tel recueil ne pouvant être publiées que quand les dernières seront déjà prêtes. On a pensé qu'une Compagnie permanente pouvait seule mettre une si grande entreprise au-dessus des chances d'interruption. Ce sera aussi un moyen de donner au recueil une physionomie en quelque sorte impersonnelle. Ce qui importera, en effet, dans un pareil recueil, ce sera moins de proposer des inter-

[1] *Journal asiatique*, août 1867.

[2] Voir le Rapport fait à ce sujet à l'Académie, inséré dans ce journal, avril-mai 1867.

prétations nouvelles des textes que de les réunir, de les classer, de faire venir à la lumière ceux qui sont, à l'heure qu'il est, obscurs ou négligés, d'en présenter des images aussi adéquates que possible, de donner la bibliographie exacte de tout ce qui a déjà été écrit sur chacun de ces monuments. Quand ce recueil sera terminé, surtout si l'Académie s'engage à en donner des continuations paraissant par périodes décennales, ce sera là un instrument d'une grande commodité. Les membres de la Commission nommée par l'Académie sont MM. de Saulcy, Mohl, de Longpérier, de Slane, Waddington, de Vogüé, Renan. Ils se sont mis à l'œuvre, et déjà leurs efforts ont été récompensés par un grand nombre de textes qui, jusqu'ici restés oisifs entre les mains des personnes qui les possédaient, sont venus en quelque sorte les trouver. La confiance de rendre un service à la science les soutiendra dans le travail.

Le déchiffrement et l'interprétation des inscriptions sémitiques ont été poussés du reste en ces dernières années avec un zèle remarquable. M. de Vogüé a donné un travail étendu sur les inscriptions de Chypre découvertes par lui, ou qui reçoivent de ses découvertes un jour nouveau [1]. Le même savant a publié sur les intailles à légendes phéniciennes, araméennes, hébraïques, un travail qui se distingue par le sens archéologique le plus exercé et le tact philologique le plus sûr [2]. M. Zo-

[1] *Journal asiatique*, août 1867.

[2] *Revue archéologique*, juin 1868.

tenberg a publié des *graffiti* phéniciens[1], découverts par M. Devéria dans les fouilles de M. Mariette, au grand temple d'Abydos. MM. de Longpérier[2], François Lenormant[3], Lévy de Breslau[4], Zotenberg[5], Oppert[6], de Vogüé[7], Renan[8], ont publié ou étudié quelques textes nouveaux. MM. Ernest Meyer[9] et Schlottmann[10] ont traité après tant d'autres de l'inscription d'Eschmunazar; M. Geiger a repris le poids d'Abydos[11]; M. l'abbé Bargès[12] a soulevé de nouveau les questions relatives à l'inscription de Marseille. Son mémoire contient des détails du plus grand intérêt sur la trouvaille de cette pierre, détails qui permettent d'espérer encore qu'on trouvera le morceau qui manque. La partie minéralogique, si j'ose m'exprimer ainsi, du mémoire de M. l'abbé Bargès est aussi fort intéressante. On croyait le monument de

[1] *Journal asiatique*, avril-mai 1868.

[2] *Comptes rendus de l'Académie des inscriptions et belles-lettres*, 1867, p. 329.

[3] *Journal asiatique*, novembre-décembre, 1867; *Comptes rendus de l'Académie*, 1867, p. 64, 335 et suiv.

[4] *Zeitschrift der deutschen morg. Gesell.* 1867, p. 284, 285.

[5] *Journal asiatique*, avril-mai, 1866, p. 435; *Revue archéologique*, février 1866.

[6] *Comptes rendus de l'Académie*, 1867, p. 217-218.

[7] *Ibid.* 1868, p. 89-90.

[8] *Comptes rendus*, 1866, p. 290 et suiv. 323-324.

[9] *Die Grabschrift des sidonischen Kœnigs Eschmun-ezer*, 1866, dans les *Abhandlungen* de la Société asiatique allemande.

[10] *Die Inschrift Eschmunazars, Kœnigs der Sidonier.* Halle, 1868, 202 pages.

[11] *Zeitschrift der deut. morgen. Gesell.* 1867, p. 466 et suiv.

[12] *Inscription de Marseille. Nouvelles observations, historique de la découverte et description exacte de la pierre.* Paris, 1868, in-4°.

Marseille en pierre de Cassis; il est en pierre de Carthage; il a été apporté de Carthage; les suffètes qui y sont mentionnés sont les suffètes de Carthage. Les hypothèses d'une période phénicienne ou carthaginoise dans la longue existence de la ville de Marseille, hypothèses que l'on bâtissait uniquement sur cette pierre, se trouvent ainsi sans fondement. M. l'abbé Bargès nous semble beaucoup moins bien inspiré quand il nie l'authenticité de l'inscription analogue à celle de Marseille que possède le Musée britannique et qui a été rapportée de Tunis par M. Davis [1]. Nous ne croyons pas que M. Bargès fasse partager ses doutes sur ce point au monde savant.

C'est surtout la Tunisie qui dans ces derniers temps a fourni des textes phéniciens. Outre l'ample moisson faite par M. Davis, quelques personnages considérables de Tunis se sont mis à former des collections de textes puniques, qui promettent de devenir fort riches. Nous avons vu à l'Exposition universelle une partie de ces monuments, dont il a été loisible de prendre des estampages soignés pour la Commission des inscriptions sémitiques [2]. D'autres monuments du même genre nous sont parvenus par M. Daux; ingénieur qui a fait des recherches à

[1] *Examen d'une nouvelle inscription phénicienne découverte récemment dans les ruines de Carthage*. Paris, 1868, in-4°, 27 pages.

[2] *Comptes rendus de l'Académie des inscriptions*, séances du 29 mars et du 9 août 1867 (en tenant compte de l'*errata*). Voir aussi séance du 3 janvier 1868.

Utique et à Hadrumète, et qui a trouvé dans ce dernier endroit des monuments figurés très-intéressants. La plupart des inscriptions phéniciennes de l'Afrique offrent une regrettable monotonie; ce sont presque toujours des inscriptions votives à Tanith et à Baal-Hammon, conçues selon la même formule et ne différant que par le nom propre. Mais le nombre parlera; une centaine d'inscriptions insignifiantes donne souvent par le rapprochement autant de lumière qu'un texte de premier ordre. Une société qui fait le plus grand honneur à notre colonie algérienne, la Société de Constantine[1], soutenue autrefois par le zèle de M. Cherbonneau, maintenant par celui de M. Féraud, continue à s'occuper avec un savoir solide et une louable activité des antiquités de sa province et en général de celles de l'Afrique barbaresque. M. Judas y a repris l'étude des inscriptions puniques et néo-puniques, et en a donné d'inédites[2]. Il faut parcourir ce recueil planche par planche et page par page si l'on veut se figurer la richesse de monuments numides, carthaginois et mégalithiques que ce sol a su rendre à des explorateurs intelligents.

M. Schrœder a publié sous une forme abrégée une grammaire de la langue phénicienne, présentant tous les faits que, dans l'état actuel de la science, on doit considérer comme propres à cette

[1] *Recueil des notices et mémoires de la Société archéologique de la province de Constantine*, Constantine, 1864, 1865, 1866, 1867.

[2] 1866, p. 262 et suiv.

langue[1]. Votre journal publie depuis plus d'un an une série de miscellanées philologiques et épigraphiques, où M. Derenbourg[2], reprenant les textes connus, phéniciens, araméens, hébreux, propose sur chacun d'eux des conjectures dont plusieurs pourront ne pas obtenir l'assentiment général, et dont notre confrère est le premier à reconnaître souvent le caractère hypothétique, mais dont plusieurs aussi prendront certainement leur place dans la science. Quoi de plus intéressant, par exemple, que ses observations sur l'inscription de Carpentras, d'où il résulte que cette inscription est en vers rimés et sûrement le plus ancien spécimen de ce genre que nous possédions dans une langue sémitique?

Les inscriptions hébraïques ont été longtemps négligées, sans doute parce que ces textes sont rares et ne remontent pas à une époque fort ancienne. Que de choses nous saurions, quel instrument d'interprétation et de critique nous posséderions pour les anciens écrits hébreux, si les ruines de Jérusalem nous offraient une série d'inscriptions comparable à celle que présentent les ruines d'Athènes et de Rome! Quoi qu'il en soit, les découvertes de ces dernières années à Jérusalem, en Galilée, dans l'Arabie méridionale, en Crimée, à Rome et en Italie, dans le midi de la France, en Espagne, ont

[1] *De linguæ phœniciæ proprietatibus.* Halle, 1867.

[2] *Journal asiatique*, janvier, février-mars, août, septembre-octobre, novembre-décembre 1867; janvier, février-mars 1868. Cf. Geiger, *Jüdische Zeitschrift*, 1868, p. 156-158.

donné un véritable corps à l'ancienne épigraphie hébraïque. La Crimée a fourni un trésor, je veux parler de ces inscriptions funéraires publiées et commentées par M. Chwolson[1]; on y reviendra bientôt dans ce journal. Il serait fort à désirer que l'Académie de Saint-Pétersbourg fît exécuter en Crimée quelques fouilles qui, en fournissant des données archéologiques au débat, couperaient court à toutes les objections. Le voyageur israélite Jacob Saphir a publié aussi un grand nombre d'inscriptions juives anciennes qu'il a trouvées à Aden[2]. M. Lévy de Breslau[3] a donné l'explication d'une inscription d'Aden, venue par une autre voie. A Rome, le Père Garrucci[4] et M. de Rossi[5] ont découvert ou publié de nouveaux textes, qui, même au point de vue de l'orientaliste, ne sont pas sans intérêt.

L'archéologie sémitique se constitue en même temps que l'épigraphie sémitique et pour ainsi dire du même coup[6]. Une collection récemment formée

[1] Chwolsohn, *Achtzehn hebræische Grabschriften aus der Krim. Ein Beitrag zur biblischen Chronologie, semitischen Palæographie und alten Ethnographie*, dans le tome IX (1866) des *Mémoires de l'Académie de Saint-Pétersbourg*, 136 pages, 9 planches.

[2] Dans le journal hébreu הלבנון, « Le Liban », qui se publie à Paris, vol. III, n° 4.

[3] Dans le *Zeitschrift der deut. morg. Gesell.* 1867, p. 156 et suiv.

[4] *Dissertazioni archeologiche di vario argomento*, t. II, Roma, 1866, faisant suite à *Cimitero degli antichi Ebrei* (Roma, 1862).

[5] Voir *Bullettino di archeologia cristiana*, 1867, p. 3, 16.

[6] On consultera avec fruit le catalogue de la collection A. Raifé, par François Lenormant, Paris, 1867, XVI-320 pages. Notez surtout, p. 53-54, un nouveau papyrus arabe de l'an 133 de l'hégire.

rendra sans doute à ces études de grands services. Un homme instruit, ayant voyagé en Orient et jaloux de consoler la science par l'emploi intelligent d'une grande fortune des regrets qu'a laissés la mort du duc de Luynes, a eu l'idée de fonder une collection où une particulière attention sera donnée à l'art oriental et à ses rapports avec l'art grec. M. Auguste Parent a donné à sa fondation les règles les plus libérales et les plus larges; il a voulu en particulier qu'un bulletin, paraissant à intervalles irréguliers, tînt le public savant au courant des acquisitions intéressantes faites par le musée. Le premier numéro a paru [1]. Il contient, outre un mot d'introduction de M. de Saulcy, l'un des parrains de cette œuvre excellente, des communications d'un rare intérêt de M. Parent lui-même sur la numismatique grecque de Syrie et d'Arabie; de M. de Saulcy, sur une inscription nabatéenne des plus curieuses et sur des coffrets juifs funéraires trouvés à Jérusalem et présentant des inscriptions grecques et hébraïques.

M. de Vogüé [2] a réussi, en combinant les ressources de la numismatique et de l'épigraphie, à dresser mieux qu'on ne l'avait fait la série des rois nabatéens qui régnèrent à l'orient et au sud de la Palestine un siècle avant et un siècle après J. C. Tout en conservant l'ordre des princes, lequel est fixé par la loi numismatique des types, il change la

[1] *Bulletin archéol. du Musée Parent*, n° 1, octobre 1867.

[2] *Comptes rendus de l'Acad. des inscr.* 1868, p. 121-122; *Revue numismatique*, 1868, p. 153 et suiv.

chronologie de toute la série, la faisant descendre jusqu'à la fin du premier siècle de notre ère, tandis que le duc de Luynes la terminait à Pompée. M. de Vogüé introduit aussi dans les lectures quelques changements importants.

La numismatique sémitique des rois et dynastes de la région du Tigre et de l'Euphrate, depuis Alexandre jusqu'aux Sassanides, s'est enrichie d'un précieux mémoire de M. Waddington [1]. L'histoire du royaume de Characène sort de ce beau travail avec une clarté inespérée. Qu'un pareil travail sur les Manou d'Édesse serait à désirer! Et l'Adiabène! n'est-il pas surprenant qu'on n'ait déterminé encore aucune médaille de cette contrée? La chronologie et l'épigraphie de la Syrie ont reçu encore bien d'autres lumières de la critique exercée de M. Waddington [2].

Les fouilles en Orient n'ont pas été interrompues. Une société anglaise s'est formée pour l'exploration de la Terre-Sainte [3]. Des excavations qui ont été faites à Jérusalem sous la direction de MM. Wilson et Warren, officiers du génie anglais, ont révélé la hauteur tout à fait inattendue du mur de soutènement du Haram esch-Schérif, et jeté de vives lumières sur le Xyste, le Tyropéon et les ponts qui le traversaient. Il paraît que les fouilles viennent de rencontrer des difficultés de la part de l'autorité

[1] *Mélanges de numismatique*, 2e série, p. 77-108 (Paris, 1867).

[2] Même ouvrage, p. 158 et suiv. et *Comptes rendus de l'Académie des inscriptions et belles-lettres*, années 1865, 1866 (voir l'index).

[3] *The Palestine exploration fund.* Rapports de M. Charles Warren, d'août à octobre 1867. Londres, 34 pages avec 4 planches.

turque. Je ne crois pas qu'elles aient produit de résultats épigraphiques. C'est dans les remblais de la vallée de Josaphat qu'on pourrait espérer sous ce rapport de précieuses trouvailles; mais il est à craindre que le scrupule religieux extrême avec lequel sont gardées les tombes juives qui remplissent la vallée n'oppose longtemps aux recherches d'invincibles obstacles.

Les importants résultats sortis des nombreuses explorations de la Palestine et de la Syrie exécutées depuis quelques années ont continué d'occuper l'attention du monde savant. Le deuxième voyage de M. de Saulcy, le bel ouvrage de M. de Vogüé sur la mosquée d'Omar et le temple de Jérusalem sont trop anciens pour pouvoir rentrer dans ce rapport. Contrairement à l'opinion de M. de Saulcy, M. de Vogüé pensait que les grands restes apparents des substructions du Haram esch-Schérif ne remontent pas au delà d'Hérode. Certains monuments des environs de Jérusalem que le savant académicien rapportait à une haute antiquité, M. de Vogüé les ramena également à l'époque asmonéenne ou hérodienne. Il insista en particulier sur un monument extrêmement important, Araq el-Émir, que le premier il dessina, et dont il fixa la date avec beaucoup de critique. Dans un récent mémoire[1], M. de Saulcy a maintenu ses anciennes opinions sur l'enceinte du Haram esch-Schérif. Dans un second mémoire[2], il a traité à son point de vue la question

[1] *Mémoires de l'Acad. des inscr. et belles-lettres*, t. XXVI, 1re partie.
[2] *Ibidem.*

d'Araq el-Émir, qu'il rapporte, par des raisons qui n'entraîneront peut-être pas tout le monde, à une époque beaucoup plus ancienne que M. de Vogüé. Un des plus savants connaisseurs des antiquités et de la topographie de Jérusalem, M. Rosen, a repris la question du Haram [1]; ses conclusions générales sont d'accord avec celles de M. de Vogüé. Une opinion proposée il y a quelques années par M. Fergusson, et où ce savant architecte persévère [2], sur l'emplacement de l'église de la Résurrection de Constantin, qu'il identifie avec la mosquée d'Omar, paraît devoir être abandonnée; le Saint-Sépulcre n'a pas changé de place depuis Constantin.

Bien d'autres résultats de la riche exploration de MM. Waddington et de Vogüé sont entrés dans la science, avant d'être arrivés à former un livre complet. Ces deux savants et consciencieux voyageurs ont éclairé d'un jour tout nouveau ce qui concerne le Hauran, la domination nabatéenne au delà du Jourdain, le règne des Hérodes et la domination romaine en ces mêmes parages, les âges divers de l'architecture en Syrie, le caractère particulier de beauté antique qu'y présentent les ouvrages chrétiens. MM. Waddington et de Vogüé ne reconnaissent en

[1] *Das Haram von Jerusalem und der Tempelplatz des Moria.* Eine Untersuchung über die Identität beider Stätten von G. Rosen. Mit einer Terrainkarte von Jerusalem und drei architektonischen Zeichnungen von der Moschee El-Borak, den Unterbauten des Gerichtshauses zu Jerusalem und des Teiches Obrak. Gotha, 1866, in-8°.

[2] J. Fergusson, *The holy Sepulchre and the temple at Jerusalem.* Londres, 1865.

Syrie que très-peu de monuments antérieurs à l'époque romaine; ils pensent même qu'en dehors de la côte phénicienne, la Syrie cis-euphratienne ne posséda pas avant Alexandre de civilisation complète ni d'art très-développé. C'est bien à ce résultat que mes propres observations m'avaient conduit. A mon grand regret, la *Mission de Phénicie* n'en est encore qu'à la 300e page du texte et à la 50e planche; c'est à peu près la moitié de l'ouvrage. M. Vignes a publié les résultats du voyage qu'il fit en 1864 avec le duc de Luynes, et où il a fixé la position et l'altitude de points importants. Il a donné, en outre, une admirable carte de la mer Morte et du Wadi Arabah[1]. M. Auguste Parent a composé, d'après ses explorations personnelles, des études sur Jotapata et Machærous[2]. La carte de Palestine de Van de Velde a reçu dans sa nouvelle forme[3] de nombreuses améliorations. M. Guillaume Rey a fourni sur les vestiges laissés par les croisés en Syrie[4], sur la montagne des Ansariés[5], sur l'ancienne Bæto-

[1] *Extrait des notes d'un voyage d'exploration à la mer Morte, dans le Wady Arabah, sur la rive gauche du Jourdain et dans le désert de Palmyre.* Paris, 1865, grand in-4°, 80 pages. — *Carte du cours inférieur du Jourdain, de la mer Morte et des régions qui l'avoisinent*, dressée par M. Vignes, lieutenant de vaisseau, assisté de M. le docteur Combe, pendant leur voyage avec M. le duc de Luynes en 1864, et publiée sous ses auspices en 1865.

[2] *Siége de Jotapata*, Paris, 1866; *Machærous*, Paris, 1868.

[3] 2e édition, Gotha, Perthes, 1866.

[4] *Essai sur la domination française en Syrie durant le moyen âge*, Paris, 1866, in-4°, 49 pages.

[5] *Reconnaissance de la montagne des Ansariés*, Paris, 1866, in-8°.

cécé, sur Hiérapolis de Syrie (Mabug)[1], des renseignements et des données, fruits des séjours qu'il a faits en Orient.

Nous ne devons pas omettre de signaler le commode volume qu'a publié M. Tobler sur la bibliographie des voyages et des descriptions de la Terre-Sainte[2]. Certains jugements de M. Tobler sont d'un esprit un peu prévenu; quelquefois incomplet en ce qui touche à l'ancienne bibliographie française, on peut dire qu'il est trop complet pour la bibliographie moderne. L'énumération de ces innombrables impressions de voyage que produisent dans toute l'Europe les facilités maintenant offertes pour les voyages en Palestine grossit assez inutilement son catalogue, indispensable du reste à ceux qui s'occupent d'une manière suivie de l'histoire et de la géographie de la Palestine.

Ce grand et important sujet s'est enrichi d'un ouvrage qui offre un grand nombre de parties nouvelles : je veux parler de l'essai de M. Derenbourg pour tirer du Talmud toutes les notions historiques et géographiques qui y sont contenues[3]. C'est sûrement une chose surprenante de voir combien cette im-

[1] *Archives des Missions scientifiques*, 2e série, t. III, p. 329 et suiv.

[2] *Bibliographia geographica Palæstinæ*. Leipzig, 1867, VI-265 pages, grand in-8°.

[3] *Essai sur l'histoire et la géographie de la Palestine d'après les Thalmuds et les autres sources rabbiniques*, par J. Derenbourg. 1re partie. *Histoire de la Palestine depuis Cyrus jusqu'à Adrien*. Paris, Imprimerie impériale, 1867.

mense compilation renferme peu d'histoire, combien ses rédacteurs ont, si j'ose le dire, vécu sous terre, loin de la vue de toute réalité. Dès le XVIIe siècle, cependant, on s'aperçut que l'histoire des origines du christianisme et la géographie de la Palestine avaient là beaucoup à prendre. Mais depuis le beau travail de Lightfoot, on n'avait pas fait dans cette forêt obscure de battues bien suivies. M. Geiger, en appliquant les principes de la critique moderne à l'étude de la littérature talmudique, a ouvert aux études une voie toute nouvelle. M. Derenbourg ne s'est pas contenté de résumer avec clarté les idées de M. Geiger; il y a joint ses opinions propres, conçues le plus souvent avec beaucoup de sagacité. On admire la finesse de vues et la délicatesse d'induction que l'auteur a portées dans cette matière ingrate. L'essai de M. Zadoc Kahn[1] sur l'histoire de l'esclavage chez les Juifs est aussi composé avec savoir et méthode.

On sait que la bibliothèque de Munich est, avec la bibliothèque du Vatican, la seule bibliothèque en Europe qui possède un manuscrit complet du Talmud de Babylone. M. Raphaël Rabbinowicz a entrepris une collation de ce manuscrit[2], qui, étant

[1] *L'esclavage selon la Bible et le Talmud.* Paris, 1867, in-8°, 144 pages.

[2] *Variæ lectiones in Mischnam et in Thalmud Babylonicum, quum ex aliis libris antiquis et scriptis et impressis, tum e codice Monacensi præstantissimo collectæ, annotationibus instructæ,* auctore Raphaelo Rabbinowicz. Pars 1 : Tract. Berachoth et totus ordo Seraïm. Monachii, 1867, 84-392-61 pages.

ancien et correct, sert beaucoup à corriger le texte. L'agencement du travail laisse à désirer : si M. Rabbinowicz continue sur ce pied, son ouvrage n'aura pas moins de vingt volumes. Mais on ne peut assez louer l'exactitude et le savoir philologique dont il fait preuve en son travail. Le texte courant du Talmud est très-corrompu, toutes les éditions imprimées n'ayant fait que se copier et répéter les mêmes fautes : c'est ce qui fait l'intérêt du commentaire de Rabbi Hananel de Kairoan (XIe siècle), dont on vient de publier une partie[1]. Ce R. Hananel avait des leçons à lui, qui sont souvent citées par les tosaphistes. En attendant que l'on trouve en Orient (à Bagdad, par exemple) de bons manuscrits du Talmud, le manuscrit de Munich, celui de Rome et les commentaires du genre de celui de Hananel sont les seuls moyens que l'on ait pour améliorer ce texte tourmenté.

Les études de M. J. H. Weiss sur la langue de la Mischna[2] ont du prix, même après les travaux de Geiger et de Dukes. Le Journal de M. Geiger doit toujours être sous la main de ceux qui s'occupent de littérature talmudique. En particulier, les essais de M. Geiger pour arriver avec le Talmud et les Midraschim à corriger les textes bibliques sont

[1] *Commentarius in tractatu* (sic) *Pesachim a rab. Hananelo*. Paris, Jechiel Brill, 1868, in-8°.

[2] J. H. Weiss, *Studien über die Sprache der Mischna*, grand in-8°, XVIII-123 pages. Vienne (en hébreu), 1867.

pleins d'originalité[1]. M. l'abbé Bargès[2] a publié, en collaboration avec M. Goldberg, le *Sepher Taghin*, relatif aux enjolivements calligraphiques des lettres hébraïques. L'histoire si obscure de la Massore s'est enrichie d'un travail inachevé de Hupfeld, publié après sa mort par Vilmar, et qui contient la description d'un manuscrit peu connu[3]. Le dictionnaire biblique et talmudique de M. Hamburger, rabbin à Strelitz[4], est d'un usage commode. M. Eude Lolli, élève et successeur de Samuel Luzzatto au collége rabbinique de Padoue, a publié le premier fascicule d'un dictionnaire hébreu moderne, c'est-à-dire contenant les mots hébreux qui ne sont pas dans la Bible[5].

La littérature juive du moyen âge continue d'être étudiée avec ardeur par les savants israélites. Le troisième et dernier volume du *Guide des Égarés* de Moïse Maïmonide[6], traduit par M. Munk, a paru depuis la mort de ce savant orientaliste, et achève

[1] Voir, par exemple, l'article intitulé: *Mechilta und Siphré*, dans la *Jüdische Zeitschrift* (Breslau, 1866), vol. IV, p. 96-126.

[2] Paris, 1866. Voir *Journal asiatique*, février-mars 1867, p. 242 et suiv. (Note critique de M. Derenbourg).

[3] Dans le *Zeitschrift der deut. morgen. Gesell.* 1867, p. 201 et suiv.

[4] *Real-Encyclopædie für Bibel und Talmud. Biblisch-talmudisches Wærterbuch.* Strelitz, 2 livraisons, finissant au mot *Jakob* (1866 et 1867), 542 pages.

[5] *Dizionario del linguaggio ebraïco-rabbinico, continente pure molte voci dell' ebraïco posteriore.* Padoue, 1857, fascic. I, jusqu'à *aharionth*, xvi et 70 pages, in-4°.

[6] *Le Guide des Égarés*, par Moïse Ben-Maïmoun, publié pour la première fois dans l'original arabe et accompagné d'une traduction

dignement une publication qui, jointe aux travaux de feu notre confrère sur la philosophie arabe, constitue un des plus beaux ensembles de recherches qui aient été faits chez nous dans ces derniers temps. Un nouvel extrait du commentaire arabe de R. Yaphet le Karaïte, de Bassora, sur les livres de l'Ancien Testament, a vu le jour à Bonn, par les soins de M. Zacharie Auerbach. Il a pour objet le chapitre XXX des Proverbes, et est accompagné d'une traduction latine et de notes[1]. Le manuscrit est mauvais, et la publication laisse à désirer. M. Paul Jung a étudié le commentaire du même Yaphet sur le Cantique des cantiques[2]. M. Neubauer a extrait des manuscrits de Saint-Pétersbourg des détails intéressants sur le karaïsme[3], et a contribué à poser l'importante question des inscriptions et des manuscrits de Crimée, sur lesquels tant de doutes planent encore.

Le célèbre commentateur Raschi, qui a exercé tant d'influence sur l'exégèse chrétienne, a été l'objet de très-solides études. M. Berliner[4] a publié son

française et de notes critiques, littéraires et explicatives, par S. Munk. Tome III. Paris, 1866, in-8°.

[1] *Jepheti ben Eli Karaïtæ in Prov. Salom. cap. XXX commentarius*, quem nunc primum arabice edidit, in latinum convertit, adnotationibus illustravit Zacharias Auerbach. Bonn, 1866, in-8°, 47 pages.

[2] Paul Jung, *Uber des karæers Jephet arabische Erklærung des Hohenliedes.* Gœttingue, 1867, 38 pages.

[3] *Aus der Petersburger Bibliothek. Beiträge und Dokumente zur Geschichte des Karæerthum und der karæischen Literatur.* Leipzig, 1866, in-8°, XII-150-66 pages.

[4] *Raschi (Salomonis Isaacidis) in Pentateuchum commentarius.*

commentaire sur le Pentateuque, en le débarrassant des interpolations que les successeurs de Raschi y avaient ajoutées, et en indiquant les sources halachiques et midraschiques où Raschi a puisé. M. B. Zomber[1] a prouvé que le commentaire attribué à Raschi sur le traité *Nedarim* n'est pas de lui; qu'au contraire, le commentaire sur *Moed Katon*, qu'on lui a contesté, lui appartient. Ce petit livre renferme encore d'excellentes observations sur le traité *Temoura*, et en général pour la critique du texte talmudique.

- La philosophie religieuse de Khasdaï Creskas, Juif de Barcelone (vers 1400), qu'on a nommé le Gazzali du judaïsme, a été, de la part de M. Joël[2], l'objet d'une savante monographie. M. J. Weil a aussi consacré une étude étendue à Lévi-ben-Gerson[3]. M. Neubauer a publié, sous le titre de *Meleketh-haschir*[4], deux traités de cette prosodie hébraïque imitée des Arabes qu'adoptèrent les Juifs du moyen âge. L'un de ces traités est du milieu du

E Codd. mss. atque editis, auctoris in Talmud commentariis, fontibusque præterea optimis critice primum edidit et auxit, fontium indices locupletes variasque observationes adjecit A. Berliner. Berolini, 1866, in-8°, XVIII-378 pages (en hébreu).

[1] *De commentario Salomonis Isaacidis in tractatus talmudicos Nedarim et Moed Katon,* dissertatio critica. Berlin, 1867, in-8°, II-19 pages (en hébreu).

[2] M. Joël, *Don Chasdaï Creskas religious-philosophische Lehren.* Breslau, 1866.

[3] Weil, *Philosophie religieuse de Lévi-ben-Gerson.* 1 volume grand in-8°, Paris, 1866.

[4] מלאכת השיר. Francfort-sur-le-Mein, 1865, 64 pages.

xve siècle; l'autre, de l'an 1391. A la suite, M. Neubauer a publié quelques *mekamath* de Hariri, traduites en hébreu, et des extraits du *Tahkémoni*. Sous le titre de *Imré Schepher*, M. Carmoly[1] a, de son côté, publié le second des traités de prosodie donnés par M. Neubauer, et qu'il attribue à R. Absalom Misrachi. A la suite, il a donné diverses poésies inédites de Samuel Ha-Naged, Meyr de Narbonne, Isaac-ben-Serachia. Une partie du *Schulhan arouk*, ou code rabbinique de Joseph Karo, qui régit encore comme statut spécial les israélites d'Algérie, a été traduite ou plutôt analysée d'une façon qui sera utile à ceux qui rendent la justice en Algérie et à ceux qui font des études de droit comparé[2]. Le récit des voyages de l'israélite Jacob Saphir Hallévi en Égypte, dans le sud de l'Arabie, dans l'Inde, en Australie, est surtout intéressant par les détails qu'on y trouve sur les Juifs de l'Iémen[3]. R. Jechiel Brill, de Jérusalem, dirige à Paris un journal hébreu hebdomadaire, *le Liban*, politique et littéraire. On l'a

[1] *Imré Schepher. Neue hebræische Metrik von R. Absalom Misrachi 1391 verfasst*, etc. grand in-8°, 32 pages, 1866, Francfort-sur-le-Mein.

[2] *Code rabbinique. Eben Haézer, traduit par extraits, avec les explications des docteurs juifs, la jurisprudence de la cour d'Alger et des notes comparatives de droit français et de droit musulman*, par L. Sautayra, président du tribunal de Mostaganem, et M. Charleville, grand rabbin de la province d'Oran. Tome I : traités *Ichoth* et *Kidouschin*; Paris et Alger, 1868.

[3] אבן ספיר, *Eben Saphir* (en hébreu). T. I. Lyck, 1866, 111 feuillets.

exempté du timbre, acte libéral que les personnes les plus timorées trouveront assurément sans danger.

Rappelons le catalogue des manuscrits hébreux de la Bibliothèque impériale[1] édité par M. Zotenberg, d'après les matériaux laissés par MM. Munk, Derenbourg, etc. C'est un précieux instrument de travail livré aux études. Le Musée britannique, de son côté, a publié le catalogue de ses livres imprimés en langue hébraïque[2], donnant par là un excellent exemple; les livres imprimés, en effet, quand il s'agit de matières aussi rares, demandent à être traités presque comme des manuscrits.

M. Otto Stobbe a bien exposé l'état des Juifs en Allemagne durant le moyen âge[3]. M. Albert Harcavy[4] a cherché à prouver que les premiers Juifs établis dans la Russie méridionale y sont venus des ports de la mer Noire et de l'Asie en passant le Caucase. Il montre ces Juifs des pays slaves, durant la première moitié du moyen âge, cherchant leur éducation dans les académies juives de France. La langue qu'ils appelaient «la langue de Chanaan» est le slave, par allusion à Genèse, IX, 25, et à

[1] Imprimerie impériale, 1866.

[2] *Catalogue of the hebrew books in the library of the British Museum* (par M. Zedner). Londres, 1867, in-8°.

[3] *Die Juden in Deutschland, während des Mittelalters.* Brunswick, 1866, in-8°, XII-312 pages.

[4] *Die Juden und die slavischen Sprachen,* von Albert Harkavy. Vilna, 1867, VIII-136 pages (en hébreu). Il y a aussi une édition russe.

Lévitique, xxv, 46[1]. Comme Lelewel, M. Harkavy croit à l'authenticité des monnaies slaves avec légendes hébraïques. M. Ab. Cohen, grand rabbin de la province de Constantine, a publié, sur l'histoire des Juifs dans l'Afrique septentrionale, des recherches utiles à consulter[2].

L'étude des langues araméennes s'est enrichie de quelques ouvrages importants. Une nouvelle édition de la grammaire syriaque de Hoffmann a commencé de paraître par les soins de M. Merx. M. le rabbin J. Lévy, de Breslau, qu'il ne faut pas confondre avec l'épigraphiste et le paléographe du même nom, a terminé son dictionnaire chaldéen[3]. Depuis Buxtorf, la lexicographie araméenne n'avait pas reçu de secours aussi considérable. Le dictionnaire de M. Lévy contient toute la langue des Targums, et la plus grande partie des mots chaldéens du Talmud et des Midraschim. C'est un ouvrage fait avec soin. M. Fleischer a fourni à M. Lévy des notes sur les mots venant de l'arabe et du persan.

Le très-exact et très-laborieux grammairien M. Théodore Nœldeke a publié une grammaire du néo-syriaque[4], c'est-à-dire de ce dialecte syrien

[1] Voir sur ce point Ad. Neubauer, dans l'*Allgemeine Zeitung des Judenthums*, 1866, n° 17.

[2] Dans le *Recueil des notices et mémoires de la Société archéologique de Constantine*, 1867, p. 102-208.

[3] *Chaldäisches Wœrterbuch über die Targumim und einen grossen Theil des rabbinischen Schriftthums*, onzième et dernière livraison. Leipzig, 1868.

[4] *Grammatik der neusyrischen Sprache am Urmia-See und in Kurdistan*. Leipzig, 1868.

qui se parle encore de nos jours près du lac d'Ourmia et dans le Kurdistan. La connaissance de ce curieux rameau des langues sémitiques est due aux missionnaires américains. M. Nœldeke a porté dans l'étude des matériaux qu'ils nous ont livrés une précision philologique toute nouvelle. Il envisage le néo-syriaque non comme une déformation du syriaque classique, mais comme un dialecte araméen original qui a eu sa vie propre. Le même philologue s'est livré à l'analyse de ce que nous savons sur le dialecte syriaque qui se parle encore dans quelques vallées de l'Antiliban, en particulier à Maloula, à douze lieues de Damas. Le fait de cette conservation singulière d'un reste de la vieille langue araméenne au milieu de l'envahissement de l'arabe, avait été depuis longtemps constaté. M. Ferrette, missionnaire protestant à Damas, a pu le premier se procurer quelques spécimens du dialecte de ces villages. Ces spécimens, quoique pris à la hâte, ont suffi à M. Nœldeke pour déterminer le caractère du dialecte de Maloula[1].

M. Heidenheim continue de publier des travaux importants sur les textes samaritains[2]. Un de ces textes, consistant en une prière d'un style fort élevé, a été discuté par M. Geiger, qui a fait faire au texte

[1] *Zeitschrift der deutschen morgenländischen Gesellschaft*, 1867, p. 183 et suiv.

[2] Dr M. Heidenheim, *Deutsche Vierteljahrsschrift für englisch-theologische Forschung und Kritik* (Gotha, Perthes, in-8°. Paraît depuis 1861; voir surtout 8e Heft ou 4e fascicule du tome II).

et à l'interprétation de sensibles progrès[1]. M. Samuel Kohn a repris l'étude de la traduction samaritaine du Pentateuque, et a ajouté d'utiles suppléments à la lexicographie samaritaine[2]. On attend avec impatience ce que peut être le contenu d'une caisse entière de manuscrits samaritains achetée par la bibliothèque de Saint-Pétersbourg, et qui, dit-on, n'a pas encore été ouverte.

La littérature mendaïte paraît se relever d'un oubli où elle a été laissée depuis les travaux, cependant bien insuffisants, de Norberg. On sait qu'il y a plusieurs années M. Petermann fut chargé par le gouvernement prussien d'une mission auprès des Mendaïtes encore existants à Bassora et à Howeizeh; qu'il se mit en relation avec les plus savants d'entre eux, et se convainquit qu'ils n'avaient pas d'autres livres que ceux que l'on possède depuis longtemps à Paris. M. Petermann vient de publier une autographie, ligne par ligne, d'un des manuscrits du *Livre d'Adam*, de Paris[3]. L'ouvrage n'a été tiré qu'à cent exemplaires; l'exécution matérielle n'en est pas fort satisfaisante, et on s'étonne que M. Petermann qui, ayant vu les Mendaïtes et ayant su leur tradition, est devenu dans la question comme une sorte d'Anquetil-Duperron, ne se soit pas efforcé de faire faire à l'interprétation de ces textes difficiles

[1] Dans le *Zeitschrift der d. m. G.* 1867, p. 169 et suiv.

[2] *Samaritanische Studien. Beiträge zur samaritanischen Pentateuch-Uebersetzung und Lexicographie.* Breslau, 1868, VI-114 pages.

[3] Leipzig, Weigel, 1867.

un pas plus considérable. Il se propose, sans doute, d'y revenir. Le docteur Euting a publié, de son côté, une autographie du *Kolasté,* livre liturgique et dogmatique des Mendaïtes, d'après les manuscrits de Paris et de Londres [2]. La dextérité de main de M. Euting est des plus remarquables. Plusieurs d'entre nous ont pu apprécier l'habileté extrême qu'il porte dans ses *fac-simile.* L'intérêt de ces études mendaïtes est très-réel, surtout depuis que la question des Nabatéens a été mise à l'ordre du jour.

La littérature syriaque, si importante pour toutes les études relatives au christianisme, a donné lieu à un bon nombre de publications. Les textes syriaques occupent une grande place dans la collection d'*Anecdota* antiques tirés pour la plupart de la bibliothèque ambrosienne que publie M. Ceriani [1], avec les types de cet établissement. Dans les sept fascicules parus de cette collection, nous trouvons la version syriaque faite par Paul de Tela du livre de Baruch, des Lamentations de Jérémie, et de l'Épître de Jérémie. Cette version a une grande valeur critique, car elle a été faite sur les Hexaples

[1] *Qolasta oder Gesänge und Lehren von der Taufe und dem Ausgange der Seele, als mandæischer Text mit sämmtlichen Varianten nach Pariser und Londoner Manuscripten.* Stuttgard, 1867, publié avec l'aide de la Société asiatique allemande, 150 pages in-fol.

[2] *Monumenta sacra et profana e codicibus præsertim Bibliothecæ ambrosianæ opera collegii doctorum ejusdem* (7 fascicules), 1861-1866. Milan. — Nous mentionnerons ici : P. de Lagarde, *Materialien zur Kritik und Geschichte des Pentateuchs,* Leipzig, 1867, XVI-231-182 p. Ce sont des traductions arabes, en parties nouvelles, de certaines fractions du Pentateuque.

d'Origène et sert plus que tout autre moyen peut-être à les reconstituer. M. Ceriani a également publié la version syro-hexaplaire d'une partie de la Genèse et de l'Exode, cette fois d'après un manuscrit du Musée britannique; de plus, il a traduit du syriaque le quatrième livre d'Esdras et l'Apocalypse de Baruch, se réservant de donner plus tard le texte syriaque de ces écrits dans un grand travail d'ensemble sur la Bible syriaque. On voit quelles précieuses contributions apporte M. Ceriani à l'étude de la littérature apocryphe, qui depuis quelques années est l'objet de recherches critiques suivies avec ardeur en Allemagne, et qui, en effet, a une importance majeure, puisque tous ces écrits sont nés vers le siècle même de l'apparition du christianisme et dans un terrain exactement semblable à celui où se produisit le mouvement chrétien. Le quatrième livre d'Esdras, ou Apocalypse d'Esdras, en particulier, est un livre si capital que tout ce qui peut nous rapprocher du texte original perdu doit être avidement recueilli. Quant à l'Apocalypse de Baruch, le manuscrit de M. Ceriani est le seul qui nous l'ait conservée. Les discussions déjà ouvertes au sujet de ce livre en Allemagne en montrent l'intérêt[1]. Un autre texte apocryphe, de beaucoup moindre importance, est l'Apocalypse de saint Paul, publiée en syriaque par M. Perkins[2] : c'est une fabrication d'un

[1] J. Langen, *De Apocalypsi Baruch anno superiori primum edita commentatio*, in-4°, 24 pages; Fribourg-en-Brisgau.

[2] Dans le *Journ. de la Soc. asiat. américaine*, t. VIII, n° 1 (1864).

âge beaucoup plus moderne que les compositions contemporaines de l'âge apostolique dont nous parlions tout à l'heure.

Saint Ephrem est, comme on sait, le premier de tous les écrivains syriaques. M. Bickell[1] a eu la bonne fortune de trouver à publier, après les Maronites établis à Rome à qui nous devons la grande édition de saint Ephrem, une collection d'hymnes parfaitement authentiques, et du plus grand intérêt, de ce père de la littérature syriaque. C'est dans un manuscrit du Musée britannique que M. Bickell a découvert ces hymnes, constituant un recueil très-anciennement formé, plein d'allusions historiques, tout entier relatif à l'histoire de Nisibe sous Constance et Julien. L'histoire d'Édesse, la persistance du polythéisme à Carrhes, toute l'histoire civile et ecclésiastique de la Syrie, sont écrites dans ce curieux document en traits d'une étonnante vivacité. Il est bien surprenant que Ebedjésu n'ait pas connu un ouvrage aussi important; mais l'ancienneté des manuscrits du Musée britannique d'où M. Bickell a tiré son texte (ces manuscrits sont du ve et du vi^e^ siècle) ne laisse place à aucun doute. A propos de ces textes nouveaux et d'autres poëmes syriaques, M. Geiger a fait sur la versification des Syriens d'intéressantes observations[2].

[1] *S. Ephræmi Syri Carmina Nisibena*, additis prolegomenis et supplemento lexicorum syriacorum, primus edidit, vertit, explicavit Dr Gustavus Bickell. Leipzig, 1866, IV-234-146 pages.

[2] *Zeitschrift der deut. morg. Gesell.* 1867, p. 469 et suiv. 487 et

Jacques de Sarug (commencement du VIe siècle) a été l'objet d'une monographie de M. Abbeloos, de l'Université de Louvain[1]. M. Abbeloos a publié quelques ouvrages inédits de ce docteur, tirés des manuscrits du Vatican, et son panégyrique en vers écrit par son disciple Georges; il y a joint une discussion géographique intéressante sur les noms de Sarug et de Batna. Le père Zingerle a publié, de son côté, six homélies du même Jacques de Sarug[2]. Le *Livre de l'Abeille*, de Salomon, évêque nestorien de Bassora, vers 1222, a été publié par M. Schœnfelder[3]. C'est une petite histoire sainte assez sèche, en syriaque et en karchouni, qui avait déjà été analysée par Assemani, et qui n'est bonne que pour montrer les opinions apocryphes qui avaient cours à cette époque chez les nestoriens. M. Rœper a étudié le singulier ouvrage intitulé «Histoire des Hermès» qu'on attribue à Honein ibn-Ishak, et notamment la partie de ce livre consacrée à Platon[4].

Les riches suppléments à la littérature grecque

suiv. Voir aussi les observations de M. l'abbé Le Hir dans la *Revue critique*, 9 février 1867.

[1] *De vita et scriptis S. Jacobi, Batnarum Sarugi in Mesopotamia episcopi*. Scripsit J. B. Abbeloos. Louvain et Bonn, 1867, in-8°.

[2] *Des heiligen Jacob von Sarug sechs Homilien*. Aus syrischen Handschriften übersetzt von P. Pius Zingerle. In-8°, XII et 107 pages. Bonn, 1867.

[3] *Salomonis, episcopi Bassorensis, Liber Apis*; syriacum arabicumque textum latine vertit, notis illustravit Dr J. M. Schœnfelder. Bamberg, 1866.

[4] Theophilus Rœper, *Lectiones Abulpharagianæ alteræ : de Honaini vita Platonis*. In-4°, 22 pages. Dantzig, 1867.

que fournit la précieuse collection de Sainte-Marie Deipara, déposée au Musée britannique, continuent d'occuper M. Land. Le second volume de ses *Anecdota syriaca*[1] contient le texte syriaque de divers ouvrages de ce Jean, évêque d'Éphèse, dont l'Histoire ecclésiastique est publiée et traduite du syriaque depuis plusieurs années. Tous ces écrits ont beaucoup d'intérêt pour l'histoire de l'hérésie monophysite et pour l'hagiographie orientale. Le nouveau volume de M. Land contient aussi d'utiles additions au premier volume. Le troisième volume contiendra la traduction syriaque de Zacharie de Mélitène. Plus tard, M. Land se propose de publier la logique de Paul le Perse et quelques autres écrits péripatéticiens. On nous annonce la prochaine publication du dictionnaire syriaque de M. Payne Smith, qui sera pour ces études une bonne fortune. M. de Lagarde a réuni en un volume plusieurs de ses anciens opuscules, qui apportent à un pareil travail d'utiles contributions[2].

Depuis la publication des nombreuses inscriptions himyarites découvertes par les Anglais, et les travaux de feu Osiander, M. François Lenormant[3] est, à ma connaissance, le seul savant qui se soit occupé de ces textes, ou du moins qui en ait en-

[1] *Anecdota Syriaca*, tomus II. Lugduni Batavorum, petit in-4°, 1868, XII-35-392 pages, 2 planches de fac-simile.

[2] *Gesammelte Abhandlungen*, 1866, déjà cité.

[3] *Comptes rendus de l'Académie des inscriptions*, 1867, p. 96, 123, 222, 242, 256, 283, 302 et suiv. 1868, p. 63 et suiv.

tretenu le public savant. Les textes himyarites sont pourtant très-intéressants pour l'histoire des religions sémitiques. Un fait bien remarquable est le grand nombre d'inscriptions en ce caractère que MM. Waddington et de Vogüé ont trouvées dans le Hauran. M. Lejean a également rapporté la copie de quelques textes himyarites et ghez. On n'avait déterminé jusqu'ici aucune monnaie homérite. M. de Longpérier en a découvert une, frappée à Reidan, probablement peu de temps après le commencement de l'ère chrétienne[1].

Je ne connais en fait de récentes études éthiopiennes que le travail qui a paru dans votre journal sur le livre d'Hénoch [2], livre qui, comme vous savez, n'a été conservé qu'en éthiopien. Il paraît que l'expédition anglaise contre Théodore a eu pour résultat scientifique d'enrichir le Musée britannique d'un grand nombre de manuscrits ghez. MM. de Longpérier et d'Abbadie ont publié sur la numismatique de l'Abyssinie un travail qui fera époque[3]. Deux des pièces qu'ils ont décrites sont antérieures à la conversion du pays au christianisme; d'autres sont du VIIe et du VIIIe siècle. Les éléments recueillis pour un dictionnaire tigré par feu M. de Beurmann ont été publiés par M. A. Merx[4].

[1] *Revue numismatique*, nouv. série, mai-juin 1868.

[2] *Journal asiatique*, avril-mai 1867 (article de M. Joseph Halévi).

[3] *Revue numismatique*, nouv. série, t. XIII (1868), tiré à part.

[4] *Vocabulary of the Tigré language*. Halle, 1868, in-8°, VII-78 pages.

La langue amharique et celle des Gallas ont été l'objet d'un livre fort étendu, qui a pour auteur le Père Massaja[1], vicaire apostolique dans le pays des Gallas. M. Blumhart a publié un livre destiné, je crois, à l'usage pratique des soldats hindous qui ont pris part à la guerre d'Abyssinie, mais qui ne sera peut-être pas inutile à ceux qui voudront faire une étude scientifique de l'amharique[2].

Arrivons enfin à cette immense littérature arabe qui, par son intérêt propre et comme répertoire universel de faits relatifs à l'Orient, continue toujours d'occuper une si grande place dans les travaux des orientalistes. Pour suivre l'ordre logique, et nous conformer à l'opinion des Arabes eux-mêmes sur l'ordre hiérarchique des sciences, commençons par la grammaire.

« Les savants parmi les Arabes qui s'occupaient de philologie (*adeb*) recueillaient et mettaient par écrit d'anciens poëmes, des morceaux de prose cadencée, et y mêlaient par-ci par-là assez de problèmes philologiques et grammaticaux pour que le

[1] *Lectiones grammaticales pro missionariis qui addiscere volunt linguam Amaricam seu vulgarem Abyssiniæ, necnon et linguam Oromonicam seu populorum Galla nuncupatorum*, auctore RR. DD. G. Massaja, ord. Minorum capucinorum, episcopo Cassiensi et vicario apostolico ad populos Galla. Parisiis, excusum in typographeo imperiali, 1867, in-8°, XIX-505 pages.

[2] *Handbook of the amharic language, containing a vocabulary in english, oordoo and amharic, with parallel sentences in those languages*, by the Rev. C. H. Blumhart. Lukhnow, 1867.

lecteur, après avoir fini l'ouvrage, se trouvât posséder la plupart des règles auxquelles le langage est soumis. On choisissait parmi les récits consacrés aux journées célèbres des anciens Arabes autant qu'il en fallait pour rendre intelligibles les allusions des poëtes; on y ajoutait les généalogies les plus importantes, ainsi que les anecdotes les plus répandues. Le lecteur arrivait ainsi à connaître la langue des anciens Arabes, la tournure de leurs phrases, leurs modes d'expression.» Ainsi s'exprime Ibn-Khaldoun (*Prolégomènes*, t. III, p. 295, 296 du texte arabe), et il cite lui-même quatre modèles de ce genre de littérature. Parmi ces modèles, il compte le *Kamel* d'El-Mobarred, écrivain mort l'an 899 de Jésus-Christ. Cet ouvrage est en voie de publication par les soins de M. W. Wright[1]. C'est un amas de notions jetées pêle-mêle, où un récit s'enchevêtre dans un autre, toujours avec une arrière-pensée de pédagogie. Il s'y trouve un certain nombre d'indications historiques, dont M. Dozy le premier a fait connaître l'importance dans son histoire des musulmans d'Espagne. Ce qui ajoute à l'intérêt de ces sortes d'écrits, c'est que le *Kamel* de Mobarred, et les trois autres ouvrages mentionnés par Ibn-Khaldoun, ont servi à Djeuhari pour la confection de son *Sahâh el-Logha*.

Le célèbre grammairien Djémal-eddin Moham-

[1] *The Kâmil of El-Mubarrad*, edited for the German oriental Society from the manuscripts of Leyden, Saint-Petersburg, Cambridge and Berlin, by W. Wright. Part. I-IV, in-4°, 1864-1867.

med, plus connu sous le nom d'Ibn-Malik, mort à Damas en l'année 672 de l'hégire (1273-1274 de Jésus-Christ), a composé, entre autres ouvrages, un petit poëme intitulé *Lamiya*, où il traite des diverses formes du verbe. Ce poëme a été commenté par le fils de l'auteur, Bedr-eddin, dans un opuscule qui a été publié à Leipzig, en 1866, par le docteur W. Volck, professeur ordinaire de langues sémitiques à la Faculté de théologie de l'Université de Dorpat[1]. Les pronoms relatifs en usage chez les Arabes ont fourni à M. Eugène Prym le sujet d'une publication intéressante, dont la première partie seule a paru. L'auteur y donne le texte et la traduction d'un long fragment du commentaire d'Ibn-Yaïch sur le célèbre traité grammatical intitulé *Al-Mofassal*, par Zamakhchary[2]. M. Fleischer[3] continue à communiquer aux arabisants ses précieuses scholies sur la grammaire de M. de Sacy, vrai travail de commentateur arabe, qui aura le plus grand prix pour une future édition de l'ouvrage français.

M. Lane a publié la troisième partie du vaste

[1] *Ibn-Mâlik's Lamiyat al-af'âl, mit Badraddin's Commentar.* Revidirte Textausgabe von Dr W. Volck. Leipzig, 1866, petit in-4° de VIII et 40 pages.

[2] *De enuntiationibus relativis semiticis dissertatio linguistica.* Scripsit Eugenius Prym, phil. doctor. Pars prior. Bonnæ ad Rhenum, 1867, in-8° de XII et 111 pages.

[3] *Beiträge zur arabischen Sprachkunde*, 3e série; Leipzig, 1867 (tiré des *Berichte über die Verhandlungen der kœniglich-sæchsischen Gesellschaft der Wissenschaften*, pour 1867). Nous ne connaissons que par le titre : G. Sapèto, *Grammatica araba volgare*, in-8°, 302 pages. Firenze e Genova, 1867.

dictionnaire arabe qu'il a entrepris[1]. Cette partie atteint la lettre *za*. C'est toujours la même richesse, la même exactitude dans le dépouillement des dictionnaires arabes originaux. Quelques connaisseurs regrettent pourtant une certaine absence de critique et voudraient que le savant anglais ne se bornât pas aussi souvent à reproduire le sentiment des lexicographes arabes, qu'il fût plus au courant des travaux des orientalistes contemporains. Mais tout le monde assurément est d'accord pour assigner à l'ouvrage de M. Lane une place parmi les ouvrages qui font le plus d'honneur à la science orientale européenne en notre siècle.

Djawâlîkî, philologue mort l'an 1145 après Jésus-Christ, a composé un dictionnaire de tous les mots d'origine étrangère qu'on trouve dans le Coran et chez les auteurs classiques. Son ouvrage, intitulé *Al-Moarrab*, a été publié par M. Sachau[2], jeune disciple de M. Fleischer. M. de Jong a imprimé à Leyde, d'après un manuscrit de cette ville et un autre de Berlin, un lexique des surnoms ethniques et patronymiques qui ont une origine différente, quoique leur forme soit identique[3]. Ce travail a

[1] *An Arabic-english Lexicon, derived from the best and the most copious eastern sources.* Book I, containing all the classical words and significations commonly known to the learned among the Arabs. Partie 3ᵉ; Londres, 1867, très-grand in-4°, p. 849 à 1280.

[2] *Djawaliki's almu'arrab, nach der Leidener Handschrift mit Erläuterungen*, herausgegeben von Ed. Sachau. In-8°, Leipzig, 1867. Le même : *De Aljawâlîqî ejusque opere quod inscribitur al-moarrab*, adjecta textus particula. Halle, 1867.

[3] *Homonyma inter nomina relativa, auctore Abul-Fadhl Mohammed*

pour premier auteur Mohammed ibn-Tahir, de Jérusalem, surnommé Ibn-al-Kaisarany, et a été complété par Abou-Mouça d'Ispahan. C'est un ouvrage utile pour la lecture des écrivains arabes, et M. de Jong s'est acquitté de sa tâche d'éditeur avec beaucoup d'exactitude.

La poésie arabe a servi de matière à deux publications, relatives à deux anciens poëtes, à peu près contemporains, mais dont la renommée est fort inégale. L'un est le célèbre Antara, l'auteur d'une des sept *Moallakât;* l'autre est Alkama, fils d'Obda, rival d'Imrou'l-Kays. La vie du premier a été écrite par M. Henri Thorbecke, qui l'a fait précéder du morceau du *Kitâb-el-Aghâni* relatif à Antara [1]. Les poésies du second ont été réunies par M. Albert Socin, qui y a joint une version allemande, des notes assez étendues et la notice que l'auteur du *Kitâb-el-Aghâni* a consacrée au fils d'Obda [2]. M. de Kremer a publié, sur les poésies et les légendes de l'Arabie méridionale, une étude que nous ne connaissons que

Ibn-Tahir al-Makdisi, vulgo dicto Ibn al-Kaisarani, quæ cum appendice Abu Musæ Ispahanensis e codd. Leyd. et Berolin. edidit Dr P. de Jong. Lugduni Batavorum, 1865, in-8° de XIX et 229 pages.

[1] *Antara, des vorislamischen Dichters, Leben* dargestellt von D[r] phil. Heinrich Thorbecke, Privatdocent zu Heidelberg. Heidelberg, 1868, grand in-8° de 45 pages. (Cf. *Journal asiatique*, avril-mai 1868.)

[2] *Die Gedichte des 'Alkama Alfahl, mit Anmerkungen*, herausgegeben von Albert Socin, D[r] phil. Leipzig, 1867, grand in-8° de VIII, 42 et 24 pages. — *De 'Alkamæ Elfahl carminibus et vita*, adjecto textu arabico adhuc inedito. Dissert. inaugur. scr. Alb. Socin. Halis, 1867, in-8°.

par le titre, mais qui doit être d'un grand intérêt[1].

M. Thomas Chenery a publié le premier volume d'une traduction des Séances de Hariri[2], dont les notes prouvent un arabisant exercé.

Je ne connais aucune grande publication relative à la théologie musulmane. MM. Flügel et de Kremer nous ont donné des détails du plus haut intérêt sur un des derniers représentants du mysticisme musulman au XVIe siècle, l'Égyptien Scharany[3]. C'est un bien curieux spectacle que celui de la douceur et de la vraie piété de ce derviche, citant sans cesse comme modèle l'exemple des chrétiens par antipathie contre l'islamisme orthodoxe. Le beau caractère de Scharany et son esprit si différent de celui des musulmans, même des musulmans pieux, sont des faits très-propres à faire comprendre le penchant pour le christianisme qui se cache souvent sous le dervichisme oriental.

La géographie arabe s'est enrichie d'une édition complète de la cosmographie de Schems-eddin Abou

[1] *Uber die südarabische Sage*, Leipzig, 1866, XX-152 pages, in-8°. — Le même, *Altarabische Gedichte über die Volkssage von Iemen als Textbelege zur Abhandlung « Uber die südarabische Sage. »* Leipzig, 1867, 27 pages, in-8°.

[2] *The Assemblies of al-Hariri*, translated from the arabic, with an introduction and notes historical and grammatical, by. Thomas Chenery. Vol. I, containing the first twenty-six assemblies. London, 1867, in-8°, 540 pages.

[3] *Zeitschrift der deut. morg. Gesell.* 1866, p. 1 et suiv. 1867, p. 271 et suiv. — *Journal asiatique*, février-mars 1868, p. 253 et suiv.

Abd-Allah Mohammed ed-Dimischki [1], écrivain du XIIIe siècle de notre ère, qui prolongea sa carrière jusqu'à l'année 1327, vit la fin de la domination latine en Orient, et fut le contemporain d'Aboulféda et d'Ibn-Batouta. Dimischki, qui professait la doctrine des soufis, passa la plus grande partie de sa vie en Syrie, soit dans le village de Raboué, aux environs de Damas, où il remplit les fonctions d'imam, soit à Safed, où il finit ses jours : aussi s'étend-il de préférence sur la description de la Syrie. L'ouvrage de Dimischki abonde en notions historiques, ainsi qu'en détails sur la botanique, la zoologie, la minéralogie, les divers produits de l'industrie orientale. L'importance de ce livre avait attiré l'attention de M. Fræhn, qui avait entrepris de le publier, d'après un manuscrit appartenant à la bibliothèque impériale de Saint-Pétersbourg. Cette édition étant restée interrompue, M. Mehren, professeur à l'Université de Copenhague, a repris et mené à bonne fin la tâche commencée par Fræhn, en mettant à profit des secours que ne possédait pas celui-ci. Le texte de Dimischki est donné d'après

[1] *Cosmographie de Chems-eddin Abou-Abdallah Mohammed ed-Dimischki*, texte arabe, publié d'après l'édition commencée par M. Fræhn et d'après les manuscrits de Saint-Pétersbourg, de Paris, de Leyde et de Copenhague, par M. A. F. Mehren. Saint-Pétersbourg, 1866, très-grand in-4° de XC et 285 pages. L'Académie impériale des sciences de Saint-Pétersbourg a fait les frais de cette belle publication, et en a fixé le prix à la somme modique de 3 roubles, ou 3 thalers, 10 gros de Prusse. C'est là un exemple qui mérite d'être suivi par d'autres compagnies savantes et que n'avait pas attendu la nôtre pour sa collection d'auteurs orientaux.

quatre manuscrits et accompagné d'un index très-complet. M. Mehren, qui a publié en danois deux extraits étendus de cet ouvrage, et qui en a donné plusieurs autres en français dans les *Nouvelles annales des voyages*, nous en fait espérer une traduction complète, écrite dans notre langue. Ce sera un nouveau service que lui devra la littérature orientale et qui lui créera en même temps des titres à la reconnaissance des géographes.

Une des parties de l'ouvrage de Dimischki dont M. Mehren a déjà publié la traduction en danois est celle qui est relative à l'Espagne[1]. MM. Dozy et de Goeje ont publié le texte arabe de la description de l'Afrique et de l'Espagne, par Edrisi[2], avec une traduction et un commentaire qui corrigent sur une foule de points le travail de M. Jaubert. M. Paul Berlin Noskowyj[3] a publié l'opuscule, peu important du reste, de Makrizi sur le Hadhramaut. Cet opuscule a été de la part de M. Defrémery[4] l'objet de doctes observations.

M. Schier a publié le globe céleste arabe que possède la bibliothèque de Dresde[5]. M. Ferdinand

[1] *Den Pyrenæiske Halvö sammenlignende geographisk Studie after Shems ed-dîn al-Dimishqi og Spansk arabiske geographer*, ved A. F. Mehren. Copenhague, 1864, brochure in-4°.

[2] Leyde, 1866.

[3] *Macrizii de valle Hadramaut libellus* arabice editus et illustratus. Dissertatio quam.... publice defendet Paul Berlin Noskowyj, Silesius. Bonnæ, 1866, in-8° de 37 pages.

[4] *Journal asiatique*, avril-mai 1867.

[5] *Globus cælestis arabicus qui Dresdæ in regio Museo mathematico*

Wüstenfeld continue à mériter grandement des lettres arabes et de la géographie orientale en poursuivant avec une infatigable activité son édition du vaste dictionnaire géographique de Yakout, d'après les manuscrits de Berlin, de Saint-Pétersbourg, de Paris, de Londres et d'Oxford, aux frais de la Société orientale allemande[1]. Le second volume a vu le jour l'année dernière et comprend les lettres *djim* à *za*. L'importance de l'ouvrage de Yakout a été trop souvent signalée dans ce recueil, par notre président actuel et par son prédécesseur, pour qu'il soit nécessaire de nous étendre derechef sur ce sujet[2].

La publication du curieux ouvrage de Beladori[3] sur l'histoire des conquêtes des premiers musulmans est maintenant complète. Un troisième et dernier

asservatur, a Car. H. Schier, Dresdensi, illustratus. Lipsiæ, 1865, grand in-8°.

[1] *Jacut's geographisches Wörterbuch*.... herausgegeben von Ferdinand Wüstenfeld, Zweiter Band. Leipzig, 1867, in-8° de 968 pages.

[2] Qu'il nous soit seulement permis d'émettre un vœu, c'est que la Société orientale de Leipzig se détermine à faciliter l'acquisition de cette belle publication, en la livrant à un prix moins élevé que celui des premiers volumes. En effet, au taux fixé pour ceux-ci, l'ouvrage entier reviendrait à plus de 200 francs, ce qui est beaucoup pour un dictionnaire d'une science particulière.

[3] *Liber expugnationis regionum, auctore Imam Ahmed ibn-Jahia ibn-Djabir al-Beladsori*, quem e codice Leidensi et codice musei Britannici edidit M. F. de Goeje. Pars III, præf. gloss. et indices. Lugduni Batavorum, 1866, in-4° de 128 pages, plus 65 pages pour les index. Les pages 121 à 128 des préliminaires sont imparfaitement chiffrées 221 à 228.

fascicule, comprenant la préface, un glossaire très-détaillé, des additions et corrections, des index des noms propres et de lieux, a paru il y a deux ans. Cette publication fait un grand honneur à M. de Goeje, jeune savant qui marche dignement sur les traces de son maître, M. Dozy, dont il est maintenant le collègue à l'Université de Leyde. On sent que la glorieuse école des Erpenius, des Golius, des Schultens, n'est pas près de s'éteindre. M. de Goeje a encore publié une histoire des khalifes omeyyades, Omar II, Yézid II et Hischam, extraite d'un manuscrit de la bibliothèque de Leyde[1]. M. de Goeje a mis sous presse, conjointement avec M. de Jong, une édition complète du manuscrit d'où ces biographies sont tirées.

Il y a près de vingt ans que M. Tornberg d'Upsal a conçu le projet grandiose de donner au public le texte arabe de la chronique d'Ibn-al-Athir. On sait que cette chronique, la meilleure de toutes les chroniques arabes, embrasse l'histoire universelle, telle que la connaissent les musulmans, jusqu'à l'an 628 de l'hégire (1230 de J. C.). Voulant profiter d'abord des ressources que lui offrait la bibliothèque d'Upsal, M. Tornberg fut amené à commencer sa publication par les dernières parties. De 1851 à 1865, il imprima les six dernières parties de l'ou-

[1] *Historia khalifatus Omari II^i, Jazidi II^i et Hischami*, sumpta ex libro cui titulus est كتاب العيون والحدائق فى اخبار الحقائق, quam ex codice Leyd. nunc primum edidit M. J. de Goeje. Lugd. Bat. 1865, in-8°, VI-73 pages de texte arabe.

vrage avec l'aide des manuscrits d'Upsal, de Paris, de Berlin. Il atteignit ainsi, à reculons, l'année 228 de l'hégire (842 de J. C.). A partir de ce moment, M. Tornberg a suivi un ordre inverse, et a commencé à donner les premières parties de l'ouvrage d'Ibn-al-Athir. En 1867, il a publié le commencement de la chronique, la partie qui renferme l'histoire des peuples anté-islamiques; le tome II, paru en 1868, va jusqu'à l'an 20 de l'hégire [1]. Les tomes III, IV, V, VI, paraîtront successivement et rempliront la seule lacune qui reste dans cette grande publication. Depuis la publication des volumes XI et XII de son ouvrage (les deux premiers parus), M. Tornberg a pu se servir du manuscrit complet d'Ibn-al-Athir que M. de Slane a acheté à Constantinople pour la Bibliothèque impériale de Paris. En confrontant rétrospectivement son ouvrage avec cet excellent manuscrit, il y trouvera la matière de nombreuses additions et corrections.

Un des vétérans de la littérature arabe, M. de Slane, s'est acquis un nouveau titre à la reconnaissance des orientalistes, par la publication du troisième volume de sa traduction anglaise du grand recueil biographique d'Ibn-Khallican. Plus de la moitié de ce volume avait été imprimée il y a vingt et quelques années, aux frais de la Société asiatique de la Grande-Bretagne et de l'Irlande, mais n'avait

[1] *Ibn-al-Athiri Chronicon quod perfectissimum inscribitur.* Ad fidem codicum Parisinorum, Londinensium et Berolinensis. Edidit C. J. Tornberg, Lundensis; vol. II, Leyde, 1868.

reçu qu'une publicité très-restreinte; presque toute l'édition de ce demi-volume avait disparu dans l'incendie de l'imprimerie où elle avait été exécutée. M. de Slane a reproduit son premier travail en le revoyant avec l'exactitude qui lui est habituelle, et en le complétant [1]. Il ne lui reste plus qu'à donner un quatrième et dernier volume, dont l'impression est commencée, pour avoir terminé cette vaste et difficile entreprise. Le volume qu'il vient de publier renferme des articles d'une grande importance, tels que ceux du poëte Bohtori et du célèbre général Mohallab ibn-Abi-Soufra. Le prix du travail d'Ibn-Khallican est encore rehaussé par le savant commentaire dont M. de Slane a fait suivre chaque biographie, et où il a donné une foule d'indications utiles pour l'histoire littéraire et politique de l'Orient musulman et pour la philosophie arabe.

Sous le titre de *Documents pour l'histoire des Arabes d'Occident* [2], M. Marc-Joseph Müller a publié, aux frais de l'Académie de Munich, le premier cahier d'un recueil où il entreprend de rassembler divers morceaux d'Ibn-al-Khatib et d'autres écrivains arabes d'Espagne, relatifs à l'histoire de la péninsule ibérique sous les Arabes. L'avantage qu'a eu M. Müller

[1] *Ibn-Khallikan's biographical dictionary* translated from the arabic by baron Mac Guckin de Slane. Vol. III, Paris, printed for the oriental translation fund of Great Britain and Ireland, 1868. In-4° de 699 pages.

[2] *Beiträge zur Geschichte der westlichen Araber*, herausgegeben von Marcus Joseph Müller. 1ster Heft, München, 1866, in-8° de 192 pages.

de pouvoir puiser dans les riches trésors de l'Escurial fait vivement désirer qu'il mène à fin cette entreprise. C'est une bonne fortune d'un autre côté que la publication de la suite de l'histoire des musulmans de Sicile de M. Amari[1]. Cet ouvrage était interrompu depuis des années par suite des importantes fonctions que l'auteur a si honorablement remplies. La première partie du tome III paraît aujourd'hui. Elle comprend l'histoire de la conquête normande, et montre combien l'élément arabe, même après avoir perdu la domination, fut tenace en Sicile et quelle large part il conserva dans le mouvement social. Encore un demi-volume, et le grand travail de M. Amari sera terminé.

La littérature arabe possède un grand nombre d'ouvrages qu'on ne peut comparer qu'à des collections d'*ana*, ou à des dictionnaires de la conversation, non rangés par ordre alphabétique. Ce sont des espèces d'aide-mémoire, où l'on trouve des traits, des mots, des faits susceptibles d'entretenir une conversation agréable. Un célèbre compilateur, Abou-Mansour Atthaalibi, qui vécut de l'an 961 à l'an 1038 de notre ère, a composé plusieurs de ces recueils. Deux ont déjà été publiés; un troisième, intitulé : *Les connaissances élégantes*, vient d'être donné par M. de Jong[2]. Il y a dans ce fatras, qui ne

[1] *Storia dei musulmani di Sicilia*, vol. III, parte 1ª, Firenze, 1868.

[2] *Lataifo'l-Ma'arif, auctore Abu Mançur Abdolmalik ibn Mohammed ibn Isma'il at-Tha'alibi;* quem librum e codd. Leyd. et Goth. edidit P. de Jong. Lugduni Batavorum, 1867, in-8° de XLI et 158 pages.

vise à aucune unité, des choses fort piquantes. Le livre, tout frivole qu'il est, donne une idée avantageuse de la société musulmane à une époque où l'Occident n'avait guère le loisir de songer à de pareils divertissements de beaux esprits. Les ouvrages qui sont ou pourraient être intitulés : *Kitâb el-awâïl*, appartiennent au même genre de littérature. Ce sont des écrits destinés à enseigner l'origine vraie ou fausse de toutes choses, les noms des premiers inventeurs, des endroits où se firent les inventions, etc. M. Gosche a fait sur ces sortes de livres une très-élégante étude d'histoire littéraire comparée[1]. Ibn-Koteiba, Askari et Soyouthi sont les principaux auteurs qu'il examine. Il suit ce genre de littérature chez les Ottomans, en recherche les analogues dans l'Occident et publie un extrait de l'ouvrage de Soyouthi.

Quoiqu'on ne mentionne ici que les travaux de sources, nous ne pouvons omettre de citer un résumé qui, par une rare exception, a pour auteur un savant original : nous voulons parler de l'histoire des peuples musulmans depuis Mahomet jusqu'au règne de sultan Sélim, par M. Gustave Weil[2]. Un

Voir l'article de M. Defrémery, *Journal asiatique*, septembre-octobre 1867.

[1] *Die Kitâb al-awâïl, eine litterarhistorische Studie*, 38 et 26 pages, dans le *Festgabe zur XXV. Versammlung deutscher Philologen, Orientalisten und Schulmänner zu Halle*. Halle, 1867.

[2] *Geschichte der islamitischen Vœlker von Mohammed bis zur Zeit des Sultans Selim übersichtlich dargestellt* von Dr G. Weil. Stuttgard, 1866, VII-504 pages in-8°.

tel ensemble historique, resserré en un volume de 500 pages, ne peut être que fort sommaire; mais on sait combien M. Weil a étudié avec soin l'époque dont il parle; ses jugements, même dénués de leurs preuves, gardent leur valeur.

L'étude de la philosophie arabe n'a pas fait, depuis le commencement de ce siècle, tous les progrès qu'on eût pu désirer, en partie parce qu'on s'est trop borné à l'étude des philosophes qui ont eu de la célébrité dans l'Occident, en partie parce que les manuscrits de philosophie arabe sont rares, poursuivis qu'ils ont été avec fanatisme par une réaction théologique victorieuse. M. Dieterici, de Berlin, s'est attaché à l'école la plus curieuse peut-être de la philosophie arabe, à ces *Ikhouân es-Safa*, docteurs motazélites, rationalistes et éclectiques, qui, vers le xe siècle de notre ère, composèrent une vaste encyclopédie, dont le but était de réconcilier, d'une part, Aristote et Platon, de l'autre, la philosophie grecque et la théologie musulmane. L'entreprise était difficile, périlleuse, et n'eut qu'un médiocre succès. M. Dieterici nous a déjà donné une analyse de cette vaste encyclopédie; cette fois, il en a extrait et traduit huit nouveaux chapitres, pleins d'intérêt, sur la science théorique, la logique, la science pratique, la psychologie, le système général des sciences[1]. La logique est conçue sur le plan de l'*Organon* d'Aristote, mais avec un mélange considérable d'em-

[1] *Die Logik und Psychologie der Araber im zehnten Jahrhundert nach Chr.* par le docteur F. Dieterici. Leipzig, 1868, x-196 pages.

prunts faits à la théorie des idées de Platon. L'ouvrage montre bien ce qu'il y eut de véritable esprit philosophique dans certaines écoles arabes. Ces *Ikhouân es-Safa* sont, en un sens, supérieurs aux péripatéticiens absolus comme Ibn-Roschd. M. Dieterici a joint à son beau travail un chapitre renfermant l'explication des termes techniques qui sont employés dans l'ouvrage. La lexicographie philosophique des Arabes trouvera là beaucoup à prendre.

En fait de travaux sur les mathématiques arabes, je ne connais qu'un essai de M. Aristide Marre [1] sur une partie de l'algèbre de Mohammed ben Mousa Al-Khowaresmi, et une lettre de M. Steinschneider au prince Boncompagni sur quelques manuscrits arabes de mathématiques [2]. M. Dorn a décrit trois instruments astronomiques, avec inscriptions arabes, que possède la Bibliothèque impériale de Saint-Pétersbourg [3]. — MM. Leclerc et Lenoir ont publié, après beaucoup d'autres, une nouvelle traduction du traité de la variole de Rhazès [4]. M. Clément-Mullet a traité des pierres précieuses selon les Arabes [5]. Le

[1] *Le Messahat de Mohammed ben Moussa al Kharezmi :* Extrait de son algèbre traduit et annoté par Aristide Marre, 2e édit. revue et corrigée sur le texte arabe publié par Rosen, Rome, 1866, in-4°, 14 pages.

[2] *Intorno ad otto manoscritti arabi di matematica posseduti dal sig. G. Libri.* Gr. in-4°, 24 pages, Roma.

[3] Dans les *Mémoires de l'Académie de Saint-Pétersbourg*, 1866, 150 pages in-4°.

[4] *Traité de la variole et de la rougeole de Razès.* Paris, 1866, in-8°, 58 pages.

[5] *Journal asiatique*, janvier 1868.

même savant a terminé l'année dernière sa traduction du traité d'agriculture d'Ibn el-Awwam[1] par un second tome divisé en deux parties, dont la seconde traite de l'étable, de l'écurie, de la basse-cour, et enfin des soins à donner aux abeilles. Le laborieux traducteur a réuni les mots arabes cités dans le premier volume et dans la première partie du second, et en a formé un index. C'est un travail dont l'utilité est incontestable, mais qui aurait pu être exécuté avec un peu plus de soin en ce qui regarde l'exactitude orthographique et surtout la correction typographique.

La riche collection de manuscrits arabes, persans et turcs que possède l'Université de Leyde et qu'elle doit en grande partie à la libéralité de Levin Warner, ambassadeur des Provinces-Unies des Pays-Bas à Constantinople vers le milieu du XVIIe siècle, est l'objet d'un catalogue descriptif, commencé il y a seize ans environ, par M. Dozy, qui en a donné deux volumes, continué immédiatement après lui par M. Abraham Kuenen et repris ensuite par MM. de Jong et de Goeje. Ces deux savants en ont publié les tomes III et IV[2], qui sont leur œuvre, sauf les 160 premières pages du premier de ces volumes,

[1] *Le livre de l'agriculture d'Ibn-al-Awam*, traduit de l'arabe par J. J. Clément-Mullet. Tome II, en deux parties. Paris, 1866-1867, in-8° de 460, 24, x et 293 pages.

[2] *Catalogus codicum orientalium bibliothecæ academiæ Lugduno-Batavæ*, auctoribus P. de Jong et M. J. de Goeje. Lugduni Batavorum, volumen tertium, 1865, in-8°, de 394 pages; volumen quartum, 1866, in-8°, de 350 pages.

qui sont de M. Kuenen. On doit à M. de Goeje la description de la majeure partie des manuscrits arabes. Le travail de MM. de Jong et de Goeje est exécuté avec beaucoup de soin et d'exactitude; leurs notices abondent en indications utiles et intéressantes pour la bibliographie, l'histoire littéraire et la philologie. Un ou deux volumes seront encore nécessaires pour conduire à son achèvement ce beau catalogue, qui mérite d'être offert en modèle aux ouvrages du même genre. La bibliothèque de Munich a publié également le catalogue de ses manuscrits arabes et persans, dressé avec beaucoup de soin par M. Aumer [1]. M. Gustave Flügel a achevé le catalogue des manuscrits arabes, persans et turcs, de la bibliothèque de Vienne [2]; c'est un travail qui répond à ce que le nom de son auteur donnait droit d'attendre.

Les relations des chrétiens avec les musulmans de l'Afrique septentrionale au moyen âge ont été étudiées par M. de Mas-Latrie avec une remarquable érudition [3]. M. de Mas-Latrie embrasse naturellement son sujet en savant voué à l'étude du moyen

[1] *Die arabischen Handschriften der k. Hof- und Staatsbibliothek in München*, von J. Aumer. Munich, 1866, in-8°. — *Die persischen Handschriften der k. Hof- und Staatsbibliothek in München*, von J. Aumer. Munich, 1866, in-8°.

[2] *Die arabischen, persischen und turkischen Handschriften der kais. kænigl. Hofbibliothek zu Wien.* 3 vol. gr. in-4°, 1990 pages. Vienne, 1865-1867.

[3] *Traités de paix et de commerce, et documents divers concernant les relations des chrétiens avec les Arabes de l'Afrique septentrionale au moyen âge.* Paris, 1868, in-4°.

âge chrétien plutôt qu'en orientaliste; mais aucun orientaliste, réduit à ses études spéciales, n'aurait pu faire un ensemble aussi complet. M. Amari a ajouté d'importants suppléments à la belle collection de traités conclus entre les républiques italiennes du moyen âge et les musulmans, qu'il avait déjà publiée[1]. Les archives de l'ancien consulat général de France à Alger ont donné également la liste des documents qu'elles possèdent[2]. Le recueil de la Société de Constantine contient, pour l'époque musulmane comme pour l'époque antique, de bonnes recherches originales[3].

La numismatique et l'archéologie arabes ont donné lieu à des opuscules ou à des notes éparses dans les journaux savants, qu'il serait long d'analyser ici. Les noms de M. Soret et de M. de Longpérier paraissent être ceux qu'il serait le plus injuste d'oublier dans cette rapide énumération[4].

Un des résultats les plus importants auxquels sont arrivés les travaux scientifiques suivis avec une méthode et une persévérance des plus louables par

[1] *I diplomi arabi del R. archivio florentino.* Testo originale con la traduzione letterale e illustrazioni. Appendice. Firenze, in-4°, XII-80 pages.

[2] *Les archives du consulat général de France à Alger,* par Albert Devoulx (Alger, 1865).

[3] Années 1865, 1866, 1867.

[4] Fr. Soret, *Éléments de la numismatique musulmane,* dans la *Revue de numismatique belge,* 4e série, t. II, et suiv. — Stickel, dans la *Zeitschrift der deut. morg. Gesell.* 1867, p. 298 et suiv. — Joseph

les officiers militaires et civils de l'occupation française en Algérie a été la constitution bien nette d'une vaste famille de langues, s'étendant de l'Égypte au Sénégal, et dont le type le plus pur paraît être le touareg. Cette famille est restée jusqu'ici absolument isolée; mais il est bien probable qu'on lui trouvera un tronc ou des rameaux parmi les autres idiomes connus depuis plus longtemps. Quoi qu'il en soit, l'étude simple, désintéressée, dégagée de toute préoccupation et de toute idée préconçue, appliquée à ces idiomes sahariens, est, à l'heure qu'il est, une des œuvres les plus délicates de la science. M. le colonel Hanoteau fait preuve dans ce travail de l'esprit le plus sûr, le plus juste et le plus consciencieux. Pas de système, pas de philosophie, nulle tendance secrète pouvant fausser le coup d'œil de l'observateur. C'est à travers ces sortes de verres lucides et sans nulle sorte de réfraction que la science aime à voir les faits éloignés et observés pour la première fois. A sa grammaire berbère et à sa grammaire touarègue, deux ouvrages excellents, M. Hanoteau vient d'ajouter un volume de poésies populaires recueillies dans la Kabylie[1]. Les Kabyles n'ont

Karabacek, *ibidem*, p. 618 et suiv. — *Le Iscrizioni arabe della reale Armeria di Torino*, illustrate da Isaia Ghiron. Firenze, 1868, in-4° de IX-121 pages et 8 planches. — De Longpérier, *Comptes rendus de l'Acad. des inscr. et belles-lettres*, 1866, p. 291 et suiv. — Fr. Lenormant, dans de Cherrier, *Histoire de Charles VIII*, append. au 1er vol.

[1] *Poésies populaires de la Kabylie du Jurjura*, texte kabyle et traduction, par M. Hanoteau, colonel du génie. Volume in-8°, de 480 pages. Paris, Imprimerie impériale, 1867.

pas de textes écrits en dehors des ouvrages arabes; mais ils ont une poésie populaire, œuvre d'hommes illettrés, chantée par des rhapsodes héréditaires, parasites et parties nécessaires des noces et des fêtes, souvent aussi œuvre de femmes (couplets dont elles accompagnent leurs danses, longues complaintes qu'elles mêlent à leurs travaux). La mémoire extraordinaire des chanteurs kabyles explique les miracles que durent accomplir les aèdes grecs qui gardèrent les poëmes homériques, les tribus arabes qui eurent de longs divans, les jongleurs du moyen âge. M. Hanoteau nous donne sur le compte de ces derniers des rhapsodes les plus curieux détails, détails d'autant plus précieux que tout cela a été observé et recueilli sans nulle préoccupation littéraire antérieure. La pensée si juste qui porta les Fauriel, les Augustin Thierry, les Ampère à attacher une importance majeure aux chants populaires, devait dégénérer vite, par l'espèce de dilettantisme qui s'y mêla, en légèreté et même en fraude. Ici, rien de semblable. Toutes les transcriptions en caractères arabes ont été faites par des indigènes; la transcription en caractères français et la traduction ont été écrites en quelque sorte sous leur dictée. Il est bien remarquable que dans ces chants il n'y ait pas un mot d'histoire, pas un souvenir du passé.

Bien d'autres recherches sur les Berbères, leur origine, leur histoire, ont été le fruit de l'activité scientifique que notre colonie algérienne a su déployer. Une société qui s'est formée à Bone semble diriger surtout ses efforts de ce côté[1]. L'épigraphie berbère ou libyque a fait, grâce aux efforts réunis de ces zélés explorateurs, de précieuses acquisitions. Un vrai trésor d'inscriptions libyques a été découvert. Quatre inscriptions bilingues, libyco-latines, sont maintenant connues[2]. Le nom de M. Faidherbe, qui a tant contribué à l'extension de nos connaissances sur l'Afrique, celui d'un jeune officier plein de zèle et d'intelligence, récemment frappé d'une mort subite, M. Henri Aucapitaine, et celui de M. Berbrugger, doyen de ces savantes études, méritent surtout d'être ici mentionnés[3].

Les études égyptiennes sont cultivées depuis quelque temps dans toute l'Europe avec un zèle extraordinaire. Grâce à la façon large et éclairée dont le vice-roi d'Égypte a organisé le service des antiquités, les monuments des âges les plus reculés et de la plus haute importance ne cessent de sortir du sol qui sait le mieux conserver tout ce qu'il a recouvert. Un homme du plus grand courage, un vrai héros de la science, M. Mariette, consacre sa vie à

[1] *Bulletin de l'Académie d'Hippone*, 1868.

[2] *Revue d'Afrique*, mai 1868, p. 161-174, 234-240.

[3] Faidherbe, *Recherche anthropologique sur les tombeaux mégalithiques de Roknia*. Bone, 1868, 76 pages, 6 tableaux, 13 planches. — Aucapitaine, *Ethnographie. Nouvelles observations sur l'origine des Berbers Thamou*. Paris, in-8°, 1867. — Le même, *Les Beni-Mezab (Sahara algérien)*. Paris, 1867, in-8°. — G. Olivier, *Recherches sur l'origine des Berbères*, Bone, 1868. — Gian Carlo Conestabile, *Alcune osservazioni sovra il sistema di numerazione presso i Berberi e gli Aztechi e sovra loro idiomi*. Perugia, 1866, broch. in-8°.

ces recherches, qui lui assurent l'immortalité. En Europe, des philologues comme M. de Rougé et M. Lepsius, continuant les méthodes de Champollion, ont su faire école et grouper autour d'eux des disciples qui appliquent sous leurs yeux leurs savants procédés. Que l'on ajoute à cela des bonnes fortunes comme la découverte de la nouvelle inscription trilingue de Canopus, de la nouvelle table d'Abydos[1], des monuments persépolitains de l'isthme de Suez[2]; que l'on considère surtout l'intérêt hors ligne qui s'attache à une civilisation de beaucoup plus ancienne que toutes celles que nous connaissons ailleurs, à une civilisation qui offre un caractère d'originalité absolue et qui peut-être doit servir à expliquer bien des choses en Grèce et en Judée, et l'on comprendra le goût qui entraîne de ce côté tant d'esprits curieux. L'histoire d'Égypte forme le premier chapitre de toute philosophie de l'histoire, avec l'histoire antique de la Chine et celle de la Babylonie. Sûrement l'histoire des antiquités védiques et aryennes a pour nous un intérêt plus direct; la critique des vieux documents sémitiques est plus attachante encore; mais aucune science ne remonte plus loin que l'égyptologie dans l'échelle des temps; aucune science ne contribue davantage à expliquer l'origine des sociétés et le lent développement de ce que nous appelons civilisation.

[1] Mariette, dans la *Revue archéologique*, février 1866.

[2] Voir sur ce dernier point les *Comptes rendus de l'Académie des inscriptions*, de mai à août 1866; *Revue archéologique*, décembre 1866.

M. de Rougé, dans un résumé substantiel récemment publié [1], a présenté l'histoire des études égyptiennes jusqu'à la fin de 1866. Depuis ce temps, l'ardeur des égyptologues ne s'est pas refroidie. Un recueil spécial, dirigé par MM. Lepsius et Brugsch [2], est consacré à représenter les progrès journaliers de leurs études. Chaque érudit y vient à son tour enregistrer le caractère déchiffré, le groupe éclairci par des variantes ou la tournure grammaticale analysée à nouveau. Sans pouvoir énumérer ici toutes les conquêtes partielles qui signalent à l'attention chaque page de ce précieux journal, nous rendrons hommage aux travaux de MM. Birch, Brugsch, Chabas, Goodwin, Le Page-Renouf, Lauth, Pleyte, Dümichen, de Horrack, Devéria, Lieblein, A. Baillet, dont les communications, de mérites très-différents sans doute, ont néanmoins toutes contribué à enrichir le dictionnaire. L'usage du système de transcription emprunté au *Standard Alphabet* de M. Lepsius tend à se généraliser; son effet sera d'effacer dans les transcriptions toute divergence qui ne serait pas fondée sur une dissidence réelle dans les appréciations.

L'apparition du décret trilingue de Canopus, en confirmant tout ce que le déchiffrement direct avait

[1] Dans le *Recueil de rapports sur les progrès des lettres et des sciences en France*, publié sous les auspices du ministère de l'Instruction publique. Paris, Imprimerie impériale, 1867.

[2] *Zeitschrift für ægyptische Sprache und Alterthumskunde*, de 1863 à 1868, in-4°.

révélé depuis vingt-cinq ans, a contribué à fixer le jugement d'hommes, fort instruits d'ailleurs, qui n'avaient pas accordé à l'égyptologie la place éminente qu'elle mérite au milieu des études orientales. M. Lepsius[1] et M. Reinisch[2] ont publié, chacun de leur côté, une copie de ce monument inestimable, rencontré par eux dans les ruines de Sân, et ont donné une traduction du texte hiéroglyphique. Des empreintes fidèles, et mieux encore un moulage des inscriptions, promis à l'Institut par M. Mariette, permettront d'opérer certaines rectifications qu'exigent ces copies. L'utilité du texte grec et du texte hiéroglyphique sera d'ailleurs doublée par l'étude du texte démotique gravé sur une autre face du monument, et que les premiers explorateurs n'avaient pas aperçu. Les égyptologues zélés regrettent les retards apportés à la publication de ce nouveau document, si essentiel pour la discussion des passages les plus difficiles.

M. Chabas a repris l'étude de l'inscription de Rosette[3] et n'a pas épuisé la matière. Quoique ce texte trilingue soit très-ancien dans la science, il

[1] *Das bilingue Dekret von Kanopus in der Originalgrösse mit Uebersetzung und Erklærung beider Texte.* Erster Theil : *Einleitung. Griechischer Text mit Uebersetzung. Hieroglyphischer Text mit Umschrift und Interlinear-übersetzung.* In-8°, 36 pages, huit planches, in-4°, Berlin.

[2] Reinisch und Rœsler. *Die zweisprachige Inschrift von Tanis.* Gr. in-8°. Vienne, 1866.

[3] *L'inscription hiéroglyphique de Rosette, analysée et comparée à la version grecque*, avec 2 planches et un glossaire égypto-grec. In-8°, 128 pages, Paris.

n'a pas encore porté tous ses fruits, et l'étude du texte démotique, éclairé maintenant d'un jour plus vif par le texte similaire du décret de Canopus, nous promet encore des révélations précieuses.

Parmi les traductions et les analyses de textes considérables, on peut citer le voyage en Palestine[1], contenu dans le papyrus Anastasi, et traduit pour la plus grande partie par MM. Goodwin et Chabas, qui l'ont accompagné d'un large commentaire. Quelque opinion qu'on puisse avoir sur l'exactitude de tel ou tel détail et sur l'appréciation de telle ou telle tournure grammaticale, on ne peut méconnaître l'importance de ce travail et la perspicacité des deux auteurs. Le dictionnaire en a reçu un notable accroissement[2]. M. Chabas a encore publié d'autres traductions moins importantes. M. Pleyte[3] a, de son côté, entrepris la traduction de divers papyrus avec des succès inégaux; l'étude sur le chapitre 125 du Rituel semble écrite d'une main plus exercée et avec une critique plus sûre que les autres essais du même auteur.

[1] *Voyage d'un Égyptien en Syrie, en Phénicie, en Palestine, etc. au XIVe siècle avant notre ère*, traduction analytique d'un papyrus du Musée britannique, comprenant le *fac-simile* du texte hiératique et sa transcription complète en hiéroglyphes et en lettres coptes. Publié avec la collaboration de Ch. Wycliffe-Goodwin, Chalon-sur-Saône, 1866, in-4°.

[2] Cet ouvrage a été l'objet d'une critique très-sévère de la part de M. Brugsch; M. Chabas a répondu à son tour, et sur un ton qu'il est toujours regrettable de voir introduire dans les discussions scientifiques.

[3] *Études égyptologiques*. Leyde, Brill, 1866, 1867, 1868.

M. S. Birch a joint à la seconde édition anglaise du grand ouvrage de Bunsen, revisé par M. Cottrell, un dictionnaire hiéroglyphique remarquable par le nombre des mots traduits et par l'énorme dépouillement de matériaux qu'il suppose; toutefois ces résultats ne peuvent être acceptés sans discernement, dépourvus qu'ils sont de toute preuve et de toute discussion. Le même savant a complété son œuvre par un abrégé grammatical et par une série d'exemples transcrits et traduits, qui seront d'un grand secours aux commençants.

La *Chrestomathie égyptienne*, de M. de Rougé[1], est destinée à publier le résumé des leçons du Collége de France. Le premier fascicule de la partie grammaticale, contenant les règles de l'écriture hiéroglyphique, a seul paru jusqu'ici. La lithographie n'ayant pas donné, malgré les soins de l'éminent auteur, un résultat satisfaisant, l'éditeur s'est décidé à recourir à l'Imprimerie impériale. Le second fascicule, contenant les noms, les adjectifs et les pronoms, est prêt à paraître; le premier fascicule sera réimprimé.

Le début d'une entreprise colossale a également marqué les deux dernières années[2]: nous voulons

[1] *Chrestomathie égyptienne ou choix de textes égyptiens transcrits, traduits et accompagnés d'un commentaire perpétuel et précédés d'un abrégé grammatical.* 1re partie : *Grammaire*, 1er fascicule. Paris, 1867, in-4°, 158 pages et 15 tableaux.

[2] *Hieroglyphisch-demotisches Wörterbuch, enthaltend in wissenschaftlicher Anordnung die gebræuchlichsten Wörter und Gruppen der Heiligen- und der Volkssprache und Schrift der alten Ægypt. Nebst deren*

parler du dictionnaire de M. Brugsch. L'auteur y donne un choix de preuves et d'exemples pour tous les mots hiéroglyphiques et démotiques connus de lui. On pouvait douter du succès avant d'avoir feuilleté les deux premiers volumes, entièrement publiés avant la fin de 1867. Il est bien évident qu'une partie des matériaux de cette immense collection demandera une révision sévère; mais il est impossible de ne pas accorder son admiration à ce vaste dépouillement de textes de tout âge et à la justesse de coup d'œil qu'y montre habituellement l'auteur.

Les questions historiques ont été l'objet de diverses publications que nous énumérerons en suivant l'ordre de la chronologie égyptienne. Nous rencontrons d'abord, pour l'ancien empire, divers articles de M. Mariette[1] et de M. Devéria[2], dans lesquels ces deux auteurs ont discuté les premiers cartouches de la nouvelle table d'Abydos. M. J. Lauth, dans son *Manetho*, s'est attaché aux mêmes questions. L'abrégé de l'histoire d'Égypte de M. Mariette a

Erklærung in französischer, deutscher und arabischer Sprache, und Angabe ihrer Verwandtschaft mit den entsprechenden Wærtern der koptischen und der semitischen Idiome, in-4°. Autres travaux de M. Brugsch : *Die ægyptische Græberwelt.* Vortrag gehalten in der Museums-Gesellschaft zu Frankfurt am Mein, 15 November 1867, nebst einem Anhang enthaltend 6 autographirte Tafeln mit 170 Inschriften einer altægyptischen Grabkapelle. In-8°, 58 pages. Leipzig, 1868. — *Wanderungen nach den Türkis-Minen und der Sinaï-Halbinsel*, mit 3 lithographirten Tafeln sinaitischer Inschriften, 2te Auflage. In-8°, v-96 pages. Leipzig, 1868. — *Revue critique*, 27 août et 7 septembre 1867. — *Revue archéologique*, septembre 1867.

[1] *Revue archéol.* février 1866.

[2] *Revue archéol.* janvier 1865.

éclairé la liste de Manéthon par l'étude des tombeaux des plaines de Gizeh et de Sakkarah. Un des principaux objets de la mission d'Égypte confiée à M. de Rougé fut l'étude de ces premiers monuments des Pharaons. Notre savant confrère a donné le résumé de ses recherches dans son *Mémoire sur les monuments des six premières dynasties*[1]. On peut encore citer quelques articles de M. Goodwin, insérés dans la *Zeitschrift* de Berlin[2] et relatifs aux Pharaons Sémempsès et Séberchérès. Enfin, on doit à M. Chabas[3] la discussion d'une inscription considérable appartenant au règne d'un Pharaon dont le prénom est *Sanch-ka-ra*, et qui paraît antérieur à la XIIe dynastie; elle a révélé de curieux détails historiques sur une époque presque inconnue jusqu'ici.

En passant au nouvel empire, nous rencontrons une masse considérable de documents historiques fournis par les diverses publications de M. Dümichen[4] et par les deux premiers volumes des fouilles de M. Mariette. La plus grande partie de ces matériaux se rapporte à la XIXe et à la XXe dynastie. Les

[1] Paris, Imprimerie impériale, 1866; extrait des *Mémoires de l'Académie des inscriptions*.

[2] 1866, p. 3; 1867, p. 34 et 82.

[3] *Voyage d'un Égyptien*, p. 56.

[4] *Altægyptische Kalender-Inschriften*, in-fol. Leipzig, 1866; — *Historische Inschriften*, etc. 1867; — *Altægyptische Tempel-Inschriften in den Jahren 1863 bis 1865 an Ort und Stelle gesammelt*. T. I: *Weihinschriften aus dem Horustempel von Edfu*, 113 hieroglyphische Tafeln in Autographien vom Verfasser. T. II: *Weihinschriften aus dem Hathortempel von Dendera*, 47 pl. d'hiéroglyphes imprimées en autographie. Gr. in-fol. Leipzig, 1867.

planches des fouilles d'Abydos, dessinées par une main habile et d'après les copies savantes de M. Devéria, ont été communiquées à divers savants en 1866, et M. de Rougé a pu se servir, pour son cours historique au Collége de France, de la grande inscription qui constate l'association à la couronne de Ramsès II tout enfant par son père Séti-Merenptah. M. Mariette avait confié ce texte à M. Maspero, qui en a fait une traduction remarquable à plus d'un titre[1]. Ce début promet un égyptologue doué de brillantes qualités.

La famille de M. Raifé a fait don au musée du Louvre d'un fragment de papyrus où M. de Rougé a reconnu une nouvelle page du papyrus Sallier, contenant le poëme de *Pentaour*. Avec ce secours inattendu, auquel il a joint de nombreux fragments inédits, copiés à Thèbes pendant sa mission, M. de Rougé a pu continuer au Collége de France, en 1866, l'étude du monument littéraire qui jette le plus de jour sur le règne de Ramsès II. Le traité conclu par ce même Pharaon avec le prince de Chet, reconnu d'abord par Champollion, a été l'objet d'études nombreuses. Traduit successivement par MM. Brugsch, Goodwin, de Rougé et Chabas, ce texte mutilé n'en a pas moins été la source d'une multitude de révélations curieuses sur l'état des populations asiatiques à l'époque de Ramsès II.

[1] *L'inscription dédicatoire du temple d'Abydos*, texte, traduction et notes, suivies d'un essai sur la jeunesse de Sésostris. Paris, 1 vol. in-4°, 1867.

Pendant son séjour à Karnak, M. de Rougé fit déblayer jusqu'à la base une grande inscription relative à l'invasion tentée en Égypte, sous le règne de Merenptah, fils de Ramsès II, par les peuples de la Méditerranée. M. Dümichen en a publié une copie, qui n'est pas complétement satisfaisante. M. de Rougé a entrepris d'esquisser l'histoire de cette terrible invasion, dans laquelle il a cru reconnaître des peuplades maritimes de Grèce et d'Italie, qui se joignirent aux populations libyennes et cherchèrent à s'emparer, au XIVe siècle avant J. C., des riches contrées arrosées par les branches du Nil à son embouchure[1]. M. Goodwin s'était rencontré avec notre savant confrère en ce qui concerne les *Schardana*. M. Lauth a publié des conclusions à peu près semblables à celles de M. de Rougé[2]. Les monuments de Médinet-Abou, publiés par M. Dümichen, et dont les plus importants ont été également mis au jour pendant la mission de M. de Rougé, jettent aussi beaucoup de lumières nouvelles sur les invasions des mêmes peuples, repoussées un peu plus tard par Ramsès III.

La vive curiosité qu'avait excitée l'apparition de la stèle de Pianchi-Meriamun et des autres monuments éthiopiens récemment découverts à Gébel-Barkal s'est accrue, d'une part, par la connaissance sommaire que M. Mariette a donnée de ces nou-

[1] *Revue archéologique*, juillet et août 1867.

[2] Dans le *Zeitschrift der deutschen morgenländischen Gesellschaft*, 1867, p. 652 et suiv.

velles inscriptions, et, de l'autre, par la singulière concordance qu'elles ont présentée avec des textes assyriens de la même époque. Un savant éminent en plusieurs genres et dont nous déplorons la perte récente, M. Hincks, avait attiré l'attention sur cette coïncidence. L'état d'abaissement de l'Égypte, après la XXIIIe dynastie, qui avait rendu possible la conquête des Pharaons éthiopiens, aide à comprendre le succès d'Assar-Haddon et de ses lieutenants, qui établirent également leur domination passagère sur la vallée du Nil. M. Oppert et tout récemment M. Haigh d'Erdington ont indiqué des coïncidences remarquables entre les données des stèles éthiopiennes et les récits des textes assyriens.

Le même genre d'intérêt se retrouve dans les stèles bilingues érigées par Darius auprès du canal des deux mers. Ces monuments ont malheureusement été brisés avec un incroyable raffinement de barbarie. M. Oppert et M. Mariette ont pu néanmoins reconnaître, chacun de leur côté, dans les débris de la stèle de Chalouf, quelques traces qui indiquent le contenu de l'inscription : Darius y énumérait les provinces de son empire, et le nom de la Cappadoce[1] s'y lit dans un cartouche égyptien.

Les questions chronologiques sont toujours l'objet de profonds dissentiments, ce qui trahit malheureusement l'absence de bases certaines pour les calculs rétrogrades. Le *Zeitschrift* de Berlin a fourni

[1] Il est écrit *Katapatuka*, conformément à l'orthographe des textes

ici le champ le mieux approprié aux discussions. M. Brugsch, à qui l'on doit la publication d'une foule de matériaux inédits pour l'étude du calendrier, a proposé un nouveau système d'année civile qu'il a cherché à établir par l'étude d'un certain nombre de doubles dates. M. de Rougé a attaqué son système. MM. Lepsius, Goodwin et Dümichen ont successivement pris part à une discussion qui, tout en éclairant certaines parties de la question, paraît n'avoir encore rien apporté de décisif en ce qui concerne les applications à la chronologie. Le décret de Canopus a prouvé la réelle existence, chez les anciens Égyptiens, de l'année vague et de l'année sothiaque; toutefois il subsiste une difficulté considérable sur la date du lever de Sothis donnée dans cette inscription; elle diffère d'un jour avec celle qu'on eût obtenue par les tables acceptées jusqu'ici pour la période sothiaque, d'une part, et, de l'autre, pour le règne de Plotémée Évergète I. Parmi les explications proposées, celle de M. Vincent aurait le mérite d'embrasser toute la question et de poser les prémisses d'un accord vainement cherché jusqu'ici entre le calendrier macédonien et les doubles dates égyptiennes du temps des Lagides. Ce savant pense que le premier mois de l'année macédonienne changeait avec le début de chaque nouveau règne; de plus, il croit que la date du règne d'Évergète I est comptée à partir de son as-

perses. Voy. M. Mariette, sur la stèle de Chalouf, *Revue archéol.* 1866, t. II, p. 433.

sociation à la couronne, du vivant de Philadelphe. Mais avant de rien préjuger sur la réalité du système, ces nouvelles propositions devront être soumises au contrôle des dates historiques. Les monuments relatifs au calendrier se sont d'ailleurs multipliés, et M. Dümichen a spécialement apporté un contingent considérable d'inscriptions de ce genre recueillies sur les temples de l'époque grecque ou romaine.

La comparaison critique de Manéthon avec les données hiéroglyphiques a été l'objet de nouveaux travaux. Après le *Manéthon* de M. J. Lauth, M. Unger a entrepris courageusement une révision complète de toutes les questions qui se rattachent au plus précieux texte grec que nous possédions sur l'ancienne Égypte. Ses aperçus hardis et ingénieux prêteront beaucoup à la controverse; mais les archéologues liront certainement son ouvrage avec grand profit[1].

La géographie s'est également enrichie de nouveaux matériaux. M. Dümichen lui a consacré une partie notable de ses publications. M. Brugsch a continué à étendre le domaine de cette partie de la science, dont les grandes lignes lui appartiennent en propre. Les textes géographiques d'Edfou, comparés avec les notes nombreuses recueillies pendant le cours de la mission de M. de Rougé, ont fourni à M. Jacques de Rougé le sujet d'un travail très-utile[2], qui sera continué et abondera en renseigne-

[1] *Chronologie des Manetho*, von G. Friedrich Unger. Berlin, 1867.

[2] *Revue archéologique*, mai, septembre, novembre 1865, novembre 1866 et mai 1867.

ments curieux sur la statistique religieuse des nomes.

La question des chiffres et des nombres et la métrologie ont donné lieu à d'intéressants travaux de M. Lepsius, de M. Pleyte et de M. Goodwin[1]. M. Chabas, de son côté, tout en poursuivant ses recherches sur la détermination des poids égyptiens, a cherché à fixer la valeur de capacité du *hin* d'après le poids connu du vin et du miel mesuré par ce vase[2].

Remarquons aussi l'article de M. Mariette[3] sur l'usage des allitérations dans certains textes religieux. Cette petite pédanterie littéraire des anciens Égyptiens est intéressante pour nous, en ce qu'elle peut servir à révéler la valeur de signes douteux. Mentionnons enfin la publication du papyrus de Turin, contenant le plan du tombeau de Ramsès IV, expliqué par M. Lepsius[4], avec les légendes qui l'accompagnent; le travail de M. Devéria sur le papyrus judiciaire de Turin, dont les lecteurs du *Journal asiatique*[5] ont pu apprécier la nouveauté et l'intérêt; les *ostraca* déchiffrés par M. de Horrack et par M. Chabas[6].

[1] On trouvera toutes ces études réunies dans les divers numéros du *Zeitschrift* de Berlin, pour 1866 et 1867.

[2] *Détermination métrique de deux mesures égyptiennes de capacité.* Chalon-sur-Saône, 1867. In-8°, avec 1 planche.

[3] *Revue archéol.* 1867, p. 280.

[4] *Grundplan des Grabes Kœnigs Ramses IV in einem turiner Papyrus*, gr. in-4°, 21 pages, avec une planche chromolith. Berlin, 1867.

[5] *Journal asiatique*, novembre-décembre 1867.

[6] *Zeitschrift*, etc. 1867, p. 37.

C'est une bien précieuse trouvaille que celle d'un roman écrit en langue et en écriture démotique, et reconnu par M. Brugsch dans un papyrus du musée de Boulaq. Le texte démotique n'est malheureusement pas encore publié; mais M. Brugsch l'a copié, et il a donné la traduction de diverses parties du récit[1]. Le caractère historique des personnages, empruntés au grand règne de Ramsès II, et la couleur merveilleuse des événements rendront la lecture de ce roman extrêmement intéressante. Le cadre même du récit n'est pas la partie la moins curieuse : ce sont des momies qui causent entre elles dans leur tombeau de famille et qui se racontent les aventures les plus étranges.

En ce qui touche la religion égyptienne, la science s'est aussi enrichie de documents considérables. Parmi les inscriptions que M. Dümichen publie avec une si louable activité, on étudiera avec fruit sur ce sujet les deux volumes intitulés *Alt-ægyptische Tempel-inschriften*. Les deux volumes des fouilles de M. Mariette, contenant Abydos et Denderah, renferment également une très-riche matière. M. Lepsius a appelé l'attention sur les plus anciennes formes du Rituel funéraire, et il a publié toute une série de textes de cette espèce[2], appartenant au premier empire. Ces fragments prouvent

[1] *Le Roman de Setnau*, dans la *Revue archéol.* sept. 1867.

[2] *Ælteste Texte des Todtenbuchs nach Sarcophagen des altægyptischen Reichs im berliner Museum.* Einleitung und 43 lithographirte Tafeln; gr. in-4°, 53 pages; Berlin, 1867.

tout à la fois et l'antiquité des doctrines fondamentales consignées dans le livre sacré, et les remaniements qu'il a subis par la suite. On peut citer ici l'article curieux de M. Brugsch sur les changements de forme traversés par l'âme du défunt, changements qui sont exposés aux chapitres 76-88 du Rituel [1], et la traduction des *Lamentations d'Isis*, par M. de Horrack [2].

A la mythologie, ou plutôt aux prescriptions du culte, se rattachent les recettes pour la composition des parfums sacrés, indiquées d'abord par M. Brugsch, puis traduites par ce savant et par M. Dümichen. Elles apportent l'indication d'une foule de substances précieuses et contribuent largement à enrichir le dictionnaire. Ces recettes ont également étendu nos connaissances sur les formes des calculs, et elles ont fourni à M. Lepsius de nouvelles remarques sur le système égyptien des fractions. En terminant ce qui concerne la religion, nous avons enfin à signaler la tentative audacieuse de M. Birch, qui n'a pas craint de publier, dans la deuxième édition anglaise de Bunsen, une traduction complète du Rituel funéraire. Les hymnes de ce livre des morts sont remplies d'allusions à tout un monde mythologique encore bien peu connu. Dire que ces textes si difficiles ont été interprétés fidèlement

[1] *Zeitschrift*, 1867, p. 21.

[2] *Les lamentations d'Isis et de Nephthys*, manuscrit hiératique du Musée royal de Berlin, publié en *fac-simile* avec traduction et analyse. Paris, 1866, in-4°.

dans leur entier, ce serait peut-être dépasser les espérances de l'auteur lui-même; nous pouvons cependant affirmer que beaucoup de passages ont été bien compris, et que l'essai de M. Birch jettera une première lumière sur les difficultés dont il n'aura pas obtenu la solution.

On voit quels éléments essentiels l'égyptologie est en mesure de fournir à l'histoire générale. La géographie des Égyptiens surtout, nous devenant chaque jour mieux connue, projette de singulières lueurs sur un passé fort antérieur à celui que les plus anciens documents sémitiques nous faisaient atteindre. La transcription des noms sémitiques en égyptien, matière si importante, s'éclaire d'un grand nombre de faits nouveaux. Les doutes sur la haute antiquité arrivent, par des rapprochements successifs, à être cernés et limités.

L'étude du système de la langue égyptienne moderne doit à M. Veit Valentin de bonnes recherches sur la formation des noms coptes[1]. M. P. de Lagarde a publié un texte en partie nouveau de la traduction copte du Pentateuque[2].

La perte de M. Hincks a laissé un très-grand vide dans les études assyriennes. Peu de temps avant sa mort, a paru de lui un essai de grammaire assy-

[1] *Die Bildung des koptischen Nomens*, par Veit Valentin de Francfort-sur-le-Mein, couronné par la Faculté de philosophie de l'Université de Gœttingen (Gœttingen, 1866, in-4°).

[2] *Der Pentateuch coptisch*. Leipzig, 1867, in-8°, XXXVIII-504 pages.

rienne[1] fort incomplet, mais qu'il est utile de rapprocher de la grammaire de M. Oppert pour les recherches de philologie comparée. Le système de M. Hincks diffère de celui de M. Oppert sur des points importants; cependant la grammaire que ces deux savants proposent pour l'idiome sémitique que l'une des écritures cunéiformes paraît avoir recouvert est essentiellement la même. Il est certain que ce système grammatical, surtout en ce qui concerne les formes du verbe, explique beaucoup de particularités du système général des langues sémitiques; mais quelle bizarrerie qu'on en soit encore à se demander si, dans l'idiome sémitique de l'Assyrie, le temps qu'on appelle prétérit (l'aoriste premier) existait! M. Joachim Ménant[2] a aussi donné en ces derniers temps une grammaire assyrienne qui est un développement méthodique de celle de M. Oppert. Une nouvelle édition du travail de ce dernier savant, considérablement augmentée, paraît en ce moment.

Un ouvrage qui sûrement fera époque dans ces difficiles études, est le Dictionnaire assyrien de M. Norris[3]. Un volume, formant à peu près le quart de l'ouvrage, en a paru. Ce grand travail porte les traces de nombreux tâtonnements, et il en faut louer M. Norris. Dans une étude comme celle-ci, en voie

[1] *Journal of the Royal asiatic Society* de Londres, nouvelle série, volume II, partie 2 (1866).

[2] *Exposé des éléments de la langue assyrienne.* Paris, Imprimerie impériale, 1868.

[3] *Assyrian dictionary, intended to further the study of cuneiform*

de fondation et, si j'ose le dire, en pleine ébullition créatrice, il est naturel que l'auteur, à quelques pages de distance, hésite et modifie sa première opinion; mais l'immense travail de rapprochements de textes fait par M. Norris gardera toujours son prix. On sait que le Musée britannique, guidé par une pensée des plus louables, a entrepris la publication de tous les textes cunéiformes qu'il possède. Le tome II de ce grand recueil a paru en 1866 par les soins de MM. Rawlinson et Norris[1]. Quelques récentes acquisitions de ce musée et le travail qui s'y fait pour la reconstitution des tablettes en terre cuite promettent d'intéressants résultats[2].

Outre la nouvelle édition de sa grammaire, M. Oppert a publié l'analyse et la traduction de quelques textes[3]. Il a lu aussi à l'Académie des inscriptions et belles-lettres un mémoire sur les rapports de l'Assyrie et de l'Égypte[4]. Un travail de M. Paul Glaize[5] présente l'histoire des études assyriennes

inscriptions of Assyria and Babylonia. Partie I. Londres, 1868, in-8°. Voir aussi *Journal of the Royal asiatic Society,* nouvelle série, volume II, partie 1.

[1] *The cuneiform inscriptions of western Asia,* t. II. Londres, in-fol.

[2] *Comptes rendus de l'Académie des inscriptions et belles-lettres,* 1867, p. 334, 335.

[3] *Revue archéologique,* septembre 1866; *Inscription de Nabuchodonosor sur les merveilles de Babylone* (Extrait des Mémoires de l'Académie de Reims), 1866.

[4] *Comptes rendus de l'Académie des inscriptions et belles-lettres,* 1867, p. 237 et suiv.

[5] *Les inscriptions cunéiformes et les travaux de M. Oppert* (Metz et Paris), 1867, in-8°.

d'une façon qui intéressera même les personnes qui pensent que ces études ont encore des principes importants à acquérir et de grands progrès à faire avant que l'on en puisse introduire les résultats dans l'histoire avec une entière sécurité.

Les études relatives aux langues du centre de l'Asie, communément appelées tartares, continuent d'être cultivées en Russie avec un zèle auquel la politique n'est pas étrangère, mais une politique cette fois parfaitement entendue et légitime. Il faut parcourir le catalogue des livres imprimés depuis le commencement de ce siècle à Kazan[1] pour se faire une idée de l'activité que le gouvernement russe a déployée de ce côté. Il se passe peu d'années sans que les divers recueils publiés par l'Académie de Saint-Pétersbourg contiennent des communications importantes sur quelque peuple plus ou moins connu de l'Asie centrale[2]. M. Radloff se crée un titre considérable par la publication des chants populaires des tribus turques et tartares de l'Altaï et du sud de la Sibérie. Le texte est publié en ca-

[1] *Chronologisches Verzeichniss der seit dem Jahr 1801 bis 1866 in Kazan gedruckten arabischen, türkischen, tartarischen und persischen Werke, als Katalog der in dem asiatischen Museum befindlichen Schriften der Art*, von B. Dorn. (Mélanges asiatiques tirés du Bulletin de l'Académie impériale des sciences de Saint-Pétersbourg, t. V, 1866, in-8°.)

[2] *Beiträge zur Geschichte der Völker Mittelasiens.* B. I (portant aussi pour titre : *Untersuchungen über die Kasimofschen Zaren und Zarewitsche*), von W. Weljaminof-Zernof. Aus dem Russischen übersetzt von J. Th. Zenker, Leipzig, 1867, in-8°.

ractères russes, la traduction est donnée en allemand. M. Schiefner, dans la préface, explique le caractère de cette singulière littérature orale. Le fond en est formé de contes hindous, modifiés par diverses influences iraniennes et slaves [1]. M. Schiefner préside à ces études avec sa méthode et son bon esprit. C'est grâce à lui que nous connaissons les travaux du baron d'Uslar [2] sur l'idiome kasikumuk [3], parlé du côté de Bakou et du Daghestan, et qui présente au linguiste philosophe des phénomènes dont le plus singulier assurément est d'avoir quatre genres : le masculin, le féminin, le genre animal, le genre ange et enfant [4].

Des travaux importants ont en ces derniers temps étendu le cercle des études mongoles. Sans parler des louables efforts que fait chez nous M. Feer pour répandre et faciliter ces études [5], M. Jülg y a apporté

[1] *Proben der Volkslitteratur der türkischen Stamme Süd-Sibiriens.* Ier Theil : *Die Dialekte des eigentlichen Altaï: der Altajer und Teleuten, Lebed-Tataren, Schoren und Sojonen.* Saint-Pétersbourg, 1866, partie russe XXIV-419 pages, partie allemande, XVI-434 pages. IIer Theil, XII-720 pages.

[2] A. Schiefner, *Ausführlicher Bericht über Baron P. von Uslar's kasikümükische Studien* (Mémoires de l'Académie impériale des sciences de Saint-Pétersbourg, VIIe série, t. X, n° 12), Saint-Pétersbourg, gr. in-4°, 136 pages, 1866.

[3] Les Kasikumuks s'appellent eux-mêmes *Lak.* Leur nom vient de l'arabe غازى, «combattant pour la religion,» et du nom de leur capitale Gumuch ou Kumuch.

[4] Il faut se rappeler que, selon les idées musulmanes, les anges n'ont pas de sexe.

[5] *La puissance et la civilisation mongole au XIIIe siècle.* Paris, 1867, brochure in-8°. — *Tableau de la grammaire mongole* (Paris, 1866 in-4° autogr. de 7 pages), suivi de pièces diverses.

d'utiles contingents. En 1866, M. Jülg fit paraître un recueil de contes kalmouks, le *Siddhi-Kür*[1], dont il donna le texte et la traduction en allemand avec un glossaire et des observations grammaticales. Ces contes, évidemment empruntés à des recueils indiens, existent aussi en mongol, et M. Jülg, dans la préface du Siddhi-Kür kalmouk, exprimait l'intention de publier neuf récits plus détaillés dans la rédaction mongole que dans la rédaction kalmouke. Il annonçait aussi la pensée de publier le recueil complet de l'Histoire d'Artchi-Bortchi-Khân, recueil de contes mongols également empruntés à l'Inde. M. Jülg était à cette époque retenu par des difficultés matérielles : il n'y avait dans toute l'Europe de caractères mongols qu'à Saint-Pétersbourg et à Kazan. Ces difficultés ont été levées par le libraire de l'Université d'Innspruck, qui a fait fondre un corps de caractères mongols d'une grande netteté, quoique un peu lourds. Avec ces types, M. Jülg a imprimé, comme spécimen, un extrait de l'Histoire d'Artchi-Bortchi-Khân[2]. Dès 1858, le lama Galsang Gomboïeff avait publié à Saint-Pétersbourg une traduction complète de l'Artchi-Bortchi, laquelle a

[1] *Die Märchen des Siddhikur. Kalmükischer Text mit deutscher Uebersetzung und einem kalmükisch-deutschen Wörterbuch*, herausgegeben von B. Jülg. Leipzig, 1866.

[2] *Ardschi-Bordschi.* Mongolisches Mährchen. Erzählung aus der Sammlung Ardschi Bordschi. Ein Seitenstück zum Gottesgericht im Tristan und Isolde mongolisch und deutsch, nebst dem Bruchstück aus Tristan und Isolde, herausgegeben von B. Jülg. Gr. in-8°, 37 pages. Innsbruck, 1867.

été à son tour traduite en allemand par M. Benfey; mais l'inexactitude de la traduction de Galsang Gomboïeff, tour à tour écourtée ou prolixe, laisse au travail de M. Jülg tout son mérite. Au texte et à la traduction du morceau qu'il a choisi, M. Jülg a joint un épisode du poëme de Tristan et Yseult de Göttfried de Strasbourg, qui présente avec le récit mongol d'étonnantes ressemblances. Ces rapprochements portent M. Jülg à croire que la poésie européenne du XIIIe siècle ne fut pas inconnue des Mongols et que ceux-ci purent s'inspirer des idées qui étaient en circulation dans le monde chrétien, à l'époque où les conquêtes de Gengis-Khân et de ses successeurs les mirent en rapport avec les Latins. Il est certain que la littérature de la Table ronde a presque fait le tour du monde au moyen âge; cependant, pour admettre l'hypothèse de M. Jülg, il faudrait de bien forts arguments.

L'oïgour avait été négligé depuis plusieurs années; M. Vambéry a donné un spécimen de cette langue qui offre beaucoup d'originalité. C'est une sorte de kassida, recueillie par lui et qu'il a publiée avec une transcription, une traduction et des commentaires, que les personnes vouées à l'étude des langues tartares apprécieront sans doute [1]. Le même voyageur a publié des études sur le turc oriental ou djagataï [2]. Ce volume, imprimé sous les auspices de la

[1] Dans le *Zeitschrift der deutschen morgenländischen Gesellschaft*, 1867, p. 638 et suiv.

[2] *Çagataische Sprachstudien*, enthaltend : Grammatischen Um-

Société asiatique de Londres, renferme une esquisse de grammaire, une chrestomathie, un vocabulaire et une liste des ouvrages écrits en turc oriental. La chrestomathie présente une intéressante collection de poésies, de proverbes, de légendes populaires prises sur le vif, et nous initie à l'idiome peu étudié jusqu'à ce jour des populations de Khiva, de Khokand et de Bokhara, sur lesquelles les conquêtes de la Russie attirent en ce moment l'attention de l'Europe. Tous les textes donnés par M. Vambéry ont été, dit-on, contrôlés par un lettré du pays. La publication du Dictionnaire turc-oriental de M. Pavet de Courteille, tiré des documents et des vocabulaires originaux que possèdent nos bibliothèques, achèvera d'éclairer une branche de la philologie comparée d'où l'on a tiré des conséquences peut-être prématurées.

Un de nos confrères, M. Belin, si bien placé pour connaître les progrès de la littérature ottomane, littérature secondaire, il est vrai, mais riche en traductions et en commentaires des classiques musulmans, continue les notices bibliographiques qu'ont données dans ce recueil MM. de Hammer et Bianchi. Un des prochains numéros de notre journal donnera la liste complète de ce qui est sorti des presses de Constantinople dans ces trois dernières années. On se bornera à indiquer ici le caractère dominant de ce mouvement et les ouvrages qui

riss, Chrestomathie und Wörterbuch der çagataischen Sprache. Leipzig, gr. in-4°, VIII et 360 pages.

intéressent particulièrement l'érudition. Le nombre des volumes publiés par l'imprimerie officielle du *Moniteur ottoman* n'a pas été considérable, si on le compare à la quantité d'ouvrages sortis de l'impulsion qui fut donnée en Égypte par Méhémet-Ali, à Constantinople par sultan Maḥmoud et par son successeur Abd-ul-Medjid, durant les premières années de son règne. L'état critique dans lequel se trouve la société ottomane, les graves préoccupations qui assiégent toutes les classes de la société, suffisent à expliquer cet affaiblissement. Il est certain que, depuis plusieurs années, le gouvernement turc a fait peu de chose pour sa littérature nationale; les idées et les innovations étrangères ont conquis toute l'attention. La loi musulmane, il est vrai, n'apporte que peu d'entraves au développement de la presse; mais l'initiative individuelle, paralysée par l'état politique du pays, n'a donné que de médiocres résultats. Les trois ou quatre imprimeries turques qui publiaient, en même temps que leurs journaux, divers ouvrages estimés des Osmanlis, ont ou disparu, ou concentré leur activité sur les questions politiques.

Cependant, les monuments de l'histoire nationale dont la réimpression avait été commencée sous les auspices d'Ahmed-Véfik Effendi, et les traités de jurisprudence et de morale si goûtés des ulémas, ne paraissent pas avoir perdu toute faveur. Les Prolégomènes d'Ibn-Khaldoun ont été traduits en turc par le scheikh-ul-Islam, Piri-zadé; le sixième livre a été terminé par Djevdet Effendi[1]. C'est aussi une intéressante publication que l'histoire de Petchevi[2], chronique qui commence au règne de Soliman le Grand et se termine en 1574. L'auteur, Ibrahim Effendi, qui avait exercé des fonctions militaires et joué un rôle important dans les guerres entre la Turquie et l'Allemagne, se distingue par l'indépendance de ses opinions et la franchise avec laquelle il les exprime. Le style provincial et vieilli de cette chronique est lui-même un sujet intéressant pour l'étude des variations de la langue. Mentionnons encore l'Histoire de Selanikli[3], depuis l'époque de sultan Soleïman jusqu'en 1591, chronique qui précède, dans le *Corpus* des historiens ottomans, celle de Naïma, laquelle débute par le récit des événements de l'an 1591; — l'histoire ottomane de Khaïr-oullah-Effendi[4]; — l'histoire ottomane de Rachid[5] depuis 1660 jusqu'à 1721, avec un supplément par Açim Effendi, réimpression; — l'histoire des Afghans[6], réimpression de l'édition de 1728; — l'histoire de Tamerlan[7] par Nazmi-Zadé, publiée pour la première fois en 1729; — les *Lingots d'or*[8], par Suheïli-Zadé,

[1] Constantinople, Imprimerie impériale, 1 volume gr. in-4°, 316 pages.

[2] Constantinople, Imprimerie impériale, 1865, 2 vol. in-8°.

[3] Constantinople, Imprimerie impériale, in-8°, 1864.

[4] 14° et 15° fascicule, 1866.

[5] 6 vol. in-8°. Imprimerie impériale, 1865.

[6] 1 vol. in-8°, 1866.

[7] 1 vol. in-8°, 1866.

[8] Lithographié à Bagdad, 1866.

compilation historique renfermant de curieux renseignements sur les *ansab* ou généalogies musulmanes. Parmi les ouvrages qui traitent de religion, de morale ou d'ascétisme, on remarque un recueil contenant sept traités sur l'orthodoxie musulmane, une comparaison entre le mosaïsme et le christianisme, une réfutation du schiisme persan, etc. par Sangouri Husein Effendi[1], professeur dans une des mosquées de Constantinople, une traduction du *Colloque des oiseaux*[2] d'Attar; le *Miroir des croyances*, traité des dogmes sunnites, par Mollah Djami, traduit en turc[3]; les *Cortéges*, commentaire du Coran par un des principaux fonctionnaires du divan impérial[4]; un *Guide dans la voie spirituelle*[5], sans nom d'auteur; un grand recueil relatif au mysticisme et aux pratiques religieuses, par un affilié de l'ordre des mevlévites[6]; l'*Exposition de la Vérité*[7], recueil de conférences et de discussions relatives à la religion entre un savant indien et un chef spirituel, traduit de l'hindoustani en turc. Parmi les commentaires des ouvrages de jurisprudence, on trouve le *Tefsiri-Tibian*, un commentaire de l'*Izhar*, avec l'indication des sources et un index des gloses; parmi les traités de linguistique, quelques livres destinés à faciliter la connaissance

[1] Lithographié à Constantinople, 1865.
[2] Constantinople, 1865.
[3] Constantinople, 1 vol. in-8°, 1865.
[4] Un fort volume de 1020 pages, 1865. Imprimerie impériale.
[5] 1866.
[6] 1866.
[7] 1866, in-8°.

de l'arabe et du persan, si étroitement liés à la langue ottomane moderne, et une ou deux méthodes pour l'étude de la langue française.

L'Allemagne nous offre deux ouvrages élémentaires relatifs à la langue ottomane. Le docteur J. Goldenthal de Vienne a publié une grammaire[1], où, selon le plan tracé par Meninski, les trois langues musulmanes sont exposées simultanément, ou pour mieux dire, dans laquelle l'arabe et le persan sont étudiés dans leurs rapports avec le turc. Malgré certaines irrégularités dans le style des exemples et l'oubli de quelques expressions introduites dans la langue moderne, cet ouvrage se recommande par la clarté, la précision, et peut rendre des services aux élèves des écoles orientales. C'est également dans un but pratique que l'Académie des langues orientales de Vienne a fait paraître un recueil de proverbes ottomans[2], recueil utile, qui cependant ne laisse entrevoir ni les formes modernes de la langue, ni les complications de la syntaxe. Le Dictionnaire turc, arabe et persan de M. Zenker[3] est un ouvrage estimable; la partie turque, pour laquelle l'auteur s'est aidé des matériaux recueillis par M. Qua-

[1] *Ausführliches Lehrbuch der türkischen Sprache.* Vienne, 1865, in-8°. Imprimerie impériale. Voy. *Journal asiatique*, octobre-novembre 1866, p. 433.

[2] *Osmanische Sprichwörter,* herausgegeben durch die k. k. orientalische Akademie in Wien. Imprimerie impériale, 1865, grand in-8°.

[3] Dr Jul. Thdr. Zenker, *Dictionnaire turc-arabe-persan*, maintenant complet. Leipzig, gr. in-4°.

tremère, maintenant déposés à Munich, a une particulière valeur. Rappelons aussi le Dictionnaire turc-français de Nasifi Mallouf[1].

La littérature tibétaine s'est enrichie d'un ouvrage peu étendu, mais très-intéressant; c'est le texte et la traduction, accompagnés d'analyses, de notes, d'index, de tableaux généalogiques, d'un livre tibétain intitulé *Gyelrab*, « Race royale[2]. » Ce livre, rapporté du Ladak par M. Hermann Schlagintweit et publié par M. Émile Schlagintweit, son frère, retrace l'histoire des rois du Tibet depuis les plus anciens souvenirs qu'a conservés la légende bouddhique jusqu'à la destruction de l'indépendance du Ladak par Randjit-Singh, en 1834. La liste des rois donnée dans cet écrit se trouvait déjà dans le Père Giorgi et dans l'histoire mongole de Sanang-Setsen, traduite par Schmidt; mais c'est la première fois que l'on a ces noms donnés par un livre tibétain, sous leur forme authentique, forme dont le mongol peut à peine donner une idée. M. Schlagintweit a été aidé dans son travail par les extraits que M. Schiefner lui a communiqués d'un manuscrit tibétain de Saint-Pétersbourg, portant le même titre, traitant du même sujet, mais d'une rédaction différente et malheureusement presque illisible. On peut dire que l'ouvrage publié par M. Schlagintweit

[1] *Dictionnaire turc-français*, avec la prononciation figurée, t. II, in-12, de la page 781 à la page 1489. Paris, 1867.

[2] *Die Könige von Tibet*. Extrait des Mémoires de l'Académie de Munich. In-4°, 87 pages, plus 19 pages de texte tibétain, 1866.

est le premier ouvrage tibétain original, laïque et non religieux, que nous connaissions. Il est loin de satisfaire à tout ce que nous voudrions savoir, en particulier sur l'établissement du pouvoir temporel du dalaï-lama, fait dont l'origine n'est pas encore expliquée. M. Schlagintweit croit cependant avoir établi que Bouddha-Çri, fondateur de la monarchie tibétaine, serait venu de l'Inde vers le milieu du premier siècle avant notre ère, que les premières manifestations du culte bouddhique au Tibet dateraient de l'an 463 ou 481. En 629, monta sur le trône Srong-tsan-Gampo, qui introduisit définitivement le bouddhisme dans le Tibet.

Une ère nouvelle a commencé en ces dernières années pour les études relatives à l'Asie orientale. Les rapports des races européennes avec ces contrées ont pris un caractère complétement différent de ce qu'ils avaient été jusqu'ici. Certes, on ne peut dire que ce changement politique ait jusqu'à présent profité à la science. Les conflits d'une nature brutale qui étaient inévitables en de pareilles circonstances ont plutôt élargi que comblé le fossé qui séparait le monde chinois-japonais avec ses dépendances du monde européen. La vue superficielle que des marchands et des militaires ont jetée sur ce monde nouveau pour eux a semblé mettre dans l'ombre l'existence d'une antique littérature propre à ces contrées, bien plutôt qu'attirer l'attention sur la haute originalité de la civilisation qui s'y est déployée. Les jésuites du XVIIe et du XVIIIe siècle virent clair dans ce vieux monde chinois avec infiniment plus de perspicacité, parce qu'ils se trouvèrent tout d'abord en rapport avec les classes instruites, qu'ils prirent au sérieux la littérature chinoise, et aussi parce que la Chine, loin d'être alors en décomposition comme de nos jours, était dans l'état le plus florissant. Il faudra beaucoup de temps pour que les nouvelles relations ouvertes avec la Chine apportent à la science des avantages qui puissent compenser un désastre comme celui de l'incendie du palais d'été à Pékin.

La conséquence nécessaire de ces relations nouvelles sera cependant de fournir des facilités à l'étude de la langue chinoise. Le dictionnaire de Lobscheid [1], missionnaire qui a longtemps résidé en Chine, est un instrument utile et commode, dont les sinologues paraissent faire beaucoup de cas. Le grand nombre de personnes qui s'initient à la langue chinoise perfectionnera sans aucun doute les instruments pour transcrire et reproduire typographiquement cet idiome singulier [2]. Mais peut-être le grossier malentendu qui porte si souvent les gens du monde à confondre l'usage pratique de la langue actuelle avec la science de la langue classique, n'en

[1] *English and chinese dictionary*, with the Punti and Mandarin pronunciations, by the Rev. W. Lobscheid. Hongkong, 1866-1867. 1 vol. en deux parties.

[2] Voir Lepsius, dans le *Monatsbericht* de l'Acad. de Berlin, mars 1868, p. 168 et suiv.

sera-t-il qu'aggravé. M. Antelmo Severini a publié quelques observations sagaces sur le monosyllabisme du chinois [1]. Nous croyons savoir que la *Grammaire chinoise* de M. Stanislas Julien s'imprime en ce moment. M. Wassilief a publié un dictionnaire chinois-russe, où il a échappé au système de classification en 214 clefs par un système dont les avantages paraissent fort douteux [2].

M. James Legge, missionnaire de la Société de Londres, a publié le troisième volume, en deux parties, de ses « Classiques chinois [3]. » Ce volume contient le *Chou-King*. Ce que cette publication a de remarquable, c'est que l'auteur y essaye pour la première fois d'élever des doutes sur les idées reçues en ce qui concerne l'antiquité de la chronologie et de l'histoire chinoises. Les doutes de M. Legge partent d'idées souvent préconçues et d'une confiance absolue dans les textes bibliques, auxquels il refuse, d'un autre côté, d'appliquer la critique. Il est certain que, si on appliquait à ces derniers textes des principes aussi exigeants que ceux que M. Legge applique aux textes chinois, l'honorable missionnaire protesterait et serait forcé de reconnaître qu'il emploie deux poids et deux mesures. Les tentatives de M. Legge

[1] Dans la *Rivista orientale* de M. Angelo de Gubernatis, fascic. 1° (Firenze, 1868).

[2] *Le système graphique des hiéroglyphes chinois*. Saint-Pétersbourg, 1867, grand in-4°, xvi-466 pages.

[3] Hong-Kong, 1865 (Londres, Trübner). L'ouvrage du même auteur *The life and teachings of Confucius* (chez Trübner) est un extrait des *Classiques chinois*.

ont amené chez nous M. Gustave Pauthier[1] à examiner le degré de crédibilité que mérite la vieille histoire chinoise et à rechercher si les traditions sur l'antiquité des plus anciens textes littéraires chinois sont fondées. M. Pauthier oppose peut-être une fin de non-recevoir trop absolue aux doutes de la critique en pareille matière; toute opinion traditionnelle doit être scientifiquement discutée avant de devenir une certitude; avec les raisonnements de M. Pauthier, on eût arrêté, dès le premier pas, Wolf et Niebuhr. Les jésuites adoptèrent, en fait de chronologie chinoise, le système qu'ils trouvèrent officiel en Chine; ils firent bien. On arriverait à prouver l'inconsistance de ce système, que cela n'impliquerait aucun reproche contre les fondateurs de l'étude du chinois, pas plus que William Jones et Schlegel ne se sont trouvés diminués le jour où l'on a renversé les idées qu'ils s'étaient faites d'après la tradition hindoue sur l'âge des différentes parties de la littérature sanscrite. Quoi qu'il en soit et tout en faisant des réserves sur le second mémoire de M. Pauthier, dont quelques parties prêteraient à des objections, je dois dire que les raisons apportées par le savant orientaliste pour maintenir le système traditionnel m'ont paru très-fortes. Le nœud de la question est de savoir quel fut en réalité l'effet de l'édit de destruction des anciens livres porté par l'empereur Thsîn-Chì-hoâng-ti, l'an 213

[1] *Journal asiatique*, septembre-octobre 1867; avril-mai 1868.

avant Jésus-Christ. M. Pauthier montre que cet édit ne put avoir les conséquences radicales qu'on lui attribue ; ce n'est pas une persécution de quatre ou cinq ans ou même de vingt-deux ans (l'édit n'exista que pendant ce temps, et encore il tomba très-vite en désuétude), ce n'est pas, dis-je, un accès de mauvaise humeur d'un souverain en désaccord avec une grande partie de son gouvernement, qui peut détruire une littérature ayant profondément pénétré dans les mœurs d'une nation. Les pièces importantes citées par M. Pauthier, l'inventaire des livres retrouvés après la proscription, le catalogue de la vieille littérature au premier siècle avant notre ère, montrent très-bien la solidité de la chaîne traditionnelle. En Chine, comme en Égypte, il est probable que l'antiquité résistera aux recherches de la critique et aux tentatives d'explication mythologique. Ces sortes de pays administratifs ont des annales bien mieux ordonnées que les peuples qui écrivirent tard et n'eurent longtemps d'autres archives que leur mythologie.

M. Wylie a publié à Shang-Haï un essai de bibliographie chinoise, tiré en partie du catalogue de Khien-Long, en partie de ses propres recherches, et qui est en son genre le livre le plus complet que l'on possède[1]. C'est sûrement l'ouvrage où l'on peut puiser l'idée la plus exacte de l'histoire littéraire de la Chine. M. G. Schlegel, interprète du

[1] *Notes on chinese literature, with introductory remarks on the*

gouvernement de l'Inde néerlandaise pour la langue chinoise, a publié, dans les Actes de la Société de Batavia [1], un roman chinois et d'importantes études sur les mœurs de la race chinoise, en particulier sur ces associations secrètes des Chinois entre eux, qui de la Chine s'étendent à tous les pays où les Chinois colonisent. Une belle collection d'inscriptions chinoises en caractère archaïque a été rapportée par M. Fontanier, agent consulaire, et se trouve maintenant à la Bibliothèque impériale.

M. Léon Pagès a achevé cette année la réimpression du dictionnaire japonais-portugais composé par les jésuites et imprimé en 1603 à Nangasaki [2]. M. Pagès traduit en français le travail des missionnaires et y ajoute les caractères japonais. Dans l'état actuel de la science, était-il opportun de réimprimer ainsi, avec des changements d'une nature fort délicate, un ouvrage ancien, qui certes fait beaucoup d'honneur à ses auteurs, mais qui peut-

progressive advancement of the art, and a list of translations from the chinese into various european languages. Shang-Haï, 1867, in-4°, XXVIII-260 pages.

[1] *Verhandelingen van het Bataviaasch Genootschap van Kunsten en Wetenschappen*. Deel XXXII, Batavia, 1866.

[2] *Dictionnaire japonais-français*, contenant : 1° la transcription des mots et exemples japonais; 2° les caractères japonais; 3° l'interprétation; traduit du dictionnaire japonais-portugais composé par les missionnaires de la Compagnie de Jésus et imprimé en 1603 à Nangasaki, et revu sur la traduction espagnole du même ouvrage, rédigée par un dominicain et imprimée en 1630 à Manille; publié par Léon Pagès. Paris, achevé en 1868, 933 pages. Une livraison complémentaire renfermera la grammaire du P. Rodriguez.

être ne répond plus aux besoins du moment? C'est ce que nous ne voulons pas décider. Un vieux dictionnaire anglais, du commencement du XVIIe siècle[1], peut avoir été un livre d'un grand mérite sans que pour cela on le réimprime pour l'usage. Quant aux bibliophiles et aux érudits, il est douteux que la réimpression modifiée équivaille pour eux à l'édition originale. Cependant, dans le cas dont il s'agit, l'édition originale était devenue tellement rare que l'édition de M. Pagès sera certainement recherchée. La première livraison du Vocabulaire français-anglais-japonais, composé par M. l'abbé Mermet de Cachon, a été également publiée par les soins de MM. Pagès et Le Gras[1].

Je ne trouve, en fait d'études sur la littérature japonaise, qu'un seul écrit; c'est le texte et la traduction d'une espèce d'anthologie poétique fort répandue au Japon et qui compte de nombreux commentaires[2]. En fait d'études de philologie comparée sur la langue japonaise, je ne connais qu'une brochure de M. Léon de Rosny[3]. M. Léon de Rosny a également continué à s'occuper de la Corée, jusqu'ici peu

[1] *Dictionnaire français-anglais-japonais*, composé par M. l'abbé Mermet de Cachon, et publié par les soins de M. A. Le Gras pour la partie anglaise, et de M. Léon Pagès pour la partie japonaise. 1re livraison, Paris, 1866, in-8°.

[2] *Hyak nin is'shiu, or Stanzas by a century of poets, being japanese lyrical odes*, translated by F. V. Dickins. In-8°, Londres, 1866.

[3] *Des affinités du japonais avec certaines langues du continent asiatique*. In-8°, 16 pages, Paris, 1867.

connue [1]. Une belle collection chinoise coréenne, en 297 volumes, a été rapportée de Corée par l'amiral Rose, en 1867. Elle est déposée à la Bibliothèque impériale. La plupart de ces volumes sont relatifs aux règlements funéraires et au cérémonial.

Le dialecte annamite a été l'objet d'une étude consciencieuse de M. Aubaret [2]. L'annamite offre différents phénomènes linguistiques remarquables; c'est, à ce qu'il semble, un dialecte du chinois qui s'est fait un syllabaire de neuf cents et quelques sons avec le caractère chinois. C'est là un fait dont on avait déjà des exemples dans l'Asie orientale, et qui est très-important pour la grammaire comparée aussi bien que pour l'histoire de l'écriture; peut-être doit-il servir à expliquer la formation des syllabaires cunéiformes. On ne peut pas dire que l'annamite s'écrive en chinois; mais à l'aide du caractère chinois, les Annamites se sont composé un syllabaire de convention, purement phonétique. Les caractères chinois, ainsi modifiés, ont été gravés à l'Imprimerie impériale pour l'ouvrage de M. Aubaret. Il paraît, du reste, que les Annamites, à côté de ce caractère chinois, altéré et phonétique, emploient, comme les Japonais, une seconde écriture, qui n'est autre chose que le chinois pur. Il est très-important, sur tous ces faits singuliers, d'avoir l'impression des

[1] *Revue orientale*, 2e série, n° 6, Nancy, 1868.

[2] *Grammaire annamite*, suivie d'un vocabulaire français-annamite et annamite-français, par G. Aubaret. Paris, Imprimerie impériale, 1867.

indigènes; c'est ce qui fait l'intérêt d'une petite grammaire annamite, imprimée à Saïgon, avec les presses du gouvernement [1]. Il y aura là, pour ceux qui voudront écrire une grammaire savante de l'annamite, du point de vue de la philologie comparée, une matière bien attachante.

Les îles Lieou-Kieou, leur histoire, leur langue, ont été l'objet d'une étude approfondie de M. J. Hoffmann [2], qui s'est surtout servi dans son travail des sources chinoises et japonaises. Tout le monde est d'accord pour reconnaître le service que M. Bastian rend à la science par la publication de ses voyages dans les contrées les plus reculées de l'extrême Orient [3]. L'auteur se montre au courant des nouvelles études de philologie et de mythologie comparée, et si l'on peut lui faire un reproche, c'est de dépasser souvent le cercle des comparaisons organiques et d'entrer dans le champ indéfini des rapprochements purement extérieurs. L'histoire de l'Indo-Chine, tracée par M. Bastian, est dans son ensemble quelque chose de tout à fait neuf, une

[1] *Abrégé de grammaire annamite*, par P. J. B. Truong-Vinh-Ky, directeur du collége des interprètes (Saïgon, Imprimerie impériale, 1867).

[2] Dans les *Bijdragen tot de Taal- Land- en Volkenkunde van Nederlandsch Indië*. La Haye, Eerste deel, 3e stuk, 1866.

[3] *Die Vœlker des œstlichen Asiens, Studien und Reisen* von Dr Adolf Bastian. Vol. I. *Geschichte der Indo-Chinesen*; XIII-576 pages, Leipzig, 1866; — vol. II. *Reisen in Birma in den Jahren 1861-1862*; XIII-521 pages, Leipzig, 1866; — vol. III. *Reisen in Siam in Jahre 1863*; XX-540 pages, Iena, 1867, avec une carte de l'Indo-Chine, par M. Kiepert. L'ouvrage aura 5 volumes.

sorte de pendant à l'ouvrage de Lassen sur l'histoire de l'Inde. Les volumes consacrés au Birman et à Siam sont d'un grand intérêt. M. Bastian décrit minutieusement tout ce qu'il voit; il peint les mœurs, les croyances, les façons de parler. Le tableau de la société bouddhiste, dans l'Indo-Chine, sortira de ce précieux ouvrage avec une grande exactitude.

L'archéologie de l'Indo-Chine a commencé d'attirer l'attention; mais il serait prématuré d'exprimer un jugement sur des données qui n'ont pas encore été soumises à un assez mûr examen. Il faudra, ce semble, prendre garde aux hypothèses qui attribueraient aux monuments de ces contrées des antiquités exagérées. Espérons que l'occupation française en Cochinchine portera pour la science quelques-uns des fruits excellents qu'a portés l'occupation de l'Algérie.

Les études malaies et javanaises continuent d'être cultivées avec zèle par les Hollandais. Les grands recueils imprimés à Batavia et à La Haye sont de précieux répertoires pour la philologie de ces contrées [1]. Je trouve une nouvelle grammaire malaie

[1] *Tijdschrift voor indische Taal- Land- en Volkenkunde*, publié par la Soc. des arts et sciences de Batavia, sous la direction de W. Stortenbeker (nous avons reçu jusqu'à Deel XVI, Vijde serie, deel II, afl. 1, 1866). — *Notulen van de Algemeene en Bestuurs-Vergaderingen van het Bataviaasch Genootschap van Kunsten en Wetenschappen* (jusqu'à Deel IV, aflev. 1), Batavia. — *Bijdragen tot de Taal- Land- en Volkenkunde van nederlandsch Indië*, publié par l'Institut royal pour l'étude de l'Inde néerlandaise. Derde Volgreeks. Eerste Deel. 1-2-3-4 Stuck. La Haye, 1866 et 1867. — *Catalogus der Bibliotheek van het bata-*

par M. Pijnappel [1]. Chez nous, M. Tugault [2] en a également publié une. M. Aristide Marre [3] a relevé les mots malais qui se sont introduits dans les langues européennes et a traduit en français une curieuse autobiographie malaie déjà donnée en anglais par Marsden.

Que de travaux, Messieurs, et quelle somme énorme de dévouement, de désintéressement, de sacrifices de toutes sortes suppose la longue série de recherches qui vient de se dérouler devant vous! Que d'efforts d'esprits excellents pour résoudre des problèmes dont le seul objet est de savoir un peu mieux le passé et le présent de l'humanité. Poursuivies sans relâche, à travers les mille épreuves de la vie, souvent malgré la maladie, parfois au risque de la mort et au prix d'une pauvreté voulue et noblement supportée, ces recherches sont la meilleure preuve de ce qu'il y a dans notre civilisation de noble et de grand. Nous nous usons pour connaître un monde disparu depuis des siècles, ou qui

viaasch Genootschap van Kunsten en Wetenschappen, door J. A. van der Chijs. Batavia, 1864.

[1] Gz. J. Pijnappel, *Maleische Spraakkunst*. Gr. in-8°. La Haye, 1867.

[2] Alfred Tugault, *Grammaire de la langue malaye ou malaise*, in-8°, 98 pages. Paris, 1868.

[3] A. Marre. *Petit vocabulaire des mots malais que l'usage a introduits dans les langues d'Europe* (Rome, 1866, br. in-8°, 14 pages). Je n'ai pas vu cet écrit. — Le même, *Mémoires de Nakhoda Mouda de Samangka*, écrits par lui et ses enfants, traduits pour la première fois en français sur la version anglaise de W. Marsden. Paris, 1868, in-8°, 88 pages.

ne se soucie guère de nous connaître, et cela par l'unique plaisir de savoir, par l'attrait qu'a pour nous la connaissance du vrai. Persévérons, Messieurs, dans ces difficiles travaux, dont la récompense est la conscience d'avoir bien fait et l'estime d'un petit nombre. Notre temps semble pencher de plus en plus vers une appréciation superficielle des choses, dont l'une des conséquences est de confondre les ordres divers de la culture intellectuelle et de méconnaître la part de mérite qui revient au savant original. Les parties élevées de la société suivent trop souvent en cela les erreurs de la foule; la science, qui n'a jamais eu les encouragements du public, n'a plus auprès des gouvernements l'autorité et la valeur qu'elle avait autrefois. Dans la première moitié de ce siècle, il exista une société éclairée qui avait le sens de nos études, en comprenait l'importance, voyait à quoi elles se rattachent. De nos jours, des recherches qui n'ont en apparence qu'un résultat spéculatif et dont la valeur d'application, quoique très-réelle, ne s'aperçoit pas tout d'abord, ne pouvaient manquer d'être écrasées par les pesantes masses qui composent notre mécanisme social. Une administration n'est pas une aristocratie; elle sert et flatte souvent les idées d'un public frivole; elle se croit dispensée de consulter les hommes spéciaux dont elle ne craint pas des réclamations bruyantes, et dont les conseils la conduiraient rarement à ce qu'elle se propose, à la popularité.

Serrons-nous d'autant plus, Messieurs; la tâche

et l'importance des sociétés savantes sont en raison inverse de ce que fait l'État. Si l'État et le public nous manquent, ou du moins n'accordent pas à nos travaux le rang qu'ils méritent, créez par l'autorité dont vous jouissez une revanche pour l'étude solide et la recherche sérieuse. Gardienne de plus d'une moitié de l'histoire, possédant ou recherchant le secret des origines les plus intéressantes à connaître, notre Société, sans avoir aucun parti dans les questions philosophiques, politiques, religieuses, est au cœur même de tous les grands problèmes philosophiques, politiques, religieux. Tout le monde a quelque chose à apprendre d'elle. En fraternité avec l'Académie des inscriptions et belles-lettres, dont nous ne nous séparons jamais, remplissons cette noble tâche. Rien ne reste que les travaux solides; telle recherche érudite qui a eu dix lecteurs en son temps, si elle a introduit une pierre dans l'édifice de la science, vivra bien plus que l'œuvre superficielle à laquelle, sur la foi d'une vogue momentanée, on a témérairement décerné l'immortalité.

RAPPORT SOMMAIRE

SUR LES RECETTES ET LES DÉPENSES DE LA SOCIÉTÉ PENDANT L'ANNÉE 1867, LU DANS LA SÉANCE DU CONSEIL, DU 13 MARS 1868, PAR M. PAUTHIER, COMMISSAIRE RAPPORTEUR.

RECETTES.

193 cotisations courantes de 1867	5,790f 00c	
2 cotisations anticipées	60 00	
2 cotisations à vie	600 00	
74 cotisations arriérées	2,230 00	
15 cotisations reçues par MM. Williams et Norgate	462 50	
1 don volontaire d'un membre, M. Rosin	100 00	
88 souscriptions particulières au *Journal* (y compris un reliquat de 57 fr. 50 c. de 1866)	1,817 50	
Souscriptions annuelles du Ministère de l'instruction publique	2,000 00	
TOTAL du produit des cotisations et du *Journal* de la Société	13,060 00	13,060f 00c
Vente des publications de la Société par le libraire		1,129 00
Solde de l'avance faite en 1858 par la Société pour des essais de fonte de caractères chinois en Chine		165 00
A reporter		14,354 00

Report		14,354f 00c
Intérêts des fonds de la Société en 3 p. o/o	1,300f 00	
Intérêts de 69 obligations de l'Est à 5 p. o/o	1,675 32	
Intérêts des 20 nouvelles obligations d'Orléans	291 60	
Intérêts des 2 obligations d'un an, à 5 p. o/o	310 00	
Intérêts des fonds placés en compte courant	51 95	
Total des intérêts des divers fonds	3,628 87	3,628 87
Montant du crédit ouvert par l'Imprimerie impériale, pour l'impression du *Journal* de l'année 1866		3,000 00
Total général des recettes faites en 1867		20,982 87
Le restant en caisse au 1er janvier 1867		14,886 87
Total des recettes de 1867 et de l'encaisse		35,869 74

Observations. Sur cette somme, 6,232 fr. 10 c. ont été convertis, le 23 février 1867, en 20 obligations d'Orléans, à 5 p. o/o, achetées au taux de 311 fr. 60 c. et 12,000 francs ont été placés en obligations d'un an, à 5 p. o/o également. Les intérêts de ces diverses sommes ainsi placées figurent aux recettes énumérées ci-dessus.

DÉPENSES.

Droit de recouvrement des cotisations	1,020f 50c	1,489f 24c
Frais d'envoi du Journal aux membres de la Société	266 87	
Dépenses diverses du libraire de la Société	201 87	
A reporter		1,489 24

Report		1,489f 24c
Loyer des salles des séances et de la bibliothèque de la Société.	1,000f 00c	1,070 00
Frais divers	70 00	
Honoraires payés au sous-bibliothécaire	600 00	882 75
Frais de reliure	282 75	
Circulaires et frais divers		123 75
Droit de garde des titres de la Société		13 00
Frais d'impression du *Journal* de 1866		6,605 70
Frais d'un tirage à part porté en recette dans le compte de l'année dernière, par M. Nève.		89 64
TOTAL des dépenses de l'année 1867		10,274 08

BALANCE :

1° Fonds de l'encaisse du 1er janvier 1867 capitalisés	6,232f 10c	
2° Obligation à échéance au 4 mai 1868	9,000 00	
3° Obligation à échéance au 1er juillet 1868	3,200 00	
4° Espèces en compte courant à la Société générale	7,163 56	
TOTAL	25,595 66	25,595 66
TOTAL égal aux recettes de 1867 et à l'encaisse.		35,869 74

RÉSUMÉ GÉNÉRAL.

Il résulte du compte que je viens d'avoir l'honneur de présenter au Conseil :

1° Que les recettes réelles de la Société, pendant l'exercice de 1867, se sont élevées à	20,982f 87c
2° Que les dépenses diverses se sont élevées à	10,274 08
Différence	10,708 79

3° Que l'excédant des recettes sur les dépenses a été de	10,708f 79c
4° Qu'avec l'encaisse du 1er janvier 1867, de..	14,886 87
La Société possédait donc, au 1er janvier 1868, un encaisse disponible de...............	25,595 66

RAPPORT DES CENSEURS

SUR LES COMPTES DE 1867 ET LE BUDGET DE 1868.

Il résulte des documents qui nous ont été communiqués et que nous avons soigneusement examinés, que pour l'exercice 1867, les dépenses de notre Société se sont élevées

à...................................	10,274f 08c
et que les recettes ont été de.............	20,982 87
Excédant des recettes....................	10,708 79

Comme le solde, soit en caisse, soit en compte courant, était, au 1er janvier 1867, de 14,886 fr. 87 c., il s'ensuit qu'au 1er janvier 1868, ce solde, joint à l'excédant des recettes sur les dépenses, formait un total de 25,595 fr. 66 c. dont la Société pouvait disposer pour les besoins de l'exercice courant.

MM. les Membres de la Commission des fonds ont dressé le budget de 1868; et il ressort de leurs prévisions que pour l'année 1868 les dépenses présumées seront d'environ 17,200 francs, tandis que les recettes se monteront approximativement à 20,800 francs. Il restera donc, selon toute probabilité, à la fin de cette année, un excédant de plus de 3,000 francs applicable à l'exercice suivant.

Ainsi, Messieurs, notre service actuel est parfaitement assuré. Si nous regardons à l'ensemble de notre situation financière, elle n'est pas moins satisfaisante. Nous vous la rappelons en peu de mots, comme nous l'avons fait pour les années précédentes.

Le capital fixe de la Société se montait au 1er janvier 1868, en rente 3 p. 0/0, obligations du chemin de fer de l'Est et du chemin de fer d'Orléans, à la somme de.. 74,045f 00c

Le capital disponible en obligations à courte échéance et en compte courant, à la même époque, se montait à la somme de........ 19,363 65

De telle sorte que le capital total de la Société fixe et disponible s'élevait en totalité à.. 93,408 65

Au 1er janvier 1867, ce capital n'était que de 80,367 fr.; l'année 1867 l'a donc accru de 13,141 francs.

En présence de cette situation excellente, et en tenant compte des nécessités de l'avenir, il est sage, comme le proposent Messieurs les Membres de la Commission des fonds, d'augmenter notre capital fixe et de le porter à 90,000 fr. Nous vous demandons, Messieurs, de sanctionner cette proposition et d'autoriser la Commission des fonds à faire ce placement en obligations de chemin de fer garanties par l'État, ainsi que celles que nous possédons déjà. Il resterait, de cette façon, un disponible de plus de 3,000 francs, qui accroîtrait encore en 1868 l'excédant prévu des recettes; et nous aurions ainsi plus de 6,000 francs pour subvenir aux circonstances qui pourraient se présenter en dehors de toutes les prévisions.

Nous devons encore, Messieurs, vous renouveler nos recommandations ordinaires en ce qui concerne la rentrée des abonnements. Avec un peu d'attention et de zèle, les membres de la Société pourraient très-aisément faciliter cette partie du service; on éviterait par là des démarches à la fois pénibles et coûteuses; et pour notre part, nous serions heureux d'être dispensés du devoir de revenir chaque année sur ce sujet. Par là, notre administration serait soulagée de quelques dépenses inutiles, et nos recettes s'en accroîtraient d'autant.

Nous devons ajouter, Messieurs, une autre remarque qui n'est pas sans quelque analogie avec celle-ci, et qui regarde plus spécialement ceux d'entre nous qui veulent bien fournir des travaux au Journal de la Société. En apportant plus de soins préliminaires dans la rédaction du manuscrit, il y aurait nécessairement moins de frais de corrections, et les dépenses afférentes au Journal seraient diminuées en proportion. C'est une recommandation bien naturelle que nous adressons à Messieurs les auteurs; la publication du Journal en profiterait doublement, en ce qu'elle pourrait être plus régulière et moins dispendieuse.

Il ne nous reste, Messieurs, qu'à vous proposer d'adresser à Messieurs les membres de la Commission des fonds des remercîments très-mérités, pour la peine qu'ils veulent bien prendre et pour les résultats excellents qu'a procurés leur gestion active autant qu'intelligente.

Les Censeurs :

Barthélemy Saint-Hilaire; Guigniaut.

SOCIÉTÉ ASIATIQUE.

I.

LISTE DES MEMBRES SOUSCRIPTEURS,

PAR ORDRE ALPHABÉTIQUE.

Nota. Les noms marqués d'un * sont ceux des Membres à vie.

L'ACADÉMIE DES INSCRIPTIONS ET BELLES-LETTRES.

MM. ABBADIE (Antoine D'), correspondant de l'Institut, rue du Bac, n° 104, à Paris.

ABD-ALLAH (Mirza), premier secrétaire de la légation de Perse, avenue Joséphine, n° 65, à Paris.

AMARI (Michel), sénateur, professeur d'arabe à Florence.

ANDREOZZI (Alphonse), via del Agnelo, n° 84, à Florence.

ARCONATI (Le marquis Visconti), rue Durini, n° 13, à Milan.

ARNAUD, pasteur protestant à Crest (Drôme).

AUBARET, capitaine de frégate, consul de France à Scutari d'Albanie.

AUMER (Joseph), employé à la Bibliothèque royale de Munich.

MM. Bibliothèque Ambroisienne, à Milan.

Bibliothèque Nationale, à Florence.

Bibliothèque de l'Université, à Erlangen.

Bader (Mademoiselle Clarisse), rue de Babylone, n° 62, à Paris.

Barb (H. A.), professeur de persan à l'Académie orientale de Vienne (Autriche).

Barbier de Meynard, professeur à l'École des langues orientales vivantes, rue de Lille, n° 37, à Paris.

Bargès (L'abbé), professeur d'hébreu à la faculté de théologie de Paris, rue Saint-Thomas-d'Enfer, n° 3, à Paris.

Barré de Lancy, secrétaire archiviste de l'ambassade de France à Constantinople.

Barth (Auguste), rue des Moulins, n° 12, à Strasbourg.

Barthélemy Saint-Hilaire, membre de l'Institut, rue d'Astorg, n° 29 *bis*, à Paris.

Baudet (L'abbé), à Montigny-sur-Crécy (Aisne).

Beames (John), magistrat, à Motihari (Bengale).

Beauvoir-Priaux (De), Cavendish Square, n° 8, à Londres.

Behrnauer (Walther), secrétaire de la Bibliothèque publique de Dresde.

Belin, secrétaire interprète de l'Empereur et de l'ambassade de France à Constantinople.

Bellecombe (André de), homme de lettres, avenue de Paris, à Choisy-le-Roi (Seine).

MM. Berezine, professeur de langues orientales à l'Université de Saint-Pétersbourg.

Bertrand (L'abbé), chanoine honoraire de la cathédrale, impasse des Gendarmes, à Versailles.

Bhau-Daji, à Bombay.

Boilly (Jules), boulevard Saint-Michel, n° 113, à Paris.

Boissonnet de la Touche, directeur de l'artillerie, rue Jean-Bart, n° 15, à Alger.

Boncompagni (Le prince Balthasar), à Rome; chez M. Eugène Janin, rue Saint-Hippolyte, n° 3, à Passy.

Bonnetty, directeur des Annales de philosophie chrétienne, rue de Babylone, n° 39, à Paris.

Botta (Paul-Émile), consul général de France à Tripoli de Barbarie, correspondant de l'Institut.

Boucher (Richard), rue Miromesnil, n° 12, à Paris.

Boy (Victor), boulevard Dugommier, n° 25, à Marseille.

Bozzi, médecin de la marine impériale, à l'arsenal de Constantinople.

Bréal (Michel), professeur au Collége de France, rue de Grenelle-Saint-Germain, n° 49, à Paris.

Briau (René), docteur en médecine, rue de la Victoire, n° 41, à Paris.

MM. Brosselard (Charles), préfet à Oran.

Brown (John), secrétaire interprète de la légation des États-Unis à Constantinople.

Brunet de Presle, membre de l'Institut, professeur à l'École des langues orientales vivantes, rue des Saints-Pères, n° 61, à Paris.

Bruston (Charles), pasteur protestant, rue Rode, à Bordeaux.

Buchère (Paul), rue des Bons-Enfants, n° 13, à Versailles.

Bühler (George), professeur d'hindoustani, Elphinston College, à Bombay.

Bullad, interprète de l'armée d'Afrique, au Fort-Napoléon (Algérie).

Bureau (Léon), rue Gresset, n° 15, à Nantes.

Burggraff, professeur de littérature orientale, à Liége.

Burnouf (Émile), directeur de l'École française, à Athènes.

* Burt (Th. Seymour), P. R. S. M. A. S. etc. Pippbrook House Dorking Surrey, Angleterre.

Cahen, élève de l'École des langues orientales.

Caix de Saint-Aymour, boulevard Haussmann, n° 79, à Paris.

Calfa (Ambroise), ancien directeur du Collége arménien de Paris.

Cama (Khursedji Rustomdji), à Bombay.

Carathéodory (Alexandre), à Constantinople.

MM. Catzephlis (Alexandre), consul de Prusse à Tripoli de Syrie.

Caussin de Perceval, membre de l'Institut, professeur d'arabe à l'École des langues orientales vivantes et au Collége de France, rue Bonaparte, n° 6, à Paris.

Chaillet, payeur chef de comptabilité, à Saïgon (Cochinchine).

Challamel (Pierre), rue des Boulangers-Saint-Victor, n° 30, à Paris.

Charencey (De), rue Saint-Dominique, n° 11, à Paris.

Charmoy, ancien professeur de langues orientales à l'Université de Saint-Pétersbourg, à Aouste (Drôme).

Cherbonneau, directeur du Collége arabe, à Alger.

Chodzko (Alexandre), chargé du cours de littérature slave au Collége de France, passage Cloquet, n° 8, à Issy-sur-Seine.

Clément-Mullet, membre de la Société géologique de France, boulevard de Strasbourg, n° 79, à Paris.

Cohn (Albert), docteur en philosophie, rue Richer, n° 42, à Paris.

Combarel, professeur de langues orientales, à Oran.

Conon de la Gabelentz, conseiller d'État, à Altenbourg (Saxe).

MM. Constant (Boghos), rue Hautefeuille, n° 1, à Paris.

Constant (Calouste), à Smyrne; chez M. Constant Bey, rue Hautefeuille, n° 1, à Paris.

Coomara Swamy, mudeliar, membre du conseil législatif de Ceylan, à Colombo.

Cosentino (Le marquis de).

Dalsème (Maurice), rue Chauchat, n° 9, à Paris.

Daninos, attaché au département des antiques, au Louvre.

* Dastugues, lieutenant-colonel, directeur des affaires arabes, à Oran (Algérie).

Dax, capitaine d'artillerie, Bureau politique à Alger (Algérie).

Debat (Léon), secrétaire du consulat général de Grèce, boulevard Magenta, n° 173, à Paris.

Defrémery (Charles), professeur suppléant au Collége de France, rue du Bac, n° 42, à Paris.

Delamarre (Th.), avenue Trudaine, n° 10, à Paris.

Delondre, rue Boulard, n° 37, à Paris.

Derenbourg (Joseph), docteur en philosophie, rue des Marais-Saint-Martin, n° 46, à Paris.

Derenbourg (Hartwig), rue des Marais-Saint-Martin, n° 46, à Paris.

Deschamps, rue de l'Ouest, n° 50, à Paris.

Des Michels (Le baron), rue de Bruxelles, n° 44, à Paris.

MM. Desportes (Le Dr), rue d'Alger, n° 12, à Paris.

Destailleurs (Gabriel), avocat à la cour impériale, rue Garancière, n° 7, à Paris.

Devéria, conservateur adjoint du musée égyptien au Louvre.

Devic, élève de l'École spéciale des langues orientales vivantes, rue Daumesnil, n° 14, à Vincennes.

Dillmann, professeur, à Giessen (Hesse-Darmstadt).

Djemil Pacha (S. E.), ambassadeur de la Sublime Porte, à Paris.

Drouin, avocat, rue Bellefond, n° 4, à Paris.

Duchateau, élève de l'École des langues orientales vivantes, trésorier de la Société linguistique de Paris, rue des Poissonniers, n° 59, à Montmartre.

Duchinski, rue d'Assas, n° 100, à Paris.

Dugat (Gustave), employé au Ministère de l'intérieur, rue de Varennes, n° 78 *bis*, à Paris.

Dulaurier (Édouard), membre de l'Institut, professeur à l'École des langues orientales vivantes, rue Nicolo, n° 27, à Passy.

Dunant (G. Henri), rue de Reuilly, n° 14, à Paris.

Durr.

* Eastwick, secrétaire du Ministère de l'Inde, à Londres.

MM. Eichthal (Gustave d'), secrétaire de la Société ethnologique, rue Neuve-des-Mathurins, n° 100, à Paris.

Emin (Jean-Baptiste), secrétaire du Gymnase, à Wladimir (Russie).

Escayrac de Lauture (Le comte d'), rue du Luxembourg, n° 41, à Paris.

Estor (Léon), à Bois-Colombe, n° 7, Seine.

Fano (Le comte Marcolini di), à Fano, Italie.

Favre (L'abbé), professeur à l'École des langues orientales, avenue de Wagram, n° 50, à Paris.

Feer (Léon), chargé du cours de tibétain à l'École des langues orientales vivantes, rue Monsieur-le-Prince, n° 25, à Paris.

Finlay (Le docteur Édouard), à la Havane.

Fleischer, professeur à l'Université de Leipzig.

Florent (J. L. L.), rue Notre-Dame-de-Lorette, n° 16, à Paris.

Flügel, professeur, à Dresde.

Foucaux (Édouard), professeur au Collége de France, rue Cassette, n° 28, à Paris.

Fournel (Henri), boulevard Malesherbes, n° 62, à Paris.

Fournier, notaire, à Bordeaux.

Franceschi (Richard), chancelier du consulat d'Autriche à Scutari d'Albanie.

Frankel (Le docteur), directeur du séminaire, à Breslau.

MM. Friedrich, secrétaire de la Société des sciences, à Batavia.

Ganneau, chancelier du consulat de France à Jérusalem.

Garcin de Tassy, membre de l'Institut, professeur à l'École des langues orientales vivantes, rue Saint-André-des-Arts, n° 43, à Paris.

Garrez (Gustave), rue Jacob, n° 52, à Paris.

Gayangos, professeur d'arabe, Barquello, n° 4, à Madrid.

Gilbert (Théodore), vice-consul de France à Casa Blanca et Mazagran (Maroc).

Gildemeister, professeur, à Bonn.

Goldenblum (Ph. V.), à Odessa.

Goldstücker, professeur au University-College, Saint-Georges Square, n° 14, Primrose Hill, à Londres.

Gorresio (Gaspard), secrétaire perpétuel de l'Académie de Turin.

Gosche (Richard), professeur à l'Université de Halle (Prusse).

Grigorieff, conseiller d'État, professeur d'histoire orientale à l'Université de Saint-Pétersbourg.

Grote (Georges), vice-chancelier de l'Université, à Londres.

Guerrier de Dumast (Le baron), correspondant de l'Institut, à Nancy.

MM. Guigniaut, membre de l'Institut, au secrétariat de l'Institut.

Guyart (Stanislas), rue de Fleurus, n° 31, à Paris.

Haigh (Rév. B.), Brahmam College, Yorkshire, Angleterre.

Hall (Fitz-Edward), bibliothécaire du Ministère des Indes, à Londres.

Hassan Effendi, rue de l'Odéon, n° 14, à Paris.

Hassler, professeur, à Ulm.

Hauvette-Besnault, bibliothécaire de l'École normale, à Paris.

Hermite, membre de l'Institut, rue de la Sorbonne, n° 2, à Paris.

Hervey de Saint-Denys (Le marquis d'), rue du Bac, n° 126, à Paris.

Hoffmann (J.), professeur de langues orientales, à Leyde.

Holmboë, conservateur de la bibliothèque de Christiania.

Hû (Delaunay), à Pont-Levoy, près Blois.

Hureau de Villeneuve, faubourg Montmartre, n° 13, à Paris.

Hurel, rue Bridaine, n° 2, à Batignolles.

Jebb (John), recteur de Peterstow, Hertfortshire (Angleterre).

Josselian (Platon), conseiller d'État actuel, à Tiflis.

MM. Judas, secrétaire du conseil de santé au Ministère de la guerre, rue des Trois-Sœurs, n° 9, à Paris-Plaisance.

Julien (Stanislas), membre de l'Institut, professeur de chinois et administrateur du Collége de France, rue des Fossés-Saint-Jacques, n° 26, à Paris.

Kasem-Beg (Mirza A.), professeur à l'Université de Saint-Pétersbourg, membre du conseil privé.

Kemal Efendi (Son Exc.), ex-ministre de l'instruction publique à Constantinople.

Mme Kerr (Alexandre).

Khanikof (Nicolas de), conseiller d'État actuel, rue de Condé, n° 11, à Paris.

Kossowitch, professeur de sanscrit et de zend à l'Université de Saint-Pétersbourg.

Krehl, professeur de langues orientales à l'Université de Leipzig.

Kremer (De), consul d'Autriche à Galatz.

Külké, rue de la Pompe, n° 25, à Passy.

Laemmerhirt (D^r^), auditeur à la cour d'appel de Weimar.

Laferté-Senectère (Le marquis de), à Tours.

Lancereau (Édouard), licencié ès lettres, rue de l'Oseille, n° 3, à Paris.

Langlois (Victor), rue Soufflot, n° 24, à Paris.

MM. Laurent De Saint-Aignan (L'abbé), vicaire de Saint-Pierre-Puellier, à Orléans.

Lazareff (S. E. le comte Christophe de), conseiller d'État actuel, chambellan de S. M. l'empereur de Russie.

Lebidart (Antoine de), secrétaire de légation à l'ambassade autrichienne à Constantinople.

Lebrun, membre de l'Académie française, sénateur, rue de Beaune, n° 1, à Paris.

Leclerc (Charles), quai Voltaire, n° 15, à Paris.

Leclerc, médecin-major au 43e de ligne, Fort de Montrouge, à Paris.

Lefèvre (André), licencié ès lettres, rue du Jardinet, n° 12, à Paris.

Lenormant (François), sous-bibliothécaire de l'Institut, rue du Dragon, n° 15, à Paris.

Lequeux, drogman-chancelier au consulat général de Tripoli de Barbarie.

Levander (H. C.), de l'Université d'Oxford.

Levé (Ferdinand), rue du Cirque, n° 2, à Paris.

Lévy-Bing, banquier, à Nancy.

Liétard (Dr), à Plombières.

Loewe (Louis), docteur en philosophie, Buckingham Place, nos 46-48, à Brighton.

Longpérier (Adrien de), membre de l'Institut, conservateur des antiquités au Louvre, rue de Londres, n° 50, à Paris.

Mac-Douall, professeur, à Belfast.

MM. MADDEN (J. P. A.), agrégé de l'Université, rue Saint-Louis, n° 6, à Versailles.

MAHMOUD EFENDI, astronome du vice-roi d'Égypte, au Caire.

MARTIN (L'abbé Paulin), chapelain de Saint-Louis-des-Français, à Rome.

MASSIEU DE CLERVAL (Henry), rue des Martyrs, n° 62, à Paris.

MEHREN (D^{r}), professeur de langues orientales, à Copenhague.

MEIGNAN (Mgr), évêque de Châlons.

MEKERTICH-DADIAN (Le prince), avenue des Champs-Élysées, n° 134, à Paris.

MELGOUNOFF, à Leipsik.

MÉNANT (Joachim), juge au Havre.

MERGIAN (Rév. Père Grégoire), membre du Collége Mourad, rue Monsieur, n° 12, à Paris.

MERLIN (R.), conservateur du dépôt des souscriptions au Ministère d'État, rue des Écoles, n° 68, à Paris.

METZ-NOBLAT (Alexandre DE), membre de l'Académie de Stanislas, à Nancy.

MEZBOURIAN (Narsès), rue Saint-Jacques, n° 61, à Paris.

MILLIÈS (D^{r}), professeur de langues orientales, à Utrecht.

MINAYEFF (Jean), à Moscou (Russie).

MINISCALCHI-ERIZZO, à Vérone.

MNISZECH (Le comte Georges), rue Balzac, n° 22, faubourg Saint-Honoré.

MM. Mohl (Jules), membre de l'Institut, professeur de persan au Collége de France, rue du Bac, n° 120, à Paris.

Mohn (Christian), vico Nettuno, n° 28, à Chiaja (Naples).

Mondain, colonel, commandant la direction du génie, à Toulouse.

Monrad, à Copenhague.

Mouchlinski, professeur, à Varsovie.

Muir (John), membre du service civil de la Compagnie des Indes, Regent's Terrace, n° 16, à Édimbourg.

Müller (Joseph), secrétaire de l'Académie de Munich.

* Müller (Maximilien), professeur, à Oxford.

Nériman (Khan), aide de camp du schah de Perse, avenue des Champs-Élysées, n° 184, à Paris.

Neubauer (Adolphe).

Nève, professeur à l'Université catholique, rue des Orphelins, n° 40, à Louvain.

Noethen (Ch. Maximilien), pasteur, à Kleinenbroich (Allemagne du Nord).

Nomès (Pierre), à Paris.

Noradounguian (Artin), à Constantinople.

Nordmann (Léon), rue de Clichy, n° 44, à Paris.

Notara (Émile), rue Bréa, 23, à Paris.

Oppert (Jules), professeur de sanscrit à l'École

des langues orientales, rue de Grenelle-Saint-Germain, n° 65, à Paris.

MM. Orbélian (S. E. le prince Djambakour), aide de camp de l'Empereur de Russie, à Saint-Pétersbourg.

Orlando (Diego), à Palerme.

Pagès (Léon), rue du Bac, n° 110, à Paris.

Palmer, Saint-John's College, à Cambridge.

Paspati, docteur-médecin, à Constantinople.

Pauthier (G.), rue Saint-Guillaume, n° 29, à Paris.

Pavet de Courteille (Abel), professeur au Collége de France, rue du Bac, n° 35, à Paris.

Perétié, chancelier du consulat général de France à Beyrout.

Perny (Paul), pro-vicaire apostolique de Chine, aux Missions étrangères, rue du Bac, n° 30, à Paris.

Pertsch (W.), bibliothécaire, à Gotha.

Petit (L'abbé), à Blacourt, par Ons-en-Bray, Oise.

Pichard, vice-consul à Llanelly (Angleterre).

Pilard, interprète militaire de première classe, à Tlemcen.

Plasse (Louis), rue Montaigne, n° 27, à Paris.

*Platt (William), à Londres.

Pleignier, professeur, à l'île de Man (Angleterre).

MM. Portal, maître des requêtes, cité du Coq, n° 3, à Paris.

Pratt (John).

Prud'homme (Évariste), avenue de Breteuil, n° 78, à Paris.

Pynappel, docteur et professeur de langues orientales, à Leyde.

Rat, capitaine au long cours, rue Traverse-Cathédrale, n° 12, à Toulon.

Regnier (Adolphe), membre de l'Institut, rue de Vaugirard, n° 22, à Paris.

Renan (Ernest), membre de l'Institut, rue Vanneau, n° 29, à Paris.

Rey (Em. Guill.), membre de la Société des antiquaires de France, rue Billaut, n° 35, à Paris.

Richebé, professeur d'arabe, à Constantine.

Rivié (L'abbé), vicaire de Saint-Thomas-d'Aquin, rue du Bac, n° 44, à Paris.

Robinson (J. R.), à Newbury (Angleterre).

Rochet (Louis), statuaire, boulevard Richard-Lenoir, n° 119, à Paris.

Rodet (Léon), ancien élève de l'École polytechnique, quai Bourbon, n° 27, à Paris.

Rondot (Natalis), ex-délégué du commerce en Chine, rue Meslay, n° 24, à Paris.

Ronel, capitaine au 2e lanciers, à Verdun.

Rosin, propriétaire à Nyon (canton de Vaud).

MM. Rosny (L. Léon de), professeur de japonais à l'École des langues orientales vivantes, rue Lacépède, n° 15, à Paris.

Rost (Reinhold), secrétaire de la Société asiatique de Londres.

Rothschild (Le baron Gustave de), rue Laffitte, n° 19, à Paris.

Rougé (Le vicomte Emmanuel de), membre de l'Institut, conservateur honoraire des monuments égyptiens du Louvre, rue de Babylone, n° 53, à Paris.

Royer, rue de Provence, n° 1, à Versailles.

Rudy, rue Saint-Honoré, n° 332, à Paris.

Salles (Le comte Eusèbe de), rue Maguelonne, n° 5, à Montpellier.

Sanguinetti (Le docteur B. R.), avenue Boudon, n° 16, à Auteuil.

Saulcy (F. de), membre de l'Institut, sénateur, rue du Cirque, n° 17, à Paris.

Schack (Le baron Adolphe de), à Munich.

Schefer (Charles), interprète de l'Empereur aux affaires étrangères, professeur de persan à l'École des langues orientales vivantes, boulevard Ingres, n° 6, à Passy.

Schlechta Wssehrd (Ottokar-Maria de), directeur de l'Académie orientale, à Vienne.

Schleswig-Holstein-Augustenburg (S. A. le prince de), à Londres.

Schmidt (Waldemar), à Copenhague.

MM. SÉDILLOT (L. Am.), secrétaire du Collége de France et de l'École des langues orientales vivantes, au Collége de France.

SELIGMANN (Le Docteur Romeo), professeur, à Vienne.

SÉNARD (Émile), rue de Grenelle-Saint-Germain, n° 69.

SINET (A.), Saïgon (Cochinchine).

SKATSCHKOFF (Constantin), consul de Russie, à Tien-tsin (Chine).

SLANE (MAC GUCKIN DE), membre de l'Institut, rue de la Tour, n° 60, à Passy.

SOLEYMAN AL-HARAIRI, secrétaire arabe du consulat général de France à Tunis, rue Bertholet, n° 12, à Paris.

SOROMENHO (Augusto), membre de l'Académie de Lisbonne, traverso de San Gertrudes, n° 68, à Lisbonne.

SPECHT (Édouard), rue de Valois-du-Roule, n° 50, à Paris.

STEINGASS (F.), rue de Grenelle-Saint-Germain, n° 31, à Paris.

STÆHELIN (J. J.), docteur et professeur en théologie, à Bâle (Suisse).

SUTHERLAND (H. C.).

TAILLEFER, docteur en droit, ancien élève de l'École spéciale des langues orientales, boulevard Saint-Michel, n° 17, à Paris.

MM. Terrien-Poncel, rue des Pénitents, n° 14, au Havre.

Théroulde.

Thomas (Edward), du service civil de la Compagnie des Indes, à Londres.

Thonnelier (Jules), membre de la Société d'histoire de France, rue Lafayette, n° 66, à Paris.

Tornberg, professeur de langues orientales à l'Université de Lund.

Trübner (Nicolas), membre de la Société ethnologique américaine, à Londres.

Turretini (François), rue de Vaugirard, n° 11, à Paris.

Van der Maelen, directeur de l'établissement géographique, à Bruxelles.

Veth (Pierre-Jean), professeur de langues orientales, à Leyde.

Villemain, secrétaire perpétuel de l'Académie française, à l'Institut.

Vogüé (Le comte Melchior de), rue de l'Université, n° 93, à Paris.

Waddington (W. V.), membre de l'Institut, rue Fortin, n° 14, à Paris.

* Wade (Thomas), à Pékin (Chine); chez M. Richard Wade, à Londres.

Weil, bibliothécaire de l'Université de Heidelberg.

MM. Westergaard, professeur de littérature orientale, à Copenhague.

Wilhelm, duc d'Urach et comte de Wurtemberg (S. A.), à Stuttgart.

Willems (Pierre), professeur, à Louvain.

Wüstenfeld, professeur, à Gœttingen.

Wylie, à Shanghaï.

Wyse (Lucien-Napoléon), enseigne de vaisseau.

Youçouf-Khan (Mirza), chargé d'affaires de Perse à Paris, avenue Joséphine, n° 65, à Paris.

Zotenberg (Dr Th.), employé au département des manuscrits à la Bibliothèque impériale, rue de Richelieu, n° 65, à Paris.

II.

LISTE DES MEMBRES ASSOCIÉS ÉTRANGERS,

SUIVANT L'ORDRE DES NOMINATIONS.

MM. Macbride (Le docteur), professeur, à Oxford.
Briggs (Le général).
Hodgson (H. B.), ancien résident à la cour de Népal.
Manakji-Cursetji, membre de la Société asiatique de Londres, à Bombay.
Lassen (Ch.), professeur de sanscrit, à Bonn.
Rawlinson (Sir H. C.), à Londres.
Vullers, professeur de langues orientales, à Giessen.
Kowalewski (Joseph-Étienne), professeur de langues tartares, à Varsovie.
Flügel, professeur, à Dresde.
Dozy (Reinhart), professeur, à Leyde.
Brosset, membre de l'Académie des sciences, à Saint-Pétersbourg.
Fleischer, professeur à l'Université de Leipzig.
Dorn, membre de l'Académie impériale de Saint-Pétersbourg.
Weber (Docteur Albrecht), à Berlin.
Salisbury (E.), secrétaire de la Société orientale américaine, à Boston (États-Unis).
Weil (Gustave), professeur à l'Université de Heidelberg.

III.

LISTE DES OUVRAGES

PUBLIÉS PAR LA SOCIÉTÉ ASIATIQUE.

JOURNAL ASIATIQUE, *seconde série*, années 1828-1835, 16 vol. in-8°, complet; 144 fr.

Chaque volume séparé (à l'exception des vol. I et II, qui ne se vendent pas séparément) coûte 12 fr. 50 c.

JOURNAL ASIATIQUE, *troisième série*, années 1836-1842, 14 vol. in-8°; 126 fr.

Quatrième série, années 1843-1852, 20 vol. in-8°; 180 fr.

Cinquième série, années 1853-1862, 20 vol. in-8°; 250 fr.

Sixième série, années 1863-1867, 10 vol. in-8°; 125 fr.

CHOIX DE FABLES ARMÉNIENNES du docteur Vartan, en arménien et en français, par J. Saint-Martin et Zohrab. 1825. In-8°; 3 fr.

ÉLÉMENTS DE LA GRAMMAIRE JAPONAISE, par le P. Rodriguez, traduits du portugais par M. C. Landresse; précédés d'une explication des syllabaires japonais, et de deux planches contenant les signes de ces syllabaires, par M. Abel Rémusat. *Paris*, 1825, in-8°. = Supplément à la Grammaire japonaise, ou remarques additionnelles sur quelques points du système grammatical des Japonais, tirées de la grammaire composée en espagnol par le P. Oyanguren et traduites par C. Landresse; précédées d'une notice comparative des grammaires japonaises des PP. Rodriguez et Oyanguren, par M. le baron Guillaume de Humboldt. *Paris*, 1826. In-8°; 7 fr. 50 c.

ESSAI SUR LE PALI, ou langue sacrée de la presqu'île au delà du

Gange, avec 6 planches lithographiées et la notice des manuscrits palis de la Bibliothèque du Roi, par MM. E. Burnouf et Lassen. *Paris*, 1826. In-8°; 9 fr.

Meng-tseu vel Mencium, inter sinenses philosophos ingenio, doctrina, nominisque claritate Confucio proximum, edidit, latina interpretatione ad interpretationem tartaricam utramque recensita instruxit, et perpetuo commentario e Sinicis deprompto illustravit Stanislas Julien. *Lutetiæ Parisiorum*, 1824, 1 vol. in-8°; 9 fr.

Yadjnadattabadha, ou la Mort d'Yadjnadatta, épisode extrait du Râmâyana, poëme épique sanscrit, donné avec le texte gravé, une analyse grammaticale très-détaillée, une traduction française et des notes, par A. L. Chézy, et suivi d'une traduction latine littérale par J. L. Burnouf. *Paris*, 1826. In-4°, avec 15 planches; 9 fr.

Vocabulaire de la langue géorgienne, par M. Klaproth. *Paris*, 1827. In-8°; 7 fr. 50 c.

Élégie sur la Prise d'Édesse par les Musulmans, par Nersès Klaietsi, patriarche d'Arménie, publiée pour la première fois en arménien, revue par le docteur Zohrab. *Paris*, 1828. In-8°; 4 fr. 50 c.

La Reconnaissance de Sacountala, drame sanscrit et pracrit de Câlidâsa, publié pour la première fois sur un manuscrit unique de la Bibliothèque du Roi, accompagné d'une traduction française, de notes philologiques, critiques et littéraires, et suivi d'un appendice, par A. L. Chézy. *Paris*, 1830. In-4°, avec une planche; 24 fr.

Chronique géorgienne, traduite par M. Brosset. *Paris*, Imprimerie royale, 1830. Grand in-8°; 9 fr.

La traduction *seule*, sans texte, 6 fr.

Chrestomathie chinoise (publiée par Klaproth). *Paris*, 1833. In-8°; 9 fr.

Éléments de la langue géorgienne, par M. Brosset. *Paris*, Imprimerie royale, 1837. In-8°; 9 fr.

Géographie d'Aboulféda, texte arabe, publié par MM. Reinaud et le baron de Slane. *Paris*, Imprimerie royale, 1840. In-4°; 24 fr.

Radjatarangini, ou Histoire des rois du Kachmîr, publiée en sanscrit et traduite en français, par M. Troyer. *Paris*, Imprimerie royale et nationale, 3 vol. in-8°; 36 fr.

Le troisième volume *seul*, 6 fr.

Précis de législation musulmane, suivant le rite malékite, par Sidi Khalil, publié sous les auspices du ministre de la guerre. *Paris*, Imprimerie impériale, 1855. In-8; 6 fr.

COLLECTION D'AUTEURS ORIENTAUX.

Les Voyages d'Ibn Batoutah, texte arabe et traduction par MM. C. Defrémery et Sanguinetti. *Paris*, Imprimerie impériale; 4 vol. in-8° et 1 vol. d'Index; 31 fr. 50 c.

Table alphabétique des Voyages d'Ibn Batoutah. Paris, 1859, in-8°; 1 fr. 50 c.

Les Prairies d'or de Maçoudi, texte arabe et traduction par M. Barbier de Meynard (les trois premiers volumes en collaboration avec M. Pavet de Courteille). Premier volume. *Paris*, 1861, in-8; 7 fr. 50 c.

— Deuxième volume. 1863, 7 fr. 50 c.

— Troisième volume. 1864, 7 fr. 50 c.

— Quatrième volume. 1865, 7 fr. 50 c.

Chaque volume de la collection se vend séparément 7 fr. 50 c.

Nota. Les membres de la Société qui s'adresseront directemen au libraire de la Société, M. Adolphe Labitte, quai Malaquais, n° 5, ont droit à une remise de 33 p. o/o sur les prix de tous les ouvrages ci-dessus.

LISTE DES OUVRAGES DE LA SOCIÉTÉ DE CALCUTTA.

Journal of the Asiatic Society of Bengal. Les années complètes, de 1837 à 1860, 40 francs l'année. Le numéro . . . . 4 fr. 50 c.

Mahabharata, an epic poem, by Veda Vyasa Rishi. Calcutta, 1837-1839, 4 vol. in-4° . . . . 180 fr.

Ra'ja Tarangini', a History of Cashmir. Calcutta, 1835, in-4° . . . . 30 fr.

Inayah. A commentary on the Idayah, a work on mahumuddan law, edited by Moonshee Ramdhun Sen. Calcutta, 1831. Tomes III et IV . . . . 75 fr.

The Moojiz ool Kanoon, a medical work, by Alee Bin Abee el Huzm. Calcutta, 1828, in-4°, cart . . . . 15 fr.

The Lilavati, a treatise on arithmetic, translated into Persian, from the sanscrit work of Bhascara Acharya, by Feizi. Calcutta, 1827, in-8°, cart . . . . 6 fr. 50 c.

Selections, descriptive, scientific and historical translated from English and Bengalee into Persian. Calcutta, 1827, in-8°, cart. . . . . 8 fr. 50 c.

TYTLER. A short anatomical description of the hearth, translated into Arabic. Calcutta, 1828, in-8°, cart. 2 fr. 50 c.

THE RAGHU VANSA, or Race of Raghu, a historical poem, by Kalidasa. Calcutta, 1832, in-8°. . . . . 17 fr. 50 c.

THE SUSRUTA. Calcutta, 1835, 2 vol. in-8° br. 11 fr. 50 c.

THE NAISHADA CHARITA, or Adventures of Nala, raja of Naishada, a sanscrit poem, by Sri Harsha of Cashmir. Calcutta, 1836, in-8°. . . . . 25 fr.
(Le tome Ier, le seul publié.)

ASIATIC RESEARCHES, or Transactions of the Society instituted in Bengal, for inquiring into the history, the antiquities, the arts, sciences and literature of Asia. Calcutta, 1832 et années suivantes.
Vol. XVI, XVII, XVIII, le vol. . . . . 22 fr.
Vol. XIX, part I; vol. XX, parts I, II. Chaque partie. . . . . 12 fr.

JOURNAL ASIATIQUE.

SEPTEMBRE 1868.

LE DÎWÂN DE NÂBIGA DHOBYÂNÎ,

TEXTE ARABE, PUBLIÉ POUR LA PREMIÈRE FOIS,

SUIVI

D'UNE TRADUCTION FRANÇAISE,

ET PRÉCÉDÉ D'UNE INTRODUCTION HISTORIQUE,

PAR M. HARTWIG DERENBOURG.

AVANT-PROPOS.

M. de Slane, en publiant son *Diwan d'Amro'lkaïs*, avait entrepris de donner successivement des éditions de Nâbiga Dhobyânî, de 'Alḳama, de Zoheir, de Ṭarafa et de 'Antara. Les *six poëtes* devaient paraître l'un après l'autre, avec une traduction et des notes [1]. Si ce plan avait été réalisé par celui qui l'avait conçu, c'eût été une bonne fortune pour les études arabes. Nous ne nous sommes approprié une partie du projet que lorsque nous avons été assuré qu'il était entièrement abandonné par son auteur [2].

Les manuscrits dont il a été fait usage pour cette édition sont :

1° Le manuscrit supplément arabe n° 1425, qui est dési-

[1] *Préface*, p. x et xi.

[2] Le *dîwân* de 'Alḳama est aujourd'hui publié par M. Socin (in-8°. Leipzig, 1867); celui de 'Antara, en partie par M. Thorbecke. Voy. *Journal asiatique*, 1868, t. I, p. 454 et suiv.

gné par la lettre A. Il a été décrit avec le soin le plus minutieux par M. de Slane[1]. Les gloses interlinéaires et marginales sont empruntées au commentaire d'Aboû Ḥadjâdj Yoûsouf de Santa-Maria, connu sous le nom d'*A'lam;* mais le copiste a fait usage d'un autre exemplaire que celui que nous possédons et qui renferme des lacunes de mots et de noms régulièrement comblées dans A. Le *dîwân* de Nâbiga y occupe les folios 27 v°-49 r°.

2° Le manuscrit supplément arabe n° 1424, renfermant le commentaire d'A'lam (B). Ce manuscrit a été aussi décrit par M. de Slane[2]. Le titre est هاذا شرح ديوان الشعراء الستّة للأديب الأعلم يوسف الشنتمرى رح. « Ceci est le commentaire sur le *dîwân des six poëtes*, par l'illustre A'lam Yoûsouf de Santa-Maria[3]. » Le commentaire sur Nâbiga se trouve aux folios 60 v°-107.

3° Le manuscrit 446 de Vienne (C), en caractère magrabin comme les deux précédents, contenant le *dîwân* d'Imrou'ou'lḳeis, ainsi que ceux de Nâbiga et de 'Alḳama, avec le commentaire du wazîr Aboû Bakr 'Âṣim ben Eyyoûb Baṭalyoûsî. Ce manuscrit ne renferme que les vingt-quatre premières poésies de Nâbiga; de plus, les voyelles et les points diacritiques y sont bien inexactement placés. On peut voir d'ailleurs ce qu'en a dit M. Flügel dans : *Die arabischen, persischen und türkischen Handschriften der Hofbibliothek zu Wien*, I, p. 430. Je ne me suis servi de ce manuscrit que pour le texte, et je n'ai pas eu le loisir d'en étudier le commentaire. Les arguments des poésies, empruntés à la même source, sont presque partout identiques à ceux donnés par B; les uns et les autres reposent sur des traditions d'Asma'î.

[1] *Op. laud.* p. XI et XII.

[2] *Op. laud.* p. XIII et XIV.

[3] Sur ce commentaire et son auteur, voir M. de Slane, *op. laud.* p. 116, et Makkari, *Analectes*, II, p. ٣٧١. A'lam avait aussi composé un commentaire sur les vers cités dans le *Kitâb* de Sîbawcihi. On en trouve des exemplaires à l'Escurial (Casiri, *Bibliotheca arabico-hispana*, I, p. 75) et à la Bodleienne (Nicoll, *Catalogi codicum*, etc. *pars secunda*, p. 196).

4° Le manuscrit 547 de Gotha (G) en caractère magrabin comme tous les autres, une copie correcte, bien que très-moderne, puisqu'elle porte la date de 1131 de l'hégire (1718/19 après J. C.). J'ai pu utiliser à mon aise ce manuscrit à Paris, grâce à la libéralité de M. Pertsch, qui ne se contente pas de faire avancer la science par d'importants mémoires, qui met aussi généreusement à la disposition des travailleurs les trésors qui lui sont confiés [1].

5° La notice sur Nâbiga dans le *Kitâb elagânî elkabîr* (*Ag*). On sait combien l'exemplaire complet qui se trouve à Paris (suppl. ar. 1414, 4 volumes) est incorrect. Grâce à deux autres manuscrits (ms. suppl. ar. n° 1416 et ms. de la Société asiatique), il a été possible de restituer partout le texte. Pour la commodité, les citations ont toutes été faites d'après l'exemplaire complet, déjà utilisé par MM. de Sacy et Caussin de Perceval.

6° La notice sur Nâbiga, dans le كتاب الشعر والشعراء d'Ibn Ḳoteiba (K). M. Schefer a bien voulu me prêter l'exemplaire qu'il possède, le seul qu'il y ait en Europe en dehors de celui de Vienne [2].

7° Soyoûṭî, *Charḥ chawâhid elmougnî* (M). Sur cet ouvrage et le manuscrit A. F. n° 1238, qui le contient, on peut voir M. de Sacy dans son *Anthologie arabe*, p. 186.

Enfin, dans les notes, on trouve plusieurs fois cités T : *Charḥ chawâhid* du *Talkhîṣ elmiftâḥ* (ms. suppl. ar. n° 1301),

[1] Je n'ai pas pu consulter le manuscrit CCXCIX de l'Escurial. Il semble commencer par les poésies de 'Alḳama. Cf. Casiri, *Bibliotheca arabico-hispana*, I, p. 71. Le manuscrit MCCXXIII de l'ancien fonds de la Bodleienne (Uri, *Catalogus*, I, p. 253 et *Addenda* du tome II, p. 613) renferme un extrait du *dîwân* des six poëtes, avec le commentaire de A'lam. (Cf. *Journal asiatique*, 1868, t. I, p. 456.) M. Prym, qui a examiné pour moi ce manuscrit, m'a fait savoir qu'il ne renferme de Nâbiga que les poésies I et XIV. Je ne sais ce qu'est devenu un autre manuscrit vendu à Paris il y a quelques années. Cf. *Catalogue d'une belle collection de manuscrits et livres arabes* (in-8°. Franck, 1860), n° 374.

[2] M. Nöldeke, *Beiträge zur Kentniss der alten Poesie der Araber*, p. 1 et suiv. M. Flügel, *Die arabischen*, etc. *Handschriften*, II, p. 325.

par Zein eddîn 'Abd erraḥmân ben Aḥmad 'Abbâsi Ḳâhirî Châfi'i[1], L : *Charḥ chawâhid chouroûḥ elalfiyya* (ms. suppl. ar. n° 1174), par Aboû Moḥammad ben Maḥmoûd ben Aḥmad 'Einî[2]; et Dj : le *Ṣaḥâḥ* de Djauhari[3].

Il me reste la douce tâche de remercier M. Gildemeister, professeur à Bonn, qui a bien voulu me prêter, pour quelques semaines, deux ouvrages d'Iskandar Agá, imprimés à Beyrouth : 1° une biographie des poëtes, intitulée : روضة الادب فى طبقات شعراء العرب « Jardin de la civilisation, tableaux des poëtes arabes » (in-8°, 1858); 2° un essai d'histoire antéislamique, nommé : تزيين نهاية الارب فى اخبار العرب « Ornement de la suprême habileté, histoire des Arabes » (in-8°, 1867)[4]. Ce deuxième recueil contient le texte d'une poésie de Nâbiga, dont quelques vers seulement sont insérés dans le *dîwân*. M. Wright m'avait averti que cette même poésie se trouvait dans le جمهرة اشعار العرب d'Aboû Zeid Moḥammad ben Abî Khaṭṭâb Korachî, ms. du British Museum, add. n° 19403, fol. 46 v°[5]. M. Wright se mettait en

[1] Ḥâdji Khalîfa, t. II, p. 411, l. 5 et suiv. Le titre de l'ouvrage est كتاب معاهد التنصيص على شواهد التلخيص

[2] Ḥâdji Khalîfa, t. I, p. 413, l. 1 et suiv. où on lit Aboû Moḥammad Maḥmoûd.

[3] M. Thorbecke avait composé, pour son propre usage, une liste des passages où Nâbiga est cité dans le *Ṣaḥâḥ*. J'ai pu mettre à profit cet *index*, dont la communication m'a épargné de longues recherches.

[4] *Trübner's american and oriental literary record*, March 1868, p. 191 et 192. Sur le premier de ces ouvrages, voir M. Zenker, *Bibliotheca orientalis*, II, n° 1298.

[5] Cette même poésie est également dans un recueil qui est conservé à la Bibliothèque de Berlin (ms. Sprengerianus, n° 1215). Il contient sept *mo'allakât*, celles d'Imrou'ou'lḳeis, de Zoheir, de Nâbiga (ce morceau précisément), de A'châ (poëme commençant par (ما بكائى كثير بالاطلال), de Labîd, de 'Amr ben Kolthoûm et de Ṭarafa. Puis suivent des مجمهرات «poëmes empruntés au *Djamhara*.» M. Hoffmann a bien voulu comparer le texte fourni par le manuscrit de Berlin avec le texte imprimé à Beyrouth, tandis que M. Neubauer m'envoyait d'Oxford les variantes du manuscrit MCCXCVIII de l'ancien fonds (Cf. *Catalogus*, I, p. 268).

même temps à ma disposition pour une collation, et je dois à sa complaisance d'avoir pu donner dans un *Appendice* un texte à peu près correct de ce long morceau.

On voit quel heureux concours de circonstances a favorisé cette édition du vieux poëte. Et pourtant personne ne s'en dissimule moins les imperfections que l'éditeur lui-même. L'*Introduction historique*, qui a été placée avant le texte et qui a pris un développement considérable, a paru devoir être préférée à la publication du passage de l'*Agânî*, dont les données ont été confrontées et fondues avec celles que fournissaient les autres documents. Le *dîwân* lui-même a dû livrer son contingent pour la biographie de son auteur. Les difficultés d'un tel travail en feront peut-être pardonner l'insuffisance.

INTRODUCTION HISTORIQUE.

Nâbiga Dhobyânî, ou selon d'autres Nâbiga Dhibyânî[1], vécut successivement à Ḥîra et à Gassân, louant les rois, se vantant même de ne jamais faire l'honneur de ses panégyriques qu'aux princes [2]. Ces petits États, soumis à la domination de la Perse et de Byzance, n'en étaient pas moins indépendants. Un tribut annuel et surtout l'incorporation de soldats arabes dans les légions étrangères pour la défense du territoire[3], telles étaient les plus lourdes charges que les suzerains faisaient peser sur leurs

[1] Yâkoût n'admet pas d'autre leçon. Cf. *Geographisches Wörterbuch* (éd. Wüstenfeld), II, p. ٧١٧. Le *Lob ellobâb*, p. ١١٠, et nos autres sources autorisent les deux prononciations.

[2] *Dîwân*, XXVI, 16.

[3] *Dignitates imperii romani*, ed. Bœking, I, p. 68, 82 et *passim*; Procope, ed. Niebuhr, I, p. 81, 89, 154, etc. M. Nöldeke, dans *Orient and Occident*, I, p. 696, note 2.

vassaux. La nature même du pays, les accidents du sol, les rochers, les montagnes et les cavernes, sans compter les torrents et les cours d'eau, formaient pour la liberté de ces populations comme un rempart, dont la victoire même n'avait pas raison[1]. On bâtissait, on chantait, on guerroyait; les constructeurs étaient à l'œuvre pour élever les célèbres « châteaux » de Ḥîra et de Gassân[2]; les poëtes étaient sûrs de recevoir de tout temps un accueil empressé; on se disputait leurs hommages, on les comblait de présents, et, s'ils étaient en faveur, leurs vers étaient sans cesse répétés par de jeunes et belles esclaves, dont on avait orné la mémoire en leur faisant retenir les morceaux les plus appréciés. Enfin les hommes d'armes entretenaient l'ardeur guerrière, créant des alliances entre les tribus, plus souvent encore cherchant à les exciter les unes contre les autres, se mettant quelquefois au service des princes pour les combattre dans d'autres occurrences.

La vie agitée de Nâbiga Dhobyânî se passa dans un tel milieu, on ne peut plus favorable d'ailleurs à l'inspiration du poëte. Il ne but pas toujours à

[1] M. Wetzstein, *Reisebericht über Hauran und die Trachonen.* Berlin, in-8°, 1860, p. 116 et suiv.

[2] *Ag*, I, 357 r°; B, fol. 91 r°; Ḳazwînî, II, p. ٢٤٠; *Hamzae Ispahanensis annales*, p. ١١٤-١٢٢, etc. Le poëte Motammim ben Mâlik, parlant de la chute des Gassanides, dit: « Les deux Ḥârith sont tombés et le constructeur (أخو المصانع) Tobba'. » Ainsi traduit M. Nöldeke. *Beiträge*, etc. p. 146. Il se pourrait pourtant que أخو المصانع signifiât ici: « celui qui creuse les citernes ». Cf. *Hamzae annales*, p. ١١٧ et suiv. M. Wetzstein, *Reisebericht*, p. 130, note 1.

« une coupe à laquelle le musc s'attache[1] », et il dut payer bien cher sa gloire. Sans doute il serait téméraire d'attacher une valeur historique à toutes les anecdotes qui nous ont été conservées sur lui et ses contemporains. Le siècle qui précède l'avénement de l'*islâm*, et dont Nâbiga est une des dernières figures et aussi une des plus caractérisées, ne s'est pas encore entièrement dépouillé de la couche légendaire qui couvre les origines du peuple arabe. Les sources sont déjà nombreuses et abondantes; mais elles ne sont pas toutes également pures, et on ne peut y puiser qu'avec circonspection. Ces récits, ces dialogues, ces aventures, n'ont pas une plus grande valeur que les divers chapitres d'un roman historique. Le fond est vrai; les détails sont œuvre d'imagination. Quant à la chronologie, il faut renoncer à fixer aucune date précise : l'ordre dans lequel tous ces princes se sont succédé sur le trône n'est pas encore aujourd'hui établi avec certitude, et la durée de leurs règnes est rapportée différemment par les annalistes les plus célèbres[2]. L'accord n'est complet que lorsque deux auteurs se sont copiés, ou en ont copié tous deux un troisième, selon un procédé très-légitime aux yeux des Arabes.

Le *dîwân* même de Nâbiga n'a pas échappé tout

[1] *Dîwân*, II, 33.

[2] M. Caussin, *Essai sur l'histoire des Arabes avant l'islamisme*, II, p. 207. Voir surtout comment il a fallu entasser et juxtaposer les princes de Gassân pour les faire tenir dans les dernières années de « l'ignorance ». (*Ibid.* p. 248 et suiv.)

à fait à cette immixtion d'éléments étrangers; heureusement ils sont assez rares et assez disséminés pour qu'on puisse n'en tenir aucun compte dans une biographie du poëte. Mais une telle esquisse n'aurait que les contours si on se refusait absolument à utiliser les couleurs qu'y a répandues avec prodigalité la fantaisie orientale. Sans chair et sans vie, elle présenterait une image peu fidèle de cette nature sensible et nerveuse que le moindre choc mettait en mouvement et qui n'était jamais plus riche et plus expansive que lorsqu'elle cédait à une impression de crainte et de terreur [1]. Il vaut mieux laisser son animation au tableau que nous ont transmis les chroniqueurs arabes; peut-être quelques traits sont-ils flattés; peut-être y a-t-il par-ci par-là des inexactitudes et des erreurs de pinceau; mais l'ensemble est ressemblant, et il doit être facile de reconnaître l'homme à la vue du portrait.

I.

Nâbiga Dhobyânî (ou Dhibyânî) est le nom sous lequel on connaît le poëte Ziyâd ben Mouʿâwiya

[1] Le texte arabe porte إذا رهب. Ce jugement est attribué à Farazdak, M, fol. 5 v°. Il est donné comme une opinion généralement répandue dans Casiri, *Bibliotheca arabico-hispana*, I, p. 92, et Sacy, *Chrestomathie*, II, p. 471. Hammer, *Literaturgeschichte der Araber*, I, p. 361, le met dans la bouche du grammairien Yoûnous. D'après Soyoûṭî, *Mizhar* (suppl. ar. n° 1316[2]), il aurait été transmis par Asmaʿî s'appuyant sur Ibn Abî Ṭarafa (II, p. 317) ou encore par Kouthayyir et Noṣeib (II, p. 318).

(selon d'autres Ziyâd ben ʿAmr ben Mouʿâwiya[1]), ben Djâbir ben Ḍibâb ben Djâbir ben Yarboûʿ ben Gueiṭh ben Mourra ben ʿAuf ben Saʿd ben Dhobyân (ou Dhibyân) ben Baguîḍ ben Reith ben Gaṭafân ben Saʿd ben Ḳeis ben Moḍar[2]. Nous savons aussi le nom de la mère du poëte. Elle se nommait ʿÂtika bint Oneis Achdjaʿî[3]. Il portait comme titre honorifique le prénom de Aboû Omâma ou encore de Aboû ʿAḳrab. Ce dernier nom doit être pris à la lettre; car il avait une fille nommée ʿAḳrab, qui fut emmenée en captivité par Noʿmân ben Wâïl ben Djoulâḥ, mais immédiatement relâchée dès qu'elle eut dit : « Je suis la fille de Nâbiga[4]. » Il se pourrait qu'Omâma fût également le nom d'une de ses filles. Il y a pour ce prénom la variante d'Asmaʿî, qui propose de lire Aboû Thomâma[5].

[1] Il est ainsi nommé dans Ibn Hichâm, *Das Leben Muhammeds* (ed. Wüstenfeld), p. 233.

[2] B, fol. 60 v°. — *Ag*, II, fol. 352 r°, K, fol. 19 r°, et M, fol. 21 r°, lisent après ben Mouʿâwiya : ben Ḍibâb ben Djinâb ben Yarboûʿ, etc. Dans le *Djamhara* (ms. du British museum, add. 19403, fol. 46 v°), on lit après ben Mouʿâwiya : ben Ḍibâd ben Djâbir ben Yarboûʿ, etc. La lecture de B, *l. cit.* Ḍibân pour Ḍibâb, repose sur une erreur de copie (cf. d'ailleurs *Diwân*, x, 4). Dans Ibn Doreid, *Ichtiḳâḳ*, p. ١٧٥, il est appelé simplement Ziyâd ben Djâbir, et c'est à cette source que doit avoir puisé Reiske (Sacy, *Chrestomathie arabe*, II, 411); cf. aussi M, fol. 5 v°.

[3] *Ḥamâsa*, p. ٣٠٨; chez Rückert, I, p. 325. Yâḳoût cite les quatre vers qui y sont donnés en précisant qu'ils sont de Nâbiga Dhobyânî. Cf. l'édition de M. Wüstenfeld, I, p. ١٠١.

[4] B, fol. 100 r°: argument de la poésie XXVII; Ibn Doreid, *Ichtiḳâḳ*, p. ٣١٩; M, fol. 20 v°, et Soyoûṭî, *Mizhar*, II, p. 285.

[5] M, fol. 20 v°; K, fol. 19 r°. Omâma est un nom de femme (cf.

Le surnom de Nâbiga a été l'objet de trois interprétations. D'après les uns, le poëte fut ainsi nommé pour avoir employé le verbe *nabaga* dans ce vers :

وَحَلَّتْ فى بنى القَيْنِ بنِ جُشْرِ
فَقَدْ نَبَغَتْ لَهُمْ مِنَّا شُؤُونُ

Et elle est restée chez les banoû Ḳein ben Djousr, et nos embarras sont devenus clairs pour eux.

Mais ce vers, qui ne se trouve pas dans le *dîwân*, a comme la marque de son origine; il n'a été forgé et n'est jamais cité que pour donner l'étymologie du mot Nâbiga[1].

Une autre tradition refuse à Nâbiga un talent précoce. Il était, dit-on, un homme mûr quand il se lança dans la poésie, et il ne débuta que fort tard. Il était déjà un des chefs de sa tribu[2] quand il se décida à «laisser jaillir ses vers» (نبغ بالشعر)[3]. Asmaʿî

Dîwân, XXXI, 1 et Dj, *s. r.*), tandis que Thomâma est un nom d'homme (Dj, *s. r.*). Hammer, *Literaturgeschichte*, I, p. 349, rencontrant le nom Aboû Thomâma, croit que c'est une faute de copiste pour Aboû Omâma.

[1] Dj, dans Sacy, *Chrestomathie*, II, p. 410; Thaʿâlibî, *Laṭâïf elmaʿârif* (éd. de Jong), p. ١٨; *Mizhar*, II, p. 289 et B, *l. cit.* Ce qui, d'un autre côté, pourrait faire croire à l'authenticité de ce vers, c'est qu'il est identique par le mètre et par la rime à trois vers cités plus loin, p. 251.

[2] B, fol. 60 v°. Celui qui excellait dans l'art de la poésie était ordinairement appelé à la dignité d'émir de sa tribu. *Notices et extraits*, IV, p. 223. Cf. Ibn Doreid, *Ichtiḳâḳ*, p. ١٧٥.

[3] C'est à cette compression intérieure que répondrait le verbe نبغ. Cf. B, *l. cit.* et *Mizhar*, II, p. 289. La même explication est donnée à propos de Nâbiga Djaʿdî dans M, fol. 133 r°. Reiske, dans ses notes

rapporte même qu'un jour Nâbiga rendit une visite avec un de ses oncles. Celui-ci, qui n'était pas rassuré le moins du monde pour son neveu, tremblait qu'il ne fût embarrassé et qu'il ne restât sans répondre aux politesses qu'on ne manquerait pas de lui faire. L'hôte, pour délier la langue de son interlocuteur, lui tendit une coupe pleine, l'invita à la vider, et lui dit malicieusement :

تَطِيبُ كُؤُوسُنَا لَوْلَا قَذَاهَا
وَيَحْتَمِلُ الْجَلِيسُ عَلَى أَذَاهَا

Nos coupes seraient suaves, s'il n'y tombait pas un fétu ; et l'on peut admettre un convive, malgré le mal qu'elles font.

Nâbiga, pris à l'improviste, répliqua sur le même ton :

قَذَاهَا إِنَّ صَاحِبَهَا بَخِيلٌ
يُحَاسِبُ نَفْسَهُ بِكَمِ اشْتَرَاهَا

Le fétu qui y tombe! Le propriétaire de ces coupes est un avare qui compte avec lui-même pour savoir combien il les a payées.

sur *Abulfedae annales muslemici*, I, p. 63, explique le nom de Nâbiga par une source qui jaillit d'elle-même, puis par un poëte qui débute dans un âge déjà assez avancé. L'explication de Tabrîzî (*Ḥamâsa*, p. ٣٠٨) ne peut entrer en ligne de compte. D'après une note empruntée au commentaire de Chomnî, le poëte se serait d'abord révélé, il serait resté ensuite trente ans silencieux, puis il aurait de nouveau fait «jaillir» ses vers et aurait été pour ce motif nommé Nâbiga. *Note marginale* citée dans Tha'âlibî, *op. laud. ibid.* voir aussi Iskandar Agâ, *Rauḍat eladab*, p. ١٩٧.

Ce serait le premier vers que Nâbiga aurait prononcé[1].

Enfin le surnom de Nâbiga est appliqué à tout poëte qui a inauguré la carrière dans sa famille[2], et qui n'a pas eu, comme Zoheir, un père poëte, une mère poëte, un frère poëte, etc.[3] C'est pour ainsi dire la « source jaillissante », sans qu'on sache par quels canaux souterrains ses eaux ont été amenées, par quels chemins inconnus elles ont passé pour arriver à l'endroit où nous les voyons sortir de terre. Si, à l'origine, on désigne comme *nâbiga* celui qui n'a pas recueilli la poésie comme un héritage, mais qui a cédé à la force impérieuse d'une vocation réelle, plus tard on appela ainsi tous les poëtes distingués de l'antiquité, et on trouve une énumération de *nawâbig* comprenant Imrou'ou'lḳeis ben Ḥodjr, Nâbiga Ziyâd ben ʿAmr, Zoheir et Aʿchâ[4].

Nâbiga faisait aussi partie des poëtes qu'on appelle des « étalons » (فحل). Si ʿAlḳama ben ʿAbda est spécialement connu sous le nom de ʿAlḳama 'lfaḥl, un

[1] M, fol. 21 v°. Le même récit se retrouve dans le كتاب بدائع البداية de ʿAli ben Ṭhâfir (ms. suppl. ar. n° 1413, fol. 8 v°). Un jeu d'esprit analogue, mais où Nâbiga prononce toujours le premier hémistiche du vers, tandis que son interlocuteur improvise le second, nous a été conservé dans *Ag*, et a été publié par M. Nöldeke dans ses *Beiträge*, p. 73 et 74. Une autre version sur le début de Nâbiga se trouve dans Hammer, *Literaturgeschichte*, I, p. 349.

[2] Dj, dans Sacy, *Chrestomathie*, *l. cit.* On peut voir une liste de ces Nâbiga dans Sacy, *Chrestomathie*, II, p. 411; voir aussi Hammer, *Literaturgeschichte*, I, p. 342.

[3] Sur Zoheir, voir *Ag*, II, fol. 345 v°, et M, fol. 34 v°.

[4] M, fol. 5 v°.

grand nombre d'autres poëtes n'en sont pas moins compris dans cette catégorie. Le sens de ce titre n'est pas exactement rendu par un « héros, qui s'est distingué soit comme guerrier, soit comme poëte[1]. » Les plus beaux vers ne pouvaient mériter à leur auteur cette distinction qu'autant qu'ils contenaient une sentence générale[2]. Nâbiga ne fut, dit-on, appelé ainsi qu'après avoir dit : « On m'a rapporté qu'Aboû Ḳâboûs me poursuit de ses menaces; quelle sécurité reste-t-il quand le lion rugit[3]? » Si jamais poëte a mérité d'être mis au nombre des *fouḥoûl*, c'est Nâbiga; car on trouve dans son *dîwân* un très-grand nombre d'apophthegmes, et son esprit observateur et réfléchi le portait à généraliser les leçons qu'il avait reçues des événements[4].

Les premières années de la vie de Nâbiga durent se passer dans le calme et dans l'obscurité. Plus tard, au moment où la faveur des princes et l'ad-

[1] *Die Gedichte des 'Alḳama alfaḥl*, mit Anmerkungen herausgegeben von Socin (Leipzig, in-8°, 1867), p. VII.

[2] Pour 'Alḳama, cf. Iskandar Agâ cité par M. Socin, *op. laud.* p. 28.

[3] M, fol. 59 r°; *Dîwân*, I, 41.

[4] Cette tendance a été remarquée par Ḥammâd Râwiyya dans M, fol. 5 v°, par K, *l. cit.* et par Tha'âlibî (كتاب الإعجاز فى الأعجاز ms. A. F. 1404, fol. 94 r°), qui ont appuyé leur observation sur un certain nombre d'exemples. Le mot فحل est par extension appliqué à tous ceux qui fixent une idée dans une phrase courte et frappante, fût-elle en prose. C'est ainsi qu'il faut comprendre le titre d'un commentaire sur les Aphorismes d'Hippocrate, عمدة الفحول « l'appui des *fouḥoûl* », c'est-à-dire de ceux qui se vouent à la composition d'apophthegmes et de sentences générales. Cf. Ḥâdjî Khalifa, *Dictionnaire bibliographique*, n° 8331.

miration de tous ceux qu'il avait charmés eurent fait de lui le familier et le commensal des rois, on lui rappelait son humble naissance, on lui jetait à la face, comme un reproche, l'absence d'aïeux illustres; et Yazîd ben Sinân répudiait sa fille après l'avoir épousée, sous prétexte que Nâbiga était un homme de ʿOdhra ben Saʿd[1]. Yazîd n'avait pas touché juste; il reprochait à Nâbiga une parenté que celui-ci ne se connaissait pas. Mais le poëte, dans sa fierté, ne donne pas un démenti à son adversaire. « J'ai revendiqué, dit-il; l'origine que tu me reprochais, tandis que toi, Yazîd, tu as dû abandonner ta race méprisable[2]. »

La plus ancienne poésie qui nous ait été conservée de Nâbiga paraît appartenir à l'époque même de ses débuts. C'est le chant du Dhobyânite, qui ne connaît encore que sa belle et qui invoque le témoignage de sa tribu, non pas encore pour se justifier auprès du prince, mais pour faire excuser par sa maîtresse un départ précipité. Il nous raconte « ses courses insensées à travers la vaste plaine sur une chamelle folle[3]. » Il complète alors les parts de ceux qui jouent au *meisir*, et il raille le barbon obligé de re-

[1] B, fol. 90 r°. Sur ʿOdhra, voir M. Wüstenfeld, *Register zu den genealogischen Tabellen*, p. 349.

[2] *Dîwân*, XVII, 2. Peut-être est-ce aussi par allusion à la basse extraction de Nâbiga que Ḥassân ben Thâbit parle de ابن نابغة اللئيم (cf. *Dîwân*, ms. sup. ar. n° 1432, fol. 51 v°), et même de قوم ابن نابغة اللئيم أذلّة (*ibid.* fol. 52 r°).

[3] *Dîwân*, VI, 1, 8 et 13.

noncer à cet exercice divertissant[1]. Ce n'est point encore le courtisan ni le favori qui parlent; mais toute cette « orientale » témoigne d'une ardeur juvénile, d'une inspiration prime-sautière et désintéressée, qui ne devaient pas résister entièrement à l'amitié et à la générosité des rois. Il ne risquera plus de « faire tomber son coussin et sa selle[2] » que lorsque, craignant la colère de Noʿmân, il s'enfuira de Ḥîra à Gassân[3].

Cependant jamais, pendant sa longue carrière, il ne cessa de considérer l'intérêt de sa tribu comme une affaire personnelle, dont il devait chercher, trouver et hâter la solution; il regarda toujours une participation directe et constante aux luttes des banoû Dhobyân comme un devoir impérieux. Les banoû Dhobyân étaient établis dans un canton nommé Charibba, non loin de la Mecque[4], au milieu des autres banoû Gaṭafân. Ces populations n'ont pas d'histoire jusqu'au moment où, vers le milieu du VIe siècle, nous les trouvons soumises à un roi, Zo-

[1] *Dîwân*, VI, 12 et 8.

[2] *Dîwân*, VI, 14.

[3] Un autre épisode de jeunesse est la rivalité de Nâbiga avec Ḥâtim Ṭeyyî et un Nabîtî (رجل من الانصار من النبيت) pour la main d'une jeune femme volage, Mâwiya. Il se retira tout confus de son insuccès. (Cf. M. Caussin, d'après *Ag*, dans son *Essai*, II, p. 613-616.) Certains détails semblent seulement prouver qu'à cette époque Nâbiga avait déjà des richesses dont il se vante de faire le plus noble usage. Sur cette Mâwiya, voir aussi *Ḥamâsa*, p. ٧٢٤.

[4] M. Caussin, *Essai*, II, p. 409; Bakrî, *Dictionnaire géographique*, dans M. Wüstenfeld, *Reiskii primæ lineæ*, etc. p. 230.

heir ben Djadhîma, celui que Nâbiga se plaindra plus tard de voir marcher parmi ses ennemis à la tête d'une armée « qui a l'éclat et la couleur du granit[1]. » Les luttes mêmes qui agitaient alors la partie septentrionale de la péninsule ne troublaient pas encore le repos et la tranquillité de ces contrées. Il n'en était pas de même pour les banoû Asad : placés plus au nord-ouest sur les confins du Nadjd et du Ḥidjâz, craignant que leur territoire ne devînt tôt ou tard l'enjeu des combats que se livraient les souverains de Gassân et de Ḥîra, ils ne pouvaient rester aussi indifférents à ce qui se passait autour d'eux; ils avaient pris bravement parti pour Ḥîra et lui fournissaient régulièrement des troupes auxiliaires. Ils étaient ainsi assurés de ne pas être surpris par une invasion venant du nord, tandis que leur alliance constante avec les banoû Dhobyân garantissait leur sécurité au midi.

Après la bataille de Ḥalîma gagnée par Ḥârith ben Abî Chamir Gassânî sur le roi de Ḥîra, Moundhir III, un grand nombre de banoû Asad furent faits prisonniers[2]. Nâbiga vint trouver le roi, et lui de-

[1] *Dîwân*, XVIII, 2; M. Caussin, *Essai*, II, p. 411.

[2] Ibn Ḳoteiba, *Handbuch der Geschichte* (éd. Wüstenfeld) p. ٣١٠, et M. Caussin, *Essai*, II, p. 113-114. Ces captifs étaient au nombre de quatre-vingts (M. Socin, *op. laud.* p. 24). Ce fut, selon d'autres, après la journée de 'Ein Obâg. La tradition arabe a confondu ces deux journées, en faisant mourir dans chacune d'elles un Moundhir de Ḥîra vaincu par un Ḥârith de Gassân (M. Caussin, *ibid.* p. 132). On peut voir une énumération des diverses opinions qui éloignent ou rapprochent l'époque de ces deux combats, et les réflexions judi-

manda leur mise en liberté. Un autre poëte, 'Alḳama ben 'Abda, réclama la même faveur pour ses compatriotes, les banoû Tamîm. « Tu t'es montré, dit-il, indulgent pour toutes les tribus; aussi ai-je poussé en avant ma chamelle vers Ḥârith le généreux[1]. » Voulant plus tard louer les épées de Gassân, Nâbiga rappellera comme un heureux souvenir qu'elles « sont un héritage de la journée de Ḥalîma[2]. »

Pourtant ses sympathies attiraient le poëte à la cour de Ḥîra. Moundhir III l'avait comblé de ses bienfaits et de ses libéralités[3]. A sa mort, vers 562, il salua de ses vœux l'avénement de son fils aîné 'Amr, fils de Hind. « Quelle sagesse éclatante, quelle perfection on t'annonce chez Ibn Hind! Puisse mon corps, depuis la partie que portent mes sandales jusqu'à la boucle la plus élevée de mes cheveux, servir de rançon au prince[4]! » Comme on voit, le poëte ne marchande pas son dévouement. Il ajoute,

cieuses, mais trop absolues, que provoquent tous ces textes, dans la préface de M. Socin à son *Diwân* de 'Alḳama, p. VI. Je ne vois seulement pas mentionnée la bataille de Ḥalîma dans les deux vers de Nâbiga cités par Yâḳoût, *s. v.* اباغ : « A 'Ein Obâg nous nous sommes partagé les parts, et c'est à eux qu'est revenue la meilleure. Ils ont dit : Nous avons tué un de vos chefs; c'est ainsi que la lance a une prédilection pour les héros. » Cf. l'édition de M. Wüstenfeld, I, p. ٧١٣.

[1] 'Alḳama, *Diwân* (éd. Socin), I, 38 et 15.

[2] *Diwân*, III, 20.

[3] *Ag*, II, fol. 357 r° dans M. Caussin, *Essai*, II, p. 502. Cf. aussi p. 608, où nous voyons Nâbiga se rendre à la cour du prince, en compagnie des poëtes 'Obeid ben Abraṣ et Bichr ben Abî Ḥâzim.

[4] *Diwân*, XXVI, 16 et 17.

en rattachant l'éloge du prince au passé de la dynastie : « Avant lui, son père et le père de son père avaient bâti la gloire de leur vie en tirant au cordeau l'édifice. Toi, tu as rétabli la tranquillité en 'Irâḳ, et dans les châteaux on avait garni de défenseurs les fossés et les fortifications[1]. » 'Amr, fils de Hind, qui inspirait au poëte une telle confiance, vécut et mourut sur le champ de bataille[2]. Il ne semble pas avoir apprécié ni récompensé le dévouement de Nâbiga; car ni les biographies ni les vers qui nous restent ne font en aucun autre endroit mention de ce prince[3].

Nâbiga ne pouvait pas d'ailleurs s'abandonner à la douce oisiveté des cours, pendant que le Nadjd tout

[1] *Dîwân*, XXVI, 34 et 35. Ces vers démentent de la façon la plus formelle l'opinion d'Aboû 'Obeida qui voudrait voir dans cette poésie un panégyrique de 'Amr ben Ḥârith faisant invasion en 'Irâḳ (B, fol. 98 r°; G, fol. 43 v°).

[2] M. Caussin, *Essai*, II, p. 115-128.

[3] Cependant Dj, *s. r.* جفف nous a conservé deux vers d'un avertissement que le poëte, inquiet, adressait à 'Amr, fils de Hind :

مَنْ مُبْلِغٌ عمرَو بنَ هندٍ آيَةً   ومِنَ النَّصيحةِ كثرةُ الإِنْذارِ
لا أُعرفنَّك عارِضًا لرماحِنا   فى جفّ ثعلبَ واردى الأَمرارِ

« Qui fera connaître à 'Amr ben Hind un signe qui lui donnera un conseil plein d'avertissements? Puissé je ne jamais te voir exposé à nos lances au milieu de la bande de Tha'lab, qui descend à Amrâr! » Le second vers est également cité dans Yâḳoût, *Geographisches Wörterbuch*, I, p. ٣٩٠, à la suite de v, 27, 22 et 23. Ce vers parait déplacé dans un tel milieu, et on ne sait pas bien comment il peut être rattaché aux trois autres. Dj donne de plus, comme variante, d'après Aboû 'Obeida, فى حقّ « dans l'entourage de Tha'lab, » etc. voir aussi plus loin, p. 262.

entier était en ébullition. La paix dont jouissaient les banoû Gaṭafân venait d'être troublée par un pari engagé à l'occasion de deux chevaux, Dâḥis et Gobrâ. Il n'en fallut pas plus pour amener une guerre civile entre deux tribus sœurs, ʿAbs et Dhobyân[1]. Cette lutte, dont l'origine futile semblait présager l'apaisement prochain, dura néanmoins quarante années, et se compliqua de tous les éléments qu'elle trouva sur son passage. Chaque camp devint comme un centre autour duquel se groupaient toutes les inimitiés et toutes les hostilités. Nâbiga vit avec douleur s'allumer une guerre entre ceux qu'il avait confondus jusque-là dans une égale amitié. « Va, dit-il, fais savoir aux banoû Dhobyân que je ne les confondrai plus avec les banoû ʿAbs[2]. » Le nom du roi Zoheir, que le poëte voit encore à la tête de ses ennemis, montre qu'il assistait aux commencements de cette longue guerre[3].

Les frères d'armes de Nâbiga, les banoû Dhobyân, se coalisèrent avec les banoû Asad et les banoû Tamîm contre les banoû ʿAbs unis aux banoû ʿÂmir[4].

[1] Dhobyân et ʿAbs étaient tous deux fils de Baguiḍ. Cf. M. Caussin, *Essai*, II, p. 409. Sur les diverses péripéties de cette longue guerre, voir surtout Fresnel, *Deuxième lettre sur l'histoire des Arabes avant l'islamisme*, dans le *Journal asiatique* de 1837, t. III, p. 321 et suiv. et IV, p. 1 et suiv.

[2] *Dîwân*, XVIII, 1.

[3] M. Caussin place même la mort de Zoheir en 567, et la fameuse course de chevaux en 568. Il faudrait peut-être renverser ces dates pour être plus exact, et l'on devrait en tout cas tenir grand compte de *Dîwân*, XVIII, 2.

[4] M. Caussin, *Essai*, II, p. 474, et *Dîwân*, XVII, 1. Les banoû

Au milieu de ces rencontres nombreuses et incessantes, le principal souci de Nâbiga fut le maintien des alliances contractées et le désir ardent de sauver l'indépendance du territoire occupé par sa tribu. Les banoû Asad avaient d'ailleurs depuis longtemps fait leurs preuves d'indépendance, lorsque « de blanches épées avaient achevé[1] » un despote qui les opprimait, Ḥodjr, le père du poëte Imrou'ou'lḳeis. Les forces dont disposaient de part et d'autre les combattants ressortent clairement des vers suivants de Nâbiga : « Puissent les banoû Dhobyân trouver avantage dans la situation de leur pays isolé de tout parent et de tout allié; car ils ont pour eux les banoû Asad, toujours prêts à les défendre avec deux mille braves couverts de leurs armes et de leurs cuirasses[2]. » Puis, s'adressant à un de ses adversaires, Zourʿa ben ʿAmr, il lui dit : « Laisse à distance de toi de tels hommes, qui sont sans reproche et qui ont repoussé la tribu de ʿAbs dans le pays de Ḳaʿâkiʿ[3], malgré les efforts des banoû ʿÂmir qui ont levé la main pour lutter[4]. » Ailleurs Nâbiga, écrivant une satire contre ce même

Tamîm étaient répandus dans la partie nord-est du Nadjd depuis le désert de Syrie jusqu'à la lisière du Yamâma. (M. Caussin, *Essai*, II, p. 461.) Ils étaient donc presque limitrophes des banoû Asad. Quant aux banoû Tamîm, ils parcouraient les plaines à l'est des montagnes qui séparent le Tihâma du Nadjd. (M. Caussin, *Essai*, II, p. 410.)

[1] *Dîwân*, XXV, 22.

[2] *Dîwân*, XIII, 1 et 2.

[3] B dit que ce territoire appartenait aux banoû Bâhila et avoisinait le Yamâma. M. Caussin nous parle aussi d'une émigration des banoû ʿAbs, *Essai*, II, p. 458.

[4] *Dîwân*, XIII, 5 et 6.

Zourʿa, qui « avait envoyé à son adresse d'étranges poésies [1], » énumère complaisamment les nombreuses branches des banoû Asad qui apporteront l'appui de leur concours aux guerriers de sa tribu[2].

Le serment d'alliance ne fut pas rompu, malgré les suggestions perfides des banoû ʿÂmir, qui avaient dit aux banoû Dhobyân : « Rompez avec les banoû Asad. » Nâbiga répond avec indignation : « Malheur à l'ignorance, l'ennemie des peuples ! » Puis il ajoute dans son amour de la conciliation : « Faites plutôt la paix avec nous tous, si vous y êtes disposés, mais ne nous parlez pas ainsi, ô banoû ʿÂmir[3] ! » La prédilection de Nâbiga pour les banoû Asad est telle que, fort de leur alliance, il ne veut pas au jour du combat d'autre « cotte de mailles[4]. »

A côté de ces luttes intestines, la guerre entre la Perse et l'empire byzantin se poursuivait au nord de l'Arabie. Moundhir IV, roi de Ḥîra, cherchait à venger sur Ḥârith elaṣgar la mort de son père, qui avait expiré si malheureusement sur le champ de bataille de Ḥalîma. L'armée de Ḥîra comptait dans ses rangs un détachement des banoû Fazâra, une tribu Dhobyânite. Déjà, un an auparavant, Ḥiṣn ben Ḥodheifa, un Fazârite, n'avait pas craint de faire une invasion à Gassân. Dans son ardeur guerrière, ce jeune homme bouillant avait entraîné les

[1] *Dîwân*, v, 1.

[2] *Dîwân*, v, 6 et suiv.

[3] *Dîwân*, XII, 1 et 3.

[4] *Dîwân*, XXV, 15.

banoû Asad à partager les chances de son aventure et à braver Gassân, en s'écriant : « Qu'on n'aille pas s'approcher de nos frontières[1]. » Il exposa ses alliés à de « redoutables averses, » pendant qu'il invitait les banoû Fazâra à chercher un refuge sur les montagnes[2]. Le roi Gassanide, Ḥârith elaṣgar, furieux de voir son repos sans cesse troublé par des incursions sur son territoire et par l'appui prêté ouvertement à ses ennemis, réunit des forces considérables pour la journée de ʿEin Obâg[3]. Il remporta une victoire éclatante; et cette fois encore, ce fut aux prières de Nâbiga que les captifs durent leur délivrance[4]. Le poëte fut même obligé de plaider la cause de Ḥiṣn auprès de Noʿmân, fils de Ḥârith elaṣgar[5], sans l'aveu duquel son père ne voulait sans doute pas relâcher un aussi dangereux prisonnier. Nâbiga entra chez lui. Noʿmân lui dit : « Ḥiṣn est coupable à notre égard et à l'égard du roi. » — « On t'a fait un faux rapport, » reprit Nâbiga[6], et il

[1] *Dîwân*, IV, 2.

[2] *Dîwân*, IV, 10 et 11.

[3] Jusqu'à preuve du contraire, la date de 582 donnée par M. Caussin, *Essai*, II, p. 242, me paraît mieux que toute autre expliquer les faits. Les réserves de M. Socin, *l. cit.* ne méritent pas moins d'être prises en sérieuse considération.

[4] B, fol. 72 v°, et C, fol. 109 r°.

[5] Selon Ibn Ḳoteiba, les successeurs de Ḥârith elaṣgar, ʿAmr et Noʿmân, étaient comme lui fils de Ḥârith elaʿradj et étaient par conséquent ses frères. (*Handbuch der Geschichte*, p. ٣١٥.)

[6] *Dîwân*, poésie IV. Nâbiga fit plus tard aussi l'oraison funèbre de Ḥiṣn; il nous en reste les deux vers suivants :

يَقولونَ حِصْنٌ ثُمَّ تَأْبَى نفوسُهم   وَكَيْفَ بِحِصْنٍ والجِبالُ جُمُوحُ

chercha à justifier son client, dont il obtint la grâce. La faveur du roi retint pendant quelque temps le poëte à Gassân[1], où Ḥârith lui prodigua les honneurs et le combla de bienfaits « qui ne pincent pas avec des queues de scorpions[2]. »

Vers 583, après la mort de Moundhir IV, qui mourut sous les coups de l'ennemi victorieux[3], le trône de Ḥîra fut occupé par No'mân ben Moundhir Aboû Ḳâboûs. Plusieurs de ses prédécesseurs avaient attiré à leur cour les poëtes, en se faisant non pas seulement leurs protecteurs, mais aussi

وَلَمْ تَلْفَظِ الْمَوْتَى الْقُبُورُ وَلَمْ تَزُلْ   نُجُومُ السَّمَاءِ وَالْأَدِيمُ صَحِيحُ

« Ils disent : Ḥiṣn ; puis ils se reprennent. Comment établir une forteresse (*ḥiṣn*) lorsque les montagnes la repoussent? Les tombeaux ne rendent pas leurs morts ; les étoiles du ciel ne disparaissent pas, et la voûte céleste demeure entière. » J'ai emprunté ces vers, dont je ne garantis pas la traduction, au ضوء السقط فى جميع ما ابهم من كتاب سقط الزند, commentaire sur le سقط الزند, par l'auteur même du recueil, le poëte aveugle Aboû 'l'alâ Aḥmad ben Soleimân Tanoûkhî Ma'arrî. Ms. A. F. 1409, fol. 31 v°.

[1] B, fol. 72 v°; c'est à cette série d'événements que se rapportent les quatre vers cités dans *Ag* et traduits par M. Caussin, *Essai*, II, p. 245 et 246. Ils sont authentiques, bien qu'ils ne se trouvent pas dans le *dîwân*. (Cf. Mas'oûdi, *Les prairies d'or*, éd. Barbier de Meynard, III, p. 221.) Le deuxième vers a une certaine importance historique parce qu'il réfute l'opinion d'Aboû 'Obeida qui considère Ḥârith ela'radj et Ḥârith elaṣgar comme deux noms désignant un même prince. (Cf. B, fol. 69 v°.) Ces vers ont été aussi traduits par Hammer, *Literaturgeschichte*, I, p. 344.

[2] *Dîwân*, III, 4.

[3] C'est ce que semblent indiquer, outre les textes cités par M. Caussin, *Essai*, II, p. 133, deux vers de Nâbiga cités par Yâḳoût (éd. Wüstenfeld), t. I, p. ٧٣. Voir plus haut, p. 213.

leurs émules[1]. No'mân ben Moundhir suivit l'exemple de ses devanciers, et les châteaux de Ḥîra retentirent sous son règne de chants comme ils n'en avaient jamais entendu. Les triomphateurs des concours poétiques ouverts chaque année à la foire de 'Okâṭh[2] vinrent l'un après l'autre demander au prince éclairé la consécration de leurs talents, et renouveler à sa cour les luttes pacifiques dans lesquelles ils avaient obtenu d'éclatantes victoires. Il se constitua ainsi à Ḥîra un centre littéraire, une sorte d'académie poétique, dont les membres parcouraient toute la péninsule, portant leurs vers chez les princes et dans les tribus, mais sachant toujours où était leur point de ralliement, et, si j'ose ainsi parler, où flottait leur drapeau.

Nâbiga, dont les pensées n'avaient jamais cessé d'être tournées vers Ḥîra, dut bientôt se dérober aux marques de sympathie qu'on lui prodiguait. Mais il n'en sut pas moins conserver l'amitié des princes qui l'avaient si bien accueilli, et il parvint à se ménager un retour à Gassân pour l'heure de la disgrâce et de l'exil. Ḥîra l'attirait : il y possédait un coin de terre où il pouvait se mouvoir et se retirer librement; les présents de deux générations de rois[3] s'étalaient sur sa table, couverte de vases magnifiques en or et en argent[4]; le commencement d'un nouveau règne

[1] Hammer, *Literaturgeschichte der Araber*, I, p. 68 et suiv.

[2] M. de Slane, *Le diwan d'Amro'lkaïs*, préface, p. IX; M. Nöldeke, *Beiträge*, p. XIV, XX et XXII.

[3] *Diwân*, VIII, 5.

[4] M. Caussin, *Essai*, II, p. 502.

et les espérances qui s'y rattachaient augmentaient encore son impatience et lui faisaient hâter ses préparatifs de départ; car, par-dessus tout, il tenait à ne pas perdre l'influence légitime qu'il avait exercée sur les princes aussi bien que sur les sujets[1], et il aspirait à retrouver auprès de No'mân le rang qu'il avait occupé à la cour de son père et de son aïeul.

Le poëte fut bien vite admis dans l'intimité du prince[2]; les récits des conteurs ont associé leurs deux mémoires, et le nom de No'mân ben Moundhir appelle involontairement sous la plume des historiens les éloges que lui adressa Nâbiga Dhobyânî. Les documents, jusque-là rares et dispersés, deviennent plus nombreux et plus explicites; les récits se croisent et se contredisent ou se confirment, donnant pour chaque fait une série de variantes qui attestent à la fois la vivacité du souvenir et l'imagination vive des narrateurs. Il semble que les biographes de Nâbiga aient concentré sur ce point unique toutes leurs informations, et que la vie du poëte ne commence vraiment pour eux qu'à l'avénement de No'mân ben Moundhir Aboû Ḳâboûs[3].

[1] *Dîwân*, VIII, 6.

[2] Mas'oûdi, *Prairies d'or* (éd. Barbier de Meynard), III, p. 201 et suiv. nous a conservé un récit sur la première entrevue de Nâbiga et de No'mân. Les deux vers cités p. 204 ne se trouvent pas dans le *dîwân*. Cf. Sacy, *Chrestomathie arabe*, II, p. 412.

[3] C'est ainsi que M. Caussin, *Essai*, II, p. 486, et avant lui M. de Sacy dans sa *Chrestomathie arabe*, II, p. 410, n'ont pu d'après l'*Agânî* que raconter divers épisodes appartenant tous à cette même époque.

Dès lors, plus de parties de plaisir, plus de fêtes joyeuses, plus même de repas intimes, sans que Nâbiga y soit convié. L'huissier qui se tient à la porte du prince sait qu'à toute heure et sans se faire annoncer le poëte peut entrer chez son royal ami. L'intimité a comblé toutes les distances; le talent et la puissance traitent d'égal à égal. Le seul privilége que No'mân ait gardé, c'est de continuer les libéralités qui sont devenues une tradition dans sa famille. Il se montre plus grandiose même dans sa générosité que l'Euphrate[1], « alors que, par le souffle agité des vents, ses vagues lancent sur les deux rives leur écume, et qu'il est grossi par tous les torrents qui débordent avec fracas, entraînant avec eux des amas d'arbustes et de branches[2]. » Poursuivant la même comparaison, Nâbiga appelle son bienfaiteur « une mer de générosité, sur laquelle se balancent légèrement les vaisseaux[3], » tandis qu'ailleurs il dit que par sa mort « les hommes perdraient leur printemps, et l'année son mois sacré[4]. » C'est « le plus parfait des hommes[5], » c'est « un soleil, et les autres rois ne sont que des étoiles; quand le soleil se lève, on ne voit plus aucune étoile[6]. »

[1] Sur le cours de l'Euphrate à cette époque, voir Yâkoût, *s. v.* Kazwini, II, p. ٣٦٩, et surtout M. Weil, *Geschichte der Chalifen*, I, p. 34.

[2] *Dîwân*, I, 47 et 48.

[3] *Dîwân*, VII, 21. Cf. XXIX, 17.

[4] *Dîwân*, XIX, 3. Cf. II, 39.

[5] *Dîwân*, VII, 4.

[6] *Dîwân*, VIII, 10. Tha'âlibi, dans le كتاب الإعجاز فى الأعجاز

Ces années de bonheur et de prospérité ne furent pas fécondes pour le talent poétique de Nâbiga. Il vivait sur son passé et semblait s'endormir au sein des grandeurs[1]. Sa maison regorgeait de gros bétail, de « chamelles blanches avec leurs selles neuves de Ḥîra, de chevaux fougueux qui s'emportent malgré le frein des rênes[2] »; il était servi par « de jeunes esclaves relevant avec leurs pieds les pans de leurs manteaux, rafraîchies par le sommeil de midi et que l'on prendrait pour des gazelles au désert[3]. » Le luxe et l'oisiveté avaient envahi peu à peu sa vie entière, tandis qu'il était devenu le point de mire de toutes les vanités humiliées, de toutes les ambitions blessées. Les cœurs étaient rongés par la jalousie en voyant ce parvenu comblé d'honneurs et de richesses, et ses ennemis étaient décidés à exploiter toute occasion favorable pour le perdre à jamais dans l'esprit de Noʿmân.

Les moyens auxquels on eut recours étaient aussi habiles qu'infâmes. Que l'on adopte l'une ou l'autre des trois versions que donne l'*Agânî*[4], ou qu'on les considère comme répondant à une série d'essais

(Ms. A. F. 1404, fol. 94 r°), remarque que Nâbiga comparait Noʿmân ben Moundhir tantôt à la nuit et tantôt au soleil, et il cite *Dîwân*, II, 28, et VIII, 10.

[1] Nous n'avons qu'une poésie appartenant à cette période (*Dîwân*, XIV), poésie sur laquelle nous reviendrons bientôt.

[2] *Dîwân*, I, 27, 28 et 30.

[3] *Dîwân*, I, 29.

[4] Sacy, *Chrestomathie arabe*, II, p. 414-417; M. Caussin, *Essai*, II, p. 503-505.

visant au même but et se complétant l'un l'autre, il est certain que «l'on avait mis dans la bouche du poëte certaines paroles, et que ses ennemis avaient en secret fait part au roi de leurs calomnies[1].» Tout d'abord on avait répandu des satires violentes contre le prince, et on désignait Nâbiga comme en étant l'auteur[2]. Mourra ben Sa'd ben Korei', qui avait composé avec un de ses compagnons l'un de ces pamphlets, le dénonça au roi comme l'œuvre de son favori. On y maudissait No'mân, «l'héritier de l'orfévre, le lâche, l'ignorant[3].» En effet, Moundhir,

[1] *Dîwân*, VII, 10.

[2] Je rapporte ici la seconde version de l'*Agânî*.

[3] Il semble qu'on avait répandu deux satires contre No'mân, en les attribuant toutes deux à Nâbiga. *Ag*, II, fol. 354 r°, nous a conservé un vers de l'une et trois vers de l'autre; 1° (mètre *kâmil*) :

مَلِكٌ يُلَاعِبُ أُمَّهُ وَقَطِينَهُ ‎ ‎ ‎ رِخْوَ المَفَاصِلِ أَيْرُهُ كَالمِرْوَدِ

«Un roi qui s'amuse, en compagnie de sa mère et de ses esclaves, avec son membre viril, aux articulations molles comme un pinceau.» L'adjectif رخوَ, bien que placé avant أيرَه, parait se rapporter déjà à ce mot. 2° (mètre *khafîf*) :

قَبَّحَ اللهُ ثُمَّ ثَنَّى بِلَعْنٍ ‎ ‎ ‎ وَارِثَ الصَّائِغِ الجَبَانَ الجَهُولَا

مَنْ يَضُرُّ الأَدْنَى وَيَعْجِزُ عن ضَرِّ ‎ ‎ ‎ الأَقَاصِي وَمَنْ يَخُونُ الخَلِيلَا

يَجْمَعُ الجَيْشَ ذَا الأُلُوفِ وَيَغْزُو ‎ ‎ ‎ ثُمَّ لَا يَرْزَأُ العَدُوَّ فَتِيلَا

«Puisse Dieu vouer à la honte et punir de sa malédiction l'héritier de l'orfévre, le lâche, l'ignorant, qui nuit dans son entourage, mais qui est trop faible pour nuire au loin, qui, pour trahir un ami, rassemble une armée, renfermant plusieurs milliers de soldats, part pour le combat, puis ne fait pas même perdre à l'ennemi un

père de Noʿmân, avait épousé une jeune fille de Fadak, Salmâ, dont le grand-père était orfévre. Mais Noʿmân se cachait tellement peu de cette origine que plus d'une fois il est appelé Ibn Salmâ par ses panégyristes[1]. Une telle accusation se condamnait par sa grossièreté même à être considérée comme une lâche imposture.

L'insuccès de cette première tentative ne découragea pas Mourra, un de ces banoû Ḳoreiʿ dont Nâbiga ne se défiait pas encore, mais que plus tard il devait stigmatiser comme des menteurs «qui, avec leurs faces de singes, sont toujours en quête de victimes pour leurs calomnies[2].» Noʿmân ben Moundhir avait épousé sa belle-mère Moutadjarrada[3], qui passait pour être la plus belle femme de son temps. Elle n'était plus de première jeunesse au moment où elle se maria ainsi pour la troisième fois[4];

fil.» Le premier de ces trois vers est cité comme de Nâbiga dans Dj, s. r. ر ب ذ, seulement il lit : رِبْذَةُ الصائِغِ «le chiffon dont se sert l'orfévre;» un quatrième est donné par Dj, s. r. ف ق ع et ش ق ق:

حَدِّثونِي بَنِي الشَّقِيقَةِ ما يَمْنَعُ فَقْعًا بِقَرْقَرٍ أَنْ يَزُولا

«Dites-moi, ô banoû Chaḳiḳa, ce qui empêche un champignon de la plaine de disparaître. (Cf. Freytag, *Ar. Prov.* I, p. 512.) Dj, s. r. ش ق ق ajoute: والشقيقة اسم جدّة النعمان بن منذر.

[1] Ḥassân ben Thâbit, *Dîwân*, fol. 4 v°, 9 r°, 16 r°, etc.

[2] *Dîwân*, II, 17; Tabrîzî sur le *Ḥamâsa*, p. ٤٣.

[3] Le nom de Moutadjarrada était selon les uns Mâwiya, selon d'autres, Hind bint Moundhir ben Aswad Kalbiyya; *Ag*, IV, fol. 195 v°.

[4] *Ag*, IV, fol. 195 v°, et M. Caussin, *Essai*, II, p. 134. En racontant le récit relatif à la ruse employée par Moundhir pour détacher Moutadjarrada de son premier mari Ḥilm (ou Ḥalam), l'*Agânî* cite un vers qu'il attribue à Nâbiga :

mais le roi était petit de taille, il avait les cheveux roux, la figure grêlée, l'air chétif[1], et la conscience de son infériorité physique le disposait à la jalousie. Deux de ses intimes seuls, Nâbiga et Monakhkhal Yachkourî[2], avaient accès auprès de la reine. Un jour, Nâbiga entra sans être attendu dans l'appartement où elle se tenait. Sans le vouloir, elle laissa tomber son voile[3], et le poëte vit « son corps enduit de safran, semblable à un manteau de soie jaune, sa taille parfaite, les fossettes de son ventre aux plis gracieux et sa gorge que soulève une mamelle ferme[4]. » Elle lui apparut « comme le soleil au jour où il brille dans les constellations de Saʿd, ou comme une perle tirée de sa coquille, dont la vue réjouit le plongeur....... ou encore comme une statue de marbre sur un piédestal[5]. » Elle chercha immédiatement à ressaisir son voile et à cacher son corps avec un bras potelé, qui couvrait presque entièrement son visage[6], et avec une « main teinte, délicate, dont les doigts ressemblent aux

قَدْحًا دَعَوْا حَلَمًا عَنْ حُرَّةٍ خَرِدٍ   حَتَّى تَبَطَّنَهَا الخَدَّاعُ ذُو الحِلْمِ

« Coupes, engagez Ḥalam à quitter une femme pure, innocente, et voici que déjà l'imposteur, plein de ruse (*ḥilm*), a eu commerce avec elle. »

[1] *Ag*, IV, fol. 196 r°; M, fol. 47 v°. Il avait même été défiguré par une attaque de lèpre, d'après Ḳazwînî, II, p. ٣١٤.

[2] Monakhkhal a un article dans l'*Agânî*, IV, fol. 195 v° et suiv.

[3] *Dîwân*, XIV, 17.

[4] *Dîwân*, XIV, 11 et 12.

[5] *Dîwân*, XIV, 14-16.

[6] Sacy, *Chrestomathie*, II, p. 415; M. Caussin, *Essai*, II, p. 503.

tiges du *ʿanam*, qu'on peut nouer, tant elles sont flexibles[1]. » La flèche « décochée par un arc sonore » perça le cœur du poëte[2], le réveilla de sa torpeur, et il décrivit la reine, sans la nommer[3], dans une longue poésie très-chaleureuse et très-sensuelle.

Il eut l'imprudence de réciter ces vers pleins d'ardeur amoureuse à Mourra ben Saʿd ben Ḳoreiʿ, celui-là même qui le poursuivait d'une haine acharnée. Nâbiga avait encore redoublé la colère de son ennemi en faisant devant Noʿmân un éloge pompeux d'un sabre, nommé *dhoû 'rriḳa*, que Mourra possédait et auquel il tenait beaucoup; il avait dû s'exécuter et se dessaisir de son arme de prédilection. Il se vengea en récitant au roi les vers que la vue de la reine avait inspirés au poëte[4]. Nâbiga n'était pas coupable, il était connu pour sa chasteté, bien que l'âge n'eût pas encore entièrement fait disparaître sa beauté native[5]. Un moment d'entraînement, un regain de jeunesse avaient donné à sa poésie une allure que lui-même semble condamner lorsqu'il « reproche à ses cheveux blancs tant de pétulance juvénile. » —

[1] *Dîwân*, XIV, 19.

[2] *Dîwân*, XIV, 8.

[3] Cependant, on trouve dans cette poésie le mot المتجرّد employé pour le corps (*Dîwân*, XIV, 13) et qui paraît renfermer une allusion assez transparente au surnom de la reine.

[4] Telle est la première version de l'*Aġânî*.

[5] *Ag*, IV, fol. 195 vᵒ. C'est à sa vieillesse que Nâbiga fait aussi allusion quand il dit que la beauté de la reine fascinerait même « un moine aux cheveux blancs, qui sert Dieu par son abstinence et ses prières. » *Dîwân*, XIV, 26.

«Ne pourrai-je pas, dit-il, me corriger de ce qu'interdit la vieillesse [1]?»

C'est sans aucun doute à cet éloge excessif de Moutadjarrada qu'il faut attribuer la disgrâce du poëte. Mais le rapport de Mourra n'aurait peut-être pas suffi à le faire condamner, si Monakhkhal n'était intervenu pour faire cause commune avec les diffamateurs [2]. Moutadjarrada était la maîtresse de Monakhkhal, et elle était parvenue à cacher à son royal époux l'affection qu'elle avait pour son amant. Deux fils qu'elle avait mis au monde ressemblaient, dit-on, d'une manière frappante à leur père et fort peu à No'mân. Celui-ci n'en était que plus amoureux de celle qui le trompait. «Décris-nous-la,» dit-il un jour à Nâbiga, un soir qu'il était assis avec lui et Monakhkhal chez la reine. Nâbiga ne se fit pas prier; il récita les vers qu'il avait composés récemment. Au début, le charme de la poésie séduisit les auditeurs; puis le poëte arriva à dire : «Lorsque tu touches, tu touches à pleines mains un corps solide, large, qui remplit bien sa place. Lorsque tu fais l'attaque, tu t'attaques à une hauteur dont les formes rebondies sont enduites de parfums. Lorsque tu te retires, tu te retires d'un défilé aride avec l'effort de l'adolescent qui manie une corde solidement tordue [3].» A ces mots, Mo-

[1] *Dîwân*, II, 8.

[2] C'est la troisième version de l'*Agânî*. Elle est rapportée sur l'autorité d'Ibn Koteiba. On la retrouve dans B, fol. 60 v°.

[3] *Dîwân*, XIV, 30-32.

nakhkhal bondit, et s'écria : « C'est la description d'un témoin oculaire. » L'amant jaloux excita le mari; No'mân résolut de tuer Nâbiga, qui s'enfuit d'abord dans sa tribu, puis en Syrie auprès des princes de Gassân [1]. L'impunité dont jouit Monakhkhal put tout d'abord faire dire au poëte que, « pour un chameau galeux, on en avait brûlé un autre, et que le malade, on l'avait envoyé au pâturage [2]. » Mais bientôt Monakhkhal, surpris avec la reine dans une position qui ne permettait aucun doute sur la nature de leurs relations, fut mis à mort, ou, selon d'autres, enterré vivant [3].

Ce fut dans ce premier séjour auprès de No'mân que Nâbiga eut l'occasion de rencontrer le jeune Labîd, fils de Rabî'a. C'était encore un enfant, et il était venu accompagner ses oncles à la cour de Ḥîra. Il montra tant d'esprit dans ses réponses aux questions qui lui furent adressées, et fit tellement bonne impression sur son vieil interlocuteur, que celui-ci lui prédit qu'il serait un jour le plus grand poëte des Arabes [4]. Et cependant Labîd appartenait à la tribu des banoû 'Abs, les ennemis des banoû Dhobyân, et il avait eu à lutter contre les susceptibilités de Rabî' ben Ziyâd, un des familiers de

[1] M. Caussin, *Essai*, II, p. 505; *Ag*, II, fol. 354, et IV, fol. 195 v°; *Ḥamâsa*, p. ٢٩٤.

[2] *Dîwân*, II, 30. Cf. VIII, 8.

[3] *Ag*, IV, fol. 195 v°; M. Caussin, *Essai*, II, p. 158-161. Sur cet usage à Ḥîra, voir *ibid.* p. 104.

[4] *Ag*, III, fol. 372 r°.

Noʿmân [1]. Mais Nâbiga, s'élevant au-dessus de ses sympathies ou de ses défiances personnelles, n'hésita pas à reconnaître le talent véritable de celui qui se vantait d'avoir parmi ses ancêtres ʿÂmir, fils de Ṣaʿṣaʿa [2].

L'huissier du roi, ʿIṣâm, fils de Chabbar Djarmî Khâridjî [3], était l'ami de Nâbiga; il l'avait prévenu du changement qui s'était opéré dans l'esprit de Noʿmân [4]; il avait entendu le roi dire en parlant du poëte : « Je finirai par l'atteindre [5]. » Devant ces menaces [6], Nâbiga s'était enfui à la hâte sans même prendre le temps de réunir sa caravane de chameaux et d'esclaves, sans emporter la moindre parcelle des richesses qu'il avait amassées [7]. A peine en sûreté,

[1] M. Caussin, *Essai*, II, p. 487. Rabîʿ ben Ziyâd dut être aussi un ami de Nâbiga, car notre *dîwân* contient une satire où il raille Yazîd ben Abi Ṣaʿḳ contre lequel Rabîʿ avait fait une incursion. C'est la poésie XXII du recueil.

[2] *Ag.* dans Sacy, *Calila et Dimna*, p. 116. M. de Sacy n'a pas donné l'anecdote relative à Nâbiga dans sa *Notice sur le poëte Lebid*, *ibid.* p. 111-129.

[3] ʿIṣâm était aussi un poëte, cf. *ʿIḳd*, II, fol. 58 r°. Nâbiga avait fait un éloge de ʿIṣâm où il le félicitait de s'être « lui-même élevé au premier rang », grâce à son mérite personnel. Ces vers, qui ne se trouvent pas dans le *dîwân*, sont cités dans Ḥarîrî, *Séances*, p. ۲۴۸. Cf. les nombreux passages parallèles cités dans les *Notes*, p. 131. On a formé du nom de عصام un abstrait عصامية signifiant le courage, la persévérance. Cf. Freitag, *Einleitung in die arabische Sprache*, p. 22.

[4] *Ag.*, II, fol. 352 v°.

[5] *Dîwân*, II, 15.

[6] *Dîwân*, II, 10.

[7] L'*Agânî* nous rapporte le désir que Nâbiga éprouva de retrouver ses biens en revenant de l'exil. Cf. II, fol. 357 r°. C'est à quoi fait

il commença à protester contre les accusations dont il avait dû subir l'âcreté et contre la disgrâce qu'elles avaient amenée. «Envoie, dit-il, chez les banoû Dhobyân, consulte et n'agis pas contre moi avec précipitation, sans t'être informé... Si ma main droite t'avait criminellement trahi, je la séparerais de ma main gauche[1].»

Nâbiga ne trouva pas dans sa tribu, dont il invoquait le témoignage, l'affection et la reconnaissance qu'il avait cru pouvoir en espérer[2]. Yazîd ben Sinân avait profité de son absence pour exciter contre lui ses compatriotes[3]. D'un autre côté, les mesures de prudence qu'il conseillait dans les rapports avec Gassân, lui furent souvent comptées comme autant de lâchetés, et on lui reprocha ses craintes comme une trahison. En vain sous No'mân, frère et successeur de 'Amr IV, il engagea les banoû Dhobyân à quitter leurs quartiers de Dhoû Oukour[4], en vain

aussi allusion un vers prononcé par Nâbiga, sans doute en arrivant à Gassân : «Je suis venu à toi nu, avec des vêtements en lambeaux, etc.» Voir plus loin, p. 251.

[1] *Dîwân*, XXIX, 13 et 16.

[2] J'ai réuni ici plusieurs épisodes appartenant à des séjours que Nâbiga fit à plusieurs reprises dans sa tribu, séjours auxquels l'*Agâni* consacre une simple mention.

[3] *Dîwân*, XVII et XXX. Il se pourrait cependant que ce fait se rapportât à une époque plus moderne, aux débuts de la guerre entre Gaṭafân et Hawâzin. Voir plus loin, p. 245, et M. Caussin, *Essai*, II, p. 537.

[4] Les arguments placés en tête de IX par B, C et G supposent que 'Amr, successeur de No'mân, avait attaqué les Gassanides à Dhoû Oukour. Il faut lire chaque fois dans ce passage emprunté par tous à une même source 'Amr au lieu de No'mân, et No'mân au lieu de

il leur dit : « Ô mes compagnons! déjà le lion s'est replié sur ses griffes, prêt à bondir. » Noʿmân, roi de Gassân, envoya contre eux une armée, à la tête de laquelle se trouvait Noʿmân ben Wâïl ben Djoulâḥ[1]. Après la victoire, il ne mit pas seulement en liberté ʿAḳrab, la fille de Nâbiga[2], mais tous les prisonniers de Gaṭafân durent encore une fois leur délivrance à son intercession[3].

Pendant que la chamelle de Nâbiga « trottait pour le conduire chez Ibn Djoulâḥ[4], » on répandait dans toute la tribu des satires nombreuses contre lui. Il nous en reste encore un échantillon plein « d'âpretés sanglantes, dont la brûlure est comme celle des charbons ardents[5]. » Et pourtant, dit le poëte avec indignation, « ce n'était pas à vous de me repousser; . . . . . aussi ma réponse est-elle à jamais fixée au milieu de vos personnes et de vos biens[6]. » Malgré les injures de Badr qui le raille de

ʿAmr. Auparavant (*Dîwân*, poésie XXVIII), les banoû Mourra, une branche des banoû Dhobyân, avaient déjà été défaits par ʿAmr.

[1] C, fol. 122 v°. D'après Yâḳoût (éd. Wüstenfeld), I, p. ٣٣٥, les banoû Dhobyân auraient perdu un grand nombre d'hommes et laissé entre les mains de leurs ennemis 60 prisonniers qui auraient été envoyés au César de Rome.

[2] Voir plus haut, p. 205.

[3] B, argument de la poésie XXVII, fol. 100 r°.

[4] *Dîwân*, XXVII, 14. C'est ainsi que le général de ʿAmr est nommé dans le *dîwân*, XXVII, 11 et 13. Ses troupes sont nommées آل الجلاح dans trois vers de Nâbiga Dhobyânî qui se trouvent dans le *Ḥamâsa*, p. ٧٤٣, et que nous n'avons pas dans le *dîwân*.

[5] *Dîwân*, XI, 2.

[6] *Dîwân*, XI, 3 et 4.

marcher avec une « armée qui chasse les passereaux et les corbeaux, » et de trahir les banoû Ḍibâb, une branche des banoû Dhobyân[1], Nâbiga profita de son influence à la cour de Gassân pour sauver de l'esclavage « de belles vaches aux yeux sombres[2], » comme il appelle les captives de sa tribu.

Après avoir quitté la cour de Ḥîra, Nâbiga, fatigué de haines et de jalousies, se laissa facilement retenir à Gassân par ʿAmr ben Ḥârith, qui avait succédé à son père ou son frère Ḥârith elaṣgar[3]. Nâbiga devint le chantre « des armées d'une race sans mélange, de ces hommes dont la valeur ne ment pas[4]. » La supériorité militaire de Gassân sur Ḥîra s'était affirmée aussi bien à ʿEin Obâg qu'à Ḥalîma, et Noʿmân ben Moundhir ne disposait que de forces peu considérables[5], tandis que ʿAmr voyait ses guerriers nombreux « courir à la mort comme des chameaux jeunes et fringants et faire circuler à l'envi la coupe du trépas, tenant dans leurs mains des épées brillantes aux pointes acérées[6]. » C'est ainsi que le poëte pouvait louer Gassân, tout en restant attaché à ses compatriotes[7] et fidèle à l'amitié qu'il avait vouée aux princes de Ḥîra.

[1] *Dîwân*, x, 3 et 4.

[2] *Dîwân*, ix, 3.

[3] Voir plus haut, p. 218.

[4] *Dîwân*, iii, 8.

[5] Nâbiga ne craignit jamais que Noʿmân envoyât des troupes pour s'emparer de sa personne. *Ag*, II, fol. 357 r°; B, fol. 65 v°.

[6] *Dîwân*, iii, 16 et 17.

[7] *Dîwân*, iii, 29.

Malgré une pluie de présents et de bienfaits de ʿAmr[1], malgré la bonne opinion que Nâbiga avait conçue de son nouveau maître[2], malgré la bienveillance qu'il rencontrait partout, malgré la générosité naturelle qu'il admirait sincèrement chez tous ces héros[3], jamais le poëte ne put se résigner à l'injuste soupçon qui pesait sur son passé, jamais il ne se rappela sans émotion ces châteaux de Ḥîra qui semblaient désormais fermés pour lui, jamais il ne cessa d'affirmer son innocence et de protester contre l'injustice qui l'avait frappé. Laissons-lui la parole : « Une menace d'Aboû Ḳâboûs, dont j'ignore les motifs, est arrivée jusqu'à moi . . . . et j'ai passé une nuit comme si j'avais été mordu par un serpent mince et tacheté, dont les dents distillent un venin pénétrant[4]. » Ailleurs, le poëte nous parle de « la couche d'épines[5] » que lui ont préparée « des fourbes et des menteurs[6]. »

Mais, s'il insiste avec énergie pour qu'un jugement inique soit rapporté, il ne s'abaisse pas à des récriminations, et il se souvient qu'autrefois « les présents du jour ne nuisaient pas à ceux du lendemain[7]. » On

[1] *Dîwân*, XXVIII, 29.

[2] *Dîwân*, III, 4 et 5.

[3] *Dîwân*, III, 23.

[4] *Dîwân*, II, 10 et 11. Les nuits d'insomnie de Nâbiga sont devenues proverbiales, et on nous parle de ليلة نابغيّة « une nuit comme celles de Nâbiga. » Cf. Ḥarîrî, *Séances*, p. ٣٣٧.

[5] *Dîwân*, VIII, 2.

[6] *Dîwân*, VIII, 4.

[7] *Dîwân*, I, 47.

sent, d'un côté, une souffrance profonde et une agitation fébrile; de l'autre, une reconnaissance vraie et un étonnement plein de déceptions dans toutes les poésies où Nâbiga essaye de se justifier[1]. «Non, dit-il, par la vie de celui dont j'ai parcouru la Ka'aba, par le sang répandu qui s'est figé sur les pierres sacrées, par celui qui donne la sécurité à ces oiseaux réfugiés dans son asile...je n'ai proféré aucune des paroles mauvaises qu'on t'a rapportées[2].» Il dit encore, prenant à témoin les chamelles assemblées de Laṣâf et de Thabra, qui visitent le mont Ilâl dans leur course effrénée[3] : «Tu as fait peser sur moi la faute d'un coupable... Si je ne puis arriver à faire convaincre de mensonge mon ennemi, si je jure en vain de mon innocence, si aucune de mes paroles ne trouve créance auprès de toi, alors comme la nuit tu m'atteins, quand je m'imaginais qu'une grande distance nous séparait. Je suis entraîné vers toi par des crocs de fer recourbés attachés à des câbles puissants que tendent des mains vigoureuses[4].»

Cet état anomal, l'amertume des regrets, ces nuits «dont les étoiles avançaient lentement[5],» n'absorbèrent heureusement pas complétement l'esprit de Nâbiga. «Tantôt le mal laissait du répit au ma-

[1] Ce sont les poésies I, II, VII, VIII et XXIX.

[2] *Dîwân*, I, 37-39. Nâbiga semble ici faire allusion aux satires qui avaient été répandues sous son nom. Cf. plus haut, p. 224.

[3] *Dîwân*, II, 22.

[4] *Dîwân*, II, 25-29.

[5] *Dîwân*, III, 1.

lade, et tantôt il revenait à la charge[1]. » La faveur royale se partageait entre les deux poëtes qui s'étaient déjà rencontrés à Gassân après la bataille de Ḥalîma, Nâbiga et ʿAlḳama ben ʿAbda[2]. Leur union était telle qu'ils avaient pris pour maîtresses deux sœurs, Siʿlâ et Miʿlâ[3]. Ḥassân ben Thâbit entra un jour chez le roi. Il vit Nâbiga assis à sa droite, et à sa gauche se tenait un homme qu'il n'avait jamais rencontré. « Connais-tu ces deux hommes? demanda le roi. — L'un, dit Ḥassân, je le connais, c'est Nâbiga; mais l'autre, je ne sais qui il est. — C'est ʿAlḳama ben ʿAbda; et, si tu veux, je les prierai de nous réciter des vers. Quand tu les auras entendus, tu seras libre d'entrer en concurrence avec eux ou de te taire. — Soit, répliqua Ḥassân. » Alors Nâbiga chanta : « Laisse-moi, ô Omeima! au souci qui m'accable, laisse-moi aux tourments d'une nuit dont les étoiles avancent lentement[4]! » — « Voici la moitié du programme réalisée, reprit le roi. A ton tour, ʿAlḳama, de te distinguer. » Et il dit : « Un cœur inquiet t'a emporté au delà des belles nuits; car la jeunesse est déjà un peu loin, alors que les cheveux com-

[1] *Dîwân*, II, 14.

[2] Voir plus haut, p. 213.

[3] M, fol. 90 r°. On trouve à la suite de ce passage un récit sur la rencontre de Ḥassân avec ʿAlḳama et Nâbiga, contenant un très-long éloge du roi, écrit en prose rimée et mis dans la bouche de Nâbiga (cf. fol. 90 v° et 91 r°). Ce dernier morceau se retrouve dans *Ag*, III, fol. 325 r°. Nous avons adopté avec M. Caussin, *Essai*, II, p. 245, la première version de *Ag*, III, fol. 324 v°, en la rapportant comme lui au règne de ʿAmr.

[4] *Dîwân*, III, 1.

mencent à blanchir[1]. » — « L'autre moitié du programme est réalisée, dit le roi. A toi, Ḥassân, de chanter maintenant après eux ou de t'abstenir. » Avec l'audace de la jeunesse, Ḥassân fit l'éloge des Djafnites, les représenta auprès du tombeau de leur ancêtre Ibn Mâriya[2], et mérita d'être mis de pair avec ses illustres rivaux. Plus tard, Ḥassân, désireux de briller seul, se rendit à la cour de No'mân ben Moundhir et y occupa pendant quelque temps la place laissée vacante par le départ de Nâbiga[3].

Après la mort de 'Amr IV, Nâbiga resta auprès de son successeur No'mân ben Ḥârith Aboû Karib[4]. Au milieu des révoltes continuelles des banoû Dhobyân, Nâbiga sut parfaitement concilier le dévouement qu'il devait à son protecteur et l'amitié qu'il n'avait cessé de témoigner aux hommes de sa tribu. Si les banoû Dhobyân furent battus à Dhoû Ou-

[1] *Die Gedichte des 'Alḳamà* (éd. Socin), I, I.

[2] Cf. Ḥassân ben Thâbit, *Dîwân*, fol. 28 v°, et M. Caussin, *Essai*, II, p. 241. Sur ce tombeau de Djillik on peut comparer Nâbiga, *Dîwân*, III, 6.

[3] Sacy, *Chrestomathie arabe*, II, p. 417 et suiv. M. Caussin, *Essai*, II, p. 671.

[4] *Ag*, II, fol. 354 v°. Il est appelé Aboû Ḥodjr dans *Dîwân*, XXIV, 23. Et en effet, M. Caussin, *Essai*, II, p. 248, nous parle d'un Gassanide Ḥodjr, fils de No'mân Aboû Ḥodjr qu'il semble distinguer de No'mân Aboû Karib. Ibn Ḳoteiba, *Handbuch der Geschichte*, p. ٣١٥, nous donne comme fils du roi No'mân ben Ḥârith trois princes dont l'un porte le nom de Ḥodjr. Il y a donc toute raison de croire que les deux No'mân dont parle M. Caussin sont identiques, surtout que l'élégie (poésie XXIV), d'après toutes les sources, se rapporte à Aboû Karib et qu'elle contient le nom de Aboû Ḥodjr (v. 23).

ḳour[1], ils prirent une revanche en se joignant aux banoû Ḥounn, qui avaient su conserver leur indépendance en s'établissant dans des retraites inaccessibles. Nâbiga eut beau dissuader le prince de cette expédition, en lui disant : « Lutter avec eux est toujours pénible[2]. » Les banoû Ḥounn parvinrent à repousser toute attaque de leurs magnifiques dattiers « qui descendent s'abreuver dans la vallée, dont la croupe se mouille avant que leur gorge se désaltère[3]. »

Noʿmân était un guerrier « dont les marmites étaient toujours en ébullition, et dont les chaudières laissaient déborder les causes de mort[4]. » A tout instant, le bruit courait dans le pays qu'il avait péri dans quelque expédition. L'inquiétude populaire a été exprimée par Nâbiga : « Lorsque Noʿmân viendra à succomber, on dessellera les montures et on jettera du côté de la cour leurs caparaçons; une femme chaste poussera à la fin de la nuit des soupirs à se rompre, ou peu s'en faut, la poitrine[5]. » Un morceau vraiment dramatique est l'élégie composée par Nâbiga lorsque le roi mourut[6]. La nouvelle s'est répandue, mais elle n'a pas été confirmée. On espère avoir

[1] Voir plus haut, p. 231.

[2] *Diwân*, XV, 1 et 2.

[3] *Diwân*, XV, 5.

[4] *Diwân*, XXIV, 15.

[5] *Diwân*, XX, 3 et 4. Les deux premiers vers se trouvent, d'après *Ag.* dans M. Caussin, *Essai*, II, p. 247. D'après B, Noʿmân était tout simplement allé se reposer dans un de ses lieux de plaisance.

[6] *Diwân*, poésie XXIV.

été le jouet d'une fausse alerte. Mais voici que de nouveaux arrivants, témoins du malheur, racontent qu'à Djaulân « ont été enterrées tant d'énergie et de générosité [1]. » Toute cette scène de place publique est racontée avec une vivacité qui fait oublier « la couronne de cheveux blancs [2] » qui couvre la tête du poëte.

À la mort de Noʿmân Aboû Karib, qui eut lieu vers 600 [3], Nâbiga résolut de retourner à Ḥîra auprès de Noʿmân ben Moundhir. C'est à l'heure du départ qu'il appela la bénédiction de Dieu sur « des hôtes qui brillent comme les lanternes dans l'obscurité des nuits [4]. » Nâbiga avait appris que Noʿmân Aboû Ḳâboûs était malade. Il partit, et sur la route, dans son impatience, il demandait à tout voyageur : « Conduis-moi vers Noʿmân ; peu m'importe où je me rencontrerai avec lui. Puisse Dieu lui amener les pluies matinales [5] ! » Porté sur une litière par des jeunes gens qui se relayaient, Noʿmân se faisait alors promener au milieu d'une foule « demandant à Dieu de prolonger ses jours [6]. »

Nâbiga, en arrivant à Ḥîra, n'osa pas d'abord se présenter à Noʿmân. « Je ne paraîtrai pas devant toi,

[1] *Dîwân*, XXIV, 25. Le vers cité par M. Caussin, d'après Hamza, et dans lequel il est question de Djaulân et du Ḥaurân, est le 29ᵉ du morceau. Cf. aussi IV, 4.

[2] *Dîwân*, XXIV, 1.

[3] M. Caussin, *Essai*, II, p. 245.

[4] *Dîwân*, XVI, 1.

[5] *Dîwân*, VII, 18.

[6] *Dîwân*, VII, 4 et 5.

dit-il, si je dois paraître en accusé[1]. » Il comptait d'ailleurs sur ses deux compagnons de route, Manṭhoûr ben Zabbân et Seyyâr ben ʿAmr, deux banoû Fazâra, pour le réconcilier avec le prince[2]. Il alla trouver son ancien ami, le chambellan ʿIṣâm. Celui-ci, croyant qu'il voulait entrer comme autrefois, lui barra le passage. « Je ne t'accuse pas de m'interdire l'entrée, lui dit Nâbiga, mais que se passe-t-il derrière ton rideau, ô ʿIṣâm[3] ! » Ḥassân ben Thâbit, qui avait remplacé le poëte exilé dans les faveurs de Noʿmân, fut bientôt informé de ce retour inattendu[4]. Il fut effrayé, et se douta que Nâbiga aurait bientôt recouvré son empire sur le prince. Une retraite volontaire lui parut préférable à une disgrâce honteuse, et il laissa le champ libre à son rival[5].

[1] *Dîwân*, VII, 11.

[2] B, fol. 65 v°; *Ag*, II, fol. 356 v°; Ibn Doreid, *Ichtiḳâḳ*, p. ١٧٢ et ١٧٣. D'après celui-ci, il semblerait que Seyyâr fût le grand-père de Manṭhoûr.

[3] *Dîwân*, XIX, 2, et *Ag*, dans M. Caussin, *Essai*, II, p. 507.

[4] L'orfévre de Fadak, qui donne de si bons conseils à Ḥassân (Sacy, *Chrest. arabe*, II, p. 417), était sans doute le grand-père de No'mân par sa mère Salmâ. Voir plus haut, p. 225. Rien d'étonnant alors qu'il connaisse si bien les goûts et les habitudes de No'mân.

[5] Les versions diverses de *Ag* se trouvent dans Sacy, *Chrestomathie arabe*, II, p. 417 et suiv. Il y a beaucoup d'invraisemblance dans le récit donné p. 418, d'après lequel Nâbiga aurait reconquis la faveur du roi en chantant autour de la tente les cinq vers suivants :

أَصَمٌّ أَمْ يسمعُ ربُّ القُبَّهْ
ياأَوهَبَ النّاسِ لِعَنْسٍ صُلْبَهْ
ضرّابةٍ بالمشفرِ الأَذِبَّهْ

Noʿmân ben Moundhir n'était plus porté sur une litière, et la flèche de la mort ne s'était pas encore « mise cette fois de la partie[1]. » Le roi, apprenant l'arrivée de Seyyâr et de Manṭhoûr, qu'il aimait beaucoup, leur fit dresser une tente de cuir, dans laquelle il s'enfermait avec eux et une jeune esclave chargée de les distraire par ses chants. Les vers de Nâbiga avaient été exilés en même temps que lui de la cour; aussi personne n'osait-il prononcer ce nom devant le roi. Les deux Fazârites, quel que fût le sujet de l'entretien, ne craignaient pas de le ramener toujours vers un même point : à tout instant ils parlaient de Nâbiga. La jeune chanteuse, qui était présente, dit : « Ils ont avec eux un cheikh, et ce n'est pas sans motif qu'ils parlent sans cesse de Nâbiga. » L'un d'eux lui apprit les vers : « Ô demeure de Meyya, etc.[2] » et lui dit : « Chante-les au roi

ذات هبابٍ فى يديها جُلَّبَهْ
فى لاحبٍ كانّه الأُطِبَّهْ

« Le maître de la tente est-il sourd ou entend-il? Ô toi le plus généreux des hommes pour donner une chamelle puissante qui frappe de ses lèvres ses dents canines, bien formée, ayant sur ses pieds de devant des callosités qui, sur la route, les font ressembler à des courroies. » Le troisième vers est également cité au nom de Nâbiga dans Dj, *s. r.* ذ ب ب. No'mân aurait dit : « N'est-ce pas Aboû Omâma? » Puis celui-ci serait entré, aurait salué le roi et aurait bu avec lui. Nous n'avons conservé avec M. Caussin, *Essai*, II, p. 503, que la fin du récit. Cf. pour les vers la traduction de Hammer, *Literaturgeschichte*, I, p. 349.

[1] *Dîwân*, VII, 6.

[2] *Dîwân*, I, 1.

quand il voudra s'endormir.» Lorsque No'mân les entendit : «Voilà, dit-il, de la poésie élevée, ce sont des vers de Nâbiga.» Puis il accueillit l'excuse du poëte, lui pardonna et le combla d'honneurs[1]. Nâbiga demanda la permission au roi de lui réciter quelques-unes de ses nouvelles poésies. No'mân, saisi d'admiration, céda au poëte cent chameaux noirs avec leurs bergers, leurs tentes et leurs chiens[2].

Après un long exil, Nâbiga se trouvait enfin dans sa vieillesse réhabilité aux yeux du prince qu'il avait tant aimé, et rendu à la vie tranquille après laquelle il soupirait depuis si longtemps. Mais No'mân, qui autrefois, après l'avoir entendu, lui avait fait remplir de perles la bouche en disant : «C'est ainsi qu'on doit louer les rois[3],» éprouvait maintenant du dégoût pour ces panégyriques exagérés, qui étaient autant l'œuvre du courtisan que du poëte. Un jour, Nâbiga entra chez lui et lui dit : «La terre s'affaisserait si

[1] B, fol. 65 v°. D'après une autre version empruntée par M. Caussin, *Essai*, II, p. 508, à l'*Agâni*, Nâbiga lui-même instruisit la chanteuse du roi pour qu'elle lui dît les vers : «Habitation de Meyya,» etc. *Ag*, II, fol. 356 v°, raconte aussi que, d'après quelques-uns, Nâbiga avait dépêché avec ses amis une chanteuse de sa maison (من اماتّه). «Elle mérite, s'écria d'abord No'mân, d'être mise à mort.» Puis, sur l'intercession des Fazârites, il pardonna à l'esclave et à son maître.

[2] *Ag*, dans M. Caussin, *Essai*, II, p. 508 et 509. D'après Dj. *s. r.* ع ص ف ر, Nâbiga aurait en outre reçu une coupe et un vase en argent. «Il n'est rien, aurait dit Ḥassân, que je lui envie plus que ces présents.»

[3] Mas'oûdi, *Les prairies d'or*, III, p. 204.

elle te perdait un jour; mais tant que tu resteras, elle demeurera solide et ferme[1]. » No'mân répondit à cet éloge par un regard furieux. Ka'b ben Zoheir était présent. Il dit : « Puisse Dieu accorder le bonheur au roi! L'expression de Nâbiga était fausse; il aurait dû dire : C'est que tu es comme le contrepoids qui la tient en équilibre, et que tu l'empêches ainsi de pencher d'un côté ou de l'autre[2]. » No'mân sourit, et ordonna de leur donner à tous deux des présents. Sans l'intervention de Ka'b, Nâbiga aurait été mis à mort.

Nâbiga devait survivre à No'mân Aboû Ḳâboûs, qui mourut vers 605 « sous un toit formé par les poitrines des éléphants[3]. » Ce traitement barbare lui fut infligé par Kasrâ Parwis, blessé de ce que son vassal n'avait voulu lui donner aucune de ses parentes comme épouse, et l'avait fait engager à « chercher ce qui lui convenait parmi les vaches de la Perse[4]. »

¹ تَخِفُّ الأَرْضُ إِنْ تَفْقِدْكَ يَوْمًا
وَتَبْقَى مَا بَقِيتَ بِهَا ثَقِيلَا

L'intervention de Ka'b ben Zoheir m'a fait placer à cette époque le fait raconté par Soyoûṭî, *Mizhar*, II, p. 329. Cf. Hammer, *Literaturgeschichte*, I, p. 347.

² لِأَنَّكَ مَوْضِعُ القُسْطَاسِ مِنْهَا
فَتَمْنَعُ جَانِبَيْهَا أَنْ تَمِيلَا

Sur قسطاس, voir Djawâliḳi, *Kitâb elmou'arrab* (éd. Sachau), p. ١١٣, et les notes de l'éditeur, p. 51.

³ Le poëte Salâma, fils de Djandal, cité par M. Caussin, *Essai*, II, p. 169.

⁴ M. Caussin, *Essai*, II, p. 165.

Lorsqu'on annonça à Nâbiga la mort de No'mân et le traitement que lui avait fait subir Kasrâ, il dit : « Il a été cherché par le destin qui cherche les rois[1]. » Puis il développa ainsi sa pensée : « Quand le destin cherche une victime, il l'atteint avec ses griffes; le destin s'abat sur l'un après l'autre sans être appelé. Il n'y a pas d'homme si glorieux et si honoré sur lequel il ne se jette comme un loup. Il détruit sur l'heure les plus illustres d'entre eux, les perçant de ses flèches acérées qui atteignent leur but. Pour moi, j'ai trouvé les traits de la mort préparant à chacun son trépas pour l'heure inscrite d'avance[2]. »

Nâbiga se retira ensuite dans sa tribu. Il ne lui convenait pas de rester auprès de l'usurpateur imposé par Kasrâ, Yyâs ben Ḳabîṣa. La guerre de Dâ-

[1] طَلَبَهُ من الدّهر طالبُ الملوك.

[2] Ces vers ne se trouvent pas dans le *dîwân;* les voici tels qu'ils sont fournis par *Ag*, I, fol. 92 r° (mètre *basîṭ*):

مَن يَطْلبِ الدَّهرُ تُدْرِكْهُ مَخالِبُهُ
والدَّهْرُ بالوِتْرِ ناجٍ غيرُ مَطْلوبِ
ما من أُناسٍ ذوى مجدٍ ومكرمةٍ
الا يشدّ عليها شدّةَ الذِّئبِ
حتّى يُبيدَ على عَهْدٍ سَراتَهُمْ
بالنّافذات مِنَ النَّبل المصابيبِ
إنّى وجدتُ سهامَ الموتِ مُعْرِضَةً
بكلّ حتف من الآجال مكتوب

Ḥis et de Gobrâ était complétement terminée[1]; les banoû Dhobyân s'étaient désormais réconciliés avec les banoû ʿAbs, leurs alliés naturels, et toute la race de Gaṭafân s'était unie contre les banoû ʿÂmir et les autres Hawâzin. C'est à cette guerre que semble se rapporter une poésie de Nâbiga. Elle est dirigée contre ʿÂmir ben Ṭofeil, le chef des troupes ennemies, un guerrier plein de jeunesse et de témérité, un poëte qui ne craignait pas de railler Nâbiga. Celui-ci lui répondit : «Si ʿÂmir a parlé sottement, c'est que la jeunesse fait excuser la sottise. . . Ne laisse pas emporter ta raison par les vagues bouillonnantes de l'orgueil qui débordent sans trouver d'issue[2].» Puis il lui montre réunis contre lui dans leur colère «les cavaliers de Manoûla[3], qui ne laissent pas tomber leurs corps sur leurs selles, et ceux de Mourra, dont l'aigle flotte au-dessus de leurs bataillons[4].»

Comment et en quelle année mourut Nâbiga? La seule réponse que l'on puisse faire avec certitude,

[1] C'est à un des derniers épisodes de cette guerre que paraît se rapporter la poésie xxv du *Dîwân*. Nâbiga s'y plaint de voir ʿOyeyna ben Ḥiṣn ben Ḥodheifa Fazârî chercher à s'allier avec les banoû ʿAbs contre les banoû Asad. «Tu es parfois, lui dit le poëte, sot comme une autruche et parfois aussi, tournant selon le souffle des vents, tu trames toute espèce de ruses.» *Dîwân*, xxv, 11.

[2] *Dîwân*, xxi, 1 et 3. M. Caussin, *Essai*, II, p. 537. Il est question au v. 5 d'une journée de Ḥisye (حِسْيٌ), dans laquelle, d'après B, fut tué Ḥanṭhala, fils de Ṭofeil, un frère de ʿÂmir.

[3] Par Manoûla, on entend tous les banoû Fazâra. Cf. M. Engelmann, *Al-Hâdiræ dîwânus*, p. 11.

[4] *Dîwân*, xxi, 7.

c'est qu'il ne connut pas la mission de Moḥammad et n'assista pas à l'avénement de la nouvelle religion [1]. Tandis que Ḥassân ben Thâbit devenait le chantre de l'*islâm* naissant, son rival à la cour de No'mân, celui-là même dont il avait reconnu la supériorité et la concurrence, errait dans le Yaman, où il tomba dans le délire et où il mourut[2]. « Que les herbes odorantes et le musc et l'ambre ne cessent de croître sur sa dernière demeure rafraîchie par l'eau du ciel... Qu'elle y fasse pousser nénufars et plantes suaves aux fleurs éclatantes[3] ! » On ne sait pas même où est le tertre sous lequel repose celui qu'on surnomma « la fontaine jaillissante, » et qui dit de lui-même : « Mes rimes quand elles passent sont puissantes comme les rochers[4], » ou encore : « Le poëte de second ordre me ressemble aussi peu que la jeune chamelle à l'étalon blanc[5]. »

II.

Nâbiga avait la conscience de son talent, et il savait qu'à 'Okâṭh aucun poëte n'était capable de « fendre

[1] M, fol. 21 r°; *Ag*, I, fol. 293 r°. Cf. aussi تحفة اللبيب وبغية الكئيب dans M. Dozy, *Catalogus*, etc. I, p. 337. Le manuscrit A. F. 1401 de la Bibliothèque impériale contient seulement la dernière partie de ce même ouvrage, et il n'y est pas question de Nâbiga.

[2] *Ag*, I, fol. 113 v°.

[3] *Dîwân*, XXIV, 27 et 28. Nâbiga appliqua ces vers à la tombe de No'mân Aboû Karib.

[4] *Dîwân*, XXV, 7. Cet hémistiche a été reproduit par Ḥassân ben Thâbit dans son *dîwân*, fol. 51 r°.

[5] *Dîwân*, XXII, 5.

sa poussière[1] ». Cet orgueil légitime, parce qu'il était fondé, avait soutenu le poëte au milieu des épreuves qu'il avait traversées, et il se regardait comme le panégyriste des rois. « Je suis, dit-il en s'adressant à Ibn Djoulâḥ, je suis de ceux qui ne louent jamais que les princes[2]. » comme pour lui faire sentir tout le prix de l'exception faite en sa faveur. D'un autre côté, il se vante de savoir répondre aux injures de ses ennemis. Provoqué par Yazîd ben ʿAmr, il lui répond : « Que de fois d'autres m'ont insulté avant toi, sans que je fusse à court de paroles[3]. » « J'ai juré, dit-il encore, que je serais de ceux dont l'approche est pénible à un ennemi[4]. » On voit que, s'il réservait les éloges aux rois, il ne regardait pas les hommes moins haut placés comme indignes d'être « atteints[5] » par ses satires.

Non-seulement les poésies de Nâbiga excitaient l'admiration générale, mais son goût le faisait choisir comme arbitre par ses rivaux eux-mêmes. Chaque année, à la foire de ʿOkâṭh, on dressait à Nâbiga une tente de cuir, où il rendait ses arrêts, et les poëtes les plus éminents recherchaient son approbation[6]. Un Aʿchâ, un Ḥassân ben Thâbit, une

[1] *Dîwân*, v, 3. Sur cette expression, voir M. de Slane, *Ibn Khallikan's biographical dictionary*, I, p. 50; Freytag, *Arabum proverbia*, II, p. 653.

[2] *Dîwân*, XXVII, 16.

[3] *Dîwân*, XXII, 4.

[4] *Dîwân*, v, 2.

[5] *Dîwân*, v, 5.

[6] C'est de là que Nâbiga lança contre Zourʿa ben ʿAmr sa violente satire (*Dîwân*, poésie v; cf. B, fol. 74 v°).

Khansâ[1] venaient lui réciter leurs vers et s'inclinaient devant ses jugements[2]. Ḥassân, plein de confiance, lui chanta : « Nous avons des écuelles d'argent qui brillent dès le matin, et nos épées dégouttent du sang de nos ennemis. Nous avons mis au monde les banoû ʿAnḳâ et les deux fils de Moharriḳ; honore en nous un oncle paternel et en lui un fils[3]. » Nâbiga lui dit : « Tu es un poëte, mais tu as rabaissé tes écuelles et tes épées[4]; tu t'es montré fier de tes enfants, mais tu ne t'es pas montré fier de tes parents. » Puis, joignant l'exemple au précepte[5], il ajouta : « Ce n'est pas toi, fils de mon

[1] Sur Khansâ et ses élégies, on peut consulter la notice de M. Nöldeke dans ses *Beiträge*, p. 152-182.

[2] *Ag*, dans Sacy, *Chrestomathie arabe*, II, p. 413; M. Caussin, *Essai*, II, p. 511-514. Nous donnons le récit de M, fol. 62 v°, dans les parties où il diffère de *Ag*.

[3] Le premier vers dans M. Caussin, *Essai*, II, p. 512; Sîbaweihi (éd. H. Derenbourg) p. ٧, l. 4. Voici le texte du second :

وَلَدْنا بنى العَنْقاء وَٱبْنَىْ مُحَرِّقٍ
فَأَكْرِمْ بنا خالًا وَأَكْرِمْ بِذا ٱبْنَمَا

C'est ainsi que ce vers est donné dans le *dîwân*, fol. 8 r°. Le texte de M ne présentait ni sens ni mesure. L'éditeur du *dîwân*, Ṣoûlî, ajoute : العَنْقاءُ ثعلبةُ بن عمرو مزيقياء بن عامر ماء السّماء ومحرّق هو الحارث بن عمرو مزيقياء وكان اول من عاقب بالنار. Ce vers, dans le *dîwân*, précède le premier et en est séparé par cinq vers.

[4] Une autre leçon lui fait dire : « Tu as rabaissé tes épées et tu as fait briller tes écuelles (M, 62 v°). »

[5] Les huit corrections que Nâbiga, d'après *Ag*, proposa à Ḥassân dans son vers لنا الجفنات الغ (cf. M. Caussin, *Essai*, II, p. 513), sont attribuées à Khansâ dans une version de M, fol. 63 v°.

frère, qui aurais dit: « Alors, comme la nuit tu m'atteins, » etc.[1]. Ḥassân s'éloigna tout confus, sans répondre un seul mot[2].

Ḥassân enviait beaucoup le talent poétique de Nâbiga[3], qu'il considérait comme le premier de tous les poëtes arabes[4], devant lequel la gloire d'Imrou'ou'lḳeis même devait pâlir[5]. Parfois, Ḥassân fait une réserve pour lui-même, et il n'hésite pas à se déclarer dans son *dîwân* le plus incomparable de tous les poëtes[6]. Zoheir, qui vécut presque en même temps que Nâbiga, n'aurait pu mieux faire, d'après Abou ʿAmr, que de se constituer son *rhapsode*[7]. Les hommes du Ḥidjâz les ont d'ailleurs réunis tous deux dans une égale admiration, et leur ont accordé la palme sur tous leurs concurrents[8]. Parmi les poëtes qui reconnaissaient la supériorité de Nâbigâ, il faut citer Djarîr[9], et aussi son contemporain

[1] *Dîwân*, II, 28.

[2] *Ag* dans Sacy, *Chrestomathie arabe*. II, 414; M. Caussin, *Essai*, II, 514.

[3] *Ag* dans Sacy, *Chrestomathie*, II, 418 et 421.

[4] M, fol. 21 r°.

[5] M, fol. 5 v°. D'après une autre tradition, Ḥassân aurait recommandé au Prophète Imrou'ou'lḳeis comme le premier des poëtes arabes. *Id. ibid.* Cf. aussi sur Ḥasân, M. Sprenger, *Das Leben und die Lehre Muḥammads*, III p. 68.

[6] Cf. fol. 51 r°.

[7] *Ag*, II, 352 r°. Le manuscrit principal porte |اجيرا|, mais il faut lire |اخين| avec les autres et avec M, fol. 21 v°, où ce mot est expliqué par راويا عنه.

[8] Casiri, *Bibliotheca arabico-hispana*, I, p. 92; K, fol. 19 r°; Soyoûṭî, *Mizhar*, II, p. 320.

[9] Soyoûṭî, *Mizhar*, II, p. 319; M, fol. 164 v°.

Akhṭal[1]; nommons enfin le grammairien Aboû Aswad Dhou'alî[2].

Quelles que soient d'ailleurs les préférences individuelles, il y a unanimité pour placer Nâbiga dans « la première classe de poëtes, parmi ceux qui sont supérieurs à tous les autres[3]. » On lui adjoint parfois Imrou'ou'lḳeis et Ṭarafa[4], ou Imrou'ou'lḳeis et Aʿchâ[5], ou bien Imrou'ou'lḳeis et Zoheir[6], ou encore on dresse une liste où se suivent par ordre de mérite Imrou'ou'lḳeis, Nâbiga, Zoheir et Aʿchâ[7]. Ces classifications, dont on pourrait multiplier les exemples à l'infini[8], montrent quelles oppositions séparaient les diverses appréciations, et combien l'accord était peu établi entre les critiques[9]. Les collections, celle des *six poëtes*[10], celle des *mo'allaḳât*[11],

[1] *Ag*, II, fol. 355 v° et K, fol. 19 r°. Akhṭal était, d'après Aboû 'Amr, un poëte tout à fait analogue à Nâbiga. *Ag*, II, fol. 115 v°.

[2] *Ag*, II, fol. 352 v°. De même le célèbre Ḥammâd Râwiyya mettait, dit-on, Nâbiga au-dessus de tous les poëtes. M, fol. 5 r°. Cf. *Ag*, II, fol. 353 r°.

[3] *Ag*, II, fol. 352 r°.

[4] D'après Aboû 'Amr dans Soyoûṭi, *Mizhar*, II, p. 319.

[5] M. Dozy, *Catalogus*, etc. I, p. 337.

[6] *Ag*, II, 345 v°, où l'on permet d'hésiter entre les trois pour le premier rang, mais non de leur préférer aucun autre. Cf. aussi M. Perron, *La femme arabe avant et après l'islamisme*, Paris et Alger, in-8°, 1858, p. 235.

[7] Également attribué à Aboû 'Amr, M, fol. 5 v°.

[8] Cf. d'ailleurs plus haut, p. 208.

[9] Soyoûṭi, *Mizhar*, II, p. 319.

[10] M. de Slane, *Le diwan d'Amro'lkais*: préface, p. x. Ḥâdji Khalîfa, n° 797, se contente de donner le titre sans autre indication.

[11] La poésie I du *dîwân* de Nâbiga se trouvait dans la première édition de Ḥammâd Râwiyya. Cf. M. Nöldeke, *Beiträge*, p. XXI. Elle

ces ouvrages qui témoignent d'un choix réfléchi, pourraient être également invoquées en faveur de l'autorité dont jouissaient les poésies de Nâbiga[1].

Le pieux khalife 'Omar[2] est souvent cité comme un de ses admirateurs fanatiques. « C'est le premier poëte de Gaṭafân, » avait-il dit d'abord. Plus tard il se reprit, et il s'écria : « Non, c'est le premier de tous les poëtes arabes[3]. » 'Abdou'lmalik ben Marwân,

se trouve dans trois de nos manuscrits des *Mo'allaḳât*, A. F. n° 1455, et sup. ar. n°s 1422 et 1423. D'après Soyoûṭî, *Mizhar*, II, p. 318, la collection même était appelée السمط « le collier ».

[1] Il devenait d'autant plus inutile de reproduire des vers qui avaient une telle notoriété, dans des anthologies comme le *Ḥamâsa* d'Aboû Tamâm et celui de Boḥtorî (voir M. Dozy, *Catalogus*, II, p. 5). Les *Moufaḍḍaliyyât* ne contiennent même pas une ligne de Nâbiga. J'ai consulté le manuscrit de Vienne, décrit par M. Flügel, *Die arabischen, persischen und türkischen Handschriften*, I, p. 434. Sur le manuscrit de Londres, voir M. Ewald dans le *Zeitschrift für d. Kunde des Morgenlandes*, II, p. 192. Dans le *Djamhara* se trouve un morceau de Nâbiga que nous avons reproduit dans un appendice, et dont des fragments avaient seuls pénétré dans le *dîwân*. Cf. *Avant-propos*, p. 200.

[2] C'est ainsi que 'Omar est appelé par M. Nöldeke dans son article sur Laḳîṭ, *Orient und Occident*, I, p. 692.

[3] *Ag*, II, fol. 352 r°, 355 v°, 356 r°; K, fol. 19 v°; M, fol. 20 v°; *'Iḳd* (sup. ar. 1418[2]), II, p. 7. Cf. aussi Hammer, *Literaturgeschichte*, I, p. 345 et 356. Parmi les vers qui plurent surtout à 'Omar, il y en a trois qui ne se trouvent pas dans le *dîwân* et dont voici le texte (mètre *wâfir*) :

إلى ابنِ مُحَرِّقٍ أَعْمَلتُ نفسي ❊ وراحلتي وقد هدت العيونُ
أتيتُكَ عاريًا خَلَقًا ثيابي ❊ على خوفٍ تظنّ بيَ الظنونُ
فألفيتَ الأمانةَ لم تخُنْها ❊ كذلك كان نوحٌ لا يخونُ

« J'ai dirigé ma personne et ma monture vers Ibn Mouḥarriḳ, et mes yeux m'y conduisaient. Je suis venu à toi presque nu, avec des

qui aimait et comprenait la poésie, alla en Syrie, dans le pays même où étaient écloses plusieurs poésies de Nâbiga. Il chercha longtemps, et il demanda : « Y a-t-il parmi vous un homme qui soit en état de réciter les excuses que Nâbiga adressa à Noʿmân ben Moundhir, lorsqu'il lui dit : Je jure, et puissé-je ne laisser dans ton âme aucun doute, etc.[1] » On ne trouva personne. Le khalife dit alors à ʿAmr ben Mountachir Morâdî : « Et toi, le peux-tu? » — « Oui, » répondit-il; et quand il eut terminé, ʿAbdou 'lmalik lui dit : « C'est le plus grand des poëtes arabes[2]. » Cet enthousiasme pour Nâbiga était tellement vif[3], qu'un jour le khalife monta en chaire à Médine pour admonester le peuple. Il ne fit pas entendre au début le « Gloire à Dieu » habituel, mais il dit : « Ô habitants de Médine! je ne vous aimerai pas tant que je me souviendrai du traitement que vous avez infligé à ʿOthmân, fils de ʿAffân; et moi, vous ne m'aimerez pas non plus tant que vous penserez au jour de Ḥarra[4]. » Puis il récita le

vêtements en lambeaux, rempli de crainte, poursuivi par des soupçons. J'ai trouvé chez toi la sécurité, et tu n'as pas plus violé la foi jurée que ne l'avait fait Noé ». Cf. l'essai de traduction de M. Hammer, *l. cit.* Le deuxième vers est aussi dans Dj, *s. r.* ع ر ى. Ces vers ont été sans doute prononcés par Nâbiga lorsqu'il fut accueilli à Gassân après son exil de Ḥîra. L'allusion à Noé repose sur la tradition qui fait de sa femme une femme infidèle. Voir *Coran*, LXVI, 10. Cf. *The Coran*, by G. Sale, p. 457.

[1] *Diwân*, VIII, 3.

[2] *Fakhri* (éd. de M. Ahlwardt), p. ١٢٤.

[3] *Ag* nous en parle aussi, II, fol. 355 r°.

[4] Sur le jour de Ḥarra, cf. M. Weil, *Geschichte der Chalifen*, I, p. 332.

vers de Nâbiga : « Je n'aime pas à voir un tombeau se dresser toujours en face de moi, ni une hache suspendue au-dessus de ma tête, comme pour me transpercer[1]. » C'est ainsi que ʿAbdou 'lmalik, au lieu des versets du Coran, apportait jusque dans la chaire les poésies de Nâbiga.

Les qualités particulières qui, aux yeux des Arabes, distinguaient son talent sont avant tout « la beauté de ses entrées en matière, l'éclat de son langage, l'éloquence de ses vers dont le style marche sans entraves[2] ». Le célèbre grammairien Farrâ disait de lui : « Il a beau langage ; il commence et il coupe bien ; on voit dans ses vers une puissance poétique qui n'est déparée par aucune faiblesse dans l'exposition[3]. » Ḥammâd Râwiyya vante surtout sa concision. Interrogé un jour pourquoi il mettait Nâbiga

[1] *Dîwân*, xxx, 18. Cf. Freytag, *Arabum proverbia*, II, p. 337. Ce récit est attribué à بعض الرواة dans B, fol. 106 v°. Je dois à une gracieuse communication de M. Barbier de Meynard de savoir que ce même récit se retrouve avec quelques variantes dans le ch. xciv des *Prairies d'or*. Le cinquième volume qui est sous presse contiendra ce morceau.

[2] K, fol. 19 v°, et Soyoûṭî, *Mizhar*, II, p. 320. Voici le texte : كان أحسنهم ديباجة شعرٍ وأكثرهم رونق كلام وأجزلهم بيتا كان شعره كلاما ليس فيه تكلّف. K dans M. Nöldeke, *Beiträge*, p. 12, remarque qu'il n'y a pas de plus beau début que celui de *Dîwân*, iii, 1.

[3] M, fol. 5 r°. L'arabe porte : وكان النابغة جيّد الكلام حسن الابتداء والمقطع يُعرَف فى شعره قدرتُه على الشعر لم يخالطه ضعفُ الحداثة.

au premier rang. « C'est, répondit-il, que, pour avoir un sens complet, il n'est pas besoin de prendre un vers entier, ni même un demi-vers, mais parfois un quart de vers seulement[1]. » C'est pour une qualité semblable, son habileté à résumer dans un trait général une réflexion qui avait frappé son esprit, qu'il avait été mis au nombre des *fouḥoûl*[2]. La terreur a souvent été regardée comme sa principale source d'inspiration[3]. À ce point de vue exclusif, je préfère la réponse d'Aboû 'lfatḥ Iskandarî, à qui on demandait ce qu'il pensait de Nâbiga. « Il est habile à faire des chansons amoureuses quand la passion l'entraîne, à composer des satires quand il a le cœur ulcéré, à louer lorsqu'il brigue des faveurs, à s'excuser quand il craint. Il ne lance jamais un trait sans atteindre le but[4]. »

Les poésies de Nâbiga encoururent aussi la sévérité des critiques. L'illustre grammairien 'Îsâ ben 'Omar, le maître de Sibaweihi, jugeait très-sévèrement les poëtes arabes les plus renommés, et en particulier Nâbiga[5]. Ibn Ḳoteiba lui reproche une fois d'avoir été plus heureux dans l'idée que dans

[1] *Ag*, II, 223 v°. Ḥammâd cite comme exemple le vers, *Dîwân*, VIII, 11.

[2] Cf. plus haut, p. 209.

[3] Cf. plus haut, p. 204. Quelques-uns regardent les excuses (الاعتذارات) comme une spécialité de Nâbiga, de même qu'Imrou'ou'lḳeis est pour eux le peintre par excellence des chevaux. Cf. Iskandar Agâ, *Rauḍat eladab*, tout au commencement.

[4] Hamadani dans Sacy, *Chrestomathie arabe*, III, p. 261.

[5] Ibn Khallikân dans Sacy, *Anthologie grammaticale arabe*, p. 435.

l'expression [1]. Ibn ʿAbd Rabbihi cite plusieurs passages qui étaient incriminés par Asmaʿî, soit pour le manque de justesse des mots employés, soit pour l'exagération « détestable » des images contenues dans certaines descriptions [2]. Mais le principal reproche qui pesa sur Nâbiga, ce fut l'abus dans ses rimes de ce que les prosodistes arabes appellent l'*iḳwâ* [3]. Cette faute consiste dans l'emploi alternatif des voyelles *ou* et *i* à la fin des vers dans un même morceau de poésie. Comme l'a fort ingénieusement supposé M. Caussin [4], il est probable que cette atteinte aux règles de la rime écrite n'existait pas pour l'oreille, et qu'on entendait un même son intermédiaire comme notre *e* muet, quelle que fût la voyelle réclamée par la construction grammaticale. Ce fut à Yathrib ou Médine que Nâbiga, prévenu par des amis, reconnut « ce défaut dont il n'avait pas tenu compte jusque-là [5], » et que, dit-on, il s'appliqua à le corriger. Que le poëte ait ainsi soumis toutes ses poésies à une sorte de révision, ou qu'il se soit borné à corriger quelques passages, ce qui est certain, c'est que dans le *dîwân*, tel que nous le possédons, il n'y

[1] M. Nöldeke, *Beiträge*, p. 12.

[2] *ʿIḳd* (I, fol. 35 r° et 51 r°), qui emploie même le mot قبيح « honteux » pour caractériser ces fautes de goût. Voir les mots des vers, *Dîwân*, III, 24, et VI, 3.

[3] Freytag, *Darstellung der arabischen Verskunst*, p. 328. K, fol. 19 v°, dit en parlant de Nâbiga : وقد كان يُقْوِى.

[4] *Essai*, II, p. 510.

[5] *Ag*, II, fol. 353 r°.

a pas un seul vers qui n'ait, à côté de la leçon fautive, une variante donnant pleine satisfaction aux exigences de la grammaire et de la métrique[1]. « Quand je suis revenu de Yathrib, disait fièrement Nâbiga, j'étais le premier des poëtes[2]. »

Cette tradition est-elle authentique, ou n'a-t-elle été inventée que pour dissimuler l'intervention des exégètes? Plus d'un de ces changements, s'il réconcilie le vers avec les règles, le brouille complétement avec le mouvement poétique, et se ressent de la main lourde qui a passé par là. Khalaf elaḥmar ne se vante pas seulement d'avoir imité à s'y méprendre la manière des plus grands poëtes et d'avoir étonné les savants de Koûfa en leur montrant les vers qu'il avait fait entrer dans le *dîwân* de chacun d'eux[3], mais il était particulièrement fier d'avoir su contrefaire les poésies de Nâbiga. Aboû Ḥâtim dit : Voici ce que j'ai entendu dans la bouche de Khalaf elaḥmar : « C'est moi qui ai fait au nom de Nâbiga la poésie qui contient le vers suivant : Des chevaux qui s'abstiennent de nourriture, d'autres qui ne s'en abstiennent pas sous la poussière qui les couvre, d'autres enfin qui rongent leurs freins[4]. » Cette poésie

[1] Voici une liste complète de ces passages du *dîwân* : XII, 5; XIV, 3 et 18; XV, 6; et XXVIII, 10. (Cf. aussi XVI, 1.)

[2] *Ag*, chez M. Caussin, *Essai*, II, p. 511.

[3] Soyoûṭî, *Mizhar*, I, p. 98 et 99. Soyoûṭî ajoute au nom de Moḥammad ben Yazîd : « Les vers y sont restés intercalés. » Cf. M. Ahlwardt, *Chalef elahmars Qasside*, p. 35.

[4] Voici le texte d'après le *Mizhar*, I, p. 98 (Cf. Ṣafadî, *Elwâfi bilwafayât*, ms. supp. ar. 706[2], fol. 19 v°) :

ne se trouve pas dans notre *dîwân;* mais il se peut qu'il renferme d'autres vers apocryphes, et nous ne pouvons pas nous flatter d'avoir l'œuvre primitive de Nâbiga. La poésie XXXI, qui est peut-être de Aus ben Ḥodjr[1], ne paraît avoir été attribuée à Nâbiga qu'à cause du nom Omâma cité au premier vers. Les poésies X et XXIII sont de Badr et de Yazîd[2]. Quant aux vingt-huit autres, elles paraissent toutes, dans leur rédaction primitive, avoir été composées par Nâbiga. Mais il est fort difficile de fixer pour elles le point où s'arrête le travail de première main et le point où commence la retouche. Ainsi, dans la poésie XII, il y a les trois derniers vers pour lesquels Aʿlam croit devoir remarquer qu'ils étaient inconnus à Asmaʿî[3]. Toute l'histoire de l'ancienne littérature poétique des Arabes montre d'ailleurs bien clairement

خيلٌ صِيامٌ وَخيلٌ غيرُ صائمةٍ
تحتَ القِتام وأُخرى تعلكُ اللُّجُما

Ce vers apocryphe est donné comme étant de Nâbiga Dhobyânî, dans Dj, *s. r.* صوم. La poésie VI du *dîwân* a le même mètre et la même rime; mais ce vers ne saurait en être, le contexte s'y oppose formellement.

[1] B, fol. 106 v°: وهى تروى لاوس بن حجر. Cf. G, fol. 47 r°. Cependant aucun de ces treize vers n'est cité dans la courte biographie consacrée à Aus par l'*Ag*, II, fol. 364 v°. Remarquons de plus que le vers 6 est cité comme étant de Nâbiga dans Dj, *s. r.* سفر (au nom d'Aboû 'Obeida), فصص et نمم, ainsi que dans Djawâlîḳî, *Kitâb elmeʿarrab*, p. ٨٣, et que le vers 7 est également attribué à Nâbiga par Tabrîzî sur le *Ḥamâsa*, p. ٣٤٣, l. 13.

[2] A, fol. 36 v° et 41 r°; B, fol. 83 r° et 93 r°; etc.

[3] B, fol. 85 r°.

que, au moment même où les textes, jusque-là transmis de bouche en bouche, furent pour la première fois établis par les grammairiens, les poésies avaient déjà subi de nombreuses altérations[1], qu'elles avaient été modifiées et transformées par ceux-là mêmes qui les colportaient dans la péninsule, et qui, en récitant, laissaient leur imagination venir au secours de leur mémoire. L'ordre et la suite des vers n'étaient même pas respectés : le mètre seul contenait et arrêtait jusqu'à un certain point la mobilité de poésies livrées à la merci de ces chantres ambulants.

Lorsque les grammairiens cherchèrent à recueillir les épaves de la vieille poésie, ils se trouvèrent en présence de fragments nombreux, sans commencement ni fin, qu'une image frappante avait fait détacher des morceaux auxquels ils avaient survécu. D'un autre côté, une similitude fortuite de mètre et de rime avait amené la réunion de vers qui n'avaient d'autre rapport entre eux que cette ressemblance extérieure. Il restait les différences de dialecte, comme la marque de la tribu où avait vécu chaque poëte ; mais elles ne pouvaient être respectées par des esprits ardents à établir l'unité de la langue arabe et à l'imposer partout où ils ne la rencontraient pas. L'application des trois voyelles fut comme le coup de mort pour les finesses et les

[1] M. Nöldeke, *Ourwa ben elward*, dans les *Abhandlungen der königlichen Gesellschaft der Wissenschaften in Göttingen*, XI, p. 239.

variétés délicates de la prononciation[1]. On introduisit violemment la grammaire et le lexique du Coran dans les poésies antéislamiques, et on leur enleva ainsi une partie de leur originalité[2]. Les poésies de Nâbiga semblent porter encore jusqu'à un certain point la trace de leur origine. Quelques mots, évidemment empruntés à la langue du Nord, exhalent comme un goût de terroir, qui a dû échapper aux philologues arabes, et il semble que ceux-ci n'aient pas complétement épuré son vocabulaire de locutions araméennes[3].

Tout en regrettant les altérations qui nous dérobent aujourd'hui le texte primitif, il faut savoir gré aux linguistes arabes d'avoir fait rendre par les Bédouins le dépôt qu'ils avaient si longtemps conservé, et d'avoir sauvé ces débris précieux de l'antiquité arabe, en les fixant par l'écriture. Les poésies de Nâbiga ont eu pour premier éditeur Aboû Sa'îd 'Abdou 'lmalik ben Ḳoreib Bâhilî Baṣrî, connu sous le nom d'Asma'î, qui vécut à la cour de Hâroûn Errachîd[4]. Nous savons d'ailleurs que les poésies de Nâbiga étaient récitées à sa cour[5]. Asma'î avait réuni les « six poésies, » comme il nommait son recueil des six poëtes[6]. Il avait été aidé dans cette

[1] *Quelques observations sur l'antiquité de la déclinaison dans les langues sémitiques*, dans le *Journal asiatique* de 1867, II, p. 378.

[2] M. Nöldeke, *Beiträge*, p. VII-IX.

[3] Voir nos notes sur *Dîwân*, I, 16, 41, 44, 49; II, 1; III, 24[1], etc.

[4] M. Flügel, *Die grammatischen Schulen der Araber*, p. 73.

[5] *Ag.* II, fol. 357 r°.

[6] M. Flügel, *op. laud.* p. 79. Asma'î est cité comme s'étant spécia-

tâche par son élève Aboû Ḥâtim Sidjistânî[1]. Cette collection devait recevoir avec le temps des additions, empruntées soit aux recueils parallèles formés à la même époque, soit aux collections des philologues, qui plus tard encore s'efforçaient de compléter par leurs trouvailles l'œuvre de leurs devanciers[2]. Pour Nâbiga en particulier, son *dîwân* contient vingt-quatre poésies transmises par Asmaʿî; les autres sont rapportées d'après l'autorité de Ṭoûsî, qui vivait au milieu du IIIe siècle de l'hégire (vers 864 ap. J. C.)[3], et qui en devait la connaissance à ses maîtres[4]. Il est impossible de préciser quel fut le dernier rédacteur du *Dîwân des six poëtes;* il se pourrait que ce fût le commentateur Aboû Ḥadjâdj

lement occupé du *dîwân* de Nâbiga dans le *Fihrist*, I, fol. 214 v°. Cf. aussi M, fol. 55 r°; Dj, *s. r.* قشب ، فدى ، قضم ، etc.

[1] M. de Slane, *Le diwan d'Amro'lkaïs*, p. ۴۲. Si nous ne pouvons déterminer exactement à quelle source Asma'î puisa les poésies de Nâbiga qu'il inséra dans son recueil, on peut au moins conjecturer qu'il les entendit en même temps que celles d'Imrou'ou-'lkeis. Or il nous reste au sujet de celui-ci un passage précieux dans G, fol. 12 v° : كل شى بايدينا من شعر آمرى القيس فهو عن حمّاد الرّاوية الكوفى الا نفثا من الأعراب (sic) ومن أبى عمرو بن العلاء. Les principales autorités d'Asma'î auraient donc été Ḥammâd Râwiyya (cf. plus haut, p. 209, 250 et 253), Ibn ela'râbî (?) et Aboû 'Amr ben 'Alâ.

[2] M. de Slane, *Le diwan d'Amro'lkaïs*, p. ۴۲ et ۵۰; M. Socin, *Die Gedichte des 'Alḳama alfaḥl*, p. ۱۷; M. Thorbecke, *'Antarah, ein vorislamischer Dichter*, p. 29.

[3] Hammer, *Literaturgeschichte*, IV, p. 477. Cf. *Notices et extraits*, IV, p. 314.

[4] A, fol. 49 r°; B, fol. 96 v° et 107 v°.

Yoûsouf ben Soleimân, connu sous le nom de Aʿlam, qui mourut en 476 de l'hégire (1083-4 après J. C.)[1].

Aboû Saʿîd Ḥasan ben Ḥosein Sokkarî, mort en 275 de l'hégire (888-9 ap. J. C.), avait publié une autre anthologie contenant des poésies de Nâbiga Dhobyânî, Imrou'ou'lkeis, Zoheir, Nâbiga Djaʿdî et Labîd[2]. Des vers que ne contient pas notre *dîwân* sont attribués par Yâkoût à Nâbiga, et il dit les avoir empruntés à l'édition d'Ibn Fourât[3]. Enfin, l'auteur de l'*Agânî* et Ibn Koteiba connaissent aussi des poésies qui n'ont pas eu accès dans notre *dîwân*[4]. Il faut aussi mentionner la recension contenue dans le *Mountahâ'ṭṭalb* d'Ibn Meimoûn[5], une anthologie poétique qui ne contenait, dit-on, pas moins de mille

[1] Cf. le passage cité dans M. de Slane, *op. laud.* p. ۳۴, passage qui se retrouve dans G, fol. 26 v°. Aʿlam est l'auteur du commentaire contenu dans B. Le commentaire du wazîr Aboû Bakr ʿÂṣim ben Eyyoûb Baṭalyoûsî contenu dans C repose, au moins pour Nâbiga, sur le texte qu'avait donné Asmaʿi et ne se rapporte qu'aux vingt-quatre premières poésies.

[2] Ḥâdjî Khalifa, *Dictionnaire bibliographique*, n° 7580. La recension de Nâbiga par Sokkarî est mentionnée dans le *Fihrist*, I, fol. 214 v°. La bibliothèque de Leyde a un exemplaire du *dîwân* d'Imrou'ou'lkeis d'après la recension de Sokkarî. (M. Dozy, *Catalogus*, II, p. 33.) C'est également à Sokkarî qu'on doit le *dîwân* des Hodheilites. Cf. *Carmina Hudsailitarum* (éd. Kosegarten), p. 1.

[3] Yâkoût, *Dictionnaire géographique* (éd. Wüstenfeld), I, p. v۴.

[4] Voir surtout p. 219 et 251. L'*Agânî* nous parle pour Nâbiga d'une رواية اليزيدى (Moḥammad ben ʿAbbâs Yazîdî), II, fol. 353 v° et 358 v°. Yazîdî mourut en 310 de l'hégire (922-3 après J. C.). Cf. M. Engelmann, *Al-Hâdirae dîwânus cum Yezidii scholiis*, p. 3.

[5] Ḥâdjî Khalifa, n° 13129.

poëmes. Les vers d'une même poésie s'y trouvaient souvent dans un ordre tout différent de celui qu'ils occupent dans le *dîwân*[1]. Aboû ʿObeida semble aussi avoir publié son édition de Nâbiga, dont quelques variantes nous ont été conservées[2]. Plusieurs indices paraissent encore attester l'existence d'une recension koûfite et d'une recension baṣrite[3]. C'est dans la première que Khalaf elaḥmar se vantait d'avoir fait passer ses interpolations[4]; c'est comme toujours, ici encore, la tradition de Baṣrâ qui est parvenue jusqu'à nous.

L'éditeur d'un poëte antéislamique ne peut donc pas plus se proposer de donner toutes les œuvres de *son auteur qu'il ne peut espérer remonter au texte* primitif. Son but doit être de reproduire aussi fidè-

[1] M, fol. 19 v° et 55 v°.

[2] *Ag*, II, fol. 353 r° et 355 r°; mš. A. F. 1252 (كتاب البارع في غريب الحديث), fol. 42 v°; Dj, *s. r.* ج ف ف، س ف ر, etc.

[3] Je m'appuie sur ce passage du *Mizhar* (II, p. 241): قال ابن دريد في الجمهرة الجقّ لجمع الكثير من الناس قال النابغة

في جقّ تَغْلَبَ واردى الامرار

يعنى ثعلبة بن عوف بن سعد بن ذبيان قال ابن دريد وروى الكوفيّون فى جقّ تغلب وهذا خطا لان تغلب بالجزيرة وثعلب بالحجاز وامرار موضع هناك. On voit par cet exemple combien la recension koûfite devait être incorrecte. L'hémistiche cité ne se trouve pas dans notre *dîwân*; mais il est donné dans Dj, *s. r.* مرر, et ج ف ف, d'après lequel nous l'avons rapporté plus haut avec ce qui le précède immédiatement. Cf. p. 214.

[4] *Mizhar*, I, p. 98.

lement et aussi complétement que possible le *dîwân*, tel qu'il était sorti de la main d'un grand philologue, d'un Asma'î par exemple ou d'un Ibn Sikkît[1].

Parmi les procès de tendance que les linguistes arabes firent subir aux auteurs qu'ils publiaient, M. Nöldeke signale avec raison les changements amenés par des considérations religieuses[2]. Cependant il ne faut pas s'exagérer l'importance de ces modifications, ni leur attribuer une foule d'idées qu'on est étonné de rencontrer dans les vieilles poésies arabes. L'*islâm* n'est pas un fait isolé; il n'a pas réussi comme un de ces coups de théâtre qui frappent par leur nouveauté et leur imprévu, mais parce qu'il était la conséquence naturelle du mouvement monothéiste qui s'était produit dans la péninsule pendant tout le siècle qui précéda la prophétie de Moḥammad. Les Juifs avaient apporté en Arabie comme partout leur croyance à l'unité de Dieu; le christianisme était assis sur les trônes de Gassân et de Ḥîra[3]; de plus, les esprits étaient surexcités, comme dans les époques qui précèdent l'avénement de croyances nouvelles. Nâbiga ne fut pas chrétien, mais il fut un de ceux qui, dans la période entre Jésus et Moḥammad, crurent à un Dieu unique[4]

[1] M. Nöldeke, *Laḳîṭ*, dans *Orient und Occident*, I, p. 707.

[2] *Beiträge*, p. IX.

[3] Sur l'antiquité du christianisme, particulièrement à Gassân, voir M. Wetzstein, *Reisebericht*, p. 122.

[4] Mas'oûdî, *Les prairies d'or*, I, p. 124 et suiv. M. Sprenger, *Das Leben und die Lehre Muḥammads*, I, p. 13.

et à la résurrection. Son *dîwân* nous présente un certain nombre de passages tout à fait authentiques où il exprime les sentiments religieux dont son cœur est animé. « Un homme qui a une religion et qui l'observe se rendra-t-il jamais coupable d'un parjure ?..... Dieu n'aime que sa justice et son équité ; pour lui, le mal n'est pas le bien, et une bonne action n'est jamais perdue [1]. »

Mais le poëte ne reste pas ainsi dans les considérations générales. Parlant de la foi des Gassanides, il dit : « Leur pays [2] est tout plein de Dieu, leur religion est solide, et ils ne craignent rien plus que les châtiments de la vie future. Chaussés de sandales légères, parés de belles ceintures, ils sont salués avec des branches odorantes *au jour des rameaux* [3]. » Nous voyons ailleurs « leurs troupeaux paître près de *la croix de Zaurâ* [4]. » A Ḥîra, la reine Moutadjarrada est tellement belle que, « si elle se présentait devant *un moine aux cheveux blancs, qui sert Dieu par son abstinence et ses prières*, il serait fasciné par sa beauté et par le charme de son langage [5]. » Ce sont de tels précurseurs qui ont préparé les voies au triomphe éclatant de l'*islâm*. Il suffisait, pour assurer une pareille

[1] *Dîwân*, II, 21 et 31. Cf. « La religion a ses rigueurs ; » *ibid.* VI, 6.

[2] D'après une autre leçon ; le texte porterait : « Leur rouleau sacré (مجلتهم) est plein de Dieu, etc. » Cette variante est donnée par A et B, ainsi que par Dj, *s. r.* جلل.

[3] *Dîwân*, III, 24 et 25.

[4] *Dîwân*, IV, 10.

[5] *Dîwân*, XIV, 26 et 27.

victoire, qu'un homme sût exploiter la foi sincère de ces âmes naïves, avides d'enthousiasme, et transformer leur piété en un fanatisme ardent.

Nâbiga, qui mourut peu d'années avant la mission du Prophète, est un des derniers représentants de la culture antéislamique. Sa vie n'est pas, comme celle de son homonyme Nâbiga Djaʿdî, par exemple, ou de Ḥassân ben Thâbit et de tant d'autres, coupée en deux et partagée entre deux périodes qui auraient l'une et l'autre exercé une égale influence sur son développement poétique. Si l'on veut classer les trente poésies du *dîwân*[1], il faudra ou adopter l'ordre chronologique qui a été à peu près établi dans la première partie de cette *introduction historique,* ou encore grouper tous les morceaux qui se rapprochent par leur objet et leur origine. On pourra ainsi, en mettant de côté les poésies x et xxiii qui ne sont pas de Nâbiga[2], séparer : 1° les poésies de Ḥîra : i, ii, vii, viii, xiv, xix, xxvi, xxix; 2° les poésies de Gassân : iii, iv, ix, xv, xvi, xx, xxiv, xxviii; 3° les poésies locales relatives aux alliances des banoû Dhobyân : xii, xiii, xviii, xxv; 4° *les poésies personnelles qui*, à l'exception de vi et de xxvii, sont toutes des satires; ce sont : v, xi, xvii, xxi, xxii, xxx. Cette classification est loin d'être absolue, surtout si l'on pense aux rapports continuels qui existaient entre les rois du Nord et les tribus du Nadjd; mais elle se justifie par

[1] Je ne parle pas de la trente et unième, car elle n'est rien moins qu'authentique; voir plus haut, p. 257.

[2] Voir plus haut, p. 257.

le genre et la couleur des poésies contenues dans chacune de ces quatre sections.

Les poésies de Nâbiga eurent de nombreux imitateurs qui, avec les mœurs littéraires des Arabes, furent naturellement des plagiaires. Ibn Ḳoteiba cite Rabî'a ben Maḳroûm Ḍabbî, 'Adî ben Zeid, Aboû Nowâs[1]. Mais il faut mettre en tête de la liste le poëte Ḥassân ben Thâbit. Une étude attentive de son *dîwân*[2] montre d'étranges analogies avec celui de Nâbiga. Ce serait excéder les limites d'un tel travail que de rapporter ici les nombreux passages qui pourraient être incriminés[3].

Les destinées du *dîwân* que nous publions pour la première fois furent bien singulières. Écrit au nord de l'Arabie, il était déjà devenu presque introuvable en Syrie sous le khalifat de 'Abdou'lmalik ben Marwân[4]. Nous le retrouvons, à peu près à la même époque, en Perse, dans le Khorâsân, où il avait pour lecteur un certain Djoneid ben 'Abd erraḥmân[5]. Mais c'est en Espagne, dans cette nouvelle péninsule arabe, que le poëte de la Syrie devait trouver des lecteurs, des copistes et des

[1] K, fol. 21 r° et v°. Charichî, dans son *Commentaire sur Ḥarîrî*, cite Ibn Roûmî comme un imitateur de Nâbiga. (Cf. ms. suppl. ar. 1617[1], fol. 77 v°.)

[2] Ms. sup. ar. n° 1432.

[3] Voir déjà un exemple plus haut, p. 246. Sans entrer dans le détail, mentionnons encore le vers de Nâbiga, II, 5, reproduit en partie dans le *dîwân* de Ḥassân, fol. 28 v°.

[4] Voir plus haut, p. 252.

[5] *Ag.*, II, fol. 352 v°.

commentateurs[1]. Le *Díwân des six poëtes*, le plus important et le plus ancien monument de la vieille littérature arabe, n'a pu trouver dans tout l'Orient musulman un *cheikh* qui lui donnât la préférence sur les œuvres des poëtes ʿabbasides ou sur les élucubrations plates des modernes. Puissent ceux qui liront le *díwân* de Nâbiga dans la patrie du poëte ou parmi nous, avoir autant de plaisir à l'étudier que j'en ai eu à le traduire!

[1] Ibn Khallikân dans M. de Slane, *Le diwan d'Amro'lkaïs;* préface, p. x. C'est ainsi que tous les manuscrits des *six poëtes* sont écrits en caractère magrabin. Voir *Avant-propos*, p. 198, et Casiri, *Bibliotheca arabico-hispana*, I, p. 71.

بسم الله الرحمن الرحيم صلّى الله على النّبىّ محمد

١ قال النّابغة الذُّبْيانى

يَمْدَحُ النُّعْمانَ بْنَ المُنْذِرِ ويَعْتذِرُ إليْهِ مِمّا بَلَغَهُ عنه مِمّا وَشَى له

(بسيط) بنو قُرَيْعٍ فى امر المتجرِّدة

يا دارَ مَيَّةَ بِالعَلْياءِ فالسَّنَدِ   أَقْوَتْ وطالَ عَلَيْها سالِفُ الأَبَدِ
وَقَفْتُ فِيها أُصَيْلانًا أُسائِلُها   عَيَّتْ جَوابًا وما بالرَّبْعِ مِنْ أَحَدِ
إلّا الأَوارِيَّ لَأْيًا ما أُبَيِّنُها   والنُّؤْيُ كالحَوْضِ بالمَظْلومَةِ الجَلَدِ
رَدَّتْ عليهِ أَقاصِيهِ ولَبَّدَهُ   ضَرْبُ الوَلِيدَةِ بالمِسْحاةِ فى الثَّأَدِ
خَلَّتْ سَبِيلَ أَتِيٍّ كان يَحْبِسُهُ   ورَفَّعَتْهُ إلى السَّجْفَيْنِ فالنَّضَدِ
أَمْسَتْ خَلاءً وأَمْسَى أَهْلُها آحْتَمَلُوا   أَخْنَى عليها الّذى أَخْنَى على لُبَدِ
فَعَدِّ عَمّا تَرَى إذْ لا آرْتِجاعَ لَهُ   وآنْمِ القُتُودَ على عَيْرانَةٍ أُجُدِ
مَقْذُوفَةٍ بِدَخِيسِ النَّحْضِ بازِلُها   لَهُ صَرِيفٌ صَرِيفَ القَعْوِ بالمَسَدِ
كَأَنَّ رَحْلِى وَقَدْ زالَ النَّهارُ بِنا   يَوْمَ الجَلِيلِ على مُسْتَأْنِسٍ وَحَدِ
مِنْ وَحْشِ وَجْرَةَ مَوْشِيٍّ أَكارِعُهُ   طاوِى المَصِيرِ كَسَيْفِ الصَّيْقَلِ الفَرَدِ
أَسْرَتْ عَلَيْهِ مِنَ الجَوْزاءِ سارِيَةٌ   تُزْجِى الشَّمالُ عَلَيْهِ جامِدَ البَرَدِ
فَآرْتاعَ مِنْ صَوْتِ كَلّابٍ فَباتَ لَهُ   طَوْعَ الشَّوامِتِ مِنْ خَوْفٍ وَمِنْ صَرَدِ
فَبَثَّهُنَّ عليهِ وآسْتَمَرَّ بِهِ   صُمْعُ الكُعُوبِ بَرِيّاتٌ مِنَ الحَرَدِ
وَكانَ ضُمْرانُ مِنْهُ حَيْثُ يُوزِعُهُ   طَعْنَ المُعارِكِ عِنْدَ المُحْجَرِ النَّجُدِ
شَكَّ الفَرِيصَةَ بِالمِدْرَى فَأَنْفَذَها   طَعْنَ المُبَيْطِرِ إذْ يَشْفِى مِنَ العَضَدِ

كَأَنَّهُ خارِجًا مِنْ جَنْبِ صَفْحَتِهِ ... سَفُّودُ شَرْبٍ نَسُوهُ عِنْدَ مُفْتَأَدِ
فَظَلَّ يَعْجُمُ أَعْلَى الرَّوْقِ مُنْقَبِضًا ... فِى حالِكِ اللَّوْنِ صَدْقٍ غَيْرِ ذِى أَوَدِ
لَمَّا رَأَى وَاشِقٌ إِقْعَاصَ صاحِبِهِ ... ولا سَبِيلَ إِلَى عَقْلٍ وَلَا قَوَدِ
قالَتْ له النَّفْسُ إِنِّى لا أَرَى طَمَعًا ... وإِنَّ مَوْلاكَ لَمْ يَسْلَمْ ولَمْ يَصِدِ
فَتِلْكَ تُبْلِغُنِي النُّعْمانَ إِنَّ له ... فَضْلًا عَلَى النَّاسِ فى الأَدْنَى وفى البَعَدِ
وَلا أَرَى فاعِلًا فى النَّاسِ يُشْبِهُهُ ... ولا أُحاشِي مِنَ الأَقْوامِ مِنْ أَحَدِ
إِلَّا سُلَيْمانَ إِذْ قالَ الإِلاهُ له ... قُمْ فى البَرِيَّةِ فَاحْدُدْهَا عَنِ الفَنَدِ
وخَيِّسِ الجِنَّ إِنِّى قد أَذِنْتُ لَهُمْ ... يَبْنُونَ تَدْمُرَ بالصُّفَّاحِ والعَمَدِ
فَمَنْ أَطاعَكَ فَانْفَعْهُ بِطاعَتِهِ ... كَمَا أَطَاعَكَ وَادْلُلْهُ على الرَّشَدِ
وَمَنْ عَصَاكَ فَعاقِبْهُ مُعاقَبَةً ... تَنْهَى الظَّلُومَ ولا تَقْعُدْ على ضَمَدِ
إِلَّا لِمِثْلِكَ أَوْ مَنْ أَنْتَ سابِقُهُ ... سَبْقَ الجَوَادِ إِذَا اسْتَوْلَى عَلَى الأَمَدِ
أَعْطَى لِفَارِهَةٍ حُلْوٍ تَوابِعُهَا ... مِنَ المَوَاهِبِ لا تُعْطَى عَلَى نَكَدِ
أَلْوَاهِبُ المِائَةَ المَعْكَاءَ زَيَّنَهَا ... سَعْدَانُ تُوضِحَ فى أَوْبارِهَا اللِّبَدِ
والأُدْمَ قد خُيِّسَتْ فُتْلًا مَرَافِقُهَا ... مَشْدُودَةً بِرِحالِ الحِيرَةِ الجُدُدِ
وَالرَّاكِضَاتِ ذُيُولَ الرَّيْطِ فَانَقَهَا ... بَرْدُ الهَوَاجِرِ كالغِزْلَانِ بِالجَرَدِ
والخَيْلَ تَمْزَعُ غَرْبًا فى أَعِنَّتِهَا ... كالطَّيْرِ تَنْجُو من الشُّؤْبُوبِ ذِى البَرَدِ
أُحْكُمْ كَحُكْمِ فَتَاةِ الحَيِّ إِذْ نَظَرَتْ ... إِلَى حَمَامٍ شِرَاعٍ وَارِدِ الثَّمَدِ
يَحُفُّهُ جَانِبَا نِيقٍ وَتُتْبِعُهُ ... مِثْلَ الزُّجَاجَةِ لَمْ تُكْحَلْ مِنَ الرَّمَدِ
قَالَتْ أَلَا لَيْتَمَا هذا الحَمَامُ لنا ... إِلَى حَمَامَتِنَا وَنِصْفُهُ فَقَدِ
فَحَسَّبُوهُ فَأَلْفَوْهُ كَمَا حَسَبَتْ ... تِسْعًا وَتِسْعِينَ لَمْ تَنْقُصْ وَلَمْ تَزِدِ
فَكَمَّلَتْ مِائَةً فِيهَا حَمَامَتُهَا ... وَأَسْرَعَتْ حِسْبَةً فِي ذَالِكَ العَدَدِ

فَلَا لَعَمْرُ ٱلَّذِى مَسَّحْتُ كَعْبَتَهُ   وَمَا هُرِيقَ عَلَى ٱلْأَنْصَابِ مِنْ جَسَدِ
وَٱلْمُؤْمِنِ ٱلْعَائِذَاتِ ٱلطَّيْرَ تَمْسَحُهَا   رُكْبَانُ مَكَّةَ بَيْنَ ٱلْغَيْلِ وَٱلسَّعَدِ
مَا قُلْتُ مِنْ سَيِّئٍ مِمَّا أُتِيتَ بِهِ   إِذًا فَلَا رَفَعَتْ سَوْطِى إِلَىَّ يَدِى
إِلَّا مَقَالَةَ أَقْوَامٍ شَقِيتُ بِهَا   كَانَتْ مَقَالَتُهُمْ قَرْعًا عَلَى ٱلْكَبِدِ
أُنْبِئْتُ أَنَّ أَبَا قَابُوسَ أَوْعَدَنِى   وَلَا قَرَارَ عَلَى زَأْرٍ مِنَ ٱلْأَسَدِ
مَهْلًا فِدَاءٌ لَكَ ٱلْأَقْوَامُ كُلُّهُمْ   وَمَا أُثَمِّرُ مِنْ مَالٍ وَمِن وَلَدِ
لَا تَقْذِفَنِّى بِرُكْنٍ لَا كِفَاءَ لَهُ   وَإِنْ تَأَثَّفَكَ ٱلْأَعْدَاءُ بِٱلرِّفَدِ
فَمَا ٱلْفُرَاتُ إِذَا هَبَّ ٱلرِّيَاحُ لَهُ   تَرْمِى غَوَارِبُهُ ٱلْعِبْرَيْنِ بِٱلزَّبَدِ
يَمُدُّهُ كُلُّ وَادٍ مُتْرَعٍ لَجِبٍ   فِيهِ رُكَامٌ مِنَ ٱلْيَنْبُوتِ وَٱلْخَضَدِ
يَظَلُّ مِنْ خَوْفِهِ ٱلْمَلَّاحُ مُعْتَصِمًا   بِٱلْخَيْزُرَانَةِ بَعْدَ ٱلْأَيْنِ وَٱلنَّجَدِ
يَوْمًا بِأَجْوَدَ مِنْهُ سَيْبَ نَافِلَةٍ   وَلَا يَحُولُ عَطَاءُ ٱلْيَوْمِ دُونَ غَدِ
هَذَا ٱلثَّنَاءُ فَإِنْ تَسْمَعْ بِهِ حَسَنًا   فَلَمْ أُعَرِّضْ أَبَيْتَ ٱللَّعْنَ بِٱلصَّفَدِ
هَا إِنَّ ذِى عِذْرَةٌ إِلَّا تَكُنْ نَفَعَتْ   فَإِنَّ صَاحِبَهَا مُشَارِكُ ٱلنَّكَدِ

طويل   ٢ وقال ايضا

عَفَا ذُو حُسًا مِنْ فَرْتَنَا فَٱلْفَوَارِعُ   فَجَنْبَا أَرِيكٍ فَٱلتِّلَاعُ ٱلدَّوَافِعُ
فَمُجْتَمَعُ ٱلْأَشْرَاجِ غَيَّرَ رَسْمَهَا   مَصَايِفُ مَرَّتْ بَعْدَنَا وَمَرَابِعُ
تَوَهَّمْتُ آيَاتٍ لَهَا فَعَرَفْتُهَا   لِسِتَّةِ أَعْوَامٍ وذا ٱلْعَامُ سَابِعُ
رَمَادٌ كَكُحْلِ ٱلْعَيْنِ لَأْيًا أُبِينُهُ   وَنُؤْيٌ كَجِذْمِ ٱلْحَوْضِ أَثْلَمُ خَاشِعُ
كَأَنَّ مَجَرَّ ٱلرَّامِسَاتِ ذُيُولَهَا   عَلَيْهِ حَصِيرٌ نَمَّقَتْهُ ٱلصَّوَانِعُ
عَلَى ظَهْرِ مِبْنَاةٍ جَدِيدٍ سُيُورُهَا   يَطُوفُ بِهَا وَسْطَ ٱللَّطِيمَةِ بَائِعُ

فَكَفْكَفْتُ مِنِّى عَبْرَةً فَرَدَدْتُّهَا   عَلَى النَّحْرِ مِنْهَا مُسْتَهِلٌّ ودَامِعُ
عَلَى حِينَ عَاتَبْتُ المَشِيبَ على الصِّبَا   وقُلْتُ أَلَمَّا أَصْحُ والشَّيْبُ وازِعُ
وقَدْ حالَ هَمٌّ دُونَ ذالك شَاغِلٌ   مَكَانَ الشِّغَافِ تَبْتَغِيهِ الأَصابِعُ
وَعِيدُ أَبِى قابوسَ فى غَيْرِ كُنْهِهِ   أَتانِى ودُونِى رَاكِسٌ فالضَّواجِعُ
فَبِتُّ كأَنِّى ساوَرَتْنِى ضَئِيلَةٌ   مِنَ الرُّقْشِ فى أَنْيابِها السُّمُّ نَاقِعُ
يُسَهَّدُ مِنْ لَيْلِ التِّمامِ سَلِيمُهَا   لِحَلْىِ النِّساء فى يَدَيْهِ قَعَاقِعُ
تَنَاذَرَهَا الرَّاقُونَ مِنْ سُوء سُمِّهَا   تُطَلِّقُهُ طَوْرًا وطورًا تُراجِعُ
أَتانِى أَبَيْتَ اللَّعْنَ أَنَّكَ لُمْتَنِى   وتلك الَّتى تَسْتَكُّ مِنْهَا المَسَامِعُ
مَقالَةُ أَنْ قَدْ قُلْتَ سَوْفَ أَنالُهُ   وذَالِكَ مِنْ تِلْقاء مِثْلِكَ رَائِعُ
لَعَمْرِى وَمَا عَمْرِى عَلَىَّ بِهَيِّنٍ   لَقَدْ نَطَقَتْ بُطْلًا عَلَىَّ الأَقارِعُ
أَقارِعُ عَوْفٍ لا أُحاوِلُ غَيْرَهَا   وُجُوهُ قُرُودٍ تَبْتَغِى مَنْ تُجَادِعُ
أَتَاكَ ٱمْرُؤٌ مُسْتَبْطِنٌ لِىَ بُغْضَةً   لَهُ مِنْ عَدُوٍّ مِثْلُ ذالك شافِعُ
أَتاك بِقَوْلٍ هَلْهَلِ النَّسْجِ كاذِبٍ   وَلَمْ يأْتِ بالحَقِّ الذى هُوَ نَاصِعُ
أَتاك بِقَوْلٍ لَمْ أَكُنْ لِأَقُولَهُ   وَلَوْ كُبِلَتْ فى سَاعِدَىَّ الجَوَامِعُ
حَلَفْتُ فَلَمْ أَتْرُكْ لِنَفْسِكَ رِيبَةً   وَهَلْ يَأْثَمَنْ ذُو إِمَّةٍ وَهْوَ طَائِعُ
بِمُصْطَحِبَاتٍ مِنْ لَصَافَ وثَبْرَةٍ   يَزُرْنَ إِلالًا سَيْرُهُنَّ التَّدافُعُ
سَمامًا تُبارِى الرِّيحَ خُوصًا عُيُونُها   لَهُنَّ رَذَايَا بِالطَّرِيقِ وَدائِعُ
عَلَيْهِنَّ شُعْثٌ عامِدُونَ لِحَجِّهِمْ   فَهُنَّ كأَطْرَافِ الحَنِىِّ خَوَاضِعُ
لَكَلَّفْتَنِى ذَنْبَ ٱمْرِئٍ وتَرَكْتَهُ   كَذِى العُرِّ يُكْوَى غَيْرُهُ وَهْوَ رَاتِعُ
فَإِنْ كُنْتُ لا ذو الضِّغْنِ عَنِّى مُكَذِّبٌ   ولا حَلِفِى على البَرَاءةِ نَافِعُ
ولا أَنا مَأْمُونٌ بِشَىْءٍ أَقُولُهُ   وأَنْتَ بِأَمْرٍ لا مَحالَةَ وَاقِعُ

فإنّك كاللّيلِ الذى هو مُدْرِكى   وإنْ خِلْتُ أنّ المُنْتَأى عنك واسِعُ
خَطاطِيفُ حُجْنٌ فى حِبالٍ مَتينةٍ   تَمُدُّ بها أيْدٍ اليك نَوازِعُ
أتُوعِدُ عَبْدًا لم يَخُنْكَ أمانةً   وتُتْرَكُ عَبْدٌ ظالمٌ وهْوَ ضالِعُ
وأنْتَ رَبيعٌ يَنْعَشُ النّاسَ سَيْبُهُ   وسَيْفٌ أُعِيرَتْهُ المَنِيّةُ قاطِعُ
أبَى اللهُ إلّا عَدْلَهُ ووفاءَهُ   فلا النُّكْرُ مَعْرُوفٌ ولا العُرْفُ ضائِعُ
وتُسْقَى إذا ما شِئْتَ غَيْرَ مُصَرَّدٍ   بِزَوْراءَ فى حافاتِها المِسْكُ كانِعُ

٣ وقال ايضًا   (طويل)

كِلِينى لِهَمٍّ يا أُمَيْمَةَ ناصِبِ   ولَيْلٍ أُقاسِيهِ بَطِىءِ الكَواكِبِ
تَطاوَلَ حتّى قُلْتُ ليس بِمُنْقَضٍ   ولَيْسَ الّذى يَرْعَى النُّجومَ بآئِبِ
وصَدْرٍ أراحَ اللّيْلُ عازِبَ هَمِّهِ   تَضاعَفَ فيهِ الحُزْنُ مِنْ كُلِّ جانِبِ
عَلَىَّ لِعَمْرٍو نِعْمَةٌ بَعْدَ نِعْمَةٍ   لِوالِدِهِ لَيْسَتْ بِذاتِ عَقارِبِ
حَلَفْتُ يَمِينًا غَيْرَ ذِى مَثْنَوِيَّةٍ   ولا عِلْمَ إلّا حُسْنُ ظَنٍّ بِصاحِبِ
لَئِنْ كانَ لِلْقَبْرَيْنِ قَبْرٌ بِجِلَّقٍ   وقَبْرٌ بِصَيْداءَ الذى عِنْدَ حارِبِ
ولِلْحارِثِ الجَفْنِىِّ سَيِّدِ قَوْمِهِ   لَيَلْتَمِسًا بالجَيْشِ دارَ المُحارِبِ
وثِقْتُ لَهُ بِالنَّصْرِ إذْ قِيلَ قد غَزَتْ   كَتائِبُ مِنْ غَسّانَ غَيْرُ أشائِبِ
بَنُو عَمِّهِ دُنْيا وعَمْرُو بْنُ عامِرٍ   أُولئِكَ قَوْمٌ بَأْسُهُمْ غَيْرُ كاذِبِ
إذا ما غَزَوْا بالجَيْشِ حَلَّقَ فَوْقَهُمْ   عَصائِبُ طَيْرٍ تَهْتَدِى بِعَصائِبِ
يُصاحِبْنَهُمْ حتّى يُغِرْنَ مُغارَهُمْ   مِنَ الضّارِياتِ بالدِّماءِ الدَّوارِبِ
تَراهُنَّ خَلْفَ القَوْمِ خُزْرًا عُيُونُها   جُلُوسَ الشُّيُوخِ فى ثِيابِ المَرانِبِ
جَوانِحَ قد أيْقَنَّ أنّ قَبِيلَهُ   إذا ما الْتَقَى الجَمْعانِ أوّلُ غالِبِ

لَهُنَّ عَلَيْهِمْ عَادَةٌ قد عَرَفْنَهَا   إذا عُرِّضَ الخَطِّيُّ فَوْقَ الكَوَاثِبِ
عَلَى عَارِفَاتٍ لِلطِّعَانِ عَوَابِسٍ   بِهِنَّ كُلُومٌ بَيْنَ دَامٍ وَجَالِبِ
إذَا ٱسْتُنْزِلُوا عَنْهُنَّ لِلطَّعْنِ أَرْقَلُوا   الى المَوْتِ إِرْقَالَ الجِمَالِ المَصَاعِبِ
فهُمْ يَتَسَاقَوْنَ المَنِيَّةَ بَيْنَهُمْ   بِأَيْدِيهِمُ بِيضٌ رِقَاقُ المَضَارِبِ
يَطِيرُ فُضَاضًا بَيْنَهَا كُلُّ قَوْنَسٍ   وَيَتْبَعُهَا مِنْهُمْ فَرَاشُ الحَوَاجِبِ
ولا عَيْبَ فيهمْ غَيْرَ أَنَّ سُيُوفَهُمْ   بِهِنَّ فُلُولٌ مِنْ قِرَاعِ الكَتَائِبِ
تُوُرِّثْنَ مِنْ أَزْمَانِ يَوْمِ حَلِيمَةٍ   إِلَى اليَوْمِ قَدْ جُرِّبْنَ كُلَّ التَّجَارِبِ
تَقُدُّ السَّلُوقِيَّ المُضَاعَفَ نَسْجُهُ   وتُوقِدُ بالصُّفَّاحِ نَارَ الحُبَاحِبِ
بِضَرْبٍ يُزِيلُ الهَامَ عَنْ سَكِنَاتِهِ   وَطَعْنٍ كَإِيزَاغِ المَخَاضِ الضَّوَارِبِ
لَهُمْ شِيمَةٌ لَمْ يُعْطِهَا اللهُ غَيْرَهُمْ   مِنَ الجُودِ والأَحْلامُ غَيْرُ عَوَازِبِ
مَحَلَّتُهُمْ ذَاتُ الإلاهِ وَدِينُهُمْ   قَوِيمٌ فَمَا يَرْجُونَ غَيْرَ العَوَاقِبِ
رِقَاقُ النِّعَالِ طَيِّبٌ حُجُزَاتُهُمْ   يُحَيَّوْنَ بالرَّيْحَانِ يَوْمَ السَّبَاسِبِ
تُحَيِّيهِمُ بِيضُ الوَلائِدِ بَيْنَهُمْ   وأَكْسِيَةُ الإِضْرِيجِ فَوْقَ المَشَاجِبِ
يَصُونُونَ أَجْسَادًا قَدِيمًا نَعِيمُهَا   بِخَالِصَةِ الأَرْدَانِ خُضْرِ المَنَاكِبِ
وَلَا يَحْسِبُونَ الخَيْرَ لَا شَرَّ بَعْدَهُ   ولا يَحْسِبُونَ الشَّرَّ ضَرْبَةَ لَازِبِ
حَبَوْتُ بها غَسَّانَ إِذْ كُنْتُ لاحِقًا   بِقَوْمِي وإِذْ أُعْيَيْتُ عَلَيَّ مَذَاهِبِ

(بسيط)   ٤ وقال أيضًا

إِنِّي كَأَنِّي لَدَى النُّعْمَانِ خَبَّرَهُ   بَعْضُ الأَوُدِّ حَدِيثًا غَيْرَ مَكْذُوبِ
بِأَنَّ حِصْنًا وحَيًّا مِنْ بَنِي أَسَدٍ   قَامُوا فقَالُوا حِمَانَا غَيْرُ مَقْرُوبِ
ضَلَّتْ حُلُومُهُمُ عَنْهُمْ وَغَرَّهُمُ   سَنُّ المُعَيْدِيِّ فِي رَعْيٍ وَتَعْزِيبِ

قادَ الجِيادَ مِنَ الجَوْلانِ قائِظَةً   مِنْ بَيْنِ مُنْعَلَةٍ تُزْجَى وَمَجْنُوبِ
حتّى ٱسْتَغاثَتْ بِأَهْلِ المِلْحِ ما طَعِمَتْ   فى مَنْزِلٍ طَعْمَ نَوْمٍ غَيْرَ تَأْوِيبِ
يَنْفَحْنَ نَضْحَ المَزادِ الوُفْرِ أَتْأَقَها   شَدُّ الرُّواةِ بِماءٍ غَيْرِ مَشْرُوبِ
قُبُّ الأَياطِلِ تَرْدِى فى أَعِنَّتِها   كالخاضِباتِ مِنَ الزُّعْرِ الظَّنابِيبِ
شُعْثٌ عَلَيْها مَساعِيرٌ لِحَرْبِهِمُ   شُمُّ العَرانِينِ مِنْ مُرْدٍ وَمِنْ شِيبِ
وما بِحِصْنٍ نُعاسٌ إِذْ تُؤَرِّقُهُ   أَصْواتُ حَىٍّ على الأَمْرارِ مَحْرُوبِ
ظَلَّتْ أَقاطِيعُ أَنْعامٍ مُؤَبَّلَةٍ   لَدَى صَلِيبٍ على الزَّوْراءِ مَنْصُوبِ
فَإِذْ وُقِيتِ بِحَمْدِ اللهِ شِرَّتَها   فَٱنْجِى فَزارَ إِلَى الأَطْوادِ فاللُّوبِ
وَلا تُلاقِى كَما لاقَتْ بَنُو أَسَدٍ   فَقَدْ أَصابَتْهُمُ مِنْها بِشُؤْبُوبِ
لَمْ يَبْقَ غَيْرُ طَرِيدٍ غَيْرِ مُنْفَلِتٍ   وَمُوثَقٍ فى حِبالِ القِدِّ مَسْلُوبِ
أَوْ حُرَّةٍ كَمَهاةِ الرَّمْلِ قَدْ كُبِلَتْ   فَوْقَ المَعاصِمِ مِنْها والعَراقِيبِ
تَدْعُو قُعَيْنًا وَقَدْ عَضَّ الحَدِيدُ بِها   عَضَّ الثِّقافِ على صُمِّ الأَنابِيبِ
مُسْتَشْعِرِينَ قَدَ ٱلْفَوْا فى دِيارِهِمُ   دُعاءَ سُوعٍ وَدُعْمِىٍّ وَأَيُّوبِ

(كامل)   ٥ وقال ايضًا

نُبِّئْتُ زُرْعَةَ والسَّفاهَةُ كَٱسْمِها   يُهْدِى إِلَىَّ غَرائِبَ الأَشْعارِ
فَحَلَفْتُ يا زُرْعَ بْنَ عَمْرٍو أَنَّنِى   مِمّا يَشُقُّ على العَدُوِّ ضِرارِ
أَرَأَيْتَ يَوْمَ عُكاظَ حِينَ لَقِيتَنِى   تَحْتَ العَجاجِ فَما شَقَقْتَ غُبارِ
إِنّا ٱقْتَسَمْنا خُطَّتَيْنا بَيْنَنا   فَحَمَلْتُ بَرَّةَ وٱحْتَمَلْتَ فَجارِ
فَلَتَأْتِيَنْكَ قَصائِدٌ وَلَيَدْفَعَنْ   جَيْشٌ إِلَيْكَ قَوادِمَ الأَكْوارِ
رَهْطُ ٱبْنِ كُوزٍ مُحْقِبِى أَدْراعِهِمْ   فِيهِمْ وَرَهْطُ رَبِيعَةَ بْنِ حُذارِ

وَلِرَهْطِ حَرَّابٍ وَقَدٍّ سُورَةٌ   فى المَجْدِ لَيْسَ غُرابُها بِمُطارِ
وَبَنُو قُعَيْنٍ لا مَحالَةَ أَنَّهُمْ   آتُوكَ غَيْرَ مُقَلَّمِى الأَظْفارِ
سَهِكِينَ مِنْ صَدَإِ الحَدِيدِ كَأَنَّهُمْ   تَحْتَ السَّنَوَّرِ جِنَّةُ البَقّارِ
وَبَنُو سُواءَةَ زائِرُوكَ بِوَفْدِهِمْ   جَيْشًا يَقُودُهُمُ أَبُو المِظْفارِ
وَبَنُو جَذِيمَةَ حَىُّ صِدْقٍ سادَةٌ   غَلَبُوا عَلَى خَبْتٍ إِلَى تِعْشارِ
مُتَكَنِّفِى جَنْبَىْ عُكاظَ كِلَيْهِما   يَدْعُو بِها وِلْدانُهُمْ عَرْعارِ
قَوْمٌ إِذا كَثُرَ الصِّياحُ رَأَيْتَهُمْ   وُقُرًا غَداةَ الرَّوْعِ والإِنْفارِ
والغاضِرِيُّونَ الَّذِينَ تَحَمَّلُوا   بِلِوائِهِمْ سَيْرًا لِدارِ قَرارِ
تَمْشِى بِهِمْ أُدْمٌ كَأَنَّ رِحالَها   عَلَقٌ هُرِيقَ عَلَى مُتُونِ صِوارِ
شُعُبُ العِلافِيّاتِ بَيْنَ فُرُوجِهِمْ   والمُحْصَناتُ عَوازِبُ الأَطْهارِ
بُرُزُ الأَكُفِّ مِنَ الخِدامِ خَوارِجٌ   مِنْ فَرْجِ كُلِّ وَصِيلَةٍ وَإِزارِ
شُمُسٌ مَوانِعُ كُلِّ لَيْلَةِ حُرَّةٍ   يُخْلِفْنَ ظَنَّ الفاحِشِ المِغْيارِ
جَمْعًا يَظَلُّ بِهِ الفَضاءُ مُعَضِّلًا   يَدَعُ الإِكامَ كَأَنَّهُنَّ صَحارِ
لَمْ يُحْرَمُوا حُسْنَ الغِذاءِ وَأُمُّهُمْ   طَفَحَتْ عَلَيْكَ بِناتِقٍ مِذْكارِ
حَوْلِى بَنُو دُودانَ لا يَعْصُونَنِى   وَبَنُو بَغِيضٍ كُلُّهُمْ أَنْصارِ
زَيْدُ بْنُ زَيْدٍ حاضِرٌ بِعُراعِرٍ   وَعَلَى كُنَيْبٍ مالِكُ بْنُ حِمارِ
وعلى الرُّمَيْثَةِ مِنْ سُكَيْنٍ حاضِرٌ   وعلى الدُّثَيْنَةِ من بنى سَيّارِ
فِيهِمْ بَناتُ العَسْجَدِىِّ ولاحِقٍ   وُرْقًا مَراكِلُها مِنَ المِضْمارِ
يَتَحَلَّبُ اليَعْضِيدُ مِنْ أَشْداقِها   صُفْرًا مَناخِرُها مِنَ الجَرْجارِ
تُشْلَى تَوابِعُها إِلَى أُلّافِها   خَبَبَ السِّباعِ الوُلَّهِ الأَبْكارِ
إِنَّ الرُّمَيْثَةَ مانِعٌ أَرْماحُنا   ما كانَ مِنْ سَحَمٍ بِها وَصَفارِ

فَأَصْبَحْنَ أَبْكَارًا وهُنَّ بِآمَّةٍ أَعْجَلْنَهُنَّ مَظِنَّةَ الإِعْذَارِ

(بسيط) ٦ وقال أَيْضًا

بانَتْ سُعادُ وأَمْسَى حَبْلُها ٱنْجَذَمَا وٱحْتَلَّتِ الشَّرْعَ فالأَجْزاعَ مِنْ إِضَمَا
إِحْدَى بَلِيٍّ وما هامَ الفُؤادُ بِهِا إِلَّا السَّفاهَ وإِلَّا ذِكْرَةً حُلُمَا
لَيْسَتْ مِنَ السُّودِ أَعْقابًا إِذا ٱنْصَرَفَتْ ولا تَبِيعُ بِجَنْبَيْ نَخْلَةَ البُرَمَا
غَرّاءُ أَكْمَلُ مَنْ يَمْشِي على قَدَمٍ حُسْنًا وأَمْلَحُ مَنْ حاوَرْتَهُ الكَلِمَا
قالَتْ أَراكَ أَخَا رَحْلٍ وَراحِلَةٍ تَغْشَى مَتالِفَ لَنْ يُنْظِرْنَكَ الهَرَمَا
حَيّاكِ رَبِّي فإِنّا لا يَحِلُّ لَنَا لَهْوُ النِّساءِ وإِنَّ الدِّينَ قَدْ عَزَمَا
مُشَمِّرِينَ على خُوصٍ مُزَمَّمَةٍ نَرْجُو الإِلاهَ ونَرْجُو البِرَّ والطُّعَمَا
هَلَّا سَأَلْتِ بَنِي ذُبْيانَ ما حَسَبِي إِذا الدُّخانُ تَغَشَّى الأَشْمَطَ البَرَمَا
وهَبَّتِ الرِّيحُ مِنْ تِلْقاءِ ذِي أُرُلٍ تُزْجِي مَعَ اللَّيْلِ مِنْ صُرّادِها صِرَمَا
صُهْبَ الظِّلالِ أَتَيْنَ التِّينَ عَنْ عُرُضٍ يُزْجِينَ غَيْمًا قَلِيلًا ماؤُهُ شَبِمَا
يُنْبِئْكِ ذُو عِرْضِهِمْ عَنِّي وعالِمُهُمْ ولَيْسَ جاهِلُ شَيْءٍ مِثْلَ مَنْ عَلِمَا
إِنِّي أُتَمِّمُ أَيْسارِي وأَمْنَحُهُمْ مَثْنَى الأَيادِي وأَكْسُو الجَفْنَةَ الأُدُمَا
وأَقْطَعُ الخَرْقَ بالخَرْقاءِ قَدْ جَعَلَتْ بَعْدَ الكَلالِ تَشَكَّى الأَيْنَ والسَّأَمَا
كادَتْ تُساقِطُنِي رَحْلِي ومِيثَرَتِي بِذِي المَجازِ ولم تُحْسِسْ بِهِ نَعَمَا
مِنْ قَوْلِ حِرْمِيَّةٍ قالَتْ وقَدْ ظَعَنُوا هَلْ فِي مُخِفِّيكُمُ مَنْ يَشْتَرِي أُدُمَا
قُلْتُ لَهَا وَهْيَ تَسْعَى تَحْتَ لَبَّتِها لا تَحْطِمَنَّكِ إِنَّ البَيْعَ قَدْ زَرِمَا
باتَتْ ثَلاثَ لَيالٍ ثُمَّ واحِدَةً بِذِي المَجازِ تُراعِي مَنْزِلًا زِيَمَا
فٱنْشَقَّ عَنْها عَمُودُ الصُّبْحِ جافِلَةً عَدْوَ النَّحُوصِ تَخافُ القانِصَ اللَّحِمَا

تَجِيدُ مِنْ أَسْتَنٍ سُودٍ أَسافِلُهُ … مَشْىَ الإِماءِ الغَوادِى تَحْمِلُ الحُزَمَا
أَوْ ذو وُشُومٍ بِحَوْضَى باتَ مُنْكَرِسًا … فى لَيْلَةٍ مِنْ جُمادَى أَخْضَلَتْ دِيَمَا
باتَ بِحِقْفٍ مِنَ ٱلْبَقَّارِ يَحْفِرُهُ … إِذَا ٱسْتَكَفَّ قَلِيلًا تُرْبُهُ ٱنْهَدَمَا
مُوَلِّىَ الرِّيحِ رَوْقَيْهِ وَجَبْهَتَهُ … كالهِبْرِقِىِّ تَنَحَّى يَنْفُخُ الفَحَمَا
حتّى غَدَا مِثْلَ نَصْلِ السَّيْفِ مُنْصَلِتًا … يَقْرُو الأَماعِزَ مِنْ لُبْنانَ والأَكَمَا

طويل) ٧ وقال أَيْضًا

وذكر له أَنَّ النعمانَ عليلٌ

كَتَمْتُكَ لَيْلًا بالجَمُومَيْنِ ساهِرَا … وَهَمَّيْنِ هَمًّا مُسْتَكِنًّا وَظاهِرَا
أَحادِيثَ نَفْسٍ تَشْتَكِى ما يُرِيبُهَا … وَوِرْدَ هُمُومٍ لَنْ تَجِدْنَ مَصادِرَا
تُكَلِّفُنِى أَنْ يَفْعَلَ الدَّهْرُ هَمَّهَا … وَهَلْ وَجَدَتْ قَبْلِى عَلَى الدَّهْرِ قادِرَا
أَلَمْ تَرَ خَيْرَ النّاسِ أَصْبَحَ نَعْشُهُ … عَلَى فِتْيَةٍ قَدْ جاوَزَ الحَىَّ سائِرَا
وَنَحْنُ لَدَيْهِ نَسْأَلُ اللّٰهَ خُلْدَهُ … يَرُدُّ لَنا مُلْكًا وَلِلْأَرْضِ عامِرَا
وَنَحْنُ نُرَجِّى الخُلْدَ إِنْ فازَ قِدْحُنا … وَنَرْهَبُ قِدْحَ المَوْتِ إِنْ جاءَ قامِرَا
لَكَ الخَيْرُ إِنْ وارَتْ بِكَ الأَرْضُ واحِدًا … وَأَصْبَحَ جَدُّ النّاسِ يَظْلَعُ عاثِرَا
وَرُدَّتْ مَطايَا الرّاغِبِينَ وَعُرِّيَتْ … جِيادُكَ لا يُحْفِى لها الدَّهْرَ حافِرَا
رَأَيْتُكَ تَرْعانِى بِعَيْنٍ بَصِيرَةٍ … وَتَبْعَثُ حُرّاسًا عَلَىَّ وناظِرَا
وَذالِكَ مِنْ قَوْلٍ أَتاكَ أَقُولُهُ … وَمِنْ دَسِّ أَعْدائِى إِلَيْكَ المَآبِرَا
فَآلَيْتُ لا آتِيكَ إِنْ جِئْتُ مُجْرِمًا … وَلَا أَبْتَغِى جارًا سِواكَ مُجاوِرَا
فَأَهْلِى فِداءٌ لِامْرِئٍ إِنْ أَتَيْتُهُ … تَقَبَّلَ مَعْرُوفِى وَسَدَّ المَفاقِرَا
سَأُكْعِمُ كَلْبِى أَنْ يَرِيبَكَ نَبْحُهُ … وَإِنْ كُنْتُ أَرْعَى مَسْحَلانَ فَحامِرَا

وَحَلَّتْ بُيُوتِي فِي يَفَاعٍ مُمَنَّعٍ … تَخَالُ بِهِ راعِي الحَمُولَةِ طائِرَا
تَزِلُّ الوُعُولُ العُصْمُ عَنْ قُذُفَاتِهِ … وَتُضْحِي ذُرَاهُ بالسَّحَابِ كَوَافِرَا
حِذَارًا عَلَى أَلَّا تَنَالَ مَقَادَتِي … وَلا نِسْوَتِي حتّى يَمُتْنَ حَرائِرَا
أَقُولُ وَإِنْ شَطَّتْ بِيَ الدَّارُ عَنْكُمُ … إِذَا ما لَقِينَا مِنْ مَعَدٍّ مُسافِرَا
أَلِكْنِي الى النُّعْمانِ حَيْثُ لَقِيتَهُ … فَأَهْدَى لَهُ اللّهُ الغُيُوثَ البَوَاكِرَا
وَصَبَّحَهُ فُلْجٌ وَلا زالَ كَعْبُهُ … عَلَى كُلِّ مَنْ عادَى مِنَ النَّاسِ ظاهِرَا
وَرَبَّ عَلَيْهِ اللّهُ أَحْسَنَ صُنْعِهِ … وَكانَ لَهُ على البَرِيَّةِ ناصِرَا
فَأَلْفَيْتُهُ يَوْمًا يُبِيرُ عَدُوَّهُ … وَبَحْرَ عَطَاءٍ يَسْتَخِفُّ المَعابِرَا

(طويل) ٨ وقال أَيْضًا

يَعْتَذِرُ إِلَى النُّعْمانِ وَيَمْدَحُهُ

أَتانِي أَبَيْتَ اللَّعْنَ أَنَّكَ لُمْتَنِي … وَتِلْكَ الَّتِي أَهْتَمُّ مِنْهَا وَأَنْصَبُ
فَبِتُّ كَأَنَّ العائِداتِ فَرَشْنَنِي … هِرَاسًا بِهِ يُعْلَى فِرَاشِي وَيُقْشَبُ
حَلَفْتُ فَلَمْ أَتْرُكْ لِنَفْسِكَ رِيبَةً … وَلَيْسَ وَراءَ اللّهِ لِلْمَرْءِ مَذْهَبُ
لَئِنْ كُنْتَ قَدْ بُلِّغْتَ عَنِّي خِيانَةً … لَمُبْلِغُكَ الواشِي أَغَشُّ وَأَكْذَبُ
وَلٰكِنَّنِي كُنْتُ امْرَأً لِيَ جانِبٌ … مِنَ الأَرْضِ فِيهِ مُسْتَرادٌ وَمَذْهَبُ
مُلُوكٌ وَإِخْوانٌ إِذَا ما أَتَيْتُهُمْ … أُحَكَّمُ فِي أَمْوالِهِمْ وَأُقَرَّبُ
كَفِعْلِكَ فِي قَوْمٍ أَراكَ اصْطَنَعْتَهُمْ … فَلَمْ تَرَهُمْ فِي شُكْرِ ذَلِكَ أَذْنَبُ
فَلا تَتْرُكَنِّي بالوَعِيدِ كَأَنَّنِي … إِلَى النَّاسِ مَطْلِيٌّ بِهِ القَارُ أَجْرَبُ
أَلَمْ تَرَ أَنَّ اللّهَ أَعْطَاكَ سُورَةً … تَرَى كُلَّ مَلْكٍ دُونَها يَتَذَبْذَبُ
بِأَنَّكَ شَمْسٌ وَالمُلُوكُ كَواكِبٌ … إِذَا طَلَعَتْ لَمْ يَبْدُ مِنْهُنَّ كَوْكَبُ

وَلَسْتَ بِمُسْتَبْقٍ أَخًا لا تَلُمُّهُ   عَلَى شَعَثٍ أَيُّ الرِّجَالِ المُهَذَّبُ
فَإِنْ أَكُ مَظْلُومًا فَعَبْدٌ ظَلَمْتَهُ   وَإِنْ تَكُ ذَا عُتْبَى فَمِثْلُكَ يُعْتِبُ

٩ وقال ايضا (بسيط)

لَقَدْ نَهَيْتُ بَنِي ذُبْيَانَ عَنْ أُقُرٍ   وَعَنْ تَرَبُّعِهِمْ فِي كُلِّ أَصْفَارِ
وَقُلْتُ يا قَوْمِ إِنَّ اللَّيْثَ مُنْقَبِضٌ   عَلَى بَرَاثِنِهِ لِلْوَثْبَةِ الضَّارِ
لَا أَعْرِفَنْ رَبْرَبًا حُورًا مَدَامِعُهَا   كَأَنَّ أَبْكَارَهَا نِعَاجُ دُوَّارِ
يَنْظُرْنَ شَزْرًا إِلى مَنْ جَاءَ عَنْ عُرُضٍ   بِأَوْجُهٍ مُنْكِرَاتِ الرِّقِّ أَحْرَارِ
خَلْفَ العَضَارِيطِ لا يُوقَيْنَ فَاحِشَةً   مُسْتَمْسِكَاتٍ بِأَقْتَابٍ وَأَكْوَارِ
يُذْرِينَ دَمْعًا عَلَى الأَشْفَارِ مُنْحَدِرًا   يَأْمُلْنَ رِحْلَةَ حِصْنٍ وَٱبْنِ سَيَّارِ
إِمَّا عُصِيتُ فَإِنِّي غَيْرُ مُنْفَلِتٍ   مِنِّي اللِّصَابُ فَجَنْبَا حَرَّةِ النَّارِ
أَوْ أَضَعُ البَيْتَ فِي سَوْدَاءَ مُظْلِمَةٍ   تُقَيِّدُ العَيْرَ لا يَسْرِي بِهَا السَّارِ
تُدَافِعُ النَّاسَ عَنَّا حِينَ نَرْكَبُهَا   مِنَ المَظَالِمِ تُدْعَى أُمَّ صَبَّارِ
سَاقَ الرُّفَيْدَاتِ مِنْ جَوْشٍ وَمِنْ عِظَمٍ   وَمَاشَ مِنْ رَهْطِ رِبْعِيٍّ وَحَجَّارِ
قَرْمَيْ قُضَاعَةَ حَلَّا حَوْلَ حُجْرَتِهِ   مَدَّا عَلَيْهِ بِسُلَّافٍ وَأَنْفَارِ
حَتَّى ٱسْتَقَلَّ بِجَمْعٍ لا كِفَاءَ لَهُ   يَنْفِي الوُحُوشَ عَنِ الصَّحْرَاءِ جَرَّارِ
لا يَخْفِضُ الرِّزَّ عَنْ أَرْضٍ أَلَمَّ بِهَا   وَلَا يَضِلُّ عَلَى مِصْبَاحِهِ السَّارِ
وَعَيَّرَتْنِي بَنُو ذُبْيَانَ خَشْيَتَهُ   وَهَلْ عَلَيَّ بِأَنْ أَخْشَاكَ مِنْ عَارِ

١٠ وقال يُنْذِرُ بُجَيْبَهُ (بسيط)

أَبْلِغْ زِيَادًا وَحَيْنُ المَرْءِ مُدْرِكُهُ   وَإِنْ تَكَيَّسَ أَوْ كَانَ ٱبْنَ أَحْذَارِ

أَضْطَرَّكَ الحِرْزُ مِنْ لَيْلَى الى بَرَدٍ   تَخْتَارُهُ مَعْقِلًا عَنْ جُشِّ أَعْيَارِ
حَتَّى لَقِيتَ ٱبْنَ كَهْفِ اللُّومِ فى لَجِبٍ   يَنْفِي العَصَافِيرَ وَٱلْغِرْبَانَ جَرَّارِ
فَٱلْآنَ فَٱسْعَ بِأَقْوَامٍ غَرَرْتَهُمُ   بَنِي ضِبَابٍ وَدَعْ عنك ٱبْنَ سَيَّارِ
قَدْ كَانَ وَافِدَ أَقْوَامٍ فَجَاءَ بِهِمْ   وَٱنْتَاشَ عَانِيَهُ مِنْ أَهْلِ ذِي قَارِ

(وافر) ١١ فقال النَّابِغَة

يَرُدُّ عَلَى بَدْرٍ

أَلَا مَنْ مُبْلِغٌ عَنِّي خُرَيْمًا   وَزَبَّانَ الَّذِي لَمْ يَرْعَ صِهْرِي
فَإِيَّاكُمْ وَعُورًا دَامِيَاتٍ   كَأَنَّ صِلَاءَهُنَّ صِلَاءُ جَمْرِ
فَإِنِّي قَدْ أَتَانِي مَا صَنَعْتُمْ   وَمَا رَشَّحْتُمُ مِنْ شِعْرِ بَدْرِ
فَلَمْ يَكُ نَوْلُكُمْ أَنْ تُشْقِذُونِي   وَدُونِي عَازِبٌ وَبِلَادُ حَجْرِ
فَإِنَّ جَوَابَهَا فِي كُلِّ يَوْمٍ   أَلَمَّ بِأَنْفُسٍ مِنْكُمْ وَوَفْرِ
وَمَنْ يَتَرَبَّصِ الحَدَثَانَ تَنْزِلْ   بِمَوْلَاهُ عَوَانٌ غَيْرُ بِكْرِ

(بسيط) ١٢ وقال النّابغة ايضا

قَالَتْ بَنُو عَامِرٍ خَالُوا بَنِي أَسَدٍ   يَا بُؤْسَ لِلْجَهْلِ ضَرَّارًا لِأَقْوَامِ
يَأْبَى البَلَاءُ فَلَا نَبْغِي بِهِمْ بَدَلًا   وَلَا نُرِيدُ خِلَاءً بَعْدَ إِحْكَامِ
فَصَالِحُونَا جَمِيعًا إِنْ بَدَا لَكُمُ   وَلَا تَقُولُوا لَنَا أَمْثَالَهَا عَامِ
إِنِّي لَأَخْشَى عَلَيْكُمْ أَنْ يَكُونَ لَكُمْ   مِنْ أَجْلِ بَغْضَائِهِمْ يَوْمٌ كَأَيَّامِ
تَبْدُو كَوَاكِبُهُ وَالشَّمْسُ طَالِعَةٌ   لَا النُّورُ نُورٌ وَلَا الإِظْلَامُ إِظْلَامُ
أَوْ تَزْجُرُوا مُكْفَهِرًّا لَا كِفَاءَ لَهُ   كَاللَّيْلِ يَخْلِطُ أَصْرَامًا بِأَصْرَامِ

مُسْتَحْقِبِي حَلَقَ الماذِيِّ يَقْدُمُهُمْ   شُمُّ العَرانِينِ ضَرّابُونَ لِلْهامِ
لَهُمْ لِواءٌ بِكَفَّيْ ماجِدٍ بَطَلٍ   لا يَقْطَعُ الخَرْقَ إِلّا طَرْفُهُ سامِ
يَهْدِي كَتائِبَ خُضْرًا لَيْسَ يَعْصِمُها   إِلّا ٱبْتِدارٌ إِلَى مَوْتٍ بِإِلْجامِ
كَمْ غادَرَتْ خَيْلُنا مِنْكُمْ بِمُعْتَرَكٍ   لِلْخامِعاتِ أَكُفًّا بَعْدَ أَقْدامِ
يا رُبَّ ذاتِ حَلِيلٍ قَدْ فُجِعْنَ بِهِ   وَمُوتِمِينَ وَكانُوا غَيْرَ أَيْتامِ
وَالْخَيْلُ تَعْلَمُ أَنّا فِي تَجاوُلِها   عِنْدَ الطِّعانِ أُلُو بُوسَى وَإِنْعامِ
وَلَّوْا وَكَبْشُهُمُ يَكْبُو لِجَبْهَتِهِ   عِنْدَ ٱلْكُماةِ صَرِيعًا جَوْفُهُ دامِ

(طويل) ١٣ وقال ايضا

فى أَمْرِ بنى عامر

لِيَهْنِئْ بَنِي ذُبْيانَ أَنَّ بِلادَهُمْ   خَلَتْ لَهُمُ مِنْ كُلِّ مَوْلًى وَتابِعِ
سِوَى أَسَدٍ يَحْمُونَها كُلَّ شارِقٍ   بِأَلْفَيْ كَمِيٍّ ذِي سِلاحٍ ودارِعِ
قُعُودًا عَلَى آلِ الوَجِيهِ وَلاحِقٍ   يُقِيمُونَ حَوْلِيّاتِها بِالمَقارِعِ
يَهُزُّونَ أَرْماحًا طِوالًا مُتُونُها   بِأَيْدٍ طِوالٍ عارِياتِ الأَشاجِعِ
فَدَعْ عَنْكَ قَوْمًا لا عِتابَ عَلَيْهِمُ   هُمُ ٱلْحَقُوا عَبْسًا بِأَرْضِ القَعاقِعِ
وَقَدْ عَسَرَتْ مِنْ دُونِهِمْ بِأَكُفِّهِمْ   بَنُو عامِرٍ عَسْرَ المَخاضِ المَوانِعِ
فَما أَنا فِي سَهْمٍ وَلا نَصْرِ مالِكٍ   وَمَوْلاهُمُ عَبْدُ بْنُ سَعْدٍ بِطامِعِ
إِذا نَزَلُوا ذا ضَرْغَدٍ فَعُتايِدًا   تُغَنِّيهِمُ فِيها نَقِيقُ ٱلضَّفادِعِ
ءُودا لَدَى أَبْياتِهِمْ يَثْمُدُونَها   رَمَى اللّٰهُ فِي تِلْكَ الأُنُوفِ ٱلْكَوانِعِ

(كامل) ١٦ وقال أَيْضًا

أَمِنَ آلِ مَيَّةَ رائِحٌ أَوْ مُغْتَدِ … عَجْلَانَ ذَا زَادٍ وَغَيْرَ مُزَوَّدِ
أَفِدَ التَّرَحُّلُ غَيْرَ أَنَّ رِكَابَنَا … لَمَّا تَزُلْ بِرِحَالِنَا وَكَأَنْ قَدِ
زَعَمَ الغُدَافُ بِأَنَّ رِحْلَتَنَا غَدًا … وبِذاك خَبَّرَنَا الغُدافُ الأَسْوَدُ
لا مَرْحَبًا بِغَدٍ وَلَا أَهْلًا بِهِ … إِنْ كَانَ تَفْرِيقُ الأَحِبَّةِ فِى غَدِ
حانَ الرَّحِيلُ وَلَمْ تُوَدِّعْ مَهْدَدًا … وَالصُّبْحُ والإِمْساءُ مِنْهَا مَوْعِدِ
فِى إِثْرِ غَانِيَةٍ رَمَتْكَ بِسَهْمِهَا … فَأَصَابَ قَلْبَكَ غَيْرَ أَنْ لَمْ تُقْصِدِ
غَنِيَتْ بِذَالِكَ إِذْ هُمُ لَكَ جِيرَةٌ … مِنْهَا بِعَطْفِ رِسالَةٍ وتَوَدُّدِ
وَلَقَدْ أَصَابَ فُؤَادَهُ مِنْ حُبِّهَا … عَنْ ظَهْرِ مِرْنَانٍ بِسَهْمٍ مُصْرَدِ
نَظَرَتْ بِمُقْلَةِ شادِنٍ مُتَرَبِّبٍ … أَحْوَى أَحَمِّ المُقْلَتَيْنِ مُقَلَّدِ
وَالنَّظْمُ فِى سِلْكٍ يُزَيِّنُ نَحْرَهَا … ذَهَبٌ تَوَقَّدَ كالشِّهابِ المُوقَدِ
صَفْرَاءُ كَالسِّيَرَاءِ أُكْمِلَ خَلْقُهَا … كَالغُصْنِ فِى غُلَوائِهِ المُتَأَوِّدِ
وَالبَطْنُ ذُو عُكَنٍ لَطِيفٍ طَيُّهُ … وَالنَّحْرُ تَنْفُجُهُ بِثَدْيٍ مُقْعَدِ
مَحْطُوطَةُ المَتْنَيْنِ غَيْرُ مُفاضَةٍ … رَيَّا الرَّوادِفِ بَضَّةُ المُتَجَرَّدِ
قامَتْ تَرَاءَى بَيْنَ سَجْفَىْ كِلَّةٍ … كَالشَّمْسِ يَوْمَ طُلُوعِهَا بِالأَسْعُدِ
أَوْ دُرَّةٍ صَدَفِيَّةٍ غَوَّاصُهَا … بَهِجٌ مَتَى يَرَهَا يُهِلَّ وَيَسْجُدِ
أَوْ دُمْيَةٍ مِنْ مَرْمَرٍ مَرْفُوعَةٍ … بُنِيَتْ بِآجُرٍّ تُشَادُ وَقَرْمَدِ
سَقَطَ النَّصِيفُ وَلَمْ تُرِدْ إِسْقاطَهُ … فَتَنَاوَلَتْهُ وَاتَّقَتْنَا بِاليَدِ
بِمُخَضَّبٍ رَخْصٍ كَأَنَّ بَنَانَهُ … عَنَمٌ يَكادُ مِنَ اللَّطافَةِ يُعْقَدُ
نَظَرَتْ إِلَيْكَ بِحاجَةٍ لَمْ تَقْضِهَا … نَظَرَ السَّقِيمِ إِلَى وُجُوهِ العُوَّدِ

تَجْلُو بِقَادِمَتَىْ حَمَامَةِ أَيْكَةٍ بَرَدًا أُسِفَّ لِثَاتُهُ بِالإِثْمِدِ
كَالأُقْحُوَانِ غَدَاةَ غِبِّ سَمَائِهِ جَفَّتْ أَعَالِيهِ وَأَسْفَلُهُ نَدِ
زَعَمَ الهُمَامُ بِأَنَّ فَاهَا بَارِدٌ عَذْبٌ مُقَبَّلُهُ شَهِىُّ المَوْرِدِ
زَعَمَ الهُمَامُ وَلَمْ أَذُقْهُ أَنَّهُ عَذْبٌ إِذَا مَا ذُقْتُهُ قُلْتُ ٱزْدَدِ
زَعَمَ الهُمَامُ وَلَمْ أَذُقْهُ أَنَّهُ يُشْفَى بِرَيَّا رِيقِهَا العَطِشُ الصَّدِ
أَخَذَ العَذَارَى عِقْدَهَا فَنَظَمْنَهُ مِنْ لُؤْلُؤٍ مُتَتَابِعٍ مُتَسَرِّدِ
لَوْ أَنَّهَا عَرَضَتْ لِأَشْمَطَ رَاهِبٍ عَبَدَ الإِلَاهَ صَرُورَةٍ مُتَعَبِّدِ
لَرَنَا لِرُؤْيَتِهَا وَحُسْنِ حَدِيثِهَا وَلَخَالَهُ رُشْدًا وَإِنْ لَمْ يَرْشُدِ
بِتَكَلُّمٍ لَوْ تَسْتَطِيعُ كَلَامَهُ لَدَنَتْ لَهُ أَرْوَى الهِضَابِ الصُّخَّدِ
وَبِفَاحِمٍ رَجْلٍ أَثِيثٍ نَبْتُهُ كَالكَرْمِ مَالَ عَلَى الدِّعَامِ المُسْنَدِ
وَإِذَا لَمَسْتَ لَمَسْتَ أَجْثَمَ جَاثِمًا مُتَحَيِّزًا بِمَكَانِهِ مِلْءَ اليَدِ
وَإِذَا طَعَنْتَ طَعَنْتَ فِى مُسْتَهْدِفٍ رَابِى المَجَسَّةِ بِالعَبِيرِ مُقَرْمَدِ
وَإِذَا نَزَعْتَ نَزَعْتَ عَن مُسْتَحْصِفٍ نَزْعَ الحَزَوَّرِ بِالرِّشَاءِ المُحْصَدِ
لَا وَارِدٌ مِنْهَا يَحُورُ لِمَصْدَرٍ عَنْهَا وَلَا صَدِرٌ يَحُورُ لِمَوْرِدِ

(طويل) ١٥ وقال ايضا

لَقَدْ قُلْتُ لِلنُّعْمَانِ يَوْمَ لَقِيتُهُ يُرِيدُ بَنِى حُنٍّ بِبُرْقَةِ صَادِرِ
تَجَنَّبْ بَنِى حُنٍّ فَإِنَّ لِقَاءَهُمْ كَرِيهٌ وَإِنْ لَمْ تَلْقَ إِلَّا بِصَابِرِ
عِظَامُ اللُّهَى أَوْلَادُ عُذْرَةَ إِنَّهُمْ لَهَامِيمُ يَسْتَلْهُونَهَا بِالجَرَاجِرِ
هُمُ مَنَعُوا وَادِى القُرَى مِنْ عَدُوِّهِمْ بِجَمْعٍ مُبِيرٍ لِلعَدُوِّ المُكَاثِرِ
مِنَ الوَارِدَاتِ المَاءَ بِالقَاعِ تَسْتَقِى بِأَعْجَازِهَا قَبْلَ ٱسْتِقَاءِ الحَنَاجِرِ

بُراخِيَّةٌ أُلْوَتْ بِلِيفٍ كَأَنَّهُ ... عِفاءُ قِلاصٍ طارَ عَنْها تَواجِرُ
صِغارُ النَّوَى مَكْنُوزَةٌ لَيْسَ قِشْرُها ... إِذا طارَ قِشْرُ التَّمْرِ عَنْها بِطائِرِ
هُمُ طَرَدُوا عَنْها بَلِيًّا فَأَصْبَحَتْ ... بَلِيٌّ بِوادٍ مِنْ تِهامَةَ غائِرِ
وَهُمْ مَنَعُوها مِنْ قُضاعَةَ كُلِّها ... وَمِنْ مُضَرَ الحَمْراءِ عِنْدَ التَّغاوُرِ
وَهُمْ قَتَلُوا الطّائِيَّ بِالْحِجْرِ عَنْوَةً ... أَبا جابِرٍ وَٱسْتَنْكَحُوا أُمَّ جابِرِ

(بسيط) ١٦ وقال ايضا

لا يُبْعِدِ اللّٰهُ جِيرانًا تَرَكْتُهُمُ ... مِثْلَ المَصابِيحِ تَجْلُو لَيْلَةَ الظُّلَمِ
لا يَبْرَمُونَ إِذا ما الأُفْقُ جَلَّلَهُ ... بَرْدُ الشِّتاءِ مِنَ الأَمْحالِ كالأَدَمِ
هُمُ المُلُوكُ وأَبْناءُ المُلُوكِ لَهُمْ ... فَضْلٌ عَلَى النّاسِ فِي اللَّأْواءِ وَالنِّعَمِ
أَحْلامُ عادٍ وأَجْسادٌ مُطَهَّرَةٌ ... مِنَ المَعَقَّةِ والآفاتِ وَالإِثَمِ

(كامل) ١٧ وقال ايضا

جَمِّعْ مَحاشَكَ يا يَزِيدُ فَإِنَّنِي ... أَعْدَدتُ يَرْبُوعًا لَكُمْ وتَمِيمَا
ولَحِقْتُ بالنَّسَبِ الَّذِي عَيَّرْتَنِي ... وَتَرَكْتَ أَصْلَكَ يا يَزِيدُ ذَمِيمَا
عَيَّرْتَنِي نَسَبَ الكِرامِ وَإِنَّما ... فَخْرُ المُفاخِرِ أَنْ يُعَدَّ كَرِيمَا
حَدِبَتْ عَلَيَّ بُطُونُ ظِنَّةَ كُلُّها ... إِنْ ظالِمًا فِيهِمْ وَإِنْ مَظْلُومَا
لَوْلا بَنُو عَوْفِ بْنِ بُهْثَةَ أَصْبَحَتْ ... بِالنَّعْفِ أُمُّ بَنِي أَبِيكَ عَقِيمَا

(طويل) ١٨ وقال ايضا

أَبْلِغْ بَنِي ذُبْيانَ أَنْ لا أَخا لَهُمْ ... بِعَبْسٍ إِذا حَلُّوا الدِّماخَ فَأَظْلَمَا

بِجَمْعٍ كَلَوْنِ الأَعْبَلِ الجَوْنِ لَوْنُهُ   تَرَى فى نَواحِيهِ زُهَيْرًا وحِذْيَمَا
هُمُ يَرِدُونَ المَوْتَ عِنْدَ خِيَاصِهِ   إِذا كَانَ وِرْدُ المَوْتِ لا بُدَّ أَكْرَمَا

١٩ وقال أيضا (وافر)

أَلَمْ أُقْسِمْ عَلَيْكَ لِتُخْبِرَنِّي   أَمَحْمُولٌ عَلَى النَّعْشِ الهُمَامُ
فَإِنِّي لَا أَلَامُ عَلَى دُخُولٍ   ولاكِنْ مَا وَرَاءَكَ يا عِصَامُ
فَإِنْ يَهْلِكْ أَبُو قابُوسَ يَهْلِكْ   رَبِيعُ النَّاسِ والشَّهْرُ الحَرَامُ
وَنُمْسِكْ بَعْدَهُ بِذِنَابِ عَيْشٍ   أَجَبِّ الظَّهْرِ لَيْسَ لَهُ سَنَامُ

٢٠ وقال ايضا (طويل)

إِنْ يَرْجِعِ النُّعْمانُ نَفْرَحْ وَنَبْتَهِجْ   وَيَأْتِ مَعَدًّا مُلْكُها ورَبِيعُها
وَيَرْجِعْ إِلَى غَسَّانَ مُلْكٌ وسُودَدٌ   وتِلْكَ المُنَى لَوْ أَنَّنا نَسْتَطِيعُها
وَإِنْ يَهْلِكِ النُّعْمانُ تُعْرَ مَطِيَّةٌ   ويُلْقَ إِلَى جَنْبِ الفِنَاءِ قُطُوعُها
وَتَنْحَطْ حَصانٌ آخِرَ اللَّيْلِ نَحْطَةً   تَقَضْقَضُ مِنْهَا أَوْ تَكادُ ضُلُوعُها
عَلَى إِثْرِ خَيْرِ النَّاسِ إِنْ كَانَ هَالِكًا   وإِنْ كَانَ فى جَنْبِ الفِرَاشِ ضَجِيعُها

٢١ وقال ايضا (وافر)

فَإِنْ يَكُ عَامِرٌ قَدْ قَالَ جَهْلًا   فَإِنَّ مَظِنَّةَ الجَهْلِ الشَّبَابُ
فَكُنْ كَأَبِيكَ أَوْ كَأَبِي بَرَاءٍ   تُوَافِقْكَ الحُكُومَةُ والصَّوَابُ
وَلَا تَذْهَبْ بِحِلْمِكَ طَامِيَاتٌ   مِنَ الخُيَلَاءِ لَيْسَ لَهُنَّ بَابُ
فَإِنَّكَ سَوْفَ تَحْلُمُ أَوْ تَنَاهَى   إِذَا مَا شِبْتَ أَوْ شَابَ الغُرَابُ

فَإِنْ تَكُنِ الفَوَارِسُ يَوْمَ حِسْيٍ   أَصَابُوا مِنْ لِقَائِكَ مَا أَصَابُ
فَمَا إِنْ كَانَ مِنْ نَسَبٍ بَعِيدٍ   وَلَاكِنْ أَدْرَكُوكَ وَهُمْ غِضَابُ
فَوَارِسُ مِنْ مَنُولَةَ غَيْرُ مِيلٍ   وَمُرَّةَ فَوْقَ جَمْعِهِمُ العُقَابُ

٢٢ وقال ايضا (وافر)

لَعَمْرُكَ مَا خَشِيتُ عَلَى يَزِيدٍ   مِنَ الْفَخْرِ الْمُضَلَّلِ مَا أَتَانِ
كَأَنَّ التَّاجَ مَعْصُوبًا عَلَيْهِ   لِأَذْوَادٍ أُصِبْنَ بِذِى أَبَانِ
فَحَسْبُكَ أَنْ تُهَاضَ بِمُحْكَمَاتٍ   يَمُرُّ بِهَا الرَّوِىُّ عَلَى لِسَانِ
فَقَبْلَكَ مَا شُتِمْتُ وَقَاذَعُونِى   فَمَا نَزُرَ الْكَلَامُ وَلَا شَجَانِ
يَصُدُّ الشَّاعِرُ الثُّنْيَانُ عَنِّى   صُدُودَ الْبَكْرِ عَنْ قَرْمٍ هِجَانِ
أَثَرْتَ الْغَىَّ ثُمَّ نَزَعْتَ عَنْهُ   كَمَا حَادَ الْأَزَبُّ عَنِ الطِّعَانِ
فَإِنْ يَقْدِرْ عَلَيْكَ أَبُو قُبَيْسٍ   تَمُطَّ بِكَ الْمَعِيشَةُ فِى هَوَانِ
وَتُخْضَبْ لِحْيَةٌ غَدَرَتْ وَخَانَتْ   بِأَحْمَرَ مِنْ نَجِيعِ الْجَوْفِ آنِ
وَكُنْتَ أَمِينَهُ لَوْ لَمْ تَخُنْهُ   وَلَاكِنْ لَا أَمَانَةَ لِلْيَمَانِ

٢٣ وقال يَزِيدُ يُجِيبُهُ (وافر)

وَإِنْ يَقْدِرْ عَلَىَّ أَبُو قُبَيْسٍ   تَجِدْنِى عِنْدَهُ حَسَنَ الْمَكَانِ
تَجِدْنِى كُنْتُ خَيْرًا مِنْكَ غَيْبًا   وَأَمْضَى بِاللِّسَانِ وَبِالسِّنَانِ
وَأَىُّ النَّاسِ أَغْدَرُ مِنْ شَآمٍ   لَهُ صُرَدَانِ مُنْطَلِقَا اللِّسَانِ
وَإِنَّ الغَدْرَ قَدْ عَلِمَتْ مَعَدٌّ   بَنَاهُ فِى بَنِى ذُبْيَانَ بَانِ
وَإِنَّ الفَحْلَ تُنْزَعُ خُصْيَتَاهُ   فَيُصْبِحُ جَافِرًا قَرِحَ الهِجَانِ

٢٤ وَقَالَ النَّابِغَةُ (طويل)

يَرْثِى النُّعْمَانَ بْنَ الحَارِثِ بْنِ أَبِى شَمِرٍ الغَسَّانِيَّ

دَعاكَ الْهَوَا وَٱسْتَجْهَلَتْكَ المَنازِلُ　　وَكَيْفَ تَصابِى المَرْءِ والشَّيْبُ شامِلُ
وَقَفْتُ بِرَبْعِ الدَّارِ قَدْ غَيَّرَ البِلَى　　مَعارِفَهَا والسَّارِيَاتُ الهَواطِلُ
أُسَائِلُ عَنْ سُعْدَى وَقَدْ مَرَّ بَعْدَنَا　　عَلَى عَرَصاتِ الدَّارِ سَبْعٌ كَوامِلُ
فَسَلَّيْتُ مَا عِنْدِى بِرَوْحَةِ عِرْمِسٍ　　تَخُبُّ بِرَحْلِى تَارَةً وتُنَاقِلُ
مُوَثَّقَةِ الأَنْساءِ مَضْبُورَةِ القَرَا　　نَعُوبٍ إِذَا كَلَّ العِتاقُ المَرَاسِلُ
كَأَنِّى شَدَدْتُ الرَّحْلَ حِينَ تَشَذَّرَتْ　　عَلَى قارِحٍ مِمَّا تَضَمَّنَ عاقِلُ
أَقَبَّ كَعَقْدِ الأَنْدَرِيِّ مُسَحَّجٍ　　حَزابِيَةٍ قَدْ كَدَّمَتْهُ المَساحِلُ
أَضَرَّ بِجَرْداءِ النُّسالَةِ سَمْحَجٍ　　يُقَلِّبُها إِذْ أَعْوَزَتْهُ الحَلائِلُ
إِذَا جاهَدَتْهُ الشَّدَّ جَدَّ وَإِنْ وَنَتْ　　تَساقَطَ لا وَانٍ وَلَا مُتَخاذِلُ
وَإِنْ هَبَطَا سَهْلًا أَثارَا عَجَاجَةً　　وإِنْ عَلَوَا حَزْنًا تَشَظَّتْ جَنَادِلُ
وَرَبِّ بَنِى البَرْشاءِ ذُهْلٍ وَقَيْسِهَا　　وَشَيْبَانَ حَيْثُ ٱسْتَبْهَلَتْهَا المَنَاهِلُ
لَقَدْ عالَنِى ما سَرَّهَا وتَقَطَّعَتْ　　لِرَوْعَاتِهَا مِنِّى القُوَى والوَسائِلُ
فَلَا يَهْنَئِ الأَعْداءَ مَصْرَعُ مُلْكِهِمْ　　وَما عَتَقَتْ مِنْهُ تَمِيمٌ وَوائِلُ
وَكَانَتْ لَهُمْ رِبْعِيَّةٌ يَحْذَرُونَهَا　　إِذَا خَضْخَضَتْ ماءَ السَّماءِ القَبَائِلُ
يَسِيرُ بِهَا النُّعْمَانُ تَغْلِى قُدُورُهُ　　تَجِيشُ بِأَسْبابِ المَنَايَا المَرَاجِلُ
يَحُثُّ الحُداةَ جالِزًا بِرِدائِهِ　　يَقِى حاجِبَيْهِ ما تُثِيرُ القَنَابِلُ
يَقُولُ رِجالٌ يُنْكِرُونَ خَلِيقَتِى　　لَعَلَّ زِيادًا لا أَبَا لَكَ غافِلُ
أَبَى غَفْلَتِى أَنِّى إِذَا ما ذَكَرْتُهُ　　تَحَرَّكَ داءٌ فِى فُؤادِى داخِلُ

وَإِنَّ تِلادِي إِنْ ذَكَرْتُ وشِكَّتِي   وَمُهْرِي وَمَا ضَمَّتْ إِلَيَّ الأَنامِلُ
حِبَاؤُكَ والعِيسُ العِتَاقُ كَأَنَّها   هِجَانُ المَهَى تُحْدَى عَلَيْهَا الرَّحائِلُ
فَإِنْ تَكُ قَدْ وَدَّعْتَ غَيْرَ مُذَمَّمٍ   أَواسِيَ مُلْكٍ ثَبَّتَتْهُ الأَوائِلُ
فَلَا تَبْعَدَنْ إِنَّ المَنِيَّةَ مَوْعِدٌ   وَكُلُّ امْرِئٍ يَوْمًا بِهِ الحَالُ زائِلُ
فَمَا كانَ بَيْنَ الخَيْرِ لَوْ جاءَ سالِمًا   أَبُو حُجُرٍ إِلَّا لَيالٍ قَلائِلُ
فَإِنْ تَحْيَ لا أَمْلَلْ حَيَاتِي وَإِنْ تَمُتْ   فَمَا فِي حَياةٍ بَعْدَ مَوْتِكَ طائِلُ
فَآبَ مُصَلُّوهُ بِعَيْنٍ جَلِيَّةٍ   وَغُودِرَ بِالجَوْلانِ حَزْمٌ وَنائِلُ
سَقَى الغَيْثُ قَبْرًا بَيْنَ بُصْرَى وجاسِمٍ   بِغَيْثٍ مِنَ الوَسْمِيِّ قَطْرٌ وَوابِلُ
وَلا زالَ رَيْحانٌ وَمِسْكٌ وَعَنْبَرٌ   عَلَى مُنْتَهاهُ دِيمَةٌ ثُمَّ هاطِلُ
وَيُنْبِتُ حَوْذانًا وعَوْفًا مُنَوِّرًا   سَأُتْبِعُهُ مِنْ خَيْرِ ما قالَ قائِلُ
بَكَى حارِثُ الجَوْلانِ مِنْ فَقْدِ رَبِّهِ   وَحَوْرانُ مِنْهُ مُوحِشٌ مُتَضائِلُ
قُعُودًا لَهُ غَسَّانُ يَرْجُونَ أَوْبَهُ   وَتُرْكٌ وَرَهْطُ الأَعْجَمِينَ وكابِلُ

كَمَلَ جميعُ ما رواهُ الاصمعيُّ من شعر النّابغة ونَصِل به قصائدَ
منتخبَةً مما رواه غيرُ الاصمعيّ إن شاء اللّهُ

٢٥ قال النّابغة (وافر)

حين قَتَلَتْ بنو عبس نضلةَ وقَتَلَتْ بنو أسد منهم رَجُلَيْنِ
فأراد عُيَيْنَةُ عَوْنَ بنى عبس

غَشِيتُ مَنازِلًا بِعُرَيْتِنَاتٍ   فَأَعْلَى الجِزْعِ لِلْحَيِّ المُبِنِّ
تَعاوَرَهُنَّ صَرْفُ الدَّهْرِ حَتَّى   عَفَوْنَ وَكُلُّ مُنْهَمِرٍ مُرِنِّ

وَقَفْتُ بِها ٱلقَلُوصَ عَلَى ٱكْتِئابٍ … وَذاكَ تَفارُطُ الشَّوْقِ المُعَنِّ
أُسائِلُها وَقَدْ سَفَحَتْ دُمُوعِى … كَأَنَّ مَفِيضَهُنَّ غُرُوبُ شَنِّ
بُكاءَ حَمامَةٍ تَدْعُو هَدِيلًا … مُفَجَّعَةٍ عَلَى فَنَنٍ تُغَنِّى
أَلِكْنِى يا عُيَيْنَ إِلَيْكَ قَوْلًا … سَأُهْدِيهِ إِلَيْكَ إِلَيْكَ عَنِّى
قَوافِىَ كالسِّلامِ إِذا ٱسْتَمَرَّتْ … فَلَيْسَ يَرُدُّ مَذْهَبَها التَّظَنِّى
بِهِنَّ أُدِينُ مَنْ يَبْغِى أَذاتِى … مُدايَنَةَ المُدايِنِ فَلْيَدِنِّى
أَتَخْذُلُ ناصِرِى وَتُعِزُّ عَبْسًا … أَيَرْبُوعَ بْنَ غَيْظٍ لِلْمِعَنِّ
كَأَنَّكَ مِنْ جِمالِ بَنِى أُقَيْشٍ … يُقَعْقَعُ خَلْفَ رِجْلَيْهِ بِشَنِّ
تَكُونُ نَعامَةً طَوْرًا وطَوْرًا … هَوِىَّ الرِّيحِ تَنْسِجُ كُلَّ فَنِّ
تَمَنَّ بِعادَهُمْ وٱسْتَبْقِ مِنْهُمْ … فَإِنَّكَ سَوْفَ تُتْرَكُ والتَّمَنِّى
لَدَى جَرْعاءَ لَيْسَ بِها أَنِيسٌ … وَلَيْسَ بِها الدَّلِيلُ بِمُطْمَئِنِّ
إِذا حاوَلْتَ فى أَسَدٍ فُجُورًا … فَإِنِّى لَسْتُ مِنْكَ وَلَسْتَ مِنِّى
فَهُمْ دِرْعِى الَّتِى ٱسْتَلْأَمْتُ فِيها … الى يَوْمِ النِّسارِ وَهُمْ مِجَنِّى
وَهُمْ وَرَدُوا الجِفارَ عَلَى تَمِيمٍ. … وَهُمْ أَصْحابُ يَوْمِ عُكاظَ إِنِّى
شَهِدْتُ لَهُمْ مَواطِنَ صادِقاتٍ … أَتَيْنَهُمُ بِوُدِّ الصَّدْرِ مِنِّى
وَهُمْ سارُوا لِحُجْرٍ فى خَمِيسٍ … وكانوا يَوْمَ ذالِكَ عِنْدَ ظَنِّى
وَهُمْ زَحَفُوا لِغَسّانٍ بِزَحْفٍ … رَحِيبِ السَّرْبِ أَرْعَنَ مُرْجَحِنِّ
بِكُلِّ مُجَرَّبٍ كاللَّيْثِ يَسْمُو … عَلَى أَوْصالِ ذَيّالٍ رِفَنِّ
وَضُمْرٍ كالقِداحِ مُسَوَّماتٍ … عَلَيْها مَعْشَرٌ أَشْباهُ جِنِّ
غَداةَ تَعاوَرَتْهُ ثَمَّ بِيضٌ … دُفِعْنَ إِلَيْهِ فى الرَّهْجِ المُكِنِّ
وَلَوْ أَنِّى أَطَعْتُكَ فى أُمُورٍ … قَرَعْتُ نَدامَةً مِنْ ذاكَ سِنِّى

٢٦ وقال ايضا

(وافر)

أَتارِكَةٌ تَدَلُّلَهَا قَطَامِ　　وَضِنًّا بِالتَّحِيَّةِ وَالكَلامِ
فَإِنْ كانَ الدَّلالَ فَلا تَلَجِّي　　وإِنْ كانَ الوَداعَ فَبِالسَّلامِ
فَلَوْ كانَتْ غَداةَ البَيْنِ مَنَّتْ　　وَقَدْ رَفَعُوا الخُدُورَ على الخِيامِ
صَفَحْتُ بِنَظْرَةٍ فَرَأَيْتُ مِنْهَا　　تُحَيْتَ الخِدْرِ واضِعَةَ القِرامِ
تَرائِبَ يَسْتَضِيءُ الحَلْىُ فِيهَا　　كَجَمْرِ النّارِ بُذِّرَ بِالظَّلامِ
كَأَنَّ الشَّذْرَ والياقُوتَ مِنْهَا　　عَلَى جَيْداءَ فاتِرَةِ البُغامِ
خَلَتْ بِغَزالِهَا وَدَنَا عَلَيْهَا　　أَراكُ الجِزْعِ أَسْفَلَ مِنْ سَنَامِ
تَسَفُّ بَرِيرَهُ وَتَرُودُ فِيهِ　　إِلَى دُبُرِ النَّهارِ مِنَ البَشامِ
كَأَنَّ مُشَعْشَعًا مِنْ خَمْرِ بُصْرَى　　نَمَتْهُ البُخْتُ مَشْدُودَ الخِتامِ
نَمَيْنَ قِلالَهُ مِنْ بَيْتِ رَأْسٍ　　إِلَى لُقْمانَ فِى سُوقٍ مُقامِ
إِذا فُضَّتْ خَواتِمُهُ عَلاهُ　　يَبِيسُ القُمَّحانِ مِنَ المُدامِ
عَلَى أَنْيابِهَا بِغَرِيضِ مُزْنٍ　　تَقَبَّلَهُ الجُباةُ مِنَ الغَمامِ
فَأَضْحَتْ فِى مَداهِنَ بارِداتٍ　　بِمُنْطَلَقِ الجَنُوبِ على الجِهامِ
تَلَذُّ لِطَعْمِهِ وَتَخالُ فِيهِ　　إِذا نَبَّهْتَهَا بَعْدَ المَنامِ
فَدَعْهَا عَنْكَ إِذْ شَطَّتْ نَواهَا　　وَلَجَّتْ مِنْ بِعادِكَ فِى غَرامِ
وَلٰكِنْ ما أَتاكَ عَنِ ٱبْنِ هِنْدٍ　　مِنَ الحَزْمِ المُبَيَّنِ والتَّمامِ
فِداءٌ ما تُقِلُّ النَّعْلُ مِنِّى　　إِلَى أَعْلَى الذُّؤابَةِ لِلهُمامِ
وَمَغْزاهُ قَبائِلَ غائِظاتٍ　　عَلَى الذِّهْبَوْطِ فِى لَجِبٍ لُهامِ
يُقَدْنَ مَعَ ٱمْرِئٍ يَدَعُ الهُوَيْنَا　　وَيَعْمِدُ لِلْمُهِمّاتِ العِظامِ

أُعِينَ عَلَى العَدُوِّ بِكُلِّ طِرْفٍ   وَسَلْهَبَةٍ تُجَلَّلُ بِالسِّمَامِ
وَأَسْمَرَ مَارِنٍ يَلْتَاحُ فِيهِ   سِنَانٌ مِثْلُ نِبْرَاسِ النِّهَامِ
وَأَنْبَاءُ المُنَبِّئِ أَنَّ حَيًّا   حُلُولاً مِنْ جُكَامٍ أَوْ جُذَامِ
وَأَنَّ القَوْمَ نَصْرُهُمُ جَمِيعٌ   فِئَامٌ مُجْلِبُونَ إِلَى فِئَامِ
فَأَوْرَدَهُنَّ بَطْنَ الأَتْمِ شُعْثًا   يَصُنَّ المَشْيَ كَالحِدَإِ التُّوَامِ
عَلَى إِثْرِ الأَدِلَّةِ وَالبَغَايَا   وَخَفْقِ النَّاجِيَاتِ مِنَ الشَّآمِ
فَبَاتُوا سَاكِنِينَ وَبَاتَ يَسْرِي   يُقَرِّبُهُ لَهُمْ لَيْلُ التِّمَامِ
فَصَبَّحَهُمْ بِهَا صَهْبَاءَ صِرْفًا   كَأَنَّ رُؤُوسَهُمْ بَيْضُ النَّعَامِ
فَذَاقَ المَوْتَ مَنْ بَرَكَتْ عَلَيْهِ   وَبِالنَّاجِينَ أَظْفَارٌ دَوَامِ
وَهُنَّ كَأَنَّهُنَّ نِعَاجُ رَمْلٍ   يُسَوِّينَ الذُّيُولَ عَلَى الخِدَامِ
يُوَصِّينَ الرُّوَاةَ اذا أَلَمُّوا   بِشُعْثٍ مُكْرَهِينَ على الفِطَامِ
وَأَضْحَى سَاطِعًا بِجِبَالِ حِسْمَى   دُقَاقُ التُّرْبِ مُحْتَزِمُ القَتَامِ
فَهَمَّ الطَّالِبُونَ لِيُدْرِكُوهُ   وَمَا رَامُوا بِذَالِكَ مِنْ مَرَامِ
إِلَى صَعْبِ المَقَادَةِ ذِي شَرِيسٍ   نَمَاهُ فِي فُرُوعِ المَجْدِ نَامِ
أَبُوهُ قَبْلَهُ وَأَبُو أَبِيهِ   بَنَوْا مَجْدَ الحَيَاةِ عَلَى إِمَامِ
فَدَوَّخْتَ العِرَاقَ فَكُلُّ قَصْرٍ   يُجَلَّلُ خَنْدَقٌ مِنْهُ وَحَامِ
وَمَا تَنْفَكُّ مَحْلُولًا عُرَاهَا   عَلَى مُتَنَاذَرِ الأَكْلَاءِ طَامِ

٢٧ وقال ايضا (طويل)

أَهَاجَكَ مِنْ سُعْدَاكَ مَغْنَى المَعَاهِدِ   بِرَوْضَةِ نُعْمِيٍّ فَذَاتِ الأَسَاوِدِ
تَعَاوَرَهَا الأَرْوَاحُ يَنْسِفْنَ تُرْبَهَا   وَكُلُّ مُلِثٍّ ذِي أَهَاضِيبَ رَاعِدِ

بِهَا كُلُّ ذَيَّالٍ وَخَنْسَاءَ تَرْعَوِى   إِلَى كُلِّ رَجَّافٍ مِنَ الرَّمْلِ فَارِدِ
عَهِدتُّ بِهَا سُعْدَى وسُعْدَى غَرِيرَةٌ   عَرُوبٌ تَهَادَى فِى جَوَارٍ خَرائِدِ
لَعَمْرِى لَنِعْمَ الحَىُّ صَبَّحَ سَرْبَنَا   وأَبْيَاتَنَا يَوْمًا بِذَاتِ المَرَاوِدِ
يَقُودُهُمُ النُّعْمَانُ مِنْهُ بِمُحْصَفٍ   وَكَيْدٍ يَغُمُّ الخَارِجِىَّ مُنَاجِدِ
وَشِيمَةِ لَا وَانٍ وَلا وَاهِنِ القُوَى   وَجَدٍّ إِذَا خَابَ المُفِيدُونَ صَاعِدِ
فَآبَ بِأَبْكَارٍ وَعُونٍ عَقَائِلٍ   أَوانِسَ يَحْمِيهَا آمْرُؤٌ غَيْرُ زَاهِدِ
يُخَطِّطْنَ بِالعِيدَانِ فِى كُلِّ مَقْعَدٍ   وَيَخْبَأْنَ رُمَّانَ الثُّدِىِّ النَّوَاهِدِ
وَيَضْرِبْنَ بِالأَيْدِى وَرَاءَ بَرَاغِزٍ   حِسَانِ الوُجُوهِ كَالظِّبَاءِ العَوَاقِدِ
غَرائِرُ لَمْ يَلْقَيْنَ بَأْسَاءَ قَبْلَهَا   لَدَى آبْنِ الجُلَاحِ مَا يَثِقْنَ بِوَافِدِ
أُصَابَ بَنِى غَيْظٍ فَأَضْحَوْا عِبَادَهُ   وَجَلَّلَهَا نُعْمَى عَلَى غَيْرِ وَاحِدِ
فَلَا بُدَّ مِنْ عَوْجَاءَ تَهْوِى بِرَاكِبٍ   إِلَى آبْنِ الجُلَاحِ سَيْرُهَا اللَّيْلَ قَاصِدِ
تَخُبُّ الى النُّعْمَانِ حَتَّى تَنَالَهُ   فِدًى لَكَ مِنْ رَبٍّ طَرِيفِى وَتَالِدِى
فَسَكَّنْتُ نَفْسِى بَعْدَ مَا طَارَ رُوحُهَا   وَأَلْبَسَنِى نُعْمَى وَلَسْتُ بِشَاهِدِ
وَكُنْتُ آمْرَءًا لَا أَمْدَحُ الدَّهْرَ سُوقَةً   فَلَسْتُ عَلَى خَيْرٍ أَتَاكَ بِحَاسِدِ
سَبَقْتَ الرِّجَالَ البَاهِشِينَ إِلَى العُلَى   كَسَبْقِ الجَوَادِ آصْطَادَ قَبْلَ الطَّوَارِدِ
عَلَوْتَ مَعَدًّا نَائِلًا وَنِكَايَةً   فَأَنْتَ لِغَيْثِ الحَمْدِ أَوَّلُ رَائِدِ

٢٨ وقال أيضا (طويل)

أَهَاجَكَ مِنْ أَسْمَاءَ رَسْمُ المَنَازِلِ   بِرَوْضَةِ نُعْمِىٍّ فَذَاتِ الأَجَاوِلِ
أَرَبَّتْ بِهَا الأَرْوَاحُ حَتَّى كَأَنَّمَا   تَهَادَيْنَ أَعْلَى تُرْبِهَا بِالمَنَاخِلِ
وَكُلُّ مُلِثٍّ مُكْفَهِرٍّ سَحَابُهُ   كَمِيشِ التَّوَالِى مُرْثَعِنِّ الأَسَافِلِ

إِذَا رَجَفَتْ فِيهِ رَحًى مُرْجَحِنَّةٌ   تَبَعَّقَ ثَجَّاجٌ غَزِيرُ الحَوافِلِ
عَهِدتُّ بِهَا حَيًّا كِرامًا فَبُدِّلَتْ   خَناطِيلَ آجالِ النَّعامِ الجَوافِلِ
تَرَى كُلَّ ذَيَّالٍ يُعَالِجُ رَبْرَبًا   عَلَى كُلِّ رَجَّافٍ مِنَ الرَّمْلِ هائِلِ
يُثِرْنَ الحَصَى حَتَّى يُباشِرْنَ بَرْدَهُ   إِذا الشَّمْسُ مَجَّتْ رِيقَهَا بالكَلاكِلِ
وَناجِيَةٍ عَدَّيْتُ فِي مَتْنِ لاحِبٍ   كَسَحْلِ اليَمانِي قاصِدٍ لِلمَناهِلِ
لَهُ خُلُجٌ تَهْوِي فُرادَى وتَرْعَوِي   إِلَى كُلِّ ذِي نِيرَيْنِ بادِي الشَّواكِلِ
وَإِنِّي عَدانِي عن لِقائِكِ حادِثٌ   وَهَمٌّ أَتَى مِنْ دُونِ هَمِّكِ شاغِلُ
نَهَضْتُ بَنِي عَوْفٍ فَلَمْ يَتَقَبَّلُوا   وَصاتِي وَلَمْ تَنْجَحْ لَدَيْهِمْ وَسائِلِي
فَقُلْتُ لَهُمْ لا أُعْرِفَنَّ عَقائِلًا   رَعابِيبَ مِنْ جَنْبَيْ أَرِيكٍ وَعاقِلِ
ضَوارِبَ بالأَيْدِي وراءَ بَراغِزٍ   حِسانٍ كَآرامِ الصَّرِيمِ الخَواذِلِ
خِلالَ المَطايا يَتَّصِلْنَ وَقَدْ أَتَتْ   قِنانُ أُبَيْرٍ دُونَهَا والكَواثِلِ
وَخَلَّوْا لَهُ بَيْنَ الجِنابِ وعالِجٍ   فِراقَ الخَلِيطِ ذِي الأَذاةِ المُزايِلِ
وَلا أُعْرِفَنِّي بَعْدَ ما قَدْ نَهَيْتُكُمْ   أُجادِلُ يَوْمًا فِي شَوِيٍّ وجامِلِ
وَبِيضٍ غَرِيراتٍ تَفِيضُ دُمُوعُهَا   بِمُسْتَكْرَهٍ يُذْرِينَهُ بالأَنامِلِ
وَقَدْ خِفْتُ حَتَّى ما تَزِيدُ مَخافَتِي   عَلَى وَعِلٍ فِي ذِي المَطارَةِ عاقِلِ
مَخافَةَ عَمْرٍو أَنْ تَكُونَ جِيادُهُ   يُقَدْنَ إِلَيْنَا بَيْنَ حافٍ وناعِلِ
إِذَا اسْتَعْجَلُوهَا عَنْ سَجِيَّةِ مَشْيِهَا   تَتَلَّعُ فِي أَعْناقِهَا بالجَحافِلِ
شَوازِبَ كالأَجْلامِ قَدْ آلَ رِمُّهَا   سَماحِيقَ صُفْرًا فِي تَلِيلٍ وَفائِلِ
تَرَى وَقْعَ الصَّوانِ حَدَّ نُسُورِهَا   فَهُنَّ لِطافٌ كالصِّعادِ الذَّوابِلِ
وَيَقْذِفْنَ بالأَوْلادِ فِي كُلِّ مَنْزِلٍ   تَشَحَّطُ فِي أَسْلائِهَا كالوَصائِلِ
تَرَى عافِياتِ الطَّيْرِ قَدْ وَثِقَتْ لَهَا   بِشِبْعٍ مِنَ السَّخْلِ العِتاقِ الأَكائِلِ

مُقَرَّنَةً بِالْعِيسِ والأُدْمِ كالقَنَا · عَلَيْهَا الحُبُورُ مُحْقَبَاتُ المَرَاجِلِ
وَكُلِّ صَمُوتٍ نَثْلَةٍ تُبَّعِيَّةٍ · وَنَسْجِ سُلَيْمٍ كُلَّ قَضَّاءَ ذائِلِ
عُلِينَ بِكِدْيَوْنٍ وأُبْطِنَّ كُرَّةً · فَهُنَّ وِضَاءٌ صافِياتُ الغَلائِلِ
عَتَادُ امْرِئٍ لا يَنْقُضُ البُعْدُ هَمَّهُ · طَلُوبُ الأَعَادِي واضِحٌ غَيْرُ خامِلِ
تَحِينُ بِكَفَّيْهِ المَنَايَا وتارَةً · تَسُحَّانِ سَحًّا مِنْ عَطَاءٍ وَنَائِلِ
إذا حَلَّ بِالأَرْضِ البَرِيَّةِ أَصْبَحَتْ · كَئِيبَةَ وَجْهٍ غِبُّهَا غَيْرُ طائِلِ
بِيَوْمٍ بِرِبْعِيٍّ كَأَنَّ زُهَاءَهُ · إذا هَبَطَ الصَّحْرَاءَ حَرَّةُ راجِلِ

٢٩ وقال أيضا

(وافر)

أَمِنْ ظَلَّامَةَ الدِّمَنُ البَوَالِي · بِمُرْفَضِّ الحُبَيِّ إلى وُعَالِ
فَأَمْوَاهُ الدَّنَا فَعُوَيْرِضَاتٍ · دَوَارِسَ بَعْدَ أَحْيَاءٍ حِلَالِ
تَأَبَّدُ لا تَرَى إلّا صُوَارًا · بِمَرْقُومٍ عَلَيْهِ العَهْدُ خالِ
تَعَاوَرَهَا السَّوَارِي وَالغَوَادِي · وَمَا تُذْرِي الرِّيَاحُ مِنَ الرِّمالِ
أَثِيثٍ نَبْتُهُ جَعْدٍ ثَرَاهُ · بِهِ عُوذُ المَطَافِلِ وَالمَتَالِي
يُكَشِّفْنَ الأَلاءَ مُزَيَّنَاتٍ · بِغَابِ رُدَيْنَةَ السُّحْمِ الطِّوَالِ
كَأَنَّ كُشُوحَهُنَّ مُبَطَّنَاتٍ · إلى فَوْقِ الكُعُوبِ بُرُودُ خالِ
فَلَمَّا أَنْ رَأَيْتُ الدَّارَ قَفْرًا · وَخَالَفَ بالُ أَهْلِ الدَّارِ بالِي
نَهَضْتُ الى عُذَافِرَةٍ صَمُوتٍ · مُذَكَّرَةٍ تَجُلُّ عَنِ الكَلَالِ
فِدَاءٌ لامْرِئٍ سارَتْ إِلَيْهِ · بِعِذْرَةِ رَبِّهَا عَمِّي وخالِي
وَمَنْ يَغْرَقْ مِنَ النُّعْمَانِ سَجْلًا · فَلَيْسَ كَمَنْ يُتَيَّهُ فِي الضَّلَالِ
فَإِنْ كُنْتَ امْرَءًا قَدْ سُؤْتَ ظَنًّا · بِعَبْدِكَ وَالخُطُوبُ إلى تَبَالِ

فأرسل فى بنى ذبيان فاسأل   ولا تعجل إلىّ عن السؤال
فلا عمر الذى أثنى عليه   وما رفع الحجيج إلى إلالِ
لما أغفلت شكرك فانتصحنى   وكيف ومن عطائك جلّ مالى
ولو كفّى اليمين بغتك خونا   لأفردت اليمين من الشمال
ولكن لا تخان الدهر عندى   وعند الله تجزية الرجال
له بحر يقمّص بالعدولى   وبالخلج المحمّلة الثقال
مضرّ بالقصور يذود عنها   قراقير النبيط إلى التلال
وهوب للمخيّسة النواجى   عليها القانئات من الرحال

٣ وقال ايضا (طويل)

ألا أبلغا ذبيان عنّى رسالة   فقد أصبحت عن منهج الحقّ جائرة
أجدّكم لن تزجروا عن ظلامة   سفيهًا ولن ترعوا لذى الودّ آصرة
ولو شهدت سهم وأفناء مالك   فتعذرنى من مرّة المتناصرة
لجاءوا بجمع لم ير الناس مثله   تضاءل منه بالعشىّ قصائرة
ليهنئ لكم أن قد نفيتم بيوتنا   مندّى عبيدان المحلّئ باقرة
وإنّى لألقى من ذوى الضغن منهم   وما أصبحت تشكو من الوجد ساهرة
كما لقيت ذات الصفا من حليفها   وما انفكّت الأمثال فى الناس سائرة
فقالت له أدعوك للعقل وافيا   ولا تغشينّى منك بالظلم بادرة
فواثقها بالله حين تراضيا   فكانت تديه المال غبّا وظاهرة
فلمّا توفّى العقل إلّا أقلّه   وجارت به نفس عن الحقّ جائرة

تَذَكَّرَ أَنَّى يَجْعَلُ اللهُ جَنَّةً … فَيُصْبِحَ ذَا مالٍ ويَقْتُلَ واتِرَهْ

فَلَمَّا رَأَى أَنْ ثَمَّرَ اللهُ مالَهُ … وَأَثَّلَ مَوْجُودًا وَسَدَّ مَفاقِرَهْ

أَكَبَّ على فَأْسٍ يُحِدُّ غُرابَهَا … مُذَكَّرَةٍ مِنَ المَعاوِلِ باتِرَهْ

فَقامَ لَهَا من فَوْقِ جُحْرٍ مُشَيَّدٍ … لِيَقْتُلَهَا أَوْ تُخْطِئُ الكَفُّ بادِرَهْ

فَلَمَّا وَقاها اللهُ ضَرْبَةَ فَأْسِهِ … وَلِلْبِرِّ عَيْنٌ لا تُغَمِّضُ ناظِرَهْ

فَقالَ تَعالَى نَجْعَلِ اللهَ بَيْنَنَا … على مالِنا أَوْ تُنْجِزِى لِىَ آخِرَهْ

فَقالَتْ يَمِينَ اللهِ أَفْعَلُ إِنَّنِى … رَأَيْتُكَ مَسْحُورًا يَمِينُكَ فاجِرَهْ

أَبَى لِىَ قَبْرٌ لا يَزالُ مُقابِلِى … وَضَرْبَةُ فَأْسٍ فَوْقَ رَأْسِى فاقِرَهْ

٣١ وقال أيضا

(بسيط)

وَدِّعْ أُمامَةَ وَالتَّوْدِيعُ تَعْذِيرُ … وَمَا وَداعُكَ مَنْ قَفَّتْ بِهِ العِيرُ

وَمَا رَأَيْتُكِ إِلَّا نَظْرَةً عَرَضَتْ … يَوْمَ النِّمارَةِ والمَأْمُورُ مَأْمُورُ

إِنَّ القُفُولَ إِلَى حَىٍّ وإِنْ بَعُدُوا … أَمْسَوْا وَدُونَهُمُ ثَهْلانُ فالنِّيرُ

هَلْ تُبْلِغَنِّيهِمُ حَرْفٌ مُصَرَّمَةٌ … أُجُدُ الفَقارِ وَإِدْلاجٌ وَتَهْجِيرُ

قَدْ عُرِّيَتْ نِصْفَ حَوْلٍ أَشْهُرًا جُدُدًا … يَسْفِى على رَحْلِهَا بالحِيرَةِ المُورُ

وقارَفَتْ وَهْىَ لَمْ تَجْرَبْ وَباعَ لَهَا … مِنَ الفَصافِصِ بالنُّمِّىِّ سِفْسِيرُ

لَيْسَتْ تَرَى حَوْلَهَا إِلْفًا وراكِبُهَا … نَشْوانُ فِى جَوَّةِ الباغُوثِ مَخْمُورُ

تُلْقِى الإِوَزِّينَ فِى أَكْنافِ دارَتِهَا … بِيضًا وَبَيْنَ يَدَيْهَا التِّبْنُ مَنْثُورُ

لَوْلَا الهُمامُ الَّذِى تُرْجَى نَوافِلُهُ … لَقالَ راكِبُهَا فِى عُصْبَةٍ سِيرُ

كَأَنَّهَا خاضِبٌ أَظْلافُهُ لَهِقٌ … قَفْرُ الإِهابِ تَرَبَّتْهُ الزَّنانِيرُ

أَصاخَ مِنْ نَبْأَةٍ أَصْغَى لَهَا أُذُنًا   صِماخُها بِدَخِيسِ الرَّوْقِ مَسْتُورُ
مِنْ حِسِّ أَطْلَسَ تَسْعَى تَحْتَهُ شِرَعٌ   كَأَنَّ أَحْناكَها السُّفْلَى مَآشِيرُ
يَقُولُ راكِبُها الجِنِّيُّ مُرْتَفِقًا   هَذَا لَكُنَّ وَلَحْمُ الشَّاةِ مَحْجُورُ

كَمَلَتِ القَصائدُ المُتَخَيَّرَةُ مِمَّا رواهُ الطُّوسِيُّ عَنْ شُيُوخِهِ
بحمد الله وعَوْنِهِ

(La traduction dans le prochain cahier.)

NOUVELLES ET MÉLANGES.

Thesaurus syriacus, collegerunt S. Quatremère, G. H. Bernstein, G. W. Lorsbach, A. J. Arnold, J. Field; auxit, digessit, exposuit, edidit R. Payne Smith S. T. P. fasciculus I, Oxonii, 1868 (428 colonnes).

La lexicographie sémitique a certainement fait de grands progrès dans les dix dernières années. La langue éthiopienne a trouvé son maître en M. Dillmann; l'ouvrage de M. Lane, inachevé encore, est de la plus haute importance pour la langue arabe; avons-nous besoin, d'un autre côté, de dire quels progrès les savants hébraïsants ont fait faire à la lexicographie hébraïque et chaldaïque? Seuls les dictionnaires syriaque et talmudique sont restés dans l'état où les ont laissés Michaëlis, Buxtorf et Landau.

Deux des plus éminents orientalistes, Quatremère à Paris et Bernstein à Breslau, s'étaient proposé de publier un dictionnaire syriaque, dont le besoin se faisait de plus en plus sentir en avançant dans les études comparatives des langues sémitiques. Malheureusement ces deux savants n'ont pu laisser que des œuvres incomplètes et presque à l'état de notes. M. Payne Smith a entrepris cette publication difficile, et nous en possédons la première livraison contenant la lettre ܐ.

Quatremère, qui avait à sa disposition la collection des manuscrits de la Bibliothèque impériale, a composé son travail en se basant sur ces documents et sur les livres imprimés existants à son époque. Ses notes furent très-gracieusement mises par la bibliothèque de Munich à la disposition de M. Payne Smith, qui nous dit dans son avant-propos que Quatremère n'a pas fait usage des dictionnaires de Bar Bahloul et de Bar Ali. Le savant français le dit d'ailleurs lui-même dans son prospectus. Voici ses propres paroles : « Les dictionnaires syriaques de Bar Ali et de Bar Bahloul renferment une quantité prodigieuse de mots grecs qui s'y trouvent reproduits sans aucun changement. C'eût été surcharger inutilement cet ouvrage, déjà considérable, d'une foule de détails entièrement parasites, car je n'ai pas le dessein d'écrire un lexique grec... J'ai omis les mots grecs dont l'existence comme termes de la langue syriaque n'est appuyée que sur l'autorité des lexiques ; mais j'ai conservé avec soin tous ceux que j'ai rencontrés chez les écrivains syriaques; car, dans ce cas, on peut supposer avec raison que ces expressions ont été admises dans la langue, dont elles ont formé une partie intégrante. »

Bernstein, dont le travail a été acheté par l'Université d'Oxford, s'est servi de ces deux dictionnaires, dont il possédait la copie d'après les manuscrits d'Oxford, de Cambridge et de Florence. Mais un grand nombre de significations de mots rapportées par les deux lexiques syriaques sont omises par Bernstein, à en juger d'après le premier fascicule publié par cet orientaliste regretté. Ainsi, par exemple, pour le mot ܐܓܪܐ, Bernstein ne donne que trois significations, tandis que M. Payne Smith en a cinq. On peut déjà voir par ces sortes d'exemples que le travail du professeur anglais est plus complet que celui de son prédécesseur. Ajoutons encore que depuis la mort de Quatremère et de Bernstein, MM. Cureton, Lagarde, Wright, Land et d'autres, ont enrichi la littérature syriaque par leurs savantes publications, d'où l'on a pu tirer des mots encore inconnus. M. Payne Smith lui-même, en faisant le catalogue des manuscrits syriaques de la Bodleienne[1], a eu l'occasion de recueillir un grand nombre de mots syriaques qui ne se trouvent pas dans les livres imprimés. On n'a qu'à comparer les ouvrages dont Bernstein a pu faire usage avec la liste de ceux que M. Payne Smith énumère aux pages III et IV, pour se convaincre qu'il a eu à sa disposition cinq fois plus de matériaux que Bernstein. Il serait presque superflu de dire après tout cela que le travail de M. Payne Smith est supérieur à celui de Bernstein, dont le premier fascicule, qui va jusqu'au mot ܐܠܘܡܣܘܢ comparé à celui de M. Payne Smith jusqu'au même mot, contient un quart de moins de pages.

Nous savons gré au savant professeur d'avoir donné tous les mots grecs que les deux lexiques de Bar Bahloul et de Bar Ali mentionnent comme étant employés dans les ouvrages syriaques. Un dictionnaire n'est jamais trop complet et peut, au contraire, avoir des lacunes pour des ouvrages encore inédits. M. Payne Smith a soin de citer les textes des passages syriaques dans lesquels se trouve le mot que son dictionnaire traite, de manière que chacun pourra juger par lui-même de l'exactitude des significations données dans le *Thesaurus syriacus*.

Les comparaisons des mots syriaques avec l'hébreu, le chaldéen, l'arabe, le persan et même avec le sanscrit, abondent dans le travail de M. Payne Smith : il n'y a que l'idiome talmudique, qui se rapproche peut-être le plus du syriaque, qui y soit un peu négligé. Mais le dépouillement de la lexicographie talmudique n'est qu'à l'état rudimentaire, et, à moins

[1] *Catalogus codicum manuscriptorum bibliothecæ Bodleianæ, pars sexta, codices syriacos, carshunicos, mendaeos complectens.* Confecit R. Payne Smith. Oxonii, 1864.

d'être spécialiste, on est obligé de se fier aux connaissances incomplètes de cet idiome déposées dans le dictionnaire de Buxtorf.

Nous ne pouvons donc que féliciter M. Payne Smith de son beau travail et lui souhaiter tout le courage et toute la force nécessaires à l'accomplissement de la tâche difficile qu'il s'est imposée.

Ad. Neubauer.

J'avais inséré dans le cahier de juin, p. 542, une note par laquelle je désirais mettre fin à une discussion entre M. Pauthier et M. de Rosny. J'ai reçu depuis une lettre de M. de Rosny, dans laquelle il me fait observer que j'y ai renversé les rôles; en effet, j'avais dit que M. Pauthier avait critiqué la prononciation sinico-japonaise de M. de Rosny, pendant que c'était M. de Rosny qui contestait les transcriptions de M. Pauthier. Je ne crois pas que cette inexactitude de ma part ait pu faire tort à personne; mais enfin, il faut tâcher d'être exact en toute chose. M. de Rosny proteste de nouveau dans sa lettre en faveur de sa prononciation. Je lui donne volontiers acte de sa protestation, et si je n'insère pas sa lettre elle-même, c'est uniquement pour ne pas laisser rouvrir une discussion qui menaçait de prendre un développement excessif.

J. Mohl.

JOURNAL ASIATIQUE.

OCTOBRE-NOVEMBRE 1868.

LE DÎWÂN DE NÂBIGA DHOBYÂNÎ,

TEXTE ARABE, PUBLIÉ POUR LA PREMIÈRE FOIS,

SUIVI

D'UNE TRADUCTION FRANÇAISE,

ET PRÉCÉDÉ D'UNE INTRODUCTION HISTORIQUE,

PAR M. HARTWIG DERENBOURG.

AU NOM DU DIEU CLÉMENT, MISÉRICORDIEUX. QU'ALLAH BÉNISSE LE PROPHÈTE MOḤAMMAD.

POÉSIE I.

Nâbiga Dhobyânî dit pour célébrer Noʿmân ben Moundhir et pour se justifier auprès du roi des calomnies que les banoû Ḳoreiʿ avaient répandues, en dépeignant sous de fausses couleurs les rapports du poëte avec Moutadjarrada :

Ô demeure de Meyya, qu'on voyait sur le sommet, puis sur le versant de la montagne! Elle est déserte! et les années ont passé sur elle bien longues!

Je m'y suis arrêté un instant au déclin du jour pour l'interroger. Elle a été impuissante à me répondre; dans toute l'habitation il n'y avait personne.

J'ai retrouvé seulement les pieux pour les chevaux, et j'ai eu bien de la peine à les reconnaître, et j'ai retrouvé le fossé semblable à une citerne creusée dans un sol vierge, dans une terre rocailleuse.

La vieille servante avait rendu au fossé ses bords, et l'avait ensuite consolidé à coups de pelle au milieu de l'humidité.

Elle avait déblayé la voie encombrée où le cours du torrent était emprisonné, et en avait élevé les rives jusqu'aux deux rideaux et au garde-meuble placés à l'entrée de la demeure.

Cette demeure; elle a été abandonnée un soir; un soir ses habitants ont émigré, et elle a été frappée par le même ennemi qui a frappé Lobad.

Mais détourne les yeux de ce que tu vois, puisque le passé ne peut revenir, et relève les bois de la selle sur une chamelle pétulante et robuste comme l'onagre,

Atteinte par une masse compacte de chair, et dont les dents de devant laissent entendre un grincement comme celui de la poulie par le frottement de la corde.

On aurait dit que lorsque la fin du jour me surprit au milieu des plantations de *djalîl*, ma selle reposait sur un animal effarouché, qui vit dans la solitude,

Un animal sauvage de Wadjra, aux jambes tachetées, aux flancs minces et effilés comme l'épée de choix d'un bon armurier.

Un nuage, parti d'Orion, avait dirigé contre lui sa course nocturne, tandis que le vent du nord lui lançait sa charge de grêle.

Effrayé par la voix du chasseur, il a passé une nuit comme la lui souhaitent ses ennemis, tant il était accablé par la crainte et par la violence du froid !

Le chasseur a lancé sa meute; mais lui, il s'est confié à la légèreté de ses chevilles, pures de tout défaut.

Le chien Ḍomrân, excité par son maître, a eu beau lutter comme le soldat courageux sur le champ de bataille;

D'un coup de corne l'animal poursuivi a atteint 15
et traversé l'épaule de son adversaire, frappant comme frappe le vétérinaire pour guérir une jambe malade.

On dirait, en voyant la corne sortir de l'autre côté, une broche oubliée par des buveurs dans le morceau de viande qu'ils font rôtir.

Ḍomrân cherche à mordre l'extrémité de la corne et se replie pour en atteindre le bois noir, roide et qu'aucun effort ne peut fléchir.

Lorsque le chien Wâchiḳ voit que son compagnon a été renversé et qu'il n'y a aucune voie ouverte ni pour obtenir une rançon, ni pour exercer le talion,

Il se dit à lui-même : « Je ne verrai donc pas ce que je désirerais tant voir! Ton ami lui-même n'a pu ni échapper ni saisir sa proie. »

Ainsi, vigoureuse et bouillante, ma chamelle me conduira vers Noʿmân, ce prince qui répand ses bontés sur tous, de près et au loin.

Parmi les hommes, je n'en vois aucun dont les actions puissent être comparées aux siennes, et je n'en excepte pas un,

Si ce n'est le roi Salomon; en effet, c'est à lui que Dieu a dit : « Lève-toi au milieu des créatures et délivre-les de l'erreur,

« Emprisonne les démons, auxquels j'avais permis de bâtir Tadmor avec des dalles et des colonnes. »

O Noʿmân! que celui qui t'obéit soit récompensé dans la mesure de son obéissance, et dirigé dans la bonne voie;

Que le rebelle soit poursuivi avec un acharnement qui détourne le méchant de son iniquité; mais réserve ta rancune

Pour tes pairs, ou bien pour celui que tu dépasses comme le cheval vainqueur à la course dépasse celui qui vient second.

C'est Noʿmân qui a confié à une chamelle légère, suivie de ses gracieux petits, des présents tels que l'avare n'en confiera jamais;

C'est lui qui donne jusqu'à cent têtes de bétail, parmi les animaux dont le *saʿdân* de Toûḍiḥ embellit les poils touffus comme la crinière d'un lion;

Et aussi des chamelles blanches domptées, aux jarrets tordus, et qu'on a chargées des selles neuves de Ḥîra;

C'est lui qui donne de jeunes esclaves relevant

avec leurs pieds les pans de leurs manteaux, rafraîchies par le sommeil de midi, et que l'on prendrait pour des gazelles au désert ;

C'est lui aussi qui donne des chevaux qui, dans leur impétuosité, s'emportent malgré le frein des rênes, semblables aux oiseaux quand ils veulent échapper à l'averse glaciale.

O Noʿmân, porte un jugement comme la fille de la tribu, lorsqu'elle vit les colombes à la recherche des eaux voler vers l'abreuvoir.

Elles étaient pressées entre les deux côtés de la montagne, et pourtant elle les suivit d'un œil pur comme le cristal, et pour lequel les collyres ne furent jamais réclamés par la maladie.

Elle dit : « Plût au ciel que ces colombes fussent à nous, et la moitié en plus, sans compter notre colombe, je m'en contenterais. »

On les a recomptées, et l'on a trouvé que son calcul était exact : quatre-vingt-dix-neuf, ni plus, ni moins.

Sa colombe complétait la centaine; en un moment, elle avait calculé ce nombre.

Non, par la vie de celui dont j'ai parcouru la Kaʿaba, par le sang répandu qui s'est figé sur les pierres sacrées;

Par celui qui donne la sécurité à ces oiseaux réfugiés dans son asile, que caressent les cavaliers de la Mecque entre Gueil et Saʿad,

Je n'ai proféré aucune des paroles mauvaises qu'on t'a rapportées; si je mens, que ma main ne puisse plus même soulever mon fouet jusqu'à moi!

Il n'y a eu que propos de gens de rien, propos dont j'ai souffert, et qui sont tombés comme un coup sur mon cœur.

J'ai été averti qu'Aboû Ḳâboûs me poursuit de ses menaces; quel repos peut-on goûter, quand le lion rugit?

Un moment de répit, ô prince, dont je voudrais racheter la vie au prix de celle de tous les hommes, et de tout ce que je possède de biens et d'enfants!

Ne me frappe pas de ta puissance sans égale, quand bien même mes ennemis t'obséderaient pour t'entraîner.

Jamais l'Euphrate, alors que, par le souffle agité des vents, ses vagues lancent sur les deux rives leur écume,

Et qu'il est grossi par tous les torrents qui débordent avec fracas, entraînant avec eux des amas d'arbustes et de branchages,

Alors que le nautonier effrayé se cramponne au gouvernail après les heures de souffrance et d'angoisse,

N'est à aucun jour plus grandiose que Noʿmân, lorsqu'il répand ses libéralités sans que les présents du jour nuisent à ceux du lendemain.

Cet éloge, puisses-tu l'entendre d'une oreille favorable! Je ne te l'ai pas offert, ô prince! pour être comblé de bienfaits.

Ce n'est qu'une excuse; si elle n'est pas accueillie, celui qui te l'a présentée est à jamais voué au malheur.

POÉSIE II.

Et il dit encore :

Il n'y a plus de trace de Dhoû Ḥousâ, qu'habitait Fartanâ, ni des tertres élevés, ni des deux bords de l'Arîk, ni des torrents qui se précipitent,

Ni du point de rencontre des sentiers; les étés et les printemps, qui y ont passé depuis, en ont détruit les derniers vestiges.

Et cependant j'ai cherché à me représenter les signes qui pouvaient me rappeler ces lieux, et je les ai reconnus après six ans, car cette année-ci est la septième.

Que j'ai peine à distinguer les cendres noircies comme un collyre, et le fossé ébréché et peu profond comme une citerne délabrée !

On dirait que les vents déchaînés, en laissant 5
traîner leurs queues sur la poussière, y ont dessiné une de ces nattes habilement tressées par des artistes,

Qu'on expose sur un tapis de cuir aux courroies neuves, et qu'un marchand promène dans la foire aux parfums.

Je parvins à retenir, à refouler mes pleurs; déjà ma poitrine était inondée par les larmes qui coulent en abondance, ou s'échappent goutte à goutte.

Je reprochai à mes cheveux blancs tant de pétulance juvénile, et je dis : « Ne pourrai-je pas me corriger de ce qu'interdit la vieillesse ? »

Une autre inquiétude s'est abattue sur mon cœur et l'a envahi comme une maladie que cherchent à guérir des mains habiles.

Une menace d'Aboû Ḳâboûs, dont j'ignore les motifs, est venue m'atteindre à travers Râkis et les autres vallées tortueuses qui nous séparent,

Et j'ai passé une nuit comme si j'avais été attaqué par un serpent mince et tacheté, dont les dents renferment un venin pénétrant.

Même pendant les plus longues des nuits, on tient éveillé le malheureux qui a été mordu, grâce à de petites clochettes, ornements de femme, que ses mains font résonner.

Les enchanteurs cherchent à conjurer les effets dangereux du poison; tantôt le mal laisse du répit au malade, et tantôt il revient à la charge.

On m'a appris que tu m'as blâmé, ô prince! C'est là une nouvelle à laquelle mes oreilles ne veulent pas ajouter foi.

Tu aurais dit : « Je finirai par l'atteindre. » Quoi de plus terrible qu'une telle parole venant d'un homme puissant comme toi?

Par ma vie, et je ne fais pas bon marché de ma vie, il n'y a que mensonges dans tout ce qu'ont dit contre moi les banoû Ḳoreiʿ.

Les banoû Ḳoreiʿ ben ʿAuf (et ce sont eux seuls que j'ai ici en vue), avec leurs faces de singe, sont toujours en quête de victimes pour leurs calomnies.

Il est venu vers toi un homme qui cache dans

son cœur une haine violente contre moi et qui s'est associé un autre ennemi animé des mêmes sentiments;

Il est venu vers toi, te rapportant des paroles d'un tissu léger, des paroles mensongères; mais il ne t'a pas rapporté la vérité, qui est unie et claire;

20 Il est venu vers toi, te rapportant des paroles que je n'aurais pas prononcées quand bien même on chargerait mes bras de chaînes.

Je jure, et puissé-je ne laisser dans ton âme aucun doute! D'ailleurs un homme qui a une religion et qui l'observe se rendrait-il jamais coupable d'un faux serment?

Je jure par les chamelles assemblées de Laṣâf et de Thabra, qui visitent le mont Ilâl dans leur course effrénée,

Qui, rapides comme le *samâm* aux yeux enfoncés, rival des airs, abandonnent sur le chemin plus d'une de leurs compagnes épuisées,

Et portent leurs cavaliers couverts de poussière et empressés pour le pèlerinage, sur leurs dos recourbés comme les extrémités des arcs;

25 Certes tu as fait peser sur moi la faute d'un coupable que tu as laissé en liberté, comme si pour un chameau galeux on en brûlait un autre, et le malade, on l'envoyait en pâturage.

Si je ne puis arriver à convaincre de mensonge mon ennemi, si je proteste en vain de mon innocence,

Si aucune de mes paroles ne trouve créance auprès de toi, et que sans hésiter tu persistes dans la voie où tu t'es engagé,

Alors, comme la nuit, tu m'atteins quand même je m'imaginais qu'une grande distance nous séparait.

Je suis entraîné vers toi par des crocs de fer recourbés attachés à des câbles puissants que tendent des mains vigoureuses.

Tes menaces iront-elles chercher un serviteur qui n'a jamais trahi sa foi, pour laisser en repos un serviteur infidèle qui a failli,

Toi qui es le printemps dont les bienfaits soutiennent les hommes, et l'épée tranchante à qui la mort a prêté sa puissance?

Dieu n'aime que sa justice et son équité; pour lui le mal n'est pas le bien, et une bonne action n'est jamais perdue.

Puisses-tu te désaltérer tant que tu voudras à une coupe toujours pleine, aux bords de laquelle le musc s'attache!

POÉSIE III.

Et il dit encore :

Laisse-moi, Omeima, au souci qui m'accable, laisse-moi aux tourments d'une nuit dont les étoiles avancent lentement,

Et qui s'est prolongée au point que je me suis dit : « Elle ne finira pas, et le pasteur des étoiles ne rentrera pas aujourd'hui. »

Laisse-moi, Omeima, avec un cœur dans lequel

la nuit a fait rentrer les soucis qui s'en étaient éloignés et où la tristesse a redoublé de toute part.

Que de fois ʿAmr et avant lui son père ont répandu sur moi leurs bienfaits, qui ne pincent pas comme les queues de scorpions.

Je le jure (et mon serment n'admet aucune réti- 5
cence), je le jure, et toute ma science repose sur la bonne opinion que j'ai de mon maître;

Aussi vrai qu'il a deux tombeaux de famille, l'un à Djillik̦ et l'autre à Ṣeidâ, près de Hârib;

Aussi vrai qu'il descend de Ḥârith le Djafnite, le chef de sa race, certes il ne manquera pas d'attaquer avec son armée la résidence de son adversaire.

J'ai foi en sa victoire, puisqu'on a dit que des armées de Gassân, sans mélange, se sont mises en marche.

Ses plus proches cousins et ʿAmr ben ʿÂmir, voilà des hommes dont la valeur ne ment pas.

Lorsqu'ils partent avec leurs troupes, on voit 10
planer au-dessus de leurs têtes des bandes d'oiseaux, montrant le chemin à d'autres bandes;

Elles les accompagnent, et s'élancent quand ils s'élancent; elles aiment la vue du sang et y sont aguerries.

Regarde-les comme elles sont là derrière les combattants, clignant de l'œil, immobiles comme les vieillards dans leurs manteaux en poil de lièvre.

Penchées sur le champ de bataille, elles ont la certitude que la tribu de Gassân sera la première à l'emporter quand les deux armées seront en présence.

C'est qu'elles sont habituées à ces peuples, et qu'elles les ont reconnus aux lances de Khaṭṭ qu'ils ont mises en arrêt sur le cou de montures

Endurcies à la lutte, gardant leur maintien sévère, malgré des blessures saignantes ou fermées par une croûte.

Lorsque les guerriers sont appelés à en descendre pour le combat, ils courent tous à la mort comme des chameaux jeunes et fringants;

Ils font circuler à l'envi la coupe du trépas; dans leurs mains sont des épées brillantes aux pointes acérées.

Il n'est pas de casque qui dans la mêlée ne vole en éclats et qui n'aille rejoindre les cartilages arrachés au-dessous des sourcils.

Ils sont sans reproche, mais leurs épées ont reçu des entailles par suite du choc des bataillons.

Transmises comme un héritage depuis la journée de Ḥalima jusqu'à ce jour, elles ont été éprouvées dans toute occasion;

Elles transpercent la cuirasse *saloûḳite* aux doubles mailles, et elles allument sur le rocher l'étincelle comme celle d'Elḥoubâḥib;

Elles portent des coups d'estoc et de taille, qui séparent les têtes de leurs assises et font jaillir le sang comme l'urine des chamelles grosses qui se défendent de leurs mâles par des ruades.

Ces mêmes héros ont une générosité naturelle,

comme Dieu n'en a donné à personne autre, et leur bienveillance n'est jamais absente.

Leur pays est tout plein de Dieu; leur religion est solide, et ils ne craignent rien excepté les châtiments de la vie future.

Chaussés de sandales légères et parés de belles 25
ceintures, ils sont salués avec des branches odorantes au jour des Rameaux.

Les blanches esclaves de leur tribu viennent les saluer, laissant leurs costumes de soie rouge suspendus aux porte-manteaux.

Ces hommes conservent la beauté primitive de leurs corps, grâce à des vêtements dont les manches unies prennent une couleur foncée en arrivant aux épaules.

Ils ne croient pas au bien sans un mal à la suite, et ne croient pas non plus au mal frappant sans relâche.

J'ai dédié ces vers à Gassân, bien que je sois resté attaché à mes compatriotes, alors même que les voies se sont resserrées autour de moi.

POÉSIE IV.

Et il dit encore :

Je sais, comme si j'avais été là auprès de No'mân, qu'un de ses familiers lui a rapporté une nouvelle qui n'a pas été démentie.

Ḥiṣn et une tribu des banoû Asad se seraient levés et se seraient écriés : « Qu'on n'aille pas s'approcher de nos frontières! »

Ils avaient perdu la raison; tant les avait éblouis l'art du Maʿaddite pour conduire les troupeaux et leur chercher au loin des pâturages!

Mais voici que Noʿmân a entraîné à sa suite les nobles montures de Djaulân, qui bravent les chaleurs de l'été, aussi bien les montures dont le sabot retentit quand on les pousse en avant que celles qui sont tenues en laisse,

Jusqu'à ce qu'elles aient demandé un asile chez les hommes de Milḥ, où elles goûtent pour la première fois les délices d'un sommeil que n'ont point interrompu les courses nocturnes.

Elles suent comme ces grandes outres qu'on a liées avec des cordes après les avoir remplies, et laissent couler une eau qui ne se boit pas.

Leur corps élancé les fait ressembler, quand elles trottent sous l'impulsion des rênes, aux mâles des autruches, dont les jambes toutes rouges sont à leurs extrémités recouvertes d'un léger duvet.

Leurs cavaliers, les cheveux en désordre, les narines gonflées, allument partout la guerre, les vieillards aussi bien que les jeunes gens.

Il n'y a plus de repos pour Ḥiṣn; il est sans cesse réveillé par les cris d'une tribu qui vient d'être dépouillée sur les bords des Amrâr.

On voit maintenant des bandes de chameaux en grand nombre campées près de la croix élevée sur le Zaurâ.

Puisque tu as échappé par la faveur divine au péril qui te menaçait, cherche un refuge, ô Fazâra, sur les montagnes et dans les plaines aux pierres noires;

Et ne va pas au-devant du malheur, comme l'ont fait les banoû Asad; car leur ennemi a lancé contre eux ses redoutables averses.

Personne ne survécut, excepté des fuyards, dont le salut n'était même pas encore assuré, ou des prisonniers attachés avec des courroies et dépouillés de leurs armes,

Ou des nobles femmes, belles comme les vaches du désert, qui, enchaînées au-dessus des poignets et des chevilles,

Appelaient les banoû Ḳouʿein à leur secours, quand déjà le fer avait mordu dans leur peau, comme le *thiḳâf* dans les lances les plus dures.

Les banoû Ḳouʿein, lorsqu'ils cherchèrent à se rallier, n'ont plus rencontré dans leurs demeures que le cri de détresse de Soûʿ, de Douʿmî et d'Eyyoûb.

POÉSIE V.

Et il dit encore :

On m'a plus d'une fois répété que Zourʿa (et la folie vaut ce qu'elle vaut) envoie à mon adresse les plus étranges poésies.

J'ai juré, ô Zourʿa ben ʿAmr, que je serais de ceux dont l'approche est pénible à un ennemi.

Te souviens-tu du jour de ʿOkâṭh, alors que tu me rencontras tout poudreux et que tu ne pouvais fendre ma poussière?

Nous nous sommes partagé les rôles : moi, j'ai pris la Fidélité, et toi tu t'es choisi la Trahison.

Puissent des poëmes t'atteindre, et des armées pousser en avant contre toi les devants de leurs selles!

Qu'on y trouve les banoû Koûz, attachant leurs cuirasses aux sangles de leurs chameaux, et la tribu de Rabî'a ben Ḥoudhâr;

Et les gens de Ḥarrâb et de Ḳadd, dont la gloire est ainsi posée que jamais leur corbeau n'est réduit à s'envoler;

Et les banoû Ḳou'ein, qui, n'en doute pas, viendront contre toi sans se rogner les ongles,

Infectés par le fer rouillé de leurs armes, semblables sous leurs cottes de mailles aux *Djinn* de Baḳḳâr;

Et aussi les banoû Souwâ'a, qui te rendront visite en députant vers toi une armée que conduira Aboû 'l-miṭhfâr;

Et avec eux les banoû Djadhîma, une tribu loyale, des princes qui règnent depuis Khabt jusqu'à Ti'-châr,

Qui campent à la fois aux deux côtés de 'Okâṭh, tandis que leurs enfants crient *'Ar'âri* en jouant;

Des hommes qu'on voit, alors que le tumulte guerrier est à son comble, demeurer fermes à leur poste au jour de la terreur et de la déroute;

Et aussi les Gâdirites, qui vont planter leurs drapeaux dans des positions solides,

Portés sur des chamelles blanches, dont les selles

ressortent comme une masse de sang répandue sur les dos d'une troupe de vaches sauvages.

Ils serrent entre leurs jambes les extrémités des selles *'ilâfites*, et pendant ce temps les femmes chastes restent abandonnées comme aux jours d'impureté,

Laissant passer leurs mains à travers les bracelets, et ne se montrant que par les ouvertures pratiquées dans les vêtements rayés du Yaman et derrière leurs voiles.

Pures, elles ne laissent pas troubler leurs nuits d'abstinence et défient les soupçons du mari le plus méchant et le plus jaloux.

Une telle réunion de guerriers changerait un vaste champ de bataille en un défilé étroit, et laisserait derrière elle les collines comme si elles étaient des plaines.

Jamais ils n'ont été privés de la meilleure des nourritures, et leurs mères ont enfanté contre toi de nombreux enfants, tous mâles.

Autour de moi sont les banoû Doûdân, qui ne me trahiront pas, et les banoû Baguîḍ, tous mes alliés.

Zeid ben Zeid domine à 'Ourâ'ir, et sur les bords du Kouneib règne Mâlik ben Ḥimâr;

A Roumeitha domine Soukein, et à Dotheina les banoû Seyyâr.

Ces peuples élèvent des montures, filles de 'Asdjadî et de Lâḥiḳ, aux flancs poudreux, quand elles quittent le pâturage,

Alors que le *ya'did* coule encore sur les coins de leurs lèvres, et que leurs narines sont jaunies par le *djardjâr*.

Elles sont appelées à suivre leurs mères, qui accourent empressées comme les mères des animaux féroces quand, après n'avoir mis bas qu'une fois, elles perdent leurs petits.

Certes Roumeitha peut compter sur nos lances pour défendre ce qu'il renferme de plantes humides ou sèches.

Déjà nos cavaliers ont atteint des jeunes filles dans leur sécurité, et aussitôt ils leur ont fait prévoir le *ïdhâr*.

POÉSIE VI.

Et il dit encore :

Sou'âd s'en est allée, et un matin tout lien avec elle a été rompu : elle s'est fixée à Char' et dans les vallées de Iḍam.

Elle est de la tribu de Yalî et, quand mon cœur s'est épris d'elle, c'était de la folie, c'était une vision de mes rêves.

Quand elle se retournait, elle n'était pas de celles qui montrent un talon noir, et elle ne vendait pas aux deux côtés de Nakhla les chaudrons de pierre.

Blanche de peau, c'était la beauté la plus parfaite d'entre tous les êtres qui marchent sur terre; c'était la personne la plus délicieuse avec qui tu eusses jamais causé.

Elle a dit : «Je te vois déjà devenu le frère de la selle et de la monture sellée; tu trouveras sur ton chemin des dangers qui ne te laisseront pas atteindre le temps de la vieillesse.»

Adieu, ma belle! car pour nous, notre rôle n'est pas de folâtrer avec les femmes, car la religion a ses rigueurs.

Nous avançons rapidement, lâchant la bride à des chamelles aux yeux enfoncés, espérant en Dieu, espérant accomplir les actes de piété, et obtenir la nourriture de chaque jour.

Que ne demandes-tu aux banoû Dhobyân ce que je vaux, alors que la fumée enveloppe l'homme aux cheveux gris, qui, par avarice, s'abstient du *meisir*,

Et que le vent souffle dans la direction de Dhoû Ouroul, poussant en avant, sur le soir, ses troupeaux de nuages,

Alors qu'ils répandent de côté leurs ombres pourprées sur le Tîn, et poussent à leur tour d'autres nuages glacés, qui ont perdu leur eau?

Tu ne trouveras pas chez eux un homme d'honneur ni un homme de savoir qui ne te dise, s'il est vrai qu'il y a une différence entre celui qui ignore une chose et celui qui la sait,

Que je complète les parts de ceux qui jouent avec moi au *meisir*, que je leur donne ce qui reste après le partage, que je couvre de nourriture les grands plats,

Et que je fends la vaste plaine sur une chamelle

folle, qui après la fatigue a commencé à gémir sur sa lassitude et son dégoût.

Elle a failli me faire tomber ma selle et mon coussin à Dhoû 'lmadjâz, et pourtant elle n'y avait pas flairé de chameaux ;

Mais c'est qu'elle avait entendu la voix de la Mecquoise qui disait au moment du départ : « Y a-t-il parmi *vos cavaliers légers quelqu'un qui achète des peaux?* »

Je lui criai, alors qu'elle courait sous le poitrail de ma chamelle : « Gare! qu'elle ne t'écrase pas! d'ailleurs le marché est clos. »

Ma chamelle, après avoir reposé pendant trois nuits, en a passé une quatrième à Dhoû 'lmadjâz pour observer le campement dispersé.

Déjà, quand la colonne de l'aurore s'est entr'ouverte, elle trottait comme une ânesse qui craint le chasseur avide de viande,

Et elle s'écartait de l'*astan* aux extrémités noires, ressemblant dans sa course aux servantes qui au matin portent leurs fagots,

Ou bien encore au taureau sauvage de Ḥauḍâ, lorsqu'il veut entrer en baissant la tête pour prendre ses quartiers par une nuit de *djoumâdâ* qui distille *une pluie fine* :

Il a pris ses quartiers sur des monceaux de sable aux pieds du Baḳḳâr, qui le repousse; et, toutes les fois qu'il veut y jeter un regard furtif, le sol s'éboule sous ses pas ;

Il a exposé au vent ses cornes et son front comme

le forgeron quand il s'incline pour souffler sur les charbons,

Jusqu'au matin où il s'est élancé, rapide comme la pointe d'une épée, pour rechercher les plaines caillouteuses et les collines de Loubnân.

POÉSIE VII.

Et il dit, en apprenant que No'mân était malade:

Je t'ai caché une nuit d'insomnie passée à Djamoûmein, et deux soucis, l'un apparent, l'autre dont je fais mystère,

Les accidents d'une âme qui se plaint du mal qui la trouble et des soucis dont elle est abreuvée, sans y trouver aucune issue.

Mon âme me presse avec instance d'imposer sa volonté au destin; a-t-elle donc trouvé jusqu'ici un arbitre du destin?

N'a-t-elle pas vu le plus parfait des hommes, porté sur une litière par des jeunes gens, parcourir la tribu dans une promenade matinale?

Et nous étions sur son chemin, demandant à Dieu de prolonger ses jours, de nous rendre à nous un roi, à la terre un civilisateur.

Nous espérions fermement le conserver si notre flèche l'emportait; mais nous craignions que la flèche de la mort ne vînt se mettre de la partie.

A toi le bonheur! mais nous craignons que la

terre ne recouvre tes cendres, ô homme unique, et que la fortune des hommes ne se mette à chanceler et à trébucher;

Qu'on ne renvoie les montures de ceux qui te cherchaient et qu'on ne desselle tes chevaux dont le temps n'usera plus le sabot.

Je t'ai vu m'observer d'un œil attentif, et mettre en campagne des hommes pour me garder et me surveiller.

C'est qu'on avait mis dans ma bouche certaines paroles, et que mes ennemis t'avaient fait part en secret de leurs calomnies.

Je le jure, je ne paraîtrai pas devant toi, si je dois paraître en accusé, et je ne chercherai pas de patron, si tu ne veux être mon protecteur.

Mais que ma famille entière serve, s'il le faut, de rançon pour racheter la vie d'un prince qui, si je venais à lui, accueillerait favorablement mon éloge, et boucherait les trous de ma misère.

Je musellerais mon chien dans la crainte que son aboiement ne troublât ton repos, quand bien même je serais établi à Mashoulân ou à Ḥâmir,

Et que mon habitation serait placée sur des hauteurs inaccessibles, où le berger, en faisant paître ses bêtes de somme, ressemblerait à un oiseau planant dans les airs,

Où les chèvres, si habiles à grimper les rochers, trébucheraient sur les versants, et où, à midi même, les pointes disparaîtraient confondues avec les nuages,

Comme si là encore je craignais d'être contraint

à me soumettre avec mes femmes, et que je voulusse leur donner la certitude de mourir libres.

Et quand bien même ma demeure serait très-éloignée de toi, je dirais encore à tout voyageur que je rencontrerais venant de Ma'add :

« Conduis-moi vers No'mân ; peu m'importe où je me rencontrerai avec lui. Puisse Dieu lui amener les pluies du matin,

« Et la victoire le saluer dès l'aurore, sans que sa gloire cesse de briller au-dessus de tous les hommes qui passent !

« Puisse Dieu répandre sur lui ses meilleurs bien- 20
faits et être son allié contre tous ses adversaires ! »

Car j'ai trouvé un jour qu'il est la perte de son ennemi, mais aussi qu'il est une mer de générosité sur laquelle se balancent légèrement les vaisseaux.

POÉSIE VIII.

Et il dit pour s'excuser auprès de No'mân et pour le louer :

On m'assure que tu m'as blâmé, ô prince, et voilà ce qui cause mon souci et mon accablement.

Aussi ai-je passé une nuit comme si les femmes qui visitent les malades m'avaient préparé une couche d'épines, plus élevée et plus en désordre que ma couche ordinaire.

Je le jure, et puissé-je ne laisser subsister aucun doute dans ton âme, aussi vrai qu'après Dieu il n'y a plus de recours pour l'homme,

Si l'on t'a rapporté que je t'ai trahi, le délateur qui t'a fait un tel rapport est un fourbe et un menteur.

Pour moi, j'ai été de ceux qui avaient un coin de terre où il leur était permis de se mouvoir et de se retirer librement.

Rois et sujets, toutes les fois que je venais à eux, me prenaient comme arbitre de leurs biens et me traitaient d'égal à égal,

Comme tu fais à l'égard de ceux que je te vois combler de bienfaits, et tu n'as jamais considéré comme une faute la reconnaissance qu'ils te témoignent.

Ne me laisse pas sous les coups de ta menace, pour que je ne sois pas parmi les hommes comme un chameau galeux enduit de poix liquide.

Ne sais-tu pas que Dieu t'a donné un degré de puissance tel que tu peux voir à tes pieds tous les rois s'agiter vainement?

Car tu es un soleil, et les rois sont des étoiles; quand le soleil se lève, on ne voit plus aucune de ces étoiles.

Jamais tu n'as laissé un frère égaré sans venir à son secours. D'ailleurs, quel homme est parfait?

Si je subis une injustice, c'est un esclave que tu auras atteint; mais si tu pardonnes, le pardon convient à un homme tel que toi.

POÉSIE IX.

Et il dit encore :

J'ai détourné les banoû Dhobyân de Oukour, où

chaque année au printemps ils prenaient leurs quartiers pendant le *ṣafar*.

J'ai dit : «Ô mes compagnons, déjà le lion s'est replié sur ses griffes, prêt à bondir.»

Puissé-je ne jamais voir le moment où nos vaches aux yeux sombres, dont les rejetons ressemblent aux brebis de Douwwâr,

Regardant du coin de l'œil l'homme qui doit arriver de côté, tandis que leurs visages reflètent le mépris de la servitude et l'amour de la liberté;

Et ne se sentant pas derrière les mercenaires as- 5
sez protégées contre tout acte criminel, se cramponneront aux bâts et aux selles des chameaux;

Et où, répandant des pleurs qui tombent sur leurs lèvres, elles mettront toute leur espérance dans l'arrivée de Ḥiṣn et d'Ibn Seyyâr!

Si je rencontre de la résistance, je pourrai du moins me réfugier dans les défilés de la montagne et sur les deux versants de *Ḥarrat ennâr*,

Ou bien je dresserai ma tente dans un pays noir, obscur, où l'âne même est arrêté, et où le voyageur ne chemine pas.

Une telle retraite nous défendra contre l'injustice des hommes, et elle sera appelée *oummou 'ṣṣabbâr* (la mère des rochers).

Car c'est lui qui a poussé en avant les *roufeidât* 10
de Djauch et de 'Iṭham, et il y a mêlé des hommes des tribus de Rib'î et de Ḥadjdjâr,

Deux héros de Ḳouḍâ'a, qui se sont établis autour de sa résidence, et qui lui ont fourni chefs et soldats.

Aussi est-il monté à la tête d'une armée sans égale, qui chasse les bêtes féroces de la plaine, et dont les rangs sont serrés;

Qui ne baisse pas la voix pour cacher ses positions dans un pays où elle campe, et qui garde ses feux dont la clarté empêche le voyageur de s'égarer.

Les banoû Dhobyân m'ont reproché la crainte qu'il m'inspire. Y a-t-il donc pour moi quelque honte à te craindre?

POÉSIE X.

Et Badr dit, répondant à Nâbiga :

Va dire à Ziyâd; car le destin réservé à tout homme finit par l'atteindre, en dépit de son habileté et des précautions qu'il peut prendre :

Le besoin de la défense t'a fait quitter Leilâ pour Barad, que tu as préféré comme refuge à Djouchch A'yâr.

J'ai fini par rencontrer celui qui est à l'abri du reproche, à la tête d'une armée qui chasse les passereaux ainsi que les corbeaux, et dont les rangs sont serrés.

Il n'est que temps de songer aux tribus que tu as trompées, aux banoû Ḍibâb, et de laisser Ibn Seyyâr.

5 Car il est devenu le représentant d'une tribu, à la tête de laquelle il est arrivé, et il a donné la liberté à tous ses prisonniers de Dhoû 'lḳâr.

POÉSIE XI.

Et Nâbiga reprit, répondant à Badr :

Eh bien! qui donc ira dire en mon nom à Khoreim et à Zabbân, lui qui n'a pas fait attention que je suis son parent par alliance :

« Défiez-vous de ces âpretés sanglantes, dont la brûlure est comme celle des charbons ardents.

« Pour moi, j'ai appris comment vous avez agi, et quelle importance vous avez donnée à la poésie de Badr.

« Et pourtant ce n'était pas à vous qu'il appartenaitde me repousser, quand nous étions séparés par un pays éloigné et par la terre de Ḥadjr. »

Aussi ma réponse est-elle pour toujours fixée au milieu de vos personnes et de vos biens.

Lorsque quelqu'un espère un accident pour autrui, le mal tombe sur son cousin avec la violence d'un mal qui n'est pas récent, mais invétéré.

POÉSIE XII.

Et Nâbiga dit encore :

Les banoû ʿÂmir nous ont crié : « Rompez avec les banoû Asad. » Malheur à l'ignorance, l'ennemie des peuples !

L'expérience nous interdit de chercher à les remplacer, et nous ne voulons pas de rupture après une alliance solide.

Faites plutôt la paix avec nous tous, si vous y êtes

disposés; mais ne noùs parlez pas ainsi, ô banoû 'Âmir.

Pour moi, je crains bien pour vous que vous ne vous attiriez par la haine que vous leur portez une journée comme celles du passé,

Une journée où les étoiles paraissent que le soleil brille encore, où la lumière n'est pas une lumière, où les ténèbres ne sont pas des ténèbres;

Ou bien que vous n'excitiez des troupes compactes, sans égales, qui, comme la nuit, mêlent les masses aux masses,

Avec les anneaux de leurs cottes de mailles suspendues aux courroies de leurs selles, obéissant à des chefs qui ont les narines gonflées, qui frappent à la tête.

Leur drapeau est dans les mains d'un illustre héros, qui parcourt la plaine sans jamais baisser les yeux.

Il conduit des escadrons aux armures foncées, qui ne cherchent leur salut qu'en se précipitant à la mort sur leurs juments bridées.

Combien nos cavaliers n'ont-ils pas laissé sur le champ de bataille de vos mains et de vos pieds comme pâture pour les hyènes!

Que de femmes ils ont affligées par la perte de leurs maris, que d'orphelins ils ont faits, qui ne l'étaient pas auparavant!

Les cavaliers ennemis savent qu'en dépit de leurs évolutions nous sommes dans la lutte les arbitres du bien et du mal.

Ils ont fui, tandis que celui qui conduisait ce troupeau était renversé sur le front, au milieu des braves, et que son corps étendu sur le sol ruisselait de sang.

POÉSIE XIII.

Et il dit encore, au sujet des banoû ʿÂmir :

Puissent les banoû Dhobyân trouver avantage dans la situation de leur pays, isolé de tout parent et allié,

A l'exception des banoû Asad, toujours prêts à le défendre chaque matin avec deux mille braves, couverts de leurs armes et de leurs cuirasses,

Montés sur des chevaux de la race de Wadjîh et de Lâḥiḳ, dont ils dirigent les rejetons, grâce au fouet !

Ils brandissent des lances aux longues poignées avec des mains longues, dont les doigts sont décharnés à leurs extrémités.

Laisse à distance de toi, Zourʿa, de tels hommes, qui sont sans reproche, et qui ont poussé la tribu de ʿAbs dans le pays de Ḳaʿâḳiʿ,

Malgré les efforts des banoû ʿÂmir, qui ont levé la main pour lutter, semblables aux chamelles enceintes qui résistent à leurs mâles.

Pour moi, je ne désire rien de Sahm, ni aucun secours de Mâlik, ni de leur cousin ʿAbd ben Saʿd,

Maintenant qu'ils se sont établis à Dhoû Ḍargad et à ʿOutâyid, où ils n'entendent d'autre chant que le coassement des grenouilles.

Assis devant leurs maisons, ils n'ont pas d'autre ambition. Puisse Dieu couper ces nez camus !

POÉSIE XIV.

Et il dit encore :

Dois-tu quitter dès ce soir ou demain seulement la famille de Meyya, iras-tu saluer en toute hâte, ou préféreras-tu t'en dispenser?

Le moment du départ est imminent; seulement nos montures n'ont pas encore emporté nos selles; mais c'est tout comme.

Le corbeau a cru que nous partirions demain, et telle est la nouvelle qu'a annoncée le corbeau noir.

Qu'il n'y ait donc ni vœux, ni salut pour la journée de demain, si nous devons demain nous séparer des amis!

5 Il est temps de te mettre en route, et tu n'as pas encore dit adieu à Mahdad, toi qui te rencontrais toujours avec elle, matin et soir.

Mais il faut aller sur la trace d'une chaste beauté qui t'a visé avec sa flèche; ton cœur a été atteint; c'est tout, si elle ne t'a pas tué.

C'était alors assez pour elle, puisque sa tribu était voisine de la tienne, et qu'elle se rapprochait encore de toi par ses billets et ses témoignages d'amour.

Mais voici que la passion qu'elle t'inspire a percé ton cœur d'une flèche décochée par un arc sonore.

Elle a regardé avec la prunelle d'une jeune gazelle apprivoisée, au teint foncé, aux prunelles noires, parée d'un collier :

Une rangée de perles enfilées orne sa poitrine; l'or y répand ses feux comme un tison allumé.

Son corps, enduit de safran, ressemble à un manteau à raies jaunes; sa taille est parfaite, on dirait une branche que sa hauteur a recourbée;

Son ventre a des fossettes aux plis gracieux, et sa gorge, elle la soulève par une mamelle ferme;

Ses reins sont lisses; elle n'a pas d'embonpoint; ses hanches sont pleines; sa peau est souple et flexible.

Elle s'est levée et elle est apparue entre les deux pans d'un voile, comme le soleil au jour où il brille dans les constellations de Sa'd,

Ou comme une perle tirée de sa coquille, qui réjouit le plongeur, et dont la vue le pousse à remercier Dieu et à se prosterner;

Ou comme une statue de marbre que l'on a placée sur un piédestal bâti de briques et de terre cuite enduites de chaux.

Sans le vouloir, elle a laissé tomber son voile; puis elle a cherché à le ressaisir, et s'est cachée de nous avec sa main,

Avec une main teinte, délicate, dont les doigts ressemblent aux tiges du *'anam*, qu'on peut nouer, tant elles sont flexibles.

Elle t'a exprimé par le regard un désir qu'elle ne pouvait satisfaire, comme le malade quand il interroge les visages des visiteurs.

Ses lèvres, semblables aux deux plumes de devant de la colombe d'Eika, montrent des glaçons attachés à ses gencives enduites d'un fard noir.

On dirait la pariétaire au matin, après que la pluie a cessé, lorsque sa tige est déjà sèche en haut et que le bas est encore humide.

Le prince affirme que sa bouche est fraîche, qu'il est doux d'en recevoir un baiser, désirable de s'y abreuver;

Le prince affirme, et je n'en ai pas goûté, qu'il est doux d'en recevoir un baiser. Si par hasard j'en goûtais, je lui dirais : Encore.

Le prince affirme, et je n'en ai pas goûté, qu'elle guérit, par une salive parfumée, celui qui est altéré, celui qui souffre de la soif.

Les jeunes filles ont pris son collier pour y enfiler des perles qui se suivent sans rompre l'harmonie.

Si elle se présentait devant un moine aux cheveux blancs, qui sert Dieu par son abstinence et ses prières,

Il serait fasciné par sa vue et par le charme de son langage, tout en s'imaginant suivre les voies de Dieu, au moment même où il les aurait quittées;

Par sa parole, dont les accents, si tu pouvais les reproduire, feraient descendre les chèvres sauvages de leurs collines au large plâteau;

Et par sa chevelure noire, épaisse, à la floraison luxuriante, comme la vigne, lorsqu'elle est penchée sur les étais qui lui servent d'appui.

Lorsque tu touches, tu touches à pleines mains un corps solide, large, qui remplit bien sa place;

Lorsque tu fais l'attaque, tu t'attaques à une hauteur dont les formes rebondies sont enduites de parfums;

Lorsque tu te retires, tu te retires d'un défilé aride avec l'effort de l'adolescent qui manie une corde solidement tordue.

Jamais celui qui descend pour s'abreuver en elle ne remonte, et jamais celui qui remonte ne cherche un autre abreuvoir.

POÉSIE XV.

Et il dit encore :

J'avais dit à No'mân, au jour où je l'ai rencontré à Bourḳat Ṣâdir, se dirigeant contre les banoû Ḥounn :

« Laisse de côté les banoû Ḥounn; car lutter avec eux est toujours pénible, même pour toi, qui pourtant n'abordes jamais la lutte qu'en homme qui sait soutenir le combat. »

Nobles dans leurs présents, fils de 'Odhra, ils sont tellement généreux que, faire les plus grandes largesses, c'est pour eux comme avaler une bouchée.

Ce sont eux qui ont défendu Wâdî 'lḳourâ contre leur ennemi, avec une troupe meurtrière pour l'ennemi qui veut se mesurer avec elle,

Qui ont protégé ceux qui descendent s'abreuver dans la vallée, ceux dont la croupe se mouille avant que leur gorge se désaltère,

Ceux de Bouzâkha, qui agitent leurs longs filaments, comme voltigent les poils des jeunes chamelles, objet de convoitise des marchands,

Ceux dont les fruits ont de petits noyaux, une enveloppe solide et une écorce qui ne se détache pas, quand les autres dattes perdent la leur.

Ils en ont repoussé Balî, et le matin a lui pour Balî dans une vallée profonde du Tihâma.

Ils les ont défendus contre l'invasion de Ḳouḍâʿa tout entier et du rouge Moḍar.

Ils ont violemment tué, à Ḥadjr, le Ṭeyyite, le père de Djâbir, et ils ont marié de nouveau la mère de Djâbir.

POÉSIE XVI.

Et il dit encore :

Puisse Dieu favoriser toujours les hôtes que j'ai quittés, qui brillent comme les lanternes dans l'obscurité des nuits!

Ils ne s'abstiendraient pas du *meisir*, quand bien même, au plus fort de l'hiver, l'horizon serait chargé de nuages stériles, desséchés comme des peaux.

Rois et fils de rois, ils surpassent les autres hommes dans l'adversité aussi bien que dans la bonne fortune.

Ils ont la douceur de ʿÂd; leurs personnes sont pures de toute rébellion, de toute souillure et de toute faute.

POÉSIE XVII.

Et il dit encore :

Rassemble à grand'peine ton *Maḥâch*, ô Yazîd; pour moi, j'ai déjà mis sous les armes à votre intention les tribus de Yarboû' et de Tamîm;

Et j'ai revendiqué l'origine dont tu m'as fait un crime, tandis que tu reniais la tienne, qui te semblait trop méprisable.

Tu m'as fait un crime de ne pas compter de nobles parmi mes ancêtres; mais c'est pure vanité d'orgueilleux, de vouloir passer pour noble.

Toutes les tribus de Ṭhinna m'ont témoigné de l'inclination, que je me présente, au milieu d'elles, en oppresseur ou en opprimé;

Et sans les banoû 'Auf ben Bouhtha, la mère des 5
enfants de ton père serait restée stérile sur un plateau de la montagne.

POÉSIE XVIII.

Et il dit encore :

Fais savoir aux banoû Dhobyân que je ne les confondrai plus avec 'Abs, maintenant qu'il va s'établir sur les hautes montagnes et aussi à Aṭhlam,

Avec une armée, qui a l'éclat et la couleur blanche du granit, qui peut montrer dans ses rangs Zoheir et Ḥidhyama.

Ils descendent s'abreuver aux citernes de la mort, lorsque le brave est contraint de s'y abreuver.

POÉSIE XIX.

Et il dit encore :

Je t'en conjure, dis-moi si on porte le prince sur la litière.

Je ne t'accuse pas de m'avoir interdit l'entrée; mais que se passe-t-il derrière toi, ô ʿIṣâm?

Si Aboû Ḳâboûs meurt, les hommes perdront leur printemps, et l'année son mois sacré,

Et, après lui, nous ne tiendrons plus que la queue d'une vie qui sera comme une chamelle au dos aplati, qui n'a pas de bosse.

POÉSIE XX.

Et il dit encore :

Lorsque Noʿmân reviendra, nous nous réjouirons et nous serons dans l'allégresse; car Maʿadd retrouvera sa puissance et son printemps.

La royauté et la puissance reviendront à Gassân : ce vœu, puissions-nous le réaliser!

Mais si Noʿmân vient à mourir, on dessellera les montures et on jettera du côté de la cour leurs caparaçons;

Une femme chaste poussera à la fin de la nuit des soupirs à se rompre, ou peu s'en faut, la poitrine,

Pour pleurer le meilleur des hommes, qu'elle ait perdu son époux, ou qu'elle l'ait encore près d'elle, partageant sa couche.

POÉSIE XXI.

Et il dit encore :

Si 'Âmir a parlé sottement, c'est que la jeunesse fait supposer la sottise.

Sois donc comme ton père ou comme Aboû Barâ ; que la sagesse et la droiture soient tes compagnes.

Ne laisse pas emporter ta raison par les vagues bouillonnantes de l'orgueil, qui ne trouvent pas d'issue.

Un jour tu deviendras raisonnable, ou à peu près raisonnable, lorsque tu grisonneras, à moins que ce ne soit lorsque le corbeau deviendra gris.

Car si les cavaliers, au jour de Ḥisye, en te rencontrant, t'ont fait éprouver ce qu'ils t'ont fait éprouver,

Ce n'était pas qu'il s'agît d'une race éloignée de la leur; mais ils t'ont atteint dans leur colère,

Les cavaliers de Manoûla, qui ne sont jamais penchés sur leurs selles, et ceux de Mourra, dont l'aigle flotte au-dessus de leurs bataillons.

POÉSIE XXII.

Et il dit encore :

Par ta vie, je ne craignais pas pour Yazîd les vantardises extravagantes qu'on m'a rapportées.

Ne dirait-on pas que sa tête est ceinte d'une couronne, pour quelques petits troupeaux qui ont été atteints à Dhoû Abân !

C'est assez pour toi que tu sois flétri par des paroles fermes, que la rime fait passer sur ma langue.

Que de fois d'autres avant toi m'ont insulté et m'ont injurié, sans que je fusse à court de paroles ou embarrassé pour répondre.

Le poëte de second ordre me ressemble aussi peu que la jeune chamelle à l'étalon blanc.

Tu as été l'instigateur de la faute, puis tu t'es retiré, comme le chameau aux sourcils épais se détourne devant la corde fixant la selle.

Si Aboû Ḳoubeis t'avait en sa puissance, ta vie se prolongerait dans la honte;

Et ta barbe, qui a laissé passer tes impostures et tes fourberies, serait teinte en un rouge plus vif que celui du sang lorsqu'il sort en bouillonnant des entrailles.

Tu aurais sa confiance, si tu ne l'avais pas trahi : d'ailleurs quelle confiance peut inspirer un Yamanite ?

POÉSIE XXIII.

Et Yazîd dit pour lui répondre :

Si Aboû Ḳoubeis m'avait en sa puissance, tu me trouverais auprès de lui à la meilleure place;

Tu me trouverais plus bienveillant que toi pour les absents, plus habile à manier la parole et la lance.

Qui est plus perfide qu'un Syrien, qui laisse les muscles de sa langue s'agiter sans frein ?

Pour ce qui est de la fourberie, Ma'add sait combien elle est répandue, combien elle s'étale chez les banoû Dhobyân.

Quand on coupe les testicules à un étalon, il devient impuissant, et son périnée se couvre d'ulcères.

POÉSIE XXIV.

Et Nâbiga dit, faisant l'éloge funèbre de No'mân ben Ḥârith ben Abî Chamir Gassânî :

La passion t'a entraîné, et ces campements ont été témoins de ta folie; pourquoi cet amour juvénil, quand on a une couronne de cheveux blancs?

Je me suis arrêté dans les environs de la maison; le temps et les nuages pluvieux en ont altéré les signes distinctifs.

Je demande à chacun des nouvelles de Sou'dâ, et depuis notre départ, sept années pleines ont passé sur l'habitation.

Je me suis enfin consolé de ce que je ressentais par une excursion nocturne sur une monture solide, qui, en portant ma selle, trottait parfois et parfois aussi galopait,

Une monture aux muscles inférieurs fermes, au dos trapu, et qui court en agitant la tête, alors que déjà sont épuisés les chameaux de race à la marche légère.

Son agitation joyeuse me faisait croire que j'avais attaché ma selle sur un âne sauvage, qui vient de finir sa dentition, de ceux qui habitent le mont ʿÂḳil,

Mince comme la corde tordue d'Andarîn, pelé, couvert d'aspérités, après avoir été mordu par les mâles bruyants,

S'acharnant après une ânesse, aux poils ras, au dos long, et qu'il tourne et retourne, parce que les femelles lui font défaut;

Lorsqu'elle lutte de vitesse avec lui, il fait des efforts, et, si elle est fatiguée, il se laisse choir, bien qu'il n'éprouve ni fatigue, ni faiblesse;

Lorsqu'ils descendent tous deux dans la plaine, ils soulèvent la poussière; lorsqu'ils gravissent les hauteurs, les pierres se fendent sous leurs pas.

Que de fois pour les banoû Barchâ, Dhouhl, ainsi que Ḳeis et Cheibân, alors que les abreuvoirs leur offraient une retraite sûre,

J'ai été peiné de ce qui les a réjouis, et que de fois j'ai vu, pour celui qui était l'objet de leur terreur, se briser mes forces et mes affections!

Puissent les ennemis ne jamais avoir profit à la chute du pouvoir qu'ils subissaient, ni au soulèvement de Tamîm et de Wâïl!

Autrefois, chaque année au printemps, alors que les tribus agitaient jusqu'à l'eau des cieux, Tamîm et Wâïl prenaient les armes pour les forcer à se tenir sur leurs gardes,

Conduits par No'mân, alors que ses marmites étaient en ébullition et que ses chaudières laissaient déborder les causes de mort.

Il excitait les chameliers, enveloppé dans son manteau, sans même remuer les sourcils, tandis que les montures soulevaient la poussière.

Des hommes, méconnaissant mon caractère, disent : « Peut-être Ziyâd, toi qui ne tiens à rien, te montres-tu indifférent. »

Je suis tellement peu indifférent que je ne puis parler de lui sans que l'émotion agite profondément mon âme.

Mon patrimoine, s'il faut en parler, mes armes, mon cadeau nuptial, et ce que mes doigts ont amassé,

Tout me vient de toi, ainsi que mes nobles chamelles, blanches comme des vaches sauvages, mes chamelles qu'on excite en chantant lorsqu'elles portent la selle.

Quand même tu as laissé à l'abri de toute atteinte les colonnes d'un empire qu'avaient affermi tes ancêtres,

Puisses-tu ne nous quitter jamais! Mais la mort est un rendez-vous auquel tout homme finit par se rendre un jour.

Si Aboû Ḥodjr échappe, les hommes dans leur bonheur ne connaîtront plus que de courtes nuits.

Si tu vis, jamais je ne prendrai la vie en dégoût; si tu es mort, à quoi bon prolonger plus longtemps ma vie?

Mais de nouveaux arrivants, témoins du malheur, sont venus confirmer la nouvelle qu'à Djaulân ont été enterrées tant d'énergie et de générosité.

Que la pluie arrose un tombeau, entre Boṣrâ et Djâsim, d'une ondée, comme lorsqu'au printemps se succèdent les pluies fines et les averses ;

Que les herbes odorantes et le musc et l'ambre ne cessent de croître sur sa dernière demeure, rafraîchie par l'eau du ciel qui tombe doucement pendant plusieurs jours de suite ;

Qu'elle fasse pousser nénufars et plantes suaves aux fleurs éclatantes que je décrirai dans les plus beaux vers qui aient jamais été chantés.

Ḥârith Eldjaulân pleure la perte de son maître ; le Ḥaurân est désolé et comme anéanti.

Les hommes de Gassân sont assis, espérant encore son retour, et aussi les Turcs, les guerriers persans et Kâbil.

Ici se terminent celles des poésies de Nâbiga qui ont été rapportées par Asmaʿî ; nous y joindrons, si Dieu le permet, quelques poëmes choisis parmi ceux qui ont été transmis par d'autres.

POÉSIE XXV.

Nâbiga dit, au moment où les banoû ʿAbs avaient tué Naḍla, où les banoû Asad leur avaient tué deux hommes, et où ʿOyeina réclamait l'appui des banoû ʿAbs :

J'ai visité des habitations à ʿOureitinât et aussi

sur les points culminants de la vallée qu'habitait la tribu.

Les vicissitudes du temps les ont détruites : il n'en reste plus trace, non plus que des torrents qui s'élançaient avec fracas.

J'y ai arrêté ma jeune chamelle dans ma détresse ; j'étais épuisé par l'excès de ma passion.

J'interrogeai ces lieux déserts, et mes larmes se répandirent en abondance, comme si elles coulaient par toutes les ouvertures d'une outre usée.

Ainsi pleure la colombe lorsqu'elle appelle ses petits et que, dans sa douleur, elle soupire sur une branche.

Fais parvenir en mon nom, ʿOyeina, une parole qui te concerne ; c'est à toi, à toi-même, que moi je l'adresserai.

Mes rimes, quand elles passent, sont puissantes comme les rochers ; rien ne peut en arrêter la marche.

C'est en cette monnaie que je paye qui veut me faire tort, comme on paye son créancier ; que celui-ci me paye de même !

Tu trahis donc mon allié et tu t'attaches à ʿAbs. Ô Yarboûʿ ben Gueiṭh, sus à cet intrus !

On dirait que tu es du nombre des chameaux des banoû Oḳeich, derrière les jambes desquels on fait ballotter bruyamment une outre usée.

Tu es parfois sot comme l'autruche, et parfois aussi, tournant selon le souffle du vent, tu trames toute espèce de ruses.

Souhaite qu'ils restent à distance, et mets-toi sur tes gardes; c'est toi qui seras bientôt abandonné avec ton souhait

Dans un désert aride, où ne se trouve pas un habitant, où aucun guide ne demeure.

Si tu médites une trahison contre les banoû Asad, je ne suis pas de ton bord, de même que tu n'es pas du mien.

Car ils sont la cotte de mailles que je revêts pour le jour de Nisâr, et ils sont mon bouclier.

Eux, ils sont descendus à Djifâr contre Tamîm, et ils ont pris part à la journée de ʿOkâṭh; pour moi,

Je suis resté sur le champ de bataille, témoin d'exploits qui leur ont valu l'affection de mon cœur.

Ils ont attaqué Ḥodjr avec leurs troupes, et pendant toute cette journée, ils ne sont pas sortis de ma pensée.

Ils se sont avancés contre Gassân avec une armée qui couvre tous les chemins, une armée qui s'agite en masses puissantes,

Toute composée de guerriers expérimentés, de vrais lions, qui sont montés sur des chevaux dont les uns ont la queue longue et les chairs luxuriantes,

Dont les autres, élancés comme les flèches et marqués d'un signe apparent, portent une tribu semblable à des *Djinn*,

Au matin où de blanches épées, pour achever Ḥodjr, se sont tournées contre lui au milieu de la poussière qui couvrait le champ de bataille.

Si, 'Oyeina, j'avais écouté quelqu'un de tes conseils, le repentir me ferait grincer des dents.

POÉSIE XXVI.

Et il dit encore :

Renonceras-tu, Kaṭâmi, à tes coquetteries amoureuses? Cesseras-tu d'être avare de tes saluts et de tes paroles?

Pour ce qui est de ta coquetterie, n'y persiste pas; si le moment du départ est venu, dis-moi du moins adieu.

Si, au matin de la séparation, elle avait été généreuse, alors qu'on avait déjà relevé les rideaux qui entourent le palanquin,

J'aurais jeté sur elle un regard furtif, et je l'aurais vue quitter son voile derrière le rideau.

Sa poitrine, où brillent les ornements précieux, est comme les charbons ardents répandus dans les ténèbres.

Les paillettes d'or et d'argent, ainsi que les perles, s'y détachent comme sur le cou d'une gazelle à la voix douce,

Qui, restée seule avec son mâle, trouve à sa portée au pied d'une hauteur l'*arâk* de la vallée,

Qui en broute les baies, et recherche le *bachâm* jusqu'au déclin du jour.

On dirait que le vin de Boṣrâ, dont les chamelles portent solidement cachetés

Les cratères depuis Beit Râs jusqu'au marché bien établi de Loḳmân,

Qui, lorsque l'on brise les cachets, laisse monter les fleurs sèches à sa surface,

A été mélangé sur les dents de cette jeune fille avec l'eau fraîche des nuages chargés dont on a recueilli les pluies dans les citernes,

Avec cette eau, qui est devenue froide au contact de la pierre, tandis que le vent du sud est lancé sur les nuages mis à sec.

Elle aime ce goût et elle y pense au moment où elle est réveillée de son sommeil.

Ne songe plus à elle, puisque sa pensée est loin de toi, et qu'elle a persisté à vouloir te châtier par son éloignement.

Mais, quelle sagesse éclatante, quelle perfection on t'annonce chez Ibn Hind!

Puisse mon corps, depuis la partie que portent mes sandales jusqu'à la boucle la plus élevée de mes cheveux, servir de rançon au prince!

Puisse-t-il faire incursion dans des tribus irritées à Dhihyauṭ avec une armée insatiable,

Conduite par un héros qui ne se repose jamais, préoccupé de questions graves et importantes.

Il a, pour se protéger contre l'ennemi, tous les plus nobles coursiers, et les cavales aux longs cous que l'on caparaçonne lorsque soufflent les vents brûlants,

Et les lances flexibles, dont les pointes brillent comme la flamme du forgeron.

Un messager l'a averti que les hommes d'une tribu, descendant de Djadhâm ou de Djoudhâm,

Avaient formé en masse une alliance, et que ces bandes s'excitaient l'une l'autre.

Mais lui, il a conduit en bas, dans la plaine de Atm, ses soldats tout couverts de poussière, infatigables à la marche, rapides comme les troupes voyageuses de faucons.

Ils s'avancent sur la foi de guides sûrs et de 25
leurs avant-gardes, tandis que les généreuses chamelles de la Syrie agitent vivement leurs têtes.

Les troupes ennemies ont passé la nuit dans le repos; lui, il a passé la nuit à marcher, une nuit qui le rapproche d'eux, une nuit qu'ils ont trouvée bien longue.

Dès l'aurore, il leur a servi une liqueur vermeille et sans mélange, au point que leurs têtes sont devenues semblables à des œufs brisés d'autruche.

Tous ceux qui, semblables au chameau accroupi, avaient campé sur son territoire pour l'attaquer, ont goûté la mort, et le sang des fuyards a rougi ses ongles.

Belles comme les vaches du désert, les captives égalisent les pans de leurs robes pour couvrir les chaînes de leurs pieds.

Elles confient à ceux qui vont puiser l'eau, lors- 30
qu'ils passent, leurs nourrissons couverts de poussière, qui ne veulent pas être sevrés.

On a vu s'élever une colonne de sable fin, enveloppant comme dans des langes de poussière les montagnes de Ḥismâ.

Ceux qui en voulaient au prince ont cherché à

l'atteindre, à réaliser le projet qu'ils en avaient conçu,

S'attaquant à un ennemi difficile à soumettre, qui résiste, et qui s'est élevé dans les hauteurs de la gloire.

Avant lui, son père et le père de son père avaient bâti la gloire de leur vie en tirant au cordeau l'édifice.

Tu as établi ta domination en ʿIrâḳ; et, dans tous les châteaux on avait garni de défenseurs les fossés et les remparts,

Et tes troupes ne cessaient pas d'occuper des positions inaccessibles, afin de protéger les gras pâturages.

POÉSIE XXVII.

Et il dit encore :

Est-ce que ton amour pour ta Souʿdâ s'est réveillé en toi, à la vue des demeures où vous vous êtes connus dans les vergers de Nouʿmî, et plus tard à Dhât Elasâwid?

Les derniers vestiges ont disparu sous les attaques des vents qui détachaient violemment la poussière du sol, et des nuages chargés de pluie et de tonnerre.

Les taureaux à la longue queue et les vaches au nez retroussé y viennent rechercher les monceaux isolés de sable mouvant.

C'est ici que j'ai connu Souʿdâ, et Souʿdâ, insouciante, riait et marchait en se balançant au milieu de ses chastes compagnes.

Par ma vie, par la beauté de ma tribu, dès l'aurore on a vu un jour fondre sur nos troupeaux et nos maisons à Dhât Elmarâwid

Une troupe que conduisait No'mân, avec sa résolution et son habileté entreprenante, qui abat le courage des rebelles.

Plein d'énergie, sans faiblesse, il est favorisé d'un bonheur qui triomphe là où le sort trahit les plus généreux des hommes.

Il a ramené des jeunes filles et des femmes de noble extraction, aux manières aimables, sur lesquelles veille un gardien peu sévère.

Partout où elles étaient assises, elles traçaient des lignes sur le sable avec des branches, et cherchaient à cacher leurs mamelles luxuriantes qui ressemblent aux grenades.

Semblables aux gazelles au long cou, elles s'attachaient vivement à leurs enfants aux visages beaux comme ceux des jeunes veaux.

Insouciantes, elles n'avaient jamais éprouvé de malheur avant leur captivité chez Ibn Djoulâḥ, et elles n'espéraient pas qu'un envoyé de leur tribu vînt les racheter.

No'mân a atteint les banoû Gueiṭh, et parmi ceux qui sont devenus ses esclaves, plus d'un a été couvert par lui de bienfaits.

Il faudra qu'une chamelle, courbée par la fatigue, porte en toute hâte un cavalier qui ne craint pas de voyager la nuit pour aller trouver Ibn Djoulâḥ.

Elle trottera jusqu'à ce qu'elle soit arrivée auprès de Noʿmân. Puisses-tu, toi, l'arbitre de mon sort, être racheté par tous mes biens acquis et légués par héritage!

J'ai tranquillisé mon cœur après que le souffle s'en était envolé, et tu m'avais déjà comblé de bienfaits avant mon arrivée.

Je suis de ceux qui ne louent jamais que les princes; mais je ne suis pas jaloux du bonheur que tu as eu.

Tu as surpassé les hommes qui ont hâte d'arriver aux honneurs, autant que le coursier rapide devance à la chasse les chevaux qui poussent le gibier en avant.

Tu es plus généreux que Maʿadd pour tes amis, plus terrible pour tes ennemis; tu es le premier à recueillir la pluie de la gloire.

POÉSIE XXVIII.

Et il dit encore :

Est-ce que ton amour pour Asmâ s'est réveillé en toi, lorsque tu as vu les traces des demeures dans les vergers de Nouʿmî, et plus tard à Dhât Eladjâwoul?

Les vents y ont séjourné, et ils y ont, l'un après l'autre, filtré la poussière à sa surface comme à travers des tamis;

Et aussi les pluies abondantes provenant de nuages épais, aux extrémités rapides, aux bords pendants,

Dans le milieu desquels le tonnerre gronde, et alors du nuage agité se précipitent les flots pressés d'une pluie torrentielle.

C'est ici que j'ai connu une tribu d'hommes généreux, et à leur place sont venus de nombreux troupeaux d'autruches à la démarche légère.

Tu peux y voir les taureaux à la longue queue s'occuper des vaches sauvages sur les monceaux de sable mouvant.

Elles remuent les cailloux avec leurs poitrines pour s'accoupler à leur fraîcheur, alors que le soleil vomit une salive brûlante.

Que de fois j'ai fait passer une chamelle rapide sur le dos d'une grande route qui ressortait comme la blanche tunique du Yamanite, et qui conduisait aux abreuvoirs;

Il s'en détachait des sentiers qui descendaient solitaires pour regagner ensuite le chemin bien tracé des deux côtés, à la direction nette.

Pour moi, ô Asmâ! j'ai été détourné de me rencontrer avec toi, par une aventure et un souci qui est venu m'absorber et chasser le souci que tu m'inspirais.

J'ai conseillé aux banoû ʿAuf, et je n'ai pu faire agréer mes conseils, et les liens qui nous unissent n'ont servi de rien auprès d'eux;

Je leur ai dit: « Puissé-je ne jamais voir les femmes

nobles et délicates qui habitent les deux côtés de Arîk et de ʿÂḳil,

« S'attacher vivement à leurs enfants semblables à de jeunes veaux, et dignes de lutter pour la beauté avec les gazelles lorsque, séparées du troupeau, elles courent sur le sable,

« Et quêter du secours au milieu des montures ennemies, dépassant les hauteurs d'Obeir et de Kawâthil;

« Et cependant ils ont laissé le champ libre au prince entre Djinâb et ʿÂlidj, pour se retirer de lui comme on se sépare sans regret d'un compagnon nuisible, lorsqu'il vous quitte !

« Puissé-je ne jamais me voir non plus, après que je vous ai prévenus, obligé de lutter pour vous faire rendre vos brebis, vos chameaux,

« Et vos femmes à la peau blanche, au caractère insouciant, qui versent leurs premières larmes en laissant échapper de leurs yeux ces pleurs involontaires qu'elles essuient avec les extrémités de leurs doigts! »

Je craignais, et ma crainte dépassait celle du bouquetin qui se réfugie sur les sommets du Dhoû Maṭâra;

Je craignais que ʿAmr ne conduisît contre nous ses montures généreuses, les juments au pied nu et les chamelles à la semelle calleuse.

Lorsqu'on veut hâter la marche naturellement plus lente de des juments, leur cou se tend en avant en même temps que leurs lèvres.

Minces comme des lames de ciseaux, elles n'ont plus même de moelle dans les os; elles sont élancées, leur cou, ainsi que leurs cuisses, est jaune de maigreur.

Alors même que le frottement douloureux avec les rochers a usé la pointe de leurs sabots, elles n'en sont pas moins gracieuses comme les lances flexibles.

Elles laissent échapper dans tous les endroits sur leur route des petits enveloppés dans leurs membranes comme dans des vêtements bigarrés,

Et l'on peut voir les oiseaux qui regagnent leurs nids, comptant pour se rassasier sur la belle viande de cette progéniture.

Ces cavales sont attachées sur le côté de cha- 25
melles à la peau olivâtre et de chamelles blanches, minces comme des lances, portant suspendues à des courroies les besaces et les marmites,

Et les larges cuirasses dignes des *Tobba'*, et aussi les cottes de mailles aux longs pans, tissées par Soleim (Salomon),

Sur lesquelles on a répandu partout un mélange de sable fin, d'écume d'huile et de crottin de chameau, et les voilà devenues brillantes et polies pour être revêtues.

Tel est l'appareil d'un héros, qui ne trouve pas dans les distances un obstacle à l'exécution de ses projets, qui poursuit les ennemis, et dont la renommée n'a jamais été obscurcie.

Ses mains fixent l'heure de la mort, mais d'autres

fois elles font tomber une pluie de présents et de bienfaits.

Lorsqu'il s'établit dans un pays où le sang n'a jamais coulé, il le laisse dans l'affliction, et marchant à une fin malheureuse.

Il s'avance au printemps avec son armée; à voir leur masse lorsqu'ils descendent dans la plaine, ne dirait-on pas le sol en feu de Râdjil avec ses cailloux brûlés?

POÉSIE XXIX.

Et il dit encore :

Sont-ce les demeures de Ṭhallâma, dont je retrouve les restes effacés depuis le point où Ḥobeÿy s'élargit le plus jusqu'à Wouʿâl?

Sont-ce les eaux de Danâ et de ʿOuweiriḍât, ces endroits dont la trace a disparu après qu'y avaient demeuré des tribus compactes?

C'est un repaire d'animaux sauvages; on ne voit plus que des troupeaux de vaches au milieu de ces ruines désertes, sur lesquelles les pluies printanières ont laissé leur trace.

Elles ont subi tour à tour les nuages de la nuit et ceux du jour, et les vents qui répandent de tous côtés des monceaux de sable.

La végétation est luxuriante, le terroir est humide; on y rencontre les chamelles qui viennent de mettre bas avec leurs petits, et celles qui n'ont pas encore mis bas.

Elles rongent l'écorce des branches de l'*alâ*, en agitant les poils qui ornent leurs têtes et qui ressemblent à des roseaux noirs et longs de Rodcina.

Lorsqu'elles sont sanglées, leur corps, depuis la croupe jusqu'au-dessus des chevilles, ressemble aux étoffes colorées de Khâl.

Mais, lorsque j'ai vu la maison déserte et que le cœur des hommes qui y habitaient est devenu contraire à mon cœur,

Je suis monté sur une chamelle puissante, muette, courageuse comme un mâle, qui marche sans éprouver de fatigue.

Puisse mon oncle paternel et mon oncle maternel servir de rançon pour un prince à qui elle apporte les excuses de son maître!

Quiconque puise chez No'mân plein un seau ne ressemble pas à qui est égaré et se trompe de route.

Si tu es homme à t'être formé une opinion défavorable de ton serviteur, si tu as l'intention de le mettre à l'épreuve,

Envoie chez les banoû Dhobyân, consulte, et n'agis pas contre moi avec précipitation et sans avoir consulté.

Non, par la vie de celui que j'exalte, par les chamelles qui portent les pèlerins au mont Ilâl,

Non, tu n'as pas laissé indifférents ceux qui te doivent de la reconnaissance; aussi accepte mon conseil. Comment serais-je indifférent, moi qui ai reçu de toi tout ce que je possède?

Si ma main droite t'avait criminellement trahi, je la séparerais de ma main gauche.

Mais ce n'est jamais par moi que tu seras trahi, et Dieu doit rétribuer chacun selon ses mérites.

Tes libéralités sont une mer qui ballotte les gros navires et les bateaux auxquels on a confié de lourdes charges;

Ses eaux arrivent jusqu'aux murs des châteaux, et elles en repoussent les vaisseaux des Nabatéens qu'elles jettent sur des bancs de sable.

Il donne généreusement les chamelles domptées, rapides, portant sur leurs dos les selles rouges.

POÉSIE XXX.

Et il dit encore :

Allez tous deux, apportez en mon nom à Dhobyân un message, puisqu'il a quitté la voie de la raison pour s'engager dans un sentier d'erreur :

Sérieusement, ne détournerez-vous pas un fou d'une mauvaise action? Ne respecterez-vous pas les liens de parenté qui vous unissent à un ami?

Si Sahm et les bandes de Mâlik se présentaient, si les troupes coalisées m'apportaient des excuses de la part de Mourra,

Ils amèneraient une armée telle que les hommes n'en ont jamais vu de semblable, et devant laquelle Ḳouṣâïra même s'abaisserait au déclin du jour.

Puissiez-vous ne jamais regretter d'avoir repoussé

nos familles, comme ʿObeidân, lorsqu'il interdisait aux troupeaux le pâturage dans sa prairie!

Ceux d'entre eux qui sont mes ennemis me font éprouver, aussi vrai qu'elle ne se plaint plus au matin, celle qui a été tenue éveillée par la douleur,

Ce qu'a éprouvé l'habitante du rocher de la part de son compagnon. Or les proverbes qui ont cours parmi les hommes se réalisent toujours.

Elle lui avait dit : « Je te convie à recevoir la rançon complète, mais ne commets pas la trahison de m'attaquer à l'improviste. »

Il jura par Dieu, quand ils se furent mis d'accord, et elle payait la somme, tantôt d'une façon irrégulière, parfois aussi chaque jour.

Lorsque la rançon fut entièrement donnée à peu 10
de chose près, et que son âme égarée l'eut perverti,

Il se demanda de quel voile Dieu pourrait couvrir son action, afin qu'il pût à la fois être riche et tuer son adversaire.

Lorsqu'il vit que Dieu avait fait fructifier son bien, avait affermi son aisance et bouché les trous de sa misère,

Il s'appliqua à aiguiser le tranchant d'une hache, d'une arme solide de fer bien trempé.

Il se tint en embuscade au-dessus de la tanière solidement construite; il voulait tuer son ennemie, à moins que sa main ne la manquât par trop de précipitation.

Mais Dieu la préserva du coup de hache, et la 15
justice a un œil ouvert qui ne se ferme jamais.

Alors il lui dit : « Viens, prends Dieu pour arbitre entre nous de ce que nous possédons, ou bien achève l'affaire. »

Elle reprit : « Ferais-je un serment en prenant Dieu à témoin, quand je t'ai vu comme ensorcelé, ne craignant pas de prêter un faux serment?

Je n'aime pas à voir toujours se dresser en face de moi un tombeau, ni une hache rester suspendue au-dessus de ma tête, prête à me transpercer. »

POÉSIE XXXI.

Et il dit encore :

Fais tes adieux à Omâma, et c'est le moins que tu lui doives; mais comment dire adieu à ceux que les chameaux ont déjà emportés?

Je ne t'avais vue qu'une fois, Omâma, lorsque mon regard rencontra le tien au jour de Namâra; mais les volontés du destin s'accomplissent.

Les caravanes qui se dirigent vers une tribu ont beau en être encore éloignées; elles y arrivent le soir, même si elles en sont encore séparées par Thahlân et par Nîr.

Et moi, parviendrai-je jusqu'à eux sur une chamelle élancée, hongre, aux vertèbres solides, si je voyage depuis le commencement de la nuit et si j'affronte les chaleurs du plein midi?

Pendant une demi-année, six mois de suite, elle a été délivrée de la selle, qu'a couverte la poussière répandue dans l'air en Ḥîra;

Elle a été exposée à la contagion; mais elle n'a pas été atteinte par la gale, et le chamelier avait acheté pour elle des herbes médicinales contre de la monnaie de plomb.

Elle a en vain cherché à l'entour une société, car son cavalier était ivre et pris de vin dans la vallée de Bâgoûth,

Les oies déposaient sur les côtés de son habitation leurs œufs, tandis que devant elle étaient étendus les monceaux de paille.

N'était le prince dont on espère les présents, le cavalier aurait dit à ses compagnons : «Réunissez-vous et partez.»

Ne ressemble-t-elle pas à un taureau dont le sabot a été blanchi par la boue, dont la peau est claire, qui a grandi au milieu des sables,

Qui a dressé la tête au moindre murmure, qui a tendu son oreille, bien que l'entrée en soit cachée par la chair de la corne?

Il sentait le chasseur, qui laisse courir entre ses jambes des chiens dont les dents inférieures sont acérées comme des scies.

Ce cavalier diabolique, pour les flatter, dit : «Il est pour vous, mais la viande des brebis vous est interdite.»

Ici se terminent les poésies choisies parmi celles qui ont été rapportées par Ṭoûsî au nom de ses maîtres, avec la grâce et le secours d'Allah.

NOTES.

POÉSIE I.

Cette poésie, qui est souvent comptée au nombre des sept ou des neuf *mo'allaḳât* (*Introduction historique*, p. 250), a été publiée et traduite par M. de Sacy dans sa *Chrestomathie arabe*, II, p. ۱۴۳-۱۴۹ et p. 404-409. L'interprétation de ce morceau n'a pas beaucoup gagné à la nouvelle traduction en vers que M. Ph. Wolff a publiée sans l'aide d'aucun manuscrit dans le *Zeitschrift der deutschen morg. Gesellschaft*, t. XIII (1859), p. 701 et suiv. Voici l'ordre des vers adopté dans notre édition par rapport au texte donné par M. de Sacy: 1-26, 32, 33, 36, 34, 35, 27, 29, 28, 30, 31, 37-39, 41, 48, 42-50. (Cf. aussi la note sur le v. 26.) Le vers 40 est le seul qui ne se retrouve pas dans le *dîwân*. Un manuscrit de la Bibliothèque impériale (A. F. n° 1455), manuscrit décrit par M. de Sacy dans les *Notices et Extraits*, IV, p. 313 et suiv. contient aux fol. 7-79 les neuf *mo'allaḳât* mises en stances de cinq vers par Moḥammad Ṭoûsî. Ce grammairien, qui s'était spécialement occupé de Nâbiga (*Introduction historique*, p. 260), donne cette poésie en la convertissant par ses additions en un panégyrique du prophète Moḥammad. Notre morceau a beaucoup occupé les commentateurs. M. Wright me signale au *British Museum* trois exemplaires (Add. 7530, du XVIe siècle; 7531, de la même époque; 7532, de 969 de l'hégire) avec un commentaire par le célèbre Wâḥidî. La bibliothèque de Vienne possède (M. Flügel, *Die arabischen*, etc. I, p. 430) un commentaire par le philologue Meidânî, que M. Flügel croit identique avec le commentaire copié par Ménil pour M. de Sacy (*Chrestomathie arabe*, II, p. 423). Le manuscrit suppl. ar. n° 1423, fol. 150 v°, contient le poëme de Nâbiga, avec le commentaire d'Aboû Sa'îd et d'Aboû Djâbir (*sic*). L'ordre des vers est le suivant, par rapport au texte de notre édition : 1-27, 32, 34, 33, 35, 36, 28, 30, 31, 29, etc. Les explications données par M. de Sacy dans ses notes (*ibid.* p. 410-463) nous ont dispensé de toucher à bien des points : il était inutile de répéter plus mal ce qui était mieux dit ailleurs. — Division du morceau : Regrets sur le passé et les anciennes amours : v. 1-6. — Description de la chamelle, comparée à un animal sauvage qu'une meute de chiens poursuit : 7-19. — Panégyrique de No'mân ben Moundhir et apologie personnelle : 20-49.

1. — Sîbaweihi, *Kitâb* (ms. suppl. ar. n° 1155), fol. 197 v°, avec les vers 2 et 3; *Ag*, II, fol. 357 v°, avec les cinq vers suivants; M, fol. 192 r°, avec le vers 2; L, fol. 153 r°. — Cf. A'chà dans le *Moufassal*, p. ١٨٣, l. 3. — Var. de A : يا دارُ ; alors يا est employé avec ellipse de la chose appelée (حذف المُنَادَى ; *Moufassal*, p. ٢٢, l. 18, et Sacy, *Grammaire arabe*, II, p. 508), et دارُ devient le sujet de أَقْوَتْ.

2. — A, B, G, *Ag*, *l. cit.* L, fol. 182 v° : أُصيلانًا ; M. de Sacy, avec Sîbaweihi, *l. cit.*, et Dj, *s. r.* اصل lisent أُصَيْلالًا. Le *Moufassal*, p. ١٧٩, l. 3, cite précisément ce vers comme attestant le changement possible du *noûn* en *lâm*, أصيلانا devenant أصيلالا. Cette forme singulière aura sans doute choqué Asma'î, auquel est rapportée particulièrement la leçon أصيلان dans B et dans *Ag*, *l. cit.* et qui y aura substitué une forme plus régulière. Il se pourrait que أصيلان fût un ancien duel signifiant : «le crépuscule du soir», comme en hébreu עַרְבַּיִם. Le souvenir de cette origine, en s'effaçant, aurait cessé d'empêcher l'emploi du *tanwîn*. — Sîbaweihi, *l. cit.* comme var. : أَعْيَتْ. Cf. III, 29.

3. A, B et G : الاوارى, avec l'article. — Var. de A : الاوارىّ et النوىَ. G : النوىُ ; de même Sîbaweihi, *l. cit.* الاوارىَّ et النوىُ ; puis il ajoute : واهل الحجاز ينصبون. — Cf. Sacy, *Chrestomathie*, II, p. 426, d'après lequel on peut supposer que la leçon أوارى, donnée dans le texte sans article (*ibid.* p. ١٤٣), n'est qu'une faute d'impression. — *a* dans Dj, *s. r.* ب ى ن ; *b* dans Dj, *s. r.* ج ل د. — Sur المظلومة, B : المظلومة الارض (ms. السيل) التى لم تُمطر فجاءها السيلُ فملأها.....وقيل المظلومة الارض التى لم يكن بها اثر فاحتاج اهلها ان يحفروا فيها حوضا لمطرٍ اصابهم ولسيل مرّ بهم فحفروا بها وحفرُهم لها ظَلْمُهم ايّاها اذا احدثوا فيها ما لم يكن واصل الظلم وضعُ الشىء فى غير موضعه. — Le ما a ici une valeur identique à celle du ما de قَلّما, كُلّما, etc.

4. — Var. de B et de A : رُدَّتْ; notre texte a رَدَّتْ : « la servante avait repoussé ». Il faudrait alors اقاصِيَّهُ. Cf. cette licence poétique dans VII, 14 et XXIX, 1. B : وسكّن الياء من اقاصيهِ ضرورةً وجاز ذلك تشبيها بالألف لأنّها لا تكون الا ساكنةً والياءُ اختُـها فى المدّ واللين فحُمِلَتْ عنه الضرورةُ عليها ويروى رُدَّتْ عليه ولا ضرورةَ حينئذٍ فيه. — Le sens que nous avons adopté pour ce premier hémistiche a été entrevu par B : رَدَّتْ الامةُ على النوى ما تباعد من ترابه وشدّ منه لئلا يصلَ عليم الماء, et par une glose empruntée par M. de Sacy au manuscrit de Willmet (*Chrestomathie*, II, p. 429), glose qui ne paraît pas expliquée d'une façon exacte.

5. — Dj, *s. r.* ن ض د, et *b*, dans Dj, *s. r.* س ج ف. — Sur خلّت dans le sens de « déblayer, vider », B : اى كنسته ونحّت ما فيه من مدر وغيرذلك لئلا يحتبس الماء فيه فيُفسد تراب النوى الذى حوله.

6. — A, B et G : أمْسَتْ et أمْسَى, qui conviennent mieux pour rendre l'heure du départ que اضحت et اضحى, qui se trouvent dans Dj, *s. r.* ل ب د; *Ag, l. cit.*; A. F. 1252, fol. 32 r°; 1297, fol. 22 v°; Ibn Khallikân (éd. Wüstenfeld), n° ٧٣٥, p. ١١٢, etc. — *b* dans Dj, *s. r.* خ ن ى. — Cet ennemi est le temps, la vieillesse. D'après le *Commentaire d'Ibn Badroûn sur le poëme d'Ibn Abdoûn* (édition Dozy), page ٩٩, Lobad aurait vécu quatre-vingts ans (de même Aboû 'lfidâ, *Annales anteislamici*, page 20); d'après B, il aurait vécu quatre cents ans: ولبد آخر نسور لقمان بن عاد وهو النسرُ السابع من نسوره وكان قد عمر اربع مائة عام وهو الذى يُضرب به المثل فيقال اتى ابد على لبد. Sur ce proverbe, Freytag, *Arabum proverbia*, I, p. 2. La fable de Lokmân et de son vautour rappelle tout à fait la légende de Prométhée. — Remarquer le jeu de mots entre لَبَّدَهُ et لُبَد.

7. — A, B et G : عمّا ترى ; Sacy : عمّا معى. — *b* dans Dj, *s. r.* ن م ى. — Sur القتود, B : القتودُ عيدانُ الرحل ولا واحدَ لها عند أكثر اهل اللغة وقال ابو عمرو الشيبانى واحدها قتد. — Sur cette comparaison de la chamelle agile et de l'onagre, *Dîwân*, XXIV, 11-15, et M. Ahlwardt, *Chalef elahmars Qasside*, p. 350. — عيْرانة est primitivement le féminin de l'adjectif عيران «semblable à un onagre» (عَيْر); B : العيرانة ناقة تُشبِه العير فى القوّة والنّشاط. — أجُد pour وُجُد, à cause du *damma*, adjectif de la forme rare فُعُل ; B : الاجد الموثّقة الخَلْق وهى التى عظامُ فقارها واحد يقال بنيانٌ موجّدٌ اذا كان مرصوصا بعضُه الى بعض. Cf. XXXI, 4.

8. — Ibn Hichâm, *Das Leben Muhammeds* (éd. Wüstenfeld), p. 233. — *Ag*, II, fol. 357 v°, avec le vers suivant. — قُذِفَ signifie : «jeter des pierres à quelqu'un», au passif «être visé à coups de pierres». La chamelle est comme visée et atteinte sans cesse par sa grosseur excessive. — Variante dans A et B : صريفُ ; le texte a صَريفَ, qui est recommandé par Sîbaweihi, *Kitâb*, fol. 93 v°. B : ونَصَبَ صريفَ القعو على تقدير المصدر كانه قال بازلها يُصَرِّف صريفا مثلَ صريف القعو والرفعُ على تقدير له صريفٌ مثلُ صريف القعو. Sur cet accusatif, *Moufassal*, p. ١٧ l. 7.

9. — M. de Sacy voit ici un endroit nommé Dhoû Djalîl, près de la Mecque. Cf. Yâkoût, *Geographisches Wörterbuch* (éd. Wüstenfeld), II, p. ١١١, où un hémistiche, presque identique à *b*, est cité. — A, B, G et tous les commentateurs cités par M. de Sacy disent que cet «animal» est un ثَور «taureau sauvage». En traduisant par un «cerf», on se met en désaccord avec le وحش du vers suivant. — *Ag*, comme variante : مُسْتَوْجِس «rempli de frayeur».

10. — Wadjra n'était pas loin de la Mecque : Yâkoût, *Mochtarik*, p. ٣٢٥, l. 12 ; ٢٤٤, l. 17. Dans son *Dictionnaire géographique*, Yâkoût dit que c'était une retraite pour les bêtes sauvages ; mais cette donnée même repose probablement sur notre vers, qui est cité à l'appui.

11. — *Ag*, II, fol. 357 v°, avec les quatre vers suivants. — Il y a un jeu de mots entre أَسْرَتْ et سارية ; d'après B, اسرت est construit ici comme s'il y avait سَرَتْ. — Var. de A: تُزْجِى .

12. — G : طَوْعَ ; A, B et *Ag*, *l. cit.*, le donnent comme var. — B: قوله طوعَ الشوامتِ اى بات الثورُ مبيتَ سوءٍ من بردٍ وجَوْعٍ فى حالة يُشْمِتُ عدوَّ البائتِ اذا بات بها يقال اللهمّ لا تطيعَنَّ بى شامتا اى لا أَرَ له (Ms. دول) فى ما يُحبّه ويسرّه وقيل اراد بالشوامت القوائمَ واسمُها الشوامتُ اى بات الثورُ طوعَ قوائمه اى بات قائمًا ومن نَصَبَ طوعَ فعلى خبرِ بات واسمُها مضمر فيها ومن رَفَعَ فعلى أَنّه اسمُ بات وخبره فى قوله له ويكون ايضا اسمُ بات مضمرا فيها والجملةُ فى موضع خبرها. J'ai pris شوامت dans le sens de «railleries», qu'on jette à la face d'un ennemi vaincu qui est obligé de s'y soumettre (طوع). — Des deux mots خوف et صرد, l'un se rapporte au chasseur et l'autre aux grelons. — D'après *Ag*, II, fol. 356 r°, Ibrâhîm Mauṣilî chantait après ce vers les vers 9 et 10.

13. — Le suffixe de به se rapporte à l'animal sauvage, et ضُمْعُ الكعوب est le sujet de اسمَهْرَ = نهض (B) : «ses chevilles ont pu le porter». — Le suffixe de بِبْهِنّ désigne les chiens, dont la présence est montrée par le كَلّاب du vers précédent. — Sur حرد, B: الحرد استرخاء عصب البعير من شدّة العقال فاستعاره للثور الذى (ms. اى) ليس بقوائمه عيبٌ ولم يرد الحَرَدَ بعينه.

14. — Dj, *s. r.* ض م ر. — *a* dans Dj, *s. r.* و ز ع : فهابَ. — Var. de A : ضمرانَ et طعنَ. Le mélange des deux leçons dans M. de Sacy ne donne aucun sens.

15. — Dj, *s. r.* ع ض د et د ر ى ; *b*, *s. r.* ب ط ر : شكّ. — Sur الفريصة, B: الفريصة موضعُ عقب الفارس وقيل هى بضعة فى مرجع الكتف.

16. — سفود est un mot étranger. C'est le *σποδος* des Grecs, arrivé en arabe par l'intermédiaire du mot talmudique שפוד, cf. M. Lévy, *Chaldäisches Wörterbuch*, *s. v.* — B, comme les commentaires cités par M. de Sacy, explique مفتاد par «cuisine»; j'ai traduit sur son autorité par le morceau de viande même. — En prose on eût dit sans doute : سفّودُ نسوءٍ شربٍ .

18. — Tandis que Ḍomrân est exclusivement un nom de chien, Wâchiḳ peut aussi être un nom d'homme. Cf. Dj, *s. r.* — Sur ce vers et le mot اقعص, cf. M. Ahlwardt, *Chalef elahmars Qasside*, p. 166. A : اقعاص, qui ne peut pas exister.

19. — Pour مولاك, B dit qu'on peut aussi l'expliquer par le chasseur qui ne serait plus en sûreté après la mort de ses chiens: وقيل اراد بالمولى ربّ الكلب اى قتلتْ كلابه فلم يَسْلَمْ ولم يَصِدْ.

20. — *b*, dans Dj, *s. r.* ب ع د. — A: إنّ et لأنّ = أنّ: «parce que c'est un prince». — فضل peut signifier supériorité (رفعة) ou bienveillance (تفضّل). — Dans M, fol. 23 v°, ce vers précède immédiatement le vers 27.

21. — Dj, *s. r.* ح ش ى; *Motanebbii carmina* (éd. Dieterici), p. ٣٥٨.

22. — Djawâliḳî, *Kitâb elmou'arrab* (éd. Sachau), p. ٨٥; Yâḳoût, *Wörterbuch*, I, p. ٨٢٩, avec le vers suivant. — M lit المليك pour الالاه (fol. 19 r° et 20 v°). — L'authenticité de ce vers et des vers suivants a été mise en doute par M. Nöldeke, *Beiträge*, p. XI. C'est sur ce vers pourtant que d'après *Ag*, II, fol. 353 v°, le khalife 'Omar fondait sa prédilection pour Nâbiga. Il n'y a aucun motif pour suspecter l'exactitude de cette tradition, et au lieu d'une interpolation, il faut voir ici une grande faiblesse, une absence complète de couleur, de mouvement, et une pauvreté d'images qui heureusement ne sont pas fréquentes chez le poëte.

23. — Si on lit أنّى, il faut l'expliquer par لأنّى, comme dans le vers 20.

24. — La forme رَشَدٌ ne se trouve pas dans nos dictionnaires. B: الرَّشَدُ الرُّشْدُ يقال رُشْدٌ ورَشَدٌ كما يقال بُخْلٌ وبَخَلٌ وشُغْلٌ وشَغَلٌ ومثله كثيرٌ. — J'ai supposé que la digression relative à Salomon se

terminait avec le vers précédent. M. de Sacy arrête l'allocution de Dieu au roi Salomon avec le milieu du vers 25; mais ce changement brusque du sujet au milieu même d'un hémistiche semble contraire à toutes les habitudes de la versification arabe. Cf. pourtant xxv, 16.

25. — *b*, dans Dj., *s. r.* ض م د. — Sur الضمد, B : الذلّ والغيظ والحقد وقيل هو الظلم وقيل هو شدّة الغضب والحقد. Sur ce vers et le précédent, voir *Fachrî*, (éd. Ahlwardt), p. ٥٩.

26. — Ce vers très-simple a beaucoup embarrassé les scholiastes arabes. B, reproduit à la marge de A : اكثرُ اهل اللغة لم يعرف معنى هذا البيت وقال الاصمعى ليس هذا موضعُ هذا البيت وقال المازنى انما موضعه بعد قوله

فلم اعرض ابيت اللعن بالصفد (v. 48)

الا لمثلك او من انت سابقه

وحُكِيَ عن الاصمعى انه قال الّا لمثلك اى الّا لرجل فى مثل حالك او من فضلك عليه كفضل السابق على المصلّى اى ليس بينك وبينه من الفضل الا يسيرٌ بمقدار ما بين السابق والمصلّى من الخيل ومعنى استوْلى عليه غلبه والامدُ الغاية التى يُجرى اليها وقال ابن الاعرابى زعم النابغة أنّ الله تعـ قال هذا لسليمان عم وحُكِيَ عنه ايضا انه قال لا ادرى ما معناه وانما اراد النابغة حضّ النعمان على ان يعفوَ عنه ولا يضمِرَ له حقدا لانه ليس مثله ولا قريبا منه. La difficulté existait, comme on voit, surtout pour ceux qui voulaient encore appliquer ces vers au roi Salomon. — Un passage de cette note semble confirmer notre conjecture sur Ibn Ela'râbî, *Introduction historique*, p. 260. Cf. aussi plus bas la note sur II, 1. — Après le vers 26, M, *l. cit.* donne les vers dans l'ordre suivant : 32, 34-36, 41, 42, 37-39, puis le vers 40 de Sacy (*Chrestomathie*, II, p. ١٣٧). Cette disposition du poëme est empruntée à la grande encyclopédie *Mountahâ 't̤t̤alb*, d'Ibn Meimoûn (*Introduction historique*, p. 261.) Je serais bien reconnaissant à celui de mes confrères qui pourrait m'indiquer ce que sont devenus les deux volumes de cette encyclopédie qui appartenaient à M. de Sacy. Cf. Grangeret de Lagrange, *Manuscrits*, dans le t. III de la *Bibliothèque de M. le baron Silvestre de Sacy*, p. 27, n° 147.

27. — B en fait la suite de 21. — M. de Sacy a traduit فارهة par «une jeune esclave»; j'ai suivi B: الفارهة الكريمة او المطيّة الحسنة وتوابعها ما تبعها من المطايا (ms. العطيّة). — Var. de نكد chez B : حسن, comme chez Sacy. En tout cas, l'abstrait avec على forme une locution adverbiale.

28. — A : الواهبُ, الواهبَ et الواهبِ. 1° الواهبُ, sujet de أعطى (v. 27); 2° الواهبَ, «accusatif d'éloge», (على المدح); 3° الواهبِ, apposition de المواهب «les présents», dont l'espèce serait spécifiée. Dans ce dernier cas, il faudrait traduire فارهة par «une jeune esclave». — Le mot معكاء, d'après B, ne peut former ni pluriel ni duel; c'est l'abstrait pour le pluriel. — اللبن, apposition de اوبارها; B : فى اوبارها ذات اللبن. — Sur توضح, B : موضع بالحمى وكانت ابل الملوك ترعاه فلذلك ذكره. Sur les plantes de Toûḍiḥ, voir aussi Yâḳoût, *Geographisches Wörterbuch*, I, p. ٨٩٣.

29. — Var. de A : الادمُ; il faut alors lire aussi المائةُ المعكاءُ (cf. chez Sacy : الابكار); l'énumération des présents de No'mân formerait un nouveau commencement de phrase (استئناف). — B et G : خُيّس; A, par erreur : خُيّست.

30. — A : الراكضات, qui ne donne aucun sens. — Tous les commentateurs expliquent راكضات par «des jeunes filles»; je traduirais volontiers : «Et des chamelles qui relèvent avec leurs pieds l'extrémité des couvertures, etc.» On aurait ainsi successivement les chameaux de luxe, les chameaux de selle et les chameaux de fatigue, puis enfin les chevaux. — برد = نوم (A); cf. M. Lane, *An arabic-english lexicon*, s. v. B autrement : اى هى فى الهواجر فى موضع بارد فلا يؤذيها.

31. — B : هو يهبُ المائةَ المعكاء ويهب الراكضات ويهب الخيل. — Sur غرب, B : الحدّة والنشاط.

32. — B rapporte d'après Asma'i qu'il s'agit ici de la fille de

Khiss, et, d'après Moḥammad ben Ḥabîb et d'après Ḥâtim, que le poëte fait allusion à Zarḳâ 'lyamâma. Telle est aussi l'opinion de Meidânî (Freytag, *Arabum proverbia*, I, p. 183), où on lit avec Sacy وآحكم et بيراع. La première leçon est donnée dans le texte par Dj. s. r. حكم et حمم et par M, *l. cit*. Cette dernière variante est aussi dans A, et dans Sîbaweihi, *Kitâb* (ms. de Paris), fol. 45 v°, tandis que le manuscrit n° 403 du Musée asiatique de Saint-Pétersbourg (cf. M. Dorn, *Catalogue des manuscrits et xylographes*, p. 153), fol. 21 r°, porte شراع, ainsi que notre ms. suppl. ar. 1348, fol. 12 r°, Domeirî, *Ḥeyyât elḥeiwân* dans M. Ahlwardt, *Chalef elahmars Qasside*, p. 195 et suiv. et Ḥarîrî, *Séances*, p. ٧٧٩. — M. de Sacy lit واردى au pluriel, leçon condamnée par M (cf. *Notes* sur Ḥarîrî, p. 203 a). — إذ tient ici lieu de إذا, par suite des exigences du mètre.

33. — *Ag*, II, fol. 358 r°, précédé du vers 24, suivi des vers 35 et 36. — B: تَحُقَّهُ. — Sur لم تكحل الخ, B: اى لم يصبها رمدٌ فتُكحَّلَ ويحتمل ان يريد انها كحلت لغير رمد لزينة او نحوه.

34. — Sîbaweihi, *Kitâb* (ms. de Paris), fol. 152 r°, dans un chapitre intitulé : هذا باب الحروف الخمسة الّتى تُعمل فيما بعدها كعمل الفعل فيما بعده. — *Ag*, II, fol. 358 r°, avec les trois vers suivants. — Var. de A : الحمامَ. Cette double leçon est confirmée par *Moufaṣṣal*, p. ١٣٥, l. 7. — Sur فقدى, B: اى حسبى وموضعه من الاعراب الرفعُ على المبتداء وخبرِه قطنى كذا وكذا وقطى وقدنى اى حسبى وكفانى.

35. — M au lieu de حسبت une fois زعمت (fol. 19 v°), et une autre fois ذكرت (fol. 50 r°).

36. — Ce vers et le précédent ont toute la gaucherie et la platitude d'une interpolation faite par un scholiaste maladroit. Cependant *b* est cité dans Dj, *s. r.* حسب.

37. — *b* dans Dj, *s. r.* حسد et *Ḥamâsa*, p. ١٢٧. — A et G : لعمرو, comme si c'était le nom propre. — جسَدَ = الدم اللازق (B) «le sang figé» qui reste attaché à la pierre. — La leçon فى زرّنه

تَجِيًّا, dans le texte de Sacy, a dû être inventée par un copiste scrupuleux qui ne voulait pas tolérer l'emploi de مسح dans deux vers qui se suivent. — Sur مُتْحَت, B: اى اتيت بينه وطفت به; var. de M, l. cit. طَيَّفْتُ.

38. — A: الطيرِ et الطيرَ, selon que العائذات est considéré comme un génitif ou comme un accusatif. B seulement الطيرَ, plus correct à cause de l'article devant المومن. — M lit لا والذى أَمَّنَ الغزلانَ «Non, par celui qui protége les gazelles». — Sur تمسحها, B: يمرّون بها ولا يهيجها احدٌ ولا ينفرها. — Sur les derniers mots, B: لا يقال الغيل هنا انما هو بين الغَيْل والسعد والغيل ماء يجرى فى اصل ابى قُبَيْس يغسل فيه القصّارون.

39. — *Ag*, fol. 358 v°, après 42, lit ainsi *a*: إِنْ كُنْتُ قُلْتُ الذى أُبْلِغْتَ مُعْتَمِدًا «Si j'avais prononcé les paroles que l'on t'a rapportées avec assurance.»

40. — Var. de A: بهم se rapportant à اقوام. Ces «gens» sont les banoû Koreis (II, 16), et قرعا fait peut-être allusion à leur nom. — M: إِذَنْ. — B: ضَرْبًا pour قَرْعًا, que pourtant il explique: قوله الا مقالةَ اقوام نَصَبَها على الاستثنا المنقطع والمعنى ما قلتُ شيًّا ممّا اتوك به عنّى لكنهم قالوا مقالةً شقيتُ بها عندك وقوله قرعا على الكبد اى اشتدّت علىّ مقالتهم وهِبْتُك من اجلها فكانها قرعت كبدى بذلك. On peut comparer à l'emploi de الكبد dans ce vers le sens donné au même mot dans *Prov.* VII, 23.

41. — M, Djawâlîkî, *Kitâb elmou'arrab*, p. ١١٨; *Ag*, II, fol. 358 v° (avec les vers 42, 39 et 48), Dj, *s. r.* ق ب س; A. F. 1371 (مسالك الابصار), fol. 5 v°; K, fol. 20 r°, lisent نُبِّئْتُ.

42. — A: فداءٌ, فِداءٌ et فِداءً. 1° et 2° à la marge de A: لاقوامُ مبتداه وفداءٌ خبرٌ مقدّم وفداءً بالنصب مصدر والاقوامُ فاعل

3° voir *Moufaṣṣal*, p. ٩٥, l, 19. B a été donné complétement d'après le manuscrit d'Oxford, par M. Wright, *Opuscula arabica*, p. ٧٢.

43. — *b* dans Dj, *s. r.* ا ت ف : ولو تأثفك. — B propose également une autre explication pour le second hémistiche : وفيه معنى اخر وهو ان يريد لا ترمينى بما لا اطيق منك ولا يقوم له احد ولا يكافيك فيه اعداؤك ولو احاطوا بك متعاونين عليك. Il faudrait alors traduire : «Ne me frappe pas de ta puissance, qui resterait sans égale, quand bien même tes ennemis coalisés se presseraient contre toi.»

44. — Sur غواربه, B : الامواج وغارب كل جسم ما ارتفع عنه وعلا. — Cf. Dj, *s. r.* ع ب ر, avec la leçon de Sacy. Le mot عَبْر, dans le sens de «rive», semble un *hébraïsme* (cf. עבר הנהר). Il se pourrait que cette expression fût exclusivement appliquée à l'Euphrate. Sur l'Euphrate, voir *Introduction historique*, p. 222.

45. — Sur ces derniers mots, B : الينبوت والخضد نبتان وقيل الينبوت شجر الخروب وقيل الخضد كل ما تكسّر من الشجر وغيره.

46. — Dj, *s. r.* خ ز ر et ن ج د. — La forme de خيزرانة est très-singulière; B : الخيزرانة هاهنا سُكّانُ السفينة وقيل هى المردى وهو ايضا من اعواد المراكب وكلّ خشبة ناعمة لينة فهى خيزرانة La même explication dans Dj, *s. r.*

48. — En prose il faudrait أعرضه avec le suffixe. — J'ai laissé sans la traduire la formule précative أبيت اللعن, qui était adressée aux rois de Ḥira et de Gassân, surtout, je crois, à ceux qui s'appelaient No'mân et dont le nom même devait déjà détourner la malédiction. On trouve cependant cette formule aussi pour «Ḥârith le généreux» dans 'Alḳama (éd. Socin), 1, 15.

49. — La *tmèse* de ها et ذى ou de ها et تا, comme portent Dj, *s. r.* ع ذ ر, et le texte de Sacy, nous présente le vieux démonstratif ها employé comme en syriaque ܗܐ en dehors de toute composition. Quant à ذي, il remplace le ذِهِ, de هاذِهِ, qui ne présentait pas une forme arabe et auquel on a substitué le génitif de ذو. Cf. *Moufaṣṣal*, p. ١٤٣, l. 19. M. de Sacy, en marge de son exemplaire de la *Chrestomathie arabe* (Sup. ar. n° 2243), a mis la note suivante : «Il me

semble qu'il faudrait traduire, quoique ce ne soit pas l'opinion du scholiaste : « Quoiqu'elle ne m'ait été jusqu'ici d'aucune utilité; car celui qui la propose a déjà erré à l'aventure ». Rappelons que M. de Sacy lit *b*, comme Dj, *l. cit.* فانّ صاحبها قد تاه في البلد,

POÉSIE II.

Cette poésie paraît antérieure à la précédente; c'est aussi une justification adressée à No'mân ben Moundhir, mais au moment même où ses menaces ont forcé le poète à fuir. Division : 1-8 : Regrets pour la bien-aimée. — 9-33 : Insomnies du poète lorsqu'il apprend les calomnies répandues contre lui par les banoû Koreï'; protestations en faveur de son innocence.

1. — *Ḥamâsa*, p. ۲۹۳, l. 14; M, fol. 166 r°, et T, fol. 114 v°, avec les vers 2 et 3; *Ag*, II, fol. 359 r°, avec les vers 2, 3 et 4. — Dhoû Ḥousâ (ou Ḥisâ) est, d'après B, un endroit sur le territoire des banoû Mourra. Cf. aussi Ibn 'Abdoûn (éd. Dozy), p. ۱۲۳, et M. Thorbecke, *'Antarah, ein vorislamischer Dichter*, p. 15 et 39. — Zamakhcharî, *Lexicon geographicum*, p. ٥١ : عفا حُسُمٌ « Ḥousam est détruit ». Cf. Yâḳoût, *Wörterbuch*, II, p. ۲۶۷. (Voir pourtant, *ibid.* I, p. ۲۲۸.) — Le nom propre Fartanâ est peut-être dérivé du grec παρθένος « jeune fille », d'autant plus que ce mot est également usité en syriaque : ܦܪܬܢܘܣ. Ce nom propre se trouve aussi dans le *Diwan d'Amro'lkaïs*, p. ۳۰, l. 16; ۳٥, l. 8; ۳۶, l. 7. — Ibn Ela'râbî lisait ici أُرَيْك. Cf. Yâḳoût, *Wörterbuch*, I, p. ۲۲۸. — La fin de ce vers a été reproduite par Ḥassân ben Thâbit, *Dîwân*, fol. 63 r°.

2. — T (fol. 114 v°) et M (fol. 166 r°) : فقد مَرَّتْ بنا, au lieu de مرّت بعدنا.

3. — Sîbaweihi, *Kitâb*, fol. 140 r°, dit que سابغُ est l'attribut au lieu de وهذا سابغٌ. De même dans L, fol. 172 v°. — Le *lâm* est ici dans le sens de « après » (B). Peut-être faut-il expliquer ainsi le *lâm* dans le vers 2 du *Mo'allaḳa* d'Imrou'ou'lḳeis, où aucun des sens proposés par Zauzânî n'est acceptable. Il faudrait traduire : « Les traces n'en ont pas encore disparu, même après que les vents du sud et du nord s'y sont croisés ». — T : تابعُ avec سابغُ comme variante.

4. — Cf. 1, 3. B explique la ressemblance avec le fond d'une citerne comme une conséquence de la destruction. Cf. cependant Zoheir, *Mo'allaḳa*, v. 5, où B cite précisément le vers de Nâbiga.

5. — مجّر peut être d'après B un nom de lieu ou un infinitif. Dans le premier cas, l'accusatif الذيول dépendrait du verbe contenu dans مجّر, qu'il faudrait suppléer. Dans le second, B regarde مجّر comme régi par le mot موضع sous-entendu. Le *Moufaṣṣal*, p. ١٠٣, l. 18, donne cette seconde explication et lit قضيم pour حصير. La même leçon se trouve dans Dj, *s. r.* ق ض م. — *a* se retrouve presque textuellement dans le *diwân* de Ḥassân ben Thâbit, fol. 28 v°. Cf. *Introduction historique*, p. 266. — C : مجرى, erreur du copiste.

6. — Dj, *s. r.* ب ن ى — Sur اللطيمة : Ḥariri, *Séances* (2° éd.), p. ٢٨٠.

7. — M, fol. 116 r°, avec le vers 8. — C : فَتَكَفْكَفَتْ. B dit sur كفكفت « L'auteur n'a pas voulu redoubler le *fâ*, et il a changé l'un en *kâf* » (فكره التضعيف فابدل من احدى الفات كافا). — Pour المتدقدق, B: الدامع قبل ان ينصبّ المتدقدق فى العين. Le mot المتدقدق est formé de دقّ comme كفكفت de كفّ, par un redoublement complet de la racine bilitère.

8. — Sur على حين عاتبت, Moubarrad, *Kâmil* (éd. Wright), p. ١٠٥; *Moufaṣṣal*, p. ٥١, l. 10; *a* dans L, fol. 112 v°. Sibaweihi, dans le *Kitâb* (fol. 199 r°), après avoir parlé de غير, déclinable comme un autre nom, ou bien employé adverbialement à l'accusatif comme يَوْمَئِذٍ, cite notre vers et ajoute : « C'est comme si Nâbiga avait considéré حينَ et عاتبتُ comme ne formant qu'un seul nom (كانه جعل حين وعاتبت اسما واحدا). » Autrement il faudrait lire على حينِ عاتبتُ. B ajoute : وكذلك جميع أسماء الزمان اذا اضيفتْ الى الأفعال.

9. — Littéralement : « Un souci bien autrement absorbant est venu prendre autour de mon cœur la place du péricarde malade, dont les doigts recherchent la guérison. » — Dj, *s. r.* ش غ ف : والج

وَلُوجَ «qui pénétrait dans l'intérieur du péricarde.» Suppl. arabe, n° 1348, fol. 56 r° : داخل ولوجَ. T, *l. cit.*, avec les six vers suivants : دونَ تلك وشاغلُ «un souci autre que celui-ci et un poids», etc.

10. — *a* dans M. Engelmann, *Al-Hâdiræ diwânus*, p. 11; *b* dans Dj, *s. r.* ر ك س et ع ج ض. — Sur ces localités, M. Wüstenfeld, *Register zu den genealogischen Tabellen*, p. 394. D'après M, fol. 106 v°, الضواجع serait aussi le nom d'une vallée.

11. — Ḥarîrî, *Séances*, p. ٣٣٧, et *Introduction historique*, p. 234. — La construction السمّ ناقعُ, où ناقعُ est l'attribut, est signalée par Sibaweihi dans le *Kitâb*, fol. 140 v°. M, fol. 166 v°, donne la même explication et réfute le grammairien Ibn Ṭarâwa, qui cite ce vers comme un exemple d'un adjectif sans article, qualifiant un nom déterminé. — Sur ce vers et le suivant, cf. aussi M. Ahlwardt, *Chalef elahmars Qasside*, p. 74.

12. — Sur سليم «mordu», B : «On l'appelle ainsi pour lui souhaiter d'en revenir (لتفاؤل له بالسلامة), comme on appelle le désert qui tue, مفازة, pour souhaiter le salut (فوز) et la délivrance.» Ce système d'étymologie rappelle le *lucus a non lucendo*. Plus loin, B : سليم vient de أسلم «s'en remettre à Dieu» et مفازة de فوّز «tuer». — L'homme mordu par un serpent était tenu éveillé : Ibn Sinâ (*Kânoûn*, l. IV, p. ١٥٣) donne ce remède contre le venin des scorpions. «On s'abstient du sommeil afin que la chaleur naturelle reste en mouvement au dehors et que le venin soit ainsi chassé du corps.» — Sur le bruit causé par les ornements de femme, B compare le vers d'A'châ qui est le quatrième dans la poésie publiée par M. de Sacy, *Chrestomathie arabe*, II, p. ١٥٠. — Le من doit être ainsi expliqué, «L'homme mordu est tenu éveillé de la mort», c'est-à-dire est tenu éveillé pour être disputé à la mort. — L'authenticité de ce vers et du suivant paraît fort douteuse.

13. — Dj, *s. r.* ط ل ق; *a* dans Dj, *s. r.* ر ذ ن. — C : تقعها qui ne donne aucun sens. — Au lieu de تطلّقة, T : مُطلّقة.

14. — *'Ikd*, I, fol. 153 v°, déclare ce vers suivi des vers 11, 25 et 28, les plus beaux qui aient été dits sur ce sujet. — Sur تستك منها المسامع, Freytag, *Arabum proverbia*, I, p. 626, et Ḥarîrî, *Séances*, p. ٣١٥. — B explique تلك par تلك الملامة. C'est le féminin pour le

neutre, comme dans le vers suivant le masculin ذلك est employé dans le même sens.

15. — C : مقالةٌ ; A, B et G : مقالةً et مقالةٌ. Dans tous les cas, c'est une apposition de أنك لمتنى, qui peut être considéré comme un nominatif ou comme un accusatif.

16. — أقارعُ = بنو قريع. Il y a peut-être là un jeu de mots avec أقارع «barbares».

17. — A et B : وجوهٌ et وجوهً, l'un comme une nouvelle apposition à أقارعُ, l'autre exprimant le blâme. Sibaweihi, fol. 136 v°, donne l'accusatif, mais en ajoutant que le grammairien Yoûnous autorise le nominatif. — Les deux racines sœurs جدع et جدف signifient toutes deux «mutiler, amputer», seulement en arabe c'est جادع qui prend le sens figuré de «mutiler moralement, calomnier», en hébreu, c'est גדף qui a celui de «blasphémer». — Sur ces vers, *Hamâsa*, p. ٩٢ et ١٩٤. — Le singe est le type de la laideur repoussante. Freytag, *Arabum proverbia*, II, p. 296; III, p. 169 et 443.

18. — A : مثلُ et مثلَ.

19. — *Hamâsa*, p. ٣٢٠ : ولمْ يأتِكَ الحَقُّ. — Dj, *s. r.* ل ل ه : الذى هو ساطع «qui est répandue». — Les verbes هلهل et نصع sont proprement appliqués à des étoffes.

20. — B : اى لو كنتُ مجنونا حتّى اشدَّ بالحديد, c'est-à-dire si j'étais fou à lier. La traduction rend le vague du texte.

21. — Yâkoût, *Wörterbuch*, I, p. ٩١٧, et II, p. ٣٣٩, avec le vers suivant. — Dj, *s. r.* ا م م. — طائعٌ = ذو امّةٍ (B); autre explication de B : «Un homme qui s'est soumis, ô prince». — L'aoriste énergique doit accentuer la généralité de cette proposition.

22. — A : تبرةً, par erreur. — A : لصاقَ et لصاقِ; C : لصاقَ; B et G : لصاقَ et لصاقِ, sur lesquels B : ولصاقِ مبنيةٌ وهى معدولة فى لغة اهل الحجاز ومعرفة غير مصروفة فى لغة بنى تميم. Cf. *Moufassal*, p. ٩٣, l. 15. — Voir aussi Tabrîzî sur le *Hamâsa*, p. ١٨, l. 8 et suiv. — Yâkoût, *l. cit.* lit ألالا. Cf. XXIX, 14. — Sur سيرهن التدافع, cf. XXVII, 13.

23. — A. F. 1409, fol. 54 r° : تُنادِى الطيرَ «qui excite les oiseaux.» — L'accusatif سماما est un «accusatif d'état renforçant le sens» (sur الحال المؤكِّدة, *Moufaṣṣal*, p. ٢٨), se rapportant au pronom contenu dans يزرن (B). Littéralement : «Les chamelles qui visitent le mont Ilâl en vrais *samâm*, qui luttent avec les airs», etc. — خوصا عيونها (cf. Alkama, *Dîwân*, II, 23) peut être une épithète de circonstance et se rapporter au pronom contenu dans تبارى, ou, comme nous avons traduit, exprimer une qualité habituelle au *samâm*.

25. — Sur عزّ, Harîri, p. ٥٥٩, qui lit تحمّلنى. La même leçon dans K, fol. 20 v°, et Dj, *s. r.* ع ر ر. — Le deuxième hémistiche est devenu proverbial, Freytag, *Arabum proverbia*, II, p. 360, où on lit pour le premier hémistiche : حملتَ علىّ ذنبه وتركتَه. B compare le proverbe cité *ibid.* II, p. 330 : «Comme un taureau qui est battu, quand les vaches ne veulent pas boire.»

26. — A : مُكَذِّبٌ, avec la variante en marge مكذِّبا; de même G. B :
وقوله فان كنتُ لا ذو الضغن عنى مكذِّبٌ الضغن الحقد والعداوة
ويُروى فان كنتُ لا ذا (ms. ذو) الضغن عنّى مكذِّبا (ms. مكذب)
اى فان كنتُ لا مُكَذِّبًا ذا الضغن. Cette seconde explication est claire, bien que l'interversion soit un peu forcée : «Si je ne puis convaincre de mensonge mon ennemi.» Dans le premier cas, en lisant مكذَّبٌ, il faudrait traduire: «Si je suis un de ceux qu'un ennemi ne peut pas convaincre de mensonge;» ce qui serait tout à fait opposé au contexte. Il faut, dès que l'on conserve le nominatif, corriger hardiment مكذَّبٌ en مكذِّبٌ et traduire : «Si je suis un de ceux qui ne peuvent convaincre de mensonge leur ennemi.» — Sacy, *Chrestomathie arabe*, I, p. 37, parle du يمين البراءة «serment de renonciation». Est-il question ici de cette formule ou d'un serment d'innocence en général?

27. — Pour واقع, glose de A : معاقب «Tu punis sans concevoir de doutes».

28. — A. F. 1371, fol. 5 r°, avec le vers 31 : وافك. — G : خلتُ ;

A, par erreur: خلت. B a dû lire aussi خلتُ, comme l'ont G, Dj, *s. r.* ن ا ى, M. de Sacy, dans sa *Chrestomathie arabe*, II, p. 413, et M. Caussin, dans son *Essai*, II, p. 513. *Ag*, II, fol. 352 v°, donne en tête de son article trois vers de ce morceau : 29, 26 et 28. Il donne comme variante المنتوى «Quand je m'imaginais que ma retraite est à grande distance de toi.» K, fol. 202 r°, comme variante : وازعُ «que la distance arrêtera tes coups.» C'est par ce vers et les suivants que Nâbiga cherche à démontrer à Ḥassân ben Thâbit combien il lui est supérieur : M. Caussin, *l. cit.* et M, fol. 61 v°. Ailleurs (fol. 21 v°), M cite ce vers comme preuve que Nâbiga était le plus grand des poëtes arabes.

29. — A : جنى ; il faut lire جَنُؤ avec G et M. Nöldeke, *Beiträge*, p. 44. T (fol. 114 v°) donne après ce vers le suivant, qui se trouve aussi dans une glose de G :

سَتَبْلُغُ عِذْرًا او نجاحا مِنَ آمْرِئٍ   إلى رَبِّهِ ربِّ البَرِيَّةِ راكِعِ

«Tu obtiendras des excuses ou des soupirs d'un homme qui s'humilie devant son maître, le maître des hommes.» J'ai lu راكع, ce qui constitue l'*iḳwâ*. Cf. *Introd. hist.* p. 255. T porte نحاحا, qui ne se prête à aucun sens; G est illisible; j'ai supposé نياحا.

30. — B et T donnent comme variante ظالع «boiteux au moral, sans principes et sans scrupules». Cf. d'ailleurs ce vers cité dans Dj, *s. r.* ظ ل ع.

31. — Ms. A. F. 1574, fol. 81 v°. — Cf. Labîd, *Mo'allaḳa*, v. 88. — Le printemps = la pluie bienfaisante du printemps (B: الغيث). Cf. *Ḥamâsa*, p. ۴۲۳, l. 24 : والربيع المطر. — أعيرتهُ المنيةُ «à qui la mort a été prêtée».

32. — Les suffixes de عدله et de وفاءه se rapportent à الله. Une autre explication de B les rapporte à No'mân, ce qui est bien forcé.

33. — Dj, *s. r.* ز و ر : كارِعٌ. — زوراءُ est une coupe oblongue (مستطيلة) en argent. D'autres le regardent comme le nom d'un palais que No'mân s'était fait bâtir à Ḥîra; c'est-à-dire «dans Zaurâ, aux environs duquel le musc s'attache.» Cf. Yâḳoût, *Mochtarik*, p. ۲۳٥, où notre vers est cité avec les variantes اكنافها et كارع. — A : مصرَّد et مصوَّد ; 1° : «Puisses-tu rencontrer une boisson tou-

jours abondante »; 2° : « Sans jamais trouver la coupe vide ». Les deux leçons aboutissent au même sens.

POÉSIE III.

Éloge de Gassân, où le poète s'était réfugié, et du roi 'Amr ben Ḥârith qui l'avait accueilli à sa cour et l'avait comblé de ses faveurs. Nâbiga appuie tout particulièrement sur la valeur des Syriens et sur la puissance militaire de Gassân. Cf. *Introduction historique*, p. 233. Division : v. 1-3 : Adieux à la bien-aimée ; car une autre inquiétude a envahi le cœur et troublé les nuits du poète. — 4-28 : Reconnaissance pour les bienfaits dont il a été l'objet de la part de 'Amr et de son père, et expression de la confiance profonde que lui inspirent le courage et le caractère de ses compatriotes d'adoption, auxquels il promet la victoire et dont il célèbre d'avance le retour solennel.

1. — Régulièrement il faudrait يا اميمةُ, ou يا أمَيْمَ. La tradition n'en a pas moins consacré la leçon اميمةَ. Cf. Sîbaweihi, *Kitâb*, fol. 169 v°; *Ag*, II, fol. 354 v°; L, fol. 152 r°, M. Caussin, *Essai*, II, p. 306, et nos ms. A et B, sans compter les autorités citées par M. Nöldeke, *Beiträge*, p. 43, note 4. B : اراد يا اميمَ فلم يمكنه فادخل الهاء وفى نيته الترخيمُ فحرّكها بحركة الميم وهذا كثيرٌ فى الكلام والشعر. Cette même théorie se retrouve dans le *Kitâb* et dans *Ag*, d'après le vieux grammairien Khalîl. L'irrégularité de la construction est peut-être un archaïsme appartenant à une époque où l'on n'avait pas encore savamment distingué entre *yâ* suivi du nominatif et *yâ* suivi de l'accusatif. Sur ce *fatḥa*, voir aussi les diverses opinions qui sont exprimées dans M, fol. 83 v°, où on lit ولَيْلى. — A porte à tort ناصبُ, contrairement aux règles de la rime, et بَطِىء, qui ne donne aucun sens. Il faut lire بطىءِ comme adjectif se rapportant au suffixe de اقاسيه. — A donne les deux leçons بَطِىءِ et بَطِىِّ ; ce n'est qu'une différence d'orthographe.

2. — Dans *Ag*, après le v. 3. — *Ag* : تقاعس au lieu de تطاول, c'est-à-dire « la nuit est restée en arrière, elle est en retard », et aussi تهدى au lieu de ترعى, expression plus générale et moins descrip-

tive. — Cette comparaison des étoiles avec les troupeaux guidés par leur berger se retrouve dans le *Psaume* CXLVII, 4.

3. — Les deux expressions أراح et عازب sont toutes deux empruntées à la vie nomade; l'une signifie « ramener sa monture ver sa tribu », l'autre « s'en aller en pays étranger ». B compare le vers suivant du mètre *sarî* :

كَذَاتِ أَحْزَانٍ أَرَاحَتْ فَقْدَا يُهَيِّجُ اللَّيْلُ عَلَيْهَا وَجْدَا

« Comme une femme triste qui a renouvelé ses regrets, alors que la nuit ranime en elle sa passion. »

4. — Un bienfait qui ne pince pas comme les queues de scorpion est un bienfait qui n'est pas une charge pour l'obligé. Cf. *Ag*, II, fol. 354 v°; *Hamzae hispahanensis Annales* (éd. Gottwaldt), p. ١١٩; Aboû 'lfidâ, *Historia anteislamica* (éd. Fleischer), p. 128; Ibn Koteiba, *Handbuch der Geschichte* (éd. Wüstenfeld), p. ٣١٩, l. 1; M. Caussin, *Essai*, t. II, p. 244, etc. Les scorpions qui cachent leur aiguillon pour piquer à l'improviste le malheureux qui ne se tient pas en garde sont l'image du bienfait que l'on accepte sans défiance et qui se tourne ensuite contre vous sous forme d'un reproche. C'est ainsi qu'un poëte du *Hamâsa*, Aboû Nachnâch, dit (p. ١٥٩, l. 20) : « Certes la mort est préférable pour l'homme de cœur à une vie misérable auprès d'un patron dont les scorpions rampent. » Tabrîzî explique par « les bienfaits d'un patron qui le tourmente par les présents dont il le comble ». D'autres applications proverbiales du scorpion se trouvent dans le *Hamâsa* même, p. ٩٢٩, dans Harîrî, *Séances*, p. ٢٢, dans Freytag, *Arabum proverbia*, I, p. 600, etc. Cf. aussi les extraits de Tha'âlibî, كتاب القواعد, par Hammer-Purgstall dans le *Zeitschrift der deutschen morgenländischen Gesellschaft*, t. VIII, p. 501.

5. — *Ag*, II, fol. 354 v°, avec les deux suivants; de même Yâkoût, *Wörterbuch*, II, p. ١٨٣. — A : حُسُن et حُسُن. Ces deux leçons aussi dans un chapitre du *Kitâb* (fol. 192 r°) intitulé : هذا باب يختار فيه النصب لان الاخر ليس من نوع الاول وهو لغة اهل الحجاز « C'est le chapitre des cas où l'on préfère l'accusatif, parce que le dernier mot (celui qui vient après إلّا) n'appartient pas à la même espèce que le premier (celui qui précède إلّا), et c'est le dialecte des Hidjâzites. »

6. — Dans Yâkoût, *Mochtarik*, p. ٢٨٧, l. 9, et dans Hamza,

Annales, p. 114, avec des erreurs. — A porte بجلّق ; il faut lire avec G et Yâkoût, *Wörterbuch*, II, p. ١٠۴ et ١٨٣ : بجلِّق. — Le sujet de كان est 'Amr d'après B et *Ag*, *l. cit.* *Ag* suppose que ابنا «fils» est sous-entendu entre كان et للقبرين, qui serait alors l'expression habituelle du génitif après un nom indéterminé. On songe involontairement à l'omission fréquente de *ibn* entre le nom du fils et celui du père. — A lit deux fois قبرٌ et قبرٍ, selon qu'on considère le tout comme une apposition de قبْرين ou comme une sorte de parenthèse explicative (استئناف). Le *Mochtarik*, *l. cit.* suppose que les derniers mots du vers ont été ajoutés pour distinguer cette ville de Ṣeidâ de l'ancienne Sidon, qui est surnommée *Ṣeidâ 'ṣṣoûr*. — Ḥârib est évidemment le nom d'un endroit; B ne donne cette explication qu'après avoir dit que c'est peut-être un nom d'homme. — Sur le tombeau qui se trouvait à Djillik, on peut comparer les vers de Ḥassân ben Thâbit, cités par M. Caussin, *Essai*, II, p. 241. Cf. *Introduction historique*, p. 237.

7. — *Ag* : أرض pour دار. — On y trouve ainsi que dans B, G et Yâkoût, *Wörterbuch*, *l. cit.*, لبلقسّن, selon les règles de l'orthographe moderne. — ولِلحارث est la continuation de للقبرين, qui pour ce motif a été expliqué dans B par لصاحبَى القَبْرَيْنِ et dans *Ag* par للمدفونين فى هذين القبرين.

8. — Dj, *s. r.* ا ش ب ; d'après lui, اشائب, pluriel de اشابة = اخلاط.

9. — Nous écrivons الأُلكِ, bien que A, B, C et G portent le *wâw*. La première syllabe de أُولائك est considérée ici comme une brève. Dans un cas analogue, les éditeurs de la deuxième édition de Ḥarîrî ont trouvé dans un manuscrit du *Ṣaḥâḥ* un vers de Farazdaḳ, où le même mot se trouvait écrit الأُلك. Ils n'ont pas craint de transporter cette leçon dans leur texte (cf. p. ۴١٧ et *Notes*, p. 152), et nous suivons ici leur exemple. Sur cette licence poétique, voir Freytag, *Darstellung der arabischen Verskunst*, p. 57. — Sur le mot دُنيا, B : وقوله دنيا اراد الادنى فى النسب واذا كسر اوّله جاز فيه

التنوينَ وغير التنوين فان ضمّ اوله لم يجز تنوينه واصله من دنا يدنو فقلبت الواو ياء لكسرة الدال ولم يعتد بالساكن.
Les derniers mots signifient que le *kasrá* influe sur le changement du *wâw* en *yâ* malgré la consonne sans voyelles qui les sépare.

10. — Ibn Khallikân, *Vitæ illustrium virorum*, n° ٨٣٠, p. ٦, avec les vers 11, 13 et 14. Cf. aussi *Motanebbii carmina*, p. ٣٨١.

11. — Sur l'expression الضاريات, M. Ahlwardt, *Chalef elahmars Qasside*, p. 123. — C : يُصَانِعْنَهُمْ ; le sens serait alors : « Elles font tout pour gagner leurs bonnes grâces, au point qu'elles s'élancent quand ils s'élancent, » etc.

12. — Le mot مرنب manque dans M. Dozy, *Dictionnaire des noms de vêtements*; B : والمرانب ثياب سود يقال لها المرنبانيّة تُشْبِهُ ألوانَ النسور وقيل اكسية من جلود الارانب.

13. — Le commencement de *b* se lit dans le *Coran*, III, 149, et 160; VIII, 42.

14. — Le pronom suffixe dans عليهم se rapporte aux guerriers de 'Amr ainsi que le pronom ها dans عرفتها, qui ne peut se rapporter à عادة. — D'après B, Khaṭṭ est un endroit dans le Baḥrein. Cf. Yâḳoût, *Wörterbuch*, II, p. ٤٥٣. A : الخَطِّيّ et الجَيِّل. — Sur الكواثب, B : الكواثب جمع كاثبة وهى منسج الفرس امامَ القربوس.

15. — صابرات = عارفات « endurantes », d'après B qui compare un hémistiche de 'Antara (mètre *Kâmil*) :

فَصَبَرْتُ عارفةً لذلك حُرَّةً

« J'arrêtai une femme qui s'en accommodait facilement, noble. » (Cf. *Diwân*, IX, 8; A, fol. 99 r°.) Il y a évidemment dans le vers de 'Antara un jeu de pensées entre صبرت et عارفة = صابرة.

16. — Le verbe أَرْقَلَ « se hâter », de même dans Ṭarafa, *Mo'allaḳa*, v. 38. Cf. *ibid.* v. 11. D'après le commentaire de Ḥarîrî, p. ٥٧٨, ce verbe exprimerait une espèce de trot (الخَبَب). — الجمال المصاعب forme une sorte d'apposition, où le mot général est déterminé par le mot plus spécial.

17. — M, fol. 38 v°, après le vingtième vers; T, fol. 301 r° avec les trois vers suivants.

18. — Le mot قُونَسُ, construit comme un nom féminin, ne se trouve pas dans les listes données par M. de Sacy, *Grammaire arabe*, t. I, p. 347 et suiv. — فَرَاشُ الحَوَاجِبِ signifie mot à mot «les os minces des sourcils», pour désigner les os supérieurs du nez qui sont voisins des sourcils.

19. — Sur ce vers, Moubarrad, *Kâmil*, p. ٣٢, l. 9; Tabrîzî sur le *Ḥamâsa*, p. ٣٧٤, l. 24; Beiḍâwî sur le *Coran*, t. I, p. ٤٢, ٥٨٥, ٦٣٤; II, p. ٣٩٦; etc. Voir aussi un chapitre du *Kitâb* intitulé : باب ما لا يكون الّا على معنى ولكن «Chapitre des cas où l'*istithnâ* est employé uniquement dans le sens de *walâkin* (mais).» Aussi ajoute-t-il après ce vers les mots suivants : اى ولكن سيوفهم بهنّ فلول. Cf. fol. 198 v°.

20. — Au lieu de تُوُرِّثْنَ, parfait passif de la 5e forme, M et Meidânî dans Freytag, *Proverbia*, II, p. 611 : تُخُيِّرْنَ «Ces épées étaient employées de préférence.» De même dans L, fol. 100 r°. — Sur le jour de Ḥalîma, voir *Introduction historique*, p. 212.

21. — *'Iḳd*, I, fol. 51 r°; voir *Introduction historique*, p. 255. — Dj, *s. r.* ح ب ب. — *Ag*, II, fol. 354 v°, avec les quatre vers suivants. — Sur *elḥoubâḥib* et notre vers, M. Ahlwardt, *Chalef elahmars Qasside*, p. 322. — L'étincelle d'elḥoubâḥib est d'après les uns l'éclat du vers luisant, d'après les autres, la faible lumière qu'un Arabe, nommé *Ḥoubâḥib*, dont l'avarice était proverbiale, allumait sous sa tente, de peur qu'une lumière plus vive n'attirât pendant la nuit les voyageurs égarés. — D'après B, le second hémistiche est, à tort sans doute, rapporté par Aboû 'Obeida aux chevaux (par d'autres aux chameaux), qui pendant la nuit font jaillir l'étincelle en frappant de leurs sabots le sol rocailleux.

23. — M, fol. 83 v° : النّاس au lieu de الجُوَد, pluriel de أَجْوَد «généreux». T, fol. 301 r°, porte الخَلق. — Le pluriel الاحلام est pris ici dans le sens de «bienveillance». Une telle application du pluriel est fréquente dans toutes les langues sémitiques. Cf. mon *Essai sur les formes des pluriels arabes*, § 8. C'est pour la symétrie de la phrase que le poëte a aussi employé عوازب, pluriel de عازبة;

mot à mot : « les qualités de douceur ne sont pas au nombre des choses absentes. »

24. — B donne d'après Asma'î un autre sens pour le second hémistiche. « Ils ne demandent que la rétribution due pour leurs actions, » c'est-à-dire « la récompense pour le bien qu'ils ont fait. » — T : يرضون au lieu de يرجون. « Ils ne prennent plaisir qu'à . . . » — A la place de مجلتهم, var. de A et B : محلتهم, qui est la transcription de l'hébreu מְגִלָּה « rouleau, livre ». Il s'agirait alors, comme l'explique B, de l'Évangile. Ce vers se trouve également dans Dj, *s. r.* ج ل ل, et la leçon محلتهم appartient peut-être aux corrections des exégètes musulmans. Cf. d'ailleurs *Introduction historique*, p. 264. — J'ai traduit الإلاه par « leur Dieu ». Il y a évidemment une telle intention dans l'emploi du nom général, avec l'article remplaçant un suffixe, en face du nom particulier الله, qui se trouve au vers précédent.

25. — Dj, *s. r.* س ب ب et ح ج ز ; *'Ikd*, I, fol. 31 v°. — Remarquons que طَيِّبَة a été laissé au singulier, comme une sorte d'adjectif collectif, en face de رِقَاق, qui est au pluriel. B sur قوله طيّب حجزاتهم اى أعفّاء الفروج يقال : طيّبُ حجزاتهم فلان طيب الحجزة وطيب معقد الازار وعفيف الآزار اذا كان عفيف الفرج نقيا من الدنس. — Sur l'étymologie de يوم السباسب pour « la fête chrétienne des Rameaux », il ne peut pas y avoir de doute : en syriaque et en chaldéen, שבשב signifie « rameau », et שבשין, pour שבשבין, est la traduction de שריגים. *Genèse*, XL, 10 et 12. Un autre nom de cette fête, ايام الشعانين, a également une origine syriaque. Il fait évidemment allusion au cri הושענא, en grec *ὡσαννά*, et en syriaque ܐܘܫܥܢܐ, que le peuple poussait au moment où Jésus entrait dans Jérusalem. (Voyez *Matthieu*, XXI, 9.) La première syllabe du mot, qu'on a peut-être confondue avec l'article hébreu, a été retranchée et remplacée par l'article arabe.

26. — C'est-à-dire : « ils s'abstiennent de toute pompe même dans les solennités publiques. »

27. — L'auteur veut évidemment dire que la vie guerrière entretient la beauté primitive de leurs corps, et il exprime sa pensée par la couleur foncée que donnent aux vêtements les armes, qui sont

attachées précisément à la partie supérieure de la manche. C'est aussi l'explication d'un commentateur cité par B, après qu'il a exprimé une autre opinion à laquelle il semble plutôt se rallier. La mode en Syrie aurait été de porter des vêtements complétement blancs pour le reste, mais dans lesquels la partie supérieure de la manche aurait eu seule une couleur foncée. Aux archéologues de décider si cette assertion repose sur d'autres données que notre vers. — M, fol. 83 v°, lit فلا يحسبون.

28. — Dj, *s. r.* ل زب. — Il y a évidemment un jeu de mots entre لازب et لاحقا du vers suivant, pour mieux rendre l'opposition entre les idées exprimées par les deux racines congénères.

29. — بها = بالقصيدة (B). En réalité, l'idée du neutre est tout simplement exprimée en pareil cas par le féminin. — Le second hémistiche, d'après B, fait allusion à la situation dans laquelle Nâbiga se trouvait à l'égard de No'mân. — Ce n'est pas sans intention que la conjonction إذ a été mise en tête de deux phrases parallèles, d'étendue égale, exprimant des idées tout à fait opposées : cet équilibre même renforce l'antithèse. D'après *Ag*, II, fol. 355 r°, Aboû 'Obeida lisait: اذ كنت لاحقا بقوم = اذ كنت لاحقا بغيركم.

POÉSIE IV.

Ce fragment fait partie d'un morceau où Nâbiga implore auprès de No'mân, frère du roi 'Amr ben Ḥârith, la grâce de Ḥiṣn ben Ḥodheifa qui avait encouru la colère des Gassanides. Cf. *Introduction historique*, p. 218. Mais tout en défendant Ḥiṣn, Nâbiga fait des reproches aux banoû Fazâra et aux banoû Asad, les alliés de sa tribu.

1. — Ibn Doreid, *Ichtiḳâḳ*, p. ٩٩.

2. — Avec le vers suivant dans Dj, *s. r.* س ن ن. — A : حمانا = مرعانا « nos pâturages » ; le mot a ici une signification plus générale.

3. — *Hamzæ hispahanensis annales*, p. ١٣٩. — Sur سنّ, Dj, qui cite ce vers : سَنَّ الرجلُ ابلَه اذا احسن رعيَها والقيامَ عليها حتّى كانّه صقلَها. — Sur المعيدى, voir la vie de Ḥarîri par Ibn Khallikân dans la deuxième édition des *Séances*, p. ط. B cite le même proverbe qui est longuement expliqué dans Freytag, *Arabum prover-*

bia, I, p. 223. — A : وَعْى, infinitif actif; B: وُعِى, avec la prononciation passive.

4. — الجياد est l'expression générale comprenant les chameaux dont le sabot frappe la terre et les chevaux qui sont tenus en laisse. — Cf. plus loin, xxviii, 19. Le féminin dans منعلة, à côté du masculin dans مجنوب, vient peut-être de ce qu'on montait de préférence des chamelles.

5. — Littéralement : «jusqu'à ce qu'elles eurent demandé un asile aux hommes de Milḥ (sur le territoire des banoû Fazâra); car elles n'avaient pas encore goûté», etc.

6. — M. Ahlwardt, *Chalef elahmars Qasside*, p. 157, qui lit شُنّ, je ne sais sur quelle autorité. A, B, C et G portent شنّ. — A : يَنْضَحْنَ et يَنْضِحْنَ. — A, بماء au lieu de بماء, qui est donné dans C, G et M. Ahlwardt, *l. cit.* — Le nom général مزاد est tellement regardé ici comme un pluriel de مَزادة que son adjectif الوُفْر est au pluriel. — La comparaison de la sueur avec le suintement d'une outre remplie se retrouve dans Freytag, *Arabum proverbia*, II, p. 347. La même comparaison est appliquée aux larmes dans xxv, 4. — B explique encore d'une autre façon شُنّ الرّوِاة, qu'il rend par des cordes. Il faut alors traduire : «Elles suent comme les grandes outres qui, lorsqu'on serre les cordes, débordent d'une eau qu'on ne boit pas».

7. — Sur قُبّ الاباطل, M. Ahlwardt, *op. laud.* p. 263. — La nourriture que les mâles des autruches prennent au printemps fait, d'après B, rougir leurs jambes et l'extrémité de leurs plumes; de là leur nom de خاضب «celui qui a une couleur tirant sur le vert ou sur le rouge». Cf. M. Lane, *Lexicon*, II, p. 753 c, et M. Socin, *Die Gedichte des 'Alḳama alfaḥl*, ii, 18, et *Notes*, p. 26. Cf. aussi xxxi, 10, où le même mot est appliqué à un taureau.

8. — Sur شمّ العرانين, voir xii, 7, et *Journal asiatique*, avril-mai 1868, p. 458, note 5.

9. — D'après B, امرار est le nom de plusieurs cours d'eau qui arrosaient le territoire des banoû Gaṭafân. Cf. *Introd. hist.* p. 214.

10. — Sur Zaurâ, ii, 33. Ici c'est vraiment un nom propre. D'après Asma'î cité dans Yâḳoût, *Wörterbuch*, II, p. 900, *Mochtarik*,

p. ٢٣٥, et dans B, ce serait un monceau de pierres (رصافة) accumulées par Hichâm ben 'Abd elmalik, et cet endroit aurait servi de limite au pâturage du menu bétail (الغنائم) que possédait No'mân. Cf. aussi Yakoût, *Wörterbuch*, II, p. ٧٦٠, *s. v.* دير الرصافة, et II, p. ٧٨٤, *s. v.* رصافة الشام. Sur le mot رصافة, par lequel on explique زوراء, Aboû 'lfidâ, *Annales moslemici*, II, p. 631, et Gesenius, *Thesaurus*, *s. r.* רצף. — مؤبّلة signifie d'après B des chameaux achetés pour la reproduction de l'espèce (cf. إبل), puis par extension, une réunion de chameaux nombreux. M. Lane, *s. v.* indique un autre sens. أبّل aurait le sens de : « bien soigner les chameaux », comme dénominatif de إبل. Il faudrait alors traduire : « Ces bandes de chameaux bien nourris », etc.

11. — L'accusatif de شرّتها semblerait indiquer que وقى à l'actif se construit avec deux accusatifs, ce qui ne ressort pas du tout de nos lexiques. — B explique شرّتها par شرّة الحرب. Le suffixe me parait plutôt se rapporter aux bandes de chameaux. — B rend اللوب par الحرار « une terre remplie de pierres noircies par l'ardeur du soleil (الحرّ). » Cf. la note sur IX, 7.

12. — Le suffixe de منها semble se rapporter à شرّة, sujet de أصابت. — Les ms. ont تلاقى, on attendrait تُلاقِ.

13. — C lit deux fois غيرُ, c'est-à-dire : « excepté un exilé, excepté un fuyard ». منفلت aurait alors tout à fait le sens de l'hébreu פָּלִיט « un fuyard », qui est ordinairement accompagné d'un mot tout à fait semblable à طريد : שָׂרִיד. — A, B et G : غيرِ, que B explique par يدركه النعمانُ اذا شاء.

14. — المعاصم, d'après B, est l'endroit du bras où l'on attache les bracelets.

15. — Le *thikâf* est un instrument en bois (خشبة), dont on se sert pour redresser les lances.

16. — Sur مستشعرين, B : اى داعين بشعارهم والشعارُ ان ينتمى القومُ والرجلُ فى الحرب الى أشهرِ قومه وأفضلِهم فيقولَ يا لفلانٍ

ويا لبنى فلانٍ. — B dit au sujet des trois noms propres, qu'ils représentent ou, 1° des tribus chrétiennes d'origine yamanite et faisant partie de Gassân, ou 2°, trois moines, ou enfin 3° des habitants de la Syrie.

POÉSIE V.

Cette satire est dirigée contre Zour'a ben 'Amr ben Khoweilid, dont quatre vers nous ont été conservés dans le *Ḥamâsa*, p. ٧٥٧. Aboû 'Obeida déclarait n'avoir jamais entendu aucun morceau comparable à celui-ci (B, C et G). Zour'a avait rencontré Nâbiga à 'Okâṭh et lui avait conseillé de faire rompre à sa tribu l'alliance contractée avec les banoû Asad. Nâbiga s'y refusa. On lui dit que Zour'a le poursuivait de ses menaces; mais il ne s'en émut pas et répondit avec hauteur à ses « étranges poésies ». Les premiers vers manquent, et il ne reste que les vers 1-5 *a* de la satire proprement dite; les vers 5 *b* à 28 contiennent une énumération des banoû Asad et des forces que Dhobyân peut opposer à ses ennemis.

1. — *Ḥamâsa*, p. ١١٧; *Alfiyya* (éd. Dieterici), p. ١٢٤; L, fol. 71 v°; Ḥarîri, *Séances*, p. ٥٨٢. Cf. les *Notes*, p. 184, où se trouve cité le commentaire de B et donné un ingénieux rapprochement avec un passage de Jésus ben Sirach (VI, 22). Tous, ainsi que C et G, lisent والسفاهةُ. A, comme var.: والسفاهةَ, qui devient alors un second complément direct de نُبِّئْتُ, parallèle à زرعةَ.

2. — Sur ضرار, B: والضرارُ الدنوُ من الشى واللصوق به يقول انا قوىّ عزيز فالعدوُّ يكْرَه مجاورتى له. Cf. XXIX, 19. — C: زرعُ بنَ, qui est une leçon fautive; il faut زرعَ comme فزارَ dans IV, 11, et عيينَ dans XXV, 6.

3. — Sur les luttes poétiques de 'Okâṭh, voir *Introduction historique*, p. 220. — Sur l'expression شققت غبارِ, cf. *ibid.* p. 247, et le كتاب البارع (Ms. A. F. 1252), fol. 53 v°: يقال طلبتُ فلانا فما شققتُ غبارَه اى لم أُدركه ولم أُدخل فى غباره. — L, fol. 22 v°: أعلمْتَ.

4. — Sibaweihi, fol. 297 r°, dans un chapitre intitulé : هذا باب

ما جاء معدولا عن حدّه من المؤنث كما جاء المذكر معدولا عن حدّه; Dj, *s. r.* برر et فجر, où on lit احتملنا pour اقتسمنا; C : قسّمنا; L, 22 v° : أنّا dépendant de اعلمت. — Sur برّة et فجار, B : وبرّة اسم علم وضعه من البرّة فلم يصرفه لانه معروف مونّث لانه اسم للخطّة وفجار اسم معدول معروف من الفجور فبناه كما بنيت حذام وقطام. Cf. précisément ce dernier nom قطام, xxvi, 1.

5. — Sîbaweihi, fol. 380 r° : وليركبن; il ajoute : والدعاء بمنزلة الامر والنهى. — A, comme var. B, C et G : جيشا اليك قوادم الاكوار « et puissent les devants des selles pousser en avant des armées contre toi! »

6. — Sur ابن كوز : *Ḥamâsa*, p. ١١٧, ١١٨ et ٢٩٠; sur Rabî'a ben Ḥoudhâr : Ibn Doreid, *Ichtiḳâḳ*, p. ٩٥. — A, B et G : بن كوز; notre texte, d'après L, fol. 92 v° : ابن. — محقبى forme une phrase d'état (حال), comme l'a remarqué un glossateur de A, et L, *l. cit.*; littéralement : « Que parmi eux soit la tribu d'Ibn Koûz au moment où ils attachent leurs cuirasses, etc. »

7. — Dj, *s. r.* قدد et طير; Beiḍâwî, *Commentaire sur le Coran*, I, p. ٣٩; Freytag, *Arabum proverbia*, II, p. 865. Ce proverbe se rattache à l'idée des oiseaux de proie qui restent immobiles au-dessus de la tête des combattants; cf. iii, 10 et suiv. — D'après B et Dj, *l. cit.* Ḥarrâb et Ḳadd étaient deux hommes des banoû Asad.

8. — B semble lire : أُتوك; alors le pied متفاعلن deviendrait مفاعلن; cf. Sacy, *Grammaire arabe*, II, p. 634. Sur le sens de cet hémistiche, B : اى يأتوك متهيّئين لمحاربتك وسلاحهم كامل ولا يأتوك مسالمين بلا سلاح وضرب الاظفار مثلا للسلاح لانّ اكثر السباع وجوارح الطير تصيد بمخالبها وتمتنع بها. La traduction présente une autre interprétation. — A : مقلى et مُقَلِّى.

9. — Sur بقار, Zamakhchari, *Lexicon geographicum* (éd. Salverda de Grave), p. ١٩, où notre vers est cité; *Marâṣid*, I, p. ١٦٥. Yâḳoût, *Wörterbuch*, I, p. ٧٩٩ : قنّة البقّار « la montagne de Baḳḳâr ». B

البقّار هو اسم رمل كثير الجنّ وهو من أداني بلاد طيّ الى بني فزارة. — Sur سنّور, Djawâlîḳî, *Kitâb elmou'arrab* (éd. Sachau), p. ٩٠. B donne les sens de « cotte de mailles » (حلق), ou de « panoplie » (السلاح التامّ).

10. — Manque dans C. — Le suffixe de يقودهم se rapporte à جيشا.

11. — On attendrait : من خبت الى تعشار ; le poëte a construit غلب avec على, puis il a ajouté الى تعشار. Sur ces deux noms, voir Yâḳoût, *Wörterbuch*, I, p. ٨٥٥ et II, p. ٣٩٧.

12. — On dit عرعارِ et non pas عرعارُ, cf. Freytag, *s. v.* B : عرعارِ لعبة كانوا يتداعون بها ليجتمعوا للعب. — Je ne sais à quoi se rapporte le suffixe de بها, à moins qu'on n'explique par « les enfants qui y crient (à 'Okâṭh) : 'Ar'âri ». Cf. le *bâ* ainsi employé, XXV, 13 ; XXVII, 4.

13. — C : وُقْرًا ; A, B et G expliquent ce mot par ثابتين. — A donne تنفير comme l'équivalent de إنفار.

14. — Le *lâm* de لدار = الى, comme souvent en hébreu.

15. — هَراق a conservé l'esprit rude qui n'est plus resté d'un emploi général à la quatrième forme du verbe qu'en hébreu. Cf. le passif هُريق dans I, 37. C'est ainsi qu'on trouve هَيْمَنَ = הֶאֱמִין. M. Ewald, *Grammatica critica linguæ arabicæ*, I, p. 99. Aussi Bernstein, dans son *Lexicon arabicum chrestomathiæ kirchianæ*, a-t-il tort d'appeler la forme toute semblable صَمْصَمَ, de أصمّ, un *paiel*. Les grammairiens arabes considèrent هراق non pas comme un archaïsme, mais comme une déformation de أراق. Cf. Zauzanî dans Arnold, *Septem mo'allaḳât*, p. ٣.

16. — Sur شُعْبة, B : هى الفرجة بين أعواد الرحل وبين القربوس ومؤخرة السرج. — Les selles 'Ilâfites sont, d'après B et G, des selles inventées par une tribu du Yaman, nommée 'Ilâf. — B compare un vers d'Akhṭal (mètre *basîṭ*).

قومٌ اذا حاربوا شدّوا مآزرهم دون النساء ولو باتت باطهارِ

« Des hommes qui, lorsqu'ils font la guerre, serrent leurs tuniques, se séparant de leurs femmes, même à l'époque où elles sont pures.»

17. — الخِدام, ordinairement les anneaux attachés comme ornements aux jambes des femmes; cf. XXVI, 29, ici des bracelets. — بُرُزٌ est un pluriel irrégulier de بارزة. — Sur الوصائل, voir Hariri, p. ٥٠٧. — Remarquer le rapprochement de الفرج avec le بين فروجهم du vers précédent.

18. — Dj, s.r. حرر; Hariri, p. ٣١٨. B : يقال للمرأة اذا أُهْدِيَتْ الى زوجها فنالها من ليلتها باتتْ بليلةِ شيباء فاذا لم ينلها باتت بليلةِ حرّةٍ فضربه مثلا يريد انهنّ يمنعن من ارادهنّ كما منعتْ تلك الحرّةُ فى ليلتها وقال الاصمعىّ كان ينبغى ان يقول كل ليلة شيباء ولكنه (ms.: لكن) عرف ما اراد فاجتزا بقوله كل ليلة حرّة.... ويجوز عندى ان يكون اللّفظُ موقعةً ويكون المعنى انّهن يمتنعن من التزكيّة فى كلّ وقت من ليلٍ ونهار امتناعَ الحرة فى النّساء فالتّقدير على هذا نُمْسُ موانعُ كلّ وقت طولبنَ فيه قريبة بذلك الوقت فى الامتناع من التزكية كليلة الحرّة التى لا تنام. Le premier et le dernier des sens proposés diffèrent entre eux par une nuance imperceptible dans la traduction. C'est dans un cas : «inaccessibles comme l'est toute nuit d'une femme chaste»; dans l'autre : «inaccessibles pendant les nuits, comme l'est une femme chaste». L'hypothèse d'Asma'î ne saurait être acceptée. Ce passage était devenu, ce semble, inintelligible même pour les Arabes les plus savants.

19. — C : جمعٌ; A, B et G : جمعًا, se rapportant à tous les guerriers énumérés depuis le v. 6. — A : معضّلا et معقّلا.

20. — A: بناتق; il faut lire بناتق avec B, C et G. Le *bâ* est ici dans le sens de : «en tant que.» Cf. XV, 2. Les formes masculines de ناتق et de منكار proviennent de ce que ces mots expriment des états particuliers à la femme.

21. — B explique بنو بغيض par بنو ذبيان بن بغيض pour exclure ici les بنو عبس, également des fils de Baguiḍ.

22. — Yâkoût, *Wörterbuch*, I, p. ٣٦٠, qui lit زيد بن بدر;

b dans Dj, *s. r.* كنب. — Sur عواعر, M. Thorbecke, *'Antarah ein vorislamischer Dichter*, p. 22. 'Ourâ'ir et Kouneib étaient deux cours d'eau sur le territoire des banoû Fazâra. — Sur مالك بن حمار, *Ḥamâsa*, p. ٢٢٨; et M. Nöldeke dans les *Abhandlungen der königlichen Gesellschaft der Wissenschaften in Göttingen*, XI, p. 234.

23. — Dj, *s. r.* دثن et سكن; Yâḳoût, *Wörterbuch*, I, p. ٣٩٠. — Roumeitha et Dotheina sont deux cours d'eau chez les banoû Fazâra; Soukein est une de leurs tribus. La leçon الدَّثِيْنَة est aussi donnée dans Yâḳoût, *Wörterbuch*, II, p. ٥٥٠, d'après Asma'î; la version de Djauharî portait وعلى الدَّثِينَة, celle d'Aboû 'Obeida: وعلى الرُّثَيْنَة (Yâḳoût, *Wörterbuch*, *l. cit.* Cf. aussi *ibid.* II, p. ٨٢٣).

24. — A et B: لاحِقٌ; notre texte d'après C: لاحِقِ. — D'après B, 'Asdjadî et Lâḥiḳ étaient deux chevaux célèbres de l'époque antéislamique. Cf. XIII, 3.

25. — D'après B, le *ya'dîd* est une herbe verte très-humide, et le *djardjâr* une plante d'une couleur vive tirant sur le jaune.

26. — Sur الافها, B: الأُلَّاف جمع آلِف وآلِفة وهى التى تألف غيرَها وتسكن اليه كالأمّ ونحوها. — خببَ se rapporte aux mères, bien que تشلى ait les enfants pour sujet. Si on donnait à la phrase le sens actif, on dirait: «Les mères appellent leur suite, en accourant», etc.

27. — Dj, *s. r.* سحم; Yâḳoût, *Geogr. Wörterbuch*, I, p. ٣٩٠: السحم والصفراء اصلان من الحَبِيبَة. — B: ان العريمة ماتج (?) وهى دون الشجر وفوق النبت وقيل السحم الرطب من النبات والصفر يبس البهمى. Les noms des deux plantes opposées ont été joints pour dire: «tout». — Remarquons la construction مانعٌ أرماحنا, où le participe placé avant son sujet est resté au singulier masculin, comme un temps quelconque du verbe fini.

28. — G comme variante: فأُصِبْنَ, se rapportant déjà aux captives: «Et elles ont été atteintes, ces jeunes filles, dans leur sécurité.» — Le mot إِعذار est le terme consacré pour la circoncision des hommes; quelquefois aussi il est appliqué comme ici à l'opération analogue qu'on fait subir aux femmes, bien que, d'après Freytag

et M. Lane, le mot propre pour les femmes soit خفض. Il faut lire dans le dictionnaire de M. Lane l'article très-instructif qu'il a consacré à la proéminence du clitoris que l'on coupe et qui s'appelle en arabe بَظْرٌ.

POÉSIE VI.

Sur cette poésie, voir *Introduction historique*, p. 210. Il se pourrait cependant que cette poésie se rapportât à un pèlerinage du poëte; cf. v. 6 et 7. Nakhla (v. 3) et Dhoû' lmadjâz (v. 14 et 16) sont des localités très-voisines de la Mecque, et au vers 15 il est même question d'une marchande mecquoise. Nâbiga nous parle aussi ailleurs des voyages qu'il avait faits pour se rendre à la Ka'aba. Cf. 1, 37. Division : v. 1-6 : Adieux à la bien-aimée. — 7-23 : Courses du poëte, jeune encore, sur une chamelle folle.

1. — Commencement très-fréquent dans les poésies arabes; cf. M, fol. 117 v°. — *a* dans Dj, *s. r.* جذم. — A, B et G : الشَّرْع et الشِّرْع. D'après B et G, c'est le nom d'un endroit. Il est inconnu au *Marâṣid*, qui cite اضم, I, p. 73. Cf. Yâḳoût, *Wörterbuch*, I, p. ٣٠٥. B : اضم اسم واد وقيل هو جبل واراد به البقعة فلذلك لم يصرفه. — A, par erreur : انجدما.

2. — B : بلىّ حىّ من قضاعة. — Remarquons la construction احدى بلى; on dirait ordinairement : احدى من بلىّ.

3. — Le sens de ce vers est : «Elle n'était pas une esclave noire.» Cf. M. Thorbecke : *'Antarah*, p. 19, et *Journ. asiat.* 1868, I, p. 456. Sur نخلة, B : اسم سوق وهى لسنان بن معمر. — B donne comme variante البَرَما : هو ثمر الأراك قبل ان يسودّ فاذا اسودّ فهو البرير (ms. البرى) وان يبس فهو الكباث (ms. الكبات). — *'Iḳd*, I, fol. 35 r°, lit : تبيع بأعلى مكّة.

5. — أخو est synonyme de صاحب ou de ذو.

6. — C : حبّاك. — D'après B, le poëte était à 'Okâḍh, et son intention était de faire le pèlerinage. Cf. 1, 37. B explique même الدين par الحجّ. — Sur عزما, B : وقوله عزما اى عزمنا عليه وقويت نياتنا فيه.

7. — مشقّرين est employé elliptiquement pour مشقرين الذيول. — Sur الطّعَما ou الطّغْما ; A : — الابل الغائرة العيون : B ,خوص — sans doute l'un et l'autre des licences poétiques pour الطّغْما et الطُّغْما.

8. — B : قال الاصمعى انما ذكر الاشمط لانه اجزعُ على البرد من الشابّ فهو يغشى النار فقيل له فهلّا ذكر الشاب ليكون ذلك ابلغ فى شدّة الزمان وبرده فقال انما قال النابغة هذا Un autre dit au contraire : « Parce que le veillard est plus endurci et que le mal doit être bien pesant pour qu'il en soit accablé. » — بَرَم « qui ne s'intéresse pas dans les chances du *meisir*. Cf. v. 12. — A : ذُبيان et ذِبيان ; cf. *Introduction historique*, p. 201 ; G : ذِبيان.

9. — B sur *a* : اى اذا كانت الريحُ شمالا وهى اشدّ الرّياح بردا — واقلّهم خيرا وأُرل جبل بارض غطفان وتلقاؤه قبالته. — Sur ارل, Yâkoût, *Wörterbuch*, I, p. ٢١٠, où notre vers est cité avec la variante : تزجى مع الصبح. — Dj, *s. r.* صرم cite *b* et explique صرمة par القطعة من الابل نحو الثلاثين والصرمة القطعة من السحاب. — Voir enfin Zamakhchari, *Lexicon geographicum*, *s. v.* ذو ارك, où il faut lire ذو ارل.

10. — Sur صعب الظلال, cf. 'Alkama, *Diwân*, II, 38. — Le Tîn est d'après B une montagne très-élevée. Cf. Yâkoût, *Wörterbuch*, I, p. ٩١١. — أتين et يزجين ont pour sujet صرما. Il y a un jeu de mots dans أتين التين.

11. — Le suffixe de عرضهم se rapporte à la locution ذو العرض. — *b* semble renfermer un proverbe populaire employé comme formule de serment.

12. — Après que les joueurs, dans une partie de *meisir*, avaient prélevé chacun leur part, le reste pouvait être acheté par un des compétiteurs et donné par lui en présent soit aux autres, soit aux ابرام, cf. v. 9. Ce cadeau additionnel porte le nom de مثنى الايادى. Cf. Dj, *s. r.* ثنى, où notre vers est cité avec la variante الأدْما,

Freytag et M. Lane. — Sur تَمَّمَ, voir Freytag, *s. v.*; B donne un autre sens : اى ان نقص ايسارُ الجزور فكانوا ثلاثةً او اربعةً فارادوا ان يتمّموا سبعةً كنتَ انا اخِذَ ثلاثةَ أنصبا تمامَ سبعةٍ وكذلك فى العدم. Un peu plus loin, B donne encore un autre sens : وقيل معنى قوله اتمّم أيسارى هو ان يعجز القومُ عن ثمن الجزور فيتمّمه لهم. — B et G lisent comme Dj, أُدْمًا; B : الادمُ جمع ادام وانما يريد الخبزَ المأدومَ باللحم.

13. — Il y a un jeu de mots intraduisible entre الخرق et الخرقاء.

14. — B : ذو المجاز موضع بمكة وهو من مواسم العرب ومواسمهم خمسة ذو المجاز والمجنّة ومنى وعكاظ وحنين. Sur ces marchés, voir M. de Slane, *Le diwan d'Amro'lkaïs, préface*, p. VIII, note 2.

15. — C, au lieu de قول : صوت. — الحرميّة signifie la femme de الحَرَم, c'est-à-dire la Mecque ou Médine; ici il faut songer tout naturellement à la Mecque, puisque Dhoû 'lmadjâz (v. 14) était dans la banlieue de cette grande ville. Sur cette formation irrégulière de l'adjectif relatif, voir Yâḳoût, *Wörterbuch*, II, p. ٢٤٤. — Sur مُخْقِ, B : من لم ينقل بعيرَه.

16. — A : تحطمتك.

17. — D'après B, ces trois nuits sont les ليالى التشريق. Cf. ايام التشريق dans Freytag, *s. r.* شرق. — B : زِيَم s'applique à des morceaux de viande jetés de côté et d'autre, puis aux hommes qui se séparent en plusieurs bandes. Il ajoute : وانما يعنى بهذا فى الحقيقة نفسَه «en parlant de l'arrêt de sa chamelle, il a entendu parler de lui-même».

19. — Dj, *s. r.* س ت ن : مثلُ الاماء; *'Ikd*, I, fol. 35 r°. — Sur استن, B : شجر سود واحدتها استنةٌ وقيل ثمرةٌ لها رؤوس الشياطين وبه فسّر قوله عزّ وجلّ على قول بعضهم كانهم رؤوس الشياطين. Cf. *Coran*, XXXVII, 63. — B indique comme sujet de تحيد ou الناقة ou الخوص; peut-être serait-ce une simple continuation de جافلة; de même que مَشْى serait ici parallèle au عَدْو du vers pré-

cédent. Cependant B : وقوله مثى الإماء الغوادى شبّه الاسنى فى سواد اسافله وطوله بإماء سودٍ يحملن الحزم (ms. الحزما) وأوقع التشبية فى اللفظ على المثى لانه السببُ فى ظهور اسافلهنّ وتبيّن سوادهن وانما خصّ اللواتى يحملن الحزم لانهنّ اذا كان عليهن الحزم مددن ايديهم فكان أطول لهن. La variante de Dj semble appuyer l'explication à laquelle nous avons donné la préférence. — B dit qu'il aurait fallu ici non pas الغوادى, mais الروائح, parce que les esclaves vont vers le soir porter leurs fagots. La même observation est présentée dans le *'Iḳd, l. cit.*

20. — C : ذى وشوم contre A, B et G qui, au lieu de rattacher cette locution à الإماء, en font un nouveau commencement de phrase. — ذو وشوم signifie : « celui qui a des points colorés sur une partie du corps », ce que B explique par des taches noires sur les pieds : ذو الوشوم ثورٌ وَحْشىٌّ بقوائمه سواد (B). — Le *djoumâdâ* est cité, parce qu'il est un mois de pluie et de mauvais temps (B).

21. — Cf. بقار, v, 9. — Sur استكفّ Dj : استكففتُ الشىء استوضحته وهو ان تضع يدك على حاجبك كالذى يستظلّ من الشمس ينظر الى الشىء.

22. — *b* dans Dj, *s. r.* ب ر ق.

23. — لبنان est, d'après Yâḳoût, un duel de Loubn désignant deux montagnes sur le territoire des banoû 'Amr ben Kilâb. Cependant les ms. لَبنانَ.

POÉSIE VII.

Cette poésie fut composée par Nâbiga lorsque, dans son exil, il apprit la maladie de No'mân. L'émotion et le souci du poëte sont tellement forts qu'il rompt avec les usages et qu'il entre brusquement en matière, sans préambule et sans plaintes amoureuses. Cependant la double rime du v. 1 atteste que nous avons cette fois le commencement du morceau.

1. — ليلا ساهرا sont séparés par بالجموميْن. Cf. III, 1. — Sur الجموميْن, Yâḳoût, *Wörterbuch*, II, p. 114, où notre vers est cité. — D'après B, le suffixe de كَمَنْكَ se rapporterait à un ami qui n'est

pas nommé, et l'insomnie aurait été supportée par No'mân, que sa maladie empêchait de dormir. Il est plus naturel, ce semble, de supposer que le suffixe désigne No'mân, et que la nuit blanche a été passée par le poëte, qui d'ailleurs était coutumier du fait. Cf. II, 11, et *Introduction historique*, p. 234.

2. — Des deux hémistiches, l'un se rapporte aux malheurs publics du poëte, à son exil, à sa disgrâce; l'autre à la douleur secrète qu'il éprouve en apprenant les souffrances endurées par No'mân. — A : إحاديثَ ; C et G : إحاديثَ, qui est sans copule, parce qu'il est une apposition de همّين. B : ونصب احاديثَ على التبيين للهمّين والبدل منهما لان معناه مشتمل عليهما.

3. — Sur وما يهمّ به, B : الهمّ هاهنا مراده.

4. — Cf. pour ce vers et le suivant A. F. 1409, fol. 37 r°. B : فكان يُحْمَلُ على اعناق الرجال ويطاف به على الأحياء ليستريح بذلك وليُعْلَمَ بمرضه ويُدعى له. A Rome, les litières des grandes dames «reposaient sur les épaules de longs Syriens.» Juvenal, *Satires*, VI, 352. — Le verbe جاوَزَ est la continuation de أصبح et a également نعشه comme sujet.

5. — A : مَلْكًا et مُلْكًا ; G et A. F. 1409, *loc. cit.* : مُلْكًا. — B est muet sur ce vers. Le mot عامر paraît signifier que la bonne administration de No'mân a contribué à civiliser le pays et à en augmenter la population. Cf. d'ailleurs *Coran*, XXX, 8.

6. — Tout ce vers est une allusion au jeu du *meisir*. Cf. VI, 5 et 12. — Le mot قمر est le mot propre pour les jeux de hasard et le *meisir* est lui-même défini dans Dj : قمار العرب بالأزلام.

7. — واحد est employé dans le sens figuré au lieu de فرد. Cf. ce vers : *Ḥamâsa*, p. ٩, l. 28. — B : وقوله لك الخير يدعو بذلك للنعمان وقوله واحدًا يعنى انه واحدٌ فعله لا شبيهَ له فى النّاس والجدّ البخت ومعنى وارتْ بك اى سترتْ واخفتْ وقوله يطلع اى يعرج وهذا مثل لسوء الجدّ وان هلكتَ ووارتْ بك الارض فقد عثر جدّ الناس واختلف حالهم.

8. — A et G : عُرِيَتْ. Voyez plus loin, p. 318.

9. — *Ag*, II, fol. 357 r° avec les vers 11, 12 et 18.

10. — B supplée أنّى entre إتاك et اقوله.

11. — A : جِئْتَ ; C et G : جِئْتُ . Cf. la première leçon dans les *Mémoires de l'Académie des inscriptions et belles-lettres*, XV, II, p. 337 (Mémoire de Quatremère). *Ag, l. cit.* : كُنْتَ . — A et B donnent la variante مُحْرِمًا . Glose de A : ويروى محرما اى فى شهور الحرام خوفا من القتل ويجوز أن يريدَ بذلك حرمة الانسان أَمْتَنِعُ به وأَنْشفع اليك.

12. — *Ag, l. cit.* وأهلى. — Yâkoût, *Wörterbuch*, II, p. ١٨٨ avec le vers suivant. — Au-dessus de معروفى, A : ما عُرِفَ من ثناءه له. — B : وقوله تقبّل معروفى اى قبل مدحى واعتذارى يقال قبل وتقبّل كما يقال علم وتعلّم والمفاقر من الفقر الواحد مَفْقَرٌ على القياس وقيل هو جمعٌ لا واحدَ له.

13. — *Hamâsa*, p. ٢٤٠, l. 18 : سأَمْنَعُ ; Yâkoût, *Wörterbuch*, *l. cit.* et *Mochtarik*, p. ١١٩ : سأربُطُ . — Sur *a*, B : اى سأكُفّ عنك لسانى وهجوى وضرب الكلبَ مثلا. — Sur cette image du chien muselé pour obtenir un calme absolu, cf. *Exode*, XI, 7. — Sur Hâmir, voir *Mochtarik*, l. cit.

14. — A, B et G : يَخال et تَخالُ ; C : تَخالُ , que nous avons traduit. Dans ce cas, راعِى est pour راعِيَ . Cf. I, 4. — B : وسكّن الياء فى قوله راعِى الحمولة وهى فى موضع نصب ضرورةً ويُروى يَخال به ولا ضرورةَ فيه. Si on lit يَخال, le sens est : « tellement inaccessibles que le berger, faisant paître ses bêtes de somme, croit apercevoir un oiseau planant dans les airs. » Quant à la double vocalisation يَخالُ et يِخال , donnée par A, on sait qu'elle est permise dans ce verbe. — Cf. aussi Sibaweihi, fol. 98 r°, avec le vers 16.

15. — A, comme variante : تَزِلُّ الوعولَ العُصْمَ . — العصم est expliqué par B comme épithète descriptive ; puis il ajoute : وقيل سُمّيتْ عصما لانها اعتصمت بالجبال وامتنعتْ فيها.

16. — Sibaweihi, fol. 98 r°: انْ لا تَصابَ. — B: قوله حذارا
اى لو حللتَ فى هذه المواضع المِمتنعة من اجل المحاذرة على
ان تنال مقادتى وطاعتى ويقال اعطى فلان المقادة الذى ألقى
بيده واستسلم.

17. — A: الدارُ; C, G et M. Ahlwardt, *Chalef elahmars Qusside*, p. 41: الدارَ. — Ceux qui viennent de Ma'add sont ici ceux qui se rendent sur le territoire de No'mân.

18. — *Ag, l. cit.*: ألا أُبْلِغِ النعمانَ حيثُ لَقِيتَهُ. G et Ibn Doreid, *Ichtiḳâḳ*, p. ١٧, l. 20, aussi لَقِيتَه: «quel que soit l'endroit où tu le rencontreras.» Sur أَلْكِنى, B donne les explications qui ont cours dans l'étymologie arabe. La première forme لَأَكَ est, comme on sait, habituelle en éthiopien dans le sens de «envoyer». Sur le suffixe, B: واصل تعدّى الكنى بحرف الجرّ واصله أَلِكْ عنّى فحُذف حرفُ الجرّ ووُصِلَ الى الفعل كما يقال ناءنى ونأى عنّى.

20. — Sur ربّ, B: اى أتمّ وأصلح يقال فلانٌ يَربّ الصنيعة عند فلان اذا كان يتمّمها ويؤكّدها.

21. — A: وبحرُ; G: وبحرَ; B: عطف بحرًا على موضع بمبير والتقدير فالفيته مبيرا عدوّه وبحرَ عطاء.

POÉSIE VIII.

Cette poésie a été adressée à No'mân ben Moundhir, comme excuse et comme panégyrique. — Le commencement de ce morceau et une autre recension distribuant autrement les vers nous ont été conservés par M, fol. 55 r° et suiv. (cf. T, fol. 125 r°). Voici quels seraient, d'après le *Mountahâ 'ṭṭalb* (cf. *Introduction historique*, p. 261), les deux premiers vers :

أَرَبْعًا جديدًا من سُعادَ تَجَنَّبُ
عَفَتْ رَوْضَةُ الأَجْدادِ منها فَيَثْقُبُ

عفا آيَةً ريحُ الجنوبِ مع الصَّبَا
وأسْحَمُ دانٍ مزنُه مُتَصَوِّبُ

«Laisseras-tu sur le côté, sans les fouler, les vestiges à peine effacés de la demeure de Sou'âd; c'en est fait des vergers d'Adjdâd, c'en est fait de Yathkoub. Où sont les signes que le vent du sud et le vent de l'est y avaient imprimés, où sont les nuages menaçants dont la pluie était suspendue sur nos têtes?» Le premier vers est aussi donné dans Zamakhcharî, *Lexicon geographicum*, p. ٣٢; Yâkoût, *Geographisches Wörterbuch*, I, p. ١٣٢ et *s. v.* يثقب (d'après lequel on peut aussi lire أُوهَا et يَثقَبُ), avec le suivant dans Bakrî, *Dictionnaire géographique* (d'après une note dans Zamakhcharî, *Lexicon geographicum*, *l. cit.*). L'expression اسحم دان, v. 2, est donnée comme de Nâbiga dans Dj, *s. r.* س ح م. Après ces deux vers le *Mountahâ'ttalb* plaçait successivement huit autres vers et ensuite 3-8, 11, 9, 10, 12 et 1. Le vers 2 ne se trouvait pas du tout dans cette recension. Nous avons encore la trace d'une troisième ordonnance de cette poésie dans le *'Ikd*, I, fol. 153 v°, où l'on trouve réunis les vers 11, 12, 3, 4 et 10. D'après T, fol. 125 r°, Nâbiga s'était attiré par cette poésie une satire dont quatre vers nous ont été conservés (mètre *tawîl*) :

أَلُومُ زيادًا فى رَكاكةِ عَقْلِهِ
وفى قَوْلِهِ أَىُّ الرِّجالِ المُهَذَّبُ
وهل يُحْسِنُ التَّهْذِيبَ منك خَلائِقًا
أَرَقُّ من الماء الزُّلالِ وأَطْيَبُ
تُكَلِّمُ والنُّعْمانُ نَفْسُ سَمائِهِ
وكُلُّ مَليكٍ عند نُعْمانٍ كَوْكَبُ
ولو أَبْصَرَتْ عَيْناهُ شَخْصَكَ مَرَّةً
لأَبْصَرَ منه نَفْسَهُ وهو غَيْهَبُ

«Je blâme Ziyâd (Nâbiga) sur la faiblesse de son intelligence et sur sa parole: Quel homme est parfait? A quoi servirait de chercher à polir tes qualités, même par des moyens plus tendres et meilleurs que l'eau douce? Tu dis : No'mân est le soleil de son ciel, et tous les rois, comparés à No'mân, ne sont que des étoiles. Si ses yeux s'étaient fixés une fois sur ta personne, son soleil n'aurait pu y voir que des ténèbres. » Cette satire se rapporte surtout aux vers 10 et 11. — Remarquons encore que, d'après le ms. A. F. 1476, ces vers ont été adressés par Nâbiga à No'mân pour s'excuser auprès de lui d'avoir loué les gens de Djafna, les Gassanides (cf. fol. 51 r°).

1. — *a* se retrouve dans II, 14; de même *a* de 3 dans II, 16.

2. — C : وبتّ. — M, *l. cit.* : ويُهَشِّبُ; Dj : يقشب, s. r. ق ش ب. — يهشب dans M et يقشب dans B sont tous deux expliqués par يجرد.

3. — *Mokhtaṣar*, p. 602, 603 et 604 avec les quatre suivants; de même dans M. Mehren, *Rhetorik der Araber*, p. 116 : مَطْلَبُ, qui a l'avantage d'éviter la répétition d'un même mot à la rime, à deux vers de distance. — J'ai pris le *wâw* dans le même sens que dans VI, 11, où il est également employé devant une sentence proverbiale pour exprimer un serment.

4. — *Mokhtaṣar* : جناية, par erreur sans doute.

5. — *Introduction historique*, p. 220.

6. — *Ag.* II, fol. 358 r°, avec le suivant. — Ms. A. F. 1574, fol. 51 r° avec les deux précédents et les deux suivants, et 1476, fol. 51 r°, avec le suivant : اذا ما مدحتُهُمْ; de même dans le *Mokhtaṣar*, *l. cit.* — J'ai traduit اخوان par « amis », opposé à ملوك « rois ». Dj : واكثر ما يستعمل الاخوان فى الأصدقاء.

7. — C : أَصْنَعْتَهُمْ. — M, *l. cit.* أذنبوا, ce qui n'est qu'une différence d'orthographe. — Les manuscrits A. F. 1574, *l. cit.*, et 1476, *l. cit.* : فلم ترهم فى مدحهم لك. — Sur *a*, B : اى فَعَلَ لى الغسّانيّون ما أُوْجَبَ لهم مدحى وثناءى كما فعلتَ لِلخ.

8. — B : قوله فلا تتركنى بالوعيد اى لا تدعنى كانّى بعيرٌ أجربُ قد طُلِىَ بالقار وهو القطران يتحاماه الناس ويطردونه عن ابلهم لئلا يعديها بجربه وانما يريد انه ان لم يُخفْ عنه تحامَتْه العربُ ولم تجرِهِ خوفا من النعمان فكان كالبعير الجَرِب

الذى تحاماه الناسُ وقوله كاننى الى الناس اى كاننى فى الناس وقوله مطلىّ به القار اى مطلىّ بالقار فقُلِبَ ويحتمل ان يكون فى مطلىّ ضميرُ البعيرِ كانه قال كانى بعير مطلىّ أُجرب فيه القارُ او عليه القارُ. D'après M citant Tha'âlibî, الى serait pour مع. — La comparaison avec le chameau galeux se trouve déjà II, 25. — D'après Djawâlîkî, *Kitâb elmou'arrab*, p. ١٢٢, القار serait un mot «arabisé».

9. — Dj, *s. r.* س ور. — M: حولها يتذبذب.

10. — *Ag*, dans Sacy, *Chrestomathie*, II, p. 419, et M. Caussin, *Essai*, II, p. 508. — T: والنجوم au lieu de والملوك, par erreur sans doute. — M: فانك.

11. — A: المهذّب; B, C, G, *Ḥamâsa*, p. ١٩٩, l. 26, etc.: المهذّب. — M, *l. cit.*: فلست. — Sur تلمّه, B: تصلح من امره وتجمعه.

12. — B explique مثلك ainsi: اى انت ومن كان مثلك آخِذٌ بذلك لما فيه من الكرم.

POÉSIE IX.

Le texte complet de ce morceau se trouve dans un *Appendice*. Cf. *Avant-propos*, p. 200.

1. — B explique d'abord أُصفار par les mois de *ṣafar*, qui, grâce au mois intercalé, au *nasi*, coïncidaient toujours avec le printemps. Puis: وقيل معناه حين يصفر الماءُ ويتبدل (وتبديل .ms) الشجر ويبرد الليل وذلك آخر الصيف. — Cf. aussi Mas'oûdi, *Les prairies d'or*, III, p. 417, et M, fol. 136 r°, qui donne également les trois vers suivants. — أقر paraît être une simple contraction de Dhoû 'Ikâr, cf. X, 5. Cependant voir Yakoût, *Wörterbuch*, I, p. ٣٣٥, où notre vers est cité avec le suivant, et qui lit إِقِرٍ.

2. — G: لوثبةِ الضارى, qui est donné comme variante dans A et B: «pour que l'animal nuisible, le lion bondisse». Yâkoût, *l. cit.*:

المتعوّد اكل الناس وضرب هذا : B ,الضارى Sur — .لعدوة الضارى مثلا للملك الذى حذر قومه منه.

3. Sibaweihi, fol. 380 r°, au chapitre intitulé : باب النون الثقيلة والخفيفة ; L, fol. 167 v°, qui lit pour B : مردفات على اعقاب. Cf. XXXII, 52. — Le pluriel حورا, de أحور, se rapporte au collectif أكوار. — Sur ربربا, B : نعاج البقر. — A : اناث et دَوّار et دُوّار. La première lecture est seule donnée dans Yâkoût, *Geographisches Wörterbuch*, II, p. ٦١٣.

4. — B : قوله ينظرن شزرا اى ينظرن بمُوخر اعينهنّ يلتفتين يمينا وشمالا طمعا منهنّ ان يرين من يفاديهنّ.

5. — Sur اقتاب et اكوار, B : الاقتاب اعواد الرحل والاكوار الرحال.

6. — Sur *b*, B : يريد حصن بن حذيفة الفزارى وزبّان بن سيّار وكانا سيّدىْ فزارة وانما يأمُلن رحلتهما ليفكّا اسرهنّ وانما قال هذا تعريضا وتحضيضا لقوله على مخالفة فزارة بن ذبيان والنابغة من سعد بن ذبيان فى الاقامة بهذا الموضع الذى احماه الملك وكانت فزارة حلفاء بنى ذبيان.

7. — *Mochtarik*, p. ١٢٩ : فانْ au lieu de اما. — A : حرّة النار. Sur les terres volcaniques appelées حرّة, voir M. Wetzstein, *Reisebericht*, p. 98 et suiv.; et tout récemment la monographie de M. Otto Loth, dans le *Zeitschrift der deutschen morgenländischen Gesellschaft*, 1868, t. XXIII, p. 365 et suiv.

8. — Sur تقيد العير, B : اى تمنعه المشى لصلابتها وصعوبتها وانما خصّ العير لانه اوقح الدوابّ واصلبها حافرا الخ.

9. — Sur امّ صبّار, voir Yâkoût dans l'article cité de M. O. Loth, p. 379. B laisse le choix entre deux sens de صبّار, « des pierres dures » ou « l'homme patient » (cf. *Coran*, XXXIV, 18). — B explique مظالم comme nous l'avons traduit; mais il propose aussi d'en faire la suite de مظلمة (v. 8), dont ce serait le pluriel.

10. — Bien que ساق n'ait pas de sujet exprimé, le sens est très-clair. « C'est l'ennemi, c'est lui qui a poussé en avant, » etc. — Au sujet des noms propres, B : رفيدات حىّ من كلب يقال لهم بنو رفيدة وجوش وعظم موضعان فى ارض كلب وربعى وجّار رجلان من قضاعة وكلبٌ ايضا من قضاعة.

12. — Sur جرّار, A : كثير العدد ; B : الذى له أمدادٌ وتوابع فيجرّ بعضه بعضا ولا يكاد ينقضى. — Voir la contre-partie de *b*, x, 3.

13. — Comme l'explique B, l'ennemi ne craint pas qu'on sache où il a établi son campement.

14. — Dj, *s. r.* ع ى ر : رَهْبَنَة.

POÉSIE X.

Fragment d'une satire contre Nâbiga, par Badr ben Ḥawwân Fazârî. Il avait été, dit-on, particulièrement blessé des expressions employées par Nâbiga dans la poésie précédente, v. 4, et scandalisé de ce que le poète, après avoir au v. 10 parlé de « dresser sa tente dans un pays noir », n'avait pas donné suite à cette résolution.

1. — A : أُحدار. — Yâḳoût, *Geographisches Wörterbuch*, II, p. ٨٣, avec le vers suivant : فلو تَكَيَّسْتَ : « quand même tu aurais agi avec ruse. ». — A : ابنَ ; C et G : ابنَ.

2. — Yâḳoût, *l. cit.* ما آضطرّك « Comment le besoin de la défense t'a-t-il fait quitter, » etc. — D'après B. ليلى = حرّة النار (IX, 7), et Djouchch A'yâr est un endroit dans حرّة النار. Cf. d'ailleurs *Mochtarik*, p. ١٠٣. — C et G : مَغْقِلاً ; A : مُغْقِلا.

3. — B sur *a* : يعنى الرجل الذى اغار عليه من قضاعة ابن —. والكهفُ الغار والملجا واللهبُ الجيش الكثير الأصوات ici comme dans le v. 1, et la locution entière paraît être une ironie pour No'mân ; A donne simplement comme glose : رجل. — C et G : لقيتَ ; A : لقيتَ. — Sur جرّار, voir IX, 12.

4. — B remarque qu'Ibn Seyyâr est nommé en réponse à IX, 6.

5. — B sur *a* : يعنى بذلك أنّ اناسا من بنى سيّار أصابوا اناسا من غطفان فركب فيهم قطبة بن سيّار ففدا بعضهم ووهب له بعضهم ; sur *b* : ومعنى انتاش تناول واستخرج والنوش التناول والعانى الأسير.

POÉSIE XI.

Fragment de la réponse que Nâbiga adressa à Badr, et en même temps aux deux alliés de Badr, Khoreim et Zabbân, fils de Seyyâr.

1. — B : خريم وزبّان وقطبة وعويجة وقتادة وطلحة اخوة كان يقال لهم الشركُ لاسمائهم وهم بنو سيّار بن عمرو بن جابر والصهر الذى بينه وبين زبان هو أنّ بنت هاشم بن حرملة امّ زبان وهى إحدى نساء بنى مرّة وامّهم فاطمة بنتُ قيس بن زهير وامّ فاطمة تماضر بنت الشريد فهذا الصهر الذى بينهم.

2. — Les âpretés sanglantes se rapportent à la poésie X. Cf. *Introduction historique*, p. 232.

3. Sur رشّح, B: اى رويتم وحسنتم واصل الترشيح التزيين وحسن القيام على الشى.

4. — D'après B, جو = اليمامة. — A: تشقدونى.

6. — B: قوله من يتربّص الحدثان اى يتربّص بغيره حوادثَ الدّهر ويتمنّى الشرّ لم يأمَنْ ان ينزل ذلك به وبعشيرته والمولى ابن العمّ وانما خصّ ابنَ العمّ لانّه اذا نزلت بابن عمّه فقد نزلت به واراد بالعوان داهية قديمة او [بليّة ?] عديدة ليست ببكر قال الاصمعىّ فكفّ خريم وزبان ثم لا نعلم النابغة قال فى شى. — عوان et بكر sont ainsi opposés dans Harîrî, *Séances*, p. ١٠٢, *l. ult.*

POÉSIE XII.

Paroles adressées par Nâbiga à Zour'a ben 'Amr 'Âmiri (cf. poésie v), qui avait envoyé des messagers à Ḥiṣn ou à son fils 'Oyeyna pour détacher les banoû Dhobyân de l'alliance qui les unissait aux banoû Asad. Nâbiga rêve plutôt de rattacher les banoû Âmir eux-mêmes à sa tribu. A cette occasion, le poëte fait l'éloge des troupes que les banoû Dhobyân pourront mettre en campagne.

1. — Sîbaweihi, fol. 137 r°, dans un chapitre intitulé : باب المنفىّ المضاف بلام الاضافة, où il est dit que يا بوس للجهل est pour يا بوس الجهل ; seulement, grâce au *lâm*, le mot بوس a pu rester indéterminé. Cf. aussi *Ḥamâsa*, p. ۷۷۹, l. 9; M. Nöldeke, *Beiträge*, p. 51 : يا بوس للدّهر.

3. — Sîbaweihi, fol. 181 r°, qui limite l'emploi d'une abréviation, comme عام pour عامر, à حارث, مالك et عامر. Sur عامِ, B : اراد عامرا فرخّم وهو عامر بن صعصعة. Cf. حارِ, XXXII, 19.

4. — Une «journée» est le terme consacré pour une bataille entre plusieurs tribus, et on connaît les أيّام العرب, cf. Freytag, *Arabum proverbia*, III, p. 553 et suiv.; Ibn Athîr, *Chronicon*, I, p. 367 et suiv.; nous avons adopté ce sens. Cependant B : قوله يوم كايّام يقول اخشى ان يحملكم بغضكم لهم على ان تبعثوا بيننا وبينكم حربا شديدا يكون لكم منها يومٌ طويلٌ كايّام فى الطول ويومُ الشرّ يُنْسَبُ الى الطول كما انّ الخير ينسب الى القصر.

5. — M. Nöldeke, *Beiträge*, p. 51; M. Caussin, *Essai*, II, p. 509. Il y a dans la rime la faute nommée *iḳwâ*. Cf. *Introduction historique*, p. 255. Aussi B donne-t-il comme variante : ولا ليلٌ كإظلام, qu'il explique par : ولا إظلامٌ ليلٍ كإظلام هذا اليوم. — Le poëte veut seulement peindre le désordre de la mêlée. B donne encore un autre sens peu acceptable : وقيل المعنى لا كنوره نورٌ لمن ظَفِرَ ولا كظلمته ظلمةٌ لمن ظَفِرَ به.

6. — *b*, dans Dj, *s. r.* ص رم — تزجروا est la continuation de الجيش العظيم وكلّ متراكب مكفهرّ, v. 4. — Sur مكفهرّ, B : يكون. — Cf. لا كفاء له, IX, 12.

7. — Charîchî, *Commentaire sur Harîrî* (Sup. ar. 1617, 1), fol. 133 r°. — A : المدى. — Pour ثمّ العرانين, IV, 8. — Sur ضرابون للهام, B : وصفهم بالجرأة والإقدام على الأقران فهم يضربون هامهم بالسيوف. Cf. ضَروب dans 'Alkama, I, 26. La tête paraît désignée ici comme la plus noble partie du corps humain.

8. — Sur لا يقطع الخرق, cf. VI, 13.

9. — اللجام = الخيل الملجمة (B).

10. — A : الإقدام ; C et G : الأقدام. — الخامعات : « les boiteuses », puis les « hyènes ». B : الخامعات الضباع وكلّ ضالع والضباعُ توصف بالعرج فيقال الضبعُ العرجاءُ. — La remarque exégétique qui se trouve à la fin de B a été reproduite dans l'*Introduction historique*, p. 257.

12. — C : تخاولنا. — A : اوّلو, pour indiquer que la première syllabe doit être brève. Nous avons adopté l'orthographe أُلو. Cf. الأُلك, III, 9. — الخيل opposé à خيلنا, v. 10.

13. — Sur ولّى, M. Ahlwardt, *Chalef elahmars Qasside*, p. 172, où notre vers est cité. — Il y a une paronomasie cherchée dans كبشهم يكبو. — Sur يكبو لجبهته, B : يسقط على جبهته.

POÉSIE XIII.

Nouvel éloge de l'alliance qui unit les banoû Dhobyân aux banoû Asad. Nâbiga s'adresse de nouveau à Zour'a. Cf. poésie v.

1. — مولى signifie un « cousin », ici un « allié » (B : الحليف). Cf. XI, 6. — تابع est expliqué par اللاصق بالقوم المتبع لهم.

2. — A : كلّ دارع, qui ne donne aucun sens ; B, C et G : كلّ شارق ; B : صباح حين تشرق الشمس.

3. — A : ولاحِقٌ. — Sur Lâhik, voir v, 20.

4. — A explique متونها par ظهورها.

5. — C et une variante de G : بآل القعاقع. B : من بلاد بنى

يلى اليمامة (ms. فيا) باهلة فيما. — Sur دع عنك, cf. x, 4. — Je me suis séparé de B pour لا عتاب لهم, que j'ai expliqué par des hommes qui ne méritent aucun reproche. B: اى لا ينبغى أن يعاتَبَ على حلفهم لانهم اهل عزّة ونجدة.

7. — A: عبدُ بنَ سعد ; C et G: عبدِ بنِ سعد.

8. — B et G: يغنّيهم ; A et C: تغنيهم. — Sur ضرغد, voir M. O. Loth, *op. laud.* p. 372. B: وعتايد عقبة (ms. حرّة) ضرغد حرّة.

POÉSIE XIV.

Sur l'objet et les mobiles de cette poésie, voir *Introduction historique*, p. 226 et suiv. *Ag* en donne un certain nombre de vers, 1, 3, 4, 2, 6, puis :

بالدرّ والياقوت زُيّنَ نَحْرُها ومُفَصَّلٍ مِنْ لُؤْلُؤٍ وزَبَرْجَدِ

«Sa gorge est ornée de grosses perles et de corindons, et d'un heureux mélange où entrent les petites perles et le béryl.» (Voir M. Clément-Mullet, *Essai sur la minéralogie arabe*, p. 16, 30 et 67.) Puis viennent 17, 18, 29 et 19. Ce sont les vers les plus authentiques de cette pièce qui, à cause de sa célébrité même, a dû souffrir des interpolations dont nous signalerons quelques-unes dans les notes. Cf. M, fol. 110 v°, T, fol. 116 r°, et d'après *Ag*, Sacy, *Chrestomathie arabe*, II, p. 414 et 415. G a entre 33 et 34 deux vers dont le premier seul est donné à la marge de A et qu'on trouvera dans la note du vers 33.

1. — Le mètre exige qu'on écrive مِنَ ال en considérant le *min* comme une sorte de préfixe (ainsi qu'en hébreu), et l'*alif* comme devant seulement prolonger la voyelle du *noûn*. Cf. un exemple tout semblable dans Fresnel, *Lettres sur l'hist. des Arabes*, *Journ. as.* 1838, III, p. 364. Voir aussi M. Wright, *Opuscula arabica*, p. ٥٩. — Sur *b*, B: يريد اتروح زوّدتَ ام لم تزوّد واراد بالزاد ما كان من تحيّة وردّ سلام ووداع ونحو ذلك واوْ والواوَ فى هذا سواء كما تقول خذه بما عزّ وهان وان شئت بما عزّ اوهان اى خذه بما أمكنك. Le sens de زاد «salut», et de زوّد «saluer», est particulier à ce pas-

sage; on retrouve le verbe ainsi employé dans un vers de Ḳeis ben Khaṭîm Ausî, cité dans Ḥassân ben Thâbit, *Dîwân* (ms. cité), fol. 3 v°. Voici, du reste, le vers (mètre *ṭawîl*):

تَروحُ من الحَسْناء ام انت مُغْتَدِ
وكيف آنطِلاقُ عاشِقٍ لَمْ يُزَوِّدِ

«Quitteras-tu Ḥasnâ ce soir ou demain matin; et comment un amant partirait-il sans avoir reçu les adieux de sa bien-aimée?»

2. — A: التَرحّلَ; B, C, G, *Ḥamâsa*, p. ٢٨٥, l. 14; *Alfiyya* (éd. Dieterici), p. ٢; التَرحُّلُ. — M, *l. cit.*; T, *l. cit.*; L, fol. 4 v° et 60 v°: أَفِدَ التَرحّلُ. — T, *l. cit.*: لم تزل به حالها «elles n'ont pas encore cessé d'être en cet état.» — Sur رِكاب, B: الابل واحدها راحلةٌ ولا واحدَ لها من لفظها.

3. — B deux fois: الغراب; T: الغراب dans *b*; pour *a*, il lit avec M, *l. cit.*: زعم البوارحُ أَنَّ. Quoi qu'il en soit, il s'agit ici du غراب البين: Ḥarîrî, *Séances*, p. ٢٩٧; Freytag, *Arabum proverbia*, I, p. 695-698; M. Ahlwardt, *Chalef elahmars Qasside*, p. 50. — A, comme variante, et M. Wright, *Opuscula arabica*, p. ٥٩: غَدٌ «Notre départ sera l'affaire de demain». — Pour *b*, Ag et B ont une autre leçon destinée à supprimer la faute nommée *iḳwâ*. Ils lisent: وبذاك تنعابُ الغرابِ الأَسْوَدِ «et c'est ce qu'annonce le croassement du corbeau noir». Cf. XII, 5, et dans cette poésie même, v. 18. — Le manuscrit A. F. 1409, fol. 45 r°, lit نبّانا, au lieu de خبّرنا.

4. — A. F. 1232, fol. 73 v°. — B: قوله لا مرحبا بغدٍ اى لا رحبا به ولا سعة وكان نصبه على المصدر كانه قال لا رَحُبَ رحبا ولا أَهلَ اهلا وانما يريد إن كان تفريقنا فى غدٍ فأبعده الله ولا جاء به لانّ قولهم مرحبا واهلا انما يقال لمن قدم من موضع وحلّ بغيره.

5. — D'après B, Mahdad serait peut-être un autre nom de Meyya. — B sous-entend la négation dans le second hémistiche; nous nous

sommes écarté de son explication : اى لا موعدَ بينى وبينها يكون فيه اجتماعٌ الى آخر الدهر وكنى بالصبح والامساء عن مدّة الدهر ولم يرد صبحا معيّنا ولا إمساء مخصوصا كما تقول موعدَ اجتماعنا الابدَ والليل والنهار يريد آخر الدهر. — Mais ce vers est une répétition des v. 1 et 2, et interrompt la marche naturelle du poëme.

6. — A : تُقْصِدِ et تَقْصِدِ ; C et G : تُقْصَدِ . تُقْصِدِ signifierait : « Ton cœur a été atteint, mais elle ne le visait pas ; » تُقْصَدِ se rendrait par : « C'est tout, si tu n'en es pas mort. » Enfin T, *l. cit.* يُقْصِد, qui aurait pour sujet « la flèche », comme أصاب. — T et M : فى اثر جارية. Sur فى اثر, M. Ahlwardt, *Chalef elahmars Qasside*, p. 325.

7. — A : عَنِيَتْ ; B, C et G : غَنِيَتْ . B : اى اقامت وعاشت بها اودعتك من حبّها اذ هم لك جيرةٌ يريد اذ كان حبّه وحبّها متجاورين فى زمن المرتبع وكانت تعرض وتعطف عليه الرسائلَ وتودُّدُ اليه. — منها dépend de عطف tout en le précédant. Cf. XXVII, 6.

8. — A : ظِهْر ; C et G : ظَهر. Cf. II, 3. — Le poëte passe brusquement de la deuxième à la troisième personne. Mais, en effet, 7 et 8 forment un vrai commentaire pour 6 ; 7 explique le mot غانية, et 8 le reste du v. 6. Les deux vers paraissent donc n'être que l'œuvre d'un grammairien versificateur.

9. — A : مترتّب. — Sur احوى, B : التى به خطّتان سوداوان.

10. — ذهبٌ est ici une apposition de النظمُ (B : تفسير للنظم). On peut voir des exemples identiques chez M. Fleischer, *Ueber einige Arten der Nominalapposition im Arabischen* dans les *Berichte der königlichen Gesellschaft der Wissenschaften in Leipzig*, 1863, p. 14 et suiv.

11. — Dj, *s. r.* س ى ر, où il explique السيراء par بُرْدٌ فيه خطوطٌ صُفْرٌ. — B : علوانه, par une négligence d'orthographe sans doute, bien que les deux leçons aient à peu près le sens qu'il donne : ارتفاع الغصن ونماؤه.

12. — Dj, *s. r.* ق ع د : لطيفُ لَيِّنٌ والأثب تنفجه. — Sur les premiers mots, B: اى مهفهفة خميصة البطن ولو كانت مفاضة عظيمة لم يكن لها بطنٌ ذو عكن (ms. بطن عكن).

13. — A : غيرَ ; C : غيرُ, suite de مخطوطةٌ. — A : مخطوطة, d'après Asma'î; à la marge on lit : ويُروى ابو عبيدة بالخا معجمةً. La leçon d'Aboû 'Obeida se trouve dans G, et dans B, qui ajoute : المخطوطة المتنين التى هى فى متنها خطّان كالخطّين كما تخطّ الجلودَ اذا زيّنت بالحديدة جلودُ المصاحف وغيرها وقال الاصمعى محطوطة اى ملساء الظهر غيرُ منقبضة الجلد لانّ الظهر أسرعُ الجسد تقبّضا والمِحَطّ الحديدة يُصقل بها الجلدُ وهى ايضا خشبة تنقش بها المصاحف. La leçon de B signifierait : « Les lignes de ses reins sont pures ». — A : المتجرّد et المتجَرّد, qui, uni à بضّة, a le sens de جُرْدة. Cf. M. Lane, *s. v.* B : الجسم المجرّد. — Sur cette allusion à Moutadjarrada, *Introduction historique*, p. 227.

14. — تراءى est l'aoriste de la 6ᵉ forme. — A : تجفى, B rend تجف par المشقوق الوسط. — Sur les étoiles qui portent le nom de سَعْد, au pluriel أَسْعُد, Freytag, *s. v.* Cf. XXXII, 14.

15. — G seul a غوّاصُها ; tous les autres : غوّاصها.

16. — B : الدمية المثال والصورة والمرمر الرخام وقوله تشاد تُبنَى وترفع (manusc. : يشاد يبنى ويرفع) بالشيد وهو الجصّ. والقرمد خزفٌ مطبوخٌ مثل الآجرّ (Cf. רמות). — Sur قرمد, Dj : ضرب من الحجارة يوقد عليها. Cf. *κέραμος* et surtout *κεραμίς, λίθος*, et קרמיד ou קרמוד, à côté de לבנים (اجرّ), *Sifrâ* sur *Lévitique*, XIV, 42.

17. — Dj, *s. r.* ن ص ف ; *Ag*, II, fol. 353 rº dans Sacy, *Chrestomathie arabe*, II, p. 510, et M. Caussin, *Essai*, II, p. 504; L, fol. 95 rº; T, fol. 116 rº. — A propos de ce vers, B donne le récit suivant : حدّث الهيثمُ بن عدىّ قال قال لى صالح بن حسّان

المدنى كان والله النابغة مخنّثا قلتُ وما علمك به قال اما سمعتَ
قوله سقط النصيف البيتَ ما تحسِنُ هذه الاشارةَ والنعتَ الّا
مخنّثٌ من مخنّثى العتيق (Les mots هذه الإشارة, qui manquent dans B, ont été restitués d'après le manuscrit d'Oxford, A. F. n° MCCXXIII. Cf. *Avant-propos*, p. 199. La collation a été faite par M. Neubauer.) La même anecdote se trouve dans *Ag*, II, fol. 354 r°:
قال لى صالح بن حسّان كان والله النابغة مخنّثا قلتُ وما علمك
به أرأيتَه قط قال لا والله قلتُ افأُخبِرتَ عنه قال لا قلتُ فما
علمك به قال اما سمعتَ قوله

سقط النصيف ولم ترد إسقاطه فتناولته واتّقتنا باليد
لا والله ما أحسنَ هذه الاشارةَ ولا هذا القولَ الّا مخنّثٌ

Il semble que la chasteté et la pureté des expressions, que la retenue du poëte aient été interprétées comme une preuve de son impuissance physique. Mais l'anecdote, qui très-certainement doit son origine à ce vers isolé, ne repose sur aucun fondement solide, et ne méritait pas de trouver place dans l'*Introduction historique*, où, au contraire, cette assertion est implicitement démentie par plusieurs passages (cf. p. 205, 210, 232, 236). Dans la première des deux rédactions que nous avons citées, العتيق signifie la Ka'aba, et par suite, la Mecque. Cf. Yâkoût, *Geographisches Wörterbuch*, II, p. ٧٧٨, *s. v.* البيت العتيق, et plus loin, *s. v.* العتيق.

18. — Dj, *s. r.* عقد; *b*, *s. r.* عنم; A. F. 1252, fol. 42 v°, (au nom d'Aboû 'Obeida: بمعصم عَبْلٍ «avec un poignet solide»); *Ag*, *l. cit.*; T, *l. cit.* Tous lisent pour *b*: عنمٍ على أغصانه (*Ag*, et T: عَنَمٌ يُعْقَدِ, pour éviter l'*iḳwâ*. Cf. v. 3 et *Introduction historique*, p. 255. — Le ب est répété pour laisser بمخضّب et ses épithètes indéterminés. — Sur عنم, B: شجر احمر الثمر ينبت فى جوف التمر أشبهُ شىء بالاصابع المخضوبة وقيل العنم يَساريعُ حمرٌ تكون تنسلخ فيكونَ فراشةً. Cf. *Ḥamâsa*, p. ٢٨٨, l. 16.

19. — A. F. 1475, fol. 57 r°: نظرَ المريض. — *Ag*, *l. cit.* donne comme variante pour *a*: ورنت الىَّ بمُقلتَىْ مكحولةٍ «Et elle m'a regardé langoureusement avec les paupières d'une femme qui enduit ses yeux d'un collyre». Le «désir» est d'après *Ag*, *l. cit.* et d'après B, le «désir» de causer avec toi. A'lam compare deux vers: 1° de العقيلى (mètre *ṭawîl*):

أَرَدْنَ الكلامَ فاتَّقَتْ من رقيبها
فما كان الاّ وَمْؤُها بالحَواجِبِ

«Elles voulaient parler, mais elles ont eu peur de leur gardien, et elles se sont contentées de dire oui par un mouvement des sourcils;» 2° un hémistiche sans nom d'auteur (mètre *ṭawîl*):

أَشارتْ بطرفِ العينِ خِيفةَ أَهْلِها

«Elle a montré, en agitant les paupières, la crainte que lui inspirent les hommes de sa tribu.» Malgré ces comparaisons, il s'agit sans doute d'un autre «désir». Cf. v. 30 et suiv.

20. — A: لثاته; B, C et G: لثاته; la leçon de A est entrée par erreur dans notre texte, au lieu de لثاته. — B: اذا ابتسمتْ كشفتْ عن أسنان كانّها بردٌ لبياضها وصفائها. Voyez, entre autres, Ḥariri, *Séances*, p. ٢٦. — Les deux plumes de devant de la colombe signifient deux lèvres noircies à dessein pour faire briller les dents. L'espèce de colombe dont il est question ici est la قمرية. Sur la colombe d'Eika, cf. la note sur XXXII, 24. — B propose encore un autre sens: وقيل اراد بالقادمتين اصبعيها فيعنى أنّها تجلو اسنانها وتصقلها بالسواد وشبّهها بالقادمتين لطولها. B compare le vers de Khoufâf ben Noudba, sur lequel on trouve une longue note dans M. Prym, *De enuntiationibus relativis semiticis commentatio*, Bonnæ, 1868, p. 61-63 (cf. p. 7).

21. — B rend السماء par المطر, et غبّ الشىء par بعده.

24. — Sur ريّا, B: الريح الطيّبة. Cf. le même mot dans une autre acception, v. 13.

25. — Sur مُتَسَرِّد, B: الذى يتبع بعضه بعضا يقال سَرَدَ الحديث اذا والى بينه. Ce vers se placerait mieux après le v. 10, s'il n'en est pas même la répétition.

26. — A: صَرورةٌ; C et G: صَرورةً. Sur ce mot, Dj: يقال رجل صرورة الذى لم يحج وكذلك رجل صارورة وصرورىّ وحكى الفرّاء عن بعض العرب قال رأيتُ قوما صَرارا بالفتح واحدهم صَرارةٌ قال يعقوب والصرورة فى شعر النابغة الذى لم يات النساء كانّه اصرّ على تركهنّ; B: اللازم لصومعته لا يبرح حجّا ولا غيره وانما عنى نصارى الشام الذين لا يعرفون الحجّ وقيل الصرورة هاهنا الذى لا ياتى النّساء وقيل هو الذى لم يذنب قط. On voit que le vrai sens de ce mot échappait aux lexicographes arabes.

27. — A donne à la marge comme var. يُرْشِدِ «quand bien même cela ne le dirigerait pas».

28. — Sur العُضُد, B: المُلْسُ يقال عضده عضودٌ اى ملساء وقيل العضد المنتصبة وقيل هى الركنُ الثابتةُ. — Le sens donné à *a* dans notre traduction est proposé et adopté par B, après qu'il a parlé du suivant: يقول لو تستطيع الأروى وهى انوثُ الوعول سماعَ هذه المرأةِ لنزلتْ اليه ولدنتْ منه لحسنه واخذِه بالقلوب وانما يصف خصّ الاروى لانها اشدّ الوحش نفارا عن الانيس فاذا كانتْ تأنس بحديث هذه المرأة وتنزل اليها فغيرُها احقّ بذلك.

29. — A et B: أثنيت; C et G, *Ag*, T: اثنيت. — مالَ commence une phrase circonstancielle.

30. — A: أجَمّ; B, C, G: اجمّ. — Sur متحيّزا, B: قد حاز ما حوله وبرز.

31. — *b*, dans Moubarrad, *Kâmil* (éd. Wright), p. ٥٨, l. 13; Dj, s. r. ق رم د; Djawâlîkî, p. ١١٤, d'après lequel Nâbiga décrit ici «les organes sexuels de la femme». مقرمد signifie d'abord: الركب

enduit d'argile (قرمص, v. 16), puis enduit d'une matière quelconque. — Sur عبير, Ḥarîrî, *Séances*, p. ٥٠٥.

32. — Sur حزوّر, B, reproduit à la marge de A: الحزوّر هنا الغلام القوىّ وفى مكان اخر الحنظل واشتقاقه من الحزورة وهى الأكمة الصغيرة...... وقيل اراد بالحزوّر هنا المترعرع الذى ناهز الحلم — Sur نزع, B: نزعت الشى من مكانه; Dj: جذب الدلو من البئر; آنزعُهُ نزعا قلعته, ce qui est plus général et plus exact.

33. — Entre 32 et 33, G donne les deux vers suivants:

وإذا يَعَضّ تَشُدّهُ أعضاؤُهُ عَضّ الكبيرِ مِنَ الرّجالِ الأدْرَدِ
وَيكادُ يَنزِعُ جِلْدَ مَنْ يَصْلَى به بلَوافِحٍ مِثْلِ السّعيرِ المُوقَدِ

« Lorsqu'il veut mordre, tous ses membres le soutiennent comme lorsque veut mordre le vieillard édenté, et il arracherait presque la peau de quiconque résiste au feu de son attaque, avec ses armes incendiaires semblables à un feu allumé. » Le premier de ces vers se trouve dans B, mais sans commentaire, et à la marge de A, introduit par: وقع فى بعض النّسخ. A lit: عضّ الامير. Il se trouve aussi dans le ms. A. F. 1371 (مسالك الابصار), fol. 6 r°, qui lit انيابه « ses dents acérées le soutiennent, » etc. Ces vers où le poëte, comme dans le v. 8, passe brusquement à la troisième personne, semblent aussi être interpolés. A la comparaison déjà trop libre avec « l'adolescent, » un imitateur en a ajouté une autre, plus libre encore, avec « le vieillard. » — Sur واردٌ منها, B: الذى يَرِدُ من هذه المرأة اى ينال منها.

POÉSIE XV.

No'mân ben Ḥârith avait résolu de venger sur les banoû Ḥounn, une tribu des banoû 'Odhra, la mort d'un Ṭeyyite, Aboû Djâbir (cf. vers 10), qu'ils avaient tué et dont ils avaient emmené la femme en captivité. L'auteur de cet attentat est nommé dans B, fol. 89 r°: c'est Sauda ben 'Amr 'Odhrî. De plus, les banoû Ḥounn s'étaient emparés de Wâdi 'lḳourâ, un endroit fécond en palmiers. Nâbiga voulut détourner No'mân d'une telle expédition; mais, le voyant inébranlable, il envoya prévenir les hommes de sa tribu, leur dictant une alliance avec les banoû Ḥounn. Cf. *Introduction historique*, p. 238.

1. — Yâḳoût, *Geographisches Wörterbuch*, I, p. ٥٨٧; *Mochtarik*, p. ٢٨٠; cf. p. ٥٠, où se trouve un mélange de mots empruntés à ce vers et au suivant. Tous deux, dans Ibn Doreid, *Ichtiḳâḳ*, p. ٣٢٠.

2. — Sur إلّا بصابر, B: يريد وان لم تلقهم إلّا برجل صابر على شدّة القتال. Sur ce sens du *bâ*, cf. v, 20, et un emploi analogue, Sacy, *Grammaire arabe*, I, p. 471.

3. — A en marge, B et C comme texte : بالحناجر; B, comme var. : فى الجراجر, cf. v. 5. Les deux mots sont rendus dans B par الحلوق « les gorges ». Si le dictionnaire ne connaît pas ce sens pour جراجر, il est confirmé par les autres langues sémitiques. Cf. גרגרת et les mots comparés dans Gesenius, *Thesaurus*, *s. r.* — Sur يستلهونها, B: اى يبتلعونها كما تُطْرَح اللهوة فى فم الرحا.......وان العطايا العظام تصغر عندهم حتى تكون بمنزلة ما يبتلعونه فى حلوقهم. — Sur لهاميم, B: العظيم الحلق الواسع الصدر.

4. — G : وهْم; A, comme variante : المكابر. Une trace de cette variante semble s'être conservée dans B : وقوله بجمع مبير اى بجيش مُهْلِكٍ لمن كابره وطلب مغالبته.

5. — Il s'agit ici des palmiers en abondance à Wâdî 'lḳourâ. Les expressions employées sont toutes celles dont on se sert pour peindre les animaux descendant à l'abreuvoir. A : الماء; il faut lire avec C et G الماءَ, qu'on lise avec A et B الواردات, ou avec C et G الطالبات, qui est donné comme variante par A. — Sur من, B : منعوا عدوّهم من النخل.

6. — A, B et C : براخية; il faut lire avec G : بُزاخية. Cf. Yâḳoût, *Geographisches Wörterb.* I, p. ٩٠١, *s. v.* بُزاخة. — A : عنه; B, C et G : عنها. — A : تَواجِرِ et تَواجِرُ, selon qu'on le rapporte à قلاص ou à عفاءُ. La deuxième leçon n'a d'autre but que de corriger ici la faute nommée *iḳwâ*. Voir plus haut, p. 407, et *Introduction historique*, p. 255. B et C : تواجرُ.

7. — Sur مكنوزة, B: بلحائها: يحتمل ان يريد ان الثمر مكنوزة بلحائها (ms. بلجامها) اى قد ضمّها لحاؤها وكثّرها وشدّدها ويحتمل ان يريد أنّ الناس يكنزونها اى لا يتّقون تغيّرها.

8. — Sur البلىّ, B: حىّ من القضاعة من اليمن. Cf. Ibn Doreid, *Ichtikâk*, p. ٣٢٢. Dans *a*, بَلِيّ est décliné d'une façon régulière; dans *b*, il a la déclinaison imparfaite. Le mètre, pourtant, se serait aussi bien accommodé d'une longue que d'une brève dans *b*. Cf. un exemple analogue, mais amené par les nécessités de la prosodie, *Moufaṣṣal*, p. ١٠, l. ١٤.

9. — A : مُضَرٍ ; C et G : مُضَرَ. — B : التغاور من الغارة.

10. — Sur عنوة, B : القهر والغلبة ومنه قيل للاسير عانٍ.
— Ḥadjr est, d'après B, une ville du Yamâma; c'est même la capitale d'après Yâkoût, *Geographisches Wörterbuch*, II, p. ٢٠٩.

POÉSIE XVI.

Commencement d'un éloge des Gassanides, composé par Nâbiga, au moment où il les quitta pour retourner à Ḥîra. Cf. *Introduction historique*, p. 239.

1. — La double rime se trouve dans ce premier vers, mais avec l'*ikwâ*. — A : مثلَ, se rapportant à جيرانا ; C : مثلُ, qui annonce déjà le sujet pronominal contenu dans تجلو.

2. — لا يبرمون signifie : « Ils ne sont pas des أبرام. » Sur بَرَم, voir VI, 8. — La comparaison des peaux est un peu différemment expliquée dans B: وجلّل افق السماء سحابٌ أحمرُ لا ماء فيه كانه الادم من حمرته واراد بالادم الجلود الحمر.

3. — L'article de الملوك prouve qu'il ne joue pas le rôle de l'attribut dans la phrase, mais qu'il est une apposition de هم.

4. — B : أحلام عاد كانوا يرون أنّ من كان قبلهم من الأمم الماضية أحلمُ فيضربون بهم المثل وكان الحلمَ فى عاد متعارَفا

وحلماؤها المشهورون ثمانية من العماليق وهم بيض وحمصة وطفيل وذفافة وملك وفروعة وعمار ونميل وقوله من المعقة يريد عقوق الرحم اى هم براءٌ من العقوق والافات وهى العيوب وقوله والإثم اراد الإثْم فحرّك الثانى بحركة الاول وهو كثير فى الشعر.

POÉSIE XVII.

Yazîd ben Sinân, le frère de ce Harim ben Sinân à l'éloge duquel est consacré presque entièrement le *dîwân* de Zoheir (C, fol. 136 v°), entraînait à la lutte le *Maḥâch*, comme on nomme les banoû Ḥoṣeila ben Mourra, avec leurs coalisés, les banoû Nachba ben Gueiṭh ben Mourra, contre les banoû Yarboû' ben Gueiṭh ben Mourra, la tribu de Nâbiga. Yazîd avait pris pour prétexte de cette lutte le feu (النار), de là leur nom de *Maḥâch*. Cf. la note sur le vers 1. (B, C et G portent محّش المحاش, ce qui fait jeu de mots: «Yazîd entraînait *le Maḥâch,*» ou bien: «excitait le feu.») Puis Yazîd poussa sa bande contre 'Odhra ben Sa'd, répétant partout que Nâbiga et sa famille descendaient de 'Odhra, puis de Ḍabba; aussi, disait-il, pour railler Nâbiga (mètre *kâmil*):

إِنِّي آمْرُؤٌ من صُلْبِ قَيْسٍ ماجِدٍ   لا مُدَّعٍ نَسَبًا ولا مُسْتَنْكِرُ

«Je suis un homme de la souche illustre de Ḳeis: je ne me vante pas de ma naissance; mais je n'ai pas non plus à en rougir.» Sur la réponse de Nâbiga, cf. *Introduction historique*, p. 210.

1. — Dj, *s. r.* م ح ش et ح ش ى. Sur المحاش, B: قال الاصمعى المحاش اربعة احياء من فزارة ومرّة كانوا يجتمعون فيقال لهم المحاش وقال ابن الاعرابى المحاش الذين لا خير فيهم ولا غناء عندهم يقال محشته النارُ اذا أحرقته وأفسدته.

2. D'après B, Nâbiga reproche indirectement à Yazîd d'avoir répudié sa fille après l'avoir épousée. Cf. *Introduction historique*, p. 210.

3. — B est muet sur ce vers, qui paraît être dirigé surtout comme réponse au vers de Yazîd, cité à l'instant d'après B, C et G. Peut-être le sens serait-il plutôt: «Tu m'as jeté à la face les nobles que

tu comptes parmi tes ancêtres.» A, comme variante, يَعُدّ ; ce qui signifierait : «de vouloir passer en revue chaque noble de sa famille.»

4. — Sîbaweihi, fol. 71 r°. — G : ظِنَّة, comme A, C et Sîbaweihi, *l. cit.*, ou ضَبَّة, comme B, qui explique seulement cette leçon. Sur Ṭhinna ben Teim Allah, cf. M. Wüstenfeld, *Register*, p. 154, d'après lequel cette tribu s'était rattachée aux banoû 'Odhra.

5. — B et C : يَهْنَتَا ; il faut lire avec G : بِهِنَّة, qui se trouve aussi dans le commentaire, sinon dans le texte de B.

POÉSIE XVIII.

Ce fragment se rapporte aux débuts de la guerre de Dâḥis et Gobrâ. Cf. *Introduction historique*, p. 215.

1. — Il y a peut-être un jeu de mots entre احالهم et حلوا.

2. — Sur الاعبل الجون لونه, B : الاعبل هو الجبل الابيض الاعبل الحجارة والجون هنا الابيض وهو ايضا الاسود ويقال للشمس جونة لبياضها. Cf. גון = couleur, en araméen. — Zoheir et Ḥidyama sont les chefs des banoû 'Abs; ils sont tous deux fils de Djadhîma (B). Sur Zoheir, cf. *Introduction historique*, p. 212.

3. — A : حياضه ; B, C et G : عند لقائه.

POÉSIE XIX.

Sur les causes de cette poésie, voir *Introduction historique*, p. 240. Ces vers se trouvent dans *Ag*, II, fol. 357 r°; les trois premiers ont été traduits par M. Caussin, *Essai*, II, p. 567.

1. — B donne encore un autre sens pour *b* : اى هل مات فيحمل على النعش ام لا.

2. — Ibn Doreid, *Ichtikâk*, p. ٣١٨, l. 16. — *Ag*, *l. cit.*, et Caussin, *l. cit.* لا أُلُومَكَ فى دُخولى.

3. — *Ḥamâsa*, p. ٧١٨, l. 15, avec le suivant; Djawâliḳî, *Kitâb elmou'arrab*, p. ١١٨.

4. — Sîbaweihi, fol. 51 v°, et L, fol. 121 r° : ونأخذ. Celui-ci

ajoute : ويروى ونمسك. Cf. aussi *Ḥamâsa*, p. ٢٧٣, l. 22. — Notre texte reproduit les deux leçons : أجبّ الظهر, qui est très-simple, et اجبَّ الظهرَ, sur lequel B : ويروى أجَبَّ الظهرَ بالنصب ايضا على نية التنوين فى اجبَّ ونصب الظهرَ على التشبيه بالمفعول به. Sîbaweihi, *l. cit.* dit plus brièvement : يريد أجَبَّ ولكنه لا ينصرف. Le sens serait, dans ce second cas : «la queue d'une vie aplatie comme le dos d'une chamelle sans bosse.»

POÉSIE XX.

B, C et G disent tous trois que No'mân ben Ḥârith elaṣgar était allé dans un de ses lieux de plaisance (منتزهاته). Il me semble qu'il s'agit plutôt d'une expédition, où le roi risquait sa vie. Cf. *Introduction historique*, p. 238.

1. — Ibn Ḳoteiba, *Handbuch der Geschichte*, p. ٣١٥, et M. Caussin, *Essai*, II, p. 247, avec le vers suivant. — B, comme variante : مَلَكها.

2. — C : وسُودَدُ.

3. — Sur l'habitude des anciens Arabes d'ôter la selle et les housses des chevaux qui avaient appartenu aux morts, voy. Freytag, *Einleitung in d. Stud. d. arab. Sprache*, p. 219.

4. — Sur تقفقض, B : اى تزفر حتى تكاد ضلوعها تكسَّرُ من شدّة الزفير والتقفقض الزفير والتكسّرُ. B lit partout : تقفقض.

5. — Sur على اثر, M. Ahlwardt, *op. laud.* p. 325. Cf. فى اثر, XIV, 6.

POÉSIE XXI.

'Âmir ben Ṭofeil avait composé contre Nâbiga une poésie, dont le premier vers se trouve dans B, fol. 92 r°, et G, fol. 41 r° (mètre *wâfir*) :

أَلَا مَنْ مُبْلِغٌ عَنِّي زِيادًا   غَداةَ القاعِ إِذْ أَزِفَ الضِّرابُ

«Eh bien! qui ira porter mon message à Ziyâd, au matin où les troupes, réunies dans la plaine, sont sur le point d'en venir aux mains?» Les poëtes des banoû Dhobyân voulaient répondre à cette satire, mais Nâbiga leur dit : «'Âmir a du courage, il sait versifier, et nous ne sommes pas en état de remporter la victoire sur lui ; laissez-moi, j'irai le trouver, et je l'abaisserai en exaltant son père et son oncle paternel, et en lui reprochant sa sottise et sa jeunesse.» Cf. *Introduction historique*, p. 245.

1. — Dj, *s. r.* ظ ن ن ; *Zeitschrift der deutschen morgenländischen Gesellschaft*, XVIII, p. 797, et A, donnent comme variante : السِّباب. Cf. aussi Ibn-Elathir, *Chronicon* (édition Tornberg), I, p. ٤٨٣. — Sur le mot مظنّة, cf. v. 28.

2. — Aboû Barâ était l'oncle paternel de 'Âmir. (Glose de G.)

3. — A. F. 1252, fol. 35 r°, lit : طاخيات «les ténèbres», et ajoute : ويروى طافيات, ce qui signifierait «les débordements.» Sur طاميات, B : المرتفعات يقال طما الماءُ اذا علا وارتفع.

4. — M. Mehren, *Rhetorik der Araber*, p. 128. — Ce vers se trouve cité dans le *dîwân* de Ḥassân, fol. 3 v°. — او تناهى répond tout à fait au او تكاد de xx, 4. — Sur le proverbe de *b*, voir Freytag, *Arabum proverbia*, III, p. 265 ; c'est-à-dire jamais.

5. — A : لقائك. — Sur le jour de Ḥisye, B : يعنى يوما لبنى ذبيان على عامر قُتِل فيه اخوه حنظلة. Cf. *Introduction historique*, p. 245.

6. — Sur *a*, B : لم يكن ما لقيت منهم انّهم لم يكونوا من عشيرتك لكنهم كلهم من قيس عيلان.

7. — Sur Manoûla, *Introduction historique*, p. 245. B : قال ابن الاعرابى منولة امراة من تغلب وهى أُمّ مازن وشمخ ابنَى فزارة ابن ذبيان.

POÉSIE XXII.

Fragment d'une satire de Nâbiga contre Yazîd ben 'Amr ben Ṣa'ḳ. Rabî' ben Ziyâd 'Absî avait fait une invasion contre Yazîd ben 'Amr; mais il avait dû céder aux forces puissantes dont celui-ci disposait. Alors Rabî' s'attaqua aux troupeaux des banoû Dja'far et des banoû Waḥîd, les uns et les autres des banoû Kilâb. C'est à ce sujet que Rabí' ben Ziyâd, surnommé *Aboû Ḥarîḳ* (ainsi dans B; C : ابو حريث) dit (mètre *wâfir*) :

وإذ أخطأتُ قومك يا يزيدا فأبغي جعفرا لك والوحيدا

« Puisque j'ai manqué ton peuple, ô Yazîd, je recherche ton Dja'far et ton Waḥîd. » Yazîd enferma (حرّم) les femmes et les otages (رهن) pour faire invasion sur le territoire de Rabí' ben Ziyâd; il réunit des troupes prises dans les tribus de Chitâ, ouvrit la lutte, conquit du butin et des chameaux qui appartenaient à No'mân ben Moundhir, et qui paissaient à Dhoû Abân. C'est à ce sujet que Yazîd dit fièrement (mètre *wâfir*) :

ألا أبلغ لديك أبا حريث وعاقبة الملامة للمليم
فكيف ترى معاقبتى وسعيى بأذواد القصيمة والقصيم
فنمت الليل اذ أوقعت فيكم قبائل عامر وبنى تميم
وساغ لى الشراب وكنت قبلا اكاد أغص بالماء الحميم

« Apporte par devers toi un message à Aboû Ḥarîth (surnom de Rabí'), et le reproche finit par retomber sur celui qui l'adresse. Que penses-tu de la punition que je t'ai infligée et de ma course contre des troupeaux de toute espèce? J'ai pu dormir la nuit, puisque j'avais lâché au milieu de vous les tribus de 'Âmir et les banoû Tamîm, et la boisson m'a réussi, tandis qu'auparavant j'étais oppressé par une eau bouillante. » (Ces quatre vers se trouvent seulement dans C; B n'a que le second.) Le féminin et le masculin, القصيمة et القصيم, ont été joints dans le sens de « appartenant à tous les genres ». Cf. de même القنيص et القنيصة, dans Ḥarîri, *Séances*, p. ٢١, l. 2. Nâbiga, à son tour, railla Yazîd. Cf. *Introduction historique*, p. 231.

1. — B : المضلّل الذى يضلّ صاحبه والمضلّل الذى ينسب اليه الضلال.

2. — *Mochtarik*, p. ٨, l. 12, lit: كأنّ التاج معقودا عليه بأغنام.
— Le mot أذواد est pris dans le vers 2 de Yazîd.

3. — Sur تهاض, B : ان تُخزى وتذلّ والهيض كسرٌ بعد جبر ضربه مثلا.

5. — Var. de A : الثِّنيانُ. B : الثُّنيان والثِّنيانُ الذى دون البدء والبَدْءُ السيّدُ والقرمُ الفحل الكريم من الابل والهجان الابل البيض جعل نفسَه كالفحل الكريم وجعل يزيدَ بن عمرو العامرى كالبكر من الابل لانّه لا يقاوِمُه فى الهجاء كما لا يقاوم البكرُ القرمَ ولا يطيقه.

6. — Sur ظعان, Ibn Doreid, *Ichtiḳâḳ*, p. ٧٣, l. 17, où *b* est cité; Freytag, *Arabum proverbia*, II, p. 738. — B et C : ثم صَدَدتَ «puis tu t'en es détourné.» (Cf. v. 5.) — A donne comme variante الطعان «devant la lutte.» Cf. III, 15.

7. — Dj, *s. r.* ق ب ش. — B lit d'abord تَمُطَّ اى : تَمُطَّ تَمُدَّ والمطّ والمدّ واحدٌ ويروى تَمَطَّ اى تمتدَّ واصله تَمَطَّى فحذف للجزم. La seconde de ces leçons est donnée dans notre texte d'après A, qui a la première en marge; G porte un *fatḥa* et un *ḍamma* à la fois sur le *tâ* et sur le *mîm*; ce qui suppose une troisième leçon تُمَطّ «La vie se prolongerait pour toi.» — Le diminutif d'Aboû Ḳâboûs n'est évidemment pas employé ici dans un sens méprisant; les exigences du mètre paraissent seules avoir motivé sa substitution au surnom habituel de No'mân ben Moundhir.

8. — A : وتَخَضَّبُ ; C et G : وتخضبُ. — Sur *b*, B : نجيع الجوف خالصُه وقيل طريُّه يعنى الدم. والآنى الشديدُ الحرارة ويقال هو الذى بلغ اناه اى وقته.

9. — Sur *b*, cf. M. de Slane, *Le diwan d'Amro'lkaïs*, p. ٣٩, l. 7. B : انما قال ذلك لانّ بعض بنى عامر يَلِى اليمنَ وكلّ من يلى اليمن فهو يمانٍ عند العرب ومنه قولهم الركن اليمانى وهو بمكّةَ فنسب الى اليمن لانّه يقابلها.

POÉSIE XXIII.

Réponse de Yazîd à Nâbiga; même mètre et même rime. D'après B et C, Yazîd aurait d'abord répondu : طأطِئوا رؤوسكم نَمضى عنكم «Baissez la tête, nous vous éviterons;» puis il aurait ajouté ces quelques vers. Ils sont introduits dans A par وقال ايضا; puis une seconde main, la même qui a écrit les gloses, a ajouté يزيد يُجيبه, sans biffer ايضا, ce qui donne le mélange le plus singulier. C et G : فأجابه يزيد فقال.

1. — C et G : إن; C : حُسَنٌ. — C'est une réponse à XXII, 7; seulement Yazîd semble utiliser le diminutif que son adversaire a laissé échapper, et l'emploie avec une intention marquée de dédain et de mépris.

2. — Cette apologie doit réfuter surtout le vers 3 du morceau précédent.

3. — Ce vers est la contre-partie de XXII, 9. Sur اغدر من شآم, B : يريد أنّ منازل بنى ذبيان مما يلى الشام فنسبه اليها. — A : منطلقٌ, qui ne donne aucun sens; B et G : منطلقِ; var. de B, et leçon préférée par Aṣma'î : منطلقًا : اى له ويروى منطلقًا اللسان صردان لسانهم منطلقٌ بالقبح من الكلام ومن قال منطلق اللسان ردّه على شآم والرواية الأولى احسنُ ومعناها أصحّ لانّ قوله منطلقِ اللسان اذا حُمل على قوله شآم فلا فائدةَ فى قوله له صردان اذ لا يخلو لسانٌ منهما واذا كان لها صردان منطلقا اللسان ففيه فائدة لتعلّقه بما بعده.

4. — نباه est pour نَبَأُه, à cause des nécessités du mètre.

5. — Comme B le remarque, ce vers est dirigé contre XXII, 5. — A : قَرَحٍ; C et G : قَرَحَ. Cf. d'ailleurs XXIV, 6.

POÉSIE XXIV.

Sur cette poésie, cf. *Introduction historique*, p. 238. Division : 1° : v. 1-3, adieux à la bien-aimée; 2° : 4-10, courses du poëte sur une chamelle agitée comme un âne sauvage; 3° : 11-16, haine contre les ennemis et souhaits en faveur de No'mân; 4° : 17-24, éloge de No'mân; 5° : 25-30, douleur du poëte en apprenant la mort du prince et vœux pour la conservation de son tombeau.

1. — C'est le premier vers du morceau, comme le montre la double rime.

2. — L, fol. 95 r° : مَعالِمَها. — Sur السارياتِ الهواطل, B : الساريات سحابٌ تمطر ليلا والهواطل اللواتى يهطلن والهطـل مطرٌ ليس بالشديد ولا باللّين.

3. — Sur عرصات, B : جمع عرصة وهى كل فجوة ليس فيها بناء. — Les «sept complètes» sont sept années. Cf. II, 3.

4. — A : تَجُبُّ.

5. — Comme le remarque B, le pluriel الأنساء est ici pour le duel النسيين. — Sur المراسل, B : اللواتى يسرن سيرا سهلا فى سرعة الواحدة مرسال ويقال واحدتها رسلة على غير قياس.

6. — M. Ahlwardt, *Chalef elahmars Qasside*, p. 350, avec les quatre vers suivants. — Sur القارح, B : وخصّ القارح لانه أصلبُ من غيره واشدّ. Cf. d'ailleurs M. Ahlwardt, *op. laud.* p. 345.

7. — Sur الاندرى, B : حبل منسوب الى اندرين وهى قرية بالشام. — Sur أقبّ, M. Ahlwardt, *op. laud.* p. 344. — محل est expliqué dans Ibn Doreid, *Ichtikâk*, p. ٣٠٨.

8. — Sur أضرّ et سحج, M. Ahlwardt, *op. laud.* p. 344 et 347.

9. — A : متخادل. — الشدّ = العَدْوُ الشديد (B).

10. A. F. 1574, fol. 46 r°, dont les variantes sont de simples fautes de copie.

11. — A : ذُهْلٌ ; C et G : ذُهْل ; A lui-même porte d'ailleurs وقيسها. Le *Ḳâmoûs* (M. Wüstenfeld, *Register*, p. 108) donne Douhl, Ḳeis et Cheibân, comme fils de Barchâ. B : شيبان [ام البرشا] وذهل وقيس بنى ثعلبة والجذماء ام تيم الله بن ثعلبة وهما ضرّتان اقتتلتا فألقتْ احداهما على وجه الأخرى نارا وقطعتْ تلك يدَ هذه فصارت إحداهما جذماء بقطعها والاخرى برْشاء باثر النار. — رَبَّ, qui est dans tous les manuscrits, est une des formes employées pour رُبَّ. Cf. M. Lane, *An arabic-english lexicon*, *s. r.* La vocalisation رَبَّ provient ici sans doute du *wa*, avec lequel d'ailleurs il constitue un vrai pléonasme. — أستبهل paraît avoir été particulièrement employé pour les banoû Cheibân; Dj, *s. r.* منه قيل فى بنى شيبان استبهلتها السواحل كانوا : ب ه ل نازلين بشطّ البحر لا يصلُ اليهم السلطانُ يفعلون ما يشاءوا.

12. — B propose comme variante غالنى, qui se trouve dans le texte de G, et dans les corrections que le glossateur a faites dans le texte de A; et il l'explique par : « Ce qui l'a réjoui m'a fait mourir. » — Sur لروعاتها, B : اى لروعات ميتة النعمان .... ويروى لروعاته اى لروعات موت النعمان ومنه معا. J'ai adopté la première leçon, donnée par A, B, C et G; mais j'ai rapporté le suffixe, ainsi que celui de سرّها, aux banoû Barchâ, et j'ai expliqué لروعاتها par « celui qui est l'objet de leurs craintes. »

13. — G : فلا يُهْنِئ. A et B, comme variante : منهم; B : من الأعداء ومن هنا للتبيين والتبعيض. « Et comment deux des leurs, Tamîm et Wâïl, ont conquis leur liberté. » (Cf. l'hébreu עתק.) Si on lit منه, il signifie من النعمان (B), ce qui s'explique surtout, si on adopte le sens qui a été proposé pour لروعاتها.

14 — Sur l'expression proverbiale de *b*, cf. M. Ahlwardt, *op. laud.* p. 332.

15. — B : يسير بها النعمان اى يسيرُ بالكتيبةِ وقوله تغلى :

قدوره هذا مثلٌ ضربه لشدّة حربه وقوّته على العدوّ وقد بيّن ذلك بقوله تجيش باسباب المنايا المراجل ومعنى تجيش يرتفع زبدُها ويشتدّ غليها والمراجل القدور من نحاس كانت و حجارة واحدُها مرجل.

16. — A : جالدًا. — B croit que حاجبيه est employé ici pour وجهه, « à cause de la mesure du vers et du rapport étroit entre les sourcils et le visage » (لإقامة وزن الشعر ولاتّصال الحاجبين بالوجه). Les sourcils sont mentionnés sans doute à cause de leur mouvement, et يقى paraît signifier : « il tenait (ses sourcils) immobiles. » — D'après B, No'mân enveloppait sa tête dans son manteau, pour ne pas être frappé à la face. Cf. xii, 7.

17. — Ziyâd est le nom de Nâbiga. Cf. x, 1, et *Introduction historique*, p. 204.

18. — Littéralement : « ce qui empêche mon indifférence, c'est que, lorsque je parle de lui, une douleur pénétrante s'agite dans mon cœur. »

19. — ذكرتَ est répété avec intention du vers précédent. — تِلاد est synonyme de تالِد, xxvii, 14.

20. — B remarque le passage de la troisième à la deuxième personne. — Sur تحدى عليها الرحائلُ, B : اى تُساق وعليها الرحائلُ يعنى أنّه كان يَهِبُ كرامَ الابل برحالها والرحائلُ جمعُ راحلة وهى الرحل.

21. — Dj, *s. r.* اس ى. — C : فإنْ كنتَ. — A : اوائل, pour اواسى, par suite d'une confusion avec le mot final.

22. — Le verbe بعد est un *euphémisme* pour هلك. B compare un vers de Mâlik ben Reib (mètre *ṭawîl*) :

يقولونَ لا يَبْعَدْ وهم يَدْفِنُونَنِي   وأَين مكانُ البعدِ الّا مَكانِيَا

« Ils disent : Puisse-t-il ne jamais nous quitter ! car alors on n'aurait plus qu'à m'enterrer ; et quelles circonstances se prêtent plus à un tel départ que celles où je me trouve ? » Ce vers est cité dans Yâķoût, *Geographisches Wörterbuch*, *s. v.* شبيك ; Yâķoût se vante d'ailleurs d'avoir donné dans son livre toute la poésie de Mâlik, morceau par morceau. (Cf. I, p. ٧٦٣.)

23. — L, fol. 141 r°. — B: بعن الخير. — Sur le surnom Aboû Ḥodjr, cf. *Introduction historique*, p. 237.

24. — B dit que ce vers est mis dans la bouche de Khouṭei'a par 'Alḳama ben 'Oulâtha Dja'dî.

25. — Sur *a*, B: قوله فآب مصلّوه يقول رجع اوّل القوم فمن كان معه بخبر ليس ببين ثمّ جاء الآخرون وهم المصلّون بعين جليّة اى بخبر صادق انه قد مات وانما اخذه من السابق والمصلّى وكان الخبرُ الاوّل لم يصدق فصدق الثانى وقال ابو عبيدة مصلّوه يعنى اصحاب الصلاة وهم الرهبان واهلُ الدين منهم وقوله بعين جلية اى علموا انه فى الجنّة. Nous n'avons publié l'opinion d'Aboû 'Obeida que comme curiosité littéraire; il donne une sorte d'interprétation allégorique. Cf. de même la note sur XXVI, 21.

26. — Sibaweihi, fol. 233 r°, et Yâḳoût, *Geographisches Wörterbuch*, I, p. ٨٢٤:

وَلا زالَ قَبْرٌ بين تُبْنَى وجاسمٍ عليه من الوسميّ جَوْدٌ ووابلُ

L'un et l'autre placent ensuite le vers 27. Notre vers se trouve également ainsi dans Zamakhcharî, *Lexicon geographicum*, p. ٣٠. Le dictionnaire de Bakrî, cité en note par M. Salverda de Grave, porte (lisez cependant يَجُودُ, au lieu de يجود):

ولا زال يُسْقَى بين شرح وجاسمٍ يجودَ من الوسميّ قَطْرٌ ووابلُ

27. — B: على منتهاه اى على قبره.

28. — Sibaweihi et Yâḳoût, *loc. cit.*: فينبت et سأُهْدِى له مِنْ. — G: سأُتْبِعُهُ. — خير.

29. — Dj, *s. r.* ح ر ث; *Hamzæ Ispahanensis Annales*, p. ١٢١; M. Caussin, *Essai*, II, p. 247; Yâḳoût, *Wörterbuch*, II, p. ١٥٩ et ١٨٣: منه حائفُ. Sur موحش متضائل, B: هذا مثل قول جرير:

لمّا أَتَى خبرُ الرئيسِ تواضعتْ سُورُ المدينةِ والجبالُ الخُشَّعُ

« Lorsque vint la nouvelle concernant le prince, les murs de la ville s'abaissèrent et les montagnes s'aplanirent. » Puis il ajoute, après ce vers du mètre *kâmil* : والمتضائل المتصاغر.

30. — B : قوله قعودا له غسان يريد انهم كانوا مستشرفين اليه راجين لحياته لما كانوا يدركون به من المنعة والتمكّن والنعمة .... ووصف فى البيت أنّ العرب والعجم كانوا يأملونه ويرجون خيره.

POÉSIE XXV.

B et G ont un argument tout à fait identique à celui que nous avons donné d'après A ; ils ajoutent seulement que 'Oyeina voulait détacher les banoû Asad de leur alliance avec les banoû Dhobyân. Cf. *Introduction historique*, p. 245. Si le commencement de cette poésie nous manque, il n'y a certes pas une lacune considérable avant notre vers 1. Division : 1°, 1 — 5 : Douleur du poëte en trouvant les habitations détruites ; 2°, 6 — 14 : Reproches à 'Oyeina, qui s'était attaché à la tribu de 'Abs, et qui méditait une trahison contre les banoû Asad ; 3°, 15 — 23 : Éloge des banoû Asad et de leur esprit d'indépendance.

1. — Sur المبنّ, G : المقيم بهذه المنازل.

2. — J'ai traduit وكلّ لحّ comme une continuation du sujet contenu dans عفون ; on peut aussi le regarder comme la suite de صرفُ الدهر « Les vicissitudes du temps et les pluies torrentielles (منهمر, d'après B = المطرُ السائل) les ont détruites. » Sur مرنّ, B : الذى يسمع له صوتًا ورنينا لشدّة وقعه او لصوت الرعد فيه.

3. — اكتئابًا = على اكتئاب — (B). Cf. I, 27.

4. — Sur شنّ غروب, B : الغروب جمع غرب وهو مجرى الدمع من العين فاستعارها للشنّ وهى مواضع فيضّ الماءُ منها والشنّ القربةُ البالية وخصّها لانّها اكثر سيلانا من غيرها. Pour شنّ, cf. aussi vers 10.

5. — M. Ahlwardt, *Chalef elahmars Qasside*, p. 112. — Sur

فَرْخٌ فقدته الحمامة على عهد هديل, B a cette singulière note : نوح عمّ فيها تزعم العربُ فالحمامُ تبكيه.

6. — Variante de A : عيينُ. Cf. note sur III, 1. — La triple répétition de اليك doit appuyer sur le courage que le poëte montre en s'adressant directement à 'Oyeina.

7. — *a*, dans Ḥassân, *Dîwân*, fol. 51 r°. Cf. *Introduction historique*, p. 246. — Sur تظنّي, B: التظنّي التظنّن أبدل من احدى النونات ياء استثقالا لاجتماعها. Littéralement : L'opinion qu'ils expriment ne peut être réfutée par un vague sentiment. — استمرت se rapporte peut-être aux « rochers ».

8. — A : اداتي et فليدّن. Le *fâ* indique ici, comme souvent, le changement du sujet. — L'aoriste de la première forme أدين est joint à l'infinitif et au participe de la troisième; le mètre seul a sans doute empêché de dire أُدَايِنُ.

9. — A : انحذل. — Variante de A : أيربوعَ, qui est possible, parce que le nom n'est pas à l'état construit. — Nâbiga entend par son « allié » les banoû Asad ; et par Yarboû' ben Gueiṭh, les hommes de sa tribu. Cf. *Introduction historique*, p. 205. — Sur المعنّ, B: العريض الذى يتعرض لك والمعنى يا عجبا لعيينة المتعرض لما لا يعنيه ويعود عليه سوء معنّته. D'après le commentaire, il faudrait traduire : « O Yarboû' ben Gueiṭh, quel intrus que 'Oyeina ! » Le sens différent que nous avons donné au *lâm* a paru plus conforme au ton général de ce morceau. Cf. Sacy, *Grammaire arabe*, I, p. 475; II, p. 379.

10. — Sibaweihi, fol. 202 v°; Dj, *s. r.* و ق ش (au nom d'Akhfach) et س ن ن; *Moufaṣṣal*, p. ۱۴۸, l. 11; L, fol. 131 v°; Ibn 'Arabchâh, *Vita Timuri* (éd. Manger), I, p. 476; Sacy, *Chrestomathie*, II, p. 492. — Pour الشنّ, cf. v. 4.

11. — Sur *a*, B : يقول لعيينة انت من جهلك وخرقك علينا واذاءك ايانا كانك نعامة فى جهلك. B ajoute que 'Oyeina était « un sot », et que le Prophète a dit de lui : الأحمق المطاع محمّقا.

12. — تَهَنّ est précédé du واو المصاحبة. Cf. Sacy, *Grammaire arabe*, I, p. 556.

13. — B remarque que si aucun guide n'y demeure, à plus forte raison il ne s'y trouve personne autre.

14. — Sîbaweihi, fol. 483 r°. — Sur *b*, cf. *Ḥamâsa*, p. ١٣٩, et Sacy, *Chrestomathie*, p. 421. Une note manuscrite, ajoutée par M. de Sacy, mérite d'être reproduite ici : «Beïdhavi, dans son Commentaire sur l'Alcoran, sur. IV, v. 27, observe qu'un même mot ne peut pas, suivant l'opinion des savants, être employé en même temps avec deux sens différents, et il applique cette règle à la particule مِنْ qui, dans les mots من نسائكم, aurait, par rapport à cet antécédent, la valeur de من للابتداء, et, par rapport à un autre, la valeur de من للبيان, à moins cependant, ajoute-t-il, que vous ne regardiez مِنْ comme employé seulement pour indiquer *connexion* للاتصال, comme dans cette phrase : فإنّي لستُ منك ولستَ مِنّي. Le sens serait alors, que les mères de vos femmes et les filles de vos femmes ont connexion avec elles. على معنى ان امّهات نسائكم وبناتهن متصلات بهن.» (Cf. l'édition de M. Fleischer, I, p. 202.) Le volume où se trouve cette note forme aujourd'hui le manuscrit n° 2243 du supplément arabe.

15. — *'Ikd*, II, fol. 37 v° : الى يوم الحساب هُمْ مِجَنّي «jusqu'au jour du jugement, ils sont mon bouclier». — Sur le jour de Nisâr, voir Freytag, *Arabum proverbia*, III, p. 553.

16. — Sîbaweihi, fol. 483 r°. — M. Wright, *Opuscula arabica*, p. ٥٨, avec le vers suivant : وهم وردوا الجِفارَ. — Ce vers est très-singulier, à cause de إنّ (إنّي), placé à la fin, qui est le sujet de شهدتّ (v. 17). Les exemples d'un tel enjambement sont rares dans la poésie arabe.

17. — A: اتينهم; M. Wright, *l. cit.*: أتَيْنَهُم ; B: اتينهم et اتينهم; G : أتَيْنَهم.

18. — *a* dans Dj, *s. r.* ر ف ن, avec *b* de 19 et le vers 20 : وهم دلفوا بحُجْرٍ «Ils ont fait avancer leurs brillantes montures». (?) — A : الحَجَرُ, qui ne donne aucun sens; G : بحَجرٍ; B : لِحُجرٍ, qu'il explique par Hodjr, le père d'Imrou'ou 'lkeis.

19. — A et B : رجفوا : «ils ont mis en mouvement»; notre texte, au lieu de cette leçon d'ailleurs excellente, porte d'après G : زحفوا, ce qui constitue un jeu de mots avec بزحفٍ. Sur رجفوا, B : اى برزوا لقتالهم.

20. — A, Dj, *l. cit.* et ms. suppl. arabe 1348 (Ibn Koteiba), fol. 52 r°: إلى; B et G : على. — A et B : مُحَرِّب ou مُجَرِّب «homme expérimenté», ou «combattant». — Sur رفَنّ, B : الصافى الكثير واصله رفلّ فأبدل اللامَ نونا لتقارب مخرجَيْهما.

21. — Remarquer l'adjectif أَشباهٌ au pluriel, se rapportant au collectif مَعشَرٌ.

22. — Comme le remarque B, le suffixe se rapporte à Hodjr, cf. v. 18. — ثَمَّ annonce فى الرهج المكَنّ. — Sur la mort de Hodjr, voir *Introduction historique*, p. 216, et M. de Slane, *Le diwan d'Amro'lkaïs*, p. 3 et suiv.

23. — Le poëte s'adresse évidemment à 'Oyeina, qu'il semblait avoir oublié depuis le vers 14.

POÉSIE XXVI.

Éloge de 'Amr ben Hind, lorsque, après la mort de son père Moundhir, il lui succéda et fit une invasion en Syrie. *Introduction historique*, p. 213. Le morceau est complet. Division : 1-15, adieux à la belle Katâmi, si coquette et si charmante; 16-36, panégyrique d'Ibn Hind et de ses devanciers.

1. — A. F. 1295, fol. 77 r°. — *a*, dans Dj, *s. v.* ر ق ش, à cause de la forme قَطامِ (cf. فَجارِ, v. 4), et A, comme variante : أَتاركةٌ. B : أتترك تدلّلها قطامِ وضنّها بالسلام اى بخلها ووضع

تاركةٌ هنا موضعُ المصدر كما تقول اقاعدًا وقد صار التّركبُ .
— B et G : بالتّحيّة والسلام ; G donne comme variante والكلام, qui est dans le texte de A, et qui est préférable, parce qu'il ne fait pas double emploi avec la rime du vers 2.

2. — A, comme variante : الدلال et الوداعَ ; B explique les leçons الدلال et الوداعَ : اى ان كان فعلك هذا تدلّلا وتحيّتنا فكفى منه الخ. — Le poëte passe ici de la troisième à la deuxième personne.

3. — A, comme variante : فلو كانوا غداة البين منّوا. «Si au matin de la séparation l'on avait été généreux, et qu'on eût relevé,» etc. — Sur الخيام B : الخيام هنا الهوادج وهى من خشب.

4. — A : صحّت ; B et G : سحّت ; B = نظرتْ والتفتْ. — A, comme variante : واضحة, se rapportant au pronom suffixe contenu dans منها. — Le diminutif تحيّتَ n'est employé que pour les besoins du vers.

5. — A et B, dans son commentaire : تستغني ; B dans le texte et G : يستغني, selon que l'on considère الحلى, comme un pluriel ou comme un singulier. — Sur ترائب, B : جمعُ تريبة وهى موضعُ القلادة من الصدر.

6. — A : الشدر, par erreur du copiste. — Sur الجيداء, B : الظبيةُ الطويلةُ العنقِ شبّهها بها فى طولِ عنقها وبغامُها صوتُها

7. — B : خلت بغزالها اى تركتِ القطيعَ وانفردتْ بغزالها فهى تُراقب القطيع يمينا وشمالا فيبدوَ طول عنقها وحسنُه والجزع جانب الوادى والاراك شجر يريد ان الظبيةَ فى خصب وسنامٍ جبل.

8. — Le *bachâm* est une plante de la même espèce que l'*arâk*, et dont les animaux broutent également les baies.

9. — On se servait ainsi, chez les Arabes, de vin coupé par de l'eau, pour donner de l'éclat aux dents des jeunes filles. La même

idée est exprimée d'une façon analogue dans Ḥassân, *Dîwân*, fol. 1 v°, 2 r° et v°. Cf. Yâḳoût, *Wörterbuch*, I, p. ٨٨٩.

10. — Sur Loḳmân, B : رجل خمّارٌ وقيل هو موضع. J'ai traduit comme si c'était un nom d'endroit; pourtant Yâḳoût, dans son *Dictionnaire géographique*, ne connaît aucune localité de ce nom.

11. — Sur القحّان, B : الذيرة وهو اذا فتحت الآناء من آنية الخمر العتيقة رأيتَ عليها بياضا شبه الذيرة وهذا قول الاصمعى القحّان (manque dans le ms.) هو الزبد الذى يعلو الخمر.

12. — Comme B le remarque, nous avons ici la suite du membre de phrase commencé au vers 9. — Sur غريض مزن, B : الغريض الطرىّ الحديثُ العهد بالسحاب والمزنُ السحاب.

13. — A. F. 1406, fol. 70 r°. — B : يقول فاصحتْ هذه المياهُ فى مداهن وهى هَزُّ النقر من الحجارة يكون فيها ماءٌ قليل والجهامُ السحابُ الذى هراق ماءه وجعله هنا ذا ماء وقوله بمنطلق الجنوب اى بانطلاق الجنوب بالجهام وجعل على فى معنى الباء كما تقول يُبدلون بعض حروف الصفات من بعض وقيل اراد بالموضع الذى ينطلق فيه الجنوب اى ممرّها الذى تمرّ فيه وتهبّ.

14. — Sur تخال فيه, B : اى تخاله فيه يعنى تخال ما وصفتُ من الخمر فى ريقها عند تغيّر الافواه بعد المنام.

15. — Sur من بعادك, B : اى فى تعذيبِ لك وحقيقةُ لفظه ولجّت من بعادك فيما يكون عليك منها عذابا.

16. — Sur *b*, B : قوله من الحزم بعنى البين وقوله والتمام بريد تمام امره وكماله. — ولاكن doit brusquer la transition entre les deux parties de la poésie. — A : المبيّن et المبيّن.

17. — Yâḳoût, *Wörterbuch*, II, p. ٧٢٩, avec le vers suivant. — A et B : الدوّابة; il faut lire avec G et Yâḳoût, *l. cit.*, الذوّابة. — B : يقل. — Toute la périphrase se résout en نفسى (B).

18. — D'après A, B et G, Ibn Ela'râhi (cf. *Introduction historique*,

p. 260) propose la variante غانظات; B : وهى بمعنى الغيظ يقال غاظه وغنظه لغ. Cette identification de غاظ et de غنظ rappelle l'exemple de أم, à côté de אלם, cité par M. Ewald, *Ausführliches Lehrbuch der hebräischen Sprache*, p. v, note. A donne encore comme variante قائظات « des tribus remplies d'ardeur ». — Sur اللهام, B : الكثيرُ الذى يلتهم كلّ شىء يمرّ به اى يبتلعه ويذهب به.

19. — مع est employé, tandis qu'on s'attendrait à lire ici لِأَمْرِيٍّ — الهوينا = الراحة والسكون (B).

20. — سلهبة = الفرس الطويلة. Ce mot doit exprimer surtout l'idée de la longueur. Cf. שלהבת « une flamme longue ».

21. — B : مازن, par erreur, puisqu'il explique مارن par اللين ويقال الطويل المهزّة. — Le mot نهام doit être d'origine étrangère; les commentateurs ne le comprenaient plus. B, reproduit et complété en partie à la marge de G : النهام الحدّاد وقيل النجّار والنبراس السراج هبّه السنان به وقال ابو عبيدة النهامىّ الراهب وهذا اشبه بالمعنى لانّ السرج والمصابيح تنسب الى الرهبان. On a déjà pu remarquer plus haut la tendance d'Aboû 'Obeida à trouver des allusions religieuses dans tous les mots dont le sens n'était pas bien précisé. Cf. la note sur XXIV, 25. Le sens de forgeron, que nous avons adopté, est donné par Dj, d'après Aṣma'î, *s. r.* ن ه م. Cf. d'ailleurs M. de Slane, *Le diwan d'Amro'lkaïs*, p. ٣١, l. 5. — Le mot نبراس paraît être d'origine araméenne; cf. נברשתא.

22. — D'après G, Djoudhâm est une tribu yamanite. B : « Djadâm et Djoudhâm sont deux tribus. » Je crois que le poëte veut dire : Un messager est venu t'annoncer que des hommes sont descendus, je ne sais pas exactement d'où, de Djadâm ou de Djoudhâm, et qu'il a dans cette intention employé des mots ayant presque la même assonance. En effet, Djadâm n'est mentionné nulle part. Sur Djoudhâm, voir M. Wüstenfeld, *Register*, p. 186.

23. — A, comme variante : مجلبون « des bandes excitées contre d'autres bandes ». — Sur فئام, B : الجماعات من الناس لا واحد

لها وقال اهل اللغة هو مأخوذ من فِئَة فلما جمعت زيدت فيه الميمَ.

24. — A et B : الإِمِّ, par erreur; il faut lire بطنَ الأَمّ avec G; Dj, s. r. ا ت م et ص و ن; et Yâkoût, *Wörterbuch*, I, p. ١١٢. — Dj nous avertit (s. r. ص و ن) que ce vers n'était pas connu d'Aṣma'î, ce qui confirme la division de notre *dîwân*. — Sur يصنَّ المثى, B : اى يطلعن ويتوقّين من التعب يقال صان المشىَ اذا توقّى من التعب.

25. — A : الاذلّة, que le second copiste a corrigé en الادلّة, qui se trouve dans B et G. — B, comme variante : الحلل = الشّام والكلال. Cette variante a été sans doute imaginée par ceux qui craignaient qu'on ne vît dans cette poésie un panégyrique du Gassanide 'Amr ben Ḥârith, faisant une expédition en 'Irâk. (Cf. *Introduction historique*, p. 214.) B fait la remarque exégétique suivante : « Les mots من الشّام prouvent bien que Nâbiga fait ici l'éloge de 'Amr ben Ḥârith le Gassanide. » Nous n'hésitons pas cependant à considérer ce morceau comme un éloge de 'Amr ben Hind, roi de Ḥira, qui pouvait parfaitement faire usage pour son armée de chamelles syriennes. Un passage qui pourrait plutôt faire balancer, est le vers 35. Voir ci-après la note sur ce vers.

26. — Il y a ici un jeu de mots entre فباتوا et وبات. — Sur ليل التّمام, cf. II, 12.

27. — B, comme variante : قيضَ النعام « la partie dure des œufs d'autruche » : يقول كأنّ رؤوس هاؤلاء القوم الذين صبّحتهم الكتيبة قيضُ النعام وهو فلق البيض اى تفلّقت رؤوسهم كما تتفلّق البيض.

28. — Remarquer la singulière expression : مَنْ بركتْ عليه. B : يعنى الحرب والكتيبة شبّهها فى حلولها بهم وتمكّنها فى ديارهم بناقة قد بَرَكَتْ. Ainsi, l'armée qui avait fait invasion sur le territoire de 'Amr et qui s'en était emparée pour un moment, est com-

parée au chameau qui occupe le terrain sur lequel il s'accroupit pour se reposer; عليه se rapporte à 'Amr. — B explique اظفار par «les armes», comme dans v. 8; ici comme plus haut, j'ai conservé le sens propre du mot.

29. — Cette description des captives rappelle IX, 3.

30. — A : بشغث ; il faut lire بشعث = اولاد النساء متغيّرون يقول هاؤلا النساء المسبيّات يوصّين من السفر (B). — Sur a, B : القومَ الذين يحملون معهم الماء باولادهن ومعنى المتّوا اُطافوا ونزلوا.

31. — Dj. s. r. ح س م et Yâkoût, *Wörterbuch*, II, p. ٢٩٨ : اراد أنّ حسمى قد احاط به القتامُ فصار له كالحزام وتقديره وحسمى محتزمٌ بالقتام. — Sur محتزم القتام, B : فأصبح عاقلًا

32. — B et G : ليطلبوه ; A : ليدركوه. — Littéralement : «Ceux qui le poursuivaient ont réfléchi pour l'atteindre et leur volonté en cela n'était pas une volonté». Voici, du reste, comment B explique ce vers : اى طلبوا له مطلبًا لم يدركوه لانه فى منعة وعزّ فكانّهم لم يرموا شيئًا.

33. — نماه نامٍ littéralement : «qu'une chose qui élève a élevé».

34. — A : قبله par erreur. — امام = خيط البناء الذى يقوم به البناء (B).

35. — A : يحلل, faute de copie. — B : اى قوله فدوّخت العراق ذللتَ اهله وقهرتهم وقوله يحلّل حذنقٌ منه اى يغشى ويحاط به والحامى ما يحمى ويمنع منه. L'emploi du mot دوّخت a fait supposer qu'il s'agit ici d'une invasion de 'Amr ben Ḥârith, roi de Gassân; en 'Irâk (cf. la note sur le v. 16). Ce sont bien plutôt des vœux formés par Nâbiga à l'avénement de 'Amr ben Hind, roi de Ḥîra, et par là même chargé de maintenir la tranquillité en 'Irâk. Le poëte se réjouit de voir le nouveau roi en pleine possession de son autorité : toutes les tribus qui ont voulu profiter d'un changement de règne pour se soulever ont été immédiatement vaincues et condamnées à l'obéissance. — Ce vers a été cité dans l'*Introduction historique*, p. 214, mais avec quelques inexactitudes que le lecteur est prié de corriger.

36. — A : متناذِر, par une négligence du copiste; G et B lisent un *dhâl*, mais ne lui donnent aucune voyelle; j'ai lu مُتَنَاذَر. Cf. cependant M. Ahlwardt, *Chalef elahmars Qasside*, p. 69, dont l'explication n'a pas été adoptée dans la traduction. Remarquons que l'actif de cette sixième forme se trouve employé dans II, 13. Sur ce mot, G : قوله وما تنفك بـقـول هـذه : B ; تحاماه الناس وانذروا منه الخيل لا تزال مقيمة فدخلت عَرَاها على موضع قد تناذرها الناس لا يقربونه من عزّة اهله ومنعتهم فحلّ هذا به لقوّته وكثرة جيشه . واكلاء جمع كلأ والطامى المرتفع واراد به كثرة الخصب. J'ai supposé que ما تنفكّ محلولا avait pour sujet العراق ; le masculin de l'attribut serait dans le sens du neutre (cf. طيّبٌ جزاتهم, III, 25); puis, avec عراها commencerait une phrase d'état dont le *wâw* a été omis comme souvent en vers, mais dont en revanche le sujet est resté en tête.

POÉSIE XXVII.

Éloge du général No'mân ben Wâïl ben Djoulâḥ, qui avait emmené en captivité plusieurs femmes des banoû Gaṭafân, entre autres 'Aḳrab, la fille de Nâbiga. « Qui es-tu, » lui dit le vainqueur. — « Je suis la fille de Nâbiga. » — « Il n'est personne que nous honorions plus que ton père, personne dont le crédit nous soit plus utile auprès du roi. » La jeune fille fut comblée de présents et rendue à son père. Quelque temps après, No'mân dit : « Mais je ne vois pas Nâbiga se réjouir de ma conduite à son égard; » et il mit en liberté toutes les captives et tous les prisonniers de Gaṭafân. Cf. *Introduction historique*, p. 205 et 232. Division : v. 1-5 : Émotion du poëte en voyant désertes les demeures autrefois habitées. — 6-12 : Victoire de No'mân et description des captives. — 13-18 : Le poëte ira trouver Ibn Djoulâḥ dont il connaît la générosité.

1. — Cf. XXVIII, 1, et le passage de Yâḳoût qui y est cité. — A : الاساوَد; il faut lire الاساوِد avec G, et Yâḳoût, *Wörterbuch*, I, p. ٢٣٩.

2. — A : يُنْسِفْنَ. B explique la première forme, qui seule aussi est donnée dans Dj et Freytag, *s. r.* : اى يقلعنه ويستأصلنه يقال

نَسفتُ البناء اذا هدمته واستأصلته ونسف البعير الكلأ اذا استأصله بعروقه.

3. — A : ديال. Lis : ذيال. Cf. B, G et xxviii, 5. — فارد = المنفرد المنقطع (B). — Sur ترعوى, B : تصير اليه وتأوى نحوه.

4. — A : عَهِدتُ ; G : عَهِدتُ ; cf. معنى المعاهد, v. 1. — عروب = المُحِبّة لزوجها وقيل هى المزاحة الضاحكة (B). — Sur تهادى, B : تمشى مشيا ليّنا واصل التهادى المشىُ بين بين.

5. — Cf. صحّ, xxvi, 27. — لنعم الحىّ est un serment parallèle à لعمرى. — A et B : سَرِبنا ; G : سِربنا = المال الراعى (B).

6. — Le suffixe de يقودهم se rapporte à l'idée des troupes qui ne sont pas nommées. — منه بحصف = بحصفه (cf. xiv, 7) : اى يقودهم برأى حزم والإحصاف شدّة القتل (B). — G : يعمّ, par erreur du copiste. — Sur الخارجىّ, B : الذى خرج بنفسه ومروءته وشجاعته وكذلك هو من الخيل.

7. — Il y a évidemment une paronomasie entre لا وان et لا واهن, qui représentent deux variantes d'une même racine. En araméen, le *hâ* remplace souvent la lettre faible des racines concaves.

8. — B suppose que ce gardien peu sévère est هذا الممدوح, c'est-à-dire No'mân ben Wâïl Ibn Djoulâḥ.

9. — B remarque qu'en traçant des lignes sur le sable, les captives montrent leur tristesse. — Sur رمّان الثدى, B : هنّ عواتق لم تنكسر ثديهن. M. Lane, dans son *Arabic-english lexicon*, dit que رمّان «grenade» est souvent employé dans la langue vulgaire pour «les mamelles».

10. — Sur *a*, B : اى يلزمن أولادهن ويضممنهم اليهن تأنّسا بهم وشبّه اولادهن بالبراغز والبراغز ولد البقرة, cf. xxviii, 13. — Sur العواقد, B : التى مدّت أعناقها ويقال هى التى تثنى اعناقها

ويقال هى العاطف على اولادهن ويقال هى التى فى آذانها النوى.

11. — A : يلفين, leçon fausse. — G : غرائرٌ, qui a passé dans notre texte, et qui fait de ce vers un nouveau commencement de phrase. On peut aussi lire avec les autres manuscrits غرائرَ . — Sur le surnom Ibn Djoulâḥ, *Introduction historique*, p. 232. — بوافن = احدٌ من قومهنّ يفن اليهنّ فيفديهنّ (B).

12. — A : عبادًا. — Sur Gueiṭh et sa parenté avec Dhobyân, *Introduction historique*, p. 205. — Sur جللها نعمى, B : يريد انه منّ على الاسرى فأطلقهم وأنعم عليهم. Cf. جلل XVI, 2, et XXVI, 35.

13. — Ibn Doreid, *Ichtikâk*, p. ٣١٤, l. 18. — قاصدٍ, malgré la forme masculine, est une épithète de عوجاء. B : فلا بدّ من عوجاء قاصد سيرُها الليل. Puis il compare le vers suivant (mètre *radjaz* ; le second hémistiche a été ajouté d'après Dj, *s. r.* و ا د) :

ما للجمال مشيُها وئيدَا   اجندلًا يحملن أم حديدَا

« La lenteur dans la marche ne convient pas aux chameaux, qu'ils portent des pierres ou du fer. » B ajoute : اى وئيدًا مشيُها وينشد ايضا مشيها بالخفض على البدل. D'après G, قاصدٍ se rapporterait à براكب, d'ailleurs il fait les mêmes observations et compare le même passage que B.

14. — A : فدًى ; G : فِدًا. — Littéralement : « Que mes biens acquis et ceux légués par héritage servent de rançon pour toi en fait de maître. » Voy. Sacy, *Grammaire arabe*, I, p. 493. B : جعله ربًّا لانه فى ملكه وطاعته. Nâbiga fait sans doute allusion à la captivité de sa fille, dont le sort avait été entre les mains de No'mân.

15. — B : والبستنى ; G : ولبستنى « et tu m'as comblé de bienfaits » ; la leçon de A, mot à mot : « et il m'avait déjà comblé de bien-

faits». Comme nous l'avons vu, la mise en liberté de 'Akrab avait précédé la démarche même de Nâbiga.

16. — Sur ce vers, *Introduction historique*, p. 201 et 247. Cependant B : اى انما امدح الملوك مثلك اى انى أراك اهلا للمدح فلا احسدك عليه فامنعك منه. Telle est l'opinion de A'lam; mais il donne ensuite, comme une autre interprétation, le sens que nous avons adopté dans la traduction.

17. — B : الباهش المصرع الى الشى سرورا به كما يبهش الغلامُ الى امّة والطواردُ التى تطرد الصيّد وتتبعه.

18. — Sur *a*, B : اى علوتهم نائلا فى وليّك ونكايةً فى عدوّك. — Dans *b*, il y a une inversion; en prose, on dirait : وانت اوّل رائدٍ لغيثِ الحمدِ.

(La fin au prochain cahier.)

NOUVELLES ET MÉLANGES.

SOCIÉTÉ ASIATIQUE.

PROCÈS-VERBAL DE LA SÉANCE DU 10 JUILLET 1868.

La séance est ouverte à 8 heures par M. Mohl, président.

Le procès-verbal de la séance précédente est lu, la rédaction en est adoptée.

Le Conseil procède par voie de scrutin au renouvellement de la Commission du Journal. Les membres composant cette Commission sont réélus.

M. Barbier de Meynard demande que l'indemnité allouée l'année dernière au bibliothécaire soit continuée, jusqu'à ce que la Société occupe définitivement un local appartenant à l'État. Il demande aussi que la Commission des fonds soit autorisée à régler, de concert avec M. Barthélemy Saint-Hilaire la question d'installation provisoire de la bibliothèque dans une pièce contiguë à la bibliothèque Cousin à la Sorbonne. Ces deux propositions sont adoptées.

M. J. Derenbourg prie M. le Président de faciliter l'envoi et l'échange des ouvrages et du journal syriaque publiés par les missionnaires américains établis à Ouroumyah. M. Mohl espère pouvoir donner une solution favorable à cette proposition.

M. Zotenberg communique au conseil la photographie d'une des inscriptions libyco-latines trouvées dans les environs de Bône, et qui seront publiées prochainement dans la *Revue africaine*. L'examen de cette épreuve ne laisse place à aucun doute sur l'authenticité de l'inscription.

La séance est levée à 9 heures.

OUVRAGE PRÉSENTÉ A LA SOCIÉTÉ ASIATIQUE.

Essai sur l'histoire et la géographie de la Palestine, par J. Derenbourg, Ire partie, Paris, 1867, in-8°.

PROCÈS-VERBAL DE LA SÉANCE DU 9 OCTOBRE 1868.

La séance est ouverte à 8 heures et demie par M. Garcin de Tassy, en l'absence du Président.

Le procès-verbal de la séance précédente est lu, la rédaction en est adoptée.

M. Ludeking, médecin au service des Indes néerlandaises à Utrecht, écrit à la Société, en lui envoyant deux de ses publications, pour lui demander d'être nommé *membre* de la Société. Il est en conséquence présenté par M. Garcin de Tassy et M. de Khanikoff. Son admission est prononcée.

M. Garcin de Tassy lit une lettre de M. le Secrétaire archiviste de la Société académique de Maine-et-Loire, qui annonce l'envoi à la Société de deux tomes de ses publications et demande l'échange contre le *Journal asiatique*. Le Conseil, considérant que les matières traitées par la Société académique de Maine-et-Loire sont étrangères à ses travaux, ne croit pas pouvoir, au nom de la Société, accepter cet échange.

OUVRAGES OFFERTS À LA SOCIÉTÉ.

Par la rédaction. *Journal des savants*, numéros d'avril, août et septembre 1868, in-4°.

Par la Société. *Bulletin de la société géographique*, numéros de juillet et août 1868, in-8°.

Par le gouvernement portugais. *Boletim e annaes do Conselho Ultramarino*, numéros 5 à 12, petit in-folio. Lisboa, 1867.

Par l'Académie. *Bulletin de l'Académie impériale des sciences de Saint-Pétersbourg*. Tome XII, numéros 2 à 5, in-4°.

Par l'Académie. *Mémoires de l'Académie impériale des sciences de Saint-Pétersbourg*. Tome XI, n°s 9 à 18, in-4°.

Par les rédacteurs. *Polybiblion*, revue bibliographique universelle, 1re année, 6e livraison, juillet; tome II, 1re livraison, août; et 2e livraison, septembre 1868, in-8°.

Par la Société. *Le Globe*, organe de la Société de géographie de Genève, janvier-février 1868. Genève, in-8°.

Par la Société. *The journal of the Bombay branch of the Royal Asiatic Society*. Vol. VIII, n° 24, 1868, in-8°.

Par la Société. *The Journal of the Royal Asiatic Society of Great-Britain and Ireland*. Vol. III, p. 1, 1867, in-8°.

Par la Société. *Zeitschrift der deutschen morgenlændischen Gesellschaft*. Tome XXII; cahiers 1, 2 et 3. Leipzig, 1868, in-8°.

Par la Société. *Abhandlungen für die Kunde des Morgenlandes*. Vol. V, n° 1. Leipzig, 1868, in-8°.

Par l'Académie. *Mémoires de l'Académie de Stanislas*, 1867, in-8°. Nancy.

Par la Société. *Mémoires de la Société académique de Maine-et-Loire*. Tomes XXI et XXII. Angers, 1867-1868, in-8°.

Par les rédacteurs. *Revue de linguistique*. Tome II, 1er fasc. juillet 1868, in-8°.

Par la Société. *Journal of the Asiatic Society of Bengal.* Vol. XXXV, part. 1re, nos 1 à 4, Index, et Index, part. II. Vol. XXXVI, part. 1re, n° 3, et Index, part. II. Calcutta.

Par la Société. *Proceedings of the Asiatic Society of Bengal*, nos 1 à 5, 1868, in-8°. Calcutta.

Par la Société. *The Journal of the Royal Dublin society*, n° 36. Dublin, 1867.

Bibliotheca indica :

Par la Société asiatique du Bengale. *Taittiriya Brahmana of the black Yadjur Veda*, fasc. XXII, 1867, in-8°.

— *Muntakhab Al-Tawárikh*, vol. I, n° 131. Calc. 1868, in-8°.

— *Badschah Námah*, fasc. X et vol. II, fasc. XI à XVII. Calc. 1867, in-8°.

— *Aini Akbari*, edited by Blochmann, fasc. III. Calc. 1867, in-4°.

Par l'auteur. *Schets van de residentie Amboina*, door E. W. A. Ludeking. La Haye, 1868, in-8°.

Par l'auteur. *Natur en Geneeskundige Topographie van Agam*, door E. W. A. Ludeking. Saint-Gravenhage, 1867, in-8°.

Par l'auteur. *Geschichte der herrschenden Ideen des Islams*, von A. von Kremer. Leipzig, 1868, grand in-8°.

Par l'auteur. *Early Sassanian inscriptions, seals and coins*, by Edward Thomas. London, 1868, in-8°. (Tirage à part du Journal asiatique de Londres.)

Par l'auteur. *Outlines of Indian philology*, by J. Beames, 2e édit. London, 1868, in-8°.

Par l'auteur. *Saggi inediti di lingue Americane*, di E. Teza. Pise, 1868, in 8°.

Par l'auteur. *A key to professor H. H. Wilson's system of Transliteration.* Broch. in-8°. Calcutta, sans date.

Par l'auteur. *Lettera al professore Michele Amari.* Palermo, 1868, in-8°.

Par les rédacteurs. Plusieurs numéros du Journal de Beyrouth.

西洋事情 Tome Ier. Yédo, 1866, in-8°.

L'ouvrage dont on vient de lire le titre a été composé par M. Foukou-sawa You-kitsi, savant lettré et l'un des membres les plus distingués du *Yô-gak-syo* de Yédo. C'est, sans contredit, l'une des meilleures publications historiques et géographiques entreprises dans ces derniers temps au Nippon, et l'un des témoignages les plus frappants de la facilité merveilleuse avec laquelle les habitants de ces îles lointaines savent s'assimiler les travaux de la science et de l'érudition occidentales.

M. Foukou-sawa You-kitsi faisait partie, en qualité de secrétaire-interprète, de la première ambassade envoyée en Europe par le syô-goun ou lieutenant impérial du Japon. Pendant toute la durée de son séjour en France, en Angleterre, en Hollande, en Prusse, en Russie et en Portugal, il a recueilli chaque jour sans exception tous les renseignements qui pouvaient l'instruire sur l'état de notre civilisation; et, de retour dans sa patrie, il a composé l'ouvrage dont il m'a envoyé le premier volume, afin de faire participer ses compatriotes aux connaissances variées qu'il avait acquises durant ses voyages.

Le plan général de l'ouvrage nous est indiqué par l'index (*mokoŭ-rokoŭ*) et par l'introduction qui précède le premier volume. L'idée qui domine l'auteur est signalée par cette sentence chinoise, qui sert en quelque sorte d'épigraphe à l'ouvrage :

« L'univers (litt. les quatre mers) ne forme qu'une maison (une famille); les hommes des cinq races sont des frères. »

L'auteur entre en matière par des considérations générales sur la forme de constitution des États, sur les différentes branches de l'administration, sur les impôts et la fortune publique, sur les principales institutions qui caractérisent les nations occidentales et font leur force et leur grandeur, sur les grands établissements scientifiques, etc.

Puis il aborde aussitôt après l'étude des pays qu'il a eu l'occasion de visiter. Le tome II de l'ouvrage doit traiter des États-Unis d'Amérique et de la Hollande, le tome III de l'Angleterre, le tome IV de la Russie, le tome V de la France, le tome VI du Portugal et enfin de l'Allemagne, à l'occasion de la Prusse.

Le style du livre est d'une remarquable clarté, malgré le grand nombre de néologismes qu'il renferme; et M. Foukou-sawa a trouvé l'art de se faire lire d'un bout à l'autre avec un véritable intérêt. Malgré un grand nombre d'appréciations qui laissent à désirer, on est frappé de l'ensemble des données exactes qu'il a su recueillir, et nul ne peut douter que de telles publications ne produisent une véritable révolution dans les connaissances scientifiques et littéraires des Japonais.

Qu'on me permette, à ce sujet, une courte observation. La littérature japonaise, depuis 1852, époque de la mémorable expédition du commodore Perry au Japon, subit de sensibles modifications dans son caractère général; l'idée européenne s'y infiltre de jour en jour davantage, et l'époque n'est pas éloignée où tous les livres qui la composent, même les ouvrages historiques, se ressentiront de l'influence de cette idée. Beaucoup de lettrés japonais repoussent déjà, avec une sorte de dédain, les publications de leurs compatriotes qui sont antérieures à nos premières relations avec eux, et de nombreux écrits du plus haut intérêt pour nous deviendront ainsi fort rares au Japon même, s'il n'arrive que quelques-uns cessent de s'y rencontrer. Le moment est donc venu pour les grandes bibliothèques européennes de compléter leur collection japonaise.

Léon de Rosny.

JOURNAL ASIATIQUE.

DÉCEMBRE 1868.

SUR LES INSCRIPTIONS PHÉNICIENNES DE CARTHAGE

QUI FIGURAIENT À L'EXPOSITION UNIVERSELLE DE 1867,

PAR M. LÉON RODET.

On remarquait à l'Exposition universelle, parmi les objets appartenant au musée carthaginois fondé par le fils de Mohammed Khaznadar, premier ministre de S. A. le Bey de Tunis, vingt fragments de pierres recouvertes d'inscriptions en caractères phéniciens qu'accompagnaient divers ornements, le plus souvent une main grossièrement imitée, parfois un homme ou plutôt (qu'on me permette l'expression) un *bonhomme*, comparable tout au plus aux essais de crayonnage des enfants; en un mot, de ces rudiments de l'art du dessin qu'on est habitué à voir sur les ex-voto exhumés jusqu'ici du sol carthaginois. Les inscriptions, tracées en caractère phénicien et non punique (c'est-à-dire celui qui fait l'*aleph* 𐤀, le *mim* 𐤌, comme en Phénicie, et non χ, χ, comme sur les inscriptions carthaginoises d'époque relativement moderne), étant pour la plupart d'une lecture facile, et ne présentant d'autres particularités que quelques noms propres nouveaux, je n'ai pas cherché à vaincre les quelques difficultés que j'ai rencontrées à m'en procurer des reproductions rigoureuses : je me suis contenté d'en prendre une copie très-exacte, que j'ai revue à plusieurs fois sur la pierre partout où j'ai rencontré à l'interprétation, soit un embarras, soit simplement un doute. C'est cette copie que je crois intéressant de mettre sous les yeux des lecteurs du *Journal asiatique*. Je rends tout au long et ligne par ligne chaque inscription en caractère phénicien; mais je me bornerai pour chacune à faire remarquer les noms propres, en supprimant les formules initiale et finale, toujours les mêmes.

Nos inscriptions, en effet, sont conçues dans la formule ordinaire des inscriptions votives de Carthage; toutes débutent par la dédicace au couple divin en honneur dans la colonie africaine.

לְרַבַּת (ל)תָנִית פְּנֵי בַעַל וְלָאֲדֹן (ל)בַעַל חַמָּן

A la dame Tanit, *manifestation*[1] de Baal, et au Seigneur Baal-Hammon.

[1] Je maintiens, faute de mieux, la traduction donnée par M. de Saulcy de פְּנֵי בַעַל par *manifestation* de Baal. *Image virtuelle*, qu'on pourrait emprunter à l'optique, rendrait assez bien l'idée mythique contenue dans cette expression, sur laquelle on peut voir comme dernier mot l'article de M. de Vogüé sur les *Inscriptions phéniciennes de Cypre*, *Journal asiatique*, août 1867 (p. 139).

Vient ensuite, annoncé par 𐤀𐤔 𐤍𐤃𐤓 = אֲשֶׁר נָדַר « qui vovit », le nom de l'auteur du vœu, avec indication de sa généalogie, poussée aussi loin probablement que ses souvenirs pouvaient remonter.

Là se terminent la plupart de nos inscriptions, quelques-unes même qui sont complètes. Trois seulement, que pour ce motif je place les premières, contiennent encore la formule finale 𐤊𐤔𐤌𐤏 𐤒𐤋𐤀 𐤁𐤓𐤊𐤀, écrite une fois avec la variante 𐤕𐤁𐤓𐤊𐤀 pour le dernier mot, et deux fois avec la faute d'orthographe, si fréquente plus tard, 𐤔𐤌𐤀, en punique XX ח (שמא) pour שמע.

Arrêtons-nous un instant sur cette formule finale dont la valeur grammaticale n'est pas encore bien déterminée, et essayons de dire notre mot, si peu autorisé qu'il puisse être, sur cette question intéressante.

Tout le monde est d'accord sur la valeur du premier mot : ce doit être cette sorte de gérondif en *-ndo* qu'exprime en hébreu l'infinitif construit précédé de בְּ-; il faudra donc lire בְּשָׁמְעַ « cum audieritis » (au pluriel dans la traduction, puisque l'on s'adresse à deux personnes, à Tanit et à Baal-Hammon).

Les deux mots suivants 𐤒𐤋𐤀 et 𐤁𐤓𐤊𐤀 sont, l'un le substantif קול, l'autre le verbe ברך à un temps que nous déterminerons tout à l'heure, suivis l'un et l'autre du suffixe de la troisième personne du singulier, ainsi qu'on l'a reconnu depuis longtemps déjà.

Comment faut-il prononcer ce suffixe ?

Remarquons d'abord qu'il est écrit de la même

תַּחְתָּם, 𐤁𐤓𐤍𐤌 (בְּרָנָם) = בְּרִיהֶם, 𐤋𐤒𐤑𐤕𐤍𐤌 (לְקַצְּתָנָם) = לְקַצְּתָם, etc.

Nous admettrons donc que, dans les deux mots 𐤒𐤋𐤕 et 𐤁𐤓𐤊𐤕, le suffixe se prononçait de la même façon; et puisque 𐤕 était en phénicien le *porte-voix* des voyelles finales, comme nous le voyons par les mots 𐤌𐤒𐤍𐤕 = מִקְנָה, 𐤍𐤃𐤕 = נְדִי, et les noms propres tels que 𐤇𐤍𐤕, lat. *Hanno*, nous admettrons que ce suffixe consistait en une simple voyelle et se prononçait *ô* comme l'hébreu וֹ ou plutôt הֹ, forme archaïque à laquelle il répond complétement.

Toutefois, une difficulté encore se présente ici: nous essayerons d'établir tout à l'heure que, dans notre formule, le verbe 𐤁𐤓𐤊 ou 𐤕𐤁𐤓𐤊 doit être au pluriel (impératif ou futur) et par conséquent qu'il se termine par la voyelle *û* long, en orthographe hébraïque ברכו (ou תברכו). Comment s'effectue la jonction du suffixe *ô* avec cette finale? L'orthographe 𐤁𐤓𐤊𐤕 nous indique une contraction. En effet, si d'une part l'*û* final du verbe s'était changé en sa semi-voyelle pour donner quelque chose comme *bârêcwô* à l'impératif, *tebârêcwô* au futur, le phénicien eût écrit 𐤁𐤓𐤊𐤅𐤕 (בָּרֵכְוֹא), 𐤕𐤁𐤓𐤊𐤅𐤕 (תְּבָרֵכְוֹא), car le *waw* est ici consonne. Si, d'autre part, le pronom s'était attaché au verbe avec hiatus, cet hiatus aurait

lement admis, m'appuyant sur l'autorité de la *ponctuation babylonienne* qui écrit toujours ce suffixe ֵנוֹ, ֵנָה. (V. Pinsker, *Einleitung in das babylonisch-hebräische Punktationssystem*, partie hébraïque, p. 104 et 105.)

aux traducteurs du Nouveau Testament de la Société biblique de Londres) entièrement identique à la forme phénicienne. Dès lors, je ne puis m'expliquer l'objection faite par M. Derenbourg (*Journal asiatique*, janv. 1868, p. 94, note 2) à la synonymie de 𐤏𐤁𐤓𐤕 et de עבר, dans laquelle il craint de voir un araïsme; en hébreu, עֲבָרָה = עֲבָרוֹן n'a rien d'araméen; et si dans *I Rois*, IV, 6, on lit עֲבָרָא par un *qamets*, c'est, en dehors de toute autre considération, que dans cette terminaison le *ḥolem* et le *qamets* s'échangeaient librement. Nous ne nous sommes pas arrêté à ce détail à l'occasion du nom 𐤉𐤇𐤋𐤕 cité plus haut; nous imitions l'exemple de M. Ewald, *l. c.* qui ne craint pas d'identifier שִׁרְיָה « cuirasse » à שִׁרְיוֹן ou שִׁרְיָן. Il est donc inutile d'avoir recours à une abréviation sans autre exemple pour interpréter 𐤁𐤓𐤕 par 𐤁𐤓𐤕𐤔𐤌𐤋, et 𐤁𐤓𐤏 (sans doute une variante punique: elle n'est pas citée au dictionnaire de M. Lévy) par 𐤁𐤓𐤏𐤔𐤕𐤓𐤕.

Passons maintenant à la détermination du temps auquel il faut prendre le verbe ברך.

Toutes les inscriptions carthaginoises jusqu'ici connues ne présentent pour ce verbe, dans la formule finale, que les deux leçons (je néglige le suffixe 𐤕) 𐤁𐤓𐤊 et 𐤕𐤁𐤓𐤊. La 3e personne 𐤉𐤁𐤓𐤊 ne se rencontre que dans d'autres localités, à Umm el-Awâmîd, à Cittium, par exemple (v. Lévy, *Phön. Wörtb.* au mot ברך), mais le style des inscriptions qui la renferment est tout différent de celui des votives de Carthage : le votant y parle d'ordinaire à la 1re personne. Bornons-nous donc à la formule carthaginoise dont l'uniformité, si bien observée du reste, nous oblige à admettre que, puisque 𐤕𐤁𐤓𐤊 est une seconde personne (du futur ou du subjonctif, comme on voudra), son substitut 𐤁𐤓𐤊 doit être également une seconde personne, par conséquent un *impératif*. Et comme, ainsi que nous l'avons déjà fait remarquer en commençant, on s'adresse à deux personnages, à Tanit et à Baal-Hammon, il faut admettre un impératif pluriel בָּרְכוּ, répondant au futur également au pluriel תְּבָרְכוּ.

Ainsi nous lisons et rendons comme suit en hébreu notre formule finale.

𐤊𐤔𐤌𐤏 𐤒𐤋𐤕 𐤁𐤓𐤊𐤕 (𐤕𐤁𐤓𐤊𐤕)

כְּשָׁמְעָ קוֹלוֹ בָּרְכוּהוּ (תְּבָרְכוּהוּ)

En entendant sa voix, bénissez-le (ou « vous le bénirez »).

Ces préliminaires posés, passons en revue nos inscriptions.

I.

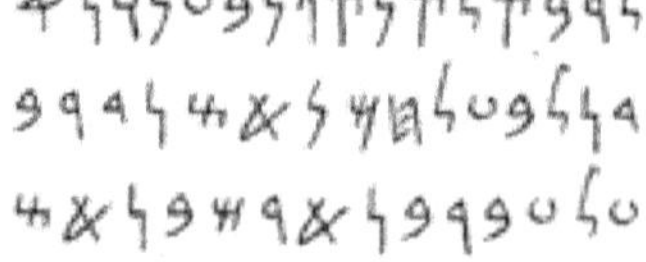

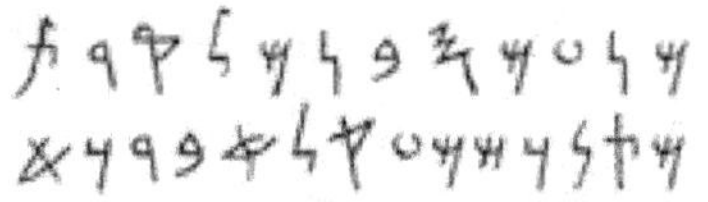

Bal'abar, fils d'Arish, fils d'Eshmun'amas, fils de Melqartmathan.

Je me suis assuré à plusieurs reprises sur la pierre que la lettre finale du premier nom (5ᵉ de la 3ᵉ ligne) était bien un *resch* et non un *daleth;* la forme des deux lettres est du reste bien distincte dans notre inscription. Jusqu'ici, pas plus en phénicien qu'en hébreu, la racine עבר ne s'était rencontrée dans des noms propres, et il est difficile de choisir entre les acceptions si variées de cette racine celle qui convient au cas actuel. — Le deuxième nom, אֲרִשׁ, est connu; le troisième אֶשְׁמֻנְעָמַס est nouveau; j'en réserve l'explication pour l'index général qui termine cet article. Au nᵒ IV, il est donné avec un complément. Du reste, notre inscription est complète et parfaitement correcte.

II.

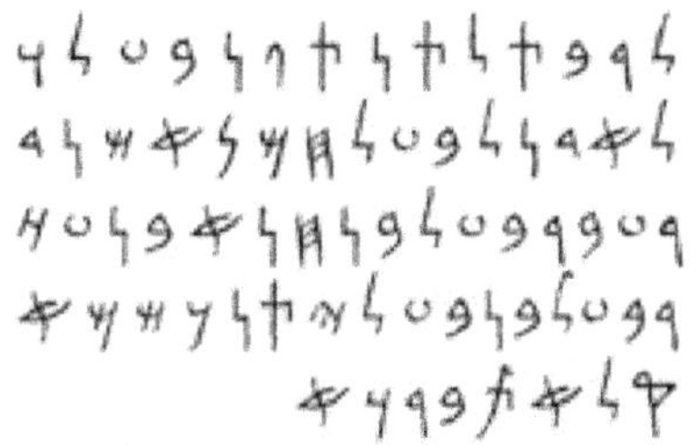

'Eberbaal, fils de Hannon, fils d'Asdrubal, fils de Balyathon (ou Belitan).

Cette inscription est encore complète; mais la formule finale contient [Phoenician] par un *aleph* et le dernier verbe à la 2ᵉ personne du futur [Phoenician] = תְּבָרְכוּהוּ.

Le premier nom propre est encore ici bien sûrement écrit par un *resch*. — Hannon, Asdrubal sont connus. — le dernier nom בעליתן est déjà connu également, mais on n'est pas d'accord sur la manière de le prononcer. M. Lévy lit *Baalyitên*, M. de Vogüé *Baalyatôn*, M. J. Derenbourg *Bel-îtân*, avec î initial pour *yi* ou *yĕ* comme en syriaque. J'adopterai avec M. de Vogüé la prononciation *Ba'lyathôn*, à cause de Σαγχωνιάθων, mais je l'écrirai בַּעַלְיַתֹן (voir à l'index).

III.

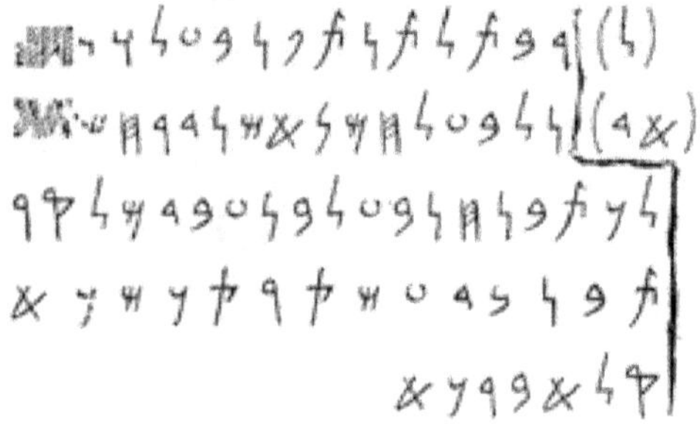

Himilcon, fils de Hannibal, fils d'Abdmelqart, fils de Bodostor.

L'inscription est complète; un éclat au commencement des deux première lignes et une maculature à la fin n'empêchent pas la lecture d'être certaine. — La formule finale porte [Phoenician] par *aleph* et [Phoenician] à l'impératif.

Les noms sont tous connus; sur la prononciation de *Himilcon* et *Bodostor*, voyez l'index.

IV.

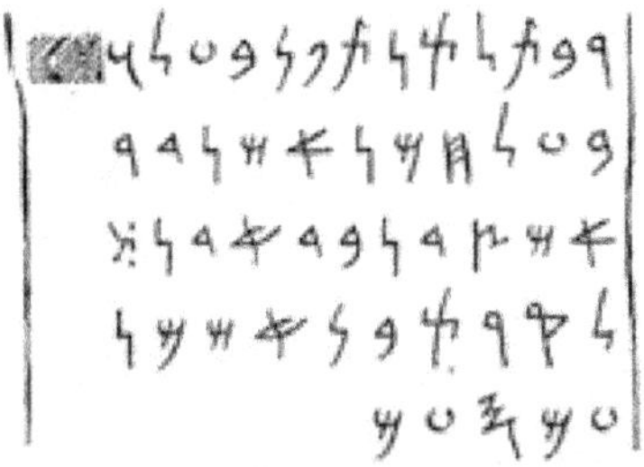

Le Sidonien Bodadonmelqart, fils d'Eshmun'amas'am.

La première lettre de chacune des deux premières lignes manque; à la fin de la première ligne un éclat a enlevé 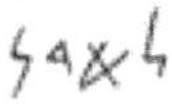 après le *waw*. A la deuxième, un large espace entre le *resh* de 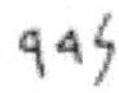 et le bord de la pierre ne permet pas de supposer qu'il y ait eu rien après; enfin la lettre mutilée à la fin de la 3ᵉ ligne, et qui ressemble à un *he* palmyrénien , doit être lue *mim*, initiale du nom de 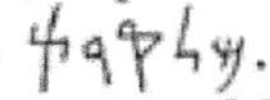.

Nos deux personnages sont remarquables par la longueur de leur nom. Pour le dernier, voir l'index.

V.

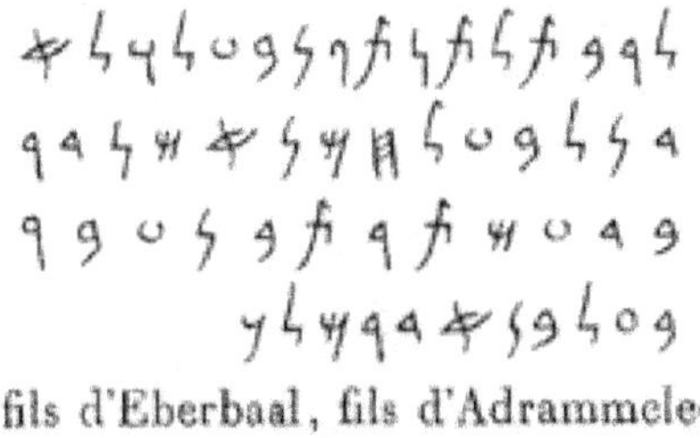

Bodostor, fils d'Eberbaal, fils d'Adrammelech.

Inscription complète sauf la formule finale.

La dernière lettre de la troisième ligne est bien un *resh*.

Le nom du grand-père est nouveau et intéressant à cause du rapprochement avec l'idole dont il est question dans la Bible (voir l'index).

VI.

Inscription tronquée par la fin.

Himilcon, fils de Bomilcar.

VII.

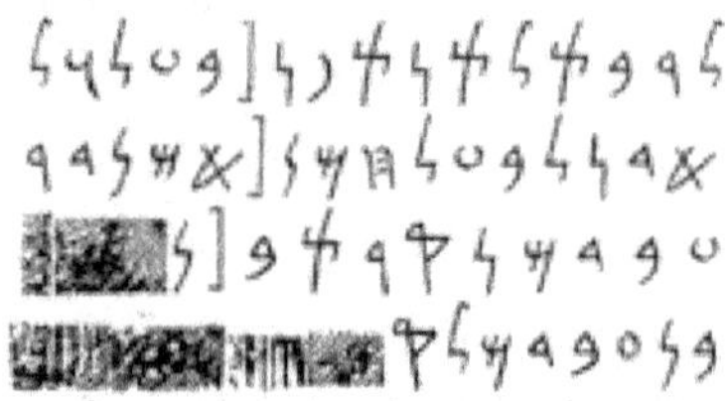

Inscription fruste par la fin de toutes les lignes; j'ai complété après crochets tout ce qu'on peut deviner; il reste pour les noms :

Abdmelqart, fils de . . . . ., fils d'Abdmelqart.

VIII.

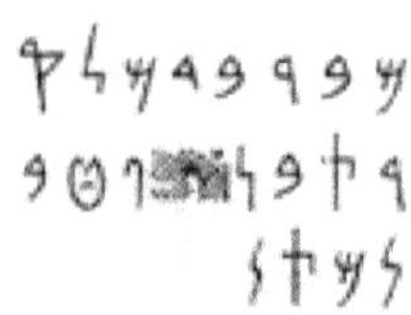

Le commencement manque et rend impossible

l'interprétation des trois lettres 𐤔𐤁𐤓, après lesquelles se trouve un léger espacement, puis :

Bodmilcar, fils de Shaphat, fils de Muthun.

C'est-à-dire les deux noms hébreux שָׁפָט et מַתָּן, mais prononcés à la phénicienne (v. l'index). Ces deux noms sont du reste déjà connus comme phéniciens. (V. Lévy, *Phön. Wörtb.*)

IX.

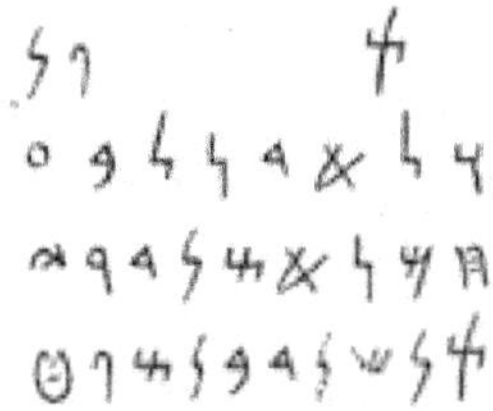

Le nom du père est Shaphat; quant à celui du votant, il commence par 𐤀𐤕𐤋 et se termine par un *daleth;* mais c'est tout ce qu'il est possible d'en lire sur la pierre, les deux lettres qui précèdent ce *daleth* étant complétement frustes, éclatées à la gravure et usées depuis par le temps.

X.

Une lettre manque en tête de chaque ligne : je la restitue partout et je lis :

Balyathon, fils d'Aris, fils de Hamlan, fils d'Adon....

J'admets que l'avant-dernier nom est 𐤇𐤌𐤋𐤍, déjà connu (v. Lévy, *Phön. Wörtb.*) et qui se retrouve dans l'inscription suivante.

XI.

Le *heth* est encore en partie visible ici ; quant au nom du père, il n'a que les trois lettres 𐤆𐤉𐤅 ; probablement faut-il lire 𐤆𐤉𐤅𐤂 *zeyvag* ou *zeyvôg* (?), déjà connu (v. Lévy, *l. c.*) et regardé par M. Lévy, qui lit *zîvag* (avec yod mater lectionis) comme une corruption punique de 𐤆𐤅𐤂 [1].

Les trois inscriptions qui suivent paraissent être d'une époque postérieure aux précédentes : le *shin* y

[1] Les phénicistes ont parfois de la peine à se défendre de considérer les lettres 𐤉 et 𐤅 comme des voyelles : M. Lévy lit *Ariurath* le nom du roi de Cappadoce 𐤀𐤓𐤉𐤅𐤓𐤕, et cependant, en prenant le 𐤅 comme consonne, on obtient la lecture אֲרְיָוְרָת, transcription exacte d'un nom propre qui serait en zend 𐬀𐬌𐬭𐬌𐬌𐬀𐬎𐬎𐬀𐬭𐬀𐬚𐬀 « le Rempart des Aryas. » (V. Justi, s. v. *varatha*.)

a la forme ת ou 𐤕 que cette lettre affecte dans l'écriture néo-punique.

XII.

Le commencement des lignes est intact; à la fin, il manque, à la première ligne, après les vestiges du 𐤓, les trois lettres 𐤋𐤁𐤏; à la deuxième ligne, les deux lettres 𐤋𐤇 seulement; à la troisième ligne, le nom de l'auteur du vœu commence par un 𐤏 et un fragment de lettre, puis doivent en venir deux autres : le mot 𐤁𐤕 = בת qui suit exigeant un nom féminin, je supposerai 𐤏𐤋𐤔𐤕, *Élisa*. Le nom du père est difficile à déterminer : il commence par 𐤏𐤁𐤃 = עבד, puis vient un *samech*, puis un caractère qui a tout à fait la forme du *hé* punique. Si l'on admet cette lecture qu'autorise jusqu'à un certain point la forme punique du *schin* de 𐤀𐤕 pour 𐤀𐤔, l'inscription se terminerait par 𐤄𐤑𐤃𐤍𐤉 = הצידני le Sidonien, et le nom du personnage serait 𐤏𐤁𐤃𐤎𐤄,

עברם ou עברשׁ, pour lequel je ne sais trouver aucun sens.

Mais d'ordinaire les noms de nation en phénicien n'ont pas d'article. Faudrait-il lire 𐤏𐤁𐤃𐤎𐤄 = עֶבֶד־שֶׂה? Mais que signifierait « valet de moutons »? Puis la consonne muette, le *porte-voix*, en phénicien, est 𐤀 et non 𐤄.

D'autre part, en y regardant attentivement, on voit que le signe douteux 𐤄 pourrait être, à la rigueur, regardé comme formé par la réunion d'un *phe* et d'un *nun*, 𐤐𐤍 : le lapicide, ayant d'abord oublié le *nun*, l'aurait intercalé après coup; le premier jambage est, il est vrai, un peu anguleux pour se prêter à cette lecture. Toutefois, si on l'admet, on peut lire la fin de l'inscription

𐤏𐤁𐤃𐤎𐤐𐤍 𐤑𐤃𐤍𐤉 = עֶבֶדְסֹפֵן צִידֹנִי

en prenant 𐤎𐤐𐤍 comme le nom d'agent du verbe ספן, déjà connu en phénicien avec le sens de « protéger ». — « Le Protecteur » désignerait quelque divinité, sans doute Eschmun.

XIII.

Je donne ici, en face du texte phénicien, ma transcription conjecturale en caractères hébreux, à cause du mauvais état de cette inscription.

לרבת לתנת פנעב
ל ולארן לבעלח(מ)
ן אש נדר עטמ(??)
(?) שתרת בת א(..)
(·) ב · בת עמלט

La première ligne paraît complète, et le 𐤏 de 𐤁𐤏𐤋 transposé avant le *beth*: car on ne peut admettre qu'il faille lire 𐤐𐤍𐤏 = פְּנֵי : on rencontre bien dans les inscriptions puniques 𐤐𐤍𐤀, 𐤐𐤏𐤍𐤀 (פנא, פענא), ce dernier avec 𐤏 comme lettre de prolongation dans la première syllabe; mais, cet 𐤏 ne s'employant qu'après *a* et *o*, jamais après *i* ni *e*, on peut dire d'avance que l'orthographe 𐤐𐤍𐤏 en punique est impossible.

A la deuxième ligne, la pierre étant cassée obliquement, il manque un *mim* pour former, avec le fragment qui commence la troisième ligne, le mot 𐤇𐤔𐤌. Dans le mot 𐤀𐤔 qui suit, l'*aleph* a une figure singulière; le *schin* a la forme d'un *zaïn*, mais plus large.

Pour toute la fin de l'inscription, la transcription que je donne n'est que conjecturale, car je ne sais que tirer de cet assemblage de lettres sans suite et de signes mal formés, défigurés par les éclats de la pierre ou usés par le temps.

XIV.

Ici encore le *schin* de [illegible] a la forme punique.

En admettant que la première lettre de la quatrième ligne soit également un *schin*, on peut voir un *aleph* dans le caractère mutilé qui finit la troisième ligne et lire [illegible] pour le nom de l'auteur du vœu. La fin de l'inscription est complétement indéchiffrable.

Enfin les six dernières inscriptions ne sont que des fragments auxquels il manque précisément la partie intéressante, les noms propres. Je ne les donne que pour être complet.

XV.

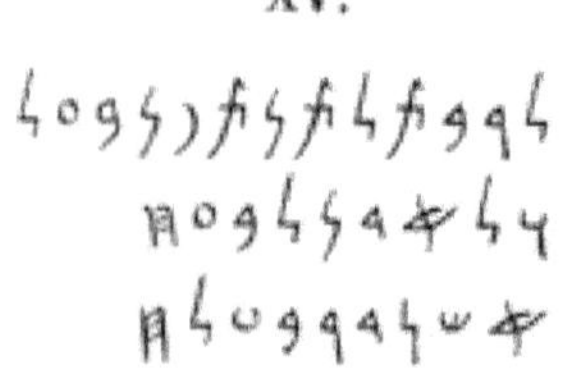

Sans doute [illegible] ou [illegible]; les deux formes sont connues en punique.

XVI.

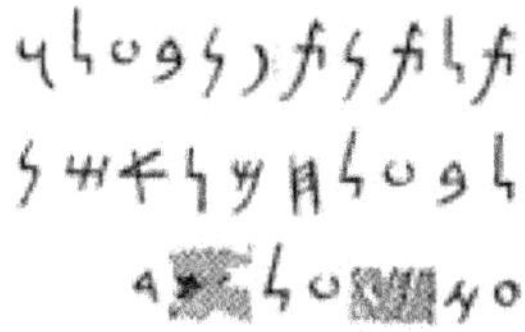

XVII.

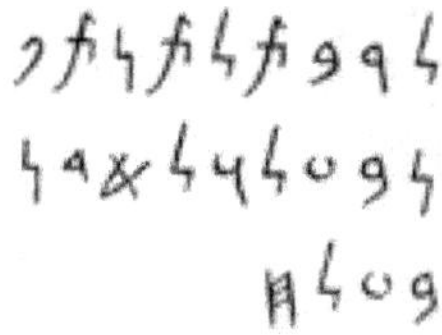

XVIII.

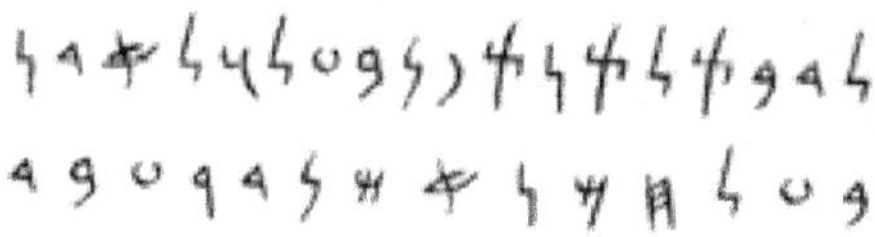

XIX.

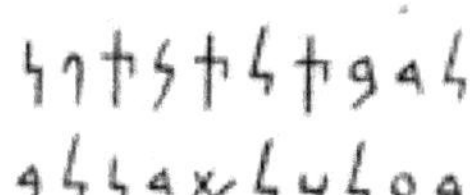

XX.

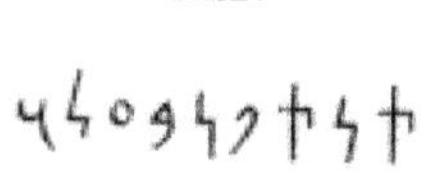

INDEX DES NOMS PROPRES.

N. B. Ainsi que je l'ai dit plus haut, je ne donne ici que les noms dont la lecture est certaine.

𐤀𐤃𐤓𐤌𐤋𐤊 (nº V, l. 4). C'est la première fois que ce nom, qui a tant préoccupé les commentateurs de la Bible, se rencontre dans une inscription phénicienne; aussi ai-je apporté tous mes soins à bien m'assurer de l'exactitude de sa lecture. On sait que le nom de אַדְרַמֶּלֶךְ figure deux fois seulement dans la Bible : au IIᵉ livre des *Rois*, ch. XVII, v. 31, il désigne, à côté de עֲנַמֶּלֶךְ, une idole adorée par les סְפַרְוִים, une des nations transportées par Sennachérib en Samarie, après la réduction en captivité des dix tribus. Au même livre, ch. XIX, v. 37, c'est le nom d'un des deux assassins du même Sennachérib, que la Massore a supposé, assez gratuitement peut-être, être ses fils[1]. Dans ce dernier passage, en tous cas, c'est un nom d'homme. On a beaucoup cherché quelle pouvait être la divinité désignée dans le premier passage et la nation qui l'adorait. La plupart des exégètes ont cru voir, dans les Sepharvaïm, les habitants de la Σιπφάρα de Ptolémée, située en Mésopotamie, à la bifurcation de l'Euphrate. D'après

[1] On sait en effet qu'après les noms des deux assassins, אַדְרַמֶּלֶךְ et שַׂרְאֶצֶר (ce dernier nom ayant bien la tournure assyrienne), le mot בָּנָיו, que la Massore fait lire, ne figure au texte que par ses accents, c'est-à-dire qu'il n'y existe pas en réalité.

Gesenius (éd. all.), Vitringa préférerait appliquer ce nom à une peuplade, inconnue du reste, de Syrie ou de Phénicie; notre inscription tendrait à appuyer cette dernière hypothèse. Une tradition[1] conservée par les rabbins (v. Buxtorf, *Lexicon Chald. Thalm. et Rabb.*) nous dit que אדרמלך est le *mulet*, ענמלך, le *cheval*, ce qu'il faut entendre sans aucun doute en ce sens que ces divinités étaient représentées sous forme d'un mulet et d'un cheval. Les Sepharvaïm, nous apprend l'historien sacré, brûlaient des enfants en l'honneur de leurs idoles. Tout ceci rappelle dans tous ses détails le culte des peuples de la Palestine. Les Ammonites appelaient leur dieu מֹלֶךְ; ils le représentaient, suivant la tradition rabbinique, sous forme d'un homme à tête de bœuf; sa statue était creuse; on y enfermait des enfants, puis on l'entourait de feu, et l'on brûlait ainsi les malheureuses victimes de ces horribles sacrifices.

Ce que nous connaissons de la langue phénicienne nous autorise parfaitement à expliquer le mot 𐤀𐤃𐤓𐤌𐤋𐤊, pris comme nom propre d'homme. Nous connaissons déjà 𐤌𐤋𐤊𐤉𐤕𐤍, 𐤏𐤁𐤃𐤌𐤋𐤊, etc. (v. Lévy, *Phön. Wörtb.*), dans lesquels 𐤌𐤋𐤊 est une divinité, soit identique à 𐤁𐤏𐤋, époux de 𐤌𐤋𐤊𐤕, soit abrévia-

[1] Il faut en effet que cette opinion des rabbins repose sur une tradition ancienne, car l'étymologie inventée pour l'appuyer est aussi mauvaise que possible : אדרמלך דאדר ליה למריה במעונה «*Ader-melech*, parce qu'il porte (אדר *aph'el* de דור) son maître et des fardeaux avec»; Sanhéd. 63 b (v. Buxtorf).

𐤀𐤔𐤌𐤍𐤏𐤌𐤎 (n° I, l. 4), 𐤀𐤔𐤌𐤍𐤏𐤌𐤎𐤏𐤌 (n° IV, l. 4 et 5). Ces deux noms assurément n'en font qu'un; seulement dans le dernier se trouve exprimé le complément du verbe 𐤏𐤌𐤎, resté indéterminé pour cause de brièveté dans la première forme. L'existence de ce complément indique une fois de plus que, dans les noms de ce genre, le mot qui se soude au nom de la divinité est bien un verbe.

Dans l'ensemble des dialectes sémitiques, le verbe עמס signifie « charger, surcharger, opprimer, alourdir »; aussi interprète-t-on le nom du prophète עָמוֹס soit par « fardeau » (v. Léopold, *Lex. hébr.*), soit par « portefaix » (v. Gesenius, éd. all.), soit par « lingua gravidus » (*Lévitique Rabba*, citée par Lévy, *Chald. Wörtb.* עמוס שהיה עמוס בלשונו). Si nous acceptions ce sens, nous serions obligé de traduire le nom qui nous occupe par « Eschmun accable le peuple », ce qui ferait un grossier contre-sens : car Eschmun, au contraire, est une divinité secourable, sous le patronage de qui sont placés *les refuges des pauvres malades sur la montagne*[1] (v. J. Derenbourg, *Journal asiatique*, janvier 1868, p. 104). Il faut évidemment ici adopter pour עמס le sens spécialement hébreu de « porter, soulever, soutenir », et traduire : « Eschmun soutient, supporte, soulage le peuple ». C'est encore un rapprochement de plus à établir entre le phénicien et l'hébreu.

[1] J'en demande pardon aux lecteurs sérieux du Journal, mais il me vient toujours à l'idée de dire *les asiles de Vincennes* du temps.

Quant à 𐤏𐤌 = hébr. עַם « peuple », il s'est déjà rencontré plusieurs fois en phénicien (v. Lévy, *l. c.*).

𐤁𐤃𐤀𐤃𐤍𐤌𐤋𐤒𐤓𐤕 (n° IV, l. 3 et 4). Allongement, on pourrait presque dire démesuré, du nom suivant. On peut sans doute le ponctuer בְּדְאֲדֹנִימִלְקַרְתְּ, et lire *Bod-Adoni-Melqart.*

𐤁𐤃𐤌𐤋𐤒𐤓𐤕 (n° VI, l. 4; n° VIII, l. 1.) Abréviation très-connue de 𐤏𐤁𐤃𐤌𐤋𐤒𐤓𐤕 que nous rencontrerons plus loin. Pour la prononciation *Bomilcar*, v. le suivant et 𐤇𐤌𐤋𐤊𐤕.

𐤁𐤃𐤏𐤔𐤕𐤓𐤕 (n° III, l. 4; n° V, l. 3.) Arrêtons-nous un instant sur ce nom, l'un des plus fréquents dans les inscriptions phéniciennes, qui nous fournira l'occasion de présenter quelques considérations nouvelles.

1° Les inscriptions phéniciennes, quels qu'en soient l'âge et le lieu de production, présentent, on le sait, deux séries de noms propres dans lesquelles les noms des diverses divinités Eschmun, Baal, Astarté, Melqart, etc. sont précédés, dans l'une, de 𐤏𐤁𐤃, dans l'autre de 𐤁𐤃 seulement; et les phénicistes ont admis d'un commun accord que ces deux préfixes avaient la même valeur et répondaient en hébreu, soit à עֶבֶד (עַבְדְּ) du nom עַבְדִיאֵל, soit à עֹבֵד du nom עֹבַדְיָהוּ, répondant l'un et l'autre au sens de « serviteur ». Dans certains cas, le 𐤏 initial s'est conservé, dans d'autres il est tombé, dans la prononciation d'abord, puis dans l'orthographe, comme il en est advenu pour l'*aleph* de אח « frère ou ami » (v. 𐤇𐤌𐤋𐤊𐤕) et même pour le *heth* de 𐤇𐤌𐤋 dans le punique 𐤁𐤏𐤋𐤌𐤍 ou 𐤁𐤏𐤋𐤌𐤏𐤍 (בעל־מן ou בעל־מען).

Rien, en effet, n'empêche d'admettre cette chute du *ʿaïn* initial de la racine עבד; seulement il faut, pour que cette radicale ait pu tomber, qu'elle n'ait pas eu de voyelle à porter. La forme apocopée 𐤁𐤃 ne peut donc provenir ni de עֶבֶד, ni de עֹבֵד, puisque dans l'un et dans l'autre de ces mots le *ʿaïn* porte une voyelle longue, par accent dans le premier [1], par nature dans le second [2], mais dans l'un comme dans l'autre cas éminemment stable et tout à fait essentielle à la formation de la souche nominale (*Stamm* des grammairiens allemands). Le préfixe 𐤁𐤃 doit donc être rattaché à une forme de nom dont la voyelle essentielle a sa place entre la 2ᵉ et la 3ᵉ radicale, comme עֲבָד (syr. ܥܒܕ) « œuvre » (*Qoh.* 9, 1), orthographe araméenne probablement pour l'hébreu עֲבוֹד analogue à שְׁכוֹל, חֲלוֹם, מְלוֹא, etc. dont le féminin עֲבֹדָה est usité dans la Bible.

Réservant alors le sens de « servus, cultor », pour la forme entière 𐤏𐤁𐤃, que nous prononçons *ʿabd* sur

[1] J'appelle long le *ségol* radical de la forme עֶבֶד parce que, dans le système de ponctuation babylonien, les mots de cette forme sont écrits avec un *patah* long : עַבַד. (V. Pinsker, *Einleitung in das babylonisch-hebräische Punctationssystem*, passim.)

[2] Comme le prouve la forme arabe, qui serait عَابِد.

les noms hébreux מַלְכִּיצֶדֶק, אֱלִיעֶזֶר, אִישְׁבֹּשֶׁת, אֲחִיתֹפֶל, גֹּמֶר, עֵבֶר, הֶבֶל, לֶמֶךְ par Μελχισεδέκ, Ἐλιεζέρ, Ἰσβοσέθ, Ἀχιτοφέλ, Γαμέρ, Ἔβερ, Ἄβελ, Λάμεχ[1], en mettant un ε dans la dernière syllabe, les historiens grecs et les lapicides des inscriptions phéniciennes bilingues transcrivent 𐤏𐤔𐤕𐤓𐤕, 𐤏𐤁𐤃𐤏𐤔𐤕𐤓𐤕, 𐤁𐤓𐤏𐤔𐤕𐤓𐤕, 𐤁𐤓𐤊𐤕 (en punique 𐤁𐤓𐤊𐤕) par Ἀσ7άρτη, Ἀϐδασ7άρτος, Βοδδσ7ωρ (évidemment pour Βοδοσ7ορτ) et Βυρυχθ, ce qui exige עַשְׁתָּרְתְּ, עַבְדְּעַשְׁתָּרְתְּ, בַּרְעַשְׁתָּרְתְּ, בַּרְכַתְּ.

Il faut donc, d'après ces exemples, admettre que les Phéniciens, moins susceptibles que les Hébreux sur l'accumulation des consonnes, ont conservé pour les mots en question la prononciation primitive consistant en une voyelle brève par nature, portée par la première radicale suivie de deux consonnes sans motions. C'est ainsi que l'arabe aujourd'hui prononce les mots عَبْدٌ, وَقْتٌ, عِلْمٌ, إِسْمٌ, قُدْسٌ; l'hébreu même nous en a conservé quelques exemples, à savoir le nom propre אַרְךְּ[2], les substantifs נֵרְדְּ et קֹשְׁטְ, les formes apocopées יֵשְׁבְּ, יֵרְדְּ, et enfin, comme règle générale, les secondes personnes féminines du par-

[1] L'*alpha* de la première syllabe de ces noms est parfaitement expliqué par la vocalisation babylonienne qui les écrirait הַבַל, לַמַךְ.

[2] Ici encore le *pataḥ* doit être regardé comme long; en effet, la prononciation hébraïque ayant allongé les voyelles primitivement brèves de נֵרְדְּ et de קֹשְׁטְ, il faut admettre qu'elle a également allongé celle de אַרְךְּ.

fait, telles que כָּתַבְתְּ[1]; enfin tout le monde a admis l'existence de cette prononciation pour Melqart, qui, à l'hébraïque, eût dû sonner Mélechqéreth ou tout au plus Méleqqareth[2].

Faut-il pousser plus loin les conséquences de la transcription grecque ou latine, et parce que Βοδόσλωρ, *Amilcar, Bomilcar,* ont perdu leur *t* final, faut-il en conclure que telle était la prononciation courante, soit en Phénicie, soit à Carthage? Je ne le crois pas, et les noms Ἀσλάρτη, Ἀβδασλάρτος, et surtout le tunisien Βυρυχθ sont des preuves irrécusables de la conservation du *tau*. Il est plus probable que les Grecs et les Latins, entendant sans doute le *tau* peu articulé, se sont empressés d'identifier les terminaisons où *r* seul sonnait pour leur oreille, les

[1] M. Pinsker, dans son ouvrage précité (partie hébraïque, p. 89 et suiv.), fait remarquer que l'école de Babylone employait la forme ségolée ou plutôt *pataḥée,* même avec la seconde personne, et il cite par exemple deux fois (*Jér.* II, 36, et *Ézéch.* XVI, 63) l'orthographe בֹּשֶׁת = בֹּשֶׁת pour la forme ordinaire בֹּשְׁתְּ, et part de là pour expliquer par une seconde personne le mot embarrassant נִשְׁבֶּרֶת (*Ézéch.* XXVII, 34), qui, dans ce système, ne diffère plus que par le *tau* raphé de la deuxième personne du féminin הִשְׁבַּעַת au verset précédent.

[2] Il est très-remarquable qu'en arabe parlé les prononciations dures عَبَتْ ,وَقَتْ, etc. que nous citions plus haut, sont usitées chez les populations de la côte phénicienne, tandis que les Bédouins du centre du pays prononcent le ségol et même l'accentuent. (V. Wetzstein, *Sprachliches aus den Zeltlagern der syrischen Wüste,* dans la *Ztschf. der DMG.* t. XXII, p. 182, qui cite *lahém* = لَحَم, *sahém* = سَهَم, *baghal* = بَغَل.)

premiers à leur suffixe -τορ (nom. -τωρ), les seconds à leur désinence en *-ar*.

C'est aussi à un défaut de transcription grecque ou latine qu'il faut attribuer l'orthographe du nom *Bomilcar*, qui répond, selon toutes probabilités, à 𐤁𐤃𐤌𐤋𐤒𐤓𐤕 = *Bodmelqart*. Le *daleth*, probablement aspiré, se prononçait sans doute très-faiblement [1], de là sa suppression pour l'oreille latine [2].

Résumant en deux mots cette digression un peu longue déjà, je crois avoir démontré que, dans les noms analogues à 𐤁𐤃𐤏𐤔𐤕𐤓𐤕, le premier membre du composé 𐤁𐤃 doit se lire בַּד pour עֲבַד ou עֶבֶד, et

[1] Nous pouvons nous représenter cette articulation aspirée comme quelque chose d'analogue au *d* flamand dans *vader, moeder, 'sanderdaegs*, qui semblent s'articuler *va'er, moe'r, s'an'herdaegs*. C'est à cette manière d'articuler le *d* entre deux voyelles que sont dus nos mots français *chaîne*, wallon *kaêne*, à côté du gascon *cadèno* (*catena*); *poêle* à frire, wallon *paèle*, gascon *padèlo* (*patella*), etc. *chaire*, *kayère*, *cadièro* (*cathedra*).

[2] M. Lévy (*Phön. Wörtb.* s. v.) croit retrouver la véritable forme de Bomilcar dans le punique 𐤁𐤏𐤌𐤋𐤒𐤓𐤕 (32ᵉ tunisienne de Bourgade, *Toison d'or*, etc.), et, à cause du *'aïn* qu'il lit dans ce mot, il restitue l'orthographe primitive 𐤁𐤏𐤋𐤌𐤋𐤒𐤓𐤕 qu'il donne (*l. c.*) comme se trouvant dans le n° 39 de la collection Davis. Or, d'une part, dans ses *Phönizische Studien*, fasc. III, où il passe en revue toute cette collection, le n° 39 porte בדמלקרת et non בעלמלקרת que je n'ai pu retrouver dans aucune des inscriptions de cette collection. D'autre part, dans la planche donnée par M. Bourgade, et où M. Lévy lit בעמלקרת, le caractère qu'il regarde comme un *'aïn* peut très-bien être pris (comme l'a pris M. Bourgade, qui avait vu la pierre) pour une tête de *daleth*. Donc rien jusqu'ici n'autorise à admettre qu'il eût existé un nom propre pouvant se transcrire par *Bomilcar*, et différant de 𐤁𐤃𐤌𐤋𐤒𐤓𐤕.

s'interpréter par « œuvre », δῶρον, et que la dernière partie se lisait עַשְׁתַּרְתְּ ou עַשְׁתָּרְתְּ (le grec conduit au *pataḥ*, l'hébreu au *qamets* dans la seconde syllabe), sans admettre de *ségol* entre les deux consonnes qui suivent la voyelle essentielle.

𐤁𐤏𐤋𐤉𐤕𐤍 (n° II, l. 4; n° X, 4-5). Déjà connu par de nombreux exemples. Les phénicistes ne sont pas d'accord sur la lecture de ce nom. M. Lévy lit בַּעֲלְיִתֵּן en voyant dans la 2e partie un futur *hiph'il* de la racine נתן. Il a, à l'appui de cette lecture, le nom Βωλαθήν, dans lequel, toutefois, manque le *yod*, qui ne fait jamais défaut en phénicien, et en outre, dans la première partie, Βωλ répond, non pas au phénicien 𐤁𐤏𐤋, toujours transcrit par Βαλ, mais à l'araméen (palmyrénien) 𐡡𐡥𐡫 (בול) des noms 𐡵𐡬𐡵𐡡𐡥𐡫 Σαμσιβῶλος, 𐡩𐡴𐡧𐡡𐡥𐡫 Ἰαριβῶλος, 𐡰𐡢𐡫𐡡𐡥𐡫 Aglibol; d'où il résulte que Βωλαθήν paraît être un mot étranger au phénicien, et la prononciation αθην pour 𐤉𐤕𐤍 n'est, par cela même, nullement justifiée.

M. J. Derenbourg (*Journal asiatique*, novembre-décembre 1867, p. 492) voit dans 𐤉𐤕𐤍 un reste de l'hébreu אֵיתָן, comme adjectif « fort, puissant », comme substantif « roc », rapprochant, entre autres, 𐤁𐤏𐤋𐤉𐤕𐤍 de אליצור, dans lequel צור, synonyme de אֵיתָן, se trouve joint au nom divin אֵל. Mais אֵיתָן, en supposant qu'il eût été usité en phénicien (et en hébreu déjà il semble être un mot d'emprunt, puisqu'il ne se rattache à aucune racine, et que Gesenius recourt pour l'expliquer à l'arabe ونى), se serait écrit 𐤍𐤕𐤀, sans *yod*, car rien ne prouve, comme le suppose M. J. Derenbourg, que *yod* initial se soit prononcé *í* en phénicien comme en syriaque[1]. Puis donc que le nom qui nous occupe et ses analogues sont orthographiés 𐤍𐤕𐤉𐤋𐤏𐤁 et non 𐤍𐤕𐤀𐤋𐤏𐤁, c'est que le *yod* est consonne.

M. de Vogüé (*Journal asiatique*, août 1867, p. 89) se reporte au nom de *Sanchoniathon*, qu'il décompose avec M. Renan en Σαγχων et ιαθων, et propose alors de ponctuer יַתַן (avec *tau* raphé, mais *pataḥ* en syllabe ouverte), sans préciser dans quelle catégorie grammaticale il place ce mot.

Cette interprétation de la finale 𐤍𐤕𐤉 (qui se retrouve en initiale dans 𐤋𐤏𐤁𐤍𐤕𐤉, Ἰθώβαλος de Josèphe) me paraît approcher le plus de la vérité; seulement, au lieu de ponctuer au hasard יַתַן, je proposerai la lecture יְתַן (מַלְכִּיְתַן, בַּעַלְיְתַן, etc.), en voyant dans ce mot non pas un *yiph'il*, non pas un futur, mais une racine יתן dérivée de la racine bilitère תן en lui préfixant un *yod* (*waw*), tandis que l'hébreu lui a préfixé un *nun*.

[1] Le travail cité plus haut de M. Wetzstein pourrait servir à prouver le contraire. Il donne en effet les prononciations *ŭlêd* = وُلَيْد, diminutif de وَلَد, *walêd*, *ĭbaṭṭil* = يِبَطِّل comme des particularités de la prononciation des Bédouins inconnues aux Arabes de la côte.

En effet, puisque dans un même dialecte les différents verbes défectifs פ״י, פ״ן, ע״ו, ל״ה (ל״י), ע״ע, existent souvent concurremment pour une même racine et se prêtent mutuellement des temps, des formes dérivées, etc. nous pouvons nous permettre de supposer qu'il en peut être de même en passant d'un dialecte à l'autre. Le phénicien présente, par rapport à l'hébreu, des différences lexicographiques bien autrement importantes que celle que nous hasardons *ici*. Enfin, ajoutons que נתן est spécial à l'hébreu; l'araméen, dans tous ses dialectes, le remplace par יהב, qui lui est commun avec l'éthiopien **ወሀበ፡**; l'arabe se sert de أعطى; et, sauf le syriaque, qui emploie, mais au futur seulement, où le *nun* peut bien être la caractéristique de la personne, ܢܬܠ, aucun ne se sert de la racine תן.

Le *Pœnulus* de Plaute, si nous pouvions baser quelque chose de certain sur sa lecture, nous fournirait une preuve à l'appui de notre hypothèse: à l'acte V, scène II, Milphio ayant demandé à Hannon

Quoiates estis, aut quo ex oppido?

celui-ci répond (édition Movers):

Annon Muthumballe becha edre anech.

Dans les deux premiers mots de cette réponse, on reconnaît facilement 𐤇𐤍𐤍 synonyme de 𐤇𐤍𐤀 et 𐤌𐤕𐤍𐤁𐤏𐤋, ce dernier connu par les inscriptions. Or l'orthographe *Muthun*, pour la première partie de ce nom, nous conduit à מוּתָן, avec *tau* raphé, participe *ophʿal* d'un verbe פ״י, tandis qu'un verbe פ״ן eût exigé מֻתָּן *muttun*, avec le *t* redoublé. Or, d'après Movers, Plaute a scrupuleusement observé et noté le redoublement partout où il existait.

Quoi qu'il en soit de cette lecture, je n'en propose pas moins d'admettre l'existence en phénicien de la racine 𐤉𐤕𐤍 et de regarder les noms formés avec ce mot, soit en préfixe, soit en postfixe, comme renfermant ce verbe au parfait, à l'exemple de tous les autres noms propres de cette forme; et je propose de le ponctuer en conséquence יָתַן, et d'y reconnaître la terminaison de *Sanchoniathon*, la voyelle de ce dernier nom étant toutefois un peu grécisée.

Puisque ce nom de Sanchoniathon revient encore sous ma plume, qu'on me permette d'essayer à mon tour une interprétation de sa première partie. Tout le monde s'est accordé à voir dans la nasale qui précède le χ dans ce nom quelque chose d'analogue au *nun* qui, en araméen, équivaut au redoublement de la consonne suivante. Sur la foi d'une pierre gravée citée par M. Renan et étudiée après lui par M. de Longpérier, M. de Vogüé restitue שְׁקֻנְיָתֹן sans faire attention que le *qoph* ne peut être transcrit par un χ grec. MM. Renan et Derenbourg, regardant le *nun* final comme radical, y voient la racine שכן du nom שְׁכַנְיָה. M. Lévy, dans ses études sur les inscriptions carthaginoises de Davis (*Phön. Stud.* III), appelle l'attention sur le nom propre 𐤎𐤊𐤍, qui revient deux fois seul (aux n°s 56 et 61) et une fois (n° 49) dans le composé 𐤏𐤁𐤃𐤎𐤊𐤍, analogue comme forme à 𐤏𐤁𐤃𐤌𐤒𐤓𐤕; dans le composé 𐤂𐤃𐤎𐤊𐤍 de Tugga, et enfin dans SÆCHVNS SALIAR F. au n° 3011 des Inscriptions algériennes de M. Renier. Il n'hésite pas à en faire le premier composant de *Sanchoniathon* en l'interprétant par le סֹכֵן d'*Isaïe*, XXII, 15, ou le masculin de סֹכֶנֶת (*I Rois*, I, 2 et 4). Mais ce rapprochement ne rend pas compte du redoublement, ou, si l'on veut, du *nun* intercalaire. Je propose alors de voir dans 𐤎𐤊𐤍 = סכּן un nom en *-ôn* de la racine redoublée סכך, analogue à 𐤇𐤌𐤍 = חַמָּן de la racine חמם. *Sanchôn* «la Couverture, le Toit» serait un surnom d'une divinité tutélaire, d'Eschmun par exemple.

𐤁𐤏𐤋𐤏𐤁𐤓 (n° I, l. 3). Comme je l'ai dit en donnant l'inscription où ce nom se trouve, je me suis assuré avec le plus grand soin que la dernière lettre était un *resch* et non un *daleth*. Il faut donc lire ce nom בַּעַלְעָבַר «Baal transivit» et non בַּעַלְעָבַד «Baal operatus est». Voyez du reste plus loin son inverse 𐤏𐤁𐤓𐤁𐤏𐤋.

𐤇𐤌𐤋𐤊𐤕 (n° III, l. 2, 3; VI, 4). Voici encore un des noms les plus fréquents en Phénicie et qui nous est connu depuis longtemps par l'intermédiaire des historiens latins sous la forme *Himilco*.

La première partie de ce nom 𐤇 = חַי est pour

אֲחִי « frère, ami de », qui a perdu son *aleph* initial parce que cette lettre ne portait pas de voyelle, comme le 𐤁𐤃 = עֶבֶד dont nous avons parlé plus haut, et dans Plaute *donni* = אֲדֹנִי.

La deuxième, 𐤌𐤋𐤊𐤕 « la Reine », est l'épouse de 𐤁𐤏𐤋 « le Seigneur, le Maître ».

Quelques mots au sujet de la manière de prononcer 𐤌𐤋𐤊𐤕 en phénicien.

1° Bien que, dans les inscriptions phéniciennes, tous les noms féminins soient écrits par un 𐤕 final, les transcriptions grecques et latines nous conduisent à penser qu'ici, comme dans tous les autres dialectes sémitiques, le féminin avait deux prononciations : l'une, dans laquelle le *tau* caractéristique du genre s'adaptait sans voyelle auxiliaire à la fin de la souche masculine, comme c'est le cas pour 𐤏𐤔𐤕𐤓𐤕 Ἀσ7άρτη = עַשְׁתֹּרֶת, 𐤁𐤓𐤊𐤕 Βυρυχθ = בְּרָכֶת : cette forme répond aux féminins ségolés de l'hébreu, עַשְׁתֹּרֶת par exemple. L'autre, formée par addition de la syllabe accentuée *at*, qui a perdu dans tous les dialectes son *t* final, d'où les orthographes אָ, ־ָה, ا, semble avoir subi le même sort en phénicien, bien que l'orthographe ait continué à écrire le 𐤕 : 𐤏𐤋𐤔𐤕, 𐤇𐤍𐤕 sont dans Virgile *Elisa-æ*, *Anna-æ*, et non *Elisas-atis*. Enfin, le nom qui nous occupe 𐤇𐤌𐤋𐤊𐤕 est rendu en latin par *Himilco*, c'est-à-dire qu'il est considéré comme terminé par une voyelle.

2° En hébreu, le mot מֶלֶךְ, avec suffixe מַלְכִּי, féminin מַלְכָּה, a pour voyelle formatrice un *a* (on dirait en arabe : appartient à la forme فَعْل). L'ammonite מֹלֶךְ Μολοχ répond à une forme primitive מֻלְךְ (forme فُعْل). Enfin, le phénicien devait dire מִלְךְ (forme فِعْل). En effet, *Himilco*, *Amilcar*, *Bomilcar*, et le nom de Melqart lui-même, qui eût été *Malqart* si le mot eût été mû par *pataḥ*, ont tous un *i*. Cette forme paraît avoir existé en araméen; car cette langue, qui transpose, dans les noms de la forme en question à l'état absolu, la voyelle primitive après la 2ᵉ radicale, dit pour ce mot מְלֵךְ = prim. מִלְךְ. La forme מַלְךְ avec *patach* employée devant une terminaison quelconque peut être due à la tendance araméenne à prononcer *a* de préférence à *ĭ* en syllabe fermée.

En nous résumant, nous transcrirons 𐤇𐤌𐤋𐤊𐤀 *Himilco* par אֲחִימִלְכָּה.

𐤇𐤌𐤋𐤍 (nᵒ X, l. 6). C'est le nom du père d'au moins un des deux suffètes sous l'administration desquels a été gravée l'inscription trilingue de Sardaigne. On peut lire חַמְלָן ou חִמְלָן, nom en *-ân* ou *-ôn* de la racine חמל; c'est un synonyme de l'arabe اَلرَّحْمَانُ.

𐤇𐤋𐤕 (nᵒ II, l. 3). Comme je l'ai dit dans l'Introduction, et, à propos du suffixe 𐤀 de la 3ᵉ personne, il faut considérer ici la terminaison אֹ comme analogue à l'hébreu ֹה de שְׁלֹמֹה, שִׁילֹה, et équivalente à la finale *-ôn*.

𐤇𐤍𐤁𐤏𐤋 (n° III, l. 3). Toutes les observations à faire sur ce nom ont déjà été faites, nous n'y reviendrons pas.

𐤌𐤕𐤍 (n° VIII, l. 3). Les phénicistes, guidés par l'analogie de l'hébreu מַתָּן (II *Rois*, XI, 18, et II *Chron.* XXIII, 17), sacrificateur de Baal, ont tous ponctué de cette façon ce nom en phénicien. Cependant, M. Lévy (*Phön. Wörtb.* s. v.) donne aussi la transcription *Mutton*, mais avec le *t* double.

J'ai dit plus haut (v. 𐤁𐤏𐤋𐤌𐤕𐤍) pour quels motifs, admettant pour racine de ce mot en phénicien יתן et non נתן, j'étais amené à ponctuer מוּתָּן ou מוּתָן avec *tau* raphé, et que je trouvais une confirmation, malheureusement peu certaine, de cette manière de voir, dans l'orthographe *Muthumbal*, par *th*, à la 2e scène, acte V du *Pœnulus*.

𐤏𐤁𐤃𐤌𐤋𐤒𐤓𐤕 (n° III, l. 3; VII, 3, 4). D'après les considérations que j'ai présentées ci-dessus aux noms 𐤏𐤁𐤃𐤏𐤔𐤕𐤓𐤕 et 𐤇𐤌𐤋𐤊𐤕, je ponctue celui-ci עֲבַדְמַלְקָרְת que les Latins ont dû prononcer *Abmilcar* par suppression du *d* devant *m* et du *t* final, et peut-être, par assimilation du *b* à *m*, *Ammilcar*. Nous aurions donc ici l'orthographe phénicienne du nom bien connu du général carthaginois.

𐤏𐤁𐤓𐤁𐤏𐤋 (n° II, l. 3; V, 3, 4). Ici encore, comme au nom inverse et dans les deux cas, je me suis assuré qu'il fallait lire un *resch*. Ce nom doit donc se traduire par «transiit Baal», ou, si l'on veut suivre l'analogie des noms en 𐤁𐤃 et prendre le préfixe pour le substantif עֲבוֹר, «transitus Baalis».

𐤏𐤆𐤓𐤁𐤏𐤋 (n° II, l. 3, 4). On a interprété la voyelle de liaison de ce nom en latin, *Hasdrubal*, en y voyant un ancien état construit. Il faut alors admettre que cette voyelle, primitivement *i* (cf. *Hannibal*), s'est prononcée *u* sous l'influence de la gutturale *resch*.

𐤔𐤐𐤈 (n° VIII, l. 2; IX, 4). Ce mot se rencontre comme nom propre à Tugga, l. 7, et au n° 46 de la collection Davis. Faut-il dans ce cas le prononcer שָׁפָט comme le nom hébreu correspondant, ou lui conserver la forme du participe présent שֹׁפֵט? Au sujet de ce dernier, remarquons que M. Lévy (*Phön. Wörtb.*) dit au mot 𐤔𐤐𐤈 «juge» = héb. שֹׁפֵט *prononcé en phénicien sufet*. Ce serait au moins *suffet* qu'il eût dû dire (שֻׁפֵּט) d'après l'orthographe latine. Il faudrait admettre alors tout à la fois la coloration de la voyelle primitive de la première syllabe (ar. فاعل, syr. ܦܳܥܶܠ), et la substitution, à cette voyelle longue par nature, d'une voyelle brève avec redoublement de la consonne suivante. Cette prononciation, du reste, ne doit appartenir qu'à une époque relativement récente, puisque le *pé* a conservé son aspiration malgré le redoublement.

Telles sont les remarques qui m'ont été suggérées par la lecture des inscriptions que je viens de décrire. Les noms propres qu'elles renferment m'ont donné lieu d'émettre quelques hypothèses sur la prononciation, la structure grammaticale, le vocabulaire de la langue phénicienne. Je les soumets humblement au jugement des hommes compétents dans la question, heureux si j'ai pu apporter quelque lumière dans la question si pleine d'intérêt de l'épigraphie phénicienne.

تهادين اى كانّ بعض الرياح اهدى الى بعض ترابا منخولا دقيقا وانما يصف ان الرياحَ تعاقبتْ على هذه المنازل وهالتْ عليها الرحلَ وسهّلتْ أعلاه حتى كانه منخل لسهولته ودقته.

3. — A : مرتعنّ ; B et G : مرثعنّ ; B : الذى لا يبرح وقيل هو المسترخى وبذلك يوصف الغيثُ.

4. — Dj, *s. r.* ر ج ن : ثجّاجًا « et une pluie torrentielle se précipite en flots épais ».

5. — B : خياطيل dans le texte, et dans le commentaire : الخياطيل الفرق والجماعات واحدتها خيطلة ; il faut néanmoins lire خناطيل, avec A et G. Cf. d'ailleurs Dj, *s. r.* خ ط ل.

6. — Cf. XXVII, 3. Le commencement des deux poésies est, on le voit, presque identique, et on les a, pour ce motif sans doute, juxtaposées dans le *dîwân*. — Sur هائل, B : المائل الذى لا يتماسك. — A, comme variante : يُعارِضُ ربربا « faire face aux vaches sauvages », et aussi يُقابِلُ ربربا « regarder de face les vaches sauvages ».

7. — B : قوله بالكلاكل اراد يثرن الحصى بالكلاكل حتى يباشرن بردَه وقوله اذا الشمس مجّت ريقها قال الاصمعىّ ريقُ الشمس تراه بالهاجرة اذا اشتدّ الحرّ كانه يَسيلُ ومثله قول جرير

وَذابَ لُعابُ الشَّمسِ فوقَ الجَماجِمِ

والكلاكل جمع كلكل وهو الصدرُ. Cet hémistiche (mètre *tawîl*) signifie : « Et la salive du soleil a été brûlante sur Djamâdjim. » Il s'agit ici sans doute du monastère de Djamâdjim. Cf. les vers de Djarîr dans Yâkoût, *Geographisches Wörterbuch*, II, p. ٩٥٣.

8. — Sur عدّيت, B : صرفتّها الى الطّريق وادخلتها فيه.

9. — Sur نيرين, B : اى لونَين وضربين وقال ابو عبيدة يقال ثوب على نيرين وهو أنقى الثياب.

10. — A : همّك. — Cf. II, 9.

11. — Dj, s. r. ن ص ح : فلم يتقبّلوا رسولى «et ils n'ont pas accueilli mon messager». — وسائل, cf. XXIV, 12.

12. — Remarquer le jeu de mots entre عقائلاً (B : الخيار الكريمة) et عاقل, nom d'un endroit.

13. — Cf. XXVII, 10. — B : الصريم المنقطع من الرمل والخواذل التى خذلت صواحبها وتخلّفت عن اولادها.

14. — B : قِنان, au lieu de قنان dans le texte et le commentaire; c'est cependant ce mot qu'il explique par جبال صغار.

15. — Il y a un rapprochement voulu entre خلال (vers 14) et وخلّوا. — A : الخَليط ; B et G : الخليط. — له = للملك (B). — A : الاداة, qui est donné comme variante dans B, tandis que le texte et G portent الاذاة. — Sur b, B : وفارقوه كما يفارق الخليط المـوُذى من خالطه ومَنْ رَوى ذى الاداة بالدال (بالذال .ms) غير معجمة اراد اداة الدار التى يغنى صاحبها ان يجاور غيره ليستعين به فانما يريد القدر والزند وغيرهما وهى الحلة والمزائل المفارق.
Le sens de ذى الاداة serait tout à fait contraire : «comme se retire le compagnon qui a tout ce qu'il lui faut (litt. qui a son appareil).»

16. — Continuation de 12. — Sur b, B : اى اسعى فى ردّها عليكم والشوىّ جمع شاة والجامل جمع جمل وكلاهما اسمٌ للجمع غير مكسّر عليه الواحدُ.

17. — Il faut sous-entendre avec مستكرة le singulier دمع, qui est indiqué par le pluriel دموع qui précède.

18. — Yâkoût, *Wörterbuch*, s. v. مطارة : من ذى مطارة. — على وعل = على محافظ وعل (B).

19. — B compare IV, 4.

20. — B, variante : تبلغ فى ارسانها «elles tendent en avant les lèvres malgré leurs brides.» B explique ainsi la leçon du texte :

يريد انّ الخيل كانت تخبّ وراء الابل فتستعجل عن تجيئة مشيها لانّ الخيل ابطأ اذا كانت مع الابل فكلما استعجلت مدّت اعناقها وجحافلها فتبلغ اعجاز الابل وقوله بالجحافل اى مع الجحافل والجحفلة من الدابّة بمنزلة الشفة من الانسان.

21. — A : رِمّها. — G : زال «leur moelle s'en est allée». — L'accusatif de عوازبَ, etc. est l'accusatif على المدح والذمّ. — Sur موضع الفائل والتليل العنق والفائل عرق : B. فى تليل وفائل من الفخذ وانما يريد موضع الفائل ولم يرد الفائل بعينه.

22. — A : وقعٌ. Le *fâ* du second membre de phrase montre que اذا est sous-entendu devant le premier.

23. — B : قوله ويقذفن بالاولاد يعنى انّ السفرَ فى جهدها فهى ترمى باولادها لغير تمام فهى تخطّ فى الاسلاء اى تضطرب والوصائل ثيابٌ حمرٌ فيها خُطوطٌ خضر فشبّه السّلى بها.

24. — A : النخل. Sur النخل (B et G), B : جمع نخلة وهى الشاة فاستعارها للفرس. Le suffixe de لها a ici un sens réfléchi, littéralement «confiants pour eux-mêmes (confisi sibi) en une satiété provenant des rejetons,» etc.

25. — A : الحبور. — مقرّنة est la suite du vers 23. Le vers 24 est considéré comme une parenthèse.

26. — A : نثلة et دائل. — A, comme variante : وكلّ, avec tous les autres mots parallèles au génitif, comme suite de المراجل. — Dj, *s. r.* ذ ى ل; Djawâlîki, *Kitâb elmou'arrab*, p. ٨٥; Freytag, *Darstellung der arabischen Verskunst*, p. 510. — *b* dans Dj, *s. r.* ق ض ى et س ل م; B : قوله ونسج سليم اراد نسج سليمان واراد بسليمان داود كانّه اوّل من عمل الدروعَ فنسبتْ اليه لذلك قال الاسود ابن يعفر

من نسج داوود أبى سلاّم

يريد سليمان والقضّا (ms. القضا) الدروع الحديثة العمل والخشنة المسّ واشتقاقها من القضّة والقضض (ms. القضة والقضض) وهو الصغيرُ الخشن من الحصى والذائل الدرعُ الواسعةُ ذاتُ الذيل

Le vers d'Aswad (mètre *radjaz*) signifie : « un ouvrage tissé par David, père de Sallâm (Salomon) ». Cf. plus haut le nom complet سليمان, I, 22.

27. — Dj, *s. r.* د ن ى et ر ر ى. — Djawâlîḳî, *Kitâb elmoa'arrab*, p. ١٣٩ : واشعرن كرّة, qui est aussi donné comme variante dans A : « elles ont été couvertes d'écume d'huile ». — إضاء avec وضاء, comme variante, qui se retrouve dans Dj et Djawâlîḳî, *l. cit.* Il n'y a entre les deux leçons qu'une légère différence d'orthographe.

28. — G : لا ينقض البعن همّه, que B explique par : اى اذا همّ بأبعد لم يمنعه من ابتائه بعن مرامه لجلده. La leçon de notre texte est la reproduction de A. — A, comme variante : طلوب, suite de امرئ ; il faut alors lire aussi واضح غير خامل. — A : حامل.

29. — B : قوله تحين بكفّيه المنايا اى تحين وقتها ومعنى تحّان تحّا اى تصبّان العطاء صبّا كما يسحّ المطر يريد انه كالموت لاعدائه وكالغيث لاوليائه.

30. — A. F. 1409, fol. 44 v° avec le suivant :

إذا هَبَطَ الأَرْضَ البَعيدَةَ خِلْتُها دَمِيمَةَ وَجْهٍ غِبُّها غيرُ طائِلِ

« Lorsqu'il monte dans un pays éloigné, je m'imagine voir ce pays avili, marchant à une fin malheureuse. »

31. — A. F. 1409, *l. cit.* — Yâḳoût, *Geographisches Wörterbuch*, II, p. ٩٣٨, dans M. Loth, *op. laud.* p. 369 : « كأنّ عداده » « à voir leurs troupes, etc. »

POÉSIE XXIX.

Éloge de No'mân ben Moundhir Aboû Ḳâboûs. Ce morceau doit être le plus ancien de tous ceux que le poëte adressa à No'mân ben Moundhir pour plaider sa cause auprès de lui. Il semble qu'à ce moment le roi était en suspens, averti, mais sans être encore convaincu. Cf. *Introduction historique*, p. 231. Division : v. 1-9 : Adieux à la bien-aimée et aux demeures désertes. — 10-20. Le poëte prie No'mân de ne pas agir avec précipitation, proteste en faveur de son innocence et fait le panégyrique du prince.

1. — Yâḳoût, *Wörterbuch*, II, p. ٢٥٩, avec le suivant. (*Cf. ibid.* s. v. وعال). — A : ظلامة, qui n'est pas arabe. — A, comme var. الدمن, et alors البوالى serait pour البوالِيَ. Cf. I, 4 et VII, 14. — Sur مرفض الحبى, B : حيث انقطع وتفرق واتسع.

2. — Yâḳoût, *l. cit.* بعد امواه حلال. — دوارس est à l'accusatif comme phrase d'état : «Et les eaux de Danâ et de 'Ouweiriḍât, ces endroits qui sont à l'état de ruines.» — Sur حلال, B : الجماعات الكثيرة.

3. — A, comme var. صوارا. — تأبّد = توحّش (B). — العهد = زمن (A); = المطر (B); nous avons adopté cette seconde explication. — خال se rapporte à مرقوم. Cf. XXVII, 13.

4. — A, comme var. تعاورها, l'aoriste au lieu du parfait. Le suffixe féminin se rapporte à الدمن (B). Il est naturel de supposer que ce vers était, dans le texte primitif, placé immédiatement à la suite du vers 2, et que تعاورها est la suite de دوارس. Ensuite seulement viendrait le تأبّد, une espèce d'impersonnel (أوابد signifie «des bêtes féroces»), et le génitif اثيث نبته (vers 5), qui, dans notre texte, est jeté sans aucun rapport avec ce qui le précède, deviendrait la continuation naturelle de بمرقوم خال.

5. — Yâḳoût, *Wörterbuch*, II, p. ٧٧٤, avec le suivant. — A

donne comme variante أثيثُ et جَعْدُ, le déplacement des vers 3 et 4 rendant le génitif du texte presque incompréhensible. Remarquons enfin que dans ce vers se retrouve partout le masculin, qui a été introduit dans le morceau par تابن. — A : تراءٍ. — Sur *b*, B : العوذ الحديثات النتاج والمطافل التى معها اولادها والمتالى التى تنج بعضها فما بَقِىَ فهى المتالى وقيل المتالى هى التى تتلوها اولادها.

6. — A : مزيّنات. — Sur ردينة, B : قرية تُنسَبُ اليها الرماحُ وقيل هى امرأة ; de même dans Yâkoût, *l. cit.*

6. — B et G : الكعوبِ. — A, comme variante, et B dans le texte : مبطناتٌ.

8. — Variante de A et texte de G : بالٌ, selon que l'on prend بالى comme un nominatif ou comme un accusatif. — البال = الحال (B et G).

9. — Sur تجلّ, B : اى تجلّ عن ان تعيى ابدا وقيل ايضا معناه تجلّ بعن الكلال عن الكلال.

10. — A, comme variante : فداءٌ et فداءُ. Cf. I, 42. — Sur ربّه, B : يعنى النعمانَ وتحتمل ان يعنى نفسه. Le premier de ces deux sens me paraît seul acceptable.

11. — B : السجل الدلو المملوءة ضربها مثلا للعطاء يقول من اعطاه النعمانُ عطيّةً فقد حظى وفاز وليس كمن ضلّ فى طلبه وتحيّر.

12. — تبالٍ = ابتلاء واختبار (B).

13. — Sur *b*, B : ولا تجعل الىّ بالموجدة والسخطِ عن ان تختبرَ.

14. — A et G : عمرو, comme si c'était le nom propre. Cf. la note sur I, 17. — A et B comme variante : الحجيجُ « non, par les pèlerins

que les chamelles portent au mont Ilâl. » (Yâkoût : Alâl ; cf. la note sur II, 21.)

15. — B : فكيف. Qu'on lise ainsi ou وكيف (A et G), la phrase est très-elliptique. J'ai supposé qu'elle signifiait كيف أُغْفِلُ.

16. — كَفِّي اليمين forme une apposition où l'article remplace le suffixe, de même que dans *b* pour اليمين et الشمال.

17. — Il y a un jeu de mots entre les deux عن juxtaposés, celui de *a* et celui de *b*, employés dans des sens très-différents. — *b* est une phrase proverbiale.

18. — B : قوله له بحر اراد كثرة عطائه وضرب البحر مثلا والعدولى سفن كبارٌ والخلج سفن دون العدولية والخلج السرعة بالعدولي. — وقوله يقمّص بالعدولى اى يرتفع بها ويقفز (A et G) est une abréviation de بالعدولِيّ, nécessitée par le mètre. (A : اراد النسب فخفّف الياء الغَدَوْلِيَّة). Sur ce mot, Dj : فى شعر طرفة سفينةٌ منسوبة الى قرية بالبحرين يقال لها عَدَوْلُ والعَدَوْلِيّ الملّاح العُدْمُل القديم (var. : عَدَوْلَى). On voit quelle variété de vocalisation était admise pour ce mot. Cf. Ṭarafa, *Moallaka*, v. 4.

19. — مضرّ = دانٍ (B). Cf. ضرار, v, 3. — Sur قراقير, voir M. Nöldeke, Lakîṭ, dans *Orient und Occident*.

20. — A : للخبيّة ; G : للخبيّة = الابل المذللة. — Remarquer le pluriel النواجي, se rapportant à الخبيّة. — B : القانتات ; G : القاينات (ou القانيات), qui ne donnent aucun sens. B, tout en écrivant القانتات, explique en réalité القانئات (A) par الشديد الحمرة.

POÉSIE XXX.

Ce fragment se rapporte, comme la poésie XVII, au différend qui existait entre Nâbiga et Yazîd ben Sinân au sujet du *Maḥâch*. Nâbiga réclame une alliance sérieuse entre les banoû Mourra et les banoû Dhobyân, et il adjure ceux-ci de s'unir à lui pour la défense de leurs intérêts auprès des rois. Les vers 7-18 contiennent l'apologue du serpent et des deux frères. Cf. Freytag, *Arabum proverbia*, II, p. 336 et suivantes, où une grande partie de notre morceau est citée. C'est évidemment la plus faible poésie du *dîwân*. Sur l'application que fit 'Abdou'lmalik ben Marwân du vers 18, cf. *Introduction historique*, p. 252 et suiv.

1. — J'ignore à qui se rapporte le duel de ابلغا. De XVII, 1, on pourrait conclure que le poëte s'adresse aux tribus de Tamim et de Yarboû'; mais encore faudrait-il peut-être le féminin. Il semble que B ait voulu exprimer une opinion analogue, lorsque pour اصبحت, il dit : ذهب الى تأنيث القبيلة.

2. — Sur اجدّكم, B: يريد اجدًّا منكم اى اتجدّون فى فعلكم هذا.

3. — A : ملكٍ et مرّةٍ. — Sahm et Mâlik sont deux rejetons de Mourra. — تأتينى بعذر فعلها = فتعذرنى من مرة (B).

4. — Sur *b*, B: يقول من كثرة هذا الجيش تخشع قصائرة وتصغر وتدقّ وهذا مثل ضربه وقصائرة ارض او جبل.

5. — Dj. *s. r.* ع ب د. — B: المندّى والتندية ان تصدر الابل عن الماء ثم ترعى فى الكلا ثم تُعاد الى الماء وعبيدانُ عبد كان لرجل من عاد وكان مولاه ذا عزّ ومنعة وكان يورد اوّل الناس فكبر فغلب عليه رجل من عاد ويقال ان ذلك الرجلَ لقمانُ بن عاد حتى قهره وكان لا يورد عبيدان ابله الا بعد ما يورد غيرُه والحلّىّ الذى يمنعها ان تردَ الماء والباقرة (الباقر ms.) جماعة البقر فضرب بعبيدان المثل لكلّ من طُرِد وابعد.

6. — Freytag, *Arabum proverbia*, II, p. 336 : من ذوى الغىّ, et من الثّجو, deux variantes qui n'apportent aucun changement à la traduction. — B: ساهرةٌ امراةٌ سهرتْ لما بها من الوجد وقوله

وما اصبحتْ مقدّم على قوله كما لقيت ذات الصفا من حليفها.

D'après B, le sens serait donc : « Ce qu'a éprouvé l'habitante du rocher, et pourtant au matin elle ne s'est pas plainte, celle qui a été tenue éveillée par la douleur. Les proverbes qui ont cours parmi les hommes se réalisent toujours. » La traduction que j'ai proposée ne suppose aucune interversion ; elle rapporte également l'axiome exprimé dans le vers 6, *b* au proverbe de 5, *b*; mais le *wâw* me paraît être le *wâw* du serment, comme plus haut devant d'autres proverbes. Cf. VI, 11, et VIII, 3. La confirmation de ce serment vient ensuite dans 6, *b*.

7. — Freytag, *l. cit.* خليلها. B a ici une note qui n'occupe pas moins d'une page, et où se trouve raconté en détail l'apologue du serpent et des deux frères.

8. — A, comme variante : وافِرًا. « Je te convie à recevoir une belle rançon ».

9. — B : قوله غبّا وظاهرةً الغبّ ان تفعل شيئا يوما وتتركه يوما والظاهرة فى كل يوم.

10. — On peut aussi lire : الا اقلّه ; ni A ni G n'ont de voyelles. — B : عن الخير.

11. — A : ويقتلُ. — B : انا نجعل, le copiste ayant sans doute pris انا pour انّ, combiné avec le suffixe de la première personne du pluriel. — Le commentaire de B suppose la leçon يجعل اللهُ : اى كيف يجعل اللهُ اى كيف يجعل حلفَه بالله سترةً حتى يمكنه الحيّة فيقتلها بقتلها اخاه. Le commentateur avait évidemment présents à l'esprit les passages : *Coran*, LVIII, 17, et LXIII, 2. Cf. Beiḍâwî, II, p. ٣٢٠ et ٣٣١٤. La leçon اللهُ n'en est pas moins confirmée par A et G.

12. — موجودا est ici pour موجودةً en face de ماله et de مفاقرةً. — Pour les derniers mots, cf. VII, 12.

13. — B : قوله بحدّ غرابها يعنى طرفها وحدّها والمذكّرة يقال سيف ذو ذكرة وسيفٌ ذكير والباترة القاطعة.

14. — أو est ici dans le sens de «à moins que»; car, si on le traduisait par «ou», on arriverait à un non-sens.

15. — D'après B, la phrase antécédente est sous-entendue : «Lorsque Dieu l'eut préservé du coup de hache, il se repentit de son action.» Il est bien plus naturel de regarder la phrase commençant par فقال (vers 16) comme la suite du vers 15, littéralement : «Lorsque Dieu l'eut préservé, etc. . . . . . . il lui dit.»

16. — A : تُجْزِى et اَللّهُ. — Freytag, *l. cit.* ما لنا تعالى et ما لنا.

17. — A, comme variante : يمين. — Freytag, *l. cit.* رايتك مَشْؤومًا «Quand j'ai vu que tu portes malheur.» — Le poëte oppose dans le même vers يمين الله à يمينك فاجرةً. — Comme souvent après les serments, la négation est sous-entendue devant افعل (B).

18. — Mas'oûdi, *Les prairies d'or*, ch. XCIV. (Cf. *Introduction historique*, p. 253.)

POÉSIE XXXI.

Il a déjà été question des doutes sérieux qu'inspire l'authenticité de cette poésie. Voir *Introduction historique*, p. 257. Il semble que d'ailleurs la poésie précédente ait été, elle aussi, attribuée par quelques commentateurs à Aus ben Ḥodjr; car B, après en avoir cité le dernier vers, ajoute : وهى لاوس بن حجر. Nous n'avons d'ailleurs que le commencement du morceau. Division : 1-4 : Adieux à la bien-aimée. — 5-13 : Description d'une chamelle au repos et comparaison avec un taureau qui entend de loin le chasseur avec sa meute.

1. — B : التعذير التقصير فى الامر وقوله وما وداعك يقول
كيف وداعك يقول كيف توديعها وقد مضت وقفّت بها العيرُ
اى ذهبت.

2. — Yâḳoût, *Wörterbuch*, s. v. تمارة, qu'il lit نمارة. A : تَمارة.

3. — Thahlân et Nîr sont de même juxtaposés dans un vers cité par Yâḳoût, *Wörterbuch*, I, p. ۹۳۱.

4. — أُجْدٌ est pour أُجُدٌ (cf. I, 7), par suite d'une nécessité prosodique. — Littéralement : «Est-ce que me fera parvenir une cha-

melle, etc. et un départ au commencement de la nuit et un voyage en plein midi?»

5. — A : عُرِيَتْ, — B : قوله قد عرّيت نصف حول اى تُركت فلم تركب وعرّيت من رحلها وقيم عليها بالعَلَف والجدد المتتابعة ومعنى يسقى يندرى.

6. — Cf. *Introduction historique*, p. 257, note 1. — B : قوله وفارقت (ms. وفارقت) اى فارقت الجرب قال الاصمعى وذلك انها صارت بارض الريف بالحيرة فهو اقرب لها من الجرب ولما تجرب وقوله وباع لها اى اشترى لها والفصافص الرطاب وهى علف الامصار واحدتها فصفصة وهى فارسيّة معرّبة والنمّى دراهم رصاص او زُيوف او نحوها والسفسير الخادم الذى يخدمها ويقوم عليها وهو المصار.

7. — Cf. *Introduction historique*, *l. cit.* — Bâgoûth n'est pas cité dans Yâkoût; d'après B, c'est une localité de Hira. — G : جَوَّة et جَوَّة. — G et B, dans le texte : الباغوث; A et B, dans le commentaire : الباغوث.

8. — A : الأوَّزِّين, qui ne présenterait aucune forme grammaticale. Il y a sans doute une influence locale (cf. le pluriel araméen en *in*) dans l'emploi de الإوَزِّين au nominatif (ainsi dans G) au lieu de الإوَزُّون. Cf. Dj, Freytag et M. Lane, *s. v.* L'arabe vulgaire n'a d'ailleurs conservé pour le pluriel régulier que la forme en *în*, telle qu'elle se trouve ici.

9. — G : الإمام, avec الهام (A et B) comme variante. — G : سيروا, qui montre clairement que nous avons ici le pluriel de l'impératif (1re forme) de سار.

10. — B : خُضِبَتْ الخاضب الظليم وهو هاهنا الثور الذى خضبت أظلافه لطول العهد او للربيع وقيل لشدّة البرد واللهق الابيض والقهر الابيض تعلوه كدرة والاهاب الجلد والزنانير رملة وقيل

اسم ارض. Ainsi donc, d'après B, الخاضب signifierait ici un taureau; c'est à une telle opinion que Dj, *s. r.* خ ض ب, semble répondre, lorsqu'il dit : ولا يقال ذلك الّا للظليم. — Sur Zanânîr, comme nom d'endroit, voir Yâkoût, *Wörterbuch*, II, p. ٩١٥ v.

11. — اصاخ = اصغى واستمع (B) et اصغى sont la suite de تربّثه (vers 10).

12. — B : من حسّ الأطلس يريد ان النبأة من حسّ اطلس وهو الصائد والطلسة الكدرة الى سواد وهى لون الذئب وقيل للصائد اطلس لانّه يختل كما يختل الذئبُ والشرعُ الكلاب واصل الشرع الأوتارُ الرقاق شبّه الكلاب بها فى ضمرها ودقّتها وشبّه أضراسَها بالماشير فى حدّتها وقيل سُمّى الصائدُ أطلسَ لاتّساخ ثوبه من الحرور والغبار. J'ai, contrairement à l'opinion du commentaire, rapporté le من, non pas à نبأة, mais à اصاخ et à اصغى. Le sens donné à شرع n'est confirmé par aucun des lexiques originaux; la tradition l'a conservé pour ce passage dont il peut seul donner l'explication.

13. — B : وقوله يقول راكبها الجنّ يعنى الصائد وهو بارض مرّد وفلاة قصيرة حساء لذلك وراكبها الذى يركب ادبارها ويتبع آثارها وقوله مرتفقا اى يرفق بها وهو عالم بارسالها وقوله هذا لكنّ يريد أنّ الصائدَ يقول للكلاب هذا لكنّ ليحثّهن على الصيد ويحثّهن على ادراك الثور او هذا الثور لكنّ وقوله ولحم الشاة محجور اى ممنوعٌ لا يلحق وقيل فى الجنّ قول اخر يقال ان الوحش مَراكبُ للجنّ وقوله هذا لكنّ اى هذا الجرىُ لكنّ للكلاب وقيل راكبها الجنّ وهو ما تركب الكلاب من الحرص وشدّة الجوع كما يقال قد ركب الرجلَ جنانه اذا غضب وقوله هذا لكنّ اى تحدّثهن انفسُهن انّ التى (الذى ...

تصيدها لها فهى تجهد انفسها وتستخرج اقصى جريها. Tout d'abord le راكبها de ce vers n'est pas identique au راكبها des vers 7 et 9. La première explication a été adoptée dans la traduction. Des deux sens qui sont proposés pour هذا لكن, le second a été préféré au premier, d'après lequel il faudrait traduire : « Voilà pour vous », c'est-à-dire, cette contrée vous appartient pour la chasse. Un autre commentateur suppose que le taureau est monté par un *Djinn*, et ce cavalier diabolique dit aux chiens (ou peut-être plutôt à la bête féroce, en lisant للوحش pour للكلاب) : « Le chasseur téméraire va devenir votre pâture; il est à vous. » Enfin, le cavalier diabolique pourrait bien être la meute, ayant pour monture l'avidité et l'excès de la faim, comme on dit en arabe قد ركب الرجل جنانه « cet homme a pour monture ses démons » pour exprimer qu'il est en colère. De même ces chiens sont excités par l'espoir du butin, et s'encouragent eux-mêmes, parce qu'ils comptent bien avoir leur part de la chasse. Il faut alors traduire : « La faim, leur cavalier diabolique, leur dit, pour faire agréer ses conseils : Ceci est pour vous; mais la viande des brebis vous est interdite. »

APPENDICE.

La publication de ce long et important morceau n'est devenue possible que par le zèle et l'obligeance de quelques savants étrangers. J'ai déjà nommé MM. Gildemeister, Wright, Neubauer, Hoffmann. Il me reste encore à remercier M. Sachau, qui a bien voulu copier pour moi les gloses du manuscrit de Londres. S'il reste cependant, malgré tous ces secours, plus d'un point douteux à éclaircir, plus d'une difficulté à résoudre, je ne puis en rejeter la responsabilité sur personne, et il me faut l'accepter entièrement.

J'ai désigné dans les notes le texte d'Iskandar Agâ par I, la collation de M. Wright par W, celle de M. Neubauer par N et celle de M. Hoffmann par H. J'ai pu ainsi éviter d'employer dans une nouvelle signification des lettres dont je m'étais déjà servi pour désigner d'autres manuscrits, et en même temps rappeler presque à chaque ligne l'importance des services qui m'avaient été rendus. C'était un hommage bien dû au dévouement de mes collaborateurs.

Quant à la poésie en elle-même, il se pourrait bien qu'à l'exception du fragment cité dans le *dîwân* (poésie IX), elle fût une œuvre plus moderne, à laquelle il aurait servi de base. L'imitateur de Nâbiga, qui aurait ainsi publié sous le nom du vieux poëte sa composition, d'ailleurs remarquable, ne s'est même pas donné la peine de souder les deux morceaux et de trouver une transition entre son nouveau commencement et le vieux fragment qu'il y avait ajouté. On dirait deux poésies juxtaposées, qui ne sont rattachées l'une à l'autre que par la similitude du mètre et de la rime.

Cependant il n'y a pas un lien assez intime entre les diverses parties d'un *ḳaṣîda* arabe pour que l'on puisse considérer un tel argument comme une preuve suffisante. Il n'y a que des présomptions contre l'authenticité du début. Le second hémistiche du vers 10 répond presque textuellement à un passage du *Coran* (LXXI, 13). Mais ce *soûra* n'est pas un des derniers[1], et l'expression peut bien avoir été empruntée de part et d'autre à un proverbe qui avait cours ou à quelque dire populaire. On ne saurait trop répéter que Moḥammad n'a rien inventé, mais qu'il a seulement exprimé dans un langage élevé les sentiments et les idées de ses contemporains.

Ajoutons enfin qu'au vers 19 deux manuscrits[2] porten تبيّن نظرةً حارِ. Or, dans ce passage, le poëte, quel qu'il soit, s'adresse la parole à lui-même. Ces mots ne peuvent avoir d'autre sens que : « Regarde attentivement, Ḥârith. » Nous aurions donc ici le nom du faussaire. Le texte de Beyrouth, par contre, a une tout autre leçon, inspirée sans doute par une vue intelligente de la difficulté exégétique, mais qui a le défaut de reproduire faiblement la pensée mieux rendue dans le commencement du vers. Le texte primitif dénonçait évidemment un Ḥârith comme auteur de ce poëme. Peut-être serait-ce Ḥârith ben Ḥilizza, l'auteur d'un *mo'allaḳa*, presque le contemporain de Nâbiga[3].

On s'étonnera peut-être que les vers déjà publiés aient été souvent donnés ici dans un ordre nouveau et avec des leçons différentes de celles adoptées plus haut. Nous avons cherché à reproduire cette fois la version du *Djamhara*, de même que nous n'avions prétendu donner pour les autres poésies que les traditions d'Aṣma'î et de Ṭoûsî[4]. Il n'y a pas d'autre procédé légitime pour éditer ces morceaux anciens, qui ne nous sont point parvenus intacts et dans leur aspect primitif; c'est déjà beaucoup de pouvoir retrouver le texte tel qu'il était lu à une époque aussi ancienne que le deuxième siècle de l'hégire.

[1] M. Th. Nöldeke, *Geschichte des Qorâns*, p. 95 ; M. Muir, *A list of the Suras in the Coran arranged chronologically*, dans *The Life of Mahomet*, II, p. 319.

[2] Le troisième manuscrit (H) a prudemment laissé en blanc ce passage.

[3] Remarquons cependant que le vers 29 est cité comme de Nâbiga par Dj, *s. r.* ذ ب ب.

[4] *Introduction historique*, p. 262.

٣٢ وامّا المجهرات فأوّلها قول النابغة الذبيانى وهو زياد بن عمرو

(بسيط) ابن معاوية قال

عُوجُوا فَحَيُّوا لِنُعْمٍ دِمْنَةَ الدّارِ ما ذا تُحَيُّونَ مِنْ نُؤْيٍ وأَحْجارِ

أَقْوَى وَأَقْفَرَ مِنْ نُعْمٍ وَغَيَّرَهُ هُوجُ الرِّياحِ بِهابِى التُّرْبِ مَوّارِ

دارٌ لِنُعْمٍ بِأَعْلَى الجَوِّ قد دَرَسَتْ لَمْ يَبْقَ إِلّا رَمادٌ بين أَظْآرِ

وَقَفْتُ فيها سَراةَ اليَوْمِ أَسْأَلُها عن آلِ نُعْمٍ أُموناً عُبْرَ أَسْفارِ

فَٱسْتَعْجَمَتْ دارُ نُعْمٍ لا تُكَلِّمُنا والدّارُ لو كَلَّمَتْنا ذاتُ أَخْبارِ

فما وَجَدْتُ بها شيئاً أَلُوذُ به الّا الثُّمامَ والّا مُوقِدَ النّارِ

وقد أَرانِى ونُعْمًا لاهِيَيْنِ مَعًا والدَّهْرُ والعَيْشُ لَمْ يَهْمُمْ بِإِمْرارِ

أَيّامَ تُخْبِرُنِى نُعْمٌ وأُخْبِرُها ما أَكْتُمُ النّاسَ من حاجٍ وأَسْرارِ

لولا حَبائِلُ من نُعْمٍ عَلِقْتُ بها لَأَقْصَرَ القَلْبُ عنها أَىَّ إِقْصارِ

فإن أَفاقَ لقد طالَتْ عَمايَتُه والمرءُ يُخْلَقُ طَوْرًا بعد أَطْوارِ

نُبِّئْتُ نُعْمًا على الهِجْرانِ عاتِبَةً سَقْيًا ورَعْيًا لذاكَ العاتِبِ الزّارِ

رَأَيْتُ نُعْمًا وأَصْحابِى على عَجَلٍ والعِيسُ لِلبَيْنِ قد شُدَّتْ بِأَكْوارِ

فَرِيعَ قَلْبِى وكانَتْ نَظْرَةً عَرَضَتْ حِينًا وتَوْفِيقَ أَقْدارٍ لِأَقْدارِ

بَيْضاءُ كالشَّمْسِ وافَتْ يَوْمَ أَسْعُدِها لم تُؤْذِ أَهْلًا ولم تُفْحِشْ على جارِ

تَلُوثُ بعد ٱفْتِضالِ البُرْدِ مِئْزَرَها لَوْثًا على مِثْلِ دِعْصِ الرَّمْلَةِ الهارِ

والطِّيبُ يَزْدادُ طِيبًا أَنْ يكونَ بها   فى جِيدِ واضحةِ الخَدَّيْنِ مِعْطارِ
تُسْقِي الضَّجِيعَ اذا آسْتَسْقَى بذى أُشُرٍ   عَذْبِ المَذاقةِ بعد النَّوْمِ مِخْمارِ
كأَنَّ مَشْمُولةً صِرْفًا بريقتها   من بعدِ رَقْدتِها او شُهْدِ مُشْتارِ
أَقولُ والنَّجْمُ قد مالتْ أَواخِرُه   الى المَغِيبِ تَبَيَّنْ نَظْرَةً حارِ
أَلَمْحَةً مِنْ سَنِى بَرْقٍ رَأَى بَصَرِى   أَمْ وَجْهُ نُعْمٍ بَدَا لى أَمْ سَنَا نارِ
بل وَجْهُ نُعْمٍ بَدَا واللَّيْلُ مُعْتَكِرٌ   فلاحَ من بَيْنِ أَثْوابٍ وأَسْتارِ
إِنَّ الحُمولَ الّتى راحتْ مُهَجِّرَةً   يَتْبَعْنَ أَمْرَ سَفِيهِ الرَّأْىِ مِغْيارِ
نَواعِمٌ مِثْلَ بَيْضاتٍ بِمَحْنِيَةٍ   يَحْفِزْنَ منه ظَلِيمًا فى نَقًى هارِ
اذا تَغَنَّى الحمامُ الوُرْقُ هَيَّجَنِى   وإن تَغَرَّبْتُ عنها أُمَّ عَمّارِ
ومَهْمَهٍ نازِحٍ تَعْوِى الذِّئابُ به   نائِى المِياهِ عن الوُرّادِ مِقْفارِ
جاوَزْتُه بعَلَنْداةٍ مُناقِلَةٍ   وَعْرَ الطَّرِيقِ على الحُزّانِ مِضْمارِ
تَجْتابُ أَرْضًا الى أَرْضٍ بذى زَجَلٍ   ماضٍ على الهَوْلِ هادٍ غيرِ مِحْيارِ
اذا الرِّكابُ وَنَتْ عنها رَكائِبُها   تَشَذَّرَتْ بِبَعِيدِ الفِتْرِ خَطّارِ
كأَنّما الرَّحْلُ منها فوقَ ذى جُدَدٍ   ذَبِّ الرِّيادِ على الأَشْباحِ نَظّارِ
مُطَرَّدٍ أُفْرِدَتْ عنه حَلائِلُه   من وَحْشِ وَجْرَةَ او من وَحْشِ ذى قارِ
مُجَرَّسٍ وَحَدٍ جَأْبٍ أَطاعَ له   نَباتُ غَيْثٍ من الوَسْمِىِّ مِبْكارِ
سَراتُه ما خَلا لُبانِهِ لَهَقٌ   وفى القَوائِمِ مِثْلَ الوَشْمِ بالقارِ
باتَتْ له لَيْلَةٌ شَهْباءُ تَسْفَعُه   بحاصِبٍ ذاتِ شُفّانٍ وأَمْطارِ
وباتَ ضَيْفًا لِأَرْطاةٍ وأَلْجَأَه   مع الظَّلامِ اليها وابِلٌ سارِ
حَتَّى اذا ما آنْجَلَتْ ظَلْماءُ لَيْلَتِه   وأَسْفَرَ الصُّبْحُ عنه أَىَّ إِسْفارِ
أَهْوَى له قانِصٌ يَسْعَى بأَكْلُبِه   عارِى الأَشاجِعِ من قُنّاصِ أَنْمارِ

مُحالِفُ الصَّيْدِ هَبّاشٌ لَهُ لَحِمٌ   ما إِنْ عليه ثِيابٌ غيرُ أَطْمارِ
يَسْعَى بِغُضْفٍ بَراها فهى طاوِيَةٌ   طُولُ ٱرْتِحالٍ بها منه وتَسْيارِ
حتّى اذا الثَّوْرُ بعد النَّفْرِ أَمْكَنَهُ   أَشْلَى وأَرْسَلَ غُضْفًا كُلُّها ضارِ
فكَرَّ مَحْمِيَةً مِنْ أَنْ يَفِرَّ كما   كَرَّ المُحامِى حِفاظًا خَشْيَةَ العارِ
فشَكَّ بالرَّوْقِ منها صَدْرَ أَوَّلِها   شَكَّ المُشاعِبِ أَعْشارًا بأَعْشارِ
ثمّ ٱنْثَنَى بَعْدُ للثّانى فأَقْصَدَهُ   بذاتِ ثَغْرٍ بَعِيدِ القَعْرِ نَعّارِ
وأَثْبَتَ الثّالِثَ الباقِى بنافِذَةٍ   مِنْ باسِلٍ عالِمٍ بالطَّعْنِ كَرّارِ
وظَلَّ فى سَبْعَةٍ منها لَحِقْنَ به   يَكِرُّ بالرَّوْقِ فيها كَرَّ إِسْوارِ
حتّى اذا ما قَضَى منها لُبانَتَهُ   وعادَ فيها بإِقْبالٍ وإِدْبارِ
إِنْقَضَّ كالكَوْكَبِ الدُّرِّىِّ مُنْصَلِتًا   يَهْوِى ويَخْلِطُ تَقْرِيبًا بإِحْضارِ
فذاك شِبْهُ قَلُوصِى إِذ أَضَرَّ بها   طُولُ السُّرَى والسُّرَى من بعدِ أَسْفارِ
لقد نَهَيْتُ بنى ذبيان عن أُقُرٍ   وعن تَرَبُّعِهِمْ فى كُلِّ أَصْفارِ
فقُلْتُ يا قومِ إِنَّ اللَّيْثَ مُفْتَرِشٌ   على بَرائِنِهِ للوَثْبَةِ الضّارِ
لا أَعْرِفَنْ رَبْرَبًا حُورًا مَدامِعُها   كأَنَّهُنَّ نِعاجٌ حَوْلَ دُوّارِ
يَنْظُرْنَ شَزْرًا الى من جاء عن عُرُضٍ   بأَوْجُهٍ مُنْكِراتِ الرِّقِّ أَحْرارِ
خَلْفَ العَضارِيطِ مِنْ عَوْذَى ومن عَمَمٍ   مُرَدَّفاتٍ على أَحْناءِ أَكْوارِ
يُذْرِينَ دَمْعَ عُيونٍ دَمْعُها دِرَرٌ   يأْمُلْنَ رِحْلَةَ حِصْنٍ وٱبْنِ سَيّارِ
ساقَ الرُّفَيْدَاتِ من جَوْشٍ ومن حُدَدٍ   وماش من رهط رِبْعِىٍّ وحَجّارِ
قَرْمًا قُضاعَةَ حَلًّا حَوْلَ حُجْرَتِهِ   مَدًّا عليه بسُلّافٍ وأَنْفارِ
حتّى ٱسْتَغاثا بجَمْعٍ لا كِفاءَ له   يَنْفِى الوُحوشَ عَنِ الصَّحْراءِ جَرّارِ
لا يَخْفِضُ الصَّوْتَ عن أَرْضٍ أَلَمَّ بها   ولا يَضِلُّ على مِصْباحِهِ السّارِ

قد عَيَّرَتْنِي بَنُو ذُبْيانَ خَشْيَتَهُ   وهل عليَّ بأَنْ أُخْشاهُ من عارِ
إمّا عُصِيتُ فإنّي غَيْرُ مُنْتَقِلٍ   مِنّي اللِّصابُ فجَنْبَيْ حَرَّةِ النّارِ
فَوْضِعُ البَيْتِ في صَمّاءَ مُظْلِمَةٍ   بَعيدَةِ القَعْرِ لا يَجْرِي بها الجارِ
تُدافِعُ النّاسَ عنّا يَوْمَ نَرْكَبُها   من المَظالِمِ تُدْعَى أُمَّ صَبّارِ

TRADUCTION.

POÉSIE XXXII.

Et parmi les poésies contenues dans le *Djamhara*, la première est la poésie de Nâbiga Dhobyânî, et son nom est Ziyâd ben ʿAmr ben Mouʿâwiya. Il dit :

Détournez-vous, puis saluez en l'honneur de Nouʿm les ruines de la maison ; mais, à quoi bon saluer un fossé et des pierres ?

Depuis que Nouʿm est partie, c'est un endroit dévasté, c'est un désert : l'aspect de ces lieux a été transformé par les attaques des vents qui font monter et voltiger la poussière.

Une demeure qu'habitait Nouʿm sur le point le plus élevé de la vallée a été détruite : il n'en est plus resté que des cendres au milieu des trépieds inclinés.

Je voulais l'interroger sur la tribu de Nouʿm, et j'y ai arrêté au milieu de la journée une chamelle solide, qui supporte les voyages.

Mais la demeure de Nouʿm est restée silencieuse sans nous parler; et la demeure (plût à Dieu qu'elle nous eût parlé!) aurait eu beaucoup à raconter.

Je n'y ai trouvé aucun sujet de joie, excepté le *thoumâm* d'autrefois, excepté l'ancien foyer;

Et je me voyais de nouveau avec Nouʿm jouant ensemble, alors que le temps et la vie ne se souciaient pas de nous devenir amers,

Aux jours où Nouʿm s'entretenait avec moi, et où je lui contais les affaires et les secrets que je cachais aux hommes.

Si les liens qui m'attachaient à Nouʿm n'avaient soutenu mon cœur, il aurait été trop faible pour supporter sa passion, et quelle n'eût pas été sa faiblesse!

Si même il est guéri maintenant, son aveuglement aura duré bien longtemps; mais aucun homme n'est créé en une fois.

Nouʿm passe la nuit à tempêter contre cette rupture. Que Dieu donne la pluie et la pâture à qui gronde et tempête ainsi!

J'ai vu Nouʿm, pendant que mes compagnons étaient impatients et que les montures étaient déjà sellées pour la séparation;

Et mon cœur a été saisi, tandis qu'en me lançant un regard d'un moment, elle rattachait ma destinée à la sienne.

Brillante comme le soleil, au jour où il est entré dans ses constellations de Saʿd, elle n'a jamais fait de mal à personne, elle n'a jamais nui à un voisin.

Après s'être parée d'un vêtement rayé, elle nouait son *izâr*, dont les plis ressemblaient à un monceau de sable effondré.

Les parfums devenaient plus parfumés pour être placés sur le cou embaumé d'une belle aux joues éclatantes.

Elle abreuvait celui qui partageait sa couche, lorsqu'il demandait à boire, avec une bouche aux dents effilées, au goût suave, à l'haleine rafraîchissante comme le vin après le sommeil.

On eût dit qu'à son réveil elle avait la salive imprégnée d'un vin pur ou d'un rayon de miel qui a été tiré de la ruche.

Je dis, alors que l'étoile des nuits penchait ses extrémités vers le couchant : « Regarde attentivement, Ḥârith;

« Est-ce un des rayons étincelants de la foudre que mon œil a vu briller, ou bien est-ce le visage de Nouʿm qui m'est apparu, ou bien est-ce une flamme éclatante? »

C'était bien le visage de Nouʿm au milieu d'une nuit ténébreuse, et il ressortait au milieu des étoffes et des voiles.

Certes les bêtes de somme qui sont parties malgré les chaleurs de midi obéissent à un insensé, jaloux de mon bonheur.

Tranquilles comme des œufs abandonnés au détour d'une vallée, elles tiennent à distance de lui une autruche qui se vautre au milieu des mamelons renversés.

Il a passé la nuit en recevant l'hospitalité d'un *arṭâ*, et il a été forcé de s'y réfugier par l'obscurité et par une averse nocturne,

Jusqu'au moment où les ténèbres de la nuit se sont dissipées pour lui, et où l'aurore en est sortie, avec quel éclat!

Un chasseur s'est élancé à sa poursuite, mettant toute sa meute en mouvement, découvrant son poignet nerveux, un chasseur d'Anmâr,

Qui n'a jamais renoncé à la chasse, qui en tire sa subsistance, qui est avide de viande; c'est à peine s'il a d'autres vêtements que des haillons.

Il fait courir ses levriers, qu'a fatigués (et ils sont encore à jeun) la longueur du voyage et de l'expédition qu'il a accomplis avec eux.

Lorsque le taureau, après avoir fui, revient à sa portée, il appelle et il met en campagne ses levriers, tous habitués à poursuivre le gibier.

Le taureau est revenu à la lutte après avoir fui, comme revient celui qui est sur la défensive pour repousser toute attaque, et par crainte du déshonneur.

Il a fait pénétrer sa corne dans la poitrine du premier d'entre eux, comme le charpentier fait pénétrer les pièces de bois les unes dans les autres;

Puis il s'est retourné contre le second, et il l'a atteint avec sa bouche aux dents proéminentes, aux cavités profondes, qui fait couler le sang.

Le troisième vivait encore : il l'a achevé d'un coup

qui l'a traversé, comme frappe un brave qui sait lutter, qui est habitué aux combats.

Il en restait sept qui le harcelaient : il est revenu à eux avec sa corne, terrible comme un cavalier persan.

Lorsqu'il eut terminé son affaire et qu'il eut tourné plusieurs fois, allant et venant autour des cadavres,

Il est descendu et il a *filé* comme l'étoile aux teintes perlées, et il s'est mis à courir, mêlant le trot mesuré au galop sautillant.

C'est à ce taureau que ressemble ma chamelle, puisqu'elle a souffert de longues courses nocturnes, qui succédaient à d'autres voyages.

J'avais détourné les banoû Dhobyân de Oukour, où chaque année au printemps ils prenaient leurs quartiers pendant le *ṣafar*.

J'avais dit : « Ô mes compagnons, déjà le lion s'est accroupi sur ses griffes, prêt à bondir.

Puissé-je ne jamais voir nos belles vaches aux yeux sombres, semblables aux brebis qui paissent autour de Douwwâr,

Regarder du coin de l'œil l'ennemi qui doit arriver de côté, tandis que leurs visages reflètent le mépris de la servitude et l'amour de la liberté,

Se tenant derrière les mercenaires, jeunes et vieilles, montées en croupe sur les extrémités recourbées des selles,

Et répandant des larmes, qui sur leurs yeux ressemblent à autant de perles, mettre toute leur espérance dans l'arrivée de Ḥiṣn et d'Ibn Seyyâr ! »

Mais lui, il a poussé en avant les *roufeidât* de Djauch et de Ḥouddar, et il y a mêlé des hommes des tribus de Rib'î et de Ḥadjdjâr;

Deux héros de Ḳouḍâ'a, qui se sont établis autour 55
de sa résidence, qui lui ont fourni chefs et soldats;

Ils lui ont apporté le concours d'une armée sans égale, qui chasse les bêtes féroces de la plaine, et dont les rangs sont serrés,

Qui ne baisse pas la voix pour cacher ses positions dans un pays où elle campe et qui garde ses feux dont l'éclat empêche le voyageur de s'égarer.

Les banoû Dhobyân m'ont reproché de le craindre; y a-t-il pour moi quelque honte à le craindre?

Si je rencontre de la résistance, je ne me verrai pas refuser l'entrée dans les deux défilés de la montagne et sur les deux versants de *Ḥarrat ennâr;*

Et je dresserai ma tente dans un pays rocailleux, 60
obscur, éloigné, où le voyageur ne chemine pas.

Une telle retraite nous défendra contre l'injustice des hommes, et elle sera appelée *Oummou 'ṣṣabbâr.*

NOTES.

Division de la poésie : 1° Adieux à Nou'm; retour sur les beaux jours où le poëte était son amant; éloge de sa beauté; v. 1-21. — 2° Voyages sur une chamelle dont l'allure rappelle un taureau sauvage, poursuivi par les chasseurs et luttant avec la meute lancée à sa poursuite; v. 22-47. — 3° Appel aux banoû Dhobyân, qui n'ont pas agi avec prudence et se sont fait battre à Dhoû Oukour (voir la note sur la poésie IX). — Le préambule qui précède le texte a été emprunté à I; H porte : وقال النابغة الذبياني وهو زياد بن معاوية; W : وقال نابغة بنى ذبيان وهو زياد بن معاوية بن ضباب الخ (cf. *Introduction historique*, p. 205); je ne sais pas ce qui se trouve dans N.

1. — H : لِنِعْم, qui est aussi possible et que d'ailleurs il porte de même aux vers 2, 3, etc. — I et N : يحيّون, qui devrait avoir pour sujet les compagnons, et qui donnerait une construction peu naturelle. — W : نَوِّى, par contre H exactement : نُؤَى. — Il se pourrait que لنعم n'ait été placé ainsi que par suite d'une inversion plus fréquente pour la préposition من (cf. XXVII, 6), et que l'on eût dû écrire en prose : دمنة الدار لنعم.

2. — I : بها والترب ; les trois manuscrits : بهابى. — W : هَوْج, mais la glose explique هُوجُ : جمع هَوْجاء وهى الشديدة.

3. — Manque dans W. — I et H : اطيار ; il faut lire avec N : أَظْآر ; Dj : قد يوصف بالظُّؤّار الأثافى لتعطّفها على الرماد.

4. — I : عير ; H : عَبْر ; W : عُبْر. — Gloses : سراة اليوم اى وسطه امونٌ الناقةُ أُمِنَتْ ان تكونَ ضعيفة عبرٌ اسفار اى يُعبرُ عليها الأَسفارُ.

5. — I et W : فاستعجبت ; H et N : فاستعجمت. — W : ما تكلّمنا.

6. — Le ثمام est une herbe qui pousse dans les fentes des maisons.

7. — I : لابثين ; W et N : لاهيين. — I : لم يهم ; les trois manuscrits : لم يَهْمُمْ ; N comme dernier mot : بادبار « ne se souciaient pas de nous tourner le dos ». Gloses : لاهيين اى فى لهو ولعب وقوله والدهر والعيش لم يهمم بامرار هذا فى كلام العرب كثيرٌ قال الله عزّ وجلّ الجنّتين آتتْ أُكُلَهَا فرجع التوحيدَ. Le commentateur remarque que le verbe يَهمم est au singulier malgré les deux sujets, et il compare *Coran*, XVIII, 31. Sur التوحيد dans le sens grammatical, M. Fleischer, *Beiträge zur arabischen Grammatik*, I, p. 94.

8. — I : واحرها, une faute grossière. — I et H : من بادٍ واسرار « des choses visibles et des secrets ». Cette leçon ne va pas aussi bien avec أكتم que حاجى (W et N).

9. — J'ai rapporté le suffixe de عنها à الحبائل ; il se pourrait

pourtant que l'auteur ait eu dans sa pensée Nou'm et qu'il ait simplement voulu dire : « mon cœur se serait fondu par son amour, et de quelle façon ! »

10. — N : وان et فقد, qui sont possibles ; تخلق, qui ne donne aucun sens. — Sur *b*, cf. *Coran*, LXXI, 13, où il est dit de Dieu خَلَقَكُمْ أَطْوَارًا. Sur l'importance qu'il faut attacher à ce rapprochement pour apprécier l'origine de ce morceau, voir plus haut, p. 498. Quant au sens, il n'est pas douteux. Le poëte vient de parler de son long aveuglement, puis de sa guérison ; sa pensée est que l'homme n'est pas formé en un jour, et il regarde chacun de nos progrès comme une nouvelle création ; toute la vie de l'homme serait comme une série de créations successives. — Après ce vers, N a le suivant :

فَإِنْ يَكُنْ قد قَضَى من خَلِّهِ وَطَرًا
فَإِنّى منك لَمّا أَقْضِ أَوْطَارِ

« Et si mon cœur avait payé sa dette d'amour, moi, je serais encore ton débiteur ».

11. — W : نعمًا, qui ne donne aucun sens. — N : فليتَ نعمًا « Plût au ciel que Nou'm se mît à tempêter, » etc. — Le masculin employé dans *b* rend l'expression plus générale.

13. — En prose on dirait : وكانتْ عرضتْ نظرةً. — وتوفيق est la suite de نظرةً, littéralement : « elle montrait un regard et la concordance de destinées avec d'autres destinées », c'est-à-dire, le lien qui unissait nos deux destinées.

14. — W : اسعدها, par erreur. — Sur *a*, cf. XIV, 14.

15. — I : انتضاء, qui ne donne aucun sens. — N : بعد افتضال الدرع, qui donne le même sens que notre texte. — Sur افتضال, glose de W : لبوس الثوب الواحد. — La comparaison signifie qu'elle laisse pendre les plis de son manteau, sans qu'il y ait plus d'ordre que dans les grains de sable provenant d'un mamelon renversé.

16. — أَنْ = لأَنْ, cf. I, 20 et 23.

17. — N : تشفى الضجيع اذا استشفى : « Elle guérit celui qui par-

tage sa couche lorsqu'il demande à être guéri ». — مخمار, qui ne se trouve pas dans les lexiques, est un adjectif analogue à مضمار, v. 26, et qui est expliqué dans W par كثير الضمرة.

18. — Voir une comparaison analogue, mais avec du vin coupé, XXVI, 9 et suiv.

19. — I comme fin de vers: جُدوحًا نَحوَ إِذْبار « et s'inclinait avant de disparaître ». Sur ce vers, voir plus haut, p. 499.

20. — Manque dans W. — I: أم وجن نعم بد الى من سنى نار; ni mètre, ni sens.

21. — I, N et H: مُعْتَكِرُ.

22. — I: الحمور. — مغيار sert ici de transition entre la première et la seconde partie du morceau.

23. — I et N: يحفهن ظليها. — منه se rapporte au conducteur insensé (v. 22). — يحفرن = يدفعن (Glose de W). — Après ce vers, N donne le suivant:

يَبْدِى عليهنّ دَفًّا رِيشِهِ هَدِمٌ وجُوجُوًا عِظْمُه من لَحْمِهِ عارِ

« Qui, dépouillée, leur montre de près les deux côtés où étaient ses plumes, et sa poitrine, dont les os sont dénudés de leur chair. »

24. — I: حمام الايك « la colombe d'Eika », cf. XIV, 20; I, N et H: ذكرى pour هيّجنى. — I et H: ولو. — I: عنا au lieu de عنها.

25. — I: ومهمه نازل تاوى بها الذئاب « où errent les loups ». Quant à نازل, il ne donne aucun sens. — N: من الوراد.

26. — I: بقليدات مُذَكَّرَةٌ. De ces deux mots, le premier n'est qu'une faute grossière, le second signifie « brave comme un mâle »; cf. XXIX, 9. Si l'on adopte cette leçon, il faut regarder وَعْرٍ comme une apposition du suffixe contenu dans جاوزته. — I: وعث الطريق على الاحزان مخمار « montant une chamelle ivre, au milieu d'un chemin difficile sur un sol rocailleux ». Sur مخمار, cf. v. 17.

27. — I: يجنا بارض; je ne sais ce que c'est. W: يجتاب; N: تجتاب. — I: لدى رَجُلٍ « en compagnie d'un homme ». — I: محتار; W: مخيار; il faut lire محيار.

28. — I: تشددت ببعين الفر, qui ne donne aucun sens. — W et N: تشذّرت, cf. XXIV, 6. — الفتر = الفتور (Glose de W).

29. — Dj, *s. r.* ذ ب ب, d'après lequel ذَبّ الرياد est un surnom du taureau sauvage.

30. — Sur وحش وجرة, cf. I, 10. — I: ومن.

31. — I: محرس واحد حار; W et N: وَجَدِ; j'ai adopté une leçon intermédiaire : وَحَدِ. — I : مِدْرارِ «une pluie abondante».

32. — I : سرّاته, لهف et من الوسم, trois fautes qui ont été corrigées d'après W et N. Celui-ci porte : سراته فالى لباته «son dos et la partie de son corps jusqu'à la poitrine».

33. — I : سهما, une faute, et تضربه, une variante. — Le texte de *b* dans I est inintelligible : منها محاسب اشفان وامطار. — N : منها ذات محاسب شفان; notre texte est pris dans W, qui lit seulement ذاتَ.

34. — *L'arṭâ* est un arbre qui pousse au milieu des sables.

36. — Anmâr est une tribu de Nazâr qui est connue pour renfermer des chasseurs intrépides (Glose de W). Ibn Doreid est plus précis en disant que Ammâr est une tribu de Dhobyân. Cf. *Ichtiḳâḳ*, p. ١٩٧.

37. — I : نبّاع له, sans doute une faute d'impression pour تبّاعٌ له «s'y livrant avec ardeur».

38. — I : يراها وهى; lire avec W et N : براها فهى. — I : لها. — W : بغضفٍ, mais au vers suivant, il a avec raison غُضْفًا.

39. — ضار est ici pour ضاريًا, par suite d'une licence poétique, cf. I, 4; VII, 14, etc.

40. — I : محميّة.

41. — I : صدرا ولها et المشاغب. — المشاعب = الجبّار (Glose de W).

42. — I : يعد الثانى, ce qui est tout à fait en désaccord avec le mètre. — W : بعيدَ.

43. — Sur الباسل, Glose de W : الشجاع سمى بذلك لكراهة لقاه لانّ اصل البسل الكراهة ولذلك سمّى الحنظل بسلا.

44. — I : بها et اسوار. — Le glossateur de W suppose que dix chiens s'étaient mis à la poursuite du taureau sauvage et qu'il en

55. — IX, 11. — Notre texte d'après W et N. — I: ترى قضاعة. — H: أرى قضاعة فى جُلَّى بيوتهم «Je vois Kouḍâ'a qui, apercevant les embarras de leur maison, leur ont fourni chefs et soldats.»

56. — I comme IX, 12.

57. — الوزء qui est une altération de الرّز: IX, 13.

58. — I comme IX, 14; seulement بان est devenu باذه. — Manque dans H. — W et N: قد عيّرتني et اخشاءه.

59. — N comme IX, 7. — W: منقلب. — I: يجنبى جمرة النار; le second mot n'est évidemment qu'une fausse lecture pour حرّة.

60. — IX, 8. — Manque dans N. — I et H: وموضع. — I: فى سوداء. — I et H: بعيدة القفر «un désert éloigné».

61. — IX, 10. — W: تداقع, ce qui annoncerait déjà تركبها, mais aussi ندعى, qui ne donne aucun sens.

NOUVELLES ET MÉLANGES.

PROCÈS-VERBAL DE LA SÉANCE DU 13 NOVEMBRE 1868.

La séance est ouverte à 8 heures par M. Mohl, président.

Le procès-verbal de la séance précédente est lu, la rédaction en est adoptée.

Il est donné lecture :

1° D'une lettre de M. Corbiot, ancien capitaine d'infanterie à Alger, annonçant à la Société la mort d'un de ses membres, M. Durand, interprète militaire en Algérie;

2° D'une lettre de M. Behrnauer à Dresde, annonçant l'envoi d'une notice supplémentaire à son mémoire sur les institutions de police chez les Arabes;

3° D'une notice du même savant sur l'inscription arabe du griffon conservé au *Campo Santo* de Pise, avec un dessin.

L'Arabie contemporaine, avec la description du pèlerinage de la Mecque, par Adolphe d'Avril. Paris 1868, un vol. in-8°.

Bien que la marche et le mode de propagation du choléra occupent plus d'un tiers de ce travail, il serait inexact de le considérer comme une étude exclusivement sanitaire et politique. L'auteur n'a rien négligé, ni les voyages modernes, ni les documents officiels que sa position au Ministère des affaires étrangères lui permettait de consulter, pour donner à son livre un caractère moins spécial. C'est ainsi qu'il nous présente un résumé de l'histoire du Hédjaz depuis Méhémet Ali jusqu'aux récents événements de Djedda, où ces deux sources de renseignements sont habilement combinées. A la suite d'une bonne description topographique du Nedjd, d'après Palgrave, il nous raconte la naissance et les progrès du Wahabitisme dans cette province où la *réforme musulmane* règne encore à l'état de rite et s'affirme par des pratiques d'une rigoureuse austérité; tandis que, réduite au rôle de secte propagandiste dans le Djebel-Schammar, elle y rencontre une vive opposition. Les démêlés entre les Yéménites et les Acyres avec les Égyptiens d'abord, et plus tard avec les Turcs, captiveraient moins l'attention du lecteur, si des citations empruntées à Botta, Playfair, etc. ne corrigeaient la sécheresse du récit. On pourrait regretter que l'auteur, voulant dépeindre les deux grandes vertus des Arabes, la bravoure et l'hospitalité, soit tombé dans les redites et les banalités, au lieu de chercher dans la littérature de ce peuple quelques traits propres à frapper l'imagination; mais, comme son livre s'adresse à des lecteurs peu familiarisés avec l'Orient, il y avait moins d'inconvénient à les mener par les chemins frayés. Dans un aperçu rapide des races étrangères, Juifs, Parsis, Hadramautis, domiciliées dans la Péninsule, l'influence destructive des mélanges *mélaniens* est l'objet de judicieuses observations, et sans y voir, avec l'auteur, un châtiment providentiel, nous devons reconnaître que la race

Pages.

Liste des ouvrages de la Société de Calcutta.............. 195

Le Diwân de Nâbiga Dhobyânî, texte arabe, publié pour la première fois, suivi d'une traduction française, et précédé d'une introduction historique, par M. Hartwig Derenbourg. 197

Suite.. 301

Suite et fin.................................... 484

Sur les Inscriptions phéniciennes de Carthage qui figuraient à l'Exposition universelle de 1867, par M. Léon Rodet.... 445

NOUVELLES ET MÉLANGES.

Thesaurus syriacus, etc. (M. Neubauer.)................ 297

Procès-verbal de la séance du 10 juillet 1868.............. 439

Procès-verbal de la séance du 9 octobre 1868.............. 440

Notice sur un ouvrage japonais. (M. L. de Rosny.)....... 443

Procès-verbal de la séance du 13 novembre 1868.......... 515

L'Arabie contemporaine, avec la description du pèlerinage de la Mecque, par M. Adolphe d'Avril. (M. Barbier de Meynard.)................................ 517

Table des matières............................. 519

CORRECTIONS.

Lisez page 269, l. 19 : هذا ; p. 276, l. 1 : الاعذار ; p. 279, l. 11 : تقيّد ; p. 280, l. 7 : الّذى ; p. 280, l. 18 : قعودًا ; p. 282, l. 13 : والنحر ; p. 283, l. 1 : لثاته ; p. 290, l. 6 : بتّيرّ ; p. 294, l. 4 : غير.

CENTRAL ARCHAEOLOGICAL
New Delhi
LIBRARY